Das Herz der Drachen

Eiswandlerin

von Alina Richels

Für meine Schwester

Prolog

Viele von uns, leben in ihrer kleinen Welt, ohne zu wissen, dass es noch Weitere gibt. Welten, die viel älter und größer sind, als die Eigene. Oftmals sind sie nur einen Schritt weit entfernt, obwohl sie Lichtjahre auseinander liegen. Nur die wenigsten Menschen können von sich behaupten in mehr als Einer gelebt zu haben, immer auf der Suche nach einem friedlicheren Ort.

Die junge Familie, die plötzlich wie aus dem Nichts aufgetaucht war, wusste sehr wohl von den anderen Welten und dennoch konnten auch sie kaum glauben, was gerade passiert war.

Die Bilder, Farben und Gerüche hatten sich verwandelt und hätte er es nicht besser gewusst, dann würde er dies sicher für einen Traum halten.

Fasziniert betrachtete der Mann, der das schlafende Kind in dem Arm hielt, seine verwandelte Umgebung. Er hatte bis zum Schluss nicht für möglich gehalten, dass sie es schaffen konnten ihrer eigenen Welt zu entfliehen und somit der Gefahr zu entkommen. Das Portal war ihre einzige Hoffnung gewesen. Er drehte sich um.

Seine Frau schien nichts von dem Zauber zu spüren, der ihn noch immer wie eine Wolke umhüllte, unwirklich und wunderbar zugleich.

Sie hatte nur Augen für das unscheinbare steinerne Tor.

„Sie hat es nicht geschafft.“, stellte sie fest und noch bevor er sie hätte zurückhalten können, stürzte sie auf das Portal zu. Er erstarrte. Sein Herz setzte kurz aus und in Gedanken sah er sie bereits verschwinden. Doch es passierte nichts. Erleichtert atmete er durch.

„Es funktioniert nicht mehr.“, rief sie verzweifelt und lief ein weiteres Mal durch das Tor, welches eben noch ein Weg in eine andere Welt gewesen war.

„Dann hatte er eben Recht. Jeder kann nur einmal hineingehen.“, sagte der Mann und schaukelte sanft das schlafende Kind in seinen Armen. Er war froh, dass das Mädchen trotz all der Aufregung schlief. Sie hatte nichts von ihren Verfolgern und der gefährlichen Flucht mitbekommen. Fürs Erste war sie in Sicherheit.

„Aber wir müssen zurück.“, schluchzte die junge Frau und klammerte sich an den mit Moos bedeckten Steinbogen. Ihre Stimme zitterte.

Der Mann nahm sie in den Arm, um sie daran zu hindern, immer wieder unter dem Bogen durchzulaufen.

„Wenn wir nicht gegangen wären, dann hätten sie uns vermutlich getötet.“, flüsterte er und streichelte ihr beruhigend über das lange, schwarze Haar.

Sie weinte und er musste sich anstrengen, um die nächsten Worte zu verstehen, die sie sagte.

„Sie wird ohne uns sterben.“

„Nein, denk das nicht. Sie wird es schon schaffen.“, versuchte der Mann seine Frau zu beruhigen, obwohl er wusste, wie Recht sie hatte. Ihre Freundin würde gefangen genommen werden, wenn die Männer sie nicht gleich töteten.

„Ich weiß, dass es schrecklich ist, aber wir können ihr nicht mehr helfen.“, sagte er nachdrücklich.

Er sah in das verweinte Gesicht seiner Frau und dann in das Friedliche seiner Tochter.

„Findest du nicht, wir sollten jetzt erst mal nur an Kate denken? Für sie wird es auch nicht leicht.“, erinnerte er sie.

„Du hast Recht. Zum Glück ist sie noch so jung. Wahrscheinlich kann sie sich später gar nicht an ihr altes

Zuhause erinnern.“, überlegte die Frau. „Aber ich wünsche mir, dass sie es doch kann.“, sie lächelte schwach.

„Ich bin sicher. Eines Tages wird sie sich erinnern.“, stimmte der Mann zu und nahm die Hand seiner Frau.

Siebzehn Jahre später

Eine andere Welt

Sie rannte mit klopfendem Herzen, über die ausgetrocknete Wiese, auf die hohen schwarzen Tannen zu.

Sie wusste nicht, ob sie es bis in das schützende Geäst schaffen würde, doch es war ihre einzige Chance, wenn sie ihre Verfolger abschütteln wollte. Es wäre ein Leichtes, sich bei Nacht im Schutz der Bäume zu verstecken.

Katelyn wusste, dass sie genau darauf warteten.

Sie glaubten, sie würde sich im Wald verstecken und dort warten bis es hell wurde. Aus diesem Grund, würden sie sich nicht beeilen, sondern gründlich jeden Winkel nach ihr absuchen. Aber dieses Mal irrten sie sich. Aus Fehlern lernt man, dachte Katelyn. Wieso sollte sie warten, bis sie gefunden wurde, wenn es noch Hoffnung gab zu entkommen?

Der Wind trug die Schreie einer Frau an ihre Ohren, aber Katelyn beachtete sie nicht und rannte weiter. Es gab keinen Befehl und keine Drohung, die sie hätte zurückbringen können, zu dem schrecklichsten Ort auf der Welt. Es war das einzig Richtige zu gehen, solange sie noch genug Mut hatte. Jetzt oder nie!

Wer Nichts besaß, konnte schließlich auch Nichts verlieren. Selbst ihre angeblichen Freunde hatten sie verraten. Katelyn hatte den Älteren angeboten mitzukommen, doch die Angst der anderen Mädchen war zu groß gewesen und so war sie allein gegangen.

Ihr Plan war diesmal um einiges besser gewesen, als die Letzten und hätte eines der Mädchen sich ihr nicht in den Weg gestellt, hätte niemand etwas von ihrer Flucht bemerkt.

Bei jedem Schritt schlug ihre Tasche gegen ihr Bein. Mit festem Griff umklammerte Katelyn die Träger, um sie nicht zu verlieren, während sie über ein paar Brennnesseln sprang.

Eine Welle der Erleichterung durchfuhr sie, als sie endlich, völlig außer Atem, die Bäume erreichte. Es dämmerte bereits und mühsam kämpfte sie sich durch wilde Sträucher und tief gewachsene Äste. Nur schwach sickerte Licht durch das Blätterdach, so dass sie immer wieder mit ihrem T-Shirt hängen blieb und über Wurzeln stolperte. Einmal fiel sie hin und schürfte sich die Hände auf, doch sie rappelte sich, ohne lange zu zögern, auf und klopfte sich abwesend den Dreck von ihrer Jeans.

Sie kannte den genauen Weg nicht. Zwar hatte sie herausgefunden, dass das Dorf indem sie mit ihren Eltern gelebt hatte, knapp fünfhundert Meter, direkt hinter dem kleinen Wäldchen lag, aber trotz allem war sie sich nicht sicher, ob sie es finden würde.

Vor knapp 8 Jahren waren sie gemeinsam in diesen kleinen Ort gezogen und zwei Sommer darauf waren ihre Eltern gestorben.

Es kam so plötzlich, bei einem Autounfall, dass Katelyn es erst Monate später richtig wahrgenommen hatte.

Irgendwann blieb sie stehen und sah sich um. Jedes Gebüsch und jeder Baum sah aus, wie der Andere. Die Tannen standen so dicht beieinander, dass sie nicht hindurchgucken konnte, was nicht von großer Bedeutung war, da es mittlerweile so dunkel geworden war, dass sie kaum noch irgendetwas erkannte.

Zu allem Überfluss fühlte sie ein starkes Seitenstechen in ihrer Brust.

Nur der Wunsch, einen Ausweg zu finden, trieb sie an, weiter zu gehen. Wie eine Blinde, tastete sie sich Schritt für Schritt mit ausgestreckten Armen vorwärts, immer geradeaus. Sie kam sich völlig hilflos vor, in dieser erdrückenden Dunkelheit und jedes kleine Geräusch, welches nicht von ihren eigenen Schritten stammte, ließ sie zusammenzucken.

Sie rechnete fast damit, dass sie jeden Moment Hände packten und festhielten, sie zurückzerrten und erneut einsperren würden.

Ganz kurz blieb Katelyn stehen und lauschte.

Weder Schritte noch Stimmen waren zu hören, nur ihr eigener schneller Atem klang durch den Wald, aber das bedeutete nichts, solange sie nicht aus der Dunkelheit heraus war. Sie konnte sich nicht sicher sein, dass sie die Spur verloren hatten.

Um nicht völlig entkräftet zu sein, falls sie es bis in das Dorf schaffte, ging sie langsamer und leiser weiter, als zuvor.

Sie wollte sich schon einen geschützten Platz suchen, um auf den Morgen zu warten, als plötzlich ein sanftes Licht durch die Bäume fiel.

Sie blieb stehen und beobachtete es eine Weile. Es konnte sowohl eine Taschenlampe, als auch einfach nur eine Straßenlaterne sein. Es bewegte sich nicht und langsam ging sie darauf zu, jederzeit bereit davonzulaufen, zurück in den Schutz der Bäume.

Ein warmer Windstoß fuhr durch das Geäst und wehte ihr die braunen Haare ins Gesicht.

Sie trat zögernd aus dem Wald und sah, dass sie sich auf einer Art Friedhof befand.

Trotz der trostlosen Grabsteine und Denkmäler strahlte dieser Ort Wärme aus. Doch vermutlich lag das nur an ihrem eigenen Glücksgefühl, endlich frei zu sein.

Das Licht, welches sie hierher geführt hatte, kam von einer alten Fackel am Eingang. Jetzt, wo sie endlich wieder etwas sehen konnte, interessierte sie das Licht nicht weiter.

Vielmehr galt ihre Aufmerksamkeit einem einzelnen Torbogen, der von Efeu umwachsen, in der Mitte des Friedhofes stand.

Er schien nicht richtig an diesen Ort zu passen, obwohl er aus demselben Stein war, wie die Grabsteine und die niedrige Mauer, die im Halbkreis um ihn errichtet worden war.

Mit zögernden Schritten näherte sie sich dem Bogen und mit jedem Meter wurde die unsichtbare Anziehungskraft größer.

Sie wusste nicht, wieso sie hier war und hatte vergessen, wie sie hergefunden hatte.

Sie wusste nicht einmal mehr ihren eigenen Namen, denn es war nicht länger wichtig.

Erst als sie direkt vor dem alten Gebilde aus Stein stand und in der Ferne eine Elster schrie, erwachte sie schlagartig aus der Trance und der Zauber war vorbei.

Reglos stand sie vor dem Torbogen und wartete, dass etwas außergewöhnliches passierte.

Alles blieb ruhig. Vorsichtig hob sie ihre Hand und legte sie auf den moosbedeckten Stein.

Sie zuckte.

Anders als erwartet, war er kalt wie Eis, trotz der Sonne, die den ganzen Tag geschienen hat.

Selbst jetzt konnte Katelyn die Hitze spüren, die in der Luft lag.

Ein Knacken aus dem Wald ließ sie herumwirbeln, wobei ihre Tasche sich in einem nahestehenden Strauch verfing.

Mit klopfendem Herzen und zittrigen Händen versuche sie diese zu befreien. Sie zog kräftig an den Henkeln und aus den Augenwinkeln sah sie, wie sich etwas aus dem Wald heraus bewegt.

Panik überkam sie, beim Anblick der unbekannten Gestalt.

Ungeduldig zerrte sie an der Tasche und versuchte etwas zu erkennen, aber wer oder was auch immer so bedrohlich auf sie zuschlich, war verdeckt von den Schatten der Bäume.

Ein letztes Mal riss sie an den Riemen. Die Zweige gaben nach und durch die Wucht, mit der sie sich befreite, kam sie aus dem Gleichgewicht.

Rückwärts taumelnd und mit einem schwachen Versuch sich an etwas festzuklammern, stürzte sie rücklings zu Boden, während ihre Umgebung langsam verschwamm.

Mit dem Gesicht voran fiel Katelyn zu Boden, der seltsamerweise nicht so hart war, wie sie es erwartet hatte. Wie konnte es überhaupt sein, dass sie auf dem Bauch landete, wo sie doch eindeutig nach hinten gefallen war?

Sie fasste mit einer Hand an ihren schmerzenden Kopf und drehte sich auf den Rücken.

Als sie benommen die Augen öffnete, sah sie ein eigenartig leuchtendes, blaues Strahlen, über sich und es dauerte einen Moment, bis sie sich an die plötzliche Lichtveränderung gewöhnt hatten. Jetzt erkannte sie, dass es der Himmel sein musste, der nicht mehr pechschwarz, sondern so hell war, dass er sie blendete. Sie kniff die Augen zusammen und richtete sich langsam auf.

Katelyn betastete den Boden, auf dem sie saß, bis ihr bewusst wurde, dass es Schnee war. Zwar schmolz er nicht als sie ihn in die Hand nahm, doch er sah genauso aus, wie der Schnee den sie kannte.

Nachdenklich ließ sie ihn durch die Finger gleiten und beobachtete wie er im hellen Licht des Himmels glitzerte. Er konnte unmöglich echt sein. Schließlich war es Mitte Juli, Sommer und für gewöhnlich hatten sie nur im Winter so viel Schnee. Sie sah sich nachdenklich um.

Sie befand sich auf einem Hügel. Der Friedhof war verschwunden und mit ihm auch alles andere, bis auf den Torbogen, der unschuldig im weißen Schnee stand, ganz so als hätte ihn jemand dort vergessen. Hatte er sie gerettet oder war das hier nur einer dieser Träume, die einem wie die Wirklichkeit vorkamen, bis man aufwachte? War sie vielleicht tot und hatte es selbst nicht gemerkt? Unsinn, sagte sie sich. Wieso hätte sie sterben sollen?

Sie überlegte einfach noch mal hindurchzugehen, um zu sehen was passieren würde. Vielleicht war das Ganze eine Täuschung und in Wirklichkeit stand sie noch immer auf dem Friedhof.

Sie stand auf und klopfte sich den seltsamen Schnee von ihrer beschmutzten Kleidung. Dann hob sie ihre Tasche auf, die zwei Meter von ihr entfernt lag. Sie musste durch den Schwung ihres Falls weggeflogen sein.

Leise Geräusche vom Rand des Hügels, weckten ihre Aufmerksamkeit und sie wandte dem Bogen den Rücken zu. Mit angehaltenem Atem lauschte sie dem näher kommenden, sanften Knirschen im Schnee, welches sich weniger wie die Schritte eines Menschen anhörte, sondern mehr wie die eines Tieres.

Sie wich zurück, bis sie den Torbogen im Rücken spürte. Er war nicht mehr kalt. Im Gegenteil, Katelyn zuckte kurz, als sie die Hitze spürte, die von dem Stein auszugehen schien.

Dann tauchte etwas Pelziges am Rande auf und sie kniff leicht die Augen zusammen, um die Gestalt besser erkennen zu können. Das Wesen, welches auf den Hügel stieg, blieb stehen als es sie sah und erst nachdem es die Kapuze abgenommen hatte, erkannte Katelyn, dass es ein Mensch war. Um genau zu sein, ein Mädchen, ungefähr in ihrem Alter. Es strich sich das blonde Haar aus dem hübschen Gesicht und beobachtete sie neugierig. Katelyn erwiderte den Blick. Das Mädchen lächelte sie an und kam langsam auf sie zu.

Katelyn folgte jeder ihrer Bewegungen mit misstrauischem Blick, aber sie konnte keine Gefahr erkennen. Knapp vor ihr blieb das Mädchen stehen. Ihre Figur war schmal und sie war ein Stück kleiner als Katelyn.

„Hallo. Mein Name ist Mai.“, sagte sie und hielt Katelyn eine Hand hin. Unfähig etwas zu erwidern, starrte sie die Blonde einfach nur weiter an. Bevor sie angefangen hatte zu sprechen, war Katelyn sich fast sicher, dass sie nicht dieselbe Sprache sprechen würden.

„Wie ist dein Name?“, fragte das Mädchen, da Katelyn nicht antwortete.

„Katelyn.“, antwortete sie leise. „Wo sind wir?“, fügte sie noch hinzu, aber Mai ignorierte die Frage.

„Bist du durch das Tor gekommen?“, wollte sie stattdessen aufgeregt wissen.

„Nun ja, ich weiß nicht genau. Ich glaube schon.“, stammelte Katelyn unsicher. Wieder antwortete Mai ihr nicht.

„Komm mit.“, sagte die nur. Etwas sagte Katelyn, dass sie ihr vertrauen konnte und ohne zu zögern, folgte sie Mai.

„Weißt du, ich wurde hier geboren, aber ich habe noch nie erlebt, dass jemand in unsere Welt gekommen ist. Sicher ich kenne einige Leute, die vor meiner Zeit auf der Erde gelebt haben und andere die dorthin verschwunden sind, aber seit Jahren war das Tor ungenutzt. Um genau zu sein, seit der Krieg damals endete. Jill meinte, früher seien ständig Menschen nach Umbria gekommen.“

„Ich hab keine Ahnung, wovon du da redest.“, gab Katelyn

zu und unterbrach somit die Flut von Worten, die auf sie einprasselte. Mai blieb stehen und beinahe wäre Katelyn in sie hineingelaufen. Schwungvoll drehte Mai sich um.

„Keine Sorge, das kommt schon noch." Sie sah Katelyn an und runzelte die Stirn.

„Ist dir eigentlich nicht kalt?", fragte sie verwundert. Katelyn sah an ihrem T-Shirt und der löchrigen Hose herunter. Mai hingegen hatte etwas an, das Ähnlichkeiten mit einem Schneeanzug hatte. Sie schüttelte den Kopf.

„Nein, wieso auch? Der Schnee ist überhaupt nicht kalt."

„Interessant. Ich glaube, da bist du die Einzige, die so denkt.", sagte Mai nachdenklich und schaute gedankenverloren in die Richtung des Hügels, von dem sie gekommen waren.

„Kannst du mir nicht bitte erklären, wie ich hier gelandet bin und was das alles soll. Gerade war es noch dunkel, und jetzt ist es hell und alles ist voller Schnee. Wie ist das möglich?", fragte sie Mai verzweifelt.

„Ich weiß nichts über deine Welt, aber hier liegt immer Schnee.", erklärte die. „Wie du hergekommen bist ist leicht. Du bist in deiner Welt durch den Torbogen gegangen, der eine Verbindung zwischen unseren Welten ist, stimmt´s?" Ohne eine Antwort abzuwarten, redete sie weiter. „Es funktioniert so wie eine Tür, mit der Ausnahme, dass jeder Mensch nur einmal hindurch gehen kann. Das glaube ich zumindest..."

„Warte, heißt das etwa ich kann nie wieder zurück?", wollte Katelyn entsetzt wissen.

„Doch in der Sache bin ich mir ziemlich sicher. Du kannst jederzeit dorthin, wo du geboren wurdest, aber wenn du in deine Welt zurückgehst, dann kannst du nie mehr in Unsere.", sagte sie verschwörerisch.

„Das ist verwirrend... du redest ständig von Welten. Sind wir denn nicht auf der Erde?" fragte Katelyn weiter. Mai lachte.

„Erde? Um hier Erde zu finden musst du lange suchen, oder tief in den Wald gehen und das rate ich dir nicht. Die Meisten, die nicht von hier kommen, meiden den Wald.“, sagte sie leise, wobei sie mehr mit sich selbst sprach.

„Aber wo sind wir dann?“, fragte Katelyn erneut.

„Ist doch logisch, das ist ein Eisplanet. Wir nennen ihn Umbria.“ Katelyn warf einen schnellen Blick auf den schneebedeckten Boden und dann wieder zu Mai.

„Quatsch, so etwas gibt es doch gar nicht.“, sagte sie bestimmt und verschränkte die Arme vor der Brust. Irgendwer spielte ihr einen gewaltigen Streich, vielleicht hatte sie sich aber auch den Kopf angeschlagen und lag in Wirklichkeit in irgendeinem Krankenhaus. Obwohl sie nicht glaubte, dass die Leiterin aus dem Waisenhaus zugelassen hätte, sie in die Nähe eines Arztes zu lassen, nicht nachdem was beim letzten Mal passiert war. Lieber würde die sie erschießen.

„Na, wenn du das sagst.“, meinte die Blonde und drehte sich zum Gehen.

„Hey, warte bitte.“, rief Katelyn und hastete ihr nach. Lächelnd sah Mai über ihre Schulter zu ihr.

„Komm schon. Wir sollten zurück sein, bevor sie sich ernsthaft Sorgen um mich machen.“, rief sie belustigt, als wäre dieser Gedanke absolut unvorstellbar.

Da fiel Katelyn zum ersten Mal auf, dass dieses fremde Mädchen mit ihr sprach, als würden sie Beide sich seit Jahren kennen und obwohl sie sich sicher war, dass sie noch nie einen Ort wie diesen gesehen hatte, kam er ihr vertraut vor, fast so wie ein längst vergessenes Zuhause.

Sie stiegen den Hügel hinab, an dessen Fuß ein schmaler Weg in ein Dorf führte, das etwa fünfhundert Meter vom Rand der Anhöhe entfernt lag. Es wurde von einer Mauer umrandet, die wie eine mittelalterliche Burg wirkte, mit ihren spitzen Zinnen ringsherum. Außer diesem Dorf gab es noch Weitere, die viel kleiner waren. Sie lagen tiefer im Tal, in der Nähe der Bergketten und waren nur schwer zu erkennen. Die Berge am Horizont wirkten ihnen gegenüber wie eine undurchdringbare Wand, von dichtem Schnee und Eis.

Fasziniert beobachtete Katelyn ihre Umgebung, die so weiß war, dass es ihr immer mehr wie ein Traum vorkam, aus dem sie nicht erwachen konnte. Sie wünschte sich sogar, dass sie nie wieder aufwachen würde und für immer bleiben könnte, auch wenn sie hier fremd war. Es war jedenfalls sehr viel besser, als das traurige, graue Waisenhaus. Alles war besser im Vergleich dazu.

„Wohin gehen wir denn?“, fragte sie neugierig.

„In die Stadt, Brion. Ich möchte dich Jill vorstellen. Ich wette, sie will dich kennenlernen.“, sagte Mai lächelnd.

„Mich? Wieso?“

„Ich habe dir doch gesagt, dass es nicht allzu oft vorkommt, dass jemand durch das Portal kommt.“ Katelyn schaute sie fragend an.

„Es ist so, nicht jeder kann einfach die Welten wechseln wie er will.“, erklärte Mai, „Ich zum Beispiel, komme hier nicht weg, egal was ich tue. Ich hab es mal versucht, als ich noch klein war.“

„Ok, aber dann verstehe ich immer noch nicht, wieso ausgerechnet ich hindurch kommen konnte.“, erwiderte Katelyn.

„Das weiß niemand genau. Wir haben viele verschiedene Theorien, aber wenn du sie alle wissen willst, dann fragst du lieber jemanden, der sich besser damit auskennt. Zum Beispiel Jill.“, sagte Mai und betrat den Kiesweg zu dem Dorf.

„Wer ist überhaupt diese Jill, von der du die ganze Zeit sprichst, deine Schwester?“, fragte Katelyn interessiert.

„Schwester? Nein, sie ist meine Mutter, eigentlich Pflegemutter.“

Der Ausdruck in Mais Gesicht veränderte sich. Sie wirkte auf einmal traurig, deshalb beschloss Katelyn nicht weiter nachzufragen und wechselte das Thema.

„Irgendwie ist das alles ziemlich verrückt.“, stellte sie kopfschüttelnd fest.

„Wie meinst du das?“ Verwundert schaute Mai sie an.

„Sieh mal. Ich falle zufällig durch ein Portal in eine andere Welt, was an sich schon ziemlich seltsam ist, da ich nie auf die Idee gekommen wäre, dass es andere Welten gibt. Dann treffe ich dich und ohne, dass ich auch nur eine Sache von dir weiß, gehe ich mit dir und du erzählst mir von deinem halben Leben.“

„Glaubst du wirklich ich hätte dir mein halbes Leben geschildert?“, fragte Mai lachend. „Das war gerade mal der Anfang und wenn du wolltest, könnte ich dir noch eine ganze Menge verrückter Dinge erzählen.“

„Bitte nicht, das war eindeutig genug für den Anfang.“, sagte Katelyn und hob abwehrend die Hände. „Aber es wäre echt nett, wenn du mir sagen würdest, wo ich ein Bett finde oder gibt es so etwas nicht in dieser Welt?“, scherzte sie.

„Klar gibt es hier Betten. So anders ist diese Welt auch schon wieder nicht. Wenn du allerdings in einem Gasthaus übernachten willst, dann brauchst du Geld und deshalb schlage ich vor, dass du erst mal bei mir bleibst. Jill hat bestimmt noch ein Zimmer frei.“

„Ich habe Geld und ich will wirklich keine Umstände machen.“, erklärte sie hastig.

„Schön Kate, wenn du keine Umstände machen willst, dann solltest du mitkommen.“, sagte Mai zum ersten Mal ernst, womit sie Katelyn zu verstehen gab, dass sie nicht locker lassen würde.

„Außerdem brauchst du unbedingt etwas Ordentliches zum anziehen.“, fügte Mai mit einem Blick auf ihre zerrissene Kleidung hinzu. Damit hatte sie mehr als Recht. Die Flucht durch den Wald hatte ihre Spuren hinterlassen.

Einen kurzen Augenblick lang, herrschte Schweigen zwischen den Mädchen und Mai gab Katelyn nur stumm zu verstehen, ihr zu einem Spalt in der Mauer zu folgen, der einige Meter vom eigentlichen Eingang ins Dorf entfernt lag.

Er war gerade groß genug, dass eine Person locker hindurchschlüpfen konnte.

„Wieso gehen wir heimlich hinein, ich dachte du wohnst hier.“, wollte Katelyn wissen und kletterte hinter ihr durch das Loch.

„Jill hat mir verboten alleine hinaus zu gehen. Wenn wir also durch das Haupttor gehen, dann sehen uns die Wachen.“, flüsterte Mai.

„Ja, aber wenn du mich mitbringst, wird es ihr klar sein, dass du draußen warst.“, gab Katelyn ebenso leise zurück.

„Sie weiß es sowieso, aber die Wachen stellen mir zu viele Fragen und außerdem könnte es sein, dass sie dich nicht reinlassen wollen, und dann gibt es Ärger… darauf habe ich vor dem Frühstück wirklich keine Lust.“, erklärte sie und ballte kurz ihre kleinen Hände zu Fäusten.

Sie waren jetzt in einer schmalen Gasse, die an der Rückseite der Schutzmauer entlangführte. Auf der anderen Seite waren hohe Hauswände ohne Fenster, die so dicht beieinander standen, dass man kaum hindurchgucken konnte. Doch trotz der hohen Mauern links und rechts, war es nicht dunkel. Im Gegenteil, der Himmel war so strahlend Blau, dass der Schnee unter ihren Füßen leuchtete, wie Kristalle.

Während Katelyn Mai schweigend nachlief und den Schnee betrachtete, fiel ihr auf, dass Mais Füße kaum Spuren hinterließen, ganz so als wäre sie federleicht. Sie selbst hingegen sackte bei jedem Schritt ein paar Zentimeter ein, obwohl Mai nur einen Kopf kleiner war, wie sie. Katelyn fasste den Entschluss, dass die Menschen in dieser Welt einfach leichter waren, als in ihrer.

„Es ist nicht mehr weit, nur noch da um die Ecke.“, sagte Mai nach einer Weile und als sie nach links abbogen, sah Katelyn eine Sackgasse, mit einer niedrigen Tür auf der rechten Seite.

Mai zog einen kleinen Schlüssel aus einer Innentasche und schloss die Tür auf.

„Ich bin die Einzige, die diesen Weg kennt.“, erklärte sie und ging voran. Katelyn folgte ihr in einen Flur mit weißen Wänden und großen Fenstern, unter deren Vorhängen das blaue Tageslicht hereinfiel. Zwischen allen Fenstern hing der selbe Wandteppich, mit einem Wappen darauf. Die Decke war hoch gebaut und als sie sich zu der Tür umdrehte, sah sie nur einen weiteren Wandteppich.

„Wehe, du erzählst es jemandem.“, drohte Mai und gab Katelyn erneut ein Zeichen, dass diese ihr folgen sollte. Sie liefen den Flur entlang, vorbei an vielen Türen und weiteren Gängen. Katelyn fühlte sich wie in einem Labyrinth. Hinzu kam, dass sie mit jedem Schritt müder wurde und ihre Augen kaum noch offen halten konnte. Nach etlichen weiteren Gängen blieb Mai endlich stehen, um an einer Tür zu lauschen, was nicht unbedingt nötig war, da die Stimmen laut aus dem Zimmer drangen.

„Mist, es ist jedes Mal dasselbe.“, schimpfte sie leise vor sich hin. Katelyn, die zu müde war, um zu antworten, blickte sie nur fragend an.

„Jill regt sich immer gleich auf, wenn ich Nachts ohne ihre Erlaubnis verschwinde. Am Besten, Kate, lässt du mich alles erklären und sagst gar nichts.“, schlug Mai vor.

„Du hast doch nichts dagegen, wenn ich dich so nenne?“, fügte sie hinzu.

Ihre Eltern hatten sie auch nur Kate genannt. Den Namen Katelyn benutzte sie normalerweise nie, doch die Leiterin des Waisenhauses hatte darauf bestanden, jeden mit seinem vollen Namen anzusprechen. Es war Zeit diese Gewohnheit wieder bei Seite zu legen, dachte Kate und antwortete Mai mit einem einfachen Kopfschütteln. Mai öffnete die Tür, doch Kate zögerte eine Sekunde, bevor auch sie über die Schwelle trat.

Obwohl der Raum nicht sehr groß war, wirkte er sehr geräumig, da die Decke hier genau so hoch war wie auf den Korridoren. In dem Zimmer standen zwei Wachen nahe der Tür, sie trugen echte Schwerter. Eine Frau ging aufgeregt hin und her und redete wild auf einen Jungen ein, der halb entspannt und halb genervt auf dem Bett hinter ihr Platz genommen hatte. Er lag mit hinter dem Kopf verschränkten Armen da und fixierte einen kleinen Fleck an der Decke über ihm, wobei er durchgehend versuchte, die Frau zu beruhigen, in dem er ihr versicherte, dass wie immer nichts passiert sei.

Als die Mädchen eintraten, verstummten sie und wandten sich zur Tür.

„MAI!“, rief die Frau laut. „Wie konntest du dich erneut davon stehlen.“

Kate senkte automatisch den Kopf und wünschte sich zum ersten Mal, sie hätte die Einladung abgelehnt. Besorgt warf sie einen raschen Blick zu Mai. Diese wirkte alles andere, als eingeschüchtert oder besorgt. Sie sah die Frau tröstend an, als sei diese ein Kind, das über ein zerbrochenes Spielzeug weinte. Dann lächelte sie und ging auf die Frau zu.

„Ach komm schon Jill, was soll mir denn passieren. Wenn nicht mal du mich aufhalten kannst, wie soll dann irgendein Fremder mir etwas antun können?“, fragte sie und sah Jill beruhigend an.

„Wenn du nur einmal auf mich hören würdest, dann wäre ich schon erfreut.“, schimpfte sie. „Nicht mal eine Waffe hast du mitgenommen.“ Mai schüttelte den Kopf. „Du weißt ganz genau, dass ich mit diesen nutzlosen Dingern nichts anfangen kann.“, sagte sie.

„Aber wenn du von hinten überrascht wirst oder nicht schnell genug bist?“

„Dann nützt mir eine Waffe auch nichts mehr. Außerdem gehört schon einiges dazu, wenn man mich von hinten überraschen will.“, stellte sie amüsiert fest.

„Das ist nicht lustig. So etwas tust du nie wieder, verstanden.“, schimpfte die Frau. „Und wer ist überhaupt das Mädchen? Wieder irgendeines dieser Straßenkinder? Gib ihr einfach ein Stück Brot und dann schick sie dahin zurück, wo du sie aufgelesen hast. Du kannst sie nicht immer herbringen.“

Mai lachte leise und wandte sich Kate zu.

„Unsinn, das ist Kate. Sie ist mein Gast und wird auch so behandelt. Du wirst es vielleicht nicht glauben, aber sie ist durch das Portal gekommen.“, sagte sie aufgeregt. Kate spürte die Blicke der Anwesenden.

„Und da leihst du ihr noch nicht mal deine Jacke?“, fragte der Junge, der bis jetzt noch kein Wort gesprochen hatte und sah Mai vorwurfsvoll an.

„Ich hab sie doch gefragt, ob ihr kalt ist.“, rechtfertigte diese sich.

„Sicher, hast du das.“, sagte er spöttisch und sprang vom Bett. Sein Haar war dunkel, wenn auch nicht schwarz. Er kam auf Kate zu. Knapp einen Kopf größer, war er und seine

Kleidung unauffällig, bis auf eine Kette an der ein seltsamer Anhänger hing.

„Alessio.“, stellte er sich knapp vor und reichte ihr die Hand.

„Kate.“, antwortete sie leise und schüttelte die Hand des Jungen. Etwas Seltsames lag in seinem Blick und die hellen, blauen Augen erinnerten sie an den strahlenden Himmel, zu hell um hineinzusehen und doch hielten sie Kate für einen Moment gefangen. Mit einem Räuspern ließ er sie los, trat einen Schritt zurück und wandte den Kopf ab. Ihre Finger fühlten sich leicht taub an, ganz so als wären sie eingeschlafen. Fahrig strich sie mit der anderen Hand darüber. Sie war viel kälter. Doch wie konnten ihre Hände so plötzlich verschiedene Temperaturen aufweisen?

„Du bist wirklich durch das Tor in diese Welt gelangt? Wie hast du das geschafft?“, fragte die Frau und lenkte Kate von ihren Gedanken ab.

„Aber Jill, wo bleiben deine Manieren? Sie hat seit Stunden nicht geschlafen, sieh sie dir doch mal an. Befrag sie einfach morgen weiter.“, sagte Mai und legte schützend ihre Hände auf Kates Schultern.

„Sei nicht so frech! Woher willst du wissen, dass sie keine Betrügerin ist? Nur weil ein Mensch unschuldig aussieht, heißt das noch lange nicht, dass er auch genau das ist. Du vertraust den Menschen viel zu schnell. Hast du schon vergessen, was letztes Jahr passiert ist?“ Mais Lächeln verschwand. Trotzig verschränkte sie die Arme.

„Darum geht es hier nicht.“

„Ich will ihnen wirklich keine Probleme machen. Ich kann auch woanders hingehen.“, warf Kate ein. Die Frau schüttelte ungeduldig den Kopf.

„Nein, das ist es nicht. Ich kann nur nicht jeden hier aufnehmen, den meine Tochter mitbringt. Ich hoffe du verstehst das.“, sie machte eine kurze Pause, bevor sie weiter sprach. „Kate. Sag, wie ist dein Nachname?“, fragte Jill nachdenklich.

„Lynch.“ Kate antwortete zögernd.

„Weißt du zufällig, ob jemand aus deiner Familie früher einmal hier gelebt hat?“, wollte Jill nun mit mehr Interesse wissen. Kate schüttelte leicht den Kopf.

„Meine Eltern haben nie über ihre Vergangenheit gesprochen. Ich weiß nicht, ob sie Geschwister haben und meine Großeltern kenne ich nicht.“ Jill sah sie für eine Weile an, mit einem Blick, den Kate nicht deuten konnte.

„Na schön. Heute kannst du bleiben. Mai, zeig ihr wo sie schlafen kann und gib ihr etwas Anderes zum anziehen. Ich denke, sie hat ungefähr deine Größe.“ Dankbar sah Kate sie an, auch wenn sie nicht wusste, warum Jill auf einmal wollte, dass sie blieb. Sie hatte jedoch keine Zeit weiter darüber nachzudenken.

„Komm mit.“, sagte Mai und führte sie zurück, über die Korridore, bis zu einer weiteren Tür.

„All diese Türen und Gänge, wie schaffst du es, dass du dich nicht verläufst?“

„Ich bin hier aufgewachsen und außerdem habe ich in meiner Freizeit so gut wie jedes Zimmer und jeden Gang ausgekundschaftet. Ich bin einfach viel zu neugierig.“, gab Mai grinsend zu und schob Kate in ein Zimmer.

Sie bekam kaum noch etwas mit, sah nur noch das Bett und Mai, die zu einem Schrank ging und ihr etwas zum anziehen hervor holte.

Kate schlief gut in dem großen Bett und sie erwachte erst, nachdem die Sonne aufgegangen war. Sie blieb unter der warmen Wolldecke liegen und erinnerte sich an den gestrigen

Tag. Sie wusste noch genau, wie sie in dieser Welt gelandet war und was dann passiert war. Nur das, was sie zuvor auf der Erde erlebt hatte, war wie verschwommen.

Sie musste sich anstrengen, um die anderen Bilder wieder in ihr Gedächtnis zu holen. Ihre Flucht aus dem Waisenhaus, der Wald und auch der Friedhof waren unklar. Plötzlich war alles so, als sei sie nach langer Zeit aus einem Traum aufgewacht. Was war real? Die Erde oder Umbria? Nach kurzer Zeit schmerzte ihr der Kopf. Also setzte sie sich, in dem viel zu breiten Bett, auf und sah sich in dem Zimmer um. Es war viel größer, als Kate es gestern wahrgenommen hatte. Auch sah es weniger wie ein Gästezimmer aus.

Auf den Tischen lagen aufgeschlagene Bücher, Kerzen und anderer Kleinkram und über den Stühlen hing Wäsche. So hatte es in ihren Zimmern im Waisenhaus auch die meiste Zeit über ausgesehen. Grade als sie überlegte, ob sie sich auf die Suche nach einem Badezimmer machen sollte, ging die Tür auf und Mai steckte den Kopf herein.

„Ah, habe ich es doch richtig gehört, du bist wach.“, freute sie sich und kam herein. „Jetzt verschwinde endlich.“, flüsterte sie zu jemandem, der offenbar draußen vor der Tür stand, bevor sie diese schloss.

„Ich hoffe, du hast gut geschlafen. Das ist nämlich normalerweise mein Bett.“, erklärte sie.

„Das ist ein hübsches Zimmer.“, antwortete Kate und stand auf. „Vielen Dank, auch für das Nachthemd.“, sagte sie und zupfte an dem blauen Stoff herum.

„Kein Problem. Ich hab dir auch schon etwas zum anziehen besorgt und wenn es für dich in Ordnung ist, dann hast du ab heute Abend ein eigenes Zimmer, mit einem kleinen Bad.“ Mai lächelte.

„Ich weiß nicht, wie ich dir danken soll!“, sagte Kate

fassungslos.

„Ach, da finde ich sicher irgendwas.“, grinste die Blonde zurück.

Kate sah aus dem Fenster. Sie war sich sicher, dass der Himmel gestern bläuliches Licht auf den Schnee geworfen hatte. Heute war er viel weißer und die Sonne strahlte hell. Doch der Schnee reflektierte die Strahlen nicht, weshalb er im Gegensatz zum vorherigen Tag matt und grau wirkte.

„Wenn du willst, zeige ich dir, wo das Badezimmer ist oder willst du lieber erst etwas essen?“ fragte Mai und Kate wandte den Blick von den schneebedeckten Häusern ab.

„Erst das Bad, denke ich.“

„Gut, dann zieh das über.“ Mai hielt ihr einen Mantel hin und zeigte auf ein paar Hausschuhe. „Und zieh die da an, Jill mag es gar nicht, wenn wir Barfuß gehen.“ Kate gehorchte und folgte ihr zur Tür, bis ihr wieder etwas einfiel.

„Mit wem hast du grade vor der Tür gesprochen?“, fragte sie neugierig.

Mai verdrehte die Augen und öffnete die Tür.

„Das war nur mein Bruder, Alessio. Eigentlich ist er selten so neugierig, aber Jill hat da so eine Theorie, was dich betrifft und das interessiert ihn sehr.“, erklärte sie.

„Was soll das für eine Theorie sein?“

„Das erzähl ich dir später, hier gibt es zu viele Ohren.“

Sie hatte Recht. Zwar war der Junge mit den blauen Augen nicht mehr hier, aber andere Schlossbewohner hielten sich in den Fluren auf.

Kate fiel auf, dass die Meisten sich im Vorbeigehen leicht vorbeugten, so als wollten sie sich verneigen.

„Wundere dich nicht, wenn sie uns alle anstarren. Sie sind neugierig und wollen wissen, mit wem ich meine Zeit verbringe. Jill ist die Königin von Brion und weil sie und

Alessio mich aufgenommen haben, gehöre ich für die Bewohner ebenfalls zu Königsfamilie.“, erklärte Mai.

„Also ist Alessio, Jills Sohn?“, fragte Kate und Mai nickte.

„Hier, das ist dein Zimmer.“ Sie öffnete die Tür und lies Kate zuerst eintreten. Auch in diesem Zimmer stand ein großes Bett. Die linke Wandseite bestand nur aus Schranktüren und neben dem Bett war ein riesiges Fenster, von dem aus man nicht auf das Dorf, sondern auf die Berge gucken konnte.

„Was für eine hübsche Aussicht.“, rief Kate überrascht und drehte sich zu Mai um. Diese lächelte und zeigte auf die Wand gegenüber dem Schrank, wo sich zwei weitere Türen befanden.

„Die Rechte führt in dein Bad und die Linke bringt dich in einen Garten.“

„Wir sind doch im Dritten Stock, oder?“ Ungläubig sah Kate aus dem Fenster.

„Im Vierten.“, korrigierte Mai. „Aber wenn du mal nicht den Weg nach draußen findest, gibt es da eine Treppe nach unten.“ Kate nickte dankbar und ging dann ins Bad. Das Waschbecken war winzig, dafür war die Badewanne umso größer.

„Tut mir leid, aber ein besseres gab es im Moment nicht.“, entschuldige sich Mai, doch Kate strahlte.

„Es ist großartig und ich weiß jetzt schon, dass ich den Tag bedauern werde, an dem ich wieder ausziehen muss.“

„Wenn Jills Vermutungen stimmen, dann kann es sein, dass du für immer bleiben kannst. Zumindest so lange wie du willst.“ Auf diese merkwürdige Aussage von Mai antwortete Kate nicht, sie nahm sie einfach hin und hoffte, dass sie all das bald verstehen würde.

Jill wartete schon im Speisezimmer, welches Kate eher als Saal bezeichnet hätte. Außer ihr, waren nur ihr Sohn und ein

Hausmädchen, mit spitzem Gesicht da, welches Jill bei ihrem Eintreten fortscheuchte.

„Guten Morgen, Katelyn. Hast du dich schon entschieden, ob du vorerst bei uns bleiben möchtest oder ob du zurück zu deiner Familie willst?“, wurde sie empfangen.

Kate sah wie Mai Jill einen Blick zuwarf, als konnte sie es nicht fassen, dass diese gleich wieder Fragen stellte. Kate jedoch störte es nicht. Sie fühlte sich ausgeschlafen und wünschte sich für den Moment nichts sehnlicher, als hierbleiben zu dürfen. All die Menschen waren freundlicher und interessanter, als auf der Erde.

„Zurzeit gibt es nichts, was mich nach Hause zurückzieht. Ich denke, ich werde bleiben.“, sie lächelte und hoffte, dass niemand nachfragen würde, weshalb sie nicht zurück wollte.

„Warum?“, fragte der Junge, mit den leuchtenden Augen auch schon, doch Jill brachte ihn mit einer Handbewegung zum Schweigen.

„Alessio, halte dich zurück.“, sagte sie streng und wandte sich wieder Kate zu.

„Es ist allein deine Entscheidung und deine Gründe gehen niemanden etwas an. Deshalb brauchst du auch nur auf meine Fragen antworten, wenn du es willst.“ Kate fiel ein Stein vom Herzen und sie fühlte sich augenblicklich noch leichter.

„Wie alt bist du?“, wollte Jill wissen.

„Ende dieses Jahres werde ich 18.“

„Nun, wenn es dir nichts ausmacht, dann würde ich dich gerne solange hier wohnen lassen, bis du dich allein in Umbria zurecht findest.“, erklärte sie und Kate nickte.

„Gut, auch wenn diese Welt nicht völlig anders ist, wie die aus der du kommst, gibt es doch einige entscheidende Unterschiede.“ Als Jill zu erzählen begann, setzten sich Mai und Alessio an das Ende des Tisches. Sie taten gelangweilt und

Mai kicherte. Kate wandte ihre Aufmerksamkeit wieder Jill zu.

„Ich selbst, bin auf der Erde geboren und als ich zwölf war, sind meine Eltern mit mir hierher gekommen. Damals war meine Mutter sehr abergläubisch, deshalb glaubte sie an die Geschichten aus dem Dorf, wo man sich erzählte, dass die Menschen verschwanden, wenn sie durch das Tor gingen und in einer friedlicheren Welt landen würden." Sie machte eine Pause. „Wir haben vieles über diese Welt herausgefunden. Der Planet, der zum größten Teil aus Eis besteht, ist sehr viel größer als die Erde. Er heißt Umbria und um ihn herum kreisen sieben Sonnen, trotzdem schmilzt er nicht.", erklärte Jill.

„Aber wieso nicht?", wollte Kate wissen.

„Nun, wir wissen es nicht genau, aber es gibt auch dazu eine Geschichte. Es heißt, dass fünf weiße Drachen existieren, die mit ihrer Magie diese Welt zusammenhalten und wenn sie sterben oder sogar getötet werden, dann würde dieser Planet zerfallen." Kate zog unbeeindruckt die Augenbrauen hoch.

„Drachen? Das glaubt ihr?" Jill schüttelte den Kopf.

„Ich glaube eher an einen Kern, so wie die Erde einen hat. Bis jetzt hat auch noch nie jemand den ich kenne einen weißen Drachen gesehen."

„Stimmt, schließlich weiß doch jedes Kind, dass sie braun sind.", rief Mai dazwischen. Jill ignorierte sie.

„Es ist genau wie mit den Geschichten der Elfen. Ständig erzählen sie dir Lügen. Einige behaupten sogar, sie seien zur Erde geflogen.", spottete sie.

„Hier gibt es Elfen?", fragte Kate überrascht.

„Sicher.", stimmte Mai zu.

„Das glaub ich erst, wenn ich Eine gesehen habe.", sagte Kate bestimmt und Mai lachte.

„Das hast du bereits. Taani eines unserer Hausmädchen ist eine Elfe.", sagte Jill und rief nach dem Mädchen, mit dem spitzen Gesicht. Sie hatte den Blick gesenkt und die Hände ineinander verschränkt.

„Ja?“, fragte sie mit leiser Stimme.

„Sie hat keine Flügel.“, stellte Kate fest. Aber Jill schüttelte den Kopf, trat auf die junge Frau zu und drehte sie unsanft um, so dass sie mit dem Rücken zu Kate stand. Sie hatte wirklich Flügel. Sie waren klein und in derselben Farbe wie die Haut der Elfe. Sie wirkten nicht besonders stark, zumindest bezweifelte Kate, dass sie kräftig genug waren, um damit überhaupt fliegen zu können.

„Und... was hat es mit den Drachen auf sich... gibt es die auch wirklich?“, fragte sie verunsichert und gespannt zu gleich.

„Ja, wenn du willst, zeige ich dir welche.“, meinte Alessio, so als sei es die natürlichste Sache auf der Welt sich einen Drachen anzusehen.

„Das wirst du nicht.“, unterbrach Jill ihn und legte die Hände auf Kates Schultern.

„Um in dieser Welt zurechtzukommen, musst du viel lernen. Du kannst verschiedene Ausbildungen machen, und falls wir bei dir eine Gabe feststellen, dann wirst du auch darin unterrichtet.“, erklärte sie.

„Das verstehe ich nicht.“ Kate runzelte die Stirn.

„Nun, ich bin mir ziemlich sicher, dass du eine Fähigkeit besitzt. Es gibt viele außergewöhnliche Talente in dieser Welt. Manche kann man lernen und Andere werden vererbt. Vielleicht hat vor langer Zeit ein Teil deiner Familie mal hier gelebt und jetzt ist eine Gabe, ohne das du es weißt, bis zu dir vererbt worden.“

„Und was soll das für eine Gabe sein?“, fragte Kate aufgeregt und versuchte sich daran zu erinnern, ob ihr jemals etwas Außergewöhnliches passiert war, aber ihr fiel nichts ein.

„Das wissen wir nicht. Wie schon gesagt, es gibt einfach zu

viele.“, sagte Jill nachdenklich, doch Kate war sich sicher, dass sie ihr nicht alles erzählt hatte, was sie wusste, oder zu wissen glaubte.

Keiner sagte etwas, bis Mai aufstand.

„Kate sollte jetzt etwas essen.“, sagte sie bestimmt und drückte sie auf einen Stuhl. Jill hob die Augenbrauen, doch sie erwiderte nichts.

Kate hatte wirklich Hunger.

„Wird Kate mit uns zusammen unterrichtet?“, fragte Mai, aber Jill schüttelte den Kopf. „Wie soll sie denn da mitkommen.“

„Aber Jill, die anderen Schüler passen vom Alter her nicht.“, widersprach Mai. „Außerdem, kann ich ihr doch helfen.“, schlug sie vor.

„Wir könnten es versuchen, vorausgesetzt Katelyn ist damit einverstanden.“, begann Jill und Kate nickte freudig. „Aber nur unter der Bedingung, dass du“, sie deutete auf Mai, „dafür sorgst, dass sie sich zurecht findet und bring ihr keinen Unsinn bei! Ich will dich nicht dabei erwischen, wie du sie Nachts mit hinaus nimmst. Kann ich mich auf dich verlassen, Mai?“ Streng sah sie die Blonde an.

„Natürlich, kannst du das und du kannst auch aufhören mich ständig überwachen zu lassen.“, gab diese frech zurück.

„Das ändert sich erst, wenn du anfängst mir zu gehorchen.“, sagte Jill und beendete somit das Gespräch.

Nach dem Essen bestand Mai darauf, Kate das Haus zu zeigen. Zumindest nannte sie es ein Haus. Kate hätte eher Palast oder Schloss gesagt. Es war riesig und so edel eingerichtet, dass sie sich klein und schmutzig fühlte, zwischen den hohen Mauern.

Mai hingegen schien es zu gefallen, durch die prachtvollen Zimmer zu laufen, umgeben von Reichen und Adeligen, die sich vor ihr verneigten. Sie war wie ein Teil von ihnen, wie sie durch die Flure ging und sich bewegte. Ihre ganze Erscheinung passte an diesen Ort und augenblicklich wünschte Kate sich, dass auch sie hierher passte, in diese Welt.

Sie wollte so sein wie Mai, anmutig, hübsch und fröhlich zugleich, doch vor allem frei von jeglichen Sorgen. Kate lächelte. Sie hatte nie viel gelacht, nachdem ihre Eltern gestorben waren, aber seit sie hier war, vermisste Kate sie weniger. Wenn sie genau überlegte, dann hatte sie kaum an sie gedacht. Sie hatte einfach keine Zeit gefunden und in ihrem Kopf war ein solches Durcheinander, dass sie es ganz vergessen hatte. Ihr altes Leben, in dem sie tagelang an nichts anderes gedacht hatte, als an ihre Eltern, schien ihr plötzlich fern.

Sie wollte nicht glauben, dass es erst einige Stunden her war, dass sie ihre Sachen gepackt hatte und davongelaufen war, ohne irgendein Ziel. Schon jetzt war diese Erinnerung nur noch ein unscharfes Bild in ihrem Kopf, ein dunkler Schatten, nichts weiter. Er hatte keine Bedeutung und nur das Bild ihrer Eltern stach aus der Erinnerung heraus, wenn Kate sie in ihr Gedächtnis rief.

Sie hatte gar nicht gemerkt, wie weit sie schon gelaufen waren, doch selbst wenn sie aufgepasst hätte, würde sie den Weg zurück nicht mehr finden. Sie hätte nicht mal gewusst, in welchem Stock sie jetzt waren, wenn sie nicht aus dem Fenster geschaut hätte, so viele Treppen war Mai rauf und wieder runter gelaufen. Sie standen in einem Tanzsaal. Durch die gegenüberliegende Glastür konnte man auf einen Garten sehen.

„Wieso liegt kein Schnee im Garten?“, fragte Kate überrascht und sprach somit zum ersten Mal, seit sie das Esszimmer verlassen hatten.

„Wir haben eine Glaskuppel darüber errichten lassen, damit die Erde nicht friert.“, erklärte Mai.

„Aber ich dachte es gibt hier keine Erde?“ Kate lief der Blonden hinterher, als sie zu der Tür ging und sie öffnete.

„Ich habe nur gesagt, sie sei schwer zu finden. Deshalb ist sie auch sehr teuer.“ Kate trat in den grünen Garten hinaus und atmete den Duft von Gras und Blumen ein. Als sie den Kopf in den Nacken legte, sah sie die schneebedeckte Kuppel. Unter ihr schwebten Kugeln aus Licht, in der Größe eines Fußballs. So etwas hatte sie noch nie gesehen. Wenn man genauer hinsah, konnte man erkennen wie kleine Wesen um die Lichterkugeln herumflatterten.

„Was ist das?“, flüsterte Kate in die Stille, aus Angst die Wesen mit ihrer Stimme zu vertreiben.

„Das sind Lichterfeen, sie brauchen Wärme um zu überleben, deshalb erzeugen sie Licht mit ihren Tänzen.“

Jetzt sah auch Kate, dass die Bewegungen immer dieselben waren, gleichmäßig und beruhigend. Nicht ein einziges Mal kamen die winzigen Geschöpfe aus dem Takt.

„Wenn du sie so toll findest, dann fang dir doch ein Paar.“, sagte eine Stimme hinter ihr und als sie sich umdrehte, sah sie Alessio in der Tür stehen.

„Ich habe euch gesucht.“, sagte er an Mai gewandt. „Jill will mit dir reden.“ Sie verdrehte die Augen.

„Ich kann dir jetzt schon sagen, was sie von mir will.“, antwortete sie und Alessio nickte zustimmend.

„Mir hat sie bereits einen Vortrag gehalten, aber es hielt sich in Grenzen.“, berichtete er. „Viel Spaß.“, fügte er noch hinzu, als Mai zurück ins Haus ging. Kate stand unschlüssig da und wusste nicht, was sie machen sollte.

„Und, was ist jetzt, soll ich dir welche fangen?“, fragte Alessio. Kate sah ihn verwirrt an.

„Was?“ Er lachte. „Ich will wissen, ob ich dir eine Fee fangen soll. So fasziniert wie du sie angestarrt hast, kann ich mir vorstellen, dass du zu gern ein paar von ihnen in deinem Zimmer hättest.“ Kate warf einen flüchtigen Blick zur Glaskuppel und sah dann verlegen zu Boden. Er hatte Recht, die Feen gefielen ihr.

„Aber ich kann sie doch nicht einfach einfangen und mitnehmen.“, sagte sie.

Alessio antwortete ihr nicht, stattdessen ging er auf einen kleinen, krummen Baum mit runden Blättern zu. Er stand mit dem Rücken zu Kate. Sie versuchte an ihm vorbei zu sehen, aber sie konnte nicht erkennen was er da machte. Erst als er sich wieder umdrehte, sah sie was er in der Hand hielt. Es hatte Ähnlichkeiten mit einem gelben, zusammengeschrumpften Ballon. Er streckte es Kate entgegen.

„Hier, das ist eines ihrer Nester. Ich denke, schon morgen werden sie schlüpfen.“ Kate nahm es vorsichtig in die Hand.

„Du musst es warm halten, also lass das Fenster in deinem Zimmer zu.“, erklärte Alessio und Kate schloss die Hände um das Nest.

„Danke.“, sagte sie und betrachtete es durch ihre Finger. Sie spürte das Leben darin, so zart, dass sie befürchtete es zu zerdrücken.

Als sie den Kopf hob, bemerkte sie, dass Alessio sie beobachtete.

„Wieso hast du dich entschieden hier zu bleiben? Gefiel dir deine eigene Welt nicht mehr oder willst du nur ein Abenteuer erleben?“, fragte er interessiert, doch Kate antwortete nicht. Er klang leicht vorwurfsvoll und sie wollte ihm weder von ihren Gründen erzählen, noch sich rechtfertigen.

„Du kannst jederzeit zurück, wenn du Heimweh hast, aber glaubst du nicht, deine Eltern werden sich Sorgen machen und dich vermissen?“ Er schien nicht zu bemerken, dass sie keine Lust hatte darüber zu sprechen. Sie sah ihn an und wollte schon den Mund öffnen, um eine Geschichte zu erfinden, aber dann entschied sie sich doch spontan für die Wahrheit.

„Meine Eltern werden mich nicht vermissen, sie sind tot.“

„Entschuldige, das konnte ich nicht wissen. Tut mir leid.“, stammelte Alessio und sah schuldbewusst drein.

„Schon ok.“, gab Kate zurück. „Sie hatten vor ein paar Jahren einen Unfall. Was ist mit deinem Vater? Lebt er noch?“ Alessio zuckte mit den Schultern.

„Jill meinte, er hätte sie verlassen, als er erfahren hat, dass sie schwanger war. Ich habe ihn nie vermisst.“ Kate glaubte ihm nicht. Vielleicht aus dem Grund, weil sie ihre eigenen Eltern selbst so vermisste, vielleicht aber auch, weil er den Blick etwas zu schnell abgewandt hatte und stattdessen den Feen bei ihrem Tanz zusah.

Erschrocken schrie Kate auf. Beinahe hatte sie das ballonartige Feennest fallen gelassen.

„Was ist das?“, fragte sie und betrachtete das zitternde Nest in ihren Händen. Es hatte die Farbe geändert und war nicht mehr länger strahlend gelb, sondern Scharlachrot.

„Wie kannst du es weiter festhalten, es müsste heiß wie Feuer sein.“ Alessio streckte vorsichtig seinen Arm aus, um es anzufassen. Doch kaum hatten seine Fingerspitzen das kleine Ding berührt, schrak er zurück.

„Au.“, er besah sich die geröteten Fingerkuppen. „Wieso verbrennst du dich nicht an ihnen und wieso schlüpfen sie jetzt schon, eigentlich hätten wir noch bis morgen warten müssen.“ Entgeistert starrte er auf ihre Hände. Kate zuckte ahnungslos mit den Schultern.

„Ich weiß es nicht. Schließlich wusste ich, bis vor einer Stunde nicht mal, dass es diese Wesen überhaupt gibt.“

„Hast du Zauberhände, oder so?“ Kate lachte.

„Was soll ich jetzt machen?“, wollte sie wissen.

„Warten.“, sagte er nur und beobachtete das immer stärker zitternde Nest. Kate sah auf ihre Hände, bis es plötzlich auseinander brach. Winzige Lichter, nicht größer als ein Stecknadelkopf, strömten daraus hervor. Erst bei genauerem Hinsehen, erkannte Kate dieselben kleinen Feen, wie die, die oben an der Kuppel tanzten. Einige von ihnen bildeten kleine Gruppen und begannen mit demselben Tanz, doch die Meisten von ihnen verblassten.

„Was passiert mit ihnen?“, fragte Kate besorgt.

„Sie können nicht alle überleben, meistens bleibt nur ein kleiner Teil. Siehst du?“, er deutete auf die Feen zu ihren Füßen. Sie waren alle erloschen. Nur zehn hatten es geschafft, einen Lichtball zu bilden, der denen ihren Artgenossen ähnlich war. Langsam stiegen sie nach oben. Doch der Verlust der winzigen Geschöpfe trübte ihre Freude ein wenig.

„Hier, nimm das.“ Alessio drückte ihr ein weiteres Nest in die Hand.

„Und was jetzt?“, fragte sie. „Halte es in den Händen, so wie das Andere. Ich will sehen was passiert.“ Kate nickte und es dauerte nicht lange, bis auch das zweite Nest brach.

„Wahnsinn, ich wüsste zu gerne wie du das machst. Dieses Nest wäre frühestens in ein, vielleicht zwei Wochen soweit gewesen.“, sagte er.

„Das ist verrückt.“, flüsterte sie und beobachtete, wie zwei weitere Schwärme von tanzenden Feen zum Dach hinaufflogen.

„Was ist denn so verrückt, Kate.“, fragte Jemand und als sie sich zur Tür umsah, stand dort Mai.

„Was tut ihr da?“, fragte sie weiter und kam zu ihnen rüber.

„Kate brütet Feennester aus.“, grinste Alessio.

„Hör auf mit dem Schwachsinn.“, sagte Mai und stieß ihm

lachend gegen die Schulter.

„Hey, ich sag die Wahrheit. Frag doch Kate."

Mai sah sie mit hochgezogenen Augenbrauen an.

„Ähm, doch es stimmt, glaube ich.", sagte die unsicher.

„Siehst du, du hast mich schon wieder belogen.", stellte Mai daraufhin fest.

„Nein.", protestierte er.

„Du weißt doch, ich kann das nicht leiden.", stritt Mai weiter.

„Aber er sagt die Wahrheit." Beide drehten sich zu Kate um.

„Lass es mich noch mal versuchen." sagte sie. Alessio gab ihr ein weiteres Nest.

„Was auch immer ihr vorhabt, das klappt nie.", spottete Mai.

„Abwarten.", sagte er.

Kate schloss die Hände um das Nest.

Es dauerte nicht lange, bis es die Farbe änderte.

„Lass es los.", rief Mai, aber Kate schüttelte den Kopf.

„Siehst du?“, flüsterte sie, als die Feen aus dem Nest strömten.

Kriegsgeschichten

Die Klassenräume waren in der unteren Etage des Schlosses.

Als Kate und Mai dort eintrafen, waren die Gänge bereits überfüllt.

Menschen und Elfen unterhielten sich angeregt in kleineren Gruppen, aber auch andere Wesen, die Kate noch nie zuvor gesehen hatte, liefen durch den Korridor.

Sie hatten zwar große Ähnlichkeiten mit den Menschen, um sie herum, doch Kate sah deutlich die Unterschiede. Ein paar von ihnen hatten pelzige Gesichter und Hände, andere hatten Gesichter, die Tieren ähnlich waren. Kate schauderte. Sie versuchte sie nicht anzustarren und sich so zu verhalten, als wäre das alles nichts Neues für sie.

„Unser Klassenraum ist hier.“, sagte Mai und öffnete eine Tür.

Sie waren auch hier nicht die Ersten und als sie eintraten, fielen die Blicke auf Kate.

Sie mochte es nicht, wenn man sie so genau betrachtete, aber sie war ebenso gut darin das zu verbergen.

„Morgen.“, rief Mai fröhlich.

Dann setzten sie sich auf eine Bank in der letzten Reihe. Ein kleines Mädchen, aus den vorderen Reihen sprang auf und eilte auf Mai zu. Der Junge, der neben ihr gesessen hatte, wollte sie zurückhalten, aber sie war zu schnell. Sie setzte sich auf Mais Tisch und ließ die kurzen Beine baumeln.

„Hey Mai, wo warst du gestern?“, fragte sie neugierig.

Kate fand, dass das Mädchen mit dem langen blonden Zopf mehr wie eine zu klein geratene Zehnjährige aussah, sie passte einfach nicht hier her.

Alle Schüler dieser Klasse hatten ungefähr dasselbe Alter,

hatte Mai gesagt. Kate schätzte die Jüngsten auf sechzehn, auch wenn sie nicht sicher war, wie es mit den Elfen war.

„Ich hab Kate herumgeführt.“, sagte Mai mit einem Kopfnicken in ihre Richtung.

„Und deshalb konntet ihr nicht mit uns zusammen essen?“, fragte die Kleine gespielt beleidigt.

Mai grinste.

„Ich heiße übrigens Sanny.“, stellte sie sich vor und reichte Kate eine ihrer kleinen Hände.

„Hast du immer so kalte Finger?“, fragte Sanny überrascht.

„Ich weiß nicht. Hab nie sonderlich darauf geachtet.“, murmelte Kate.

„Woher kommst du?“

Bevor Kate antwortete warf sie einen unsicheren Blick zu Mai, doch diese schien einverstanden damit, dass Kate ihre Geschichte erzählte.

„Von der Erde. Ich bin durch das Tor gekommen.“, sagte sie und beobachtete Sannys Gesichtsausdruck.

„Wie hast du es gemacht, es gibt nur selten Menschen die hindurch kommen.“

„So schwer ist es gar nicht, man muss nur hindurchgehen. Weiß doch jeder.“, sagte ein Mädchen aus der Reihe vor ihnen. Ihre Stimme klang eingebildet und ihr Blick war hochnäsig.

„Falls du es vergessen haben solltest, Sanny, ich bin auch von dort gekommen. Wenn du mich fragst, dann ist das keine besondere Leistung.“, sagte sie herablassend.

„Dich hat aber keiner gefragt, Claire.“, gab Sanny so eisig zurück, wie Kate es nicht von ihr erwartet hätte.

„Ich habe keine Lust mit dir zu reden.“ Mit diesen Worten drehte Claire sich schwungvoll nach vorne, wobei ihr schulterlanges, schwarzes Haar im Licht glänzte. Kate war sie jetzt schon unsympathisch. Sie hatte noch nie viel von

Menschen gehalten, die glaubten, sie seien etwas Besseres.

Der Raum füllte sich langsam.

Einige sahen Kate neugierig an, doch sie ignorierte die Blicke der Anderen und lauschte dem Gespräch von Sanny und Mai. Das Meiste verstand sie ohne Probleme und ihr fiel auf, wie erwachsen Sanny im Gegensatz zu ihrem Aussehen klang.

„Mein Bruder ist zur Zeit wieder besonders aufmerksam.“, erzählte diese gerade und die beiden Mädchen sahen nach vorne.

Als Kate ihren Blicken folgte, sah sie den Jungen, der Sanny vorhin zurückhalten wollte.

„Weißt du, ich mag Eddy, aber seit er mit dieser Dana zusammen ist, benimmt er sich noch mehr wie mein Vorgesetzter. Dabei kann ich wahrscheinlich besser auf ihn aufpassen, als er auf mich.“ Sie lachte.

„Er macht sich sicher nur Sorgen, ich kann ihn gut verstehen.“, antwortete Mai.

„Aber mit Dana hast du Recht. Was findet er nur an ihr. Sie ist immer so komisch.“ Sanny nickte zustimmend.

„In wie fern komisch?“, fragte Kate.

„Sie hält sich aus allem raus und wenn man mit ihr spricht ist sie abweisend.“, erklärte Mai.

„Ich glaube, außer Claire, hat sie keine Freunde.“, flüsterte Sanny so gleichgültig, dass Kate Mitleid mit Dana bekam, obwohl sie diese nicht einmal kannte. Sie hatte das Mädchen noch nie gesehen und trotzdem tat sie ihr leid.

„Da ist sie.“, zischte Sanny und Kate beobachtete wie ein Mädchen zu Eddy hinüber ging.

Sie begegnete kurz Sannys Blick und setzte sich neben ihn. Genau dahin, wo eben noch Sanny gesessen hatte.

„Sie ist eine Elfe?“, fragte Kate, die die schmalen Flügel erst bemerkte, nachdem Dana sich gesetzt hatte.

„Ja, das ist sie, aber ihr Vater ist ein Mensch und deshalb hat sie nicht das typische Aussehen einer Elfe.“, erklärte Mai ihr flüsternd.

Erneut ging die Tür auf und Alessio kam herein.

„Hey Kate, Mai, Sanny.“, rief er fröhlich und winkte. Kate lächelte.

„Hi, Al.“, flötete Claire vor ihnen und strich sich eine schwarze Haarsträhne hinters Ohr.

„Morgen, Claire.“, antwortete er nur, ohne weiter auf sie zu achten und ging an ihr vorbei, um sich neben Mai zu setzen. Claire warf ihr einen bösen Blick zu.

Scheinbar wollte sie Mai dafür verantwortlich machen, dass Alessio sie nicht beachtete.

Sanny rutschte vom Tisch. „Ich geh dann mal nach vorn meinen Platz zurück erobern.“, beschloss sie.

„Viel Glück.“, gähnte Mai noch, bevor sie den Kopf auf ihre Hand stützte und die Augen schloss.

„Müde?“, neckte Alessio und pikste ihr den Finger in die Seite.

Mai zuckte. „Musst du mich immer ärgern?“, schimpfte sie nicht ganz ernst.

Alessio grinste sie nur an.

„Wieso bist du müde, du warst doch gestern so früh im Bett?“, wollte Kate wissen.

„Weil sie jeden Morgen noch vor Sonnenaufgang aufsteht um hinauszugehen, bevor Jill wach ist.“, sagte er.

„Du weißt ja gar nicht, wie schön es morgens Draußen ist.“, verteidigte sich Mai.

„Es ist auch nicht anders als jetzt.“, widersprach Alessio. Kate verdrehte die Augen.

„Tut mir leid, aber ich muss Mai zustimmen. So früh morgens ist die Welt ganz anders. Alles ist viel leiser, selbst die

Vögel schlafen noch. Die Luft ist frisch und kühl, und die Sonne geht grade auf."

Sie erinnerte sich noch zu gut an die Morgende im Waisenhaus.

Sie war immer eine der Ersten gewesen, die wach waren. Meistens hatte sie sich mit einem Buch und einer Wolldecke auf den Balkon gesetzt, bis die Betreuerinnen sie zum Essen gerufen hatten. Jenna, ihre beste Freundin, hatte immer geschimpft, wenn sie gesehen hatte, dass Kate wieder einmal im Schlafanzug und ohne Socken auf dem Balkon saß.

Bis zu dem Tag, an dem Jenna ein neues Zuhause gefunden hatte, war es für Kate erträglich gewesen, in einem Waisenhaus zu leben. Doch als sie ging, war nichts mehr wie vorher. Traurig schüttelte Kate den Gedanken an ihre Freundin ab. Jetzt würden sie sich wahrscheinlich eh nie wieder sehen.

„Mädchen sind doch verrückt.", sagte Alessio kopfschüttelnd.

„Hör auf.", erwiderte Mai und stieß ihn gegen die Schulter.

Als der Lehrer eintrat verstummten die Schüler. Er war nicht sonderlich groß, aber er hatte ein breites Kreuz. Sein Gesicht war streng und leicht faltig. Er strich sich durch sein kurzes, krauses Haar, welches schon einen leichten Graustich hatte.

„Das ist Packs, der Klassenlehrer.", raunte Mai Kate zu.

Er setzte sich auf das Pult und ließ den Blick durch die Klasse schweifen.

„Garry und Sue fehlen, sehe ich das richtig?", fragte er mit tiefer, rauer Stimme. Vereinzelt nickten ein paar Schüler und ein Junge mit längeren blonden Haaren, der mit seinem Stuhl wippte, rief laut: „Sie haben Recht, wie immer." Dabei grinste er zufrieden.

Der Lehrer ignorierte ihn, notierte die zwei Namen in einem kleinen Buch und sah erneut umher.

„Ah, sie müssen die neue Schülerin sein.“, sagte er, als er Kate bemerkte. „Wie ist ihr Name?“

„Kate.“, antwortete sie und lächelte verlegen, als sich alle zu ihr umdrehten.

„Sehr schön, dann können wir ja anfangen.“ Er stand schwerfällig auf, ging in einen Nebenraum und holte ein Modell, in dessen Mitte eine große weiße Kugel stand, um die sich in gleichmäßigem Abstand, sieben Kugeln ununterbrochen drehten. Kate vermutete, dass es der Planet sein sollte, mit seinen sieben Sonnen. In ihrer alten Schule hatte es ähnliche Modelle des Sonnensystems gegeben.

„Wir machen heute eine Wiederholung des Grundwissens. Ich denke das wird keinem von euch schaden und es wird Kate helfen, sich schnell hier einzuleben.“, sagte er und stellte das Modell auf den vorderen Tisch. Kate hörte Mai neben sich gelangweilt seufzen.

„Nun, ihr seht hier unseren Planeten. Wer kann mir die wichtigsten Merkmale kurz zusammenfassen?“, fragte er in die Klasse. Vereinzelt meldeten sich ein paar Schüler.

„Haddock.“ Er zeigte auf einen Jungen in der ersten Reihe. Kate sah, dass er ein Fell hatte. Zwar war er gekleidet wie ein Mensch, doch bis auf sein Gesicht war er scheinbar ganz behaart.

Mai, die Kates Blick bemerkt hatte, beugte sich zu ihr hinüber und flüsterte ihr zu: „Haddock ist ein Waldmännchen, sie sind handwerklich sehr begabt. Eigentlich meiden sie die Menschen, aber Einige von ihnen leben hier im Dorf. Sie sind ziemlich hinterlistig, also pass besser auf, dass dich keiner von ihnen anspricht.“

Kate nickte kurz und schaute dann wieder nach vorne, wo Haddock gerade die unterschiedlichen Durchmesser und Eigenschaften der Sonnen aufzählte.

„Eine Sonne braucht 168 Stunden für eine Umrundung, des Planeten."

Er beendete seinen Vortrag.

Kate wunderte sich. „168 Stunden?", fragte sie Mai entsetzt.

„Ja, unsere Zeit vergeht viel langsamer als die auf der Erde. Ich glaube, wenn eine Sonne einmal um Umbria gewandert ist, dann ist bei euch ein Tag vergangen. Kurz gesagt, sieben Tage auf Umbria dauern genau so lange an, wie ein Tag auf der Erde.", erklärte Mai leise.

„Natürlich ist das so. Du müsstest es doch eigentlich wissen, Kätzchen." Das letzte Wort betonte Claire besonders deutlich. Mai blickte böse zurück.

„Wenn du Streit suchst, dann kannst du gerne welchen haben, aber das wird nicht gut ausgehen, für dich.", zischte sie.

„Willst du mir etwa drohen, nur weil du glaubst, dass du durch deine Fähigkeiten etwas Besonderes bist?", giftete Claire zurück.

„Nein, ich drohe dir, weil..." Weiter kam sie nicht.

„Mai, Claire, lassen sie diese Zickereien in meinem Unterricht, oder sie müssen erneut nachsitzen.", rief Packs dazwischen und mit einem letzten feindseligen Blick Richtung Mai wandte sich Claire wieder nach vorne.

„Irgendwann drehe ich ihr den Hals um.", flüsterte Mai so leise, dass Kate sie kaum verstehen konnte, obwohl sie dicht nebeneinander saßen.

„Mai.", griff Alessio ruhig ein.

Für den Rest der Stunde, drehte Claire sich nicht mehr um und auch Mai sagte nichts weiter. Kate versuchte sich auf den Unterricht zu konzentrieren, aber immer wieder schlich sich die Frage in ihren Kopf, was Claire mit Fähigkeit gemeint haben könnte. Sie beschloss Mai am Ende der Stunde zu fragen und strengte sich an zuzuhören.

Jemand erzählte, dass dieser Planet nicht in Bewegung war. Er befand sich regungslos mitten im Weltall. Kate fragte sich, wie weit sie von der Erde entfernt waren und ob es möglich war mit einer Rakete bis hier her zu fliegen. Sie kannte nicht einen Stern, der regungslos im Weltall verweilte. Sie vermutete, dass es deshalb nicht wärmer wurde, egal wie viele Sonnen um ihn herumkreisten.

Auch ihre zweite Stunde hatten sie bei Packs und so hatte Kate keine Zeit Mai auf Claires Anspielung anzusprechen. Enttäuscht lauschte sie dem Lehrer.

„Nun, ich kann ihnen Allen nur empfehlen im Geschichtsunterricht aufzupassen, denn es könnte entscheidend für ihre Zukunft sein."

In der Klasse brach ein Gemurmel aus und auch Mai flüsterte Alessio etwas zu.

„Dürfte ich wieder um ihre Aufmerksamkeit bitten?" Die Klasse verstummte.

„Danke.", fügte Packs knapp hinzu. „Nun, sie alle kennen die Geschichten, die über den Krieg, der vor 17 Jahren überraschend endete. Keiner weiß genau weshalb, aber an dem Tag haben sich die Manganen wieder zurückgezogen, auf die andere Seite des Waldes. Bis heute wissen wir nur das Tarsis sie geschickt hat, doch der Grund bleibt weiterhin unklar. Eines ist jedoch gewiss, sie werden eines Tages wiederkommen."

Kate schauderte. Einen Krieg hatte sie nicht erwartet, in einer Welt die so friedlich wirkte. Und der Gedanke, rotes Blut auf dem weißen Schnee zu sehen, jagte ihr für kurze Zeit Angst ein. Sie vertrieb das schreckliche Bild aus ihrem Kopf und betrachtete ihre Hände, die ganz weiß geworden waren. Allmählich nahmen sie wieder ihre natürliche Färbung an.

„Tarsis ist ein grausamer Mann, aber wer sind die Manganen? Woher kommen sie", fragte Sanny.

„Das sind Kreaturen, deren Herzen kälter sind, als der Schnee auf den Straßen, ihre Krallen sind schärfer als jeder Dolch, und aus ihren Augen spricht der Tod.“, raunte der Blonde, der schon vorhin in die Klasse gerufen hatte.

„Ach halt die Klappe, Blödmann.“, rief Claire.

Der Junge grinste und zuckte mit den Schultern. „Ich sage nur die Wahrheit. Wenn du sie nicht ertragen kannst, dann kann ich dir auch nicht helfen.“

„Würden sie ihre Auseinandersetzung bitte auf einen anderen Zeitpunkt außerhalb meines Unterrichts legen.“, fuhr Packs erneut dazwischen und beendete somit die Diskussion.

„Auch wenn Lee wieder einmal übertreibt, hat er nicht ganz Unrecht mit seiner Beschreibung. Wir wissen nicht viel über sie, was daran liegt, dass kaum einer das Land Zeno betritt. Die, die sich hineingewagt haben, waren verändert. Einige haben nicht überlebt, andere hatten völlig den Verstand verloren, oder sie hatten nur noch Böses im Sinn.“

„Was für eine lahme Stunde.“, stöhnte Mai, als sie mit Kate und Alessio das Klassenzimmer verließ. „Na ja, ich fand es eigentlich recht interessant.“, widersprach Kate.

„Kein Wunder, du hörst das ja auch alles zum ersten Mal.“, sagte eine Stimme hinter ihnen. Sanny hatte sie eingeholt und lief fröhlich neben ihnen her. „Wohin wollt ihr?“

„Wir müssen noch etwas für Jill besorgen. Kommst du mit?“, wollte Mai von ihr wissen.

„Klar.“, stimmte Sanny zu.

„Sag mal, wieso bist du so gut gelaunt?“, fragte Mai weiter.

„Eddy und Dana haben sich schon wieder gestritten, ich glaube ihre Beziehung hält nicht mehr allzu lang.“, grinste Sanny.

„Über so etwas freut ihr euch?", fragte Kate ungläubig, als auch Mai anfing zu grinsen.

„Die Zwei sind nicht normal. Sie sind verrückt, verstehst du, nicht ganz dicht.", flüsterte Alessio, Kate laut genug zu, so dass Sanny und Mai genau verstanden was er sagte. Sie ignorierten ihn.

„War das eigentlich schon alles für heute, oder haben wir noch mehr Unterricht?", fragte Kate, die es nicht gewohnt war so früh frei zu haben.

„Nicht ganz, heute Nachmittag haben wir noch Kampftraining.", sagte Sanny mit düsterer Mine.

„Ich kann nicht kämpfen.", sagte Kate erschrocken. Mai kicherte.

„Genau deshalb sollst du es ja auch lernen."

Kate war nicht wohl bei dem Gedanken. Besonders nach dem Thema der letzten Stunde. Sie mochte es nicht Andere zu verletzen und an das Töten wollte sie erst recht nicht denken.

„Guck nicht so entsetzt. Das ist nur eine Vorbereitung. Stell dir mal vor du begegnest einem unheimlichen Wesen.", unterbrach Alessio ihre Gedanken.

„Ach ja, die Drachen, oder?", fragte Kate leicht spöttisch.

„Apropos Wesen.", fing Sanny an und warf ihren Zopf über ihre Schulter. „Diese Monster, von denen Lee gefaselt hat, müsst ihr mir mal erklären. Von denen habe ich noch nie etwas gehört."

„Ich kann dir nicht helfen, Sanny. Du weißt doch, dass ich nur ein paar Tage vor Kriegsende geboren wurde.", sagte Mai.

Sie schwiegen eine Weile.

Kate hatte die Traurigkeit in Mais Stimme bemerkt, obwohl sie versucht hatte, es zu verbergen. Kate fragte sich was sie so traurig gemacht hatte, aber sie kam nicht dazu, sich weiter Gedanken zu machen, denn Alessio unterbrach sie.

„Ich habe sie mal gesehen.“, sagte er kaum hörbar.

Die Anderen wirkten überrascht.

„Das hast du mir ja gar nicht erzählt.“, sagte Mai vorwurfsvoll.

„Du musst auch nicht immer alles wissen, schließlich gibt es keine Regel, die von mir verlangt, dass ich meiner kleinen Schwester mein ganzes Leben offenbaren muss.“, neckte er sie.

„Sollte es aber geben und jetzt erzähl.“, forderte Mai. Alessio grinste, aber er schüttelte den Kopf.

„Da gibt es nichts zu erzählen, ich war erst zwei Jahre alt.“, wich er aus.

Kate versuchte sich vorzustellen, wie diese Wesen aussahen. Wahrscheinlich waren sie unglaublich hässlich und man sah schon von weitem die Gefahr.

Sie verließen das Schloss durch den Vordereingang, gemeinsam mit den anderen Schülern.

Als sie hinaustraten, vergaß Kate ihre düsteren Gedanken von blutrünstigen Monstern. Sie standen auf einem, wie sollte es anders sein, schneebedeckten Platz. Er sah aus wie ein alter Marktplatz.

Sie war oft mit ihren Eltern in alte Städte gereist, um sie zu besichtigen. Auch wenn Kate diese Reisen mochte, hatte sie sich immer schnell gelangweilt und wieder einmal fiel ihr auf, wie selten sie seit sie hier war an ihre Eltern gedacht hatte. Irgendwann musste sie ja über den Tod hinwegkommen, immerhin war es schon fünf Jahre her, oder waren es sechs? Kate hatte es vergessen. Die Zeit in dieser Welt verging so langsam, dass man sie nicht spürte. Ihr altes Leben war so fern und das Neue hatte noch nicht einmal richtig begonnen.

Sie schlenderten eine breite Gasse entlang, durch welche die Menschen eilig von Laden zu Laden hasteten. Hier und da warf Kate vereinzelt Blicke in die Schaufenster. Wenn sie es nicht besser gewusst hätte, hätte sie wahrscheinlich geglaubt, sie wäre noch immer auf der Erde. Man musste schon genau hinsehen um die Unterschiede zu bemerken. Zwar wirkte hier alles altmodischer und es gab auch keinen Strom, doch ansonsten, war es wie bei ihr Zuhause.

Selbst der Schnee war in ihrem Dorf nichts Besonderes gewesen. Es hatte oft so viel geschneit, dass sie keinen Fuß vor die Tür hatte setzen können.

„Ist dir denn nicht kalt?“, fragte Sanny plötzlich, als sie bemerkte, dass Kate statt einer dicken Jacke nur ein dünnes T-Shirt trug.

„Kate friert nie.“, sagte Mai.

„Ach was, das stimmt doch gar nicht.“, wandte Kate ein. „Glaub ihr kein Wort, Sanny. Ich friere normalerweise genauso wie jeder Andere auch, nur seit ich hier bin, hat sich das irgendwie verändert.“

„Sag ich doch, du frierst nie.“, wiederholte Mai und tat so, als hätte sie Kate nicht verstanden.

„Das ist seltsam. Habt ihr euch dazu schon irgendwelche Gedanken gemacht?“, fragte Sanny nachdenklich.

„Sicher. Jill hat da mehrere Theorien. Leider will sie mir nicht mal eine davon verraten.“, sagte Mai.

„Wieso sollte sie gerade dir etwas verraten?“, fragte Alessio und zerstrubbelte Mai die Haare, wofür er einen bösen Blick erntete. „Du plapperst sofort alles aus.“

Sanny und Kate lachten. Mai hingegen tat beleidigt.

„Was hat sie dir gesagt?“, wollte sie im nächsten Moment neugierig und mit leuchtenden Augen wissen.

„Das werde ich dir nicht sagen.“ Alessio klang entschlossen, doch offenbar wollte Mai das nicht einfach so hinnehmen.

„Ich bin deine Schwester, mir kannst du es doch sagen.“, bettelte sie den ganzen Weg hinauf bis zu einem kleinen

Lebensmittelladen.

Interessiert sah Kate sich zwischen den Regalen um. Wenn man nicht so genau hinsah, konnte man auch hier den Unterschied zu einem gewöhnlichen Supermarkt kaum sehen. Es gab zwar kein Essen in Dosen, aber sonst war alles Notwendige vorhanden, sogar Obst und Gemüse, welches sie nicht erwartet hätte. Wahrscheinlich, vermutete sie, gab es selbst in dieser Welt irgendwo wärmere Orte.

„Lasst uns schon mal weiter gehen. Es dauert bestimmt noch bis Mai fertig ist.“, sagte Sanny und Alessio folgte ihr weiter in den Laden. Kate blieb neben Mai stehen und beobachtete, wie diese die Regale durchwühlte. Einige Sachen fielen dabei heraus, aber das schien sie nicht zu stören. Eine kleine Frucht rollte direkt vor Kates Füße, doch sie machte sich nicht die Mühe diese aufzuheben.

„Hast du nicht Lust morgen früh mit mir zu kommen?“, flüsterte Mai, damit die anderen Beiden es nicht hörten.

Kate strich sich eine Strähne aus der Stirn.

„Wohin gehst du denn?“

Mai warf einen kurzen Blick zu ihrem Bruder, der wenig interessiert hinter Sanny herlief und ab und an in ihre Richtung sah.

„Na, ich geh raus, so wie fast jeden Morgen. Jill hat mir zwar verboten dich mitzunehmen, aber wenn ich recht überlege, darf ich eigentlich auch nicht gehen. Also was soll´s.“, warf sie ein.

Kate überlegte.

„Ist es nicht gefährlich hier in eurer Welt?“, fragte sie vorsichtig, aber Mai lachte nur.

„Ist eure Welt sicher? Nenn mir einen Ort, an dem es nicht gefährlich ist.“

Kate wusste darauf keine Antwort.

„Außerdem weiß ich, wie ich mich verteidigen muss. Mit mir wärst du auf jeden Fall sicher.“, fügte Mai grinsend hinzu.

„Naja, wenn du dir sicher bist, dann komm ich gerne mit. Wann soll ich fertig sein?“

Mai schüttelte den Kopf.

„Komm heute Abend rüber in mein Zimmer, wenn alle in ihren Betten liegen.“, flüsterte Mai.

„Was ist, wenn ich erwischt werde und überhaupt weiß ich gar nicht mehr, wo dein Zimmer ist.“ Kate versuchte sich die Wege in Erinnerung zu rufen, aber sie war einfach zu müde gewesen, um sich mehr als ein paar Namen zu merken.

„Sie werden dich nicht erwischen, keine Sorge. Es gibt dort nicht mal Wachen. Mein Zimmer ist in derselben Etage wie deines, nur... am anderen Ende des Flures.“

Kate zog die Augenbrauen hoch. Sie verstand sich aufs Schleichen, dennoch war ihr nicht ganz wohl bei dem Gedanken.

„Was flüstert ihr denn da, beeilt euch lieber.“, rief Sanny.

„Versuch es einfach.“, sagte Mai fröhlich und zog Kate mit zur Kasse.

Das Training am Nachmittag fand draußen im Freien statt.

Sanny begrüßte Kate freudig, als diese unsicher auf dem Platz auftauchte. Sie kam allein. Mai hatte gesagt, dass sie und ein paar Andere, darunter auch ihr Bruder, ein extra Training hatten. Als Kate jedoch Genaueres wissen wollte, hatte sie einfach das Thema gewechselt.

Daher fiel Kate ein Stein vom Herzen, als sie wenigstens Sanny in der Menge erkannte. Sie war nett und hatte eine fröhliche Art.

„Wer unterrichtet uns?“, fragte Kate interessiert.

„Ein sehr junger Lehrer, er ist ungefähr in eurem Alter.“, sagte Sanny. Kate öffnete den Mund, um sie zu fragen wie alt sie war, aber Sanny ahnte die Frage bereits.

„Ich bin erst sechs.“ Sie kicherte bei dem verwirrten Blick, der auf Kates Gesicht erschienen war.

„Das war ein Scherz, oder?“, wollte sie wissen.

„Nein, sie sagt die Wahrheit.“, ein Junge war zu ihnen herübergekommen und Kate hatte ihn erst bemerkt, als er sprach. Es war Sannys Bruder, aber Kate hatte seinen Namen bereits vergessen. Er war nicht viel größer als sie.

„Ich möchte nicht unhöflich klingen, aber ich versteh es nicht.“, sagte Kate langsam. „Du bist erst sechs und ziemlich klein, redest aber wie eine Erwachsene?“, stellte sie fest.

„Nun ja. Für unsere Verhältnisse bin ich nicht besonders klein. Die Meisten von uns werden nicht größer als 80 cm. Ich bin fast bei neunzig und kaum einer ist bisher über die ein-Meter-grenze gewachsen.“, sagte Sanny.

„Ja, sie ist sehr stolz unsere Kleine.“, meinte ihr Bruder und wuschelte ihr durch die Haare. Sanny trat ihm zur Strafe gegen sein Bein.

„Du bist nur neidisch, weil ich eine Heilerin bin und du nicht.“, ärgerte sie ihn weiter.

„Ich habe es mir nicht ausgesucht und die wenigsten Jungen werden Heiler.“ Er klang beleidigt.

„Dad war einer.“, fügte er flüsternd hinzu. Sanny warf ihm einen bösen Blick zu.

„Was ist das Besondere an Heilern?“, fragte Kate rasch.

„Heiler entwickeln sich sehr früh. In ihren ersten Monaten lernen sie Laufen und Sprechen. Von Geburt an wissen sie welche Wirkung die verschiedenen Pflanzen haben und im Laufe ihres Lebens lernen sie, wie sie diese richtig zusammenmischen müssen.“, erklärte der Junge.

„Das Wichtigste hast du natürlich vergessen.“, sagte Sanny gespielt wütend.

„Wir sind extrem klug und einfallsreich.“, flüsterte sie grinsend und Kate lachte, wobei ihr ein Mädchen auffiel, das ihnen vernichtende Blicke zuwarf. Kate erkannte Dana, die Freundin von Sannys Bruder sofort. Jetzt fiel ihr auch wieder ein, dass dieser Eddy hieß. Er und Sanny folgten Kates Blick.

„Wir haben uns getrennt.“, sagte Eddy und machte eine wegwerfende Handbewegung.

„Das ist ja großartig.“, rief Sanny. „Ich meine, oh, tut mir leid.“, fügte sie rasch hinzu, aber Eddy lachte.

„Das ist schon ok. Sie hat mich mit ihrer Zickerei und ihrer ständigen Eifersucht beinahe in den Wahnsinn getrieben.“

Daraufhin zog Sanny die Augenbrauen hoch.

„Und wie bist du sie dann losgeworden?“, fragte sie. Eddy warf Kate einen flüchtigen Blick zu.

„Das erzähl ich dir später.“, sagte er. „Nichts gegen dich Kate, wirklich nicht.“, fügte er an sie gewandt hinzu.

„Schon gut, ich verstehe.“, sagte sie schnell. Im selben Moment tauchte ein gutaussehender junger Mann auf. Er konnte höchsten ein oder zwei Jahre älter sein als Kate. Nachdem er sich kurz umgesehen hatte, kam er auf sie zu.

„Hey, ich bin Jay. Ich unterrichte diese Klasse in verschiedenen Kampfarten. Darunter auch Bogenschießen und einfachen Schwertkampf.“, sagte er und reichte Kate die Hand.

„Mir wurde berichtet, dass sie neu in dieser Klasse sind und noch keinerlei Erfahrung in diesem Fach besitzen. Ist das richtig?“

„Ja.“, sagte sie knapp, und stellte sich, wie es ihr vorkam, zum tausendsten Mal an diesem Tag mit Namen vor.

„Gut. Sanny, gehen sie mit ihr in die Waffenkammer und suchen sie ihr eine ordentliche Kampfausrüstung.“ Mit diesen

Worten wandte er sich der gesamten Klasse zu. Kate folgte Sanny und hörte noch wie Jay die Schüler begrüßte und in kleine Gruppen einteilte.

Wie versprochen, stand Kate zu Beginn der Nachtruhe vor ihrer Zimmertür und lauschte angestrengt. Stille.

Im Gang war es vollkommen dunkel, bis auf das schwache Licht, welches unter den schweren Samtvorhängen durchsickerte und den Boden bedeckte. Es glänzte silbrig wie der Schnee vor dem Fenster und ließ Kates Füße gespenstisch leuchten. Schritt für Schritt schlich sie auf die Tür am Ende des Korridors zu und lugte vorsichtig in die angrenzenden Flure.

Das ganze Schloss schien verlassen, so ruhig war es hier. Nur der Boden knarrte leise und immer wieder blieb sie stehen, um zu lauschen.

In der erdrückenden Dunkelheit und mit laut klopfendem Herzen in der Brust wirkte der Weg doppelt so lang. Kate hatte ihr Ziel fast erreicht, als sie plötzlich Schritte aus einem der seitlichen Gänge hörte.

Panisch sah sie sich um. Hier gab es nichts wo sie sich verstecken konnte. Hastig eilte sie auf den nächsten Korridor zu, während die Schritte hinter ihr lauter wurden. Sie hastete um die Ecke und drückte sich mit dem Rücken an die Wand, wobei sie beinahe eine Vase mit ihrer Tasche umschlug. Zwar hielt Kate sie im letzten Moment fest, aber den Krach konnte sie nicht verhindern.

„Mist.“, fluchte sie leise und hockte sich an der Wand lehnend hinter die Vase. Die Schritte waren für einen kurzen Augenblick verstummt, doch dann kamen sie langsam auf Kate zu. Sie zerbrach sich den Kopf darüber was sie sagen oder tun könnte, falls man sie bemerken würde. Lügen war nie ihre

Stärke gewesen.

Sie könnte sagen, sie hätte sich verlaufen, aber wie sollte sie dann die Tasche erklären? Kate hielt den Atem an. Wenn sie Glück hatte, würde, wer auch immer da war, vielleicht einfach weitergehen und sie nicht sehen.

Sie hatte kein Glück.

„Kate?“, fragte Jemand. Sie sah auf.

„Oh. Hey, Alessio.“ Kate stand unsicher auf.

„Was machst du denn hier?“, fragte sie und überlegte, ob er sie wohl verraten würde.

„Ich muss noch mal zu Jill. Sie will wieder irgendetwas besprechen, aber die Frage ist doch, was machst du hier?“

Wenn er zu Jill ging, würde er ihr ganz sicher erzählen, dass Kate Nachts über die Flure spazierte. Verzweifelt suchte sie nach einer Ausrede.

„Ähm, ich hab mich verlaufen?“, probierte sie es. Innerlich schlug sie sich die Hand vor die Stirn. Sie war noch nie eine besonders gute Lügnerin gewesen, aber das hier war eine ihrer bisher schlechtesten Ausreden.

„Natürlich. Außerdem bist du schlafgewandelt und eigentlich wolltest du nur in ein Badezimmer, mit deiner Tasche... “, sagte Alessio und unterdrückte ein Lachen, als Kate ihn böse anfunkelte.

„Vielleicht.“, sagte sie schnippisch und hob besagte Tasche vom Boden auf.

„Na dann, viel Spaß bei meiner verrückten Schwester.“, sagte er grinsend und ging einfach weiter. Verwirrt sah Kate ihm nach. Woher wusste er es? Er wandte sich noch einmal um.

„Sag ihr, dass ich dafür sorge, dass ihr morgen nicht abhaut. Ich werde gut aufpassen.“, rief er und verschwand im nächsten Gang, genau in dem Moment, in welchem sich Mais Zimmertür öffnete.

„Kate, wo bleibst du denn?“, fragte sie. „Komm endlich rein.“ Sie zog Kate ins Zimmer und schloss die Tür. An der Decke flatterten ein paar Lichterfeen.

„Was hat so lange gedauert?“, wollte sie wissen und ließ sich auf ihr Bett fallen. Erst jetzt viel Kate auf, dass das Zimmer doppelt so groß wie ihres war.

Mai sah es vermutlich als normal an, aber Kate, die sich mit mehreren Kindern einen kleinen Raum im Waisenhaus geteilt hatte, fand es beängstigend groß. Sie hätte nicht mal gewusst, was sie mit so viel Platz hätte machen sollte.

„Ich habe schon befürchtet, dass dich doch jemand erwischt hätte und das, obwohl ich die Wachen bestochen habe. Du weißt ja, Jill nimmt die Sache mit dem Rausgehen ernst und mit der Nachtruhe ist es ähnlich. Aber was hat dich aufgehalten? Hast du dich verlaufen?“, plapperte Mai drauf los und Kate wartete bis sie eine Pause machte.

„Ich wurde erwischt.“, sagte sie kurz. „Dein Bruder ist mir über den Weg gelaufen.“, fügte sie auf Mais fragenden Gesichtsausdruck hinzu.

„So ein Mist.“, sagte Mai und schlug mit der Hand auf eines ihrer Kissen.

„Aber wieso?“, fragte Kate unsicher. „Ich glaub nicht, dass er etwas verrät, oder doch?“

Mai schüttelte den Kopf.

„Das wird er ganz sicher nicht machen, aber wenn wir Pech haben, dann kommen wir morgen nicht hier raus. Er könnte eine der Wachen raufschicken.“

Das klingt einleuchtend, dachte Kate und seufzte. Sie hätte zu gern gesehen, wie diese Welt am Morgen aussah. Plötzlich sprang Mai auf und eilte zu dem kleinen Balkon hinüber. Mit einem Ruck zog sie die Vorhänge zu.

„Kate, scheuche die Lichterfeen dort in den Schrank.“, sagte sie. Etwas in ihrer Stimme machte Kate Angst. Sie lief hinüber zu den kleinen tanzenden Wesen.

„Wie soll ich das schaffen?“, fragte sie panisch, während Mai im ganzen Zimmer die Fenster verriegelte und die Vorhänge zuzog.

„Zünde einfach eines der Teelichter an, sie lieben das Feuer.“, sagte sie.

Kate gehorchte und nahm sich eines der Lichter aus dem Regal. Die Feen folgten tatsächlich dem wärmenden Licht. Sobald Kate sie in den kleinen Schrank gelockt hatte, schlug Mai die Tür zu und atmete erleichtert auf. Mit einem Mal war es stockdunkel und es dauerte eine Weile, bis Kates Augen sich an die Finsternis gewöhnt hatten.

„Was ist los?“, fragte sie flüsternd.

„Psst, hör doch.“, flüsterte Mai zurück. Kate lauschte. Zuerst hörte sie nichts, aber dann drang ein leises Poltern und gedämpfte Rufe an ihre Ohren. Wie erstarrt standen die beiden Mädchen da. Kate traute sich nicht noch einmal etwas zu sagen. Sie hoffte nur, dass die Wachen sich um die Eindringlinge kümmern würden.

Als es an der Glastüre zum Balkon hin leise klopfte, zuckte Kate zusammen. Sie wagte es kaum zu atmen und ihr Herz pochte gegen ihre Rippen, so dass sie ihre Hand darauf legte, als wolle sie es ruhig halten. Draußen klopfte es erneut, diesmal lauter.

„Ich weiß, dass du da drin bist, ich kann dich hören.“, rief eine Jungenstimme, dunkel und rau. „Mach schon auf, Prinzessin.“ Wieder hämmerte er gegen die Türe, aber Mai rührte sich nicht.

Nach einer Weile erstarb das Klopfen und für einen Moment war es ruhig. Kate glaubte, er hätte aufgegeben und atmete erleichtert aus. Doch dann erklangen die Rufe aufs Neue.

„Mai, bitte mach diese verdammte Tür auf. Ich werde mich ändern, versprochen."

Kate hörte die Verzweiflung und empfand etwas Mitleid mit dem Jungen, der dort draußen in der Dunkelheit stand. Mai hingegen schien das anders zu sehen. Sie schnaubte nur verächtlich und verschränkte die Arme.

„Wer's glaubt.", flüsterte sie leise.

„Das sagst du doch nur so.", kam es zurück, auch wenn Kate sich sicher war, dass die Fenster so dicht waren, dass er es unmöglich hatte hören können.

Immer härter schlug der Fremde gegen das Glas und Kate befürchtete langsam es könnte brechen.

„Wenn du mich nicht sofort ins Haus lässt, dann zerschlage ich deine Tür in tausend Einzelteile und dich werde ich zerfetzen.", schrie er wütend.

Kate lief ein Schaudern über den Rücken. Doch Mai regte sich nicht und ihr Gesicht war ausdruckslos als sie sprach.

„Ich hab's ja gesagt, du wirst dich nie ändern. Verschwinde einfach.", sagte sie nun mehr zu sich selbst.

„Du kannst dich nicht ewig vor mir verstecken. Ich kenne genug Wege, dich aus diesem Zimmer zu holen. Denk nur mal an deine Familie. Du liebst sie doch, oder?", seine Stimme klang gefährlich und Kate verspürte nicht mehr das geringste Mitleid mit dem Fremden.

„Jetzt reicht´s. Damit gehst du zu weit!", sagte Mai wütend. Sie wirkte kein bisschen verängstigt. Sie schritt auf den Balkon zu und riss in ihrem Zorn den Vorhang von der Stange. Mit einem Schwung öffnete sie die Tür und trat heraus. Jetzt konnte Kate die Gestalt vor dem Fenster sehen.

Der Junge war hoch gewachsen und hatte kurzes, schwarzes Haar. Er trug einen langen Mantel, doch sie konnte deutlich erkennen, dass er stark sein musste.

Noch während Mai hinaus trat, stieß sie ihn mit ungewöhnlicher Leichtigkeit zurück. Auch wenn sie mindestens zwei Köpfe kleiner war und viel schwächer wirkte, taumelte er zurück gegen das Geländer.

Kate blieb regungslos in dem dunklen Zimmer stehen und sah einfach zu. Sie wollte helfen, aber sie wusste nicht wie.

„WIE KANNST DU ES WAGEN, WIEDER UND WIEDER, HIER AUFZUTAUCHEN UND DANN AUCH NOCH MEINE FAMILIE ZU BEDROHEN.“, Mai schrie so laut, dass sie wahrscheinlich das gesamte Haus weckte, falls überhaupt noch jemand schlief. Mittlerweile drangen laute Rufe und Kampfgeräusche von unten zu ihnen hoch.

Der Junge sagte nichts. Er schaute sie nur an und grinste.

„Und als ob das nicht reicht, bringst du auch noch dieses verfluchte Miststück mit.“ Mai schrie ihn weiter an und stieß ihm dabei immer wieder gegen die Brust.

Es schien im nichts auszumachen und Kate, die noch immer in der Dunkelheit stand, presste sich die Hände auf die Ohren, um die Schreie zu dämpfen. Sie erinnerten sie an die Vergangenheit, die sie schon fast vergessen hatte, seit sie hier war. Sie schloss für ein paar Sekunden die Augen.

Als Kate sie wieder öffnete, schien es still zu sein. Vorsichtig nahm sie die Hände runter und beobachtete den Balkon. Mai war zurückgetreten und holte keuchend Luft.

Der Fremde machte Anstalten etwas zu sagen, aber er wurde abgelenkt. Etwas im Hof, das Kate nicht sehen konnte, hatte seine Aufmerksamkeit auf sich gelenkt. Ehe Kate sich versah war er auch schon weg. Sie hatte nicht einmal gesehen wohin der Fremde so plötzlich verschwunden war.

„Idiot.“, schimpfte Mai leise und kam ins Zimmer zurück. Sie schloss wütend die Tür und wandte sich dann an Kate.

„Hey, tut mir echt leid, dass du Bekanntschaft mit meinem

äußerst netten Exfreund machen musstest. Ich habe gehofft, er würde erst in einem Monat wieder auftauchen.", sagte sie beiläufig und musterte Kate, die nicht wusste, weshalb sie diese Sache so geschockt hatte.

„Kate? Alles klar?", fragte Mai nun leicht besorgt.

Kate nickte und strich sich die Haare zurück.

„Ich bin nur etwas durcheinander. Was wollte er hier?", fragte Kate und setzte sich müde auf das Gästebett.

„Er wollte reden, weil er mir nicht glaubt, dass ich nichts mehr mit ihm zu tun haben möchte. Außerdem liebt er mich noch."

Schnee und Eis

Draußen war es noch dunkel, als Kate am frühen Morgen von Mai geweckt wurde. Während Kate müde in ihre Kleidung vom Vortag schlüpfte, lief Mai ausgelassen durch das große Zimmer.

Ihre Fröhlichkeit verdrängte Kates ungutes Gefühl, so dass sie beschloss die vergangene Nacht fürs Erste zu vergessen.

„Wie kommen wir hier raus?“, fragte Kate stattdessen, die irgendeinen genialen Plan vermutete und zugleich hoffte, dass sie nicht aus dem Fenster klettern müsste.

„Ich würde sagen, wir nehmen die Tür.“, meinte Mai lässig und trat auf den Flur.

„Und was wenn dein Bruder hier irgendwo ist?“, wollte Kate wissen und sah sich unsicher auf dem Korridor um.

Mai lachte.

„Was soll der schon tun? Außerdem ist er mein Bruder. Glaub mir, ich wüsste wenn er hier wäre.“, beruhigte Mai sie.

„Na ja, ich finde er benimmt sich merkwürdig. Ich glaube, er hat irgendetwas vor.“, gab Kate zu, aber Mai reagierte nicht.

„Draußen wird es kalt sein.“, sagte sie nur und kicherte als Kate mit den Schultern zuckte.

Schweigend liefen sie durch die schwach erleuchteten Korridore, während Kate angestrengt versuchte sich die Wege einzuprägen.

Sie orientierte sich dabei an Kleinigkeiten. Da war die Vase, die sie beinahe umgeschmissen hätte, oder das Gemälde eines Königs, welches reich verziert in einem der breiten Flure hing und an einem der vielen Treppengeländer war die Farbe leicht abgeblättert. Doch all ihre Bemühungen halfen nicht.

Als sie eine der Treppen, die in den ersten Stock führte,

hinuntergingen, sah Kate einen Wachtposten auf dem untersten Absatz stehen. Sie verlangsamte ihren Schritt.

„Das ist Chris, er ist auf unserer Seite.“, flüsterte Mai Kate zwinkernd zu. Jetzt drehte er sich um und Kate war überrascht zu sehen, wie jung er noch war. Sie schätzte ihn auf fünfzehn, keinesfalls war er älter.

„Hey, schleichst du dich schon wieder raus?“, fragte er und grinste Mai an.

„Ja, nur heute geh ich nicht allein.“, antwortete sie und deutete auf Kate, die unsicher lächelte.

„Tut mir leid aber wir haben es leider etwas eilig, mein Bruder taucht gleich hier auf.“, fügte sie mit einem Blick auf die Treppe hinzu.

„Was?“, fragte Kate entsetzt.

„Du hast schon verstanden.“, antwortete Mai und packte Kate am Handgelenk.

„Und jetzt lass uns verschwinden, sonst verpassen wir den ersten Schneefall in diesem Jahr.“, sagte sie und zog Kate eilig mit sich, vorbei an dem Wachtposten, der verwundert den zweiten Stock musterte.

Sobald sie um die Ecke herumgelaufen waren, verlangsamte Mai ihren Schritt wieder.

„Ich dachte, wir müssten hier weg, weil... “, begann Kate unsicher, doch Mai grinste sie an.

„Oh, ich wollte nur nicht mit Chris reden. Wenn niemand dabei ist, der ihm etwas zu sagen hat, dann redet er ununterbrochen. Ich glaube, er denkt wir wären Freunde, auch wenn ich ihm des Öfteren versichert habe, dass es nicht so ist.“, sagte sie und überraschte Kate erneut mit ihrer ehrlichen Art.

Obwohl es bereits zu dämmern begann, waren die Sterne am

Himmel deutlicher zu erkennen, als Kate es jemals in ihrer Welt gesehen hatte. Auch glaubte sie, dass es hier viel mehr von ihnen gab.

Ein sanfter Wind fuhr Kate durchs Gesicht und sie schloss für einen Moment die Augen. Nur wenn sie sich konzentrierte, konnte sie die Kälte spüren die in der Luft lag. Es fühlte sich seltsam ungewohnt an. Jeder in dieser Welt trug einen Mantel, um nicht zu erfrieren, doch sie brauchte nur die Augen zu öffnen und schon verschwand jedes Kältegefühl. Erneut sah sie nach oben, aber die Sterne waren verschwunden. An ihrer Stelle war nun eine dichte graue Wolkendecke, die ihr die Sicht versperrte. Sie sah sich nach Mai um und merkte, dass diese schon vorgegangen war. Sie hatte ihre Fellkapuze aufgesetzt und saß auf einem Stein.

Kate ging zu ihr hinüber und ließ sich auf den eisbedeckten Weg sinken, in dem Moment als es zu schneien begann. Sachte fielen die Schneeflocken zu Boden. Sie dämpften die Geräusche des Windes und bedeckten die Wege.

Kate streckte die Hände aus, weil sie spüren wollte wie der Schnee auf ihrer Haut schmolz.

Sie sah, wie die Flocken auf ihre Hände fielen. Wie sanfter Regen fühlten sie sich an, aber sie schmolzen nicht.

„Das ist der erste Schnee in diesem Jahr.“, sagte Mai in die Stille, während sie beobachtete wie das Treiben um sie herum immer dichter wurde. Kate fing an mit den Fingern Muster in den Schnee zu malen.

„Der erste Schnee.“, flüsterte sie, ohne aufzublicken. Es war schwer sich vorzustellen, dass der Schnee, den sie bisher gesehen hatte schon ein halbes Jahr alt war. Die Wege waren zwar hart und verschmutzt, aber immer noch gab es Stellen, die so unberührt wirkten, als seien sie gerade eben erst entstanden. Mai stand auf und sah nach oben.

„Ja, ab jetzt wird es immer öfter schneien, bis zum Ende dieses Jahres. Es kann sogar sein, dass wir an einigen Tagen nicht hinaus können.“ Sie drehte sich um und sah zu Kate.

„Lass uns weitergehen.“, fügte sie hinzu. Kate stand auf und klopfte sich den Schnee von der Hose.

Ganz plötzlich hörte es wieder auf zu schneien.

„Das Wetter ändert sich schnell in dieser Jahreszeit. Das ist völlig normal. Aber da ist noch etwas anderes, dunkleres. Es hat nichts mit dem Wetter zu tun, ich spüre es.“, sagte Mai.

Kate sah über die Schulter, so als fürchte sie die Gefahr könnte jederzeit aus den dunklen Gassen kriechen.

„Ich meinte nicht, dass wir in Gefahr sind, zumindest nicht im Moment. Vielmehr liegt diese Bedrohung in der Zukunft.“ Ihre Worte beruhigten Kate keineswegs, doch sie schwieg. Eine Weile liefen sie nur über den leicht vom Schnee bedeckten Weg, der durch das Dorf führte. Die Häuser waren klein und dicht aneinander gereiht. Hinter ihren Fenstern war es dunkel und ruhig.

„Wohin gehen wir überhaupt?“, fragte Kate in die Stille.

„Ich weiß nicht.“, antwortete Mai abwesend. „Aber wir verlassen auf keinen Fall das Dorf.“, fügte sie hinzu.

„Weshalb nicht? Beim letzten Mal warst du auch außerhalb.“, sagte Kate enttäuscht. Sie hatte gehofft, sie würde etwas zu sehen bekommen, außer der Mauer. Wieso sollte es verboten sein hinaus zu gehen? Sie wusste nicht, was genau sie erwartet hatte, aber sie hatte gehofft mehr von dieser Welt zu sehen, um sie besser verstehen zu können.

„Ich bin hier aufgewachsen und weiß, wie ich überleben kann. Du hingegen wüsstest nicht einmal, gegen wen du dich verteidigen müsstest.“, erklärte Mai und Kate wusste, dass sie damit Recht hatte, auch wenn sie sich nicht vorstellen konnte, was so gefährlich sein sollte.

„Nicht mal ich bin so leichtsinnig.“, fügte Mai mehr zu sich selbst hinzu.

Die Zeit hatte Kate völlig vergessen. In dieser so fremden Welt, kam es ihr vor als gäbe es sie nicht. Die Tage waren länger und die Nächte dunkler. Daher wusste sie auch nicht, wie lange sie schon unterwegs waren, als plötzlich ein Glockenschlag ertönte und Mai erschrocken zum Himmel aufsah, der allmählich heller wurde.

„So ein Mist aber auch.“, schimpfte sie. „Wir sollten uns beeilen und zurückgehen. Das Training beginnt schon bald und wenn Jill irgendetwas merkt, dann lässt sie mich gar nicht mehr nach draußen gehen.“, sagte sie aufgeregt und die Beiden rannten los.

Sie waren nicht weit von dem Platz entfernt, auf dem das Kampftraining stattfinden sollte und so waren sie zu früh da.

„Hast du heute keinen extra Unterricht?“, fragte Kate außer Atem und fächelte sich mit der Hand Luft zu.

Mai schüttelte den Kopf. „Nur ab und an. Aber so können wir wenigstens erzählen, wir hätten uns zusammen aufgewärmt.“, sagte sie.

Man merkte ihr nicht an, dass sie gerade gerannt war. Aus diesem Grund fand Kate ihre Ausrede nicht sonderlich überzeugend, trotzdem sagte sie nichts.

Nach und nach tauchten ihre Mitschüler auf. Sanny und ihr Bruder waren gut gelaunt, was Mai auf den Schnee schob. Alessio hingegen, sah man seine schlechte Laune schon von weitem an. Sanny versuchte, auch das auf das Wetter zu schieben und warf einen Schneeball nach ihm. Mai ignorierte die Blicke ihres Bruders völlig und verwickelte stattdessen Eddy in ein Gespräch.

Alessio sah unglücklich aus, oder war er nur wütend auf Mai, weil sie die Regeln gebrochen hatte und so tat, als wüsste sie von nichts?

Wenn es ihm so wichtig war, weshalb sagte er dann nichts?

Sie konnte keine sinnvolle Erklärung dafür finden und fragte sich, weshalb es sie überhaupt so sehr interessierte. Immerhin kannte sie ihn kaum.

„Kate, ich wollte noch etwas mit dir besprechen.“, sagte Sanny und gab Kate ein Zeichen ihr zu folgen. Eddy sah ihnen misstrauisch hinterher und auch Kate fühlte sich leicht unbehaglich. Sanny lief immer weiter, bis sie auf der anderen Seite des Platzes waren.

Bevor sie stehen blieb, sah sie sich noch einmal zu den Anderen um.

„Ich denke, das wird reichen“, sagte sie mehr zu sich selbst und wandte sich dann an Kate. „Ich wollte mich allein mit dir unterhalten.“, sagte Sanny und Kate verdrängte das ungute Gefühl in ihrer Magengegend. Es gab nichts, dass sie falsch gemacht hatte.

„Hätte die Hälfte des Weges nicht auch gereicht?“, fragte sie und überlegte angestrengt was Sanny wohl von ihr wollte.

„Vielleicht, aber ich wollte sicher gehen, dass uns keiner belauscht und ich weiß wie gut Mais Ohren sind.“, erklärte sie. Kate ignorierte den letzten Teil einfach und nahm sich vor Mai später zu fragen, was es bedeuten sollte.

„Kann es sein, dass Jeremie gestern da war?“, wollte Sanny wissen.

„Ähm.“, Kate überlegte, ob sie es ihr sagen konnte, ohne das Mai etwas dagegen haben würde, aber schließlich hatte sie es ihr auch nicht verboten und dem Krach nach zu urteilen, hatte es sowieso das halbe Dorf mitbekommen.

„Ich habe es gewusst.“, sagte Sanny, noch bevor Kate antworten konnte.

„Seine blöde Freundin hat bei den Wachen für Unruhe

gesorgt. Es klappt wirklich jedes Mal aufs Neue. Bisher wurde er nicht ein einziges Mal erwischt und seine Freundin ist einfach zu stark.", sagte Sanny.

„Er hat eine Freundin?", fragte Kate und Sanny nickte.

„Warum ist er dann noch hinter Mai her?" Sanny zuckte mit den Schultern.

„Ich weiß es nicht genau, aber wir vermuten, dass er sie einfach liebt.", erklärte sie.

„Das hat Mai auch gesagt.", stimmte Kate ihr zu. „Aber was wolltest du von mir, wenn du eh schon wusstest, dass es Jeremie war, der hier aufgetaucht ist?"

„Na genau darum geht es doch, Mai und Jeremie. Was hat sie gesagt, liebt sie ihn noch?", fragte Sanny. Kate schüttelte den Kopf.

„Sie hat nichts gesagt."

„Ok, und was denkst du?", fragte Sanny weiter.

„Sie hat ihn fast vom Balkon gestoßen. Das ist doch ziemlich eindeutig, oder?", erwiderte Kate.

„Das hat sie versucht?", fragte Sanny kichernd. „Das sieht ihr ähnlich."

„Jemanden vom Balkon zu stoßen?", fragte Kate entsetzt.

„Nein, nicht direkt. Ich will damit nur sagen, dass es unklug ist, sich mit ihr anzulegen.", warf Sanny ein.

„Ok, aber ich frage mich, warum du das wissen willst und wieso du ausgerechnet mich fragst. Ich kenne sie doch erst seit kurzem."

„Genau aus diesem Grund. Mit Alessio würde sie nicht über so etwas reden und auch mir gegenüber sagt sie nicht immer die Wahrheit. Bei dir ist das anders. Du weißt nichts, über die Vergangenheit und kannst die Situation vielleicht anders einschätzen."

Kate zuckte mit den Schultern, aber sie merkte auch, dass

dies nicht der einzige Grund war.

„Und was noch?“, fragte sie deshalb.

„Ganz einfach, ich mache mir Sorgen, dass sie ihn noch liebt. Er ist ein schlechter Mensch, Kate.“, sagte Sanny mit trauriger Stimme.

Kate sah zu Mai hinüber, die sich noch immer mit Eddy unterhielt. Sanny folgte ihrem Blick.

„Sie passen gut zusammen.“, flüsterte sie abwesend.

„Ach ja?“, fragte Kate überrascht. Eddy kam ihr eher unscheinbar vor. Er war weder besonders selbstbewusst oder redegewandt, noch sah er gut aus. Seine unsichere, verschlossene Art passte in ihren Augen so gar nicht zu Mai. Vielleicht urteilte sie jedoch einfach zu voreilig über die Beiden. Sanny lächelte.

„Wusstest du, dass er Dana genau deshalb verlassen hat?“, wollte sie wissen. Ohne eine Antwort abzuwarten, winkte sie Kate mit sich.

„Lass uns zurück gehen.“

Noch bevor sie wieder bei den Anderen angelangt waren, tauchte Jay auf, um mit seinem Unterricht zu beginnen. Er begrüßte die Klasse mit einem Lächeln und forderte sie auf sich einen Trainingspartner zu suchen.

„Ich nehme Kate!“, rief Claire schnell.

„Das ist eine wunderbare Idee.“, sagte Jay.

„Nein, ist es nicht.“, widersprach Mai sofort und in Gedanken stimmte Kate ihr zu. Claire schien kaum jemanden zu mögen und das was Kate Gestern von ihrem Kampfstil gesehen hatte, reichte ihr völlig, um zu wissen, dass sie schon ohne Claires perfekte Technik versagen würde.

„Sie kann genauso gut mit mir üben.“, versuchte Mai es

weiter.

„Tut mir leid, aber da Claire eine der besten Stabkämpferinnen in dieser Klasse ist, halte ich es für das Beste sie mit deiner Freundin trainieren zu lassen. Für sie,Mai, hatte ich ohnehin schon jemand Anderen ausgewählt.“, er deutete auf Lee. Kate erinnerte sich an seinen Namen, weil er ihr von Anfang an unsympathisch gewesen war.

„Was? Ich soll mit dem Kätzchen kämpfen?“, mischte er sich spöttisch grinsend ein.

„Das 'Kätzchen' verpasst dir gleich eine.“, fuhr Mai ihn an.

„Mai, lassen sie ihren Ärger nicht an ihren Mitschülern aus. Auch sie müssen in diesem Kampfbereich noch vieles lernen, besonders da sie uns so selten mit ihrer Anwesenheit beehren und deshalb arbeiten sie heute mit Lee.“, befahl Jay streng und wandte sich dem Rest der Klasse zu.

„Ich hab nur hin und wieder eine Stunde ausfallen lassen. Wieso muss ich diesen Mist überhaupt machen, wenn mich jemand angreift, suche ich mir doch keinen Stab, um mich zu verteidigen.“, schimpfte Mai leise vor sich hin. Alessio lachte.

„Das kann ich mir auch nicht vorstellen und trotzdem bin ich der Meinung, dass dir ein bisschen Übung nicht schaden kann.“

Kate bekam noch mit, wie Mai erst ihrem Bruder und dann Jay einen giftigen Blick zuwarf, bevor sie mit ihren gemurmelten Flüchen und Beschimpfungen fortfuhr.

Sie stellten sich ihren Partnern gegenüber auf und warteten. Kate musterte misstrauisch den Eisstab in ihren Händen. Er war knapp einen Meter lang und hatte einen Durchmesser von drei Zentimetern.

Sie fragte sich, wie lange er halten würde bevor er zersplitterte, als sie merkte, dass sie ihre Handschuhe vergessen hatte. Zwar froren ihre Finger nicht, aber so waren sie ungeschützt und es war nur noch eine Frage der Zeit, bis es Jemandem auffallen würde. Kate zog unauffällig an ihren Ärmeln, um die Hände zu verdecken.

„Ich werde dich nicht umbringen.", sagte Claire gelangweilt, die ihre Geste falsch deutete und beobachtete sie mit hochgezogenen Augenbrauen.

„Schon klar, du hättest zu viele Zeugen.", erwiderte Kate knapp und sah sich zu Jay um.

Er erklärte gerade, wie man den Stab zur Verteidigung einsetzen sollte. Sie konnte sich jedoch nicht richtig konzentrieren und hatte bereits ein paar Sekunden später alles wieder vergessen.

„Denkt daran, das Eis ist stark, es ist so gut wie unmöglich es zu zerbrechen, und deshalb ist eine solche Waffe die Sicherste, die ihr finden könnt, besser als jedes Schwert.", beendete er seinen Vortrag. Kate bezweifelte die Richtigkeit dieser Aussage.

Sie blickte in Claires konzentriertes Gesicht und fragte sich, was sie hier eigentlich machte. Sie wusste nicht, was passieren würde, aber es konnte unmöglich einen positiven Ausgang haben. Ihre Finger zitterten leicht und sie schloss sie fester um das Eis. Sie glaubte nicht, dass es ihr helfen konnte und trotzdem hielt sie es, wie ein Schutzschild, vor sich.

Kates Unsicherheit verflog auch noch nicht, nachdem sie einzelne Schritte geübt hatten und als sie beginnen sollten, hatte sie wieder alles vergessen.

Claire griff an und Kate, die nicht wusste was sie machen sollte, wich ihr aus, indem sie blitzschnell in die Hocke ging und den Stab mit ausgestreckten Armen vor ihr Gesicht hielt.

Sie hatte die Augen zusammengekniffen und trotzdem spürte sie, dass etwas anders war, als es sein sollte. Für den Bruchteil einer Sekunde, fühlte es sich an, als würde heißes

Wasser durch ihren Körper fließen, während von außen eine ungewohnte Kälte über ihr hereinbrach. Sie umschloss Kate und machte ihr das Atmen schwer.

Das komische Gefühl, war ebenso schnell vorbei, wie es gekommen war. Sie öffnete die Augen und sah etwas Leuchtendes über sich. Es musste eine Glaskuppel sein, in der sich das Licht der Sonne brach, dachte Kate. Sie wollte aufstehen, um es sich besser ansehen zu können, aber es ging nicht. Erst jetzt erkannte sie, dass sich keine Glaskuppel, sondern eine hauchdünne Eisschicht zwischen ihr und Claire gebildet hatte. Unbeweglich und stabil stand sie im Schnee, wie ein Schutz.

Kate zog den Kopf ein und kroch ein paar Schritte zurück. Während sie aufstand, schmolz das dünne Eis und verschwand im Schnee, so als wäre es nie da gewesen.

Kate sah sich um. Andere die in ihrer Nähe standen, hatten aufgehört zu üben und stumm zugesehen.

Kate wollte etwas sagen, als jemand von hinten ihren Arm packte und sie mit sich zog.

„Was guckt ihr denn so, habt ihr nichts zu tun?“, fragte Mai und machte eine merkwürdige Handbewegung, als wollte sie eine lästige Fliege verscheuchen. Die Umstehenden wandten sich rasch ab. Einige flüsterten und warfen ihnen vereinzelt Blicke zu.

„Komm mit.“, meinte Mai leise an Kate gewandt und winkte Alessio zu sich.

„Was ist hier los?“, erklang die Stimme, von Jay und das Gemurmel verstummte.

„Oh, Kate ist schlecht geworden. Claire hat sie in den Bauch getroffen.“, log Mai vorwurfsvoll. Claire sah sie entrüstet an.

„Das habe ich nicht. Kate hat...“, verteidigte sie sich.

„Ich kann das nicht beurteilen. Am Besten ihr beendet die

Stunde heute früher. Kate sieht wirklich etwas blass aus, vielleicht sollte sie sich ausruhen.“, sagte er streng.

„Vielen Dank, ich kümmere mich um Kate, versprochen.“, flötete Mai und zog sie weiter weg vom Platz. Claire und Alessio folgten ihnen.

„Ich verstehe das nicht. Wieso sie?“, fragte Claire aufgebracht und deutete auf Kate.

„Verschwinde Claire.“, sagte Mai unfreundlich, aber sie lief ihnen weiter hinterher. Kate sagte nichts. Offenbar wusste jeder bis auf sie, was soeben geschehen war.

„Ich dachte, sie kommt von der Erde. Da gibt es solche Leute gar nicht. Wohin wollt ihr überhaupt?“

„Claire, bitte.“, sagte Alessio ernst. Sie hörte auf zu reden. Beleidigt drehte sie sich um und ging zurück.

„Was ist gerade passiert?“, fragte Kate, die den ersten Schock jetzt überstanden hatte.

„Das wirst du noch verstehen, wir gehen erst einmal woanders hin.“, sagte Mai nur.

Kate sah sie verständnislos an und blieb stehen.

„Was willst du damit sagen? Das war doch nicht meine Schuld“, verteidigte Kate sich.

Mai zog sie weiter.

„Sicher, warst du das. Wer sonst?“, stellte Mai die Gegenfrage.

Kate überlegte. Sie verstand gar nichts mehr. Gerade erst hatte sie begonnen sich damit abzufinden, dass sie einfach so in einer Welt aus Eis gelandet war, da passierten weitere Dinge. Das hier war ihr eindeutig zu viel.

Wie hätte sie, ohne es zu merken, einen angeblich stabilen Eisstab in eine Wand verwandeln sollen? Das war nicht normal. Noch nie war ihr irgendetwas Vergleichbares geschehen. Sicherlich bildete sie sich alles ein. Dies hier war ein verrückter und viel zu realistisch wirkender Traum.

Deine Träume sind nie realistisch. Du vergisst sie immer sofort, noch bevor du wach wirst, wie kannst du da wissen, dass dies ein Traum ist, fragte eine Stimme in ihrem Kopf. Woher soll ich bitte wissen, dass nicht alles ein einziger Traum ist, wenn ich nicht mal darauf vertrauen kann, wach zu sein, antwortete sie sich in Gedanken selbst.

Eine Eiswand, aber klar doch. Am Liebsten hätte sie über diesen verrückten Gedanken gelacht, doch der leichte Schwindel und das ungute Gefühl, was sie seit einigen Minuten besaß, hielten sie davon ab.

„Keine Sorge. Es ist alles in Ordnung. Du hast nur Jills Vermutung bestätigt.", sagte Alessio, der ihre Verzweiflung offenbar bemerkt hatte und lächelte aufmunternd.

„Was bedeutet das jetzt?", wollte Kate wissen. Ihre Stimme klang leicht zittrig, doch sie war sich sicher, dass es außer ihr niemand merkte.

„Ab sofort wirst du nicht mehr am regelmäßigen Training teilnehmen. Dafür kommst du mit zu unseren Extrastunden.", freute sich Mai.

Jill saß an einem großen, hölzernen Pult, auf dem Stapel von Büchern, Landkarten und anderen Dokumenten lagen. Sie wirkte beschäftigt, aber sie lächelte, als sie eintraten.

„Sag nicht, du hast gewusst was sie kann.", sagte Mai sofort und konnte ihre Begeisterung kaum zurückhalten.

„Hat sich unsere Vermutung bestätigt?", fragte Jill an Alessio gewandt.

„Es gab eindeutige Zeichen. Sie hat während der Übungsstunde einen Angriff abgewehrt.", berichtete er.

„Natürlich, ihr habt euch Theorien überlegt und mir nichts

erzählt. Wie bist du überhaupt auf die Idee gekommen?", wollte Mai neugierig wissen.

„Nachdem was Alessio mir über die Feen erzählt hat, war ich mir beinahe sicher.", sagte Jill und stand auf.

„Jetzt möchte ich gerne einen Moment mit Katelyn alleine sprechen." Jill forderte Kate mit einer Handbewegung auf Platz zu nehmen, während Mai und Alessio das Zimmer verließen. Es wäre ihr lieber gewesen, wenn die Zwei nicht gegangen wären.

Kate setzte sich auf einen der Sessel und wartete nervös. Bleib ruhig, sagte sie sich und verbannte die Unsicherheit aus ihrem Gesicht. Jill ging zu einem Regal hinüber und zog ein Buch heraus. Sie blätterte kurz darin und gab es dann Kate.

Interessiert sah sie sich die aufgeschlagene Seite an. Auf der Rechten war etwas in einer fremden Schrift geschrieben, aber Kate interessierte sich nur für die Zeichnung.

Mit den Fingern strich sie darüber. Das Blatt war rau und an einigen Stellen verblasste bereits die Tinte. Es sah aus, als würden die Männer und Frauen, auf der Zeichnung, zaubern. Sie hatten die Hände erhoben und Wasser kam wie eine Welle aus dem Boden. Sie sahen aus wie einfache Bauern, doch sie kämpften gegen eine ganze Armee aus bewaffneten Kriegern.

„Das sind Eiswandler, genau wie du.", sagte Jill. Überrascht sah Kate sie an.

„Wie ich?" Sie konnte nicht verhindern, dass ihre Stimme spöttisch klang.

„Wieso sollte ich eine Eis..., was auch immer, sein? Das wüsste ich wohl, und überhaupt weiß ich nicht mal, was das ist.", sagte sie und schüttelte den Kopf. Jill lächelte.

„Es ist bestimmt nicht leicht zu verstehen, aber ich bin mir sicher. Es gibt genug Hinweise. Du bist eine echte Eiswandlerin.", fügte sie hinzu.

„Was für Hinweise?", wollte Kate wissen und klappte das

Buch zu.

„Der Erste ist, dass dir nicht kalt wird. Dein Körper gleicht die Temperaturen an, damit du nicht erfrierst. Es ist wie ein persönlicher Schutz vor der Kälte.“, erklärte Jill.

Für Kate klang das nicht sehr überzeugend. Nur weil ihr nicht so schnell kalt wurde, hieß das noch lange nicht, dass sie besondere Fähigkeiten hatte. Vielleicht hatten die Menschen in dieser Welt auch einfach ein anderes Kälteempfinden.

„Und was war mit den Feen?“, fragte Jill, die ihre Zweifel deutlich sah. „Ihre Nester werden so heiß, dass jeder normale Mensch schwere Verbrennungen erleiden würde, wenn er sie auch nur anfasst. Du hast den Vorgang nicht nur beschleunigt, sondern verstärkt. Je wärmer es ist, desto mehr Feen überleben.“

Es klang logisch, doch zugleich zu unrealistisch, als dass es Kate glaubhaft erschien. Sie wusste keine Antwort.

„Es gibt viele verschiedene Fähigkeiten, doch nicht jeder hat das Glück eine zu besitzen. Früher gab es ganze Stämme von Eiswandlern, aber im Krieg ist der größte Teil von ihnen gestorben. Die wenigen Überlebenden haben sich in kleinere Dörfer und in den Wald zurückgezogen. Sie leben versteckt. Zu der Zeit des Krieges sind viele Fähigkeiten verloren gegangen. Deshalb wird es nicht leicht dich zu unterrichten. Ich persönlich kenne niemanden mehr, der das Glück hat deine Gabe zu besitzen und der dich unterrichten könnte. Ein Teil steht in diesem Buch, aber das ist längst nicht alles.“, sagte Jill und deutete darauf.

„Wir müssen es einfach versuchen und wenn du einverstanden bist, würde ich dir vorschlagen, dass du das gemeinsame Training erst einmal weg lässt.“ Kate nickte freudig darüber, etwas Positives aus der Sache ziehen zu können. Es hatte ihr von Anfang an nicht gefallen. Schon allein der Gedanke an diese Waffen behagte ihr nicht.

„Gut, dann werden wir gleich morgen früh anfangen.“

Jill ging zur Tür hinüber und legte eine Hand auf die Klinke.

„Du kannst es behalten.“, sagte sie, als Kate ihr das Buch zurückgeben wollte.

„Danke.“ Sie lächelte und verließ das Zimmer.

Mai und Alessio hatten auf dem Boden sitzend gewartet. Jetzt sprang Mai auf, sie lächelte Kate kurz zu und verschwand lautlos durch die immer noch geöffnete Tür, von Jills Büro.

Kate atmete tief ein und strich sich, mit der freien Hand, die Haare aus dem Gesicht, als könnte sie dadurch die verwirrenden Gedanken fortwischen.

„Was sagst du dazu?“, fragte Alessio. Kate schüttelte den Kopf.

„Ich kann es nicht glauben. Wie soll das möglich sein? Ich meine...“ Sie brach ihren Satz ab und sah aus dem Fenster. Alessio stand auf.

„Komm mit, ich zeige dir etwas.“, sagte er. Ohne zu zögern, folgte sie ihm den Gang hinunter, bis zu einer großen, schweren Holztür. Als er sie öffnete, war Kate überrascht. Sie hatte etwas Ungewöhnliches oder Besonderes erwartet.

Der Raum ähnelte einer kleinen Bibliothek. Die Regale reichten bis zur Decke und waren gefüllt mit Büchern und Pergamenten. Mitten im Raum standen dunkle Sessel an einem großen Tisch und auf der gegenüberliegenden Seite war eine Glastüre, die auf einen Balkon führte. Alessio beachtete den Raum gar nicht. Er ging hinüber zu der Tür und machte sie auf. Er trat auf den Balkon und winkte Kate herbei.

„Wolltest du mir den Schnee zeigen?“, fragte Kate und trat vorsichtig nach draußen. Sie bemühte sich, nicht nach unten zu sehen. Ihr wurde schnell schwindelig bei einer solchen Höhe.

Sie hielt sich am Türrahmen fest und schloss einen Moment

lang die Augen.

Als Kate sie wieder öffnete, stand Alessio vor ihr. Er beobachtete sie mit leicht gerunzelter Stirn.

„Was machst du da? Alles in Ordnung?“, vergewisserte er sich.

„Ich kann hier nicht runter sehen.“, antwortete sie knapp und ließ sich auf den Boden sinken. Ihr war warm und sie wünschte sich, dass der Schnee kalt wäre, damit sie sich das Gesicht kühlen könnte.

Alessio sagte nichts. Er grinste nur und setzte sich zu ihr in den Schnee. Es ärgerte sie ein wenig, dass er sich scheinbar darüber amüsierte, dass ihr die Höhe nicht bekam. Immerhin waren es viele Meter bis nach unten.

„Was soll ich jetzt hier?“, wollte Kate wissen, nachdem sie sich wieder gefasst hatte. Sie spürte die Kälte die in ihren eigenen Worten lag.

„Geht‘s dir wirklich gut?“, fragte Alessio erneut.

„Ja.“, sagte sie steif und spürte dabei, wie der Ärger aus ihrer Stimme verschwand.

„Ich hoffe.“, antwortete er und Kate verdrehte die Augen. Konnte er sich nicht mal entscheiden, ob er es jetzt lustig oder beunruhigend fand, dass sie sich komisch verhielt.

„Ok, du bist hier, weil ich etwas ausprobieren wollte. Natürlich nur wenn du einverstanden bist.“, fügte er noch hinzu. Kate zuckte mit den Schultern.

„Ich muss dich aber warnen. Es könnte sein, dass dir gleich sehr kalt wird.“, erklärte Alessio und Kate nickte.

„Wieso?“, fragte sie.

„Hier ist es so kalt, dass dein Körper wahrscheinlich einen eigenen Schutz aufbaut, damit du nicht erfrierst. Wenn du dich konzentrierst, könnte es sein, dass du die Kontrolle übernimmst und dieser Schutz wegfällt. Genau das will ich testen. Vielleicht hilft es dir auch zu akzeptieren, dass du diese Kräfte besitzt.", erklärte Alessio. Kate verstand nicht ganz weshalb es gut sein sollte, irgendeinen Schutz zu verlieren, dennoch stimmte sie zu. Es interessierte sie, ob er tatsächlich Recht behielt.

„Gut, dann schließe die Augen und konzentriere dich. Du musst ganz ruhig atmen.", sagte er.

Kate versuchte es. Sie hörte auf ihren Atmen, der immer gleichmäßiger wurde. Sie blendete die Geräusche um sich herum aus und versuchte ihre Gedanken loszuwerden.

Es funktionierte nicht. Der ferne Wind in den Bäumen am Rande der Stadtmauer flüsterte ihr fremde Worte zu und die Stimmen vom Platz, vor dem Schloss, vertrieben die Ruhe. Sie hatte in letzter Zeit so viel Neues gehört und gesehen, dass es ihr einfach nicht aus dem Kopf ging.

Je stärker sie es versuchte, desto deutlicher wurden die Bilder. Hinzu kam, dass sie sich beobachtet fühlte. Sie kam sich albern vor.

Sie öffnete die Augen und schüttelte den Kopf.

„Das war doch gar nicht so schlecht.", sagte Alessio sofort.

„Ich fühle mich aber kein bisschen anders, wie vorher.", sagte Kate mürrisch und verschränkte die Arme.

„Es ist auch nicht sehr leicht. Ich hatte am Anfang auch Probleme und das, obwohl ich hier aufgewachsen bin. Schon als Kind musste ich lernen meine Fähigkeit einzusetzen.", erzählte er.

„Aber du bist kein Eiswandler, oder?", fragte Kate, die sich daran erinnerte, dass Jill ihr gesagt hatte, sie würde niemanden kennen, der so war wie sie. Alessio lächelte.

„Nein, aber auch ich habe eine besondere Fähigkeit. Wenn du willst zeige ich es dir.", sagte er.

Kate zögerte, doch dann nickte sie.

Alessio schloss seine Augen nicht. Einen Moment blieb es

ruhig, dann veränderte sich seine Haut. Sie wurde heller, bis sie fast weiß war. Kate starrte ihn an.

Es sah aus, als ob sie kleine Wellen schlagen würde und Kate erkannte kleine Schuppen, die sich durch Alessios Gesicht zogen. Er schob seinen Ärmel hoch. Auch hier war seine Haut von den weißen Schuppen bedeckt.

„Das sind Drachenschuppen.“, sagte er. „Es gibt kaum eine Waffe, die sie durchdringen kann.“ Er hielt ihr den Arm hin. „Sie sind ganz glatt und kalt.“ Kate strich mit einem Finger darüber. Er hatte Recht, auch wenn sie nicht spüren konnte, ob sie wirklich kalt waren.

„Wie funktioniert das?“, wollte sie wissen.

„Ich weiß es nicht genau, aber ich kann es steuern. Wenn du etwas Übung hast, dann wird es dir genau so ergehen und dann kannst du das Eis kontrollieren.“, sagte er.

„Aber das was du kannst ist viel besser.“, antwortete Kate und sah zu wie Alessios Haut wieder normal wurde. Er schüttelte den Kopf.

„Das ist nicht wahr. Wenn du genug Kraft hast, kannst du viel beeinflussen und ein Schutzschild aus Eis ist ebenso mächtig, wie meins.“ Kate schwieg. Vielleicht hatte er recht damit, dachte sie. Ihre Fähigkeit könnte nicht nur ihr helfen, sondern vielen Menschen.

„Ich möchte es noch einmal versuchen.“, sagte sie, mit mehr Motivation als zuvor.

Nachdem sie ein weiteres Mal ihre Augen geschlossen hatte, war sie viel ruhiger. Sie wusste nicht woher es kam, aber ihre Anspannung war fast gänzlich verflogen.

Sie wünschte sich, es würde etwas passieren. Seit sie hier war, suchte sie ständig eine Erklärung dafür, dass sie in einer anderen Welt gelandet war.

Eine Fähigkeit, die es nur hier gab, kam ihr da gerade recht.

Für Kate bedeutete es, dass sie Verwandte haben musste, die hier gelebt hatten oder sogar noch lebten.

Sie kniff die Augen fester zusammen, um die Gedanken abzuschütteln. Es lenkte sie von ihrem Versuch ab, die Kontrolle zu übernehmen.

„Du darfst nicht nur deinen Kopf benutzen. Versuch es mal mit den Händen.“, hörte sie Alessio sagen.

„Was?“, flüsterte Kate zurück, um die Konzentration nicht wieder zu verlieren.

Sie spürte ein kribbeln in ihren Fingern, als er ihre Hände nahm und sie mit den Handflächen auf den Schnee legte.

Fast hätte Kate sie sofort wieder weggezogen. Die Kälte, die plötzlich vom Schnee auszugehen schien, drang wie winzige Nadelstiche in ihre Haut ein und betäubte sie. Der eisige Wind strich über ihre Arme und wehte ihr die Haare ins Gesicht.

Kate öffnete die Augen und zog ihre Arme weg. Sie wollte sie um ihren Körper schlingen, um sich zu wärmen. Doch sobald ihre Konzentration nachgelassen hatte, war es nicht mehr nötig. Langsam ließ sie die Arme sinken.

„Ich glaube, es stimmt.“, sagte sie ruhig. Es konnte kein Zufall mehr sein, dass ihr all diese merkwürdigen Dinge passierten und sie war sich sicher, dass sie sich die Kälte nicht eingebildet hatte.

Alessio lächelte.

„Natürlich stimmt es.“, sagte er. „Und sobald du dich daran gewöhnt hast, kannst du dir gar nicht mehr vorstellen ohne zu leben.“

Der geheime Auftrag

Sie trafen sich in einem kleinen Raum im dritten Stock, der, seinem Aussehen nach zu urteilen, schon eine ganze Weile nicht mehr benutzt worden war.

Ein langer Holztisch stand in der Mitte. Er war von einer dicken Staubschicht bedeckt, die jedes Mal leicht aufwirbelte, wenn sich die Tür öffnete und jemand hereinkam. Rundherum standen alte, fleckige Stühle, die laut knarrten, als sie sich setzten.

Die Wände waren leicht rissig und ihre Verzierungen waren an einigen Stellen auf den schmutzigen Boden gebröckelt.

Auch die Fenster waren verdreckt und mit ausgeblichenen Vorhängen behängt, so dass kaum noch Licht hindurch fiel.

Kate wunderte sich, dass das Treffen ausgerechnet hier stattfand. Sie hatte im ganzen Schloss noch keinen Raum gesehen, der auch nur annähernd in einem ähnlich schlechten Zustand war.

Mai hatte ihr die Nachricht, von der streng geheimen Versammlung überbracht. Wie ernst sie es wirklich gemeint hatte, spürte Kate erst jetzt, wo sie zusammen mit den Anderen, auf die Ankunft von Jill wartete. Neben Mai saß Eddy, der sich angespannt mit seiner Schwester Sanny unterhielt.

Zu Kates Bedauern war auch Claire hier. Sie hatte neben Dana Platz genommen und besah sich gelangweilt ihre lackierten Fingernägel. Kate fragte sich, wo sie den Lack her hatte.

Die Tür ging auf und zwei Jungen traten ein. Kate erkannte den Wachtposten, dem sie und Mai am Morgen begegnet waren. Sein Name war Chris, rief sie sich in Erinnerung. Sie vermutete, dass sein Freund ebenfalls als Wache im Schloss arbeitete. Schweigend ließen sie sich auf die Plätze am Fenster nieder.

Kate wandte ihre Aufmerksamkeit von ihnen ab, als Jill den Raum betrat. Alessio begleitete sie. Er lächelte Kate kurz zu, als er ihren Blick bemerkte und setzte sich.

Jills Gesicht war ernst und als sie zu sprechen begann, wurde es augenblicklich still.

„Wir alle haben gewusst, dass der Frieden nicht lange andauern würde. Von Tag zu Tag wird das Bild deutlicher. Ich habe gesehen, wie sie sich auf den Kampf vorbereiten und ihre Truppen aus dem Wald kommen, um uns zu vernichten. Deshalb ist es an der Zeit, dass wir etwas unternehmen."

„Und was soll das sein? Wir haben ja wohl kaum eine Chance gegen sie, oder?", fragte Jemand. Kate wandte sich in die Richtung aus der die Stimme gekommen war. Es war Lee, der unsympathische Junge aus ihrer Klasse, der mit Mai trainiert hatte. Kate hatte ihn vorher gar nicht bemerkt. Sie fragte sich, was ausgerechnet er hier wollte. Er wirkte nicht besonders vertrauenerweckend auf sie.

„Nun Lee, dieses Treffen wurde vereinbart, um ihnen genau auf diese Frage eine Antwort zu geben.", sagte Jill ruhig.

„In einem einfachen Kampf würden die Wenigsten von unserer Seite überleben, das ist wahr, aber es gibt andere Wege und Möglichkeiten, auch wenn sie nicht leicht erscheinen." Sie machte eine kurze Pause und Kate fragte sich, was sie meinte. Es hörte sich an, als plane sie einen Krieg, der nicht gut auszugehen schien. Von dem was sie im Unterricht erfahren hatte, wusste sie noch, dass der Krieg seit einigen Jahren vorbei war. Doch was sollte sie tun, wenn es wirklich zu gefährlich wurde, um hier zu leben. Was hatte sie sich überhaupt dabei gedacht? Sie wollte ein neues friedlicheres Leben beginnen, außerhalb des Waisenhauses, aber so hatte sie es sich nicht vorgestellt. Plötzlich wollte sie wieder auf der Erde sein. Sie könnte einfach zurückgehen. Am Liebsten wäre sie sofort aufgestanden, doch irgendetwas hielt sie davon ab. Vielleicht war es der Zauber dieser Welt. Sie konnte eine Verbindung zu ihr spüren. Sie hatte schon lange kein richtiges Zuhause mehr und sie wünschte sich nichts weiter, als einen Ort wo sie sich wohlfühlte. Umbria konnte so ein Ort sein und sie wollte nicht, dass ihr das irgendwer zerstörte.

„Ich habe lange überlegt und viele Informationen gesammelt. Dabei habe ich alte Legenden über die Drachen gefunden. Einige sind sehr bekannt. Es gibt genug Beweise und Schriften, die über ihre Existenz gesammelt wurde. Ich habe einen Plan entwickelt, der uns sehr nützlich sein wird im Kampf gegen Tarsis. Bevor ich jedoch genaueres dazu sagen möchte, verlange ich von jedem Einzelnen, das Versprechen, über mein Vorhaben zu schweigen. Kein Außenstehender darf etwas erfahren.“, sagte Jill nachdrücklich.

„Diejenigen von euch, die dieses Versprechen nicht geben können, egal aus welchem Grund, die sollten jetzt gehen.“ Alessio sah Lee an.

„Was mit Verrätern passiert, muss ich dir doch nicht erklären, oder?“, fragte er leise. Lee zog die Brauen hoch und verschränkte die Arme. Er schnaubte verächtlich.

„Was soll das? Ihm können wir trauen. Ihr solltet viel mehr eure neue Freundin im Auge behalten.“, warf Claire gehässig ein. Jill sah Kate an, die nicht wusste, was sie sagen sollte.

„Wir müssen uns darauf verlassen, dass sie auf unserer Seite ist, denn ohne sie wird es um einiges schwieriger, vielleicht sogar unmöglich.“, sagte Jill ruhig.

„Ich werde nichts verraten.“, antwortete Kate schnell. Sie mochte es nicht, wenn man über sie sprach, während sie dabei war.

„Ich vertraue ihr und auch ich kann deutlich spüren, wie die Gefahr näher rückt.“, sprach Mai ruhig.

„Wenn du das sagst, habe ich keine Zweifel mehr was das anbelangt.“, sagte Jill zufrieden.

Kate sah Mai an. Die lächelte ihr zu. Was war nur mit ihr, dass sie so anders war, als die übrigen Menschen in diesem Raum. Kaum einer widersprach ihr und ständig sagte sie merkwürdige Dinge. Wieder fiel Kate ein, dass Claire etwas von einer Fähigkeit gesagt hatte. Doch was konnte es sein und gab es wirklich so viele Menschen hier, die übernatürliche Kräfte besaßen? Es musste etwas an der Sache dran sein, wenn selbst Jill so viel auf Mais Meinung setzte.

„Das Ziel von Tarsis ist offenbar die Vernichtung derer, die sich ihm in den Weg stellen. Er will, die Herrschaft über Umbria, mit all seinen Bewohnern, erlangen. Wir wissen jedoch nicht genau, was danach passieren wird. Vielleicht will er seine Macht benutzen auch noch die Erde an sich zu reißen. Ich kann es nicht sagen. Ich weiß nur, dass er uns sehr gefährlich werden kann, sobald er das Drachenherz in die Finger bekommt. Es verleiht dem Träger große Mächte. Welche genau und was sie bewirken, dass kann niemand sagen. Es ranken sich viele Geschichten darum. Nicht alle sind wahr, aber ich weiß, dass es uns helfen wird Tarsis aufzuhalten. Es ist unsere einzige Chance und deshalb brauche ich eure Hilfe. Ihr werdet eine lange Reise antreten. Ich selbst könnte nach dem Herzen suchen, aber als Königin von Brion, ist es mir nicht gestattet. Ich muss mein Land beschützen und darauf vertrauen, dass ihr es schafft. Das Geheimnis des Herzen liegt im Tal der Drachen. Sie kennen alle Legenden und ihr hohes Alter lässt sie die Lügen von den Wahrheiten trennen. Wenn jemand weiß, wo das Herz zu finden ist, dann sind sie es. Keiner außer ihnen weiß, wie es aussieht, daher würde es schwierig sein, es ohne ihre Hilfe zu erkennen. Das Dorf Cairus liegt auf der anderen Seite des Waldes. Es ist der Hauptsitz der ältesten Drachen. Dort solltet ihr nach Hinweisen suchen, allerdings ist der Weg bis dorthin gefährlich genug, um jeden von euch zu töten." Jill hörte auf zu reden.

„Wie lang denkt ihr, wird diese Reise andauern?", fragte Eddy. „Und wieso glaubt ihr, dass wir diese Aufgabe besser lösen können, als eure Krieger?"

Jill lächelte.

„Die Soldaten haben eine ähnliche Position wie ich. Sie dienen dem Schutz. Außerdem braucht man mehr als einfaches Kampfwissen, um durch den Wald zu reisen. Die zahlreichen Fähigkeiten vereint mit Stärke und Wissen, sind viel mächtiger als die Waffen meiner besten Kämpfer. Wie lange es dauert, kann ich nicht sagen. Es mag sein, dass ihr euer Ziel bereits in einigen Monaten erreicht, vielleicht dauert es aber auch Jahre." Eine Weile blieb es ruhig. Jeder schien in Gedanken versunken zu sein.

„Genaueres besprechen wir Morgen.", beendete Jill das Treffen abrupt und stand auf. Die Anderen taten es ihr nach und sobald Jill den Raum verlassen hatte, tuschelten sie aufgeregt miteinander. Kate sah sich nach Mai um und entdeckte wie sie gerade mit Sanny durch die Tür verschwand.

„Hey, Mai warte.", rief sie ihr hinterher, aber sie hörte es nicht mehr.

„Mist.", schimpfte Kate und drängelte sich an den Anderen vorbei aus dem Zimmer. Im Flur waren die Beiden nicht mehr zu sehen. Tausend Fragen schwirrten ihr durch den Kopf. Sie hatte nicht mal die Hälfte von dem, was soeben passiert war, wirklich verstanden.

„Wen suchst du?", fragte Jemand. Kate drehte sich um.

„Hallo.", sagte Lee.

„Hallo, nach Mai. Weißt du wo sie hingegangen ist?“, fragte Kate. Lee schüttelte den Kopf.

„Aber wenn du willst, dann helfe ich dir suchen.“

„Danke, nicht nötig.“, sagte Kate eilig und lief den Gang entlang, der, wie sie hoffte, zu den Treppen führte. Vielleicht war sie in ihr Zimmer gegangen. Lee folgte ihr.

„Also, du kommst von der Erde. Wie lange hast du dort gelebt?“, wollte er wissen. Kate antwortete nicht.

„Wie sieht es dort aus, ist es anders als hier?“

„Ja.“, sagte sie knapp und bog in einen weiteren Korridor ein. Sie konnte sich nicht erinnern, von hier gekommen zu sein. Sie drehte sich auf der Stelle um und ging zurück, um zu sehen wohin die anderen Wege führten.

„Bleib doch mal stehen.“, rief Lee. Kate gehorchte, holte tief Luft und drehte sich zu ihm um.

„Tut mir leid, ich habe echt keine Zeit. Ich muss dringend mit Mai sprechen. Wieso fragst du nicht jemand anderen nach der Erde?“, schlug sie vor.

„Lieber nicht, danke. Worüber willst du denn reden?“ Kate sah ihn verständnislos an.

„Ich spreche von Mai. Was willst du von ihr.“

„Hier ist alles anders, da hab ich nun mal leichte Schwierigkeiten mich zurechtzufinden, ok? Ich habe kaum die Hälfte von dem verstanden, was gerade gesprochen wurde. Um es genauer zu sagen verstehe ich zurzeit fast gar nichts. Außerdem will ich endlich wissen, was scheinbar jeder, außer mir, über Mai weiß und warum jeder das macht was sie sagt. Mir kommt es so vor, als hätten alle Angst, sie könnte ihnen die Köpfe abreißen. Hinzu kommt, dass diese vielen Gänge und Treppen wie ein Labyrinth sind. Was interessiert dich das überhaupt?“, rasselte Kate so schnell herunter, dass sie vergaß dabei Luft zu holen.

„Schon gut. Sag mal redest du immer so viel?“, wollte Lee mit einem Grinsen wissen.

„Nein, nur wenn ich nicht weiß, was ich tun soll.“, gestand Kate.

„Ok, übrigens musst du dort entlang.“, sagte er und deutete nach links.

„Danke.“, antwortete Kate und machte sich auf den Weg.

„Und noch was, sie könnte wirklich jedem mit Leichtigkeit den Kopf abreißen.“, rief Lee ihr grinsend nach.

Kate saß allein auf den Stufen zum Marktplatz und sah zu, wie der Schnee auf die Straße fiel. Hier und da spielten ein paar Kinder, während die Eltern durch die kleinen Läden eilten. Sie spürte, dass sie für die Anderen in dieser Welt eine Fremde war. In den letzten Tagen hatte sich ihr Leben verändert und sie fragte sich, ob ihr altes Leben realer gewesen war. Es sah anders aus und es roch anders.

Was war ihr aus dem anderen Leben schon geblieben? Sie wusste nicht mal, ob sie noch so aussah wie sie sich kannte. Zu gerne hätte sie in einen Spiegel geschaut, nur um zu sehen, dass sie noch immer sie selbst war und sich nicht verändert hatte. Bis jetzt hatte sie im ganzen Schloss noch Keinen gesehen, nicht einmal in ihrem Bad. Vielleicht gab es hier keine Spiegel.

„Hey.“ Kate wurde aus ihren Gedanken gerissen. Mai stand vor ihr.

„Ich hab gehört, du suchst mich.“, sagte sie lächelnd.

„Ja. Sag mal, gibt es hier bei euch Spiegel?“, sprach Kate ihren aktuellen Gedanken aus. Mai sah sie erschrocken an.

„Nein, ich hoffe nicht. Du hast doch keinen gesehen, oder etwa doch? Das wäre nicht gut. Geht‘s dir gut?“ Mai sah ihr forschend ins Gesicht. „Vielleicht reagiert ihr auch anders darauf. Du solltest mal zu Sanny gehen..." Sie überlegte.

„Was redest du da? Ich hab doch nur gefragt, ob ihr Spiegel habt.", sagte Kate belustigt.

„Genau und dann fragst du dich, warum ich mir Sorgen mache?", wollte Mai wissen.

„Ja, was soll so schlimm daran sein?" Kate zuckte verwirrt mit den Schultern. Mai verdrehte die Augen.

„Mit einem Spiegel ist durchaus nicht zu spaßen, Kate. Willst du, dass er dir deine Seele raubt?", fragte sie aufgebracht.

„Wie, meine Seele rauben?" Kate lachte. „Zuhause hatten wir viele Spiegel und ich glaube nicht, dass ich keine Seele mehr habe."

„Vielleicht sind eure Spiegel anders, aber wenn du hier einen siehst, dann zerstöre ihn, bevor er dich zerstört.", antwortete Mai warnend.

„Ok, wenn du das sagst.", sagte Kate schnell. Sie wollte mit Mai über etwas anderes sprechen und diese Spiegel-sind-böse-Geschichte würde sie ihr eh nicht glauben.

„Eigentlich wollte ich über etwas anderes reden.", sagte Kate.

„Das habe ich mir schon gedacht. Lass uns woanders hin gehen. Ich will nicht, dass uns jemand zuhört.", sagte Mai und führte sie weg von dem Platz, durch die Straßen, bis sie das Stadttor sahen.

„Wir gehen raus?", freute sich Kate. Mai schüttelte den Kopf.

„Nein, sonst bringen sie mich wirklich um. Wir gehen in die Ställe.", sagte sie und zog Kate in eine leere Seitengasse. Hier gab es nichts, als Hausmauern und eine riesige Holztür am Ende des Weges.

„Die Meisten trauen sich nicht in ihre Nähe. Sie haben

Angst vor den Drachen.“, sagte Mai und kicherte.

„Da drinnen sind Drachen?“ Auch wenn sie es nicht glaubte, wollte Kate auf keinen Fall durch diese Türe gehen. Was wenn wirklich irgendwelche Monster dahinter lauerten. Mittlerweile wunderte sie gar nichts mehr.

„Ja, ich weiß, Jill hat es verboten, aber sie verbietet alles und es ist Schwachsinn.“, redete Mai weiter. Sie drückte die Klinke herunter.

„Ähm, Mai. Wir sollten da vielleicht nicht rein gehen.“, versuchte Kate es, aber Mai grinste nur und öffnete die Tür.

Kate hatte noch nie etwas Vergleichbares gesehen. Die Drachen hatte sie sich anders vorgestellt. Sie hatten keine Flügel und sie waren auch viel kleiner, als in ihrer Vorstellung. Die Größten von ihnen waren vielleicht zwei Meter hoch. In den Filmen, die sie gesehen hatte und in den Märchen, waren die Drachen um einiges größer.

Sie sahen nicht einmal gefährlich aus. Ihre Körper waren bedeckt von rotbraunen Schuppen und ihre Augen strahlten warm und aufmerksam auf sie herab.

„Wie findest du sie?“, fragte Mai und ging hinüber zu den Drachen. „Sind sie nicht schön?“ Sie strahlte und kletterte über eines der Gatter.

„Doch, schon.“, antwortete Kate und trat zögernd näher. Hinter ihr fiel die Türe zu. Jetzt drang nur noch durch die schmalen Fenster Licht in den Stall.

„Weshalb ist es hier so dunkel?“, wollte Kate wissen.

„Damit die Drachen nicht auf die Idee kommen von hier zu flüchten. Je dunkler es ist, desto schläfriger werden sie.“, sagte Mai, während sie den Hals eines Drachen streichelte.

„Komm, ich stell dich Taja vor.“, sagte sie und schob das Gatter auf. „Keine Angst, sie wird dich schon nicht fressen. Diese Drachen leben nur von der Kraft der Sonnen.“

Vorsichtig streckte Kate eine Hand nach dem Drachen aus. Seine Schnauze war weich und rund. Sie passte genau in ihre Handfläche. Die glatten Schuppen, blank geputzt, waren dünn wie Papier und lagen dicht übereinander.

„Ist das dein Drache?“, fragte Kate fasziniert. Mai schüttelte den Kopf.

„Ein Drache kann dir nicht gehören. Sie gehören nur den Sonnen. Taja folgt mir, das ist etwas anderes. Ich kann ihr nichts befehlen, aber sie hilft mir, weil sie mich ausgewählt hat.“, erklärte sie.

„Was bedeutet das?“

Mai lächelte und kletterte auf Tajas schuppigen Rücken. Gespannt hob diese den Kopf.

„Ich darf auf ihr reiten und sie würde mich gegen meine Feinde verteidigen.“

Kate setzte sich auf das Gatter.

„Du hast Feinde? Das kann ich mir gar nicht vorstellen.“, sagte Kate, der wieder eingefallen war, worüber sie eigentlich mit Mai hatte reden wollen.

„Jeder hat irgendwo Feinde, oder nicht?“, sagte sie abwesend.

„Was wolltest du mir erzählen?“, fragte Kate.

„Jill meinte, ich solle es dir nicht erzählen, noch nicht. Diese Welt ist kompliziert und sie glaubt, du solltest eines nach dem Anderen lernen. Ich bin da anderer Meinung. Besonders wenn man überlegt, wie gut du hier her passt, so als gehörtest du nach Umbria.“, sagte Mai aufgeregt.

„Außerdem sind wir ja jetzt Freunde und deshalb sollte ich dir auf jeden Fall von meiner Fähigkeit erzählen. Es ist doch egal, wie verrückt dir das alles vorkommen muss, denkst du nicht auch?“

Kate musste lächeln. Besonders der Gedanke, dass Mai sie

als Freundin betrachtete löste es aus.

Mai hatte wahrscheinlich Recht, auch wenn Kate sich nicht vorstellen konnte, was verrückter sein konnte als einen Drachen zu streicheln.

Je mehr außergewöhnliche Dinge sie erfuhr, desto größer wurde ihr Interesse an der Welt aus Eis. Ein Zauber ging davon aus und versuchte sie in seinen Bann zu ziehen. Nein, dachte Kate, der Zauber hatte sie längst gefangen und er würde sie nicht sobald loslassen. Sie wollte von weiteren Wundern hören, aber vor allem wollte sie welche sehen.

„Ich besitze die meist verbreitete Fähigkeit, was kaum noch eine Bedeutung hat. Früher waren wir viel mehr. Aber in dem Krieg sind etliche Fähigkeiten gänzlich verloren gegangen."

Kate lauschte aufmerksam und versuchte die schrecklichen Bilder aus ihrem Kopf zu vertreiben, die sich bei Mais Worten in ihre Gedanken schlichen.

„Aus Neid hat man jagt auf jene gemacht, die anders waren."

„Wie traurig.", flüsterte sie. Mai stimmte ihr zu und rutschte von dem Rücken des Drachen. Leichtfüßig und ohne einen Laut landete sie neben ihm.

„Seit ich sechs Jahre alt bin, kann ich mich kontrolliert verwandeln.", sagte sie leise. „In einen weißen Tiger." Sie wartete.

„Wie? Du meinst einen echten Tiger? Mit Fell und so?" Ihrer Stimme konnte man anhören, dass Kate es nicht glaubte. Mai verdrehte die Augen.

„Natürlich mit Fell. Was denn sonst."

„Das muss ich sehen. Ich kann es mir einfach nicht vorstellen.", sagte Kate. Drachen waren das Eine und Menschen, die etwas ähnliches wie Magie gebrauchten das Andere, aber ein Mädchen, dass sich in einen Tiger verwandelte, erschien Kate selbst in ihren Gedanken als unmöglich. Auch wenn es einiges erklären würde. Zum Beispiel die Tatsache, dass Menschen Angst vor ihr hatten oder die Kraft die Mai unübersehbar besaß. Und dann war da noch die Leichtigkeit in ihren Schritten. Wie eine Katze, dachte Kate.

Es war angenehm mit nackten Füßen über den weichen Schnee zu laufen. Schuhe hatte Kate noch nie gemocht, egal ob in dieser oder der anderen Welt. Sie waren steif und es fühlte sich an, als pressten sie ihre Zehen zusammen. Nur wenn sie barfuß ging, war sie frei.

Deshalb trug sie auch keine Schuhe, als sie zu einem weiteren Treffen mit Jill gingen. Dieses Mal ging es um verschiedene Techniken, die jeder Einzelne von ihnen lernen musste.

„Jeder von euch hat eine andere Stärke und dass müssen wir nutzen.“, hatte Jill ihnen erklärt. Auch sollten sie alle Kleidung tragen, von denen sie dachten, dass sie sich schnell darin bewegen konnten. Kate trug eine Jeans und das Oberteil ihres Kampfanzuges. Es gefiel ihr. Sie fühlte sich sicher und geborgen darin und zugleich passte es ausgezeichnet.

„Ich glaube nicht, dass Jill dir erlaubt ohne Schuhe zu trainieren. Hast du vergessen, was Jay dir gesagt hat?“, fragte Mai und zupfte an ihrem Ärmel herum.

Natürlich hatte sie es nicht vergessen, aber Kate zuckte zur Antwort nur mit den Schultern.

Die Haare hatte sie zurückgebunden. Das tat sie äußerst selten, doch heute schien es ihr angebracht, denn so konnten sie ihr nicht in die Augen fallen.

Heute trafen sie sich zum ersten Mal draußen auf dem Platz, vor der Stadtmauer. Seit dem Tag ihrer Ankunft, war Kate nicht mehr aus dem Dorf Brion herausgekommen. Sie mochte die Straßen mit ihren kleinen Häusern, die alle ein wenig anders aussahen, aber sie hatte sich eingesperrt gefühlt. Erst jetzt, wo sie außerhalb der Mauern waren, fühlte sie wie sehr es sie belastet hatte. Leichtigkeit breitete sich in ihr aus.

Sie war froh, dass sie sich nicht wieder heimlich trafen. Von Mai wusste sie, dass Jill verbreiten ließ, sie würde ihnen beibringen ihre Kräfte zu nutzen. Auch wenn es nur die halbe Wahrheit war, würde wohl kein Außenstehender daran zweifeln. Jay selbst, hatte keinerlei Erfahrung mit den Techniken. Daher war es üblich in Brion, dass Jill jeden unterrichtete, der eine Fähigkeit besaß.

„Ich teile euch in Gruppen ein und dann bespreche ich mit jedem seine Aufgabe.“, sagte Jill, sobald alle eingetroffen waren.

„Lee, du kannst am Besten mit dem Schwert umgehen. Du wirst mit Mai trainieren.“, sagte sie sogleich. Widerwillig ging er hinüber.

„Wieso immer ich. Sie kann nicht mit Schwertern umgehen, das langweilt.“, murrte er.

„Sie bekommt kein Schwert.“, sagte Jill scharf.

Mai grinste.

„Das wird ein Spaß. Sie macht ihn fertig.“, flüsterte Sanny Kate zu, die nicht überzeugt war.

„Claire, ausgezeichnete Zweikämpfe, aber wie kommst du mit mehreren Gegnern zurecht? Ted und Chris, ihr wehrt ihre Angriffe ab.“ Jill drehte sich zu dem Rest der Gruppe um.

„Elfen sind ausgezeichnete Schützen.“, sie warf Dana einen Bogen zu.

„Du versuchst Alessio zu treffen und keine Scheu, selbst wenn dein Pfeil ihn trifft, wird er es kaum merken.“ Dana nickte kurz und spannte den Bogen.

„Nun zu euch Dreien, kommt mit.“ Jill winkte Sanny, Eddy und Kate hinter sich her, zu einem grob geschliffenen Steintisch, der so weit von den Anderen entfernt war, dass Kate sie kaum noch erkennen konnte. Dabei hätte sie gerne eine Weile zugeschaut.

Jill breitete eine Karte aus und legte einen weiteren Stapel neben sich ab.

Kate beachtete sie nicht. Ihre Aufmerksamkeit galt noch immer dem Platz. Sie hatte es kaum gesehen, doch plötzlich war Mai verschwunden. An ihrer Stelle stand nun ein Tiger. Er war viel größer, als sie geglaubt hatte. Auf einer Augenhöhe mit Lee, der gelangweilt daneben stand und so tat als interessiere ihn das ganze nicht im Geringsten. Das weiße Fell, mit seinen schwarzen Streifen war aus dieser Entfernung kaum zu sehen. Kate war so überrascht, dass sie Jill schon fast vergessen hatte, doch als diese zu sprechen begann, drehte Kate sich zu ihr um.

„Ich weiß, wie ungern ihr Beiden eine Waffe in die Hand nehmt. Dennoch wird es sich nicht vermeiden lassen. Trotzdem werdet ihr euch hauptsächlich mit der Karte auseinandersetzen. Jemand sollte den Weg kennen, selbst dann wenn ihr sie verliert. Kate.“ Sie zuckte zusammen, als Jill sie überraschend ansprach.

„Du musst noch einiges mehr lernen. Ich werde dir soviel beibringen, wie möglich. Wir haben nicht viele Tage und daher musst du dich genau konzentrieren.“, sagte sie und wies sie an, sich auf den Boden zu setzen.

„Es war klug von dir, die Schuhe auszuziehen.“

„Wirklich?“, fragte Kate überrascht und Jill nickte.

„Du bestimmst deine Fähigkeit nicht ausschließlich mit den Händen. Vielmehr breitet sie sich über deine ganze Haut aus, deshalb wird dir nicht so schnell kalt.“, sagte sie. Kate erinnerte sich an das Gefühl, wie die eisige Kälte durch ihren Körper gekrochen war.

„Das Wichtigste ist, dass du lernst, wie du Wasser machst.“

„Wofür ist das gut?“, fragte Kate wenig begeistert.

„Erst einmal braucht ihr Trinkwasser. Normalerweise dauert es oft Stunden, es herzustellen. Es gibt hier nicht viele Seen oder Flüsse. Wir müssen mit viel Mühe den Schnee erhitzen, um Wasser zu bekommen und auch das Feuer machen ist hier nicht so leicht. Deine Methode ist um einiges einfacher und schneller.“, erklärte Jill. Kate konnte sie verstehen, aber enttäuscht war sie trotzdem ein wenig. Sie hatte gehofft etwas Besonderes zu lernen. Was sie genau erwartet hatte, konnte sie selbst nicht sagen, aber das hier schien nicht sonderlich spannend zu werden.

„In einigen Teilen des Waldes, wirst du einen Schutz aus Wasser aufbauen müssen, um einige Wesen fern zu halten. Dafür brauchst du mehr Kraft, aber nur so könnt ihr nachts schlafen.“, fügte Jill hinzu.

„Für den Anfang wird es dir helfen, wenn die du die Wärme der Sonne fühlen kannst. Konzentriere dich auf ihre Strahlen. Später wirst du es auch ohne sie können.“

Kate sah zum Himmel.

„Im Wald werde ich sie nicht sehen.“, sagte sie.

„Nein, vermutlich nicht, aber wenn du erst einmal verstanden hast wie es funktioniert, dann kannst du deine eigene Energie benutzen.“ Jill lächelte.

„Können wir anfangen? Dann leg deine Hände auf den Schnee.“ Kate tat was sie sagte.

Dann versuchte sie sich vorzustellen, wie die Strahlen der Sonne die auf ihre Haut fielen, durch sie hindurch gingen. Sie glaubte zu spüren, wie ihr wärmer wurde. Vielleicht bildete sie es sich auch nur ein.

„Versuche die Energie in deinen Handflächen zu bündeln.“, hörte sie Jill sagen. Ihre Stimme klang wie aus weiter Ferne zu ihr durch. Nur ein unangenehmes Kribbeln fuhr durch ihre Finger, dann war es vorbei. Das warme Gefühl war verschwunden.

„Was ist passiert?“, fragte Jill. Kate sah sich ihre Hände an, aber sie sahen aus wie immer. Nichts hatte sich verändert, dabei war sie sich fast sicher gewesen, dass sie etwas gespürt hatte.

„Es ist nicht leicht, probiere es weiter.“

Kate holte tief Luft und schloss die Augen. Sie kam sich komisch und beobachtet vor, wenn sie so dasaß. Schnell öffnete sie die Augen wieder und strich die Haare zurück, die sich aus dem Zopf gelöst hatten.

Diesmal nahm sie etwas von dem Schnee in die Hand. Jill sagte nichts, sie wartete ab was passierte. Kate konzentrierte sich. Sie senkte den Kopf und erinnerte sich an die Lichterfeen, die aus ihren Nestern geflogen waren. Es war so leicht gewesen.

Noch während sie daran dachte, fühlte sie eine Wärme, leicht und wie eine Welle, die durch ihren Körper ging, bis hinein in ihre Fingerspitzen. Dieses Gefühl war ihr vertraut, aber es kam nicht von der Sonne, sondern von ihr. Nun schloss sie doch die Augen, damit sie nichts mehr ablenken konnte.

Leise Geräusche drangen an ihr Ohr, wie das Flüstern des Windes. Sie lächelte leise, als der Schnee zwischen ihren Fingern schmolz. Für den Bruchteil einer Sekunde spürte sie es, dann öffnete sie die Augen.

„Das war gut, sehr gut. Besser als ich es erwartet hatte.“, sagte Jill. Kate sah ein Funkeln in ihren Augen, das sogleich verschwand.

„Du benutzt deine eigene Energie, das habe ich selten gesehen.“

Unsicher zupfte Kate an ihrem Ärmel. Jill sprach begeistert weiter.

„Das ist von Vorteil, für unseren Plan.“ Sie lächelte.

„Mach weiter so, aber pass auf, dass du dir nicht zu viel zutraust. Deine Energie muss erst wachsen.“ Sie stand auf.

„Ich werde jetzt den Anderen ein paar Tipps geben. Wie ich sehe, haben sie ein paar Schwierigkeiten.“

Kate sah sich um. Eddy und Sanny stritten sich offenbar grade um den kürzesten Weg auf den Karten. Sie wirkten ein wenig überfordert mit dem Stapel, aus beschriebenem Papier, von dem der größte Teil bereits auf dem Boden lag.

„Mai! Was soll das werden?“, rief Jill über den Platz.

„Dieses Mädchen macht was es will.“, schimpfte sie vor sich hin und ging hinüber.

Kate wandte sich wieder ihrer Aufgabe zu.

Dieses Mal viel es ihr schwer sich zu konzentrieren und obwohl sie die verschiedensten Dinge probierte, klappte es nicht halb so gut wie zuvor.

Der Schnee schmolz einfach nicht. Ab und an tropfte er ein wenig, aber das war alles.

Sie wusste nicht wie viel Zeit vergangen war, als Müdigkeit in ihr aufstieg. Erschöpft lies sie sich rücklings in den Schnee fallen. Er war so weich, dass sie für einen Moment glaubte in einem Meer aus Federkissen zu liegen.

Die Sonne hing tief. Bald würde sie unter gehen.

Kate legte den Kopf in den Nacken, so gut wie es eben ging, wenn man lag und sah nach hinten.

Sanny saß auf dem Tisch und studierte angestrengt die verblasste Schrift, die einen Teil auf der Karte beschrieb. Eddy war mit dem Kopf auf einem der Stapel eingeschlafen.

Gähnend rollte Kate sich auf die Seite und schloss die Augen.

Nichts als Dunkelheit und ferne Stimmen nahm sie wahr. Sie wuchsen an, wurden lauter und grelle Farben erschienen in ihrem schwarzen Traum. Sie kannte diese Stimmen, aber sie hörte nicht was sie sagten.

„Hey, Kate. Wach auf."

Verwirrt öffnete sie die Augen, sie war eingeschlafen. Sanny stand über sie gebeugt und grinste sie an. Die Sonne war noch zu sehen, aber es war dunkler geworden.

„Es reicht für heute, glaube ich." Sanny sah sich um. „Mein Bruder schläft auch schon eine ganze Weile. Ich sage Jill Bescheid."

Kate setzte sich auf. Sie konnte nicht lange geschlafen haben und auch an ihren Traum erinnerte sie sich nicht. Was sie nicht wunderte, denn sie vergaß ihre Träume immer sobald sie wach wurde.

Kate sah wie Sanny zu Jill lief, die noch immer mit den Anderen trainierte. Sie sagte etwas und deutete in Eddys Richtung. Kate stand auf. Ihr war leicht schwindelig.

„Wahrscheinlich, weil ich noch nicht gegessen habe.", sagte sie zu sich selbst. Wie zur Bestätigung knurrte ihr Magen.

Sehnsüchtig sah sie zum Schloss hinüber, in dem sicherlich gerade gekocht wurde. Sie bildete sich ein, die Speisen zu riechen.

Daher fuhr sie zusammen, als sie plötzlich jemand von hinten ansprang. Es war Mai. Aufgedreht und grinsend zog sie Kate mit sich. Ihre Haare waren leicht zerzaust, aber sie wirkte kein bisschen erschöpft.

„Ach war das ein Spaß.", freute sie sich. Kate lächelte nur müde, während sie durch das Stadttor liefen. Die Anderen folgten ihnen mit einigem Abstand.

„Dieser Angeber hatte keine Chance gegen mich. Auf dem Boden hat er gelegen. Erzähl schon, wie viel hast du geschafft?“, fragte Mai.

„Eigentlich so gut wie gar nichts.“, sagte Kate knapp.

„Jill meinte, du wärst gut, für deine erste Stunde.“, versuchte Mai sie aufzumuntern.

„Wirklich? Ich fühle mich alles andere als gut.“, murmelte Kate.

„Das kommt davon, wenn man zu viel erwartet.“, sagte Sanny, die neben ihr aufgetaucht war.

„Du musst etwas essen. Wenn du willst, besorge ich dir auch noch was zur Stärkung und dann solltest du schlafen... In einem Bett.“, fügte sie zwinkernd hinzu.

„Das werde ich.“, versprach Kate.

Keiner weckte sie am Morgen, so dass die Sonne schon hoch am Himmel stand, als Kate endlich wach wurde. Sannys Tipp mit den Blüten, die sie unters Kopfkissen legen sollte, hatte offenbar geholfen. Vielleicht lag es aber auch nur daran, dass sie so lange geschlafen hatte. Kate fühlte sich bestens. Rasch zog sie sich an und öffnete die kleine Tür nach draußen, hinter der die Treppe lag, die nach unten führte. Ein paar winzige Schneeflocken wehten ihr entgegen. Skeptisch sah sie die schmalen Stufen hinunter. Es war hoch, schrecklich hoch. Dennoch verspürte sie den Wunsch hinunter zu steigen, in den kleinen Garten. Er war nichts Besonderes, nur ein paar Bäume standen nahe den Mauern, die das Dorf schützten.

Kate versuchte nicht darüber nachzudenken, wie tief es hinunter ging. Stattdessen befahl sie ihren Füßen einfach weiter zu gehen, Schritt für Schritt.

Erleichtert atmete sie auf, als sie wieder festen Boden unter den Füßen spürte.

Der Ort wirkte wie ein kleines Versteck. Umgeben von

Mauern und Hauswänden, lag der kleine Garten und bis auf die Treppe, führte nur eine halb versteckte Türe wieder ins Schloss. Kate setzte sich in den Schatten der Bäume und lehnte sich mit dem Rücken gegen den Stamm.

Schon bald würden sie aufbrechen. Es kam ihr vor wie ein Ausflug, eine Reise und das eigentliche Ziel vergaß sie dabei. Es wurde sicher nicht leicht, aber sie konnte nicht glauben, dass es gefährlich werden konnte. Der Zauber dieser Welt war ganz einfach zu groß.

Ein Rascheln über ihr holte sie aus ihren Gedanken und lies sie aufblicken.

„Kate? Ich habe dich gar nicht gehört. Was machst du hier?“ Alessio war zwischen den Ästen des Baumes aufgetaucht.

„Ähm, ich sitze hier.“, sagte Kate. „Und was machst du in einem Baum?“

Er grinste und sprang von dem Ast. „Ich verstecke mich hier immer vor Jill, aber jetzt habe ich Hunger.“, sagte er. „Was ist mit dir, willst du auch was?“, wollte er wissen und half ihr aufzustehen.

„Klar, gibt es denn schon was?“

Alessio lachte. „Es gibt immer etwas zu essen. Du brauchst nur in die Küche gehen.“, antwortete er.

„Das würde ich machen, wenn ich wüsste wo die Küche ist. Allerdings habe ich nicht die geringste Ahnung, wie ich hier überhaupt raus komme!“, sagte Kate und verschränkte die Arme vor der Brust. Alessio sah sie fragend an und öffnete schon den Mund um etwas zu sagen, aber Kate unterbrach ihn.

„Ich bin diese Treppe herunter gekommen.“ Sie zeigte hinauf zu ihrem Zimmer. „Da werde ich auf gar keinen Fall wieder hinauf gehen.“

„Das musst du auch nicht, du könntest genau so gut durch diese Küche gehen.“, gab Alessio zurück und deutete auf die versteckte Türe.

„Ok, dann lass uns gehen.“, meinte Kate, aber Alessio hielt sie zurück.

„Ich habe eine bessere Idee. Ich hole uns etwas und dann essen wir hier. Ich habe keine Lust mit den Anderen zu essen, Jill nervt heute ganz besonders. Sie ist schon den ganzen Tag schlecht gelaunt. Warte einfach oben, es ist nicht hoch.“, sagte er schnell. „Du kannst doch auf Bäume klettern, oder?“, fügte er hinzu.

Kate nickte. Als Kind war sie überall hinauf geklettert, auch wenn ihre Eltern es verboten hatten. Zu Recht, denn mit neun Jahren hatte sie sich das Bein gebrochen, weil sie von der hohen Tanne in ihrem Garten gefallen war. Sie vermutete, dass ihre Höhenangst daher kam.

„Bis gleich.“, sagte Alessio und machte sich auf den Weg in die Küche.

Ohne lange zu überlegen, griff Kate nach einem tief hängenden Ast und umschloss ihn mit den Fingern. Die andere Hand stützte sie gegen den Stamm. Zum Glück waren die ersten Äste nur knapp einen halben Meter über dem Boden, so dass Kate locker einen Fuß darauf setzen konnte. Mit dem Anderen stieß sie sich ab und zog sich hoch. Als sie die dichten Zweige auseinander schob, sah sie ein paar dicke Holzbretter. Sie waren mit festen Seilen an dem Baum befestigt. Von hier konnte man nicht sehen, was außerhalb passierte und Kate fühlte sich wie in einer kleinen Höhle. Nur war sie nicht aus Stein, sondern aus Blättern gemacht. Es war ein perfektes Versteck.

Kate konnte gerade eben darin stehen. Sonnenlicht fiel durch das Blätterdach und sie fragte sich, wie dieser Ort aussah, wenn die Sonne unterging.

Sie setzte sich und wartete.

Alessio war schon nach wenigen Minuten zurück. Er hatte

einen Korb dabei.

„Ich habe noch nie ein Picknick in einem Baum gemacht.“, sagte Kate, während sie die Sachen auf dem Holzboden ausbreiteten.

„Und ich habe bis jetzt immer nur alleine hier oben gegessen.“, gab Alessio zurück.

„Warum versteckst du dich eigentlich genau?“, fragte Kate interessiert.

„Jill sagt ständig so Sachen wie. *Pass auf deine Schwester auf, sie stellt wieder nur Unsinn an.* Oder sie rät mir, mich nicht mit dem einfachen Volk anzufreunden.“, sagte er.

„Als ob Mai nicht auf sich selbst aufpassen könnte.“, stimmte Kate zu. Alessio nickte.

„Sie hat mir auch gesagt, dass ich auf keinen Fall etwas mit dir alleine unternehmen soll.“, erzählte er weiter. Kate sah ihn fragend an.

„Angeblich nur, weil wir nicht wüssten, ob du wirklich auf unserer Seite bist. Wenn das die Wahrheit wäre, würdest du nicht mal im Schloss wohnen dürfen.“ Er lachte.

„Ja aber, was ist dann der Grund?“, fragte Kate überrascht.

„Sie glaubt, wenn sie mich von allen Mädchen fern hält, dann würde ich die Prinzessin Sali heiraten.“, sagte er Schulter zuckend. Kate sah ihn entsetzt an.

„Heiraten? Ist das nicht etwas zu früh? Ich meine, wie alt bist du?“

„Ich bin 19, aber um das Alter geht es gar nicht. Es ist nicht ungewöhnlich. Unsere Jahre vergehen viel langsamer, als eure, so dass wir für alles mehr Zeit haben.“

„Und warum sollst du sie heiraten?“, fragte Kate.

„Ihre Familie ist sehr reich und sie leben im benachbarten Land. Jill glaubt, dass es nur klug ist, sich mit einer reichen Familie zu verbinden, um mehr Einfluss zu gewinnen.“

„Heißt das, dass du gezwungen wirst?“

„Nein, es liegt an mir das zu entscheiden. Allerdings befürchte ich, ihre Eltern könnten sie zwingen, sollte ich zustimme. Sali ist auch dagegen, immerhin war sie mehr wie eine Schwester für mich und sie ist eigentlich schon in einer Beziehung. Vor ihren Eltern hält sie das natürlich geheim und du solltest es auch keinem sagen. Die wenigsten ihrer Freunde wissen davon.“, sagte er schnell.

„Kaum einer weiß es, aber mir erzählst du es?“, fragte Kate verwundert.

„Klar, ich vertraue dir.“, gab er ernst zurück.

Kate lächelte.

„Die Anderen tun es nicht, oder?“, wollte sie wissen.

„Das würde ich so nicht sagen. Sanny gibt jedem Menschen eine faire Chance, im Gegensatz zu ihrem Bruder. Ed ist immer sehr vorsichtig und traut den Wenigsten. Trotzdem gehört er zu den Guten.“, antwortete Alessio.

„Ja und Claire hasst mich, obwohl ich ihr nichts getan habe.“, warf Kate ein. Sie wusste nicht, warum sie es überhaupt ansprach. Sie wollte einfach diese Gedanken loswerden und Alessio schien ihr jemand zu sein, der ernsthaft zuhörte.

„Gegen wen hegt dieses Mädchen denn keinen Groll? Sie steht gerne im Mittelpunkt und hält sich für etwas Besonderes. Hinzu kommt, dass sie angeblich in mich verliebt sein soll und deshalb stellt sie sich gegen jeden, der nur mit mir redet. Mai und sie waren einmal gute Freundinnen und jetzt würden sie sich am Liebsten gegenseitig umbringen.“, stellte er fest. Kate fiel ein, dass sich Mai und Claire bei jeder Begegnung angefeindet hatten. Es war sicherlich nicht die beste Idee, ihnen einen gemeinsamen Auftrag zu erteilen.

Alessio grinste.

„Ja, meine Schwester, bei ihr sind wir doch sicher beide

derselben Meinung.“ Kate wusste nicht, was er damit meinte.

„Naja, Sanny und sie sind zwar befreundet, aber an dir hat sie offenbar großen Gefallen gefunden. Es ist fast so, als hätte sie immer darauf gewartet dich zu treffen. Eine beste Freundin, jemand mit dem sie über alles reden kann. Das hat ihr oft gefehlt.“, sagte er. Kate kannte das Gefühl allein zu sein gut.

„Ok, du hast mich überzeugt.“, sagte sie dann.

„Gut.“, freute Alessio sich. „Hast du genug gegessen?“, wechselte er das Thema.

„Sicher.“, stellte sie fest und half ihm, den Korb wieder einzuräumen. Sie stellten ihn an die Seite und standen auf. Alessio schob die Zweige auseinander.

„Sag mal, wie kommst du mit deiner Fähigkeit zurecht?“, fragte er. Kate sah zu Boden.

„Nicht so gut.“, gab sie zu, während Alessio auf einen der unteren Äste sprang.

„Wenn du willst, kann ich mit dir üben.“, schlug er vor und hielt ihr eine Hand hin, um ihr von dem Baum zu helfen.

„Das wäre nett.“, sagte Kate, sobald ihre Füße den Schnee berührten.

„Dann zeig mir doch mal, was du bis jetzt kannst.“, meinte Alessio und ließ ihre Hand los. Kate bückte sich und hob einen Klumpen Schnee auf. Es dauerte einen Moment, doch dann schmolz er.

„Das war gut.“, freute Alessio sich. „Hat dir Jill noch etwas gezeigt?“

„Leider nicht.“ Kate schüttelte die Tropfen von ihren Händen.

„Darf ich dir was zeigen?“, wollte Alessio aufgeregt wissen.

„Sicher. Kennst du dich damit aus?“

„Nein, aber ich hab mal etwas über deine Fähigkeit gelesen. Warum fängt Jill gleich mit etwas so schwerem an?“, sagte er mehr zu sich selbst.

„Vielleicht weil es nützlich ist.“, überlegte Kate.

„Kann sein. Auf jeden Fall weiß ich auch etwas Nützliches. Hinzu kommt, dass es viel leichter ist.“

„Was muss ich tun?“, fragte Kate.

„Streich mit deinen Händen leicht über die Oberfläche des Schnees und lass sie schmelzen. Hier ist es so kalt, dass dann eine glatte Eisfläche entstehen müsste“, erklärte Alessio.

„Und dann geh ich Schlittschuhlaufen?“, lachte Kate. Er sah sie fragend an.

„Schon gut.“, sagte sie und versuchte es.

Als es sofort funktionierte, sprang sie freudig auf.

„Das ist ja cool.“, rief sie. Alessio grinste.

„Kannst du das auch mit den Füßen?“, wollte er wissen.

„Nein.“, sagte Kate und kicherte bei dem Gedanken.

„Kate! Da bist du ja.“, rief Mai. Sie stand ganz oben auf der wackeligen Treppe, die aus Kates Zimmer führte und lehnte sich weit über das Geländer.

„Ich hab dich gesucht.“ Sie winkte, wobei die Absperrung ziemlich wackelte.

„Pass auf, dass du nicht fällst.“, rief Kate besorgt zurück.

„Keine Sorge, ich lande immer auf den Füßen.“, gab sie zurück und eilte dann die Stufen hinab.

„Weißt du eigentlich, dass Jill dich sucht?“, fragte sie ihren Bruder. Er nickte.

„Ich denke, ich werde mal zu ihr gehen.“, sagte er wenig begeistert. „Bis später Kate.“

„Was habt ihr hier gemacht?“, wollte Mai neugierig wissen.

„Ach, dein Bruder hat nur versucht mir etwas beizubringen.“, sagte Kate, aber Mai schien es gar nicht richtig gehört zu haben.

„Schön, aber ich muss dir was erzählen.“, wechselte sie das

Thema. „Lass uns rein gehen. Es ist eiskalt hier und es wird sicher gleich wieder schneien.“ Kate war einverstanden. Auch wenn ihr nicht kalt war, der starke Wind gefiel ihr nicht. Stürme waren fast ebenso schlimm wie Gewitter. Das seltsame daran war, dass sie Regen fast genau so liebte, wie sie Gewitter hasste.

„Bei euch gibt es keinen Regen, oder?“, fragte Kate. Mai schüttelte den Kopf.

„Davon hab ich noch nie gehört. Ist das ein Fest?“ Kate lachte nur und folgte Mai durch die kleine Küche. Sie hatte sich alles viel größer vorgestellt. Die Küche war mit Abstand der kleinste Raum im Schloss.

„Ist das alles?“ Sie drehte sich einmal um sich selbst, um sich zu vergewissern, dass sie nichts übersehen hatte. Diesmal war Mai diejenige, die lachte.

„Wo denkst du hin. Hier wird nicht gekocht. Das ist nur der Raum indem die Gerichte an die Hausmädchen weitergegeben werden. So geht weniger verloren, es wird nichts vergessen und wir bekommen schneller unser Essen.“, erklärte sie fröhlich und öffnete die Tür, die zur anderen Seite hinaus führte. Erstaunt betrachtete Kate den Flur.

„Ich dachte.“, stammelte sie. „Ist die Küche denn gar nicht mit diesem Zimmer verbunden?“

Mai deutete zur Antwort auf die einfache Ablage, hinter der ein dunkler Stoff die Sicht auf die Wand verdeckte.

„Der Vorhang wird bei Seite geschoben. Dann funktioniert das ganze wie eine Theke, aber das ist nicht sonderlich spannend. Lass uns endlich gehen.“, sagte sie ungeduldig.

Kate lächelte und folgte ihr. Mai kannte dies alles schon ihr Leben lang, aber für Kate waren selbst die kleinsten Dinge neu und faszinierend.

„Erzähl schon.“, sagte Kate, sobald sie in Mais Zimmer

waren. „Was ist passiert?“

„Ich habe eine Verabredung.“, freute sich Mai und grinste.

„Mit Eddy?“, fragte Kate.

„Woher weißt du das?“, wollte Mai überrascht wissen.

„Ach, Sanny hat da so was erwähnt.“ Kate machte eine wegwerfende Handbewegung. Es kam ihr ein wenig seltsam vor. Eben erst hatte er sich von seiner Freundin getrennt und jetzt traf er schon die Nächste. Doch sie sagte nichts. Es ging sie nichts an und außerdem wollte sie Mai nicht die Laune verderben.

„Wann trefft ihr euch? Ich könnte dir helfen.“, schlug sie daher vor.

„Sobald die Sonne untergegangen ist.“, antwortete Mai und lächelte dankbar.

„Leben Sanny und Eddy auch hier im Schloss?“, fragte Kate, die sich nicht erinnern konnte die Beiden woanders gesehen zu haben. Sie wusste nur, dass die Anderen im Dorf bei ihren Eltern lebten. Claire, Lee und selbst die beiden Wachtposten Chris und Ted wohnten außerhalb des Schlosses in kleinen Häusern.

„Ja, Jill hat sie aufgenommen, nachdem sie von zu Hause weggelaufen waren. Wäre Sanny keine Heilerin, dann würden sie wohl immer noch auf der Straße leben, oder im Wald.“

„Im Wald?“, fragte Kate weiter. Sie hatte gedacht dort könnten keine Menschen leben. Mai erzählte ihr von unzähligen kleinen Dörfern, die seit Jahrhunderten existierten. Einige von ihnen waren so versteckt, dass niemand sie finden konnte. Sanny und Eddy hatten als Kinder an einem dieser Orte gelebt.

„Was ist mit den Dörfern, die man von den Hügeln aus sehen kann?“, wollte Kate wissen. Sie konnte sich nur schwach an ihre Ankunft erinnern, doch sie wusste, dass dieses Dorf nicht das Einzige gewesen war.

„Ein paar von ihnen gehören zu Brion, aber viele haben nicht mal einen Anführer. Dort muss jeder für sich allein Kämpfen.“, sagte Mai abwesend, während sie ihre Schränke durchsuchte.

„Der Rest lebt so wie wir. Es gibt eine Familie, die für Ordnung und Schutz in ihrem Teil des Landes sorgt.“

„Und die Familie von Sali ist auch so?“, fragte Kate. Mai drehte sich überrascht zu ihr um.

„Woher kennst du sie?“, wollte sie wissen.

„Alessio hat von ihr gesprochen“, meinte Kate nur. Mai schwieg, wobei sie die Sachen zurück in den Schrank stopfte, die sie unachtsam im Zimmer verteilt hatte.

„Wie ist sie?“ Kate wusste selber nicht, warum es sie interessierte. Mai lächelte.

„Sali ist wirklich eine Prinzessin. Ihre Eltern besitzen große Reichtümer und erfüllen ihr jeden noch so großen Wunsch. Für alles hat sie ihre Diener und trotzdem ist sie nicht eingebildet. Sie sorgt für Gerechtigkeit und beschenkt die, die nichts besitzen. Das Wort Feinde kennt sie nicht, denn jeder liegt ihr zu Füßen. Hinzu kommt noch, dass sie sehr hübsch ist.“, sagte sie. Kate antwortete nicht.

„Aber für Alessio ist sie nur eine gute Freundin. Außerdem ist sie glaube ich verliebt in den Stalljungen.“, kicherte Mai. „Wenn ihre Eltern das wüssten, würden sie durchdrehen.“

Mais Fröhlichkeit steckte Kate an und ihre Gedanken an die Prinzessin verschwanden aus ihrem Kopf, während sie herumalberten.

Auch nachdem Mai gegangen war, hielt Kates gute Laune weiterhin an, was sich auf ihre Träume ausbreitete, als sie in ihrem Bett lag. Sicher vor dem, was in den nächsten Monaten auf sie zukommen würde.

Das Bauernhaus

Die Sonne schien in Kates Zimmer und bedeckte den Boden mit ihrem strahlenden Licht. Sie fühlte sich warm an, auf ihrer Haut. Kate konnte kaum glauben, wie sehr sich ihr Leben in den letzten 30 Tagen verändert hatte. War sie erst seit so kurzer Zeit hier auf Umbria? Es fühlte sich viel länger an.

Sicher lag es daran, dass sie sich zum ersten Mal zuhause fühlte. Sie hatte sich wirklich schnell eingelebt. Und doch zog sich ihr Magen zusammen, sobald sie an die bevorstehende Reise dachte.

In den vergangenen Tagen hatte sie die Gedanken ferngehalten, aber mittlerweile war es unmöglich. Wie auch, schließlich sollten sie schon heute aufbrechen. Die Vorbereitungen der letzten Zeit hatten es ihr immer schwerer gemacht, an etwas Fröhlicheres zu denken.

Das Einzige was ihr Mut machte war ihr wachsender Fortschritt, wenn sie ihre Fähigkeit übte. Dabei waren besonders Mai und Alessio eine große Hilfe. Wenn sie mit ihr übten gelang es ihr schneller und besser zu arbeiten. Zwar wusste Jill viel mehr über diese Magie, wie Mai es nannte, jedoch fiel es ihr schwerer die Technik zu erklären. Das lag daran, dass sie selbst keine vergleichbare Fähigkeit besaß. Dennoch hörte Kate ihr gerne zu, wenn sie die Geschichten aus ihren Büchern wiedergab.

Nachdenklich stand sie auf und legte sich den Träger ihrer Tasche über die Schulter. Ihre wenigen Habseligkeiten wogen leicht darin.

Jeder sollte nur das Nötigste mitnehmen und doch fragte Kate sich wie sie all die Beutel und Kisten transportieren sollten, die sie in den letzten Tagen gepackt hatten.

Erst als sie nach draußen trat, sah sie die beiden Drachen. Sie standen auf dem großen Platz und reckten ihre Köpfe Richtung Himmel.

Ein paar magere Stalljungen luden die Kisten auf die breiten, schuppigen Rücken und befestigten sie mit dicken Seilen. Es war doch weniger Gepäck als Kate erwartet hatte.

Wenn Jill Recht hatte, dann würden sie mindestens ein halbes Jahr fort sein. Allein die Vorstellung für so lange Zeit keinen festen Wohnsitz zu haben, rief ein ungutes Gefühl in Kate hervor und sie war froh, dass sie nicht nur auf sich gestellt war.

Die Anderen hatten den großen Vorteil, dass sie wussten wo sie Essen finden würden. Sie kannten den Wald, selbst dann, wenn sie ihn noch nie betreten hatten. Für Kate jedoch kam der Aufbruch viel zu rasch.

Es gab zu viel was sie nicht gelernt hatte. Selbst wenn sie gewusst hätte, wer ihre Feinde waren, hätte sie sich kaum zur Wehr setzten können. Ihre Fähigkeit war in diesem Fall nutzlos und es würde auch kaum ihr Leben retten, wenn sie ihre Angreifer mit einem Schneeball bewarf, dachte Kate und trat näher an die Drachen heran.

„Ich kann es kaum erwarten. Endlich passiert mal etwas.“ Als Kate sich umdrehte, sah sie Mai und Sanny auf sich zukommen.

„Kannst du denn niemals ernst sein?“, fragte Sanny.

„Nein, wieso auch.“, entgegnete Mai und grinste Kate zu.

„Bist du bereit?“, fragte Sanny sie fröhlich. Kate nickte zur Antwort.

„Ich hab gar nicht gewusst, dass wir zwei Drachen mitnehmen.“, sagte sie, während sie Mai dabei zusahen, wie sie einem der Drachen den Kopf streichelte. Kate war sich nicht sicher, aber sie glaubte zu erkennen, dass es Taja war.

„Sie sind sehr nützlich.“, meinte Sanny. „Sie können problemlos schwere Lasten von Ort zu Ort tragen. Sie sind nicht die schnellsten, aber sie haben sehr viel Ausdauer, deshalb werden sie hauptsächlich als Reittiere benutzt.“

Als ihre Eltern noch lebten, war Kate oft geritten. Sie hatten sogar mal ein eigenes Pferd besessen, aber auf einem Drachen zu sitzen, konnte nicht sonderlich bequem sein. Ihre Rücken waren so breit, dass sie sicher einen Spagat machen müsste, falls sie jemals auf einem reiten würde. Da würde sie doch lieber zu Fuß gehen.

Nach und nach trafen alle ein. Alessio und Eddy brachten die Karten mit, die ihnen den Weg zeigen sollten. Sie lachten und scherzten. Offenbar freuten sie sich ebenfalls auf die Reise. Ganz im Gegensatz zu Kate, die mit jeder Minute unruhiger wurde.

Chris und Ted blieben abseits, so wie immer. Sie sprachen nur das Nötigste mit dem Rest der Gruppe. Kate konnte sich nicht erinnern Ted überhaupt schon mal reden gehört zu haben, aber es störte sie nicht. Nachdem was Mai erzählt hatte waren die Beiden zu den Meisten nicht besonders freundlich.

Wie aufs Stichwort kam Claire auf sie zu stolziert. Zu Kates Erstaunen lächelte sie Mai kurz zu, bevor sie zu Lee hinüber ging, der soeben seine Tasche zu den restlichen Kisten geschleudert hatte.

Jill erschien in einen dichten Pelzumhang gewickelt und verjagte die Stalljungen, die schon seit einiger Zeit mit ihrer Arbeit fertig waren und seitdem interessiert zu ihnen hergeschaut hatten.

„Hier gibt es nichts zu sehen.“, fuhr sie die Jungen an, die sogleich mit ehrfürchtigen Gesichtern in die Seitengasse verschwanden.

Sie wandte sich der Gruppe zu, doch noch bevor sie zu

sprechen beginnen konnte, eilte Dana herbei.

„Tut mir leid.“, murmelte die und stellte sich neben Claire, als würde sie schon die ganze Zeit da stehen. Jill beachtete sie nicht weiter.

„Es wird Zeit aufzubrechen. Der Weg ist lang.“, sie machte eine kurze Pause.

„Es ist sehr wichtig, dass ihr unser Vorhaben geheim haltet. Ich vertraue darauf, dass ihr das Drachenherz findet, bevor Tarsis Truppen sich auf den Weg nach Brion machen. Glaubt ja nicht, es sei ein Spaziergang. Ihr werdet lange fort sein und Gefahren begegnen. Daher solltet ihr die Aufgabe ernst nehmen.“

Sie redete immer weiter, doch Kate hörte nicht mehr zu. Sie wollte es einfach auf sich zukommen lassen. Es würde schon gut gehen und wenigstens war sie nicht allein, so wie sie ihr halbes Leben allein gewesen war.

Jill hörte auf zu reden. Sie umarmte Mai, bevor sie ihnen allen viel Glück wünschte.

Dann brachen sie auf. Die Drachen folgten ihnen ohne zu zögern, während sie auf den nicht weit entfernten Wald zugingen. Kaum hatten sie ihn betreten, änderte sich das Licht. Das Erstaunliche daran war, dass es keineswegs dunkler wurde. Die Sonne schien durch die Äste und erhellte den Weg.

Der Boden war ein Gemisch aus Schnee und kleinen Ästen, die heruntergefallen waren. Es fühlte sich merkwürdig an darüber zu laufen, nachdem sie Tagelang nur über frischen Schnee hatte gehen müssen.

Der Wind wehte den Geruch von Kiefer zu ihr hinüber und ließ sie leicht zittern. Erstaunt sah Kate sich um, doch so schnell wie die Kälte gekommen war, war sie auch schon wieder verschwunden. So kam sie zu dem Schluss, dass sie es sich nur eingebildet hatte und dachte nicht weiter darüber nach.

Mai neben ihr summte leise, während Sanny die voranging ein paar Blätter von verschiedenen Sträuchern pflückte und in einen Beutel steckte. Zu Beginn unterhielten sich die Anderen noch aufgeregt, doch je später es wurde, desto leiser wurde es auch und als die Sonne langsam verschwand, hörte Kate kaum noch wie jemand sprach. Sie selbst war müde. Ohne Pause waren sie gelaufen, weil Sanny vor Anbruch der Dunkelheit an einer Lichtung sein wollte, die sie auf der Karte entdeckt hatte.

„Dort ist es viel sicherer. Außerdem brauchen wir einen Platz wo wir die Zelte aufstellen können.“, hatte sie eifrig gesagt und sie weiter geführt.

Kate hatte befürchtet irgendwelchen wilden Tieren über den Weg zu laufen, doch bis jetzt waren sie nicht einem einzigen Wesen begegnet. Der ganze Wald schien nicht gefährlicher zu sein, als die Wälder, die sie von früher kannte. Zum Glück, dachte sie und rieb sich mit der Hand die müden Augen.

„Da ist es!“, rief Sanny plötzlich. „Seht ihr, das ist perfekt.“

Sie war vorausgeeilt und breitete die Arme aus.

Sie standen jetzt vor einer großen und reichlich mit Schnee bedeckten Lichtung. Die Sonne war bereits hinter den Baumwipfeln verschwunden, aber es war noch nicht zu dunkel.

Einige setzten sich erschöpft auf einen alten Baumstamm, der wohl vor etlichen Monaten umgekippt war. Überall wuchsen Pflanzen zwischen seiner rissigen Rinde hindurch.

Kate ließ sich die Tasche von der Schulter rutschen, die sie den ganzen Weg getragen hatte. Fast Geräuschlos landete sie neben ihren nackten Füßen im Schnee, wo sie leicht einsackte.

Einer der Drachen trottete quer über die Lichtung auf Alessio zu, der sich dort umgesehen hatte. Wenn Taja zu Mai gehörte, dann gehörte der Andere sicher zu ihm, dachte Kate und sah zu wie der Drache die Schnauze in den Schnee steckte.

„Ich denke, wir können hier bleiben.“, stimmte Alessio

Sanny zu und knotete die Seile auseinander, welche die Last auf den Rücken der Drachen zusammengehalten hatten.

Während der größte Teil von ihnen sich ans Aufbauen der Zelte machte, erklärten Mai und Sanny sich dazu bereit Holz zu sammeln. Kate hätte sie gerne begleitet, doch sie hatte eine andere Aufgabe. Jill hatte ihr geraten einen Wassergraben um ihren Schlafplatz zu ziehen.

„Im Wald leben Kreaturen, die sich nichts aus Schnee und Eis machen, jedoch haben sie große Angst vor Wasser, besonders dann, wenn sich Feuer in ihm spiegelt.“ So hatte sie es Kate erklärt, die nun rückwärts am Rande der Lichtung entlang ging. Es war eine mühselige und ihrer Meinung nach unnütze Arbeit. Bei jedem Schritt bückte sie sich, legte ihre Hände auf den Schnee und konzentrierte sich. Da er erst neu gefallen und noch nicht zugefroren war, ging es leichter als sonst. Auch wenn der Graben recht schmal und nur eine Faust tief war, würde er sich einige Stunden halten. Das würde bis zum nächsten Sonnenaufgang reichen. Kate war erleichtert, sobald sie den Kreis um die Lichtung schloss. Es hatte sie einiges an Kraft gekostet, nach dem langen Fußmarsch.

Und doch waren sie fast gleichzeitig fertig. Die Zelte standen zuerst, und kurz nachdem Kate fertig geworden war, tauchten Mai und Sanny, beladen mit Feuerholz, aus dem Wald auf, der sie alle umgab wie eine dunkle Wand.

Chris und Ted breiteten ein quadratisches Laken in der Mitte des Platzes aus, auf dem Mai und Sanny das Holz abluden. Es dauerte lange bis das Feuer endlich brannte. Es war bereits dunkel und die Flammen waren nicht hoch genug um ihnen ausreichend Licht zu spenden.

„Es wird schon irgendwie gehen.“, sagte Mai mit einem schrägen Blick auf ihr Werk.

„Sicher, aber ich bin zu müde um weiter wach zu bleiben.

Ich schlage vor wir gehen schlafen.“, warf Claire ein und unterdrückte ein Gähnen.

„Gute Idee, die Zelte sehen auch gar nicht so schlimm aus wie ich gedacht hatte.“, stimmte Sanny ihr zu.

„Einen Moment noch bevor ihr schlafen geht.“ Alessio winkte sie zurück. „Wir sollten Wachen aufstellen. Nur zur Sicherheit.“, fügte er hinzu.

„Ich denke, immer paarweise und dann wechseln wir alle zwei Stunden.“, schlug er vor. Einige nickten.

„Und wie will er die Paare aufteilen?“, fragte Chris leise an seinen Freund gewandt.

„Ganz einfach. Du hältst gemeinsam mit deinem Bruder Wache. Sollte nicht schwer sein wenn man bedenkt, dass das eigentlich eure Aufgabe ist.“, sagte Alessio streng. Kate die nicht gewusst hatte, dass die beiden Brüder waren, sah erst jetzt wie sehr sie sich ähnelten. Zwar war Chris ein wenig älter und sein Haar war dunkler, doch er hatte dasselbe runde Gesicht wie Ted.

„Dann wird Lee mit Sanny aufpassen, Claire mit Dana, Mai mit Kate und ich nehme Eddy.“ Er deutete nacheinander auf sie, während er ihre Namen aufrief.

„Sind alle einverstanden?“, wollte er wissen.

„Sicher, sind wir das.“, rief Mai. „Kate und ich übernehmen freiwillig die erste Schicht.“, sagte sie munter und sobald jede Gruppe eingeteilt war, verschwanden die Mädchen in dem rechten Zelt und die Jungen in dem Linken. Die Drachen lagen eingerollt, dicht aneinander am Rande der Lichtung.

„Setz dich.“, sagte Mai und breitete ein weiteres graues Laken vor dem Feuer aus.

„Was ist das für ein Material?“, fragte Kate mit einem Blick darauf. Sie hatte bemerkt, dass die Flammen die Laken nicht beschädigten, obwohl sie rau und trocken waren.

„Rinde von einem Nebelbaum.“, sagte Mai knapp und warf sich eine dicke Decke über die Schultern. Kate hatte keine Lust weiter nachzufragen. Stattdessen starrte sie in die tanzenden Flammen, die knisternd das Holz fraßen. Zuerst spürte sie gar nicht wie die Kälte langsam an ihren Beinen hinauf kroch und so merkte sie es erst, als der Wind begann durch ihr Gesicht zu peitschten. Mai zitterte unter ihrer Decke und setzte sich näher ans Feuer.

„Es ist ziemlich kalt hier.“, stellte Kate fest und überlegte, ob sie sich eine Jacke holen sollte.

„Wie meinst du das?“, fragte Mai überrascht und vergaß für einen Moment zu zittern.

„So wie ich es gesagt habe. Mir ist kalt.“ Es klang merkwürdig in ihren Ohren und selbst früher, als sie noch auf der Erde gelebt hatte, war ihr nie so kalt gewesen, wie in diesem Augenblick. Mai stand auf und warf ihr die Decke zu.

„Warte kurz hier.“, sagte sie und verschwand im Zelt. Kate die selbst nicht verstehen konnte, warum ihr plötzlich kalt wurde, wickelte sich gedankenverloren in die warme Decke. Ihr fiel auf, dass es nicht zum ersten Mal passiert war. Schon seit heute Morgen hatte sie immer häufiger das Gefühl gehabt, leicht zu frieren. Doch es hatte nur einige Sekunden angehalten und auch war es nicht so stark wie jetzt gewesen.

Mai kam zurück. Sie wurde von Sanny begleitet. Kate sah sie fragend an.

„Was ist los?“

„Mai sagt, dir sei kalt?“, wollte Sanny wissen. Kate nickte.

„Warum? Was hat das zu bedeuten?“, fragte Kate beängstigt.

„Es gibt ganz einfache Gründe dafür, warum eine Fähigkeit nicht funktioniert. Die wahrscheinlichste Sache dabei ist, dass der Betroffene krank oder Verletzt ist.“, sagte Sanny ruhig und sah Kate forschend in die Augen. „Ich würde nicht sagen, dass du krank bist.“ Sie sprach langsam als würde sie überlegen.

„Ich fühle mich auch nicht krank.“, gab Kate schnell zurück.

„Gut und da du auch unmöglich unter einem Fluch stehen kannst, ist die logischste Erklärung, dass sich deine Fähigkeit neu entfaltet.“, überlegte Sanny. Das hörte sich nicht gut an, wenn es bedeutete, dass sie ab jetzt ständig frieren würde.

„Sie entfaltet sich?“, fragte sie unsicher nach.

„Ja, du hast erst spät angefangen deine Magie zu erlernen. Jetzt muss sich dein Körper daran gewöhnen sie auch zu gebrauchen.“, erklärte Mai offenbar froh darüber, dass es ihr gut ging.

„Es wird einige Wochen dauern, bis du die Fähigkeit unter Kontrolle hast. Es kann sogar sein, dass du sie an einigen Tagen gar nicht erst verwenden kannst. Das ist völlig normal, auch wenn es eigentlich bereits im Kindesalter passiert. Wärst du nicht auf der Erde aufgewachsen, dann hättest du alles viel früher gelernt, so wie Mai. Ihre Fähigkeit hat sich fast von alleine entwickelt.“, meinte Sanny.

„Ich bin einfach talentiert.“, warf Mai ein und grinste.

„Ihr solltet jetzt schlafen gehen. Eure Zeit ist schon weit überschritten.“, unterbrach Sanny sie.

Laute Rufe drangen von außen in das Zelt hinein. Kate war davon wach geworden. Noch immer müde setzte sie sich auf. Irgendetwas schien nicht zu stimmen. Mai war nicht mehr da und auch Sanny und Dana waren aufgewacht.

„Was ist da los?“, fragte Dana schläfrig.

Draußen schrie jemand. Sanny rüttelte Claire wach und eilig stürmten sie aus ihrem Zelt. Rauch stand auf der Lichtung und zu ihrem Entsetzen brannte eines der Zelte. Kate konnte nicht viel erkennen, aber sie sah das Fremde hier waren. Groß gewachsene Männer schossen mit brennenden Pfeilen in die Richtung der Drachen, die sich wütend aufbäumten. Sie sah sich nach den Anderen um. Wer waren bloß diese Fremden, dachte sie panisch und wäre beinahe über einen der Männer gestolpert, der hustend am Boden lag. Aus seiner Schulter strömte Blut. Kate stolperte zurück, als Sanny plötzlich aus dem Rauch auftauchte.

„Ich habe keine Ahnung was hier los ist, aber wir müssen von hier weg.“, schrie sie gegen den Lärm an.

„Was ist mit den Anderen?“, rief Kate zurück.

„Das wüsste ich auch gern?“ Alessio stand plötzlich neben ihnen.

„Es geht ihnen gut. Sie sind in den Wald geflüchtet. Wir sollten ihnen folgen, damit wir sie nicht verlieren.“, rief Sanny zurück und zeigte in die Richtung, in die sie gehen sollten.

„Das geht nicht.“, entgegnete Alessio. „Da kommen wir nicht durch. Jeremies Männer versperren den Weg.“

Eilig ging er in die andere Richtung. Sie rannten von der rauchbedeckten Lichtung, zwischen die Bäume und sie blieben erst wieder stehen, als das Licht des Feuers in weiter Ferne lag.

Alessio lehnte sich mit dem Rücken gegen einen Baumstamm. Er sah müde aus und Kate fiel auf, wie blass er war. Bevor sie fragen konnte ob es ihm gut ging, lenkte Sanny sie ab.

„Ich glaube, wir sollten dort entlang gehen. Nicht all zu weit von hier war ein Dorf auf der Karte eingetragen.“, sagte sie bestimmt. Egal in welche Richtung sie sah, Kate erkannte keinen Unterschied, dafür war es einfach zu dunkel.

„Na gut, dann lasst uns gehen. Wenn wir uns beeilen sind wir schneller da.“, antwortete Alessio und stellte sich wieder grade hin. Sanny ging bereits voran, während Kate Alessio musterte. Irgendetwas schien mit ihm nicht zu stimmen.

„Ist irgendwas?“, fragte er als er ihren Blick bemerkte.

„Das wollte ich dich gerade fragen.“, gab sie zurück. Er grinste.

„Hab nur ein Kratzer abbekommen.“, sagte er bemüht gleichgültig. „Wirklich nichts Schlimmes. Sanny kriegt das wieder hin.“

Beim Klang ihres Namens blieb Sanny stehen und drehte sich zu ihnen um.

„Was kriege ich wieder hin?“, wollte sie misstrauisch wissen, doch Alessio schüttelte den Kopf.

„Später.“, sagte er knapp und lief ihr nach. Kate beeilte sich ihnen zu folgen. Sie wollte auf keinen Fall alleine im Wald umherirren.

Zu ihrer Freude führte ihr Weg sie schon nach kurzer Zeit auf einen kleinen Hof, der wie Sanny ihnen versicherte, nicht auf der Karte eingezeichnet war. Sie klopfte an die Türe und weil niemand öffnete drückte sie die Klinke herunter.

Rasch kamen sie zu dem Schluss, dass hier seit längerem niemand mehr lebte. Bis auf den Staub war das Haus sauber und ordentlich eingerichtet. Es gab einen geräumigen Stall und einen kleinen Garten. Begeistert lief Sanny nach draußen, während Alessio sich erschöpft auf einen Sessel fallen ließ. Kate öffnete alle Zimmer und sah neugierig hinein. Sie waren nicht besonders riesig und dennoch hätte selbst eine große Familie hier genug Platz gehabt.

Als Sanny mit einigen großen, braunen Blättern zurück ins Haus kam, nahm Kate auf dem Sofa Platz, um ihr zuzusehen.

„Dann zeig mir mal den Kratzer.“, sagte Sanny fröhlich und legte die Blätter auf einen Tisch.

Vorsichtig zog Alessio die Jacke aus und Kate sah einen tiefen Schnitt, der sich über seinen ganzen Oberarm zog. Es blutete so stark, dass Kate lieber weggesehen hätte.

„Einen kleinen Kratzer, ja?", fragte Sanny streng. „Das wäre nicht mal nur ein Kratzer geworden, wenn du deine Jacke angehabt hättest.", sagte sie und besah sich die Wunde.

„Er hatte doch eine Jacke an.", warf Kate ein, aber Alessio schüttelte den Kopf.

„Eddy hat mir seine gegeben, damit kein Schmutz hinein kommt und es sich entzündet.", gab er zu und verzog das Gesicht, als Sanny mit den Fingern den Schnitt berührte.

„Okay.", murmelte sie leise. „Kate kannst du mir helfen? Ich brauche etwas Wasser und ein sauberes Stück Stoff."

Kate nickte, froh darüber etwas tun zu können. Sie stand auf und ging durch eine der Türen. Irgendwo hier hatte sie eine Küche gesehen. Eilig schaute sie erneut in jedes Zimmer und beinahe wäre sie daran vorbei gelaufen. Kate riss die Schränke auf und fand einen schmutzigen Eimer und einen Stapel Handtücher. Erstaunlicherweise waren diese nicht staubig, so wie alles andere in diesem Haus. Sie stellte den Eimer in das Spülbecken und drehte den Hahn auf. Das Wasser war braun und roch so widerlich, dass sie es sofort wieder abstellte.

„Dann eben anders.", sagte sie zu sich selbst und öffnete das Fenster. Der Schnee davor war so hoch, dass die Hälfte ins Zimmer auf den Boden fiel. Kate wischte den Eimer mit einem der Tücher aus, bevor sie einen großen Haufen Schnee hinein kippte. Sie versuchte an nichts anderes zu denken, schloss die Augen und steckte die Hände in den Schnee. Zuerst war er kalt, doch sie ignorierte es und schon nach wenigen Augenblicken spürte sie nur noch wie er zu schmelzen begann. Es dauerte viel länger als sonst, aber sie schaffte es.

Schnell lief Kate zurück in das Wohnzimmer, wo Sanny bereits einen weiteren, größeren Stapel der braunen Blätter auf dem Tisch ausgebreitet hatte.

Kate wollte ihr den Eimer reichen, doch als Sanny ihn nahm lief Wasser aus dem Boden, so als hätte er viele kleine Löcher.

„Ich glaube du musst ihn weiter festhalten, Kate.“, sagte sie und lachte über Kates verwirrtes Gesicht.

„Ich weiß nicht mal, wie ich das mache.“, gab sie zu. Das Wasser blieb im Eimer, sobald sie ihn Sanny wieder abnahm.

Kate sah zu wie Sanny die Wunde auswusch, als Kate etwas einfiel.

„Wieso hast du deine Fähigkeit nicht benutzt? Ich hab gedacht, nichts kommt durch Drachenhaut durch.“, sagte sie.

„Ich war nicht schnell genug, würde ich sagen. Einer von Jeremies Männern hat von hinten ein Messer nach mir geworfen.“, sagte er. „War klar, dass er selbst nicht früher aufgetaucht ist. Er hat genau gewusst, dass Mai ihn hören würde, selbst dann wenn er noch tausend Meter entfernt gewesen wäre.“

„Hätte ich mir denken können, dass Mais Exfreund dahinter steckt.“, meinte Sanny, während sie die Blätter auf Alessios Arm legte und mit einem breiten Band umwickelte.

„Ja, aber er selbst hat auch nicht lange auf sich warten lassen. Mai kam aus dem Zelt, kurz nachdem Jeremies Truppe uns angegriffen hatte. Als sie Mai sahen sind sie zum Teil abgehauen.“, erzählter er weiter.

„Also hat Jeremie ihnen offenbar von ihr erzählt.“, warf Kate ein. Alessio nickte.

„Leider sind sie nicht wirklich verschwunden.“, fuhr er fort. Kate erinnerte sich an die brennenden Pfeile und vermutete, dass die Männer erst aus sicherer Entfernung geschossen hatten.

„Was hat Mai gemacht?“, fragte Sanny und verknotete das Ende des Bandes.

„Sie konnte nichts machen. Jeremie, dieser Feigling, ist gar nicht erst in unsere Nähe gekommen und als sie das Zelt in

Brand gesetzt hatten, mussten wir Ted und Chris da rausholen." Alessio stand auf und besah sich seinen Arm.

„Danke. Sieht fast wieder wie neu aus.", sagte er und grinste Sanny an. Sie zog die Augenbrauen hoch.

„Es wird zwei Tage dauern, bis du damit wieder rausgehen kannst.", entgegnete sie.

„Heißt das, wir müssen erst einmal hier bleiben?", wollte Kate wissen.

„Meinetwegen können wir aufbrechen, sobald die Sonne aufgegangen ist.", flüsterte Alessio. Sanny sah ihn böse an.

„Aber ich würde gerne noch ein paar Tage hierbleiben.", fügte er rasch hinzu, um sie nicht zu verärgern.

Kopfschüttelnd räumte Sanny die übrig gebliebenen Blätter weg und leerte den Eimer im Garten aus. Es schneite. Zwar war es hell draußen, doch der Himmel war von grauen Wolken bedeckt. Kalter Wind wehte ins Zimmer. Schnell schloss Sanny die Tür wieder und wandte sich an Kate.

„Wie sieht der Rest des Hauses aus?", fragte sie.

„Genau so wie hier. Nur die Treppe ist eingestürzt.", sagte Kate.

„Dann müssen wir halt hier schlafen.", meinte Sanny und deutete auf die Sessel ringsherum. Wenig begeistert musterte Alessio sie, bis er zu dem Schluss kam, dass er nicht müde sei.

Sanny versicherte ihm, dass er sich ausruhen musste, damit sein Arm ganz in Ruhe heilen konnte und so kam es, dass schon kurze Zeit später alle bis auf Kate schliefen.

Die Füße auf der Armlehne, eingewickelt in eine mottenzerfressene Decke, saß sie auf einem Sessel, nahe der Tür, die in den Garten führte und sah zu wie der Schnee immer dichter wurde.

Sie war müde, aber sie konnte nicht schlafen. Immer wieder dachte sie an Mai und die Anderen. Was war wenn Jeremie und seine Truppe sie erneut gefunden hatten. Hoffentlich ging es ihnen gut.

Nach einer Weile stand Kate auf. Sie konnte nicht länger stillsitzen.

Zwar gefiel es ihr in diesem alten Haus, doch es war staubig und sie sehnte sich nach dem Geruch der eisigen, von Schnee durchtriebenen Luft. Leise um sie nicht zu wecken, schlich Kate an Sanny und Alessio vorbei auf den dunklen Flur.

Als sie in den Schnee trat lächelte sie. Er war nicht länger kalt. Offenbar hatte ihr Körper sich der Kälte wieder angepasst. Während sie um den alten Hof herumging, hörte es auf zu schneien und die Sonne brach durch die Wolken. Der Wald wirkte wie eine Schutzmauer, die diesen Ort vor allen Gefahren abschirmte. Der Garten war viel größer, als er von drinnen gewirkt hatte, aber Kate hielt sich nicht länger dort auf. Stattdessen ging sie zwischen den Bäumen entlang. Immer nur so weit, dass sie den Hof noch sehen konnte. Sie hatte Angst sie könnte sonst nicht zurückfinden und das Letzte was sie wollte war allein in einer fremden Welt umherzuirren.

Es war vollkommen friedlich hier.

Kate öffnete eine große Holzkiste hinterm Haus, die offenbar den Kühlschrank ersetzen sollte. Sie war randvoll mit Äpfeln. Kate nahm einen heraus, ließ die Klappe zuschnappen und setzte sich auf die Kiste. Dann zog sie das Buch aus der Tasche, das Jill ihr geschenkt hatte.

Auch wenn sie kein Wort der seltsamen Schrift entziffern konnte, gefiel es ihr. Eine Weile blätterte sie darin herum, bis ihr der Apfel wieder einfiel. Sie war sich nicht sicher, ob sie ihn essen sollte. Was wenn das kein Apfel war. Vielleicht war er sogar giftig. Sie entschied sich dagegen ihn zu probieren, im gleichen Moment, wie ihr Magen laut knurrte. Sie lachte.

„Na schön, dann esse ich ihn eben.“, sagte sie zu sich selbst.

Zu ihrer Überraschung war er von innen warm. Doch er schmeckte, wie ein ganz normaler Apfel. Schnell aß sie das in der Kälte dampfende Obst. Es erfüllte sie mit Wärme.

Sie schloss für einen Moment die Augen und lehnte sich an die Hauswand an. Sie hatte gar nicht gemerkt, wie müde sie doch war.

Widerwillig stand sie auf, klopfte sich den Schnee von der Hose und ging zurück ins Haus.

Vielleicht konnte sie noch ein bisschen schlafen, bevor die Anderen wach wurden und bemerkten, dass sie nicht da war.

Auf Zehenspitzen schlich sie zu ihrem Sessel und kroch unter die Decke, wo sie Augenblicklich einschlief.

„Lass sie schlafen.“, sagte Sanny. „Du kannst mir helfen.“

„Aber.“, fing Alessio an, doch sie unterbrach ihn.

„Schon gut. Ich gehe alleine noch ein paar Blätter für deinen Arm holen und du bleibst hier, bei Kate.“

„Ach und frag sie, ob sie etwas essen möchte, sobald sie aufwacht.“, fügte sie noch hinzu, bevor sie das Zimmer verließ. Kate spürte den kühlen Windzug und außerdem hatte sie den Verdacht, dass Alessio sie beobachtete.

„Gut geschlafen?“, wollte er wissen, als sie die Augen öffnete und sich aufrecht hinsetzte. Kate lächelte.

„Ja, viel besser als in diesem Zelt.“, sagte sie.

„Wo bist du gewesen?“, fragte er weiter. Kate sah ihn irritiert an.

„Was meinst du?“ Er hatte doch geschlafen, während sie draußen war. Woher sollte er es wissen?

„Du hast Schnee in deinen Haaren.“, sagte er und lachte als Kate hastig den Kopf schüttelte.

„Ich konnte nicht schlafen, da bin ich raus gegangen und hab mir die Gegend angeguckt.“, gab sie Schulter zuckend zu. Alessio starrte sie an.

„Du bist alleine draußen gewesen, aus Langeweile? Weißt du wie gefährlich das ist?“ Er klang wütend und zugleich besorgt und Kate hielt es für das Beste ihm nicht auch noch zu erzählen, dass sie ein Stück durch den Wald gelaufen war.

„Tut mir leid.“, sagte sie leise.

„Mach das nie wieder.“, sagte er in dem Moment, wo Sanny herein kam.

„Hey, reg dich nicht so auf. Kate geht es doch gut.“, sagte sie ruhig.

„Dann hatte sie eben Glück.“, giftete er jetzt auch Sanny an. Kate sah zu Boden. Er hatte Recht. Es war leichtsinnig gewesen, einfach so alleine umherzugehen und sie dachte daran was sie gemacht hätte, wenn Jeremie und seine Leute aufgetaucht wären.

Sie wäre sicher zu Eis gefroren.

„Ok, ok.“, sagte Sanny jetzt. „Du hast hier das Sagen. Es ist mir sowieso lieber, wenn keiner von uns alleine rausgeht. Es reicht schon, dass wir von den Anderen getrennt wurden.“ Sie schwieg.

„Tut mir leid.“, wiederholte Kate, doch Alessio schüttelte den Kopf.

„Schon vergessen.“, murmelte er.

„Schön.“, warf Sanny ein. „Dann mache ich jetzt etwas zu essen. Kate kannst du mir helfen?“

Ohne eine Antwort abzuwarten, ging sie wieder hinaus und Kate beeilte sich ihr zu folgen.

Auf dem Küchenboden war eine große Pfütze. Kate sah, dass das Fenster offen stand. Sie musste vergessen haben es zu schließen, als sie hier gewesen war, um Wasser zu holen.

Sanny drückte es zu und warf ein paar der Handtücher auf den nassen Boden.

„Vielleicht finden wir hier irgendwo Teller.“, sagte sie an Kate gewandt und schaute in die noch offenen Schränke hinein. Kate half ihr beim Suchen.

„Was denkst du, wo die Anderen jetzt sind.“, fragte sie.

„Wenn es keine Probleme gab, sollten sie mittlerweile in einem Dorf nicht allzu weit von hier sein.“, meinte Sanny und betrachtete eine kleine Schale.

„Wäre es dann nicht besser, wenn wir auch dorthin gehen würden?“

Zwar wünschte sich Kate, dass sie länger in diesem Haus bleiben könnten, doch sie konnte nicht hier sitzen und so tun als wäre alles gut, ohne zu wissen, ob der Rest von ihnen in Sicherheit war. Was, wenn jemand verletzt war?

Sanny war hier bei ihnen, aber war sie wirklich die Einzige, die mit Verletzungen umgehen konnte? Sicherlich wussten die meisten Menschen in dieser Welt wie man eine Verletzung behandelte. In ihrer Welt war es genauso gewesen. Schließlich musste man nicht gleich mit der kleinsten Wunde zum nächsten Arzt laufen.

„Die sind gut.“, unterbrach Sanny Kates Gedanken und nahm ihr die Teller aus der Hand, die sie ohne es zu bemerken aus einem der Fächer geholt hatte.

„Du brauchst dir keine Sorgen machen, ich denke spätestens morgen um diese Zeit können wir uns auf den Weg machen.“, sagte Sanny mit einem Blick zum Fenster. Auch Kate sah hinaus. Erneut herrschte ein dichtes Schneetreiben und sie hätte nicht sagen können, wie spät es war.

Nur ein Tanz

Die Dunkelheit kam schnell. Kate hatte den ganzen restlichen Tag mit Sanny in der Küche verbracht. Sie hatte zugesehen wie Sanny verschiedene Pflanzen schnitt, mischte oder kochte. Einige Früchte und Blüten waren mit einer Flüssigkeit gefüllt. Sanny hatte erklärt, gegen welche Krankheiten sie helfen würden und was sie sonst noch bewirken konnten. Viele kleine Flaschen hatte sie gefüllt, doch als Kate fragte wie all diese Pflanzen hießen, hatte sie nur gelacht.

In dieser Welt hatten die Pflanzen keine Namen, es gab viel zu viele.

„Namen ändern sich, so dass man keine Bücher damit füllen kann.", hatte Sanny erklärt.

„Und außerdem kostet es noch mehr Zeit zu jeder Pflanze einen Namen zu lernen. So entsteht nur unnötige Verwirrung."

Kate sah das anders, aber sie widersprach nicht. Wie sollte man nach einer Pflanze suchen, für die man keinen Namen hatte. Es war kein Wunder, dass ausschließlich Heiler wussten, wie man Medizin herstellte, wenn sie alle so dachten wie Sanny.

Jetzt saßen sie mit Alessio im Wohnzimmer. Er hatte die ganze Zeit über geschlafen.

Sanny hatte gesagt, dass komme von den Blättern auf seiner Wunde.

Kate war überrascht wie schnell diese verheilte. Schon Morgen würde man nur noch eine feine Narbe sehen.

Alessio stand auf.

„Ich finde, ich habe mich lange genug ausgeruht.", sagte er zu Sanny. „Können wir nicht hinausgehen?"

„Ich bin müde.", gab Sanny zurück und zog sich die Decke

über den Kopf.

„Geh doch mit Kate."

„Sag nicht, du willst auch schon schlafen gehen.", sagte er an Kate gewandt. Sie schüttelte den Kopf. Frische Luft würde ihr gut tun.

Vom Licht der Sterne erleuchtet, sah der Schnee noch viel schöner aus. So klar wie jetzt, war der Himmel den ganzen Tag nicht gewesen.

„Ich habe noch nie so viele Sterne gesehen, wie in dieser Welt.", sagte sie in die Stille.

„Was sind Sterne?", fragte Alessio und folgte ihrem Blick zum Himmel. Kate deutete mit dem Finger nach oben. „Die leuchtenden Punkte."

Alessio runzelte die Stirn.

„Wir sagen Seelen dazu."

Überrascht sah Kate ihn an.

„Wieso?", wollte sie wissen.

„Wenn ein Mensch stirbt, steigt seine Seele hinauf.", sagte er knapp.

„Aber dann müsste der Himmel doch bald voll sein, mit Seelen.", warf sie ein.

„Nein, eine Seele leuchtet nicht ewig. Sie verblasst mit der Zeit, so dass wir sie nicht mehr sehen können, aber sie verschwindet nicht."

Kate sah erneut nach oben.

„Das klingt schön.", sagte sie lächelnd.

„Wirklich? Ich mag dein Wort lieber.", gab Alessio zurück.

„Sterne", wiederholte er.

„Dein Anhänger sieht aus wie die Zacke eines Sterns.", sagte Kate und deutete auf die Kette, die Alessio immer trug.

„Wie meinst du das?", fragte er neugierig und betrachtete den spitz zulaufenden Anhänger.

Kate kniete sich auf den Boden und malte mit dem Finger einen Stern in die Oberfläche des Schnees. Alessio sah ihr wie gebannt zu, dann nahm er die Kette ab und legte sie in eine Sternspitze. Sie passte genau fünfmal hinein.

„Ich wüsste zu gerne, was es bedeutet.“, flüsterte er.

„Woher weißt du, dass es eine Bedeutung hat?“

„Bei uns hat jeder Anhänger irgendeine Bedeutung.“, sagte er und hängte ihn sich wieder um den Hals. „Kein Anderer kann mir diese Kette wegnehmen. Ich muss sie weitergeben.“

„Meinst du, diese hier hat auch eine Bedeutung?“, fragte Kate und zog eine Kette mit einem herzförmigen Anhänger aus ihrer Tasche. Alessio nahm sie und hielt sie in das schwache Licht der Sterne.

„Woher hast du sie?“, fragte er nach.

„Von meiner Mutter. Sie sagte, es sei ein Geschenk zu meiner Geburt gewesen.“

„Das habe ich mir gedacht, eine Geburtenkette. Wenn ich mich nicht irre, mit einem Drachenstein. Die sind sehr wertvoll. Mit diesem Kleinen, könntest du sicher ein ganzes Haus kaufen.“, sagte er.

Kate betrachtete den winzigen, silbernen Stein. Sie hatte noch nie davon gehört.

„Ich wüsste zu gerne, wo sie ihn her hatte.“, sagte sie und Alessio kam zu dem Schluss, dass ihre Mutter diese Welt gekannt hatte. Vielleicht hatte sie sogar hier gelebt.

Kate gefiel die Vorstellung, dass ihre Mutter einst durch denselben Schnee gelaufen war und den Zauber dieser Welt gespürt hatte.

„Ich verstehe nur eines nicht. Wenn meine Mutter wirklich hier gelebt hat, wieso ist sie dann fortgegangen.“ Kate gefiel es hier und sie konnte sich nicht vorstellen jemals freiwillig zu gehen.

„Nun, dafür gibt es zwei einfache Erklärungen. Die Erste ist die, dass deine Mutter einfach neugierig war. Jeder hier kennt Geschichten über die Verbindung zwischen den Welten. Die andere Möglichkeit, ist jedoch wahrscheinlicher. Ich denke sie ist geflohen, als der Krieg ausbrach. Damals sind viele Familien geflohen. Die Meisten haben sich im Wald versteckt, oder in den Bergen. Doch ein paar, auch wenn es die Wenigsten schafften, sind in die andere Welt geflüchtet. Dort war es friedlich und sie konnten ihre Familien schützen. Vielleicht war deine Mutter unter den Menschen, denen die Flucht gelungen ist.“, endete Alessio, doch die Bilder in Kates Kopf verschwanden nicht. Familien mit weinenden Kindern, die in den Wald rannten, gejagt von dunklen Schatten. Vor sich sah sie ihre Mutter und ihren Vater, wie sie gemeinsam auf das Tor zu rannten. Ja, sie mussten sich hier kennengelernt haben. Ihre Mutter hatte ihr einmal erzählt, dass sie und Kates Vater sich schon als Kinder gekannt hatten. Das war so gut wie das Einzige, was Kate über die Vergangenheit ihrer Eltern wusste. Erst jetzt verstand sie, warum sie ihr nie etwas erzählt hatten.

Vielleicht hatten sie nicht mehr zurückgekonnt und die Angst davor, dass Kate eines Tages hierher kommen würde war zu groß. Kate wusste genau, dass sie versucht hätte, diesen Ort zu finden. Sie war viel zu neugierig, wenn es darum ging Unerklärliches zu sehen.

Aus den Augenwinkeln heraus merkte sie, dass Alessio sie beobachtet. Sie erhob sich und sah zurück zu dem Haus.

„Ich würde gerne wieder zurückgehen.“, sagte sie und war sich zugleich nicht ganz sicher, ob sie wirklich schon müde war, oder lieber weiter im Schnee sitzen wollte.

Auch Alessio erhob sich und so gingen sie schweigend zurück ins Haus. Sanny schlief bereits tief und fest. Sie wachte nicht einmal auf, als Kate aus Versehen einen Becher umwarf, der mit lautem Klirren auf den Steinboden fiel.

So war Sanny auch die Erste, die wieder wach war. Fröhlich lief sie durch das Haus und sammelte alles ein, was ihr irgendwie nützlich erschien.

Kate war ungewöhnlich kalt und sie vermutete, dass es erneut an ihren Kräften lag. Die Türen und Fenster nach draußen waren verschlossen und weder Sanny noch Alessio trugen eine Jacke. Woher kam dann die Kälte, fragte Kate sich, faltete wortlos die Decken zusammen und reichte sie ebenso schweigsam Sanny. Diese musterte sie kurz und setzte dann eifrig ihre Arbeit fort. Alessio wirkte müde. Als Sanny ihn darauf ansprach, schob er es auf seinen Arm, doch Kate vermutete, dass er die Nacht über nicht geschlafen hatte.

Sie war ein paar Mal wachgeworden, wenn die Kälte über sie gekommen war und jedes Mal hatte er wach auf dem Sofa gesessen und hinausgeschaut.

Als Sanny in den Garten ging, um den richtigen Weg zu suchen, folgte Kate ihr. Hier Draußen war es kaum auszuhalten. Die Kälte stach ihr in die Haut und selbst die Kleidung minderte es nicht. Kate verschränkte die Arme vor der Brust, um sich wenigstens ein bisschen vor dem Wind zu schützen, der sie erzittern ließ.

„Sag mal Sanny, gibt es nicht irgendetwas, dass ich tun kann, damit ich meine Fähigkeit unter Kontrolle halten kann?“, fragte sie betont unauffällig, doch Sanny lächelte nur wissend.

„Ein Trank vielleicht?“, versuchte Kate es weiter.

„Tut mir leid, Kate.“, sagte Sanny. „So einfach ist das nicht. Dennoch kann ich dir eventuell helfen.“ Sie drehte sich zu Kate um.

„Ich habe zwei Tränke, der eine mildert Fieber und der

zweite schützt vor Erfrierungen.“, fuhr sie fort. Kate lächelte. Das war genau das Richtige für sie.

„Ich muss dich aber warnen. Nimm niemals zu viel davon. Ein Tropfen in zehn Tagen. Nimmst du mehr, dann holst du dir innere Verbrennungen, oder deine Fähigkeit kann sich nicht richtig entwickeln. Daher nimm es nur im Notfall, ja?“ Sanny reichte Kate zwei Fläschchen nicht größer als ein Finger. Offenbar hatte sie schon damit gerechnet, dass Kate fragen würde, wenn sie die Tränke die ganze Zeit über mit sich herumgetragen hatte.

„Danke“, sagte Kate und steckte die beiden Flaschen eilig in ihre Hosentasche.

Sanny ging an den Bäumen entlang.

„Hier ist es.“, sagte sie und deutete auf einen schmalen Pfad, der kaum sichtbar zwischen den Bäumen lag.

„Heute Abend sind wir da.“, freute sie sich. Kate lächelte leise. Auch sie war froh über diese Aussichten. Sie würde viel entspannter sein, sobald sie alle wieder zusammen waren.

Sannys Begeisterung war ansteckend. Sie eilte voraus und schien genau zu wissen, wo der Weg sie hinführte. Die Karte ragte halb aus ihrer Tasche hervor und flatterte im Wind. Es schneite nicht und doch war es mühselig den schmalen Pfad entlangzugehen. Äste lagen quer über dem Weg und Wurzeln brachten sie ins stolpern. Kate trug den Rucksack, den Sanny mit allen Decken gefüllt hatte, die sie finden konnte. Dementsprechend ragte er über ihren Kopf hinaus, wie ein viel zu großer Wanderrucksack. Doch im Vergleich zu seiner Größe, war er so leicht, dass Kate sich immer vergewisserte, dass er noch da war.

Alessio trug nichts außer Eddys Jacke. Sanny hatte ihm

verboten irgendetwas zu tun, das seinen Arm belasten könnte.

„Nicht, dass die Narbe wieder aufreißt.“, hatte sie streng gesagt und Kate erklärt was sie damit meinte. Es kam nicht selten vor. Narben, die so schnell heilten, rissen immer dann, wenn sie eben erst verheilt waren. Die Blätter, welche die Wunde geschlossen hatten, heilten sie nicht wirklich, aber sie minderten die Schmerzen. Die kommenden Tage musste der Arm geschont werden, denn nur weil er von außen heil war, hieß es nicht, dass es im Inneren genauso aussah. Der Schnitt verheilte erst nach ein paar Tagen und so musste Alessio tun, was Sanny verlangte.

Sobald der Weg breiter wurde, verlangsamte Alessio seinen Schritt, bis er direkt neben Kate herlief.

„Hey.“, machte er.

„Hey.“, antwortet Kate ein wenig zögernder.

„Geht es dir gut?“, fragte er. Kate überlegte was diese Frage sollte.

„Ich denke schon. Wieso?“ Er zuckte die Schultern.

„Ich frag nur, weil ich gesehen habe, wie Sanny dir irgendwelche Tränke gegeben hat.“, sagte er. Kate nickte einmal. Natürlich, darum ging es. Wahrscheinlich würde er ihr gleich verbieten auch nur einen Tropfen davon zu nehmen, oder er würde sie beschlagnahmen. Weshalb war er nur immer so seltsam, wenn es darum ging?

„Sie bewirken, dass meine Temperatur sich normalisiert, weil ich meine Kräfte nicht kontrollieren kann.“, sagte sie Wahrheitsgemäß. Die Nebenwirkungen ließ sie aus. Sie waren auch der Grund dafür, das Kate die Fläschchen seit Sanny sie ihr gegeben hatte, nicht wieder angerührt hatte.

„Ein Fiebertrank und ein Frostmittel?“, fragte Alessio. Es war eine rhetorische Frage. Er wusste die Antwort. Trotzdem nickte Kate.

Er sagte nichts weiter, was sie überraschte.

„Ich benutze sie nur, wenn ich keinen anderen Weg finde.", sagte sie daher leise.

„Wie ist es jetzt? Ist dir kalt oder warm?" Er klang weder vorwurfsvoll noch verärgert, nur interessiert.

„Es ist fast normal. Der Wind ist kühl, aber nicht unangenehm." Es stimmte und ihr gefiel, dass der Wind kalte Luft in ihr Gesicht wehte. Sie lächelte und beobachtete Sanny, die über einen umgestürzten Baum kletterte.

Alessio und Kate mussten sich nicht sonderlich anstrengen. Ihre Beine waren lang genug, so dass sie nur einen großen Schritt machen mussten. Kate bewunderte Sanny dafür, wie leicht es ihr fiel schnell zu sein, wo sie doch allen Grund dazu gehabt hätte, sich über ihre Größe zu beklagen.

Der Tag verging schnell und als die Dämmerung hereinbrach taten Kate die Füße weh. Das war der Nachteil, wenn sie keine Schuhe trug. Den gesamten Weg über hatten sie nicht viel geredet und Kate war froh darüber. So hatte sie sich auf nichts konzentrieren müssen. Ihre Beine hatten sich ganz von alleine bewegt. Die Zeit vergeht schneller, wenn man den Kopf ausschaltet, dachte sie.

„Wir haben es geschafft.", stieß Sanny hervor und deutete auf eine Ansammlung von Häusern.

Es war ein Dorf, fast so groß wie Brion und Kinder spielten auf den Straßen. Es strahlte Lebendigkeit aus.

„Ich dachte der Wald sei zu gefährlich um hier zu leben.", sagte Kate und starrte auf das Dorf.

„Schon, aber erst hinter der Grenze. Dort lauern die wirklichen Gefahren. Bis hier hin ist man sicher, solange man sich in dieser Welt auskennt.", fügte er rasch hinzu.

„Ich war schon öfter hier. Das Gasthaus ist sehr beliebt und Händler machen hier gute Geschäfte."

Sanny war bereits voraus gerannt und auch Alessio folgte ihr jetzt. Kate sah zu den Häusern. Nach und nach flackerten Lichter in den Fenstern auf. Es war noch viel zu hell, aber in den Hütten musste es bereits dunkel sein. Die Fenster waren nicht sehr groß.

Kate schüttelte den Kopf und musste lächeln. Sie konnte nicht anders. Sie mochte dieses Dorf, noch bevor sie es betrat.

Hier gab es keine Stadtmauer so wie in Brion nur zwei Säulen wiesen den Weg auf die Hauptstraße. Auch standen hier keine Wächter mit Schwertern am Eingang. Stattdessen schwang ein schick gekleideter Mann seinen Hut und verbeugte sich immer dann wenn Jemand vorbeiging. Kate beeilte sich den anderen Beiden nachzukommen, um sie nicht im bunten Treiben zu verlieren.

Gerade, als sie an dem Mann mit dem Hut vorbei gegangen war, fiel ihr Jemand um den Hals und warf sie damit beinahe um. Es war Mai, die über das ganze Gesicht strahlte.

„Kate, du bist hier. Ich hab mir Sorgen um dich gemacht.“, rief sie und umarmte sie erneut. Kate lachte.

„Ich habe dich auch vermisst.“, sagte sie.

„Was hast du da überhaupt an?“, fragte sie und betrachtete Mai. Sie trug ein bodenlanges, schulterfreies Kleid. Es war strahlend blau und reich verziert. Es hatte keine Ärmel und immer wenn sie sich bewegte, schwang es hin und her, wie eine Glocke.

„Ein Festkleid, ist es nicht schön?“, fragte Mai begeistert und drehte sich schwungvoll um die eigene Achse.

„Doch schon, aber wieso trägst du es?“ Kate sah sich um und bemerkte, dass der größte Teil der Bewohner festlich gekleidet war. Selbst die Kinder trugen allesamt saubere Kleidung.

„Heute beginnt das Winterfest. Eine Woche lang feiert man

den Winteranfang und er beginnt überall mit einem Tanzabend.“, erklärte Mai und deutete auf die fröhliche Menge.

„Ich bin so froh, dass du es nicht verpasst, komm wir müssen dir etwas Anderes zum anziehen holen.“ Sie griff nach Kates Handgelenk und führte sie durch die Masse hindurch. Sie bogen in eine etwas ruhigere Gasse.

„Wo sind die Anderen? Geht es allen gut?“, wollte Kate wissen.

„Oh ja, es geht allen gut. Eddy hat sich Sorgen gemacht, wegen Alessio. War ja klar, dass mein Bruder es schafft sich irgendwie zu verletzen. Ich verstehe einfach nicht, wie er ohne Jacke herumlaufen kann. Die Meisten sind bereits zum Fest gegangen. Ich war etwas zu spät dran und dann haben wir Sanny getroffen. Eddy war wirklich erleichtert sie zu sehen und da es auch Alessio gut geht, sind sie rauf gegangen, um sich umzuziehen und ich bin los dich suchen.“, schloss sie mit einem Lächeln und blieb vor einer Tür stehen. Sie hatte sehr schnell gesprochen und Kate musste erst noch mal überdenken, was sie gerade gehört hatte.

Es gab also ein Fest, welches die vielen, festlich gekleideten Leute erklärte. Es ging allen gut und sie sollte ein Kleid anziehen und auf einen Tanzabend gehen. Das alles kam überraschend, aber zugleich bereitete es ihr Freude.

Mai zog einen Schlüssel aus der Tasche und öffnete die Tür. Dahinter lagen ein schmaler Flur und eine steile Treppe. Mai stieg hinauf. Oben öffnete sie eine weitere Tür und die Beiden traten ein. In dem Zimmer standen zwei breite Betten. Die Fenster waren hoch und zeigten den Ausblick auf das mittlerweile leuchtende Dorf. Der Himmel war dunkelgrau und kaum vom Wald zu unterscheiden. Mai öffnete eine Kiste, die zwischen den Betten stand. Sie war randvoll mit Kleidern. In allen Farben und Längen.

„Wow.“, entfuhr es Kate und sie kniete sich neben Mai.

„Das sind alles meine, wir feiern jedes Jahr hier und da hab ich immer ein paar als Ersatz. Für alle Fälle.“, grinste sie und zog ein Kleid zwischen den Anderen hervor. Es war ebenfalls schulterfrei, so wie ärmellos. Scheinbar mochte Mai diese Art von Kleidern besonders gern. Dieses jedoch war nicht einfarbig. Im Gegensatz zu Mais edel wirkendem Kleid war dieses verspielter. Kate mochte es sofort und da sie fast die gleiche Größe wie Mai hatte, passte es perfekt. Es hing in einem weiten Bogen um ihre Füße, so dass sie beim Laufen nicht auf den bodenlangen Saum treten konnte. Der Stoff fühlte sich weich an, auch wenn er nicht danach aussah.

„Ich schenke es dir.“, sagte Mai, während sie Kate betrachtete. „Mir ist es etwas zu groß und dir steht es ausgezeichnet.“ Sie lachte und sah dann aus dem Fenster.

„Schnell, Kate. Wir müssen los, sonst beginnen die noch ohne uns.“

Vorhin war es Kate nicht sonderlich aufgefallen, doch auch die Straßen waren geschmückt. Ketten aus Blüten in allen Farben hingen über jeder Tür und verzierten die Fackeln an den Straßenrändern. Ein Schwarm Lichterfeen flatterte an ihnen vorbei und aufgeregte Kinder hüpften ihnen lachend nach. Es war ein Fest für Junge, so wie es auch ein Fest für die Alten war.

Musik klang aus der breiten Hauptstraße, die nur noch wenige Meter entfernt lag. Viele verschiedene Instrumente spielten Lieder. Es gab keinen Gesang, doch die Fröhlichkeit der Musik passte zu den glücklichen Gesichtern. Dieser Frieden hatte nichts mit dem prophezeiten Krieg zu tun.

In diesem Moment war es schwer zu glauben, dass die

Zukunft gefährlich sein könnte und alles was bisher geschehen war, kam Kate unbedeutend vor.

Eine Kutsche fuhr über die Hauptstraße. Sie wurde nicht von Pferden gezogen, sondern von einem einzigen Drachen.

„Die meisten angesehenen und reichen Leute feiern hier das Winterfest. Jill mochte es noch nie, aber sie hat uns immer erlaubt hierher zu gehen. Die Ärmeren kommen zu Fuß, doch die Reichen fahren in Kutschen vor oder reiten auf einem Drachen."

Als sie auf die Straße traten sah Kate noch weitere Kutschen. Sie hielten vor einem Gasthaus und fuhren dann weiter in eine der Seitengassen.

„Es hat heute noch gar nicht geschneit.", bemerkte Kate.

„Ja, aber es wird noch schneien. Glaub mir.", antwortete Mai.

Sie gingen in das Gasthaus.

Von außen betrachtet, war es nichts Besonderes. Man sah nichts von der hohen Decke, dem riesigen Saal, in dem jeder Platz zu finden schien und auch nicht von den großen schweren Kronleuchtern. Hunderte von Kerzen erleuchteten den Raum. Von der Helligkeit gab es keinen Unterschied zu elektrischem Licht, bis auf die Tatsache, dass die Kerzen in den Kronleuchtern viel schöner aussahen.

„Hey, dahinten ist Eddy.", rief Mai und zog Kate hinter sich her zu einem der seitlich aufgebauten Tische. Nicht nur Eddy, sondern auch Claire und Dana waren hier.

Das Kleid von Claire war grün und mit silbernen Stickereien verziert. Die ebenso silbernen Träger wurden nach oben hin breiter. Zwar fand Kate, dass der Ausschnitt ein wenig tief war, aber es passte zu ihr.

Dana hingegen, fand sie, passte mehr auf ein Sommerfest. Sie trug ein kniefreies schwarzes Kleid mit Spagettiträgern und einer Schleife an der Taille.

Zu Kates Überraschung lächelte Claire sie an.

„Seht mal, wer wieder da ist.“, sagte Eddy freundlich und nickte Kate zu. Auch Dana nickte kurz, verschwand aber dann.

„Mach dir nichts draus.“, sagte Claire zu Kate. „Sie hat schlechte Laune. Sie ist schon den ganzen Tag so. Ich geh sie mal etwas aufheitern.“, fügte sie an die Anderen gewandt hinzu.

„Gut.“, sagte Mai. „Dann lasst uns mal die Tanzfläche unsicher machen.“ Sie lachte und zog Kate und Eddy hinter sich her in die tanzende Menge.

„So ist sie nun mal.“, sagte Eddy entschuldigend und zwinkerte Kate zu. Sie lachte.

Ja, solche Feste passten wirklich zu Mai. Von den Seiten zog sie Blicke auf sich. Das lag an ihrer Ausstrahlung, auch wenn sie Kate versicherte, dass es nur an ihrer Herkunft lag.

Zum Tanzen kamen sie jedoch gar nicht erst.

„Sali.“, rief Mai plötzlich. Kate folgte ihrem Blick und sah ein hübsches Mädchen in einem roten Kleid. Ein seidener Stoff mit silbernen Steinen, die wie Tautropfen daran hingen. Ihr Haar war blond und sie hatte es hochgesteckt. Sie musste das Mädchen sein, von dem Alessio gesprochen hatte. Da war er auch schon. Sie unterhielten sich, doch als Mai nach ihr rief, drehte sie sich um.

Ihr Lächeln war warm und freundlich. Kate mochte sie sofort.

„Oh Mai, ich habe mich schon gefragt wo du bleibst.“, strahlte sie. „Ein solches Fest wäre langweilig ohne dich.“ Sie hatte eine Stimme, der man gerne zuhörte.

Wie Mai gesagt hatte, sie war wirklich eine Prinzessin. Sie bewegte sich wie eine, sie sprach so und sie sah aus, als wäre sie einem Märchen entsprungen. All das machte sie dazu, aber am Meisten bewunderte Kate die Aufrichtigkeit, die sie zweifellos ausstrahlte.

Sie umarmte Mai, die ein ganzes Stück kleiner war.

„Das ist Kate.“, sagte Alessio, legte plötzlich den Arm über Kates Schultern und zog sie mehr in den Kreis. Sali wandte sich ihr zu und lächelte erneut. Eigentlich lächelte sie die ganze Zeit.

„Sei gegrüßt Kate.“, sagte sie. „Ja, sehr hübsch.“, fügte sie hinzu, mehr zu sich selbst.

„Sali, du entschuldigst uns?“, fragte Mai. „Ich bin schließlich hier, um zu tanzen.“

Sie winkte und verschwand mit Eddy zwischen ein paar anderen Pärchen.

„Wo waren wir, bevor meine Schwester aufgetaucht ist?“, fragte Alessio jetzt.

„Meine Eltern.“, sagte Sali.

„Ja genau.“, stimmte er ihr zu. Kate fühlte sich überflüssig, weil sie nicht wusste worum es ging und ob sie es überhaupt etwas anging. Einfach gehen konnte sie jedoch auch nicht, da Alessios Arm noch immer auf ihren Schultern lag.

„Meine Eltern haben mir versprochen, dass ich heiraten kann, wen ich möchte. Die einzige Bedingung dabei ist, dass ich ihnen einen Grund liefern muss, weshalb es mir unmöglich ist dich zu heiraten.“, sagte sie. Alessio nickte langsam und Kate hatte mehr und mehr das Gefühl, dass sie dieses Gespräch nicht mit anhören wollte. Am Liebsten hätte sie sich in Luft aufgelöst.

„Na schön, dann müssen wir uns etwas ausdenken.“, sagte Alessio geschäftlich.

„Irrtum.“, freute Sali sich.

„Ich habe bereits einen Boten zu ihnen geschickt, der ihnen meine bestürzte Nachricht bringt, dass ich dich nicht heiraten könne, da du dich für eine Andere interessieren würdest. Ich könnte damit nicht leben, die zweite Wahl zu sein. Das wird ihnen hoffentlich genügen. Meine Mutter ist, was dieses Thema betrifft, sehr empfindlich. Außerdem habe ich nebenbei erwähnt, dass ein ehrenvoller Mann mit gewissem Reichtum mir einen Antrag gemacht hat." Sie hob die Hand und zeigte einen strahlenden Ring. Sie lächelte, schon wieder.

„Glückwunsch.", sagte Alessio.

„Tut mir leid, aber ich bin nicht mehr zu haben.", sagte sie jetzt in gespielt arrogantem Ton, der so gar nicht zu ihr passte. Alessio zuckte nur mit den Schultern.

„Ich steh sowieso nicht auf blonde, eingebildete Prinzessinnen.", sagte er und lachte.

„Tust du nicht?", fragte jemand. Claire war an seiner Seite aufgetaucht.

„Dann nimm doch mich.", sagte sie.

„Nun, einen Tanz kann ich mir erlauben.", antwortete er. Claire lachte. Alessio nahm ihre Hände und wirbelte sie passend zur Musik durch den Saal.

„Da waren es nur noch zwei.", meinte Sali zu Kate, die lächelnd zustimmte. Sie wusste nicht, was sie sagen oder tun sollte. Auf einmal fühlte sie sich, ohne Alessios Arm, noch viel überflüssiger, als ein paar Minuten zuvor.

„Du bist wirklich hübsch.", sagte Sali erneut.

„Danke.", murmelte Kate. „Aber ich bin nichts im Vergleich zu dir.", fügte sie hinzu.

„Sag so etwas nicht.", sagte Sali freundlich. „Ich finde du passt perfekt ins Bild."

Kate sah sie fragend an.

„Was für ein Bild meinst du?" Sali deutete zur anderen Seite der Tanzfläche hinüber, wo Alessio mit Claire und Dana gleichzeitig tanzte. Ihre Laune schien sich gebessert zu haben.

„In sein Bild.", fügte Sali hinzu. Es dauerte einen Moment, bis Kate begriff was sie meinte und sie spürte, wie ihr warm wurde. Nur für einen Augenblick, dann sagte sie:

„Was ist an mir schon besonderes, hier sind viele hübsche Mädchen.“ Sali schüttelte den Kopf.

„Darum geht es nicht. Ich sehe, dass du etwas Besonderes an dir hast. Etwas wie Magie.“, meinte sie.

„Redest du von meiner Fähigkeit?“, fragte Kate. Konnte es sein, dass diese Fähigkeit sie zu etwas Besonderem machte? Konnte Sali sie sehen?

„Nein, ich weiß nichts über eine Fähigkeit. Ich weiß nur, was Alessio mir erzählt hat.“, sagte sie knapp. Das wunderte Kate. Alessio hatte von ihr erzählt, aber das einzig Interessante hatte er dabei vergessen.

„Seid ihr Prinzessin Sali?“, unterbrach sie ein kleines Mädchen in einem Flickenkleid und starrte auf die kaum sichtbare Krone, die Kate erst jetzt bemerkt hatte. Sali ging in die Hocke.

„Ja das bin ich und wie heißt du?“

Das Mädchen sah schüchtern zurück. „Ich heiße Emma.“, sagte sie leise.

„Ein schöner Name. Sag mal Emma, hast du schon etwas von dem Kuchen probiert?“ Die kleine schüttelte den Kopf.

„Dann komm, wir holen dir ein Stück.“, sagte sie und nahm das Mädchen bei der Hand.

„Bis später Kate. Es war schön dich kennen gelernt zu haben.“

Kate sah ihr kurz nach, dann war sie allein. Zumindest fühlte sie sich allein, unter all den fremden Menschen.

Sie ging hinüber zu einem der Tische, um das bunte Treiben aus der Ferne zu beobachten. Jeder hatte Spaß. Wie sollte es auch anders sein? Die Musik forderte selbst die Untalentiertesten zum Tanzen auf.

Für einen kurzen Moment sah Kate, Mai und Eddy. Er hatte

ein paar Probleme mitzuhalten und stolperte immer wieder über seine eigenen Füße, doch Mai schien das nicht zu stören. Sie lachte glücklich. Schon waren sie wieder verschwunden.

„Na wenn das nicht Kate ist. Lange nicht mehr gesehen.“ Kate blickte auf und sah Lee neben ihrem Tisch stehen. Sie freute sich wirklich ihn zu sehen, obwohl sie ihn nicht sonderlich mochte. Wenigstens kannte sie ihn.

„Hi, wie geht‘s?“, wollte sie wissen. Er setzte sich.

„Jetzt wo ich weiß, dass du wieder da bist. Super.“, sagte er und grinste. Kate zog die Augenbrauen hoch.

„Ok.“, sagte sie und lächelte skeptisch. Es schien ihn nicht zu stören.

„Warum tanzt du nicht?“, fragte er dann.

„Ich möchte nicht.“, sagte sie knapp und zuckte mit den Schultern.

„Verstehe, dann eben später.“, meinte Lee und sah sich kurz um, bevor er sich wieder an Kate wandte.

„Soll ich dir etwas zu trinken holen?“, fragte er eifrig und sprang auf, ohne eine Antwort abzuwarten.

„Nicht weglaufen, bin gleich wieder da.“, sagte er und verschwand. Kate holte tief Luft. Allein sein war definitiv doch besser, als den ganzen Abend in Anwesenheit von Lee zu verbringen, dachte sie und stand wieder auf. Sie ging zu einer Seitentür hinüber und schob sie auf. Sie hatte nicht gemerkt, wie warm ihr in dem vollen Saal geworden war.

Die kühle Luft tat gut auf der Haut. Hier draußen war niemand zu sehen und als sie die Tür schloss, verstummte das Lachen und Reden der vielen Menschen. Nur die Musik klang noch heraus. Das Licht, welches das ganze Dorf leuchten ließ, erhellte auch den Platz, auf dem Kate sich nun befand. Am Rand standen Stühle aufgestapelt. Sie waren bedeckt mit Schnee. Sicherlich fanden hier die Feste statt, die unter freiem

Himmel gefeiert wurden. Groß genug war er jedenfalls.

Der Saum ihres Kleides berührte sanft den Boden. Er strich über den Schnee und verdeckte die Spuren, die ihre Füße hinterließen.

Da wo sie eigentlich den Wald vermutet hatte, standen noch mehr Häuser. Sie waren halb verdeckt, von den Tannen, die den Platz umringten.

Sie setzte sich in den Schnee und breitete ihr Kleid, wie einen Fächer, um sich herum aus. Wie schön der Stoff in dem schwachen Licht glänzte.

Sie wusste nicht recht, was sie denken sollte. Sali war eine seltsame Person, offen und zugleich rätselhaft.

Einen Moment lauschte Kate nur der Musik. Sie wurde ruhiger, kaum merklich und im selben Moment fing es an zu schneien. So wie Mai es gesagt hatte. Kleine weiße Flocken, die sofort schmolzen. Für eine Sekunde, bevor sie auf ihrer Hand zu Wasser wurden, erkannte Kate die unterschiedlichen Formen. Einige sahen aus wie winzige Blüten, andere wie Sterne, nur seltsam fremd, winzige Bilder.

„Ich passe ins Bild.“, flüsterte sie leise. Es wollte ihr nicht aus dem Kopf gehen. Diese Sali konnte ihr viel erzählen, dass musste noch längst nichts bedeuten.

Doch hatte sie selbst nicht auch schon daran gedacht, ganz kurz, immer dann wenn er sie ansah? Oder hoffte sie es sogar? Hinzu kam, dass er ständig dort auftauchte, wo sie gerade war, als würde er sie verfolgen. Bei dem Gedanken lachte sie leise über sich selbst.

Sie schüttelte den Kopf. Unsinn, das bildete sie sich nur ein. Er war schließlich nicht der Einzige, der ab und an mal dort auftauchte, wo sie grade war.

Lee war vorhin auch einfach so aus dem Nichts erschienen. Vielleicht suchte er grade in diesem Moment nach ihr. Bei dieser Vorstellung musste sie grinsen. Er war ein Idiot, der allen Mädchen nachlief und nach Beachtung suchte, indem er blöde Witze riss. Er konnte einem irgendwie Leid tun, denn eigentlich schien er ganz in Ordnung zu sein. Jedenfalls war er netter als Claire oder Chris und Ted.

Kate sah zum dunkelgrauen Himmel hinauf. Die Flocken wurden größer und fielen noch langsamer. Der Wind trieb sie ihr ins Gesicht und über sie hinweg. Sie waren so leicht, dass er sich nicht besonders anstrengen musste. Kreuz und quer flogen sie, bevor sie endgültig auf dem Boden liegen blieben.

Es war Zufall, entschied Kate, bei dem Anblick der Schneeflocken, die ebenso zufällig zu Boden glitten, wie sie Alessio begegnet war. Manchmal wäre es sogar gar nicht anders gegangen. Ein paar Mal hatten sie sich nur gesehen, weil Jill ihn herumgeschickt hatte. Was wusste diese Sali schon.

Ein heller Lichtstrahl fiel über den Boden, beleuchtete den Schnee neben Kate und war im nächsten Moment schon wieder verschwunden. Jemand hatte die Tür geöffnet und noch bevor sie sich umdrehen konnte, hörte sie eine vertraute Stimme hinter sich.

„Was machst du hier?“

Zufall also? Fast hätte sie wieder gelacht. Dieses Mal über sich selbst. Gerade noch hatte sie sich weiß machen wollen, dass sie sich das alles nur einbilden würde, dass es kein Muster gab und schon tauchte Alessio genau da auf, wo sie war. Hinzu kam, dass es ein eher ungewöhnlicher Ort war. Was hatte der Zufall also noch damit zu tun?

Sie machte sich nicht die Mühe aufzustehen oder sich umzudrehen.

„Nichts weiter. Ich wollte nur allein sein.“, sagte sie und betrachtete weiter das Schneetreiben.

„Oh.“, machte Alessio nur und das Gefühl, dass er sie

vielleicht wirklich gesucht haben konnte verstärkte sich.

„Schon gut, du kannst hier bleiben. Es war mir nur etwas zu laut und voll da drin.“, warf Kate ein. Sie wusste selbst nicht genau, warum sie das sagte. Es wäre doch klüger ihn wegzuschicken, oder selbst zu gehen.

„Ich war nicht sonderlich begeistert von Lees Anwesenheit. Ich kann mir Besseres vorstellen, als mir den ganzen Abend seine blöden Sprüche anzuhören.“, fügte sie hinzu.

„Zum Beispiel, zusehen wie es schneit?“, fragte Alessio belustigt und trat neben sie.

Kate vermied es ihn anzusehen und strich stattdessen abwesend über den Stoff ihres Kleides.

„Das ist ein schönes Kleid.“, bemerkte er. Kate nickte.

„Das finde ich auch.“, sagte sie.

„Woher wusstest du überhaupt, dass ich hier bin?“, wollte sie jetzt wissen.

„Ich wusste es nicht. Ich habe ein paar Leute gefragt, ob sie dich gesehen haben.“, meinte er und bestätigte damit ihre Vermutung, dass er tatsächlich nach ihr gesucht hatte. Zu ihrem Leid, stellte sie fest, dass dieser Gedanke sie erfreute.

„Lee war übrigens nicht sonderlich begeistert, dass du gegangen bist. Er hat mich ziemlich böse angeguckt, als ich ihn nach dir gefragt habe.“, fügte er hinzu. Kate zuckte mit den Schultern.

„Ich weiß.“, gab sie knapp zu. Dann stellte sie fest, dass die Musik nur noch langsam ging, im Takt der fallenden Schneeflocken. Es musste schon spät sein.

„Wie lange habe ich hier draußen gesessen?“, fragte sie schnell.

„Also, wenn du die ganze Zeit hier warst, dann ein paar Stunden. Viele Gäste sind schon gegangen.“, sagte Alessio nachdenklich.

„So ein Mist, dabei sollte ich doch eigentlich Spaß haben und nicht den ganzen Abend hier herumsitzen.“, schimpfte sie mit sich selbst und verschränkte die Arme.

„Das geht aber nicht. Du kannst nicht auf ein Fest gehen und dann ohne getanzt zu haben wieder verschwinden.“, sagte Alessio streng und hielt ihr eine Hand hin.

Erst als Kate aufsah merkte sie, dass er grinste.

„Jetzt musst du wenigstens mit mir tanzen.“, fügte er hinzu, als sie nicht sofort aufstand. Ihr Verstand sagte ihr, dass es falsch war und ein großer Teil in ihr sträubte sich gegen das, was sie sich wünschte. Gegen ihre Vernunft, nahm sie seine Hand und ließ sich aufhelfen. Warum eigentlich nicht, dachte der Andere Teil in ihr. Was sollte so schlimm daran sein? Es hatte schließlich keine Bedeutung.

„Komm jetzt ja nicht mit irgendeiner Ausrede, ich habe mir für alles ein passendes Gegenargument überlegt.“, sagte er grinsend und legte eine Hand an ihre Hüfte. Offenbar hatte er sich einige Gedanken dazu gemacht.

Sie gab sich geschlagen und legte eine Hand auf seine Schulter, während er die Andere noch immer in seiner hielt. Sie versuchte das Denken abzuschalten und zu ihrer eigenen Überraschung war es ganz leicht. Viel zu leicht, schoss es ihr durch den Kopf, während sie einen Fuß nach dem Anderen bewegte. Sie schaffte es nicht sich richtig zu konzentrieren, doch das war auch gar nicht nötig. Wie von selbst glitten die Schritte über den weichen Schnee. Es war lange her, dass sie zu Letzt getanzt hatte, doch offenbar war es eines dieser Dinge, die man nicht verlernte. Kate war schon auf mehreren Feiern gewesen, doch sie hatte wirklich noch nie im Schnee getanzt.

Noch während sie sich um die eigene Achse drehte, kehrte auch ihr Lachen zurück und der Gedanke an das, was Sali ihr erzählt hatte, verflog.

Sie blieben stehen, als es plötzlich aufhörte zu schneien. Alessio sah zu dem Gasthaus zurück.

„Der Abend ist bald zu Ende.“, sagte er und Kate spürte wie die Enttäuschung in ihr aufstieg. Sie wurde dadurch verstärkt, dass Alessio lächelte. Vielleicht war er erleichtert, sie los zu werden. Es ist besser so, sprach die Stimme des Verstandes zu ihr.

„Wir sollten wieder rein gehen.“ Die Aufregung war ihm deutlich anzusehen. Er nahm Kates Hand und sie eilten zurück in den großen Saal, der vor Stunden noch überfüllt gewesen war. Jetzt war nur noch ein kleiner Teil der Besucher hier. Die Meisten waren ungefähr in ihrem Alter, doch auch ein paar der Älteren sah Kate noch auf der Tanzfläche.

„Kate.“, Mai winkte ihr zu und kam auf sie zu gerannt.

„Jetzt kommt das Schönste an diesem Abend.“, rief sie und hüpfte auf und ab.

Erst als die Musik wieder lauter und vor allem schneller wurde, verstand Kate was sie meinte. Die Stimmung war fröhlich und die wenigen Gäste tanzten ausgelassen, während sich über ihnen das Dach öffnete und Scharen von Lichterfeen in den Himmel stießen. Kate sah gebannt zu, wie die Nacht erstrahle, bei so viel Licht und sie lachte, als Mai sie an den Händen fasste und sich übermütig im Kreis drehte. Die Farben schienen zu verschwimmen und als Mai endlich wieder stehen blieb, war Kate so schwindelig, dass sie kaum grade stehen konnte.

„Ich glaube, das musst du noch üben.“, sagte Mai, die Kate festhielt, damit sie nicht umkippte.

„Sehe ich auch so.“, meinte Kate lachend. Sie konnte sich nicht daran erinnern, wann sie das letzte Mal so viel Spaß an einem Abend gehabt hatte. Seit dem Tod ihrer Eltern hatte sie nicht mehr viel zu Lachen gehabt.

Die andere Seite des Waldes

Mai gefiel es gar nicht, dass sie bereits am nächsten Tag ihre Sachen packten. Sie erzählte jedem, egal ob er es hören wollte oder nicht, dass sie mit der Abreise lieber bis zum Ende des Festes warten wollte.

„Das geht nicht. Dieses Fest dauert eine ganze Woche. So viel Zeit haben wir nicht.“, sagte Alessio jedes Mal, wenn sie sich erneut beklagte.

Kate hatte seit dem gestrigen Abend nicht mehr mit ihm gesprochen. Sie hätte es nie zugegeben, doch sie versuchte ihm aus dem Weg zu gehen. Sie sah ihn nicht mal an, wenn sie ihm zufällig begegnete. Außerdem war sie zu sehr mit sich selbst beschäftigt.

Ihre Temperatur stieg an und senkte sich wieder. Der Unterschied war gering und bereitete ihr kaum Schwierigkeiten. Nur ihre Konzentration litt darunter und so dauerte es eine Weile, bis sie begriffen hatte, was Sanny von ihr wollte.

„Was ist los mit dir?“, fragte diese, während sie die Treppe hinabstiegen, beladen mit Taschen.

„Seit heute Morgen, habe ich immer wieder Temperaturschwankungen.“, sagte sie und fand zugleich, dass es sich lächerlich anhörte.

Sie traten hinaus in die Kälte. Die Spuren des gestrigen Abends waren noch deutlich zu sehen. Abgebrannte Fackeln und vertrocknete Blüten zierten den Weg. Ein paar Männer in dunklen Uniformen gingen herum und sammelten Müll von den Wegen.

„Wenn du willst sehe ich nach, ob ich irgendwas dagegen habe.“, schlug Sanny vor, aber Kate schüttelte den Kopf.

„Nein, ich denke es ist völlig normal. Ich muss einfach üben meine Fähigkeit zu kontrollieren.", meinte sie Schulter zuckend. „Aber behalte es bitte für dich.", fügte sie hinzu.

„Wie du willst.", sagte Sanny.

„Nicht mal mir willst du erzählen, dass es dir schlecht geht?" Mai war hinter ihnen aufgetaucht. Kate sah sie unschuldig an.

„Ich hätte es dir schon erzählt.", sagte sie rasch. „Außerdem geht es mir doch gar nicht schlecht.", fügte sie eilig hinzu.

Mai zog die Augenbrauen hoch.

„Ähm, auf einer der Karten habe ich gesehen, dass es auch noch einen anderen Weg von hier nach Brion gibt.", wechselte Kate das Thema.

„Stimmt.", sagte Mai, beäugte sie aber weiter misstrauisch. „Eine breite Straße, mit einem Gasthaus an jeder Ecke."

„Aber wenn es doch einen richtigen Weg gibt, weshalb wollte Jill dann, dass wir mitten durch den Wald gehen und auf einer Wiese schlafen?", fragte Kate. Mai lächelte.

„Klingt komisch, nicht wahr. Trotzdem hatten wir einen guten Grund. Der Weg über die Straßen dauert knapp zehn Tage, wobei der Weg den wir gegangen sind nur zwei gedauert hätte. Wer konnte schon ahnen, dass *etwas* dazwischen kommt und wir getrennt werden. Eigentlich hätten wir das Fest gar nicht gesehen.", sagte sie. „Zum Glück hat sich unsere Anreise verzögert."

Sanny schüttelte den Kopf. „Wie schaffst du es nur immer in allem das Beste zu sehen?", fragte sie ungläubig. Mai grinste sie an.

„Ich nutze nur meine Vorteile aus.", meinte sie.

„Dann such doch mal nach einem Vorteil für dich, in der Tatsache, dass wir in einer halben Stunde aufbrechen.", sagte Eddy, der soeben zu ihnen stieß. Mai verzog das Gesicht.

„Schon so früh? Ich dachte, ich könnte wenigstens noch den

Anfang der Parade sehen.“, warf sie ein.

„Tut mir leid, ich hab hier nicht das Sagen.“, meinte Eddy nur und half Sanny die Gurte an den Taschen festzuziehen. Einer der Drachen schnaubte leise. Sie taten Kate leid. Scheinbar waren sie nur dazu da, die Lasten zu tragen, die ihnen selbst zu schwer waren.

„Was ist das für eine Parade?“, fragte sie.

„Es ist wunderbar. Sie ist jedes Jahr anders, weil einfach jeder mitmachen kann und deshalb dauert es auch oft Stunden, bist sie durch das komplette Dorf gezogen ist. Es gibt Künstler und Akrobaten und Tänzer, manche laufen einfach nur verkleidet hinterher.“, schwärmte Mai begeistert. Für Kate klang das wie ein Karnevalszug, doch sicher war selbst das, in dieser Welt, etwas Besonderes. Schon allein die Drachen faszinierten sie noch immer.

„Und es wird noch viele dieser Feste geben.“, brachte Eddy sie rasch zum Schweigen.

Es war seltsam den Winter zu sehen, in einer Welt die das ganze Jahr über von einer Eisschicht bedeckt war. Einige wenige Bäume verloren ihre Blätter, die jedoch noch genau so grün und lebendig aussahen, wie vor einigen Wochen. Erst wenn sie bereits ein paar Tage im Schnee lagen wurden sie langsam braun.

Kate öffnete ihre Jacke. Zwischendurch war die Wärme kaum auszuhalten. Sie liefen über einen Weg, grade so breit, dass ein Drache locker Platz hatte. Leise trotteten sie hinter ihnen her.

Nicht weit von dem kleinen Dorf lag die Grenze des Waldes. Vielleicht bildete Kate es sich nur ein, doch irgendwie schienen selbst die Bäume dort dunkler zu sein.

Gelbe Pfähle steckten tief im Schnee. Sie wirkten bedrohlich, fast wie eine Warnung.

Stopp, geh nicht weiter, wenn dir dein Leben lieb ist, schienen sie zu sagen. Der Weg wurde breiter und die Stimmen, die aus dem Dorf herüberwehten verstummten in genau dem Augenblick, als sie über die Grenze traten. Ein Schaudern lief Kate über Arme und Rücken.

„Eigentlich ist es hier gar nicht so schlimm.“, flüsterte Claire ihr zu. „Nachts muss man aufpassen, aber am Tag...“ Sanny unterbrach sie.

„Hier gibt es eine Menge Dinge, denen ich weder am Tag, noch in der Nacht begegnen will. Also nur weil es dir hier gefällt, ist es noch längst kein sicherer Ort.“, zischte sie. Claire sah sie nur spöttisch an.

„Hör nicht auf sie. Sanny ist ein Feigling.“, meinte Claire und zwinkerte Kate zu.

Sanny ignorierte sie und bevor Kate irgendwas erwidern konnte, war Claire bereits vorgelaufen.

„Was sollte das denn?“, fragte sie. Sanny zuckte nur mit den Schultern.

„Keine Ahnung, das ist eben ihre Art. Entweder sie mag dich, oder sie macht dich fertig. An deiner Stelle würde ich sie im Auge behalten, sie hat irgendwas vor.“, flüsterte Sanny und starrte Claire misstrauisch hinterher. Sie war nach vorne gelaufen, wo Eddy und Alessio liefen. Sie hatten die Führung übernommen und Claire hängte sich wie eine Klette an die Beiden.

Was sollte sie schon groß vorhaben? Kate glaubte nicht daran. Sie wusste nicht mal, was Claire für einen Grund haben sollte sie zu hassen. Sie hätte viel lieber gewusst, was in Dana vorging. Sie sprach beinahe noch seltener als Ted und Chris. Sie schien zu nichts eine eigene Meinung zu haben und keiner wusste so recht, was sie hier wollte.

Lee hingegen, schien erst gar nicht in die Gruppe zu passen. Er erzählte irgendwelche Geschichten, über die nur er lachen konnte und alles was sie taten, schien ihn zu langweilen. Achtlos kickte er Äste und Steine aus dem Weg und machte unpassende Bemerkungen. Wenn er zu irgendwem passte, dann höchstens zu Claire. Nur dass diese um einiges unauffälliger und cleverer handelte.

Sanny schimpfte noch immer leise über sie ohne bemerkt zu haben, dass Kate ihr nicht im Geringsten zugehört hatte.

Auch Mai schien nicht sonderlich viel von dem mitzukriegen, was um sie herum geschah. Sie saß auf dem Rücken eines Drachen und schloss, mit Nadel und Faden, die Nähte ihrer Jacke, die während des Angriffs aufgerissen waren.

Wenn man genau hinschaute, sah man dass sie sehr wohl aufmerksam war. Ihr Körper war angespannt und sie achtete auf die leisesten Geräusche. Ab und an zuckte sie sogar leicht mit den Augen. Vielleicht glaubt sie, Jeremie würde erneut auftauchen und sie angreifen, dachte Kate und sah sich unbehaglich um. Die Bäume standen dichter in diesem Teil des Waldes. Dunkle Schatten spielten ihren Augen Streiche, doch es war nichts Bedrohliches zu erkennen.

Stundenlang liefen sie. Nicht mal zum Essen hielten sie an und so schmerzte ihnen allen der Magen, als Eddy endlich stehen blieb.

„Wir sind weit gekommen für heute. Ich schlage vor wir suchen uns dort zwischen den Bäumen einen Ort, an dem wir die Zelte aufschlagen können.“ Sein Vorschlag fand allgemeine Zustimmung.

Auf den Wegen war es wenigstens noch hell gewesen, doch als sie zwischen die hohen Sträucher traten wirkte der Wald dunkler.

„Ich glaube, in diese Richtung ist irgendwo ein Brunnen.“, sagte Mai von ihrem Drachen aus und zog den Kopf ein, um den Ästen auszuweichen.

„Woher weißt du das?“, fragte Alessio und ging in die Richtung, in die Mai gezeigt hatte.

„Ich war schon mal hier.“, sagte sie gleichgültig. „Vor zwei Jahren haben Sali und ich ein bisschen die Gegend ausgekundschaftet und außerdem rieche ich das Wasser.“

Tatsächlich fanden sie einen Brunnen und es war genug Platz, um ein Lager zu errichten.

„Heute besorgen Kate und ich das Holz. Ich glaube kaum, dass wir einen Graben brauchen, wenn wir einen Brunnen haben. Außerdem wird das ganze Holz nass sein.“, sagte Claire. „Meinst du, du kannst es trocknen?“, fragte sie begeistert, über ihren eigenen Einfall, an Kate gewandt

„Ich kann‘s versuchen.“, meinte Kate lustlos. Sie wusste nicht recht, was sie mit Claires neuer Freundlichkeit anfangen sollte. Bevor Kate ihr folgte, warf sie Sanny einen kurzen Blick zu. Diese nickte unauffällig. Scheinbar glaubte sie noch immer fest daran, dass Claire etwas plante.

„Ähm, ich kann euch tragen helfen.“, mischte Mai sich ein und eilte ihnen nach. Sie schien eine ähnliche Vermutung zu haben wie Sanny.

„Gerne.“, sagte Claire fröhlich, was Kate noch mehr überraschte.

Sie entfernten sich von dem Rest der Gruppe.

„Ich bin wirklich müde.“, bemerkte Mai und trat mit dem Fuß gegen einen heruntergefallenen Ast. Er war so morsch, dass er zersplitterte.

„Wie kannst du müde sein, wo du dich doch den ganzen Weg über hast tragen lassen?“, fragte Claire.

„Es ist anstrengend so lange auf einem Drachen zu sitzen.“,

verteidigte sich Mai.

„Beim nächsten Mal würde ich zu gerne tauschen. Es wirkt um einiges bequemer dort oben zu sitzen, als sich die Füße abzulaufen.“, sagte Kate.

„Ja stimmt, aber...“, Mai blieb stehen. „Sagt mal, riecht ihr das auch?“, wollte sie wissen. Sie verengte ihre Augen zu Schlitzen und lauschte.

Kate sah sich um.

„Ich rieche nichts, aber ich glaube da hinten ist Jemand.“, sagte sie und deutete auf die Bäume. Ein Schatten glitt durch sie hindurch und näherte sich ihnen langsam. Claire schrie auf und die Gestalt hielt inne.

Sie konnte es nicht gut erkennen, aber für Kate sah es aus wie ein Mensch.

Die Gestalt war hoch gewachsen und schmal. Ihre Arme schienen übernatürlich lang, doch was Kate noch mehr verwunderte, war das seltsame Leuchten, dass aus dem Kopf zu kommen schien. Erst als die Gestalt näher rückte erkannte sie, dass es die Augen waren. Sie waren viel zu groß und gelb.

Ein Geräusch drang an Kates Ohren und lies sie schaudern. Es war eine Art Knurren. Es klang dumpf und gefährlich.

Zuerst hatte sie gedacht, dass es von der seltsamen Figur stammte, die nun nicht mehr weit von ihnen entfernt war. Erst als diese selbst zurückwich, bemerkte Kate woher es kam. Mai wirkte angespannt. Sie starrte das Wesen an und aus ihrem Inneren erklang das Knurren.

Kate sah, wie die Gestalt sich abwandte und verschwand. Als Mai verstummte, wurde es merkwürdig still zwischen den Bäumen.

„Was war das?“, fragte Kate mit einem flauen Gefühl in der Magengegend.

„Es sah jedenfalls nicht besonders gefährlich aus, oder.“,

sagte Claire nur.

„Darüber lässt sich streiten. Wir sollten lieber froh sein, dass es nur einer war. Diese Finsterfürsten können ziemlich gefährlich sein.“, meinte Mai.

„Ach wirklich?“, fragte Claire unbeeindruckt.

„Was glaubst du ist der Grund für die Wassergräben und das Feuer?“, stellte Mai die Gegenfrage.

„Ich dachte das sei unser Schutz vor Tieren.“, sagte Kate unsicher, aber Mai schüttelte den Kopf.

„Das Einzige, was diese Monster davon abhält einen Menschen anzugreifen, ist ihre Angst vor Feuer und Wasser. Aus diesem Grund leben sie auf dieser Seite des Waldes. Hier ist es viel dunkler und es kommen seltener Menschen in diese Gegend.“

„Na schön, aber was können sie schon großartig ausrichten, mit ihren dünnen Ärmchen.“, spottete Claire weiter.

„Sie haben mehr Kraft als du glaubst und ich will nicht an deiner Stelle sein, wenn sie dich packen und dir die Augen ausstechen.“, gab Mai zurück.

Kate sah sie entsetzt an. Claire schien nicht überzeugt, doch sie sagte nichts weiter. Stattdessen bückte sie sich und hob einen Ast auf, was Kate daran erinnerte, weshalb sie hier waren. Wortlos schloss sie sich Claire an und versuchte dabei das seltsame Wesen aus ihren Gedanken zu vertreiben.

Als sie ihr Lager erreichten, brannte bereits ein kleines Feuer vor dem Brunnen. Die Zelte waren zu beiden Seiten errichtet. Das eine bot höchstens vier Leuten einen Platz, dafür war das zweite viel größer, als jene die sie zurück gelassen hatten.

Mai lies achtlos die Äste fallen, die sie getragen hatte und sah sich um.

„Hat irgendwer etwas ungewöhnliches entdeckt?“, fragte

sie. Verständnislos blickte Eddy sie an.

„Wovon redest du?“, wollte Alessio wissen und Mai erzählte ihm von der Begegnung im Wald.

„Ich glaube nicht, dass einer von denen sich in unsere Nähe traut, aber aufpassen sollten wir trotzdem.“, fügte sie noch hinzu, bevor irgendjemand eine Bemerkung machen konnte.

„Oh ja und falls sie auftauchen wecke ich dich einfach. Dann kannst du sie ein bisschen anknurren.“, sagte Claire spöttisch. Kate jedoch meinte, so etwas wie Besorgnis in ihrem Blick zu sehen.

„Hört auf.“, mischte Sanny sich ein, um zu verhindern, dass Mai etwas erwiderte.

Angesichts der Tatsache, dass Sanny in ihrer Abwesenheit über einem kleinen Feuer gekocht hatte, schwiegen sie alle und machten sich über das Essen her. Was es auch war, Kate war froh ihren knurrenden Magen beruhigen zu können.

Den Anderen schien es ähnlich zu ergehen.

„Wir sollten uns jetzt alle ausruhen.“, schlug Sanny vor, als auch noch der letzte Rest aus der Schüssel aufgegessen war.

„Wir übernehmen die Wache.“, meinte Mai, die mit ihrem Kopf in Eddys Schoß lag. Der nickte abwesend und starrte ins Feuer.

„Ach, wechseln wir jetzt die Partner?“, fragte Claire. „Dann übernehme ich mit Alessio die zweite Schicht. Es ist doch ok, Kate, wenn wir Lee und dich danach wecken?“

Kate nickte nur. Es war ihr egal. Sie war zu müde, um auf Claires Spielchen einzugehen. Es gab eine kurze Diskussion über die Reihenfolge, bevor sie in den Zelten verschwanden.

Dana und Claire schliefen sofort ein. Sanny blieb weiter sitzen.

„Wie ich dieses Mädchen verabscheue.“, schimpfte sie leise und betrachtete ausdruckslos Claire, die im Schlaf lächelte.

„Wieso das?“, flüsterte Kate müde. So schlimm war Claire auch nicht. Zwar war sie arrogant und die meiste Zeit über gereizt, aber deshalb war sie noch lange kein schlechter Mensch.

„Sie versucht mit allen Mitteln, Alessio für sich zu gewinnen.“, sagte sie so leise, dass Kate sich sicher war, dass selbst Mai sie nicht gehört hatte.

„Lass sie doch.“, warf sie ein, aber Sanny nahm es nicht wahr, so sehr war sie damit beschäftigt sich aufzuregen.

„Bei dir schleimt sie sich ein, damit du keine Chance hast. Ich wette, ihr ist alles Recht, um dich loszuwerden. An deiner Stelle würde ich aufpassen. Wer weiß was sie sich ausdenkt.“ Kate lächelte über Sannys ernsten Blick.

„Ich glaube nicht, dass sie mir etwas antun möchte und außerdem ist es mir egal, was sie mit Alessio macht.“, bestritt sie und zog sich die Decke bis zum Hals, als ihr erneut kalt wurde.

In den letzten Stunden hatte sie schon gehofft, es sei vorbei, aber scheinbar würde es noch eine Weile dauern, bis ihre Fähigkeit kontrollierbar sein würde.

„Das sehe ich anders.“, murmelte Sanny nur und rollte sich unter ihrer Decke zusammen.

Kate sah an die Zeltdecke und dachte darüber nach. Wenn sie ehrlich war, dann war es ihr nicht egal. Sie mochte Alessio, auch wenn sie sich noch nicht sicher war, was sie fühlte.

Ihr naives Herz ging einen eigenen Weg. Vermutlich war er schöner, doch es war ebenso sicher, dass er auch gefährlicher war. Ein Tunnel so tief in der Erde, dass ein Ende kaum zu erahnen war und niemand wusste, ob man unterwegs die Edelsteine fand, die er vorgab zu besitzen.

Ihr Verstand folgte schon seit langem anderen Regeln. Klar und strukturiert, bedacht darauf das Richtige zu tun. Das Ziel, ein angenehmes Leben zu führen, ohne Schmerz oder Enttäuschung.

Es hatte eine Zeit gegeben, in der Beide, sowohl Verstand, als auch Herz, eins gewesen waren. Die Geschehnisse, der Vergangenheit jedoch hatten sie gelehrt das Herz, welches oft voreilig und mit eigenem Willen handelte, einzusperren.

Es kam ihr so vor, als hätte sie nur ein paar Sekunden geschlafen, als Dana sie weckte, aber für Kate war die Nacht schon jetzt vorbei. Sie und Lee waren die Letzten, die diese Nacht wache hielten. Rasch zog Kate sich an und kletterte aus dem Zelt hinaus. Es schneite leicht, aber der Wind war still. Lee stocherte bereits mit einem Ast in der Glut des Feuers herum. Sie nickte ihm kurz zu und setzte sich dann auf den Rand des Brunnens.

„Hast du keine Angst hineinzufallen?“, fragte er mit gesenkter Stimme.

Kate wandte ihren Kopf und sah in den Schacht hinein. Er war nicht tiefer als drei Meter und das Wasser reichte fast bis an den Rand. Interessant war nur, dass es nicht zu frieren schien.

„Nein.“, gab sie zu und beobachtete wieder, wie Lee in der Asche stocherte.

„Ich bin froh, nicht mit Claire Wache halten zu müssen.“, sagte er. „Sie ist oberflächlich und redet zu viel...“ Er machte eine Pause. „...und diese Dana redet gar nicht. Sie guckt immer nur ängstlich. Ich glaube, du bist das einzig normale Mädchen hier.“ Kate zog die Augenbrauen hoch.

„Ach wirklich?“, fragte sie ohne sich für die Antwort zu interessieren.

„Ja. Mai ist gefährlich und die kleine Kräuterhexe ist verrückt. Ich wette, sie will uns alle vergiften.“, sagte er und lachte über seinen Witz. Kate sah ihn böse an, aber er bemerkte es gar nicht. Stattdessen balancierte er den brennenden Ast auf seinem Finger. Er war ein Angeber, dachte Kate und sah zwischen die Bäume. Nichts bewegte sich. Kein gelbes Augenpaar starrte aus den Schatten heraus.

Fast gleichzeitig mit dem Aufgehen der Sonne hörte es auf zu schneien. Das Feuer war nur noch ein paar Zentimeter hoch.

Kate war froh, dass sie nicht länger so tun musste, als würde sie Lee zuhören, als Mai aus dem Zelt kletterte.

„Dein Gerede ist ja nicht zum aushalten.“, fuhr sie Lee an. Der grinste, stand vom Boden auf und streckte sich.

„Hab ich dich etwa geweckt?“, fragte er scheinheilig und ging auf eines der Zelte zu. „Ich leg mich noch mal hin.“, fügte er hinzu und verschwand. Mai warf ihm noch eine Beleidigung nach. Dann wandte sie sich an Kate.

„Ein Wunder, dass du nicht versucht hast ihn im Brunnen zu ertränken.“, sagte sie tonlos, während sie sich die Schuhe auszog. Anschließend setzte sie sich neben Kate auf die Brunnenmauer. Allerdings so herum, dass ihre Füße ins Wasser baumelten.

„Was machst du? Ist das nicht zu kalt?“, wollte Kate wissen. Mai schüttelte den Kopf.

„Ganz im Gegenteil. Es ist angenehm warm, besonders weil meine Zehen scheinbar über Nacht eingefroren sind.“, meinte sie.

Kate drehte sich ebenfalls um. Sie trug zwar eine lange Hose und eine Jacke, aber wie immer war sie barfuß. Als ihre Füße das Wasser berührten, war sie überrascht. Ihr war nicht kalt gewesen, doch die Wärme, die jetzt ihre Füße berührte, war deutlich zu spüren.

„Wie ist das möglich?“, fragte sie daher.

„Ich weiß es nicht.“, erwiderte Mai. „Aber es gibt viele ähnliche Quellen auf dieser Seite des Waldes. Das ist das Beste hier.“, sagte sie überzeugt und zog den Reißverschluss ihrer Jacke ein wenig höher.

„Du brauchst gar nicht erst versuchen, dich anzuschleichen.“, sagte Mai plötzlich. Kate sah sich um und sah Eddy. Er verschränkte die Arme vor der Brust.

„Spielverderberin.“, schmollte er.

„Ich habe nur keine Lust, im Brunnen baden zu gehen.“, gab sie zurück und stellte sich auf den Rand, nur um eine Sekunde später in den Schnee zu springen.

Im Vorbeigehen gab sie Eddy einen Kuss, dann öffnete sie das Jungenzelt.

„Kate, kannst du die Anderen wecken?“, fragte sie. Ohne auf eine Antwort zu warten stürmte sie ins Zelt und verursachte eine menge Krach.

„Jetzt werden eh alle wach sein.“, sagte Kate zu Eddy, als Mai anfing zu kreischen und zu kichern.

„Hey, gib mir mein Kissen zurück.“, hörten sie Lee schimpfen.

„Gib mir mein Kissen zurück.“, äffte Mai ihn nach. Fast im selben Moment flog es aus dem Zelt.

Sanny, Claire und Dana kamen heraus, noch bevor Kate nach ihnen sehen konnte. Sanny fing bereits an, ihre Decken zusammenzurollen. Claire setzte sich nur auf einen Baumstumpf und beobachtete müde, wie Mai dem Kissen hinterher rannte, gefolgt von dem wütenden Lee.

„Leg dich nicht mit mir an.“, schnaufte er. Wieder äffte Mai ihn nach, wedelte mit dem Kissen und rannte in den Wald. In diesem Moment tauchte auch Alessio auf.

„Hey, Lee! Wie wär‘s, wenn du deine Energie auf eine sinnvollere Beschäftigung lenkst.“, rief er ihm laut nach. Lee war die Missbilligung ins Gesicht geschrieben, dennoch blieb er stehen.

„Sie hat angefangen.“, murrte er kaum hörbar.

„Was ist mit Mai?“, fragte Eddy besorgt und spähte zwischen die Bäume.

„Sie wird sicher gleich wieder auftauchen.“, meinte Alessio gelassen und packte die restlichen Holzscheite auf die Glut. Sanny füllte den Topf vom Vorabend mit dem Wasser aus dem Brunnen und hängte ihn darüber.

„Kann sich nur um Stunden handeln.“, sagte sie mit einem kritischen Blick auf das schwächliche Feuer.

„Vielleicht kann ich dir helfen.“, schlug Kate vor und kniete sich neben Sanny. Bisher hatte sie nur Schnee erhitzen können, wenn sie direkten Kontakt gehabt hatte, aber sie wollte es versuchen. Entschlossen legte sie ihre Hände auf das Metall. Eine ganze Weile passierte nichts und Kate wollte schon aufgeben, als das Wasser plötzlich zu kochen begann. Sannys Freude darüber ging jedoch unter, da zur selben Zeit Mai wieder auftauchte. Sie trug etwas auf den Schultern, das Kate zuerst für einen Pelz gehalten hatte. Als sie erkannte was es wirklich war, drehte sich ihr Magen um.

„Wer hat Hunger?“, rief Mai strahlend und legte das Reh vor sich auf den Boden. Sanny schien ebenso abgeneigt wie Kate, doch alle Anderen schienen sich sichtlich über diese Beute zu freuen.

„Du rennst im Wald herum und erlegst nebenbei ein Reh?“ Eddy klang begeistert und erstaunt zugleich.

„Ja, allerdings hab ich aus Versehen dein Kissen verloren.“, sagte sie an Lee gewandt. Der zuckte nur mit den Schultern und starrte begierig das tote Tier an.

Kate konnte sich nicht damit anfreunden. Letzten Endes jedoch, aß auch sie etwas von dem Fleisch. Sannys Suppe hatte nämlich nicht mal annähernd ihren Hunger gestillt.

Nach dem Essen verwischten sie gründlich ihre Spuren und füllten ihre Flaschen, bevor sie aufbrachen.

Es schneite den ganzen Tag über. Einmal waren sie sogar gezwungen eine Pause einzulegen und als die Dämmerung herein brach, freute sich Kate nur noch darauf schlafen zu gehen. Ihre Freude erwies sich schnell als hoffnungslos. Sie liefen weiter und weiter. Schließlich mussten sie die verlorene Zeit aufholen.

Immer wieder sah Kate leuchtend gelbe Augen zwischen den Bäumen. Doch keines der Wesen versuchte sich ihnen zu nähern, aus Angst vor dem Feuer. Sie trugen Fackeln, um den Weg zu erleuchten und um nicht zu erfrieren. Nachts war es hier noch kälter, sagte Mai ständig. Kate war dankbar dafür, dass sie diese Kälte nicht spürte. Offenbar bekam sie langsam die Kontrolle über ihre Fähigkeit.

Jeder Einzelne von ihnen schien müde zu sein, doch Alessio drängte sie weiterzugehen. Eddy unterstützte ihn Tatkräftig. Kate erinnerte er an einen Hund, der alles tat um beachtet zu werden. Seine eigene Meinung stellte er stets hinter die der Anderen und besonders bei Mai und Alessio schien er Eindruck hinterlassen zu wollen.

Sanny gegenüber verhielt er sich selbst wie ein Vorgesetzter. Er gab ihr Befehle und kritisierte alles was sie tat. Mai hatte Kate erzählt, dass Sanny und ihr Bruder vor vier Jahren von zuhause weggelaufen waren. Auch wenn sie es nicht wusste, vermutete Mai, dass der Vater der Beiden der Grund gewesen war. Keiner von ihnen hatte je ein Wort über ihn gesprochen. Ihre Mutter erwähnten sie auch nur selten, doch diese schienen sie zu vermissen. Jill hatte Sanny und Eddy damals mit offenen

Armen empfangen.

„Heiler sind gern gesehene Menschen, ganz anders sieht es da bei den Seelenwächtern aus.“, hatte Mai gesagt. Auf Kates Frage was Seelenwächter waren, wusste Mai keine richtige Antwort.

„Ich hab noch nie einen gesehen, aber sie sind verwand mit den Heilern. Immer wenn irgendwo jemand stirbt, tauchen sie dort auf, um seine Seele zu befreien. Ich denke mal, der Tod macht den Meisten einfach Angst.“ Kate hätte gerne mehr über diese Leute erfahren, aber Mai wusste auch nicht mehr, als sie schon erzählt hatte. Vielleicht waren Seelenwächter auch nur ein Märchen, das man Kindern erzählte. Sie konnte sich nämlich nichts unter der Befreiung einer Seele vorstellen.

Es war schon weit nach Mitternacht, als Kates Schritte schwerer wurden. Sie war dankbar dafür, dass sie keine Schuhe trug. Sie wären nur unnötige Last gewesen.

Sie fühlte sich eigentlich zu müde um weiter zu gehen. Immer wieder bildete sie sich ein verfolgt zu werden, doch wenn sie genauer hinsah, erkannte sie, dass es nur Äste und Blätter waren, die sich im Wind bewegten.

Kaum einer sprach ein Wort, nur ab und an nahm Kate leises Geflüster wahr. Die Geräusche ihrer Schritte im Schnee wirkten beruhigend.

Es war nicht ihre Müdigkeit, die ihr das Gehen erschwerte. Zuerst hatte sie es nicht gemerkt. Ihre Temperatur schien durchgehend anzusteigen. Das Schlimmste daran waren die dadurch auftretenden Kopfschmerzen. Kate versuchte sie zu ignorieren. Noch während die Wärme weiter in ihren Kopf stieg, zog sie die Jacke aus. Das besserte es ein wenig und auch der kalte Wind half ihr. Die Anderen schienen nichts bemerkt zu haben.

Da Kate neu in dieser Welt war, fühlte sie sich sowieso

schon schwächer und unwissender als der Rest ihrer Gruppe. Dass sie ihre Fähigkeit nicht unter Kontrolle bekam, verstärkte ihren Glauben daran nur. Immer wenn eine Windböe über sie hinweg wehte, atmete Kate tief ein. Die Luft fuhr in ihre Lunge, wie eiskaltes Wasser, aber der stechende Schmerz war leichter zu ertragen, als die Hitze.

Kate bemerkte nicht wie Dana stehen blieb, erst als sie fast in diese hinein lief, stoppte sie und hob den Kopf.

„Mir ist so kalt. Ich kann nicht mehr weiter gehen.“, klagte sie und sah dabei Eddy an, als erwarte sie, dass er sich um sie kümmern würde. Alle waren stehen geblieben, dankbar für jede noch so kleine Pause. Eddy schien sich unwohl zu fühlen. Er wusste offenbar nicht recht, was er machen sollte. Kate bemerkte, dass Mai die Beiden beobachtete.

Für Kate kam Danas Bemerkung genau richtig. Sie reichte ihr ihre Jacke. Für die Anderen war dies ein Zeichen weiter zu gehen. Sie machten sich alle nicht sonderlich viel aus Dana.

Kate jedoch blieb weiter stehen und wartete bis Dana sich die Jacke übergezogen hatte. Zum Glück war sie kleiner und zierlicher, sonst hätte sie den Reißverschluss nicht zu bekommen.

„Geht‘s?“, fragte Kate leise. Dana zuckte mit den Schultern.

„Wenn du willst, kann ich versuchen dir zu helfen.“, sagte Kate langsam. Sie war sich selbst nicht sicher, wieso sie das gesagt hatte. Auch wusste sie nicht recht was sie tat, aber ihr Instinkt wusste offenbar, was zu tun war.

Sie streckte ihre Arme nach vorne, die Handflächen nach oben gedreht.

„Leg deine Hände auf meine.“, sagte sie zuversichtlich. Dana zog ihre Handschuhe aus und folgte Kates Anweisungen unsicher.

Als ihre Hände Kate berührten, zuckte sie zusammen und

zog sie zurück.

„Ich hab nicht erwartet, dass deine Finger so warm sind.“, sagte sie überrascht und legte ihre Hände erneut auf Kates. Diesmal war sie vorsichtiger.

Kate konnte sich nicht erklären was genau passierte, aber sie spürte wie die Energie aus ihren Handflächen verschwand und an Danas überraschtem Gesicht sah sie, dass die Wärme direkt in sie überging. Nach kurzer Zeit nahm Dana ihre Hände weg und betrachtete sie im Licht einer Fackel.

Erleichtert stellte Kate fest, dass ihre eigene Temperatur wieder gesunken war.

„Wie hast du das gemacht?“, wollte Dana wissen, aber Kate konnte es sich selbst nicht erklären.

Daher beeilten sie sich die Anderen wieder einzuholen. Sie waren weiter gegangen und keiner hatte bemerkt, dass sie stehen geblieben waren.

Dana schien neue Kraft zu haben. Sie wirkte überhaupt nicht mehr müde, ganz im Gegensatz zu Kate, die sich schwächer fühlte. Sie schob dieses Gefühl auf ihre Müdigkeit.

Mai lies sich zurückfallen, bis sie auf einer Höhe mit Kate war.

„Sag mal, was hast du mit ihr gemacht?“, fragte sie und sah zu wie Dana fröhlich hinter der Gruppe her sprang.

„Ich hab ihr nur einen Teil der Wärme abgegeben. Mir war sowieso zu warm.“, sagte Kate.

Sofort wollte Mai genauer Bescheid wissen und Kate wiederholte den Vorgang, um es ihr zu demonstrieren. Mai schien begeistert. Mittlerweile hatte Kate ihre normale Temperatur wieder erreicht. Ihr war nicht länger heiß. Auch das Laufen fiel ihr wieder leichter. Das Problem war ein Anderes. Sie fühlte sich noch viel schwächer als zuvor und je müder sie wurde, desto schneller schien ihr wieder warm zu werden.

Mai war begeistert von Kates Fähigkeit und redete aufgeregt vor sich hin.

„So warm war mir den ganzen Tag noch nicht. Woher kannst du das nur. Ich wette, das liegt dir im Blut. Wenn du dich weiter damit befasst, wirst du schnell alles lernen. Seit Jahren wirst du die erste Eismagierin sein, die ihre Fähigkeit beherrscht."

Kate hörte nicht länger zu. Ihr Kopf war so schwer, dass sie Mühe hatte ihn gerade zu halten.

„Kate, Kate? Ich rede mit dir. Hörst du mir zu?", Mai wedelte mit der Hand vor Kates Gesicht auf und ab. „Sag mal geht's dir nicht gut?", fragte sie jetzt. Kate war so in Gedanken versunken, dass sie einen Moment lang nicht begriff, was Mai von ihr wollte.

Jetzt sah sie, dass Einige sich zu ihnen umgedreht hatten. Kate strich sich durch die Haare.

„Tut mir leid. Es ist alles in Ordnung.", schwindelte sie. „Ich bin nur müde und ich bin es nicht gewohnt so weit und lang zu laufen.", gab sie zu.

„Oh, ihr reitet also immer?", wollte Mai jetzt wissen und Kate war froh, dass sie gezwungen war zu reden, so vergaß sie die Hitze und ihre Müdigkeit. Sie versuchte Mai zu erklären was ein Auto war, was nicht besonders leicht war, da sie ständig neue Fragen hatte. Dafür verging die Zeit schnell. Es wurde schon bald hell, so dass sie die Fackeln nicht mehr brauchten. Sie löschten das Feuer und steckten sie in den Schnee.

Sie legten eine kurze Pause ein, in der sie etwas aßen. Kate hatte keinen Hunger und die meiste Zeit über achtete sie nur darauf, dass das Wasser nicht zu kochen aufhörte.

Um sich auszuruhen, war die Rast zu knapp und als sie wieder aufbrachen, hatte Kate das Gefühl noch müder zu sein als zuvor. Zwar hatte sie Mai erzählt, sie müsse sich erst an das lange Wachbleiben gewöhnen, aber ganz stimmte das nicht. Im Waisenhaus hatte sie oft Nächtelang kein Auge zugemacht. Sie hatte Stunden damit verbracht, die Kinder zu beruhigen, die weinten. Noch nie war sie so müde gewesen wie jetzt. Vielleicht lag es an der Umstellung in einer anderen Welt zu leben. Keiner konnte genau wissen wie groß der Unterschied zwischen ihnen war.

Als sie am Abend einen Platz zwischen den Bäumen erreichten, wusste Kate nicht mehr, wie sie den Tag überstanden hatte, aber sie glaubte, wenn sie noch ein paar Minuten länger hätte laufen müssen, wäre sie einfach umgekippt. Erleichtert ließ sie sich in den kalten Schnee fallen und vergrub ihre Hände unter der Oberfläche. Sie stellte fest, dass sie nicht die Einzige war, die erschöpft war. Sanny hatte sich neben sie in den Schnee gelegt und weigerte sich strickt, wieder aufzustehen. Eddy versuchte es mit bitten und drohen, aber er gab schnell auf. Kate stand nur auf, um den Anderen zu helfen ein Nachtlager zu errichten. Als Alessio vorschlug die Gegend nach feindlichen Lagern, wie er es nannte, abzusuchen, schloss sie sich der Gruppe an, die bei den Zelten blieb.

So kam es, dass am Ende nur Eddy und Alessio das Lager verließen. Sanny und Dana gingen sofort schlafen und auch Lee verschwand in seinem Zelt. Kate setzte sich noch einen Augenblick zu den Anderen ans Feuer. Da keiner etwas sagte, verstrich die Zeit viel zu langsam und Kate spürte wieder mehr und mehr, wie die Hitze in ihr aufstieg. Sie verabschiedete sich bald und schlüpfte ebenfalls unter ihre Decke. Es behagte ihr nicht ohne zu schlafen. Das Merkwürdige daran war, dass ihr im Liegen um einiges kühler war und das trotz der Federdecke.

Sie schloss die Augenlider und lauschte dem Knistern des Feuers. Vor ihren geschlossenen Augen erschienen Bilder, doch sie verblassten gleich wieder.

So ging es eine ganze Weile. Kate konnte einfach nicht einschlafen, trotz der großen Müdigkeit. Sie drehte sich nach links, um auf der kühleren Seite, der Matte zu liegen, aber auch das klappte nicht. Ihr wurde wärmer, egal wie sie sich drehte.

Irgendwann hielt sie es nicht mehr aus. Sie setzte sich und schlug die Decke zurück. Auf ihrer Stirn hatten sich Schweißperlen gebildet und ihr war leicht schwindelig.

Sie überlegte, ob sie wieder hinausgehen sollte, um sich eine Zeit lang in den Schnee zu setzten. Da fiel ihr Blick auf Sanny und sie erinnerte sich an den Trank, den sie von ihr bekommen hatte. Leise kletterte sie zum Fußende und griff nach ihrer Tasche. Sie fand schnell, wonach sie suchte. Das kleine Fläschchen wog leicht in ihrer Hand.

Kate nahm ihre Wasserflasche und drehte den Verschluss ab. Dann betrachtete sie noch einmal den Fiebertrank. Er sah harmlos aus, aber sie hatte nicht vergessen, was Sanny ihr gesagt hatte. Vorsichtig zog sie den Korken heraus, um nichts zu verschütten.

Ein Tropfen würde reichen, erinnerte sie sich. Sie kippte das Fläschchen und als der Tropfen auf das Wasser traf, breitete er sich wie eine Wolke in der klaren Flüssigkeit aus. Das Wasser färbte sich zuerst dunkel und wurde dann langsam wieder heller, bis es eine leicht golden schimmernde Färbung angenommen hatte. Kate verstaute den Trank wieder in ihrer Tasche. Sie setzte die Flasche an die Lippen und trank einen winzigen Schluck. Es schmeckte bitter und brannte auf ihrer Zunge. Sie verzog das Gesicht, schloss die Augen und trank noch einen großen Schluck. Mehr schaffte sie nicht. Das Wasser lief ihre Kehle hinab und sie spürte wie es sich ausbreitete. Das Brennen lies nach und sie spürte augenblicklich wie die Hitze verblasste. Erst senkte sich ihre Temperatur rasch, dann immer langsamer und irgendwann spürte sie es nicht mehr. Sie ließ sich in die Kissen fallen und schloss die Augen. Jetzt wo ihr Körper fast wieder seine normale Temperatur hatte, spürte sie nichts weiter als die Müdigkeit. Sie drückte ihr auf das Gesicht und machte ihre Glieder schwer.

Jetzt hörte sie nicht länger das knisternde Feuer, sondern Stimmen.

„Vielleicht war ich ein bisschen voreilig damit, über dich zu urteilen.“ Kate erkannte Mais Stimme, aber mit wem sprach sie?

„Ein bisschen?“ Kate zog die Augenbrauen zusammen. Sie konnte diese Stimme nicht zuordnen. Wahrscheinlich war sie zu müde.

„Ist ja gut, hiermit entschuldige ich mich für alles, einverstanden?“, fragte Mai.

„Ok, dann entschuldige ich mich auch für alle Gemeinheiten dir gegenüber.“ Es war Claire, mit der Mai redete. Da war Kate sich sicher. Jedoch war ihr nicht ganz klar, ob die Beiden wirklich gerade Frieden schlossen oder ob sie sich gegenseitig etwas vorspielten.

„Eddy und dein Bruder sind jetzt aber schon lange weg.“, meinte Claire.

„Machst du dir etwa Sorgen?“, fragte Mai. Dabei schaffte sie es nicht ganz den spöttischen Unterton wegzulassen. Claire jedoch schien es nicht zu bemerken, zumindest ging sie nicht darauf ein.

„Natürlich. Hier laufen üble Gestalten herum, wenn es dunkel ist. Hast du denn keine Bedenken?“

„Nein. Die kommen schon zurecht.“, sagte Mai lässig.

Claire hackte, scheinbar fassungslos nach, bis Mai anfing zu kichern.

„Manchmal verstehst du gar nichts. Ich kann sie deutlich hören.“, versicherte sie Claire jetzt. „Sie sind nicht besonders weit gekommen.“, fügte sie noch hinzu.

„Na schön.“, willigte Claire ein. „Ich glaube, ich suche immer noch nach einem Harken. Diese ganze Reise hatte bisher nur Gutes für mich. Alle sind viel netter zu mir und ich kann mir sogar vorstellen, dass wir zwei wieder Freundinnen werden, was schon irgendwie beängstigend ist, da wir uns ja eigentlich nicht ausstehen können, hatte ich gedacht.“, fügte sie nachdenklich hinzu.

„Und dein Bruder ignoriert mich auch nicht mehr. Im Gegenteil, er ist immer so nett. Ich glaube, er mag mich doch.“, schloss sie. Kate wollte nicht länger zuhören und sie wusste selbst nicht genau, weshalb sie es überhaupt tat. Sie drehte sich auf den Bauch und zog sich die Decke über die Ohren.

„Wer soll dich schon mögen.“, witzelte Mai und Claire lachte leise.

„Aber jetzt mal ernsthaft, wieso meinst du, dass er dich auf einmal mag?“, fragte Mai neugierig. Gegen ihren Willen hielt Kate den Atem an, um besser lauschen zu können.

„Naja, sieh doch mal. Auf dem Fest habe ich gaaanz zufällig, “ sie zog das Wort extra in die Länge. „mitbekommen, dass er Prinzessin Sali nicht heiraten wird und gleich darauf, hat er mit mir getanzt. Es war nur ein Tanz, aber den ganzen restlichen Abend ist er nur durch die Gegend gelaufen und hat mit irgendwelchen, wahrscheinlich hoch angesehenen oder wichtigen Personen geredet. Verstehst du? Ich war die Einzige mit der er getanzt hat. Für mich ist das einleuchtend, dass da etwas ist.“, schwärmte sie. „Und wenn wir allein sind, dann ist er immer so nett. Vorher war er ganz anders, viel abweisender.“

Kate fühlte sich merkwürdig. Sie wusste nicht ganz wieso, aber sie vermutete, dass es an dem Trank lag. Ihr Herz hüpfte erschrocken. Was passierte noch gleich, wenn man zu viel von dem Fiebermittel nahm? Sie wusste es nicht mehr. Um sich auf andere Gedanken zu bringen, versuchte sie wieder zu verstehen, was draußen gesprochen wurde.

„Es muss ja nicht bei einem Mal bleiben.", sagte Claire gerade. Kate hatte keine Ahnung worüber sie sprach.

Vor ihren geschlossenen Augen tauchten Schatten auf. Sie wurden deutlicher und verschwanden wieder. Der Schlaf griff nach Kate, aber noch immer hörte sie Stimmen.

„Ich habe schon einen Plan, aber den umzusetzen ist nicht so einfach."

Sie konnte nicht genau sagen, wann die Realität in ihren Traum überging. Draußen vor dem Zelt waren Schritte zu hören. Um sie herum war völlige Dunkelheit. Wie durch einen Vorhang, sah sie die Gestalten auf und ab gehen. Sie wusste nicht was sie sagten, aber sie hörte das fröhliche Lachen. Sie war abgeschnitten von dem Rest der Welt und sie konnte nichts dagegen machen. Sie war gefangen.

Alles wurde still um sie herum. Sie entfernte sich weiter von dem Licht und die Kälte kroch unter ihre Haut.

Mit einem Schreck wachte Kate auf. Sie hatte kalte Schweißperlen auf der Stirn und sie zitterte. Es war dunkel, aber von draußen sickerte das Licht des Feuers herein. Der Wind blies durch das Zelt. Irgendjemand hatte vergessen den Eingang zu verschließen.

Vorsichtig kletterte sie über ein paar Taschen und andere Dinge hinweg, zu dem flatternden Stoff.

Sobald der Eingang verschlossen war, wurde es windstill. Kate legte sich wieder unter die Decke und starrte die Zeltwand an.

Warum nur konnte sie sich nie an ihre Träume erinnern? Sie hätte nicht Einen gewusst, weder jetzt, noch früher. Im Waisenhaus waren die Kinder immer zu ihr gekommen und hatten ihr von bösen Träumen erzählt. Sie fragte sich, wie es ihnen wohl ging. Sie fühlte sich noch immer schuldig, dass sie einfach gegangen war, aber sie hatte keine andere Wahl gehabt und schließlich war sie nicht die Einzige, die sich um sie gekümmert hatte.

Sie drängte den Gedanken an die Vergangenheit zurück. Es war nicht mehr wichtig, nicht mehr real. Dies war ihr neues Zuhause und hier hatte sie eine andere Aufgabe. Auch wenn sie noch nicht wusste, wie wichtig ihre Rolle in dieser Welt war.

Das geteilte Dorf

Am nächsten Morgen brachen sie erneut früh auf. Noch bevor die ersten Sonnenstrahlen durch das Blätterdach brachen, hatten sie ihre Sachen zusammengepackt und sicher verstaut. Die Spuren waren verwischt und das Feuer gelöscht. Kate konnte nicht mehr sagen, wann sie wieder eingeschlafen war. Doch sie fühlte sich viel besser, als in den letzten Tagen. Der Trank hatte seine Wirkung nicht verfehlt. Es war, als konnte nichts ihre gute Stimmung verderben. Weder die Tatsache, dass Alessio verkündete, sie würden erneut zwei ganze Tage am Stück laufen müssen, noch Lees nerviges Gerede über irgendwelche furchterregenden Monster, gegen die er angeblich um sein Leben gekämpft hatte. Auch Claire, die am Nachmittag neben Kate auftauchte und ihr vorschwärmte, was für ein gutes Paar sie mit Alessio abgeben würde, störte sie nicht im Geringsten. Kate war so froh sich endlich wieder normal zu fühlen, dass sie Claire nur munter zustimmte und alles bestätigte was diese sagte, ohne ihr wirklich zuzuhören. Sie schien zwar verwundert, versuchte allerdings sich nichts anmerken zu lassen. Als die Nacht hereinbrach verabschiedete sie sich dann doch und lief nach vorne, wo sie eine lange Zeit lang schwieg.

Mai zog Kate am Ärmel zurück, als habe sie nur darauf gewartet, dass Claire verschwand. Vermutlich hatte sie den ganzen Tag über ihrem Gespräch gelauscht und konnte eher zusammenfassen, was Claire erzählt hatte, als Kate es gekonnt hätte. Sie wusste nur, dass es etwas mit Alessio zu tun hatte und der Tatsache, für wie toll Claire sich hielt.

„Hey, nicht müde heute?“, scherzte Mai.

„Nein.“, freute Kate sich. „Es geht mir ausgezeichnet.“ Mai

zog misstrauisch die Augenbrauen hoch.

„Ich hab's dir nicht erzählt, weil ich selbst damit klar kommen möchte.", erklärte Kate.

„Was erzählt?"

„Ach nichts Wichtiges. Ich hatte nur ein paar Probleme mit meiner Fähigkeit. Nichts Ernstes, wirklich."

„Schon wieder? Vielleicht solltest du doch Mal zu Sanny gehen. Sie kann dir bestimmt helfen.", versuchte Mai sie zu überzeugen. Kate schüttelte den Kopf.

„Sie hat mir schon zwei Tränke gegeben. Zuerst habe ich mich nur nicht getraut etwas davon zu nehmen, aber gestern ging es nicht mehr ohne." Kate erklärte Mai genauer wie sie sich gefühlt hatte und diese hörte aufmerksam zu.

„Wenigstens hast du deine Kräfte besser unter Kontrolle, als die Meisten von uns. Ich denke, dass liegt an deinem Alter. Ich bin früher bei den kleinsten Dingen ausgerastet und dann habe ich mich immer verwandelt. Ich habe es gehasst und dann hab ich mich in meinem Zimmer eingeschlossen. Ich war grade 5 Jahre alt. Irgendwann habe ich beschlossen so lange zu üben, bis ich es selber kontrollieren kann. Manchmal habe ich geglaubt, mir würde der Kopf platzen, aber ich habe es doch geschafft und jetzt bin ich sogar schneller als alle Anderen, mit der gleichen Fähigkeit, die ich kenne." Sie verstummte abrupt.

„Ach du kennst noch andere Leute, die sich verwandeln können?", fragte Kate interessiert. Mai nickte zustimmend.

„Außer mir gab es noch vier Weitere in unserer Gegend. Eins der Mädchen ist schon vor ein paar Jahren gestorben. Mit den anderen Beiden habe ich seit längerem keinen Kontakt mehr. Sie waren auch viel älter als ich und der Vierte ist Jeremie.", schloss sie betrübt.

„Oh.", machte Kate. „Das tut mir leid. Ich wusste ja nicht..." Mai unterbrach sie kopfschüttelnd.

„Schon gut. Es macht mir nichts aus.“, sagte sie, doch Kate war nicht überzeugt. Um es Mai nicht noch schwerer zu machen, wechselte sie das Thema.

„Ich habe mitbekommen, dass du dich mit Claire unterhalten hast.“, gab sie zu. Mai lachte.

„Das ist ja witzig, ich habe auch etwas mitbekommen und zwar wie sie dich grade voll geplappert hat.“

Kate grinste.

„Dann kannst du mir sicher sagen, worüber sie geredet hat. Ich hab nicht alles mitbekommen.“, meinte Kate. „Um genau zu sein, gar nichts.“, korrigierte sie sich. Mai lachte.

„Dann sei froh. Sie hat nur versucht dich in ihren fiesen Plan mit reinzuziehen.“, klärte Mai sie auf.

„Sanny hat auch so etwas gefaselt. Was für ein Plan sollte das sein?“, wollte Kate neugierig wissen.

„Sie versucht schon seit Jahren Alessio für sich zu gewinnen und jetzt sieht sie in dir ihre große Chance. Wenn sie dich zu ihrer besten Freundin macht und dir einredet wie toll mein Bruder sie angeblich findet, dann bist du keine Konkurrenz mehr für sie.“, meinte Mai Schulter zuckend, als wäre es selbstverständlich. Kate dachte einen Moment darüber nach.

„Sie glaubt ich bin Konkurrenz für sie?“ Mai nickte nur. Kate wusste selbst nicht, weshalb sie sich darüber freute.

„Heißt das, dass ich sie erst mal nicht los werde?“, fragte sie entsetzt.

„Ach, ich hab da auch so meine Pläne, aber die verrate ich dir nicht.“, sagte sie schnell, als Kate sie auffordernd ansah.

„Na schön. Was soll ich tun?“, wollte Kate stattdessen wissen. Mai grinste frech.

„Gar nichts. Sei einfach so wie immer.“

Kate überlegte.

„Kann ich sie nicht wenigstens mit Schnee bewerfen?“,

fragte sie mitleidig und beide mussten lachten.

Mit Mai verging die Zeit viel schneller. Sie erzählte irgendwelche verrückten Geschichten aus ihrer Kindheit und Kate kam aus dem Lachen kaum raus.

„Jill hatte es nicht leicht mit mir.“, gab sie zu. „Und immer wenn ich wusste, dass ich Ärger kriegen würde habe ich mich so lange versteckt, bis sie vergessen hatte, wofür sie mich bestrafen wollte. Einmal habe ich fünf Tage lang in einer geheimen Klappe gesessen, zum Glück befindet sie sich direkt in der Küche. Das ganze Schloss hat nach mir gesucht, aber sie haben mich nicht gefunden.“, erzählte sie.

„Was hattest du denn angestellt, dass du dich so lange verstecken musstest?“, fragte Kate.

„Ich habe einen Feuerzwerg ins Schloss geschmuggelt. Das sind kleine menschenähnliche Wesen, die Feuer spucken können. Ich wollte eigentlich nur meine Lehrerin erschrecken, aber irgendwie ist der kleine Kerl entwischt und hat einen der Konferenzsäle in Brand gesetzt, in dem Jill ausgerechnet an diesem Tag eine wichtige Besprechung mit einem Besitzer mehrerer Nachbardörfer hatte. Naja, er glaubte an einen Hinterhalt und hat Jill verklagt. Sie musste viel erklären bis man ihr glaubte, dass es kein Anschlag, sondern ein dummer Kinderstreich gewesen war. Sie war ziemlich wütend, selbst dann noch als ich wieder aufgetaucht bin.“, meinte sie gelassen.

„Hast du nie etwas angestellt?“, fragte sie Kate, aber diese schüttelte den Kopf.

„Ich war nicht mal annähernd so schlimm wie du.“, grinste sie. „Ich hatte auch keine Zeit dazu, ich musste viel zu schnell erwachsen werden.“ Sie schwieg. Egal wie oft sie ihre Vergangenheit verdrängte, sie kam immer wieder zurück. „Vielleicht erzähle ich dir ein anderes Mal davon.“, wich sie aus.

„Wie du willst.“, gähnte Mai und streckte sich.

„Nimm es mit nicht übel, aber ich bin müde. Ich glaube, ich geh mich eine Runde ausruhen.“, fügte sie hinzu. Kate nickte nur und sah zu wie Mai zu Eddy hinüber lief. Sie hatte zuerst angenommen, Mai würde wieder auf den Rücken eines Drachen klettern, doch stattdessen ließ sie sich huckepack von Eddy tragen. Er wirkte nicht sehr kräftig, aber Mai schien leicht wie eine Feder zu sein. Eddy war nicht anzusehen, ob es eine Last für ihn war.

Kates Blick wanderte weiter zu Sanny. Ihr langer Zopf hüpfte gleichmäßig auf und ab. Sie unterhielt sich flüsternd mit Eddy, wahrscheinlich um Mai nicht zu wecken. Weiter vorne versuchte Claire mit Alessio Schritt zu halten. Sie redete ununterbrochen und zwar laut genug, dass Kate so weit hinten noch alles verstanden hätte, wenn sie versucht hätte zuzuhören. Alessio schien nicht sonderlich begeistert. Wenn er sprach, dann forderte er sie jedes Mal auf leiser zu sein, aber Claire lachte nur.

Hinter sich konnte sie Lee hören, der mit Chris und Ted sprach. Sie sah sich um und erblickte Dana, die allein am Ende lief. Kate tat sie leid und deshalb beschloss sie, zu ihr zu gehen. Sie ließ sich von den Anderen überholen und wartete, bis sie mit ihr auf einer Höhe war.

Dana sah sie merkwürdig an.

„Was willst du?“, fragte sie direkt.

„Ich weiß nicht.“, sagte Kate wahrheitsgemäß. „Ich hab nur gedacht, es ist nicht nett dich zu ignorieren, wenn ich dich nicht mal kenne. Die Anderen scheinen nicht besonders begeistert, dass du mitkommst, aber ich weiß nicht, was sie gegen dich haben.“

„Verstehe, du bist eine von denen, die allen helfen muss und erwartet, dass jeder sie liebt.“, gab Dana zurück. Kate ignorierte den fiesen Unterton.

„Kann schon sein, vielleicht möchte ich mir auch nur mein eigenes Bild von allem machen.“, sagte sie.

„Schön.“, meinte Dana knapp und starrte weiter in den Wald hinein.

„Nun ich kann dir sagen, dass wir sicher keine Freunde werden. Mir ist nämlich auch egal was Andere sagen. Du hast es leicht, viel zu leicht. Du warst grade mal einen Moment hier, da gehörtest du schon dazu. Dich haben sie mit offenen Armen empfangen. Wenn ich irgendwo auftauche, werde ich mit allen Mitteln zurückgedrängt.“, presste sie wütend hervor und starrte zu Mai und Eddy.

Kate dachte einen Moment nach.

„Ich habe nicht darum gebeten und vielleicht bist du selbst auch daran schuld.“, sagte sie vorsichtig. Dana lachte gekünstelt.

„Natürlich, es ist allein meine Schuld.“

„Das habe ich nicht behauptet, aber überlege doch mal. Ich wollte nett zu dir sein und du hast direkt abgeblockt, noch bevor ich überhaupt eine Chance hatte, dich kennen zu lernen.“, erwiderte Kate gelassen. Dana antwortete nicht. „Von Sanny weiß ich, dass du sie nie ernst genommen und sie wie ein kleines Kind behandelt hast.“, fuhr sie fort.

„Ich wollte nur Eddy beweisen, dass ich auch für seine Schwester sorgen kann, weil er sich immer Sorgen um sie macht. Er hat mich auch nur benutzt.“, sagte Dana traurig. Kate legte einen Arm um ihre Schultern.

„Ich glaube nicht, dass er dich verletzen wollte.“, sagte sie. In den nächsten Minuten erzählte Dana ihr alles, was sie Monate lang in sich hineingefressen hatte. Kate hörte geduldig zu und hatte immer mehr das Gefühl, dass Dana ihr ganzes Leben lang Pech gehabt hatte. Sie war oft allein gewesen, genau wie Kate und so erzählte diese ihr davon, dass ihre Eltern gestorben waren und wie schwer sie es in der anderen Welt gehabt hatte. Die wirklich schlimmen Dinge ließ sie mit Absicht aus. Irgendwann verging Danas Traurigkeit und sie erzählte von früher, wie sie mit ihren Eltern auf Reisen gegangen war und wie sie dann vor ein paar Jahren nach Brion gezogen waren und beschlossen hatten, dort zu bleiben.

Als der Morgen anbrach, war auch das Lächeln auf Danas Gesicht zurück. Kate hatte das Gefühl sie könnte doch irgendwann Freundschaft mit Dana schließen, wenn auch noch nicht heute. Sie hatte vieles gehört. Das Meiste war traurig, doch es gab auch gute Seiten in Danas Leben. Ihre Familie schien ihr sehr wichtig zu sein, so wie die Freundschaft zu Claire, auch wenn diese zur Zeit mehr damit beschäftigt war, sich überall beliebt zu machen.

Sie legten eine kurze Pause ein, um sich zu stärken. Mai stimmte ein Lied an, aber keiner schien besonders erpicht darauf mitzusingen und sie gab erst Ruhe, als Alessio und Eddy ihr nachjagten und sie auskitzelten.

Kate dachte schon lange nicht mehr an die Gefahren, in den Wäldern oder an ihre Feinde, denen sie sich Tag für Tag näherten. Dieses Gefühl sollte noch einige Wochen anhalten, bevor sie grausam in die Realität zurückgerissen werden sollte.

Es war leicht die Dunkelheit zu verdrängen, obwohl sie überall lauerte. Die Warnungen von Jill hatte sie schon ganz vergessen und sie war immer wieder überrascht, wenn sie jemand der Anderen durch sein Verhalten daran erinnerte.

Der Abend kam schnell. Kate, die sich heute nicht besonders müde fühlte, half voller Eifer dabei die Zelte aufzubauen und Feuer zu machen. Sie meldete sich sogar freiwillig für die

Wache. Claire schloss sich ihr ohne zu zögern an, noch bevor die Anderen überhaupt wussten, worum es ging.

Dankbar verschwanden sie in den Zelten und Kate war allein mit Claire. Sie setzten sich auf einen umgestürzten Baum, nahe dem Feuer.

„Wieso hast du dich freiwillig für die Wache gemeldet? Bist du denn nicht müde?“, fragte Claire. Kate schüttelte den Kopf.

„Ich bin es gewohnt lange wach zu bleiben. Ich brauche nicht viel Schlaf und außerdem war ich schon länger nicht mehr dran.“, sagte sie knapp.

„Ich fand es nett von dir, dass du mit Dana gesprochen hast. Abgesehen von mir, hat sie kaum Freunde.“, wechselte Claire das Thema und Kate war überzeugt, dass sie es ernst meinte. Zum ersten Mal sagte sie etwas Freundliches zu ihr, das nicht gelogen war. Es war ihr wirklich wichtig, wie es Dana ging. Soweit Kate wusste, waren die Beiden schon lange befreundet. Bisher hatte Claire diese Seite vor Kate versteckt. Sie war eine gute Schauspielerin und selbst jetzt, wusste Kate nicht genau was sie glauben sollte. Sie wusste nur, dass Claire ihr nun ein wenig sympathischer vorkam als zuvor.

„Es tat mir leid, sie so allein zu sehen und jetzt verstehe ich sie besser.“, sprach Kate. Claire stimmte ihr zu.

„Dich habe ich am Anfang auch falsch eingeschätzt. Du bist doch nicht ganz so schrecklich, wie ich angenommen hatte.“, scherzte Claire. Kate lächelte leicht. Gerade war ihr eingefallen, das auch Claire früher auf der Erde gelebt hatte.

„Wie bist du hier her gekommen? In diese Welt meine ich.“, unterbrach sie Claire. Diese überlegte nicht lang.

„Keine Ahnung. Meine Eltern haben mir erzählt, ich sei mit ungefähr sechs Jahren aufgetaucht. Was mit meiner leiblichen Mutter war, wussten sie nicht. Ich selbst kann mich an nichts erinnern, aber ich habe mich auch nie dafür interessiert. Für mich gab es immer nur die Familie bei der ich aufgewachsen bin. Ich würde nie freiwillig zurück zur Erde gehen.“, erklärte sie und Kate verstand was sie meinte. Auch sie hatte niemanden auf der Erde, den sie vermisste oder gerne wiedersehen würde. Außer vielleicht ihre frühere beste Freundin. Manchmal dachte sie noch an Jenna. Doch selbst wenn sie gewollt hätte, wäre es unsinnig zur Erde zurückzukehren. Sie wusste nicht mal wo Jenna lebte oder ob sie sich noch wiedererkennen würden. Ihre letzte Begegnung lag fünf Jahre zurück.

„Ich glaube, wir haben mehr gemeinsam, als wir uns eingestehen.“, sagte Claire, doch bevor Kate fragen konnte, was sie damit meinte, ging das Zelt auf.

„Ich hab nichts dagegen, dass ihr euch so gut versteht, aber Kate ist immer noch meine beste Freundin, also versuch bloß nicht sie mir wegzunehmen.“ Mai kam auf sie zu und setzte sich neben sie.

„Ich bin so ausgeschlafen, ich musste aufstehen.“, fügte sie hinzu.

„Dann kann ich mich ja schlafen legen.“, freute Claire sich und stand auf. Sobald sie im Zelt verschwunden war, holte Mai sich ein Brot aus einer Tasche.

„Willst du auch was?“, fragte sie Kate und hielt es über das Feuer.

„Nein.“

„Ok, aber du solltest auch schlafen gehen.“, fuhr sie gelassen fort. „Sonst kippst du irgendwann um.“

„Ich lass dich doch nicht alleine hier sitzen.“, lehnte Kate ab.

„Wie du willst, dann musst du eben draußen schlafen.“, befahl Mai und warf ihr ein Kissen zu. Kate willigte ein. Sie setzte sich auf den Boden und lehnte sich gegen den Baumstamm. Es war sogar bequem und sie brauchte nicht lange, bis sie eingeschlafen war.

Als sie die Augen wieder öffnete, saß Mai noch immer neben ihr, eingewickelt in eine Decke und ein Buch in der Hand.

„Wie lange habe ich geschlafen.“, murmelte Kate noch nicht ganz wach. Mai sah zum Himmel. „Es wird bald hell werden.“, stellte sie fest. Kate stand auf, streckte sich und setzte sich dann neben Mai.

„Was ist das für ein Buch?“, wollte sie wissen und starrte die seltsamen Schriftzeichen an.

„Es sind Geschichten aus dieser Welt. Einige sind wahr, andere erfunden. Ich sollte es nicht mitnehmen, Jill hat´s verboten, aber ohne würde ich mich schnell langweilen.“, sagte Mai.

„Und diese Schrift?“

„Alle unsere Bücher sind so geschrieben, aber nur wenige hier können lesen. Wie ist das auf der Erde?“, fragte Mai.

„Wir haben viele verschiedene Sprachen und jede hat ihre eigenen Schriften. Fast jeder kann eine davon lesen und viele können mehrere sprechen und lesen.“, antwortete Kate.

„Das ist ja lustig. Wie viele kannst du sprechen?“, wollte Mai wissen und schlug das Buch zu. „Drei. Meine Muttersprache ist Deutsch und in der Schule habe ich dann Englisch und später Spanisch gelernt. Letztere allerdings nur für ein Jahr. Ich verstehe das Meiste, kann es aber kaum sprechen.“, erklärte Kate.

„Die Erde ist kompliziert. Ein Glück, dass ich nie hinüberkommen werde.“ Mai strich mit der Hand über das Cover des Buches. Es war nicht besonders eben und die Schrift war blass.

Mai erhob sich und versteckte es in einem kaum sichtbaren Fach in ihrer Tasche.

„Wieso hast du es überhaupt versucht?“, fragte Kate, die

sich nicht vorstellen konnte, aus welchem Grund jemand diese Welt verlassen wollen würde.

„Ich habe immer gewusst, dass ich in der Nähe des Torbogens gefunden wurde. Jill hat es mir erzählt, als ich noch sehr klein war. Vielleicht habe ich gehofft, dass nur meine Mutter tot war. Ich habe mir immer vorgestellt, Geschwister zu haben, die mit meinem Vater fliehen konnten. Ich bin nur froh, Jill nicht davon erzählt zu haben, wie ich versucht habe zur Erde zu gehen. Sie wäre sicher sehr verletzt. Immerhin sieht sie sich selbst, als meine Mutter an und es ist ziemlich undankbar eine Familie aufzugeben, um eine zu suchen, von der man nicht einmal weiß, ob sie existiert.“, erzählte Mai betrübt.

„Ich kann dich verstehen. Als ich erfahren habe, dass meine Eltern umgekommen sind, da habe ich eine Zeit lang jeden Tag neben dem Telefon gesessen. Wenn es geschellt hat, bin ich fast in Ohnmacht gefallen. Irgendwie habe ich geglaubt, die Polizei würde anrufen und mir sagen, dass alles nur ein Missverständnis sei und dass meine Eltern am leben seien.“, tröstete Kate sie.

„Ich habe keine Ahnung, was ein Telefon...“, das Wort klang fremd und ungewohnt aus ihrem Mund. „ist, aber ich verstehe was du mir sagen willst.“

„Ja, natürlich. Woher sollst du es auch wissen. Es ist ein Gerät... ach, eigentlich ist es nicht so wichtig.“, sagte Kate ein wenig unbeholfen.

„Ich habe nur dieses eine Mal versucht, auf die Erde zu gehen und bisher habe ich es niemandem erzählt. Es war mir unangenehm.“, kam Mai wieder auf ihr ursprüngliches Thema zurück.

„Wenn du es nie wieder versucht hast, was hast du dann an dem Tag dort gemacht, als ich in diese Welt kam?“, wollte Kate wissen.

„Naja, ich bin recht häufig dort hinauf gegangen. Der Wind weht Blüten und Samen von der Erde durch das Portal. Da oben wachsen Pflanzen, die es auf ganz Umbria nicht gibt. Ich habe sie meistens für Sanny gesammelt. Sie sagt immer, dass die Pflanzen in der aufgehenden Sonne die meiste Kraft besitzen. Ich bezweifle allerdings, dass sie damit recht hat. Wieso sollten sie ihre Kraft am Tag verlieren? Sie stehen doch nur herum." Den letzten Satz sagte sie, wie in Gedanken und Kate musste schmunzeln. Irgendwie passte es zu Mai, dass sie nicht viel von den Pflanzen verstand. Sie hatte nicht Sannys Gabe und sie hatte wohl auch nie Biologieunterricht gehabt. Dennoch versuchte sie sich alles zusammenzureimen, während andere die Dinge einfach hinnahmen.

„Ich bin froh, dass du dort warst. Ich war kurz davor zu testen, was passieren würde, wenn ich ein zweites Mal durch das Tor laufe und dann hätte ich sicher geglaubt, ich hätte mir diese Welt nur eingebildet.", überlegte Kate. „Obwohl, manchmal glaube ich das auch, während ich hier bin." Mai lachte leise.

„Du kommst auf komische Gedanken."

„Komm schon, kennst du dieses Gefühl nicht? Das alles könnte doch auch ein ziemlich verrückter Traum sein. Wer weiß schon was echt ist und was nicht.", meinte Kate.

„Ich weiß es!", behauptete Mai. „Und nein. Ich hatte noch nie so ein Gefühl. Aber es wäre bestimmt interessant genauer darüber nachzudenken. Wenn du wirklich zurückgehen wolltest, dann bin ich auch verdammt froh, dass ich so nett war und Sanny versprochen habe ein paar Pflanzen für sie zu besorgen. Jetzt wo ich darüber nachdenke, fällt mir ein, dass ich das ganz vergessen hatte. Sanny hat aber auch kein Wort davon gesagt." Sie verlor sich in ihren eigenen Gedanken und Kate begann erneut damit, über die Vergangenheit nachzudenken.

Sie zögerten nicht lang und brachen auf, sobald es heller geworden war und trotzdem schafften sie es nur knapp vor Einbruch der Dunkelheit das Dorf zu erreichen.

Es bestand aus sechs kleinen Häusern, die zu beiden Seiten des Weges standen.

Auf der rechten Seite waren alle Fenster zugezogen. Kate fragte sich ob diese Häuser nicht bewohnt waren, weil nirgendwo Licht zu brennen schien. Die anderen Hütten hingegen waren voller Leben. Sie hörten das Klirren von Geschirr, spielende Kinder und sogar Gesang. Alessio ging auf eine der offenen Türen zu und klopfte gegen den Rahmen. Eine Frau trat heraus. Sie trug ein dunkles Kleid und eine schmutzige Schürze. Sie war leicht rundlich und ihre Haare waren zu einem Zopf nach hinten gebunden. In dem einen Arm hielt sie ein Baby und mit dem Anderen strich sie ihre Kleidung glatt.

Alessio unterhielt sich lange mit ihr, während die Anderen im Hintergrund warteten. Als er zu ihnen zurückkam verschwand die Frau zurück ins Haus.

„Was ist los?“, fragte Eddy ihn.

„Wir können für eine Nacht hier bleiben, aber sie haben nicht viel Platz.“, antwortete er und sah besorgt drein.

„Ein paar Kinder haben vor zwei Wochen die Grippe bekommen und das halbe Dorf hat sich angesteckt. Aus diesem Grund haben sie sich aufgeteilt.“ Er deutete zu der offenen Türe.

„Sie können uns nur anbieten, in den letzten freien Betten zu übernachten.“

„Eine Nacht wird schon irgendwie gehen, oder nicht?“, meinte Mai. Ein paar nickten zustimmend.

„Solange wir uns von den Kranken fern halten, besteht keine Gefahr.“, fügte Alessio hinzu.

Die beiden Drachen ketteten sie ein Stück entfernt von den

Häusern fest, bevor sie das Haus betraten. Der Raum war nicht sehr groß, aber dafür umso voller. Alle übrigen Bewohner saßen hier dicht beieinander an langen Tischen. Es roch nach Essen und dem Feuer, das im Kamin brannte.

Es stellte sich heraus, dass die Frau, mit der Alessio gesprochen hatte, mit ihrem Mann, zwei Kindern und dem Baby hier wohnte. Ihr Mann allerdings, hatte sich auch mit der Krankheit infiziert, so dass sie jetzt alleine für alle kochte.

„Unser Gästezimmer ist leider mehr als voll.“, entschuldigte sie sich, während sie ihre Gruppe über die schmale Treppe nach oben führte. „Ich werde im Zimmer meiner Kinder schlafen, dann können die Meisten von euch in dem großen Schlafzimmer übernachten. Wahrscheinlich wird es trotzdem nicht genug Platz für alle geben, so dass zwei oder drei auch noch im Kinderzimmer schlafen müssen.“

„Ich melde mich freiwillig.“, raunte Mai Kate zu. „Ich liebe Kinder. Später würde ich gerne selbst eine ganze Bande haben. Je mehr, desto lustiger wird‘s.“, strahlte sie.

So kam es, dass am Ende Mai und Eddy auf einer Decke neben dem Babybett Platz fanden. Alle Anderen teilten sich das große Schlafzimmer.

Bevor sie sich jedoch schlafen legten, bot Sanny an, einmal nach den Erkrankten zu sehen. Die Frau lehnte dankend ab.

„Wir haben bereits zwei Heilerinnen hier.“, sagte sie. „Ihr seid meine Gäste und ich möchte vermeiden, dass sich noch mehr Leute anstecken. Mit dieser schrecklichen Grippe ist nicht zu spaßen und wir können von Glück reden, dass bisher noch niemand daran gestorben ist.“

„Dann nehmt wenigstens die hier, zum Dank für eure Gastfreundschaft.“, erwiderte Sanny und holte ein paar Pflanzen aus ihrer Tasche. Mit einem Lächeln nahm die Frau sie entgegen und verließ den Raum.

In dem Schlafzimmer gab es ein breites Bett und eine Couch, auf der zwei Leute schlafen konnten. Claire und Dana waren sofort einverstanden sie in Anspruch zu nehmen.

Zu sechst quetschten sie sich in das Bett und Kate musste zugeben, dass es trotz des Platzmangels bequemer war, als die Zelte. Sie lag zwischen Sanny und Alessio, die zum Glück beide nicht sehr viel Platz brauchten. Lee hingegen schien da anders zu sein. Bevor Kate in ihren Träumen versank, hörte sie noch Sannys Beschwerden darüber, dass sie ständig einen von seinen Ellenbogen im Gesicht oder Rücken hatte.

Ein Schlag auf die Nase weckte Kate unsanft. Als sie die Augen öffnete sah sie, dass es Lees Arm war. Sie schubste ihn grob bei Seite und setzte sich. Draußen war es schon hell, aber alle schliefen noch. Sie sah sich nach Sanny um und erblickte sie eingekringelt auf dem Sessel neben der Tür. Gestern hatte Kate ihn gar nicht bemerkt. Langsam kletterte sie zum Fußende des Bettes, um niemanden zu wecken. Sie trat auf den Holzboden, der leise knarrte, zog sich an und ging auf den Flur. Im Haus war es still und nur aus der Küche waren vereinzelt Geräusche zu hören. Kate lief die Treppen hinab.

Die Hausbesitzerin kam ihr aus der Küche entgegen.

„Guten Morgen. Ich hoffe, ich habe dich nicht geweckt.“, sagte sie freundlich.

„Guten Morgen. Nein wirklich nicht. Brauchen sie Hilfe?“, fragte Kate.

„Nenn mich Resa.“, bot die Frau ihr an.

„Ich bin Kate.“ Resa lächelte.

„Ich könnte schon ein wenig Hilfe gebrauchen.“, gab sie zu und Kate folgte ihr in die Küche.

Heute trug Resa eine saubere Schürze und sie wirkte nicht

ganz so gestresst wie am Abend zuvor. Sie ging zu einem großen Topf über dem Feuer. Ein kleines Kind hätte sich mit Leichtigkeit darin verstecken können.

„Das ist die Suppe für unsere Kranken.“, erklärte Resa und rührte sie um. „Vielleicht könntest du nach dem Feuer sehen, es dauert immer eine Ewigkeit, bis es heiß genug ist.“, schlug sie vor.

„Ich könnte den Kessel erhitzen.“, bot Kate an.

„Ach wirklich?“

Kate trat an den Kessel und legte die Hände auf das kühle Metall. Sie sammelte all ihre Kräfte und konzentrierte sich nur auf ihre Hände. Die Wärme stieg in ihren Fingern auf und ihr fiel ein, was Jill ihr gesagt hatte. Sie konnte versuchen die Energie des Feuers zu benutzen. Sie spürte wie die Aufsteigende heiße Luft über ihre Hände strich und stellte sich vor, dass diese in sie überging.

Ihre Finger kribbelten und ihr selbst wurde warm, aber es funktionierte. Das Essen in dem Topf erhitzte sich. Resa probierte einen Schluck mit einem Löffel.

„Das ist ja fantastisch.“, flüsterte sie. „Du bist also eine Eismagierin und ich hatte tatsächlich geglaubt es gäbe keine mehr. Der Letzte, den ich gekannt habe, ist vor vielen Jahren im Krieg gestorben.“, erzählte sie. Kate nickte.

„Ich habe auch erst vor kurzem erfahren, dass ich diese Fähigkeit besitze und ich muss noch eine Menge üben.“, gab sie zu.

„Es ist nicht leicht etwas so Schwieriges zu erlernen, aber es lohnt sich.“ Resa füllte ein paar Becher Suppe ab. „Könntest du mir noch einen Gefallen tun und mir helfen die Schalen hinüber zu tragen?“, fragte sie.

„Natürlich.“

„Du brauchst dir keine Sorgen machen, dass du dich

anstecken könntest. Eismagier erkranken nicht an der Grippe. Trotzdem solltest du auch einen Mundschutz tragen.“, sagte Resa.

Der Mundschutz erinnerte Kate an OP-Masken, mit dem Unterschied, dass man durch diese Masken nur wenig Luft bekam, und sie auch ein durchsichtiges Netz vor den Augen hatten.

Mit riesigen Tabletts bewaffnet, liefen sie zu den Häusern hinüber. Sie gingen nicht hinein, sondern gaben die Schüsseln an den Türen ab.

Wieder in der Küche nahmen sie die Masken ab und wuschen sich Gesicht und Arme.

„Vielen Dank.“, sagte Resa. „Ohne dich hätte ich noch eine Stunde länger in der Küche gestanden und ich hätte mehrmals hin und her laufen müssen. Kann ich dich nicht einfach heimlich hier behalten?“, lachte sie und holte weitere Teller aus einem Schrank.

„Ich glaube, das würden wir merken und außerdem geben wir Kate nicht so leicht her.“ Sie drehten sich um.

„Hey.“ Alessio stand in der Tür.

„Hi.“, antwortete Kate während sie sich die Hände abtrocknete.

„Schade.“, sagte Resa bedauernd. „Ich könnte zurzeit wirklich ein zweites paar Hände gebrauchen.“

„Oh ich lasse ihnen gerne Claire hier. Sie redet eh zu viel.“, scherzte er. Kate schlug ihm gegen die Schulter.

„Hör auf mit dem Blödsinn.“, meinte sie grinsend und drängte sich an ihm vorbei in das Esszimmer. Sanny saß an einem der Tische. Kate ging zu ihr hinüber.

„Morgen.“, gähnte Sanny und lies ihr Gesicht in die, auf dem Tisch liegenden, Arme sinken.

„Die Anderen wollten auch jeden Moment runterkommen,

aber sie brauchen ein bisschen länger, um sich fertig zu machen." Ihre Stimme klang gedämpft, durch die Arme hindurch. Kate setzte sich, ihr gegenüber, auf die Bank.

Alessio folgte ihr. Er nahm vor Kopf Platz.

„Gibt es hier Frühstück?", fragte Sanny. Alessio nickte, obwohl Sanny es unmöglich sehen konnte, da sie noch immer mit dem Gesicht auf dem Tisch lag.

„Du warst also drüben bei den Kranken.", stellte Alessio fest und sah Kate vorwurfsvoll an.

„Und du spionierst mir nach.", gab Kate gelassen zurück. Sanny hob den Kopf und grinste sie an.

„Kann schon sein, aber darum geht es hier nicht.", sagte Alessio.

„Worum geht es dann?", wollte Kate wissen und zupfte an der Tischdecke herum. Sie fragte sich, warum er das immer wieder tat. Sie hatte nichts schlimmes getan und er benahm sich, als hätte sie ein Verbrechen begannen.

„Ich rede davon, dass du dich achtlos in Gefahr begibst."

„Ach ja, weil diese Reise ja so ungefährlich ist.", konterte Kate.

„Das ist etwas völlig Anderes.", warf Alessio ein.

„Nein ist es nicht.", redete Sanny dazwischen. Alessio sah sie böse an.

„Fall du mir nicht auch noch in den Rücken.", sagte er.

„Schon gut, ich halte mich da raus.", meinte sie und lehnte sich zurück.

„Noch was?", fragte Kate. Alessio antwortete nicht sofort. Offenbar hatte er vergessen, was er noch sagen wollte.

„Du bleibst auf keinen Fall hier. Das ist gegen die Regeln.", sagte er stattdessen.

„Wie du willst.", meinte Kate und tauschte einen belustigten Blick mit Sanny aus.

Die Tür öffnete sich und Mai trat ein. Sie hatte Schnee in den Haaren und das Baby von Resa auf dem Arm.

„Wie schön, ihr seid wach.“, rief sie und kam zum Tisch, wobei sie mit einer Hand durch ihre Locken fuhr.

„Sag mal, schläfst du nie?“, fragte Sanny. Mai zuckte mit den Schultern.

„Doch, nur nicht Nachts.“, meinte Alessio.

„Das stimmt!“, gab sie zu und setzte sich. Resa kam aus der Küche und brachte ihnen etwas zu trinken.

„War sie lieb?“, fragte sie und nahm Mai das Baby ab.

„Ja, ich würde sie gerne behalten.“, schwärmte sie.

„Wir tauschen einfach. Kate bleibt hier und du kannst dafür die Kleine mitnehmen.“, scherzte Sanny und erntete einen bösen Blick von Alessio.

Mai sah sie nur verständnislos an.

Gewonnen und Verloren

Nach und nach wurde es voller in der Gaststube. Außer ihrer Gruppe kamen weitere Dorfbewohner her, um zu Frühstücken. Bevor sie aufbrachen, brachte Resa ihnen zwei volle Körbe mit Obst, Brot, Käse und was sie noch gefunden hatte. Sie lehnte das Geld ab, dass Alessio ihr anbot und erst als Mai sagte, sie solle es für die Kinder nehmen, willigte sie dankend ein.

„Was hast du draußen gemacht?“, fragte Kate an Mai gewandt, während sie das Haus verließen.

„Ich war mit der Kleinen bei den Drachen.“

„Hat sie keinen Namen?“, wollte Kate wissen, der es schon vorher aufgefallen war.

„Noch nicht. Resa ist zur Zeit so beschäftigt, dass sie es noch nicht geschafft hat, ihr einen Namen zu geben.“, erklärte Mai.

„Sie hatte keine Zeit sich einen Namen für ihr Kind auszudenken?“ Ungläubig starrte Kate sie an.

„Vergessen.“, stöhnte Mai. „Nein, bei uns ist das anders, wie bei euch. Die Eltern bestimmen nicht darüber. Sie führen eine Zeremonie mit ihrem Kind durch. Dabei erhält es einen, durch das Schicksal bestimmten, Namen. Ich kann dir versichern, dass keine zwei Menschen hier den selben Namen haben.“, schloss sie.

„Aber wollen die Eltern denn nicht selbst entscheiden, wie sie ihr Kind nennen?“, warf Kate ein.

„Ich habe noch nie jemanden getroffen, der damit unzufrieden war.“, meinte Mai. Kate schob den Gedanken bei Seite. Es gab einfach Regeln, die nur einen Sinn ergaben, wenn man mit ihnen aufgewachsen war. Sie verließen die Hauptstraße und liefen wieder über einen der schmalen Wege, die so aussahen, als seien sie seit viel zu langer Zeit nicht mehr genutzt worden.

„Claire hat heute noch keinen Versuch gestartet, mich als Freundin zu gewinnen. Meinst du, sie hat es endlich aufgegeben?“, rätselte Kate und beobachtete Claire und Lee, die über irgendetwas lachten.

„Nein, sicher nicht. Du solltest aber jede Minute genießen, in der du von ihr verschont bleibst.“, antwortete Mai. „Ich werde sie jedenfalls weiterhin im Auge behalten.“

„Mach das, ihr Verhalten passt nämlich so gar nicht zu ihr.“, stellte Kate mit einem weiteren Blick Richtung Claire fest.

„Verrate mir doch mal, wie du das angestellt hast.“, forderte Alessio, der plötzlich neben Mai aufgetaucht war und einen Arm über ihre Schultern legte. Sie sah ihn unschuldig an und schob ihn bei Seite.

„Ich hab keine Ahnung, wovon du redest.“, sagte sie überzeugend.

„Hmm...“, er überlegte kurz. „Kate? Was hat sie vor?“, fragte er jetzt an sie gewandt.

„Ich weiß es auch nicht.“, gab sie zu. Er sah sie einen Augenblick an und entschied dann offenbar, dass sie die Wahrheit sagte.

„Du kennst mich doch.“, warf Mai ein.

„Ja und gerade das gibt mir zu denken.“, meinte Alessio.

„Also wirklich.“, sagte Mai beleidigt. „Ich würde nie etwas machen, was einen Nachteil für dich darstellen könnte.“

„Das habe ich auch nicht behauptet.“, redete Alessio sich raus. „Ich wollte meiner kleinen Schwester nur helfen.“ Er grinste sie an. Mai stieß ihm zur Antwort in die Rippen. Obwohl Mai Kraft hatte, lachte Alessio nur.

Claire sah zu ihnen rüber, doch als sie Kates Blick begegnete, sah sie schnell wieder weg.

„Ich frage mich, was mit Ed los ist. Er sieht müde aus.“, sagte Alessio gerade.

„Er hat, glaube ich, letzte Nacht nicht viel geschlafen. Er mag keine Kinder und fühlte sich unwohl in dem Zimmer.“, erwiderte Mai.

Kate war Eddy immer so vorgekommen, als hätte er selbst gerne eine Familie, besonders dann, wenn Sanny in der Nähe war.

„Das kann ich gar nicht verstehen.“, sagte sie daher überrascht. Mai zuckte nur mit den Schultern.

„Zieh nicht so ein Gesicht.“, sagte Alessio. „Bis jetzt hast du immer deinen Willen bekommen.“ Mai lächelte schwach.

„Wenn man es so betrachtet...“, sie brach mitten im Satz ab und blieb stehen.

„Was ist, hörst du etwas?“, fragte Alessio sofort. Mai lauschte einen Moment und setzte dann ihren Weg fort.

„Nichts Interessantes. Drei oder vier Reisende, aber sie gehen in eine andere Richtung. Von ihnen ginge nicht mal dann Gefahr aus, wenn sie unseren Weg kreuzen würden.“, behauptete sie, doch Kate sah, dass Mai weiter auf die Geräusche, die nur sie hörte, achtete. Kate merkte es an ihrem Gesichtsausdruck. Sie schloss die Augen viel zu selten und zwischendurch hielt sie kaum merklich den Atem an.

Mai achtete nicht lange auf die weit entfernten Fremden und Kate vergaß den Vorfall schnell wieder.

Stattdessen dachte sie an ihre Eltern und überlegte, ob ihnen dieser Ort gefallen hatte. Es gab keine wirklichen Beweise, dass sie hier gelebt hatten, doch Kate war es egal. Sie stellte sich immer wieder vor, wie es gewesen wäre, wenn sie auf Umbria gelebt hätten und nicht durch das Portal gegangen wären.

Vielleicht würden sie noch leben. Andererseits hätten sie auch im Krieg sterben könnten und wären sie nicht geflohen, dann würde ich vielleicht auch nicht hier sein, dachte Kate. Sie würde es nie erfahren und eigentlich wollte sie es auch gar nicht wissen.

Es fing an zu schneien. Das passierte mittlerweile täglich und es schneite jedes Mal ein wenig länger. Mai hatte gemeint der Winter sei angebrochen. Kate konnte sich nicht vorstellen, wie dieser Ort im Sommer war. Immer nur Schnee, egal wo man hinsah. Eigentlich mochte sie Schnee, aber sie liebte auch den Geruch von Frühling und Sommer, nach frischem Gras und Blumen. Sie würde das alles vermissen, wenn der Sommer auf diesem Planeten anbrach.

Sie sah hoch. Ohne es zu wollen oder gar zu merken, hatte sie sich von den Anderen entfernt. Sie liefen ein ganzes Stück weiter vorne und nur die beiden Drachen waren noch hinter ihr, doch es störte sie nicht. So hatte sie wenigstens Zeit weiter nachzudenken.

Im Vorbeigehen nahm sie eine Hand voll Schnee von den Zweigen einer Tanne. Sie legte ihn von einer Hand in die Andere. Ohne weiteres zerschmolz er zu Wasser. Kate fragte sich schon seit längerem, wie sie es beim ersten Mal geschafft hatte, ein Schutzschild aus dem Eis zu formen. Wie konnte es möglich sein, wenn sie Hitze erzeugte? So kalt, dass Wasser auf der Stelle gefror, war es auch hier nicht. Sie nahm eine weitere Menge Schnee und sobald er zu Wasser geworden war, kippte sie es nach vorne weg. Mit einem einfachen platschen fiel es zu Boden. Es dauerte viel zu lange, bis es wieder gefror.

Also wie hatte sie es geschafft, aus einer stabilen Waffe innerhalb von Sekunden ein Schild zu formen, wenn es nicht an der Temperatur dieser Welt lag?

Es musste etwas anderes gewesen sein. Vielleicht hatte es mit ihr selbst zu tun.

Wer sagte eigentlich, dass Eismagier nur Wärme erzeugen

konnten. Was war mit Kälte?

Auf jeden Fall würde es Sinn machen und soweit sie wusste, gab es kaum Jemanden, der jemals einem Eismagier begegnet war. Jill hatte selbst zugegeben, dass sie sich kaum auskannte. Was sie wusste, hatte sie in dem Buch gelesen. Es gab nur ein paar Seiten über das Thema und Kate war außerdem aufgefallen, dass einige der Seiten fehlten. Sie waren herausgerissen und das nicht mal besonders ordentlich.

Doch wie sollte sie herausfinden, was ihre Fähigkeit noch bewirken konnte? Kate stellte sich die Wärme immer wie einen Energiestrom vor, der durch ihren Körper floss und den sie mit ihren Gedanken leiten konnte. Wenn er Wärme erzeugen konnte, sollte er auch im Stande sein, sie einzufangen.

Sie erinnerte sich daran, dass Alessio ihr gezeigt hatte, wie sie den Schutz vor der Kälte ablegen konnte. Vielleicht schaffte sie es, dieses Gefühl so zu erweitern, dass es in Kälte umschwang. Sie nahm sich vor es auszuprobieren, sobald sie das nächste Mal alleine war. Sie wollte nicht, dass es jemand Anderes mitbekam. Sie würde sich besser konzentrieren können und wenn es nicht klappte, würde es keiner erfahren.

Sie wollte nicht, alle ständig daran erinnern, dass sie fast nichts über die Eiswelt und das Leben hier wusste. Nein, sie wollte sich nicht wie eine Fremde fühlen.

Mai hätte wahrscheinlich abgestritten, dass irgendwer Kate als die Neue oder Fremde betrachtete und auch Kates Herz war davon überzeugt. Nur ihr Verstand hielt sie ab. Er stoppte sie, damit sie nicht zu viel von sich preisgab. Leider setzte er sich zurzeit zu selten durch. Das wusste Kate und sie hatte Angst. Angst vor dem was passierte, wenn sie enttäuscht wurde.

Doch war es wirklich besser sich zurückzuziehen, einzumauern und einsam zu leben?

Kate schüttelte den Kopf. Sie hatte viele Wege

kennengelernt Schmerzen zu haben, sie zu ertragen und damit zu leben. Sie ging sogar so weit, sie als Teil ihres bisherigen Lebens zu betrachten. Was machte es da für einen Sinn, sich von anderen Menschen zu entfernen.

Sie würde niemals, ohne Sorgen, leben können und vielleicht gab es sogar Menschen, die ihre Ängste klein werden ließen, denen sie vertrauen konnte.

Sie lächelte leicht. Mai und Sanny waren solche Menschen. Sie kannte Beide seit kurzer Zeit, doch es kam ihr viel länger vor. Das erinnerte sie an Jenna, ihre frühere, beste Freundin, bevor sie sich nie wieder gesehen hatten. Bei ihr war es genau so gewesen. Seit dem ersten Tag, an dem sie sich kennengelernt hatten, hatten sie das Gefühl gehabt, sich jahrelang zu kennen. Keines der anderen Mädchen, hatte sich je, auch nur Ansatzweise, so gut mit Kate verstanden. Natürlich waren sie alle nett gewesen, aber Kate hätte keine von ihnen als Freundin bezeichnet. Bei den Jungen war es ähnlich gewesen. Zudem waren die Meisten von ihnen sowieso viel jünger gewesen.

Hier verstand sie sich ganz gut mit Eddy. Auch Chris und Ted schienen netter zu sein, als sie Anfangs angenommen hatte. Nur Lee ging ihr mächtig auf die Nerven mit seiner Art. Er war von sich überzeugt und interessierte sich nur für sich selbst.

Im Gegensatz zu Alessio. Kate mochte ihn und sie hatte ihn gerne in ihrer Nähe. Trotzdem wusste sie nie genau, was sie denken sollte, wenn er da war. Er war nett zu ihr und trotzdem fühlte sie sich merkwürdig, wenn er sie ansah. Hinzu kam, dass sie nicht genau wusste, woher das Kribbeln kam, wenn er sie berührte. Wenn er ihre Hand nahm, konnte es genau so gut an ihrer Fähigkeit liegen. Schließlich kribbelten ihre Finger öfter. Meistens dann, wenn sie versuchte ihre Energie darin zu bündeln. Was auch immer das heißen mag, dachte sie. Ein Kribbeln sagte nicht viel aus, vielmehr die Tatsache, dass sie an ihn dachte, oder ihm vertraute. Woher auch immer dieses Vertrauen kam, überlegte sie weiter.

Nach einiger Zeit gab Kate es auf, sich ihr Verhalten oder das der Anderen zu erklären.

Zu ihrer Überraschung schlugen sie ihr Lager noch auf, bevor die Dämmerung hereinbrach und als Kate Mai nach dem Grund fragte, sah diese sehr besorgt aus.

„Es ist wegen Eddy.“, flüstere sie leise. „Er sieht müde aus und ich habe vorgeschlagen, er solle richtig ausschlafen. Allerdings werde ich das Gefühl nicht los, dass da noch etwas Anderes ist. Ich habe ein ganz gutes Gespür dafür, wenn etwas nicht stimmt.“

Kate legte ihr tröstend einen Arm um die Schultern.

„Du bist schön warm.“, lächelte Mai.

„Ich fühle mich zwischendurch wie eine Heizung.“, gab Kate zu, was dazu führte, dass sie Mai erklären musste, was eine Heizung war.

„Das finde ich toll.“, meinte sie. „Kannst du dann bitte noch ein wenig wärmer sein? Meine Finger frieren. Oder noch besser, kannst du mir noch mal etwas Wärme übertragen? Du weißt schon, so wie letztens.“, sagte sie aufgeregt. Angesichts der Tatsache, dass Kates Fähigkeit Mai von ihren Sorgen abzulenken schien, spielte Kate gerne mit.

Als sie ihre Handflächen auf die von Mai legte, begann ihre Haut an den Stellen zu kribbeln, wo die Wärme ihren Körper verließ. War es wirklich ein Kribbeln? Wenn sie genauer darauf achtete, fühlte es sich eher wie ein schwaches Streichen an, ganz so, als würde ein leichter Wind über ihre Hände wehen. Mai zog ihre Hände zurück.

„Wow, ich glaube das reicht. Ich habe ja nicht vor im T-

Shirt herumzulaufen.“, meinte sie. „Nicht, dass mir deines nicht gefällt, aber ich glaube, es ist nicht besonders förderlich, wenn du jede Stunde nachsehen musst, ob ich schon erfroren bin.“

„Das wäre kein großes Problem. Schwerer wäre es, erneut Wärme auf dich zu übertragen.“, sagte Kate und setzte sich. Sie konnte sich nicht erklären, warum es so viel anstrengender war die Wärme abzugeben, als sie zum schmelzen von Wasser zu gebrauchen.

Mai musterte sie.

„Stimmt. Jetzt wo du es sagst, fällt es mir auch auf. Du bist ein wenig blasser als zuvor, besonders um die Nase herum. Wirklich, ich meine es ernst.“, versicherte sie der ungläubig dreinblickenden Kate.

„Woran denkst du liegt das?“, wollte diese wissen. Mai zuckte mit den Schultern.

„Vielleicht muss dein Körper sich erst wieder aufladen. Schließlich sinkt deine Temperatur rasch, während du die Wärme überträgst.“, überlegte sie. Kate hatte kaum gemerkt, dass ihre Temperatur gefallen war. „Oder aber es liegt daran, dass du nur deine eigene Energie nutzt und nicht die der Sonnen.“, rätselte Mai fröhlich weiter.

„Aber hat Jill nicht gesagt, es wäre besser, wenn ich meine eigene Kraft nutzen würde?“, fiel Kate plötzlich ein.

„Ja schon, aber sie hat sicherlich auch gesagt, dass du dir Zeit lassen sollst. Niemand hat von Anfang an so viel Energie.“, warf Mai ein. „Ich kann mich noch gut daran erinnern, wie es bei mir war. Ich konnte mich kaum länger, als fünf Minuten verwandeln. Für mehr hat meine Kraft damals nicht ausgereicht. Wenn ich es trotzdem weiter versucht habe, bekam ich Kopfschmerzen. Einmal war mir so schwindelig, dass sie mich ins Haus tragen mussten.“, lachte sie.

„Und wie lange schaffst du es heute?“, unterbrach Kate sie.

Mai überlegte.

„Ich habe es nicht ausprobiert. Bisher waren Zwei Tage am Stück mein längster Versuch. Irgendwann hält man es nicht mehr aus. Das größte Problem ist nämlich, dass mich keiner versteht, wenn ich meine Gestalt ändere."

„Stimmt. Du redest viel zu gerne.", meinte Sanny und setzte sich neben Kate.

„Und du mischt dich immer ein.", gab Mai zurück.

„Ach ja? Wer will denn immer alles wissen?", konterte Sanny, wofür Mai sie in den Schnee schubste.

„Sie ist gemein zu mir. Los Kate, tu irgendwas.", nörgelte Mai und rückte auf den Platz, auf dem zuvor Sanny gesessen hatte. Diese stand auf und klopfte sich den Schnee von der Jacke.

„Immer auf die Kleinen. Glaub mir, wenn du nicht so stark wärst, würde ich mich jetzt an dir Rächen, aber so warte ich lieber auf eine passende Gelegenheit.", grinste sie.

„Na schön, ab heute koche ich mir mein Essen selber.", schlug Mai vor. „Ich will ja nicht riskieren, dass sie mich vergiftet.", flüsterte sie an Kate gewandt.

„Ich wäre auch Vorsichtig, an deiner Stelle.", stimmte diese zu.

„Oh nein, der Feind naht. Ich verschwinde.", sagte Mai irgendwann. Als Kate sich umdrehte, sah sie Claire auf sich zukommen.

„Hey Kate.", rief sie überfreundlich. „Viel Spaß mit dem Bösen.", flüsterte Sanny und beeilte sich, Mai hinterher zu eilen.

„Was ist denn mit denen los?", wollte Claire wissen und setzte sich dort hin, wo eben noch Mai gesessen hatte. Kate zuckte die Schultern.

„Ich habe keine Ahnung.", log sie.

„Na egal. Ich wollte sowieso nur mit dir reden.“, meinte Claire zu Kates Bedauern.

„Worüber denn?“, fragte sie mit dumpfer Vorahnung. Claire kicherte aufgesetzt. Glaubte sie etwa, dass Kate es ihr abkaufen würde? Claire musste sie für ziemlich naiv halten.

„Keine Sorge, ich tu dir nichts.“, sagte sie. Kate jedoch war sich da nicht sicher. Wahrscheinlich wollte Claire ihr wieder irgendetwas einreden und sie wünschte sich den Tag herbei, an dem Claire es aufgeben würde.

„Was hältst du von Lee?“, fragte sie. Kate war ein wenig verwirrt. Diese Frage hatte sie nicht erwartet.

„Er passt zu dir, würde ich sagen.“ Sie konnte sich nicht zusammenreimen was Claire damit bewirken wollte. Sah sie es als erneuten Versuch an, Kate zu ihrer Freundin zu machen. Falls ja, dann ging sie äußerst merkwürdig vor.

„Nein, das habe ich nicht gemeint. Ich habe absolut kein Interesse an ihm.“, sagte Claire wie selbstverständlich. „Ich wollte wissen wie DU ihn findest.“

Nervig, aufdringlich, bescheuert und brutal, zählte Kate in Gedanken auf. Als sie nicht sofort antwortete, fuhr Claire fort.

„Ich glaube, er mag dich.“ Genau so, wie jedes Mädchen, dachte Kate. In ihren Augen war er jemand, der nur nach dem Äußeren beurteilte. Sein einziges Ziel schien es möglichst viele Mädchen ins Bett zu bekommen. Wenn er nicht im Mittelpunkt stand, war er unzufrieden.

„Wirklich?“, fragte Kate wenig begeistert. Claire nickte eifrig.

„Achte mal darauf. Ich habe es auch erst nicht bemerkt.“, redete sie weiter. Kate hörte nicht mehr zu. Claire ging ihr fast genau so auf die Nerven, wie Lee selber und dass sie jetzt auch noch von ihm sprach, machte die ganze Sache nicht gerade besser. Sie wünschte sich sogar die Zeit zurück, in der Claire sie beleidigt hatte. Da war sie wenigstens ehrlich gewesen.

„Ich denke, du solltest es mal versuchen. Er hat mir erzählt, dass er dich mag, als wir letztens alleine geredet haben.“, sagte sie jetzt.

„Ach ja, wieso habt ihr das noch gleich getan?“, hakte Kate nach, die sich daran erinnerte, dass Lee und Claire sich lange unterhalten hatten, obwohl sie sich normalerweise durchgehend angifteten.

„Naja, Mai hat mir erzählt, dass Alessio schon immer auf das eifersüchtig war, was Lee hatte. Deshalb, habe ich Zeit mit Lee verbracht.“, erklärte sie und Kate hatte Mühe sie nicht auszulachen. Es war das Schwachsinnigste, dass sie je von Claire gehört hatte. Das also war Mais Plan gewesen. Claire schien nur zu glauben, was sie glauben wollte.

„Ok, aber eines verstehe ich noch nicht. Wenn ich mich auf Lee einlasse, wäre Alessio dann nicht wieder eifersüchtig.“, wies Kate sie amüsiert auf den Fehler in ihrer Geschichte hin. Es war, als könnte sie sehen wie Claires gesamter Plan in ihrem Inneren zerfiel. Sie starrte durch Kate hindurch und schien angestrengt zu überlegen.

Zu Kates Glück, rettete Mai sie vor weiteren Ideen, indem sie Claire mit voller Wucht, einen Schneeball gegen den Rücken warf.

„Tut mir leid, der war an Kate gerichtet.“, lachte sie jetzt.

Sobald Claire den Schock überwunden hatte, bückte sie sich, um zurückzuschlagen. Zu ihrem Pech, traf sie jedoch nicht Mai, sondern Alessio, der gerade in dem Moment, wo sie warf, ahnungslos dazwischen lief. Mai setzte sich vor Lachen auf den Boden, während Claire beschämt drein sah und Sanny kopfschüttelnd das Weite suchte.

Alessio konnte das nicht einfach auf sich sitzen lassen und schlug sofort zurück. Mai unterstützte ihn tatkräftig, obwohl sie immer noch auf dem Boden saß. Sofort eilte Dana herbei, um ihrer Freundin zur Seite zu stehen.

„Ed, wir könnten deine Hilfe gebrauchen.“, rief Mai lachend und wich im Sitzen geschickt den Schneebällen aus.

Trotz der Müdigkeit, die man ihm deutlich ansah, kam Eddy aus dem Zelt, um sich in die Schlacht zu stürzen und als Lee sich ebenfalls begeistert anschloss, blieb Kate nichts anderes übrig, als Claire und Dana zu unterstützen. Außerdem wollte sie sich nicht den Spaß entgehen lassen. Es dauerte nicht lange, bis sich Eddy wieder, zu Sanny in das sichere Zelt begab. Er sah erschöpft aus und Kate konnte nachvollziehen, wie er sich fühlte. Ted und Chris hatten sich von Anfang an herausgehalten. Sie hockten am Feuer und sahen wenig interessiert zu.

Kate lies sich irgendwann, lustlos in den Schnee fallen, so dass sie kaum noch etwas von der Schneeballschlacht sehen konnte. Mai, die immer noch lachte, krabbelte auf allen Vieren, um die Anderen herum und setzte sich erschöpft neben sie.

„Ich kann nicht mehr. Vor lauter Lachen habe ich Bauchschmerzen.“, klagte sie und lachte erneut. Kate grinste sie an und strich sich die vom Schnee nassen Haarsträhnen aus dem Gesicht.

„Mist, meine Jacke ist völlig durchnässt.“, fluchte Mai und zog sie aus.

„Warte.“ Kate setzte sich und nahm ihr die Jacke ab. Sie legte sie sich auf den Schoß und Strich mit der Hand darüber, wie mit einer Bürste. Nach einer Weile tropfte das Wasser unten heraus. Kate strich weiter über den Stoff, bis er vollkommen trocken war.

„Wie praktisch.“, freute Mai sich und schlüpfte zurück in ihre Jacke. „Aber du solltest es für dich behalten, sonst kommen sie alle zu dir.“ Kate nickte zustimmend.

„Und jetzt.“, Mai stand auf. „Lass uns nach Eddy sehen.“, schlug sie vor, streckte Kate eine Hand hin und zog sie hoch. Das Zelt in dem die Jungen immer schliefen, war von innen viel kleiner, als Kate vermutet hatte. Zwar konnten sie auch hier aufrecht stehen, doch am Boden bot sich kein zusätzlicher Platz für etwas anderes, als die Decken, auf denen sie schliefen.

Eddy lag auf dem Bauch und blätterte in den Karten, als sie hereinkamen. Mai warf sich auf seinen Rücken und sah ihm über die Schulter.

„Ich dachte, du seist müde.“, warf sie ihm vor. Kate setzte sich, im Schneidersitz, neben die Beiden. Sanny lag eingerollt unter einem großen Kissen, zwischen Eddy und der Zeltwand eingepfercht, und schlief tief und fest.

„Ich bin schon müde, aber ich gehe nicht einfach schlafen, ohne dir gute Nacht zu sagen.“, sagte er. Mai legte lächelnd ihr Kinn auf seine Schulter. Von draußen klangen nur leise die Geräusche, von der weiter anhaltenden, Schneeballschlacht ins Zelt. Kate ließ sich auf eine der Decken fallen.

„Übrigens... danke, dass du mich vor Claire gerettet hast.“, sagte sie zu Mai. Diese grinste.

„Gerne. Irgendwer muss dieser kleinen Schlange schließlich zeigen, wo ihre Grenzen sind.“, meinte sie. Eddy zog die Augenbrauen hoch.

„Mai bitte. Wie redest du denn?“, sagte er gespielt schockiert, was Mai dazu veranlasste noch breiter zu grinsen. Sie alberten weiter herum.

Kate jedoch drehte sich auf die Seite. Sie schloss die Augen und atmete den Duft der Kissen ein. Er kam ihr vertraut vor, angenehm vertraut. Sie war nicht müde, aber trotzdem ließ die Augen geschlossen und versuchte an gar nichts zu denken, was ihr ausnahmsweise sogar gelang. Mit der Zeit wurde es ruhiger. Mai neben ihr atmete leise und gleichmäßig, so wie man nur atmete, wenn man schlief. Eddy schien immer noch in den Karten zu blättern. Sie konnte das leise Rascheln des Pergaments hören. Auch die Schneeballschlacht schien vorbei zu sein. Sie schlief noch nicht, aber sie fühlte sich auch nicht im Stande die Augen zu öffnen oder zu sprechen. Es war dieses angenehme Gefühl, kurz bevor man einschlief, tiefste Entspannung und Frieden für die Seele. Dieser Zustand war um einiges besser, als der Schlaf an sich, denn in Träumen musste man verarbeiten, was zuvor passiert war und das war oftmals anstrengend.

„Du willst uns doch nicht etwa alleine lassen.“, hörte sie Claire säuseln. Das war typisch für sie.

„Wieso denn Allein? Dana ist doch auch noch da und Lee.“, sagte Alessio. Seine Stimme war viel näher, als die von Claire. Er musste ganz in der Nähe des Zeltes stehen.

„Sag nicht, ausgerechnet du hast Angst.“ Er lachte. „Erstens weiß ich, dass du dich problemlos selber wehren kannst und zweitens wird Lee schon aufpassen.“ Kate konnte sich bildlich vorstellen, wie Claires übertriebenes Lächeln gefror und sie konnte ein kurzes schläfriges Grinsen nicht unterdrücken.

„Wir Zwei mit dem in einem Zelt. Na das kann was werden.“, spottete Claire jetzt. Kate hörte wie Alessio seufzte. Offenbar stand er direkt vor dem Zelteingang.

„Schon gut. Wie du willst. Ted, Chris.“, rief er die Beiden. „Bitte seid so nett und passt auf, dass Lee heute Nacht niemanden umbringt, während ihr Wache haltet.“ Die Zwei stimmten zu und Kate hörte wie der Reißverschluss am Zelt aufgezogen wurde.

„So war das nicht gemeint.“, startete Claire einen letzten verzweifelten Versuch. Doch auch das half nicht.

„Gute Nacht.“, rief Alessio nur und kletterte ins Zelt.

„Pssst.“, machte Eddy. „Einige schlafen schon.“

„Ja, ich sehe schon.“, erwiderte Alessio amüsiert. „Dabei solltest gerade du schlafen.“

„Hmm.“, gab Eddy zurück.

„Wo ist deine...“, fragte Alessio und unterbrach sich selbst. „Ach da.“ er lachte leise.

„Es muss toll sein, so klein zu sein.“, stimmte Eddy mit ein. Sie redeten also über Sanny. Kate wusste, dass Sanny sich öfter über ihre Größe beschwerte, obwohl sie in Wirklichkeit zufrieden damit war. Kate gab Eddy Recht, es konnte einige Vorteile haben und dennoch wollte sie nicht tauschen.

„Hey, was soll das?“, fragte Eddy plötzlich und Kate zuckte innerlich leicht zusammen.

„Was schon, ich geh schlafen.“, antwortete Alessio verwirrt. Eddy schnaubte.

„Das glaub ich jetzt nicht. Mich weckst du, weil mein Arm zu weit auf deinem Bett liegt und die Beiden, lässt du darauf schlafen?“, schimpfte er beleidigt.

„Es wäre unhöflich. Immerhin sind sie Mädchen und außerdem willst du Mai nicht erleben, wenn man sie wegen nichts weckt. Glaub mir, das habe ich einmal gemacht.“, meinte Alessio. „Einmal. Nie wieder. NIE wieder.“, wiederholte er betont und legte sich auf die Decke neben Kate. Natürlich tat er das, dachte sie ärgerlich über diesen Gedanken. Es war ja auch nur noch dieser Platz frei. Ansonsten hätte er es sicher nicht gemacht, oder?

Mai murmelte etwas Unverständliches im Schlaf. Kate war schon mehrmals aufgefallen, dass sie das tat, aber es störte sie nicht. Sie hing ihren Gedanken nach, diesen komischen Gedanken, die sie nicht loszulassen schienen.

Mitten in der Nacht wachte sie auf. Blau. Kate musste einen Moment überlegen, wo sie eigentlich war. Das Zelt, in dem sie immer geschlafen hatte, war grün und irgendwie größer. Als sie nach rechts sah, erblickte sie Mai, die kunstvoll eingedreht in ihrer Decke schlief. Jetzt fiel ihr wieder ein, was am Tag zuvor passiert war. Es war ein lustiger Abend gewesen und irgendwann war sie eingeschlafen. Sie wusste selbst nicht, weshalb sie jede Nacht aufs Neue aufwachte. Es kam selten vor, dass sie bis zum Morgen durchschlief. Wahrscheinlich lag es daran, dass sie auf jedes Geräusch achtete. Sie hatte schon damals ständig in Angst gelebt, es könnte etwas passieren. Nicht selten hatte ihr unruhiger Schlaf eines der Kinder gerettet. Doch warum passierte es immer noch? Dieser Ort schien doch so viel friedlicher.

Dieses Mal war sie diejenige, die sich nicht wehren könnte. Ein komisches Gefühl, wo sie sonst die Stärkste gewesen war. Die hinter der man sich versteckte und nicht die, die sich verkroch.

Was konnte sie in dieser Welt ausrichten?

Sie erinnerte sich an ihre Idee, bei der sie testen wollte, ob sich ihre Fähigkeit umdrehen ließ. Wenn es klappen sollte, hätte sie nicht länger das Gefühl wehrlos zu sein. Sie könnte nicht nur lernen sich zu verteidigen, sondern vielleicht auch zu kämpfen.

Vielleicht konnte sie sich an Chris und Ted vorbeischleichen, dachte Kate. Sie schlug leise die Decke zurück. Wo kam sie überhaupt her? Sie selbst hatte sich sicherlich nicht zugedeckt. Sie räumte den Gedanken bei Seite und setzte sich langsam auf.

„Kannst du nicht schlafen?“, fragte eine nur allzu bekannte Stimme hinter ihr. Warum musste ausgerechnet er wach sein, dachte Kate bitter.

„Doch ich wollte nur... “, fing sie an und überlegte was sie sagen konnte.

„... dich davonschleichen?“, vollendete Alessio ihren Satz.

Sie verdrehte die Augen und mied es ihn anzusehen.

„Nein, ich muss nur mal eben für kleine Mädchen.“, sagte sie stattdessen. Noch im selben Augenblick hätte sie sich gerne die Hand vor die Stirn geknallt. Konnte ihr nichts weniger peinliches einfallen, dachte sie und war froh, dass es wenigstens dunkel genug war, dass er nicht sehen konnte, wie sie rot anlief. Dafür war es so still, dass sie ihn leise Lachen hörte. Haha, äffte sie ihn stumm nach und stand auf.

„Habe ich jetzt die Erlaubnis zu gehen?“, fragte sie schnippisch und sah ihn an.

„Wenn du sofort wieder zurückkommst.“, sagte er streng und grinste dann wieder.

„Ich warte und wenn du in zehn Minuten nicht wieder da bist, dann schicke ich den Suchtrupp los.“, setzte er noch hinzu. Kate vermied es, erneut die Augen zu verdrehen. Im Dunkeln würde er es sowieso nicht sehen. Stattdessen verließ sie ohne Weiteres das Zelt. Chris und Ted sahen nur kurz auf. Als sie Kate erkannten, wandten sie sich wieder ihrer Beschäftigung zu, irgendwelche Äste im Feuer zu verbrennen.

Kate lief ein Stück in den Wald hinein, gerade so weit, dass sie das Lager noch deutlich sah. Dann kletterte sie auf einen der Bäume und ließ die Füße baumeln.

Das Erste was ihr in den Sinn kam, war Alessio. Würde er wirklich warten, bis sie zurückkam? Sicher nicht, antwortete sie sich selbst.

Sie nahm eine Hand voll Schnee von dem Ast, auf dem sie saß und formte ihn zu einem runden Ball. Sie warf ihn ein paar Mal von einer, in die andere Hand, bis er zu Boden fiel. Sie seufzte. Wie konnte sie ihren Plan in die Tat umsetzen? Gedankenverloren holte sie ihre Flasche hervor und trank einen Schluck.

„Eis zu Wasser und Wasser zu Eis.“, murmelte sie und

betrachtete den Inhalt ihrer Flasche. Um Eis zu schmelzen, musste sie ihre Energie bündeln. Wenn sie es jetzt gefrieren lassen wollte, musste sie doch nur das Gegenteil machen, oder nicht?

Doch was genau war das Gegenteil, von Sammeln? Sie versuchte sich von der angenehmen Wärme zu befreien, die durch ihren Körper floss. Es klappte sogar, für den Bruchteil von Sekunden. Das Wasser in der Flasche jedoch war nach wie vor unverändert.

Enttäuscht ließ sie den Kopf hängen. Sie wollte noch nicht aufgeben, aber die Zehn Minuten waren so gut wie vorbei und sie traute Alessio durchaus zu, dass er sie suchen kommen würde, falls er wirklich noch wach war und sie wollte nicht, dass irgendwer bemerkte, was sie vergeblich versuchte. Für einen kurzen, übermütigen Moment, überlegte sie mit Absicht länger weg zu bleiben, nur um herauszufinden, ob er tatsächlich tat, was er gesagt hatte. Sie kam schnell wieder zur Vernunft und sprang von dem Ast herunter.

Von wegen Vernunft, schimpfte sie mit sich selbst. Es war höher gewesen, als es von oben ausgesehen hatte. Sie rieb sich die schmerzenden Knie und stapfte dann zu den Zelten zurück. Ted und Chris beachteten sie nicht.

Sie kroch ins Zelt zurück. Enttäuscht stellte sie fest, dass alle schliefen. Von wegen warten, dachte sie und steckte ihre kühlen Zehen unter die weiche Decke. Sie überlegte einfach wieder hinaus zu gehen, entschied sich aber schnell dagegen. Was sollten Ted und Chris sonst denken.

Sie lehnte sich in die Kissen zurück und schloss die Augen, nur um sie im nächsten Moment wieder erschrocken aufzureißen. Der Grund war eine Stimme.

„Du warst ganz schön lange weg.“, sagte Alessio.

„Musst du mich so erschrecken?“, zischte Kate mit von dem

Schock klopfendem Herzen. Er überlegte einen Moment.

„Ja.“, grinste er dann.

„Idiot.“, murrte Kate und zog sich die Decke über den Kopf.

„Hey, das ist unhöflich.“, protestierte er sofort.

„Ja, finde ich auch.“, gab Kate zurück und setzte sich, um ihm besser ins Gesicht sehen zu können.

„Erschrick beim nächsten Mal gefälligst jemand Anderen.“, sagte sie und sah ihn böse an.

„Und wen? Ich kenne niemanden, bei dem das so gut klappt.“, meinte er unschuldig.

„Wie nett.“, sagte Kate mehr zu sich selbst.

„Vielleicht sollte ich rüber in das andere Zelt gehen.“, schlug sie vor.

„Zu den Feinden?“, fragte Alessio und Kate wusste, dass er auf die Schneeballschlacht anspielte.

„Ich war bei diesen "Feinden" auf der Seite.“, erinnerte sie ihn.

„Ich habe dich nicht abgeworfen.“, sagte Alessio sofort.

„Oh, wie gnädig.“, erwiderte Kate sarkastisch und stand auf, um die Decke zu entwirren.

„Du gehst doch nicht wirklich?“, fragte Alessio und hörte sogar auf zu grinsen.

„Wieso?“, stellte Kate die Gegenfrage und setzte sich wieder, wenn auch nur für einen kurzen Augenblick. Länger schaffte sie es nicht. Alessio hatte ihr Handgelenk gepackt und sie zurückgezogen, zwischen sich und Mai. Ihr blieb für einen Moment die Luft weg, doch bevor sie sich beschweren konnte, redete er schon dazwischen.

„Weil ich nicht will, dass du gehst. Schon gar nicht dorthin.“, sagte er und deutete mit seiner freien Hand in die Richtung, in der das zweite Zelt stand. Mit der Anderen hielt er noch immer Kates Handgelenk fest, als befürchte er, sie würde weglaufen, sobald er sie losließ.

„Ich traue diesem Typen nicht.“, fügte er etwas leiser hinzu.

„Lee? So schlimm ist er doch gar nicht. Claire meinte sogar, er würde mich mögen.“, ärgerte sie ihn und lachte.

„Dann gehst du erst recht nicht hin.“, sagte er trotzig. „Oder magst du ihn etwa?“, fragte er unsicher. Kate verzog das Gesicht.

„Igitt, nein.“, antwortete sie eilig. Alessio grinste triumphierend.

„Ich hab nicht gesagt, dass ich dich mehr mag.“, fügte sie hinzu.

„Dafür hab ich dir nicht gesagt, dass ich Claire viel netter finde, als dich.“, konterte er.

„Ach deshalb freust du dich immer, wenn sie nicht anwesend ist?“, kicherte Kate. Alessio sah sie nur an.

„Was? Hast du deine Stimme verloren?“, fragte sie und lachte wieder leise, bis sie merkte, dass er seinen Griff um ihren Arm gelockert hatte. Er strich mit dem Daumen über ihren Handrücken und schob seine Finger zwischen ihre. Sie spürte die Wärme deutlich, obwohl sie gedacht hatte, dass ihre Fähigkeit ihre Temperatur anpassen würde. Sie wusste nicht, was sie sagen sollte und so starrte sie einfach weiter das Zeltdach an.

„Selbst im Dunkeln bist du wunderschön.“, flüsterte er so leise, dass Kate es kaum hörte und sie war sich sicher, dass es selbst dann kein Anderer gehört hätte, wenn sie wach gewesen wären. Mit Ausnahme von Mai vielleicht. Ihr entging schließlich nie etwas.

Kate hielt die Luft an und löste ihre Hand aus seinem Griff. Doch noch bevor sie es ganz geschafft hatte, entschied sie sich dagegen und schob ihre Finger zurück. Dafür schloss sie ihre Augen und drehte ihr Gesicht weg. Sie atmete tief ein und schluckte ihre Gedanken einfach herunter. Schnell wischte sie sich unbemerkt mit der freien Hand über die Augen, bevor sich Tränen bilden konnten. Sie konnte selbst nicht genau sagen, wieso sie sich so verhielt. Schuld daran waren vermutlich die Erinnerungen, die sie noch immer nicht los wurde.

Sie öffnete die Augen und sah ihn diesmal direkt an.

„Tut mir leid.“, sagte sie leise und lächelte leicht. Alessio, der nicht wusste was sie meinte, strich ihr eine Träne von der Wange, die Kate übersehen hatte und lächelte zurück.

„Wie schwer ist es für dich, in dieser Welt zu leben?“, fragte er. „Vermisst du dein anderes Leben wirklich nicht?“ Kate überlegte nicht lange.

„Nein, ich vermisse nichts. Im Gegenteil, je weiter ich von meinem alten Zuhause entfernt bin, desto besser. Ich wüsste nicht, was ich gemacht hätte, wenn ich nicht hier gelandet wäre.“

„Was meinst du?“, fragte er.

„Ich bin weggelaufen, aus dem Heim, in dem ich gelebt habe, weil ich es dort nicht mehr ausgehalten habe. Wahrscheinlich hätte ich auf der Straße gelebt, vorausgesetzt sie hätten mich nicht gefunden und zurückgebracht.“, Kate wollte nicht länger darüber reden. Alessio schien es zu merken.

„Dann bin ich froh, dass du nach Umbria gefunden hast.“, warf er ein und schwieg.

Kates Eingeweide zogen sich zusammen. Schon nach so kurzer Zeit, hatte sie ihr Herz zu weit geöffnet. Sie vertraute Menschen, die sie erst seit ein paar Wochen kannte. Obwohl sie sich vorgenommen hatte diesen Fehler nie wieder zu machen, war es bereits zu spät. Sie machte sich zu viele Gedanken und Mai betrachtete sie schon als ihre beste Freundin.

Wie hatte sie nur so leichtsinnig sein können.

Erst jetzt merkte sie, wie die Müdigkeit nach ihr griff. Sie fühlte sich schwer und leicht zugleich. Ihre Augen fielen zu und ein paar Sekunden später war sie bereits eingeschlafen.

Im Schein des Feuers

„Ah, kannst du nicht einmal deine Klappe halten?“ Laute Schreie weckten Kate. Sie war nicht die Einzige, die es gehört hatte. Alle in ihrem Zelt wurde gleichzeitig wach.

„Was soll der Lärm.“, maulte Mai, vergrub ihr Gesicht in Eddys Hemd und zog sich ihr Kissen über die Ohren. Alessio stand auf, wobei er Kates Hand los lies und lugte aus dem Zelt. Sie hatte kaum gemerkt, dass er sie die ganze Nacht über gehalten hatte.

„Was habe ich denn schlimmes gemacht?“, fragte Lee.

„Du redest ohne Punkt und Komma. Ich habe noch nie so viel dummes Gequatsche in so kurzer Zeit gehört.“, keifte Claire zurück.

„Hey, habt ihr vergessen, wo wir sind.“, rief Alessio dazwischen und stieg wütend aus dem Zelt. Mit einem Mal war Mai hellwach.

„Mach sie fertig großer Bruder.“, jubelte sie und stürmte hinterher. Sanny schüttelte nur den Kopf und zog sich einen Pullover über. Eddy stand seufzend auf und folgte Mai. Er sah nicht mehr so blass aus, wie am Tag zuvor und dennoch hatte er dunkle Ringe unter den Augen. Vielleicht hatte er letzte Nacht nicht gut geschlafen, überlegte sie und rieb sich selbst den Schlaf aus den Augen. Erstaunlicher Weise war sie selbst kein weiteres Mal wach geworden.

Claire schrie immer noch wütend herum. Kate streckte sich und kletterte hinter den Anderen nach draußen. Dabei interessierte sie weniger der Streit, sondern mehr das Frühstück. Ihr Magen knurrte heftig.

Das Erste, was sie sah war die Sonne. Ein leichtes blaues Schimmern zog sich über ihr Abbild. Sie hatte kaum Zeit die wärmenden Strahlen zu genießen, denn das Zweite was sich vor ihren Blick schob waren Claires kurze schwarze Haare. Sie hatte sich auf Kate gestürzt, die völlig überrumpelt da stand. Zögernd hob sie die Hand und tätschelte leicht Claires Rücken.

„Sag ihm bitte, dass er endlich sein dummes Maul halten soll.“, jammerte sie ihr in die Ohren. Kate schob sie vorsichtig von sich weg und rieb sich den Nacken, denn Claire hatte ihre Arme etwas zu heftig darum geschlossen.

„Lee, du sollst dein dummes Maul halten.“, wiederholte Kate gelangweilt Claires Worte und ging an ihm vorbei zu der Tasche mit den Essensvorräten.

Zu ihrer eigenen Verwunderung funktionierte es sogar. Lee hörte auf zu reden und so war es auf der Stelle still. Kate nahm sich ein Stück Brot aus der Tasche und setzte sich neben Dana auf einen großen Stein.

Lee starrte sie mit offenem Mund an. Kate ignorierte es und widmete ihre ganze Aufmerksamkeit dem Stückchen Brot in ihrer Hand. Aus den Augenwinkeln sah sie wie Dana sich bemühte nicht loszulachen, während sie ein paar große Schlucke aus ihrer Flasche trank. Mai war die Erste die etwas sagte.

„Schade.“, meinte sie. „Dafür bin ich aufgestanden?“ Dann nahm sie Eddy bei der Hand und zog ihn zum Feuer hinüber, wo die Zwei sich setzten. Claire strahlte, da sie wieder einmal bekommen hatte, was sie wollte. Alessio warf ihr erst einen genervten Blick zu und verschwand dann wieder im Zelt.

„Lee, Mund zu.“, rief er von drinnen und Lee tat, wie ihm geheißen. Claire lief hochnäsig an ihm vorbei und hockte sich neben Kate.

„Du bist die Beste.“, meinte sie und schlang ihre Arme erneut um Kate, die sich beinahe an ihrem Brot verschluckte. Mai kicherte hinter ihr.

„Schon verstanden.“, antwortet Kate und befreite sich aus Claires Griff. Das Letzte was sie wollte, war dass Claire ihr die ganze Reise über am Arm klebte.

Der restliche Morgen verlief wie immer. Es gab keine weiteren Auseinandersetzungen. Lee war zu ihrer aller Freude leise und unauffällig.

Sie liefen über einen breiten Weg und die Sonne schien so hell, dass der Wald Kate heute freundlicher vorkam als an den bisherigen Tagen, die sie hier verbracht hatten.

„Ist es nur eine Täuschung oder liegt tatsächlich ein blauer Schein auf der Sonne.“, fragte Kate Mai neugierig, die, ebenso wie sie, gut gelaunt schien.

„Es ist wirklich so, dass sie bläulich leuchtet.“, antwortete diese lächelnd und warf einen Blick nach oben. Es kam selten vor, dass sie eine der Sonnen zu Gesicht bekamen. Der Himmel war meist nur von den Lichtungen aus zu erkennen und die betraten sie erst, wenn es bereits dunkel war. Hier jedoch standen die Bäume weit genug auseinander.

„Das ist Naos, die blaue Sonne. Ich kenne nur die Namen. Ihre Bedeutungen oder Geschichten weiß ich leider nicht.“, sagte Mai.

„Ich habe in der Schule nicht besonders gut aufgepasst und außerdem habe ich zu viele Stunden versäumt.“, flüsterte sie beschämt. Kate sah enttäuscht zum Himmel. Zu gerne hätte sie erfahren, was es für Geschichten über die Sonnen gab. Nur dunkel erinnerte sie sich an die eine Unterrichtsstunde, die sie gehabt hatte. Jemand hatte die Namen erwähnt und etwas vom Umfang und der Materie der Sonnen erzählt, doch sie war sich sicher, dass Mai nicht davon gesprochen hatte.

„Ich glaube, mein lieber Bruder kennt sich besser aus.“, überlegte Mai gerade. „Alessio, komm doch mal eben her.“, rief sie auch schon. Kate hätte sie gerne aufgehalten, wenn sie die

Möglichkeit dazu gehabt hatte. Nach der vergangenen Nacht, war ihr nicht ganz wohl bei dem Gedanken mit ihm zu reden. Lieber wäre sie ihm auch heute wieder aus dem Weg gegangen.

Es war schon zu spät. Er kam zu ihnen hinüber und sah Mai fragend an.

„Gibt es irgendein Problem?“, wollte er von ihr wissen. Kate war weiterhin darauf bedacht sich nichts anmerken zu lassen und beobachtete stattdessen zwei Vögel, die sich um den Stamm einer Tanne herum jagten.

„Was weißt du über die Sonnen? Kannst du uns irgendwelche Geschichten erzählen?“, fragte Mai und beruhigte Kate ein wenig. Immerhin würde sie nicht weggehen.

„Ähm.“, machte Alessio irritiert. Wahrscheinlich überlegte er, wie seine Schwester darauf kam, ihm solche belanglosen Fragen zu stellen.

„Ich langweile mich und das hat meistens zur Folge, dass ich irgendetwas dummes anstelle.“, versuchte Mai es weiter. Die Aussicht auf das, was Mai wohlmöglich aushecken konnte, reichte aus.

„Sicher kenne ich welche, aber es ist nicht sonderlich spannend.“, sagte er zögernd.

„Beim letzten Mal bist du eingeschlafen.“, erinnerte Alessio Mai. Diese runzelte nachdenklich die Stirn.

„Da hast du, glaube ich, Recht... trotzdem. Jetzt will ich es hören.“, meinte sie entschlossen.

Alessio begann zu erzählen. Dass er dabei nur nach vorne blickte, kam Kate gerade recht. So konnte sie ihr Unbehagen vergessen und sich ganz auf die Erzählung konzentrieren.

Es hatte nicht immer sieben Sonnen gegeben. Zu Beginn war es nur eine und erst viele tausend Jahre später kamen die Anderen hinzu. Dass es wirklich sieben waren, konnte man leicht erkennen. Teilweise sah man mit bloßem Auge die

Unterschiede.

Die Sonne mit der ein Tag begann hieß Sabik, was soviel bedeutete wie vorausgehend. Ein Tag, im eigentlichen Sinne, endete erst wenn alle sieben Sonnen den Planeten umrundet hatten.

Noch immer schien es Kate völlig unmöglich, dass ein Tag auf der Erde so viel schneller verging als hier.

Der Zweite Abschnitt des Tages begann mit der Sonne Errai, was übersetzt "Schäfer" hieß. Unter allen Sonnen war sie die Größte und dennoch bewegte sie sich im selben Rhythmus, wie ihre Schwestern.

Alrakis, die Dritte unter ihnen, mochte Mai am liebsten. Sie behauptete sogar, dass sie zu dem Zeitpunkt geboren sein müsste, als sie am Himmel stand. Die Bedeutung "Tänzer" passte zu der Art, wie sie den Schnee veränderte. Ihre Strahlen wurden von den winzigen Eiskristallen so reflektiert, dass es aussah als glitzerte der Boden.

So groß war der Unterschied, zu der unscheinbaren Sonne Wasat "die Mitte des Himmels". Bei ihr blieb der Schnee matt.

Ihr folgte Thabit, eine ebenso strahlende Sonne wie Alrakis. Zwar spielte sie nicht mit dem Licht, doch ihre weiß-goldene Farbe strahlte Stärke und Macht aus. Die Bedeutung ihres Namen "Unerschütterlich" und diese Macht, brachte die Menschen dazu sie als die Wächterin über die Kriege zu bezeichnen. Es gab Legenden, in denen die Unschuldigen durch sie gestärkt und die Grausamen geblendet wurden.

Naos, die blaue Sonne, die zur Zeit hoch über ihren Köpfen stand, hingegen war die Wächterin der Seeleute. Auf der anderen Seite von Umbria, sollte es ein Meer geben, dass so riesig war, dass kein Wesen und kein Mensch es bisher geschafft hatte, es komplett zu überqueren.

Und dann gab es noch Maia, die Großmutter der Sonnen, die

Erste und somit Älteste. Ihr Schein war matt und weiß wie Haar und Haut einer sehr alten Frau. Erst wenn sie unterging, endete ein Tag. Sieben Sonnen und sieben Nächte, insgesamt 168 Stunden dauerte so ein Tag auf Umbria, während auf der Erde gerade mal 24 Stunden vergingen.

Mai hörte geduldig zu, doch es schien sie nicht annähernd so zu faszinieren, wie Kate.

Besonders die Namen gefielen ihr.

Sabik, Errai, Alrakis, Wasat, Thabit, Naos, Maia, wiederholte sie in Gedanken. Es klang ein bisschen wie ein Zauberspruch in einer fremden Sprache.

„Ich höre Musik.“, wisperte Mai irgendwann und tänzelte beim Laufen herum.

Erst eine halbe Stunde später merkten auch die Anderen, was sie gemeint hatte. Es klang wirklich Musik durch den, sonst so stillen, Wald. Heitere Lieder, versetzt mit fröhlichen Stimmen. Ein Stück weiter, sahen sie den Ursprung des Trubels. Direkt neben dem schmaler gewordenen Pfad, war eine riesige Wiese, voller bunter Zelte und ebenso bunter Menschen.

„Juhu, Artisten.“, freute Mai sich und klatschte aufgeregt in die Hände.

Ein bärtiger, dicker Mann breitete die Arme aus und empfing sie mit einem warmen Lächeln.

„Willkommen Freunde, tretet näher.“, sagte er. Die verrücktesten Gestalten liefen hier herum. Einige waren halb Mensch, halb Tier. Es gab welche mit zu langen Beinen und Andere, die nur auf ihren Händen liefen. Stolz führte der Mann sie von Zelt zu Zelt. Kate hatte seinen Namen bereits vergessen. Es gab so viel zu sehen, dass sie nicht wusste, was sie sagen sollte.

„Und das hier ist Pablo, unser neustes Mitglied.“, sagte er gerade und präsentierte ihnen einen Jungen ungefähr in ihrem Alter, der breit grinste. Er hatte eine leicht dunklere Hautfarbe, rotbraunes Haar und er trug zu Kates Verwunderung kein Hemd.

„Er bietet eine fantastische Feuershow, die ihr euch bei Gelegenheit unbedingt ansehen müsst. Ihr werdet doch hier bleiben, wenigstens für eine Nacht?“, fragte er mit großen Augen. Sie ließen sich überreden, bis zum nächsten Morgen zu bleiben.

Zum Dank präsentierte Pablo ihnen eines seiner Kunststücke, bei denen er wie aus dem Nichts eine Flamme in der Luft erscheinen ließ. Mai bedauerte sehr, dass sie nur eine Sekunde lang hielt und forderte ihn immer wieder auf, es ihr noch mal zu zeigen, solange bis Alessio sie von dem Jungen wegzog.

So verbrachten sie den restlichen Tag damit, durch das Lager der Artisten zu streifen und sich auf die Show am Abend zu freuen, die bis spät in die Nacht andauerte.

Es war viel mehr, als eine einfache Zirkusvorstellung. Sie war voller Magie. Man hatte kaum die Gelegenheit alles zu sehen. Wie ein bunter, greller Traum, rasten die Bilder an ihnen vorbei und ehe sie sich versahen, war die Show vorbei.

Sie wurden auf verschiedene Zelte aufgeteilt, da die Artisten darauf bestanden, auch noch ihre Gastfreundschaft vorzuführen. So war Kate auf dem Weg zu ihrem Schlafplatz, als ihr jemand in den Weg trat.

„Oh, hallo Pablo.“, sagte sie leicht erschrocken. Er lächelte freundlich.

„Hi.“, grüßte er sie. „Ich habe mich gefragt, ob ich wohlmöglich einen Moment mit dir sprechen könnte?“, fragte er sie. Kate war sichtlich verwirrt, stimmte aber zu. Was konnte er von ihr wollen?

„Nicht hier.“, meinte er und führte sie ein Stück vom Lager weg.

„Also, was gibt es?“, wollte Kate ungeduldig wissen. Sie war müde und wollte so schnell wie möglich in das Zelt.

„Ich wollte schon immer jemanden wie dich kennenlernen.“, fing er an und ging auf und ab. Kate verstand nicht, was er meinte. Sie hatte keine Lust auf irgendwelche Spielchen.

„Weißt du, wir haben viel gemeinsam und das, obwohl wir so verschieden sind wie Feuer und Eis.“ Er lachte über seinen eigenen Witz. Kate sah ihn immer noch verwirrt an. Er blieb dicht vor ihr stehen.

„Eine Eiswandlerin.“, flüsterte er.

„Woher...“, fragte sie und trat gleichzeitig einen Schritt zurück, weil er ihr zu nah war. Er unterbrach sie.

„Du trägst keine Schuhe. Das war der erste Hinweis. Die Wenigsten von euch tun das, weil sie so mit dem Eis verbunden bleiben. Dennoch war ich mir nicht gleich sicher. Schließlich gibt es genug armes Gesindel, dass kein Geld hat und auf solch einen Luxus verzichten muss.“, redete er drauf los. Kate konnte seinen Worten nur schwer folgen. Er schien aufgeregt und wirr im Kopf.

„Der zweite Hinweis ist die Art, wie du dich bewegst. Ja. Es ist schwer zu beschreiben, aber glaub mir, ich kenne mich aus. Deine Freundin, die Blonde sie hat auch eine spezielle Art. Ich würde auf Verwandlung tippen. Ein wildes Tier... ein Tiger.“, riet er. Kates erstauntes Gesicht verriet ihm, dass er recht hatte.

„Der letzte Hinweis sind die Augen.“ Er deutete mit dem Finger auf seine Eigenen. Sie fühlte sich nicht wohl, bei dem Gedanken, mit ihm allein zu sein.

„Ich hatte schon immer ein Händchen dafür, den Menschen

zu sagen, welches Talent sie besaßen, indem ich ihnen in die Augen sah." Er kam näher. Kate lehnte sich zurück. Er roch nach Ruß und Feuer. Sie verzog das Gesicht, hatte aber keine Chance mehr auszuweichen. Hinter sich spürte sie die Rinde, eines alten Baumes. Sie war gefangen und wollte nur noch weg. Als ob er auch das in ihren Augen sah, versperrte er ihr den Weg, indem er seine Hände zu beiden Seiten neben sie stemmte. Kate wollte schreien, auch wenn sie hier sicher niemand hören würde. Wieso war sie nur so dumm gewesen und war ihm bis hier draußen gefolgt, hatte sie denn gar nichts gelernt in all den Jahren?

„Ich wollte schon immer jemanden, wie dich, treffen.", sagte Pablo erneut.

Er sah sie mit einem Grinsen an, das ihr nicht länger freundlich erschien, vielmehr sah sie die Gefahr daraus sprechen. Selbst aus dem Mund stank er nach Rauch und Asche. Geh weg, dachte sie angestrengt und fühlte sich nicht fähig, es laut auszusprechen.

Ohne dass Kate etwas dagegen tun konnte, presste er plötzlich seine kratzigen Lippen auf ihre. Dabei hielt er ihren Kopf fest und drückte sie mit seinem Körper an den Baum.

Kate stemmte die Arme gegen ihn, aber er war viel zu stark. Tränen stiegen ihr in die Augen. Tränen aus Hass, Wut und Verzweiflung. Angst spürte sie nicht. Das hatte sie vor langer Zeit aufgegeben, denn Angst lähmte nur die Muskeln. Wut hingegen machte stärker, viel stärker. Sie schlug mehrmals gegen seine, mit Ruß verschmierte Brust. Er ließ sich nichts anmerken.

Als er von ihr abließ, hielt er ihr die dreckige Hand vor den Mund.

„Wehe du gibst auch nur einen Ton von dir, sonst schneide ich jedem deiner kleinen Freunde im Schlaf die Kehle durch.

Einem nach dem Anderen, angefangen bei dem Tigermädchen. Hast du verstanden?“, drohte er und Kate blieb nichts anderes übrig, als zu nicken.

Er fuhr sich über das kurze Haar und machte sich daran Kate die Jacke auszuziehen. Sie wehrte sich, so gut sie konnte. Erst wollte sie ihm in die Hand beißen, aber sie lag zu fest auf ihrem Mund. Als Nächstes trat sie nach ihm, so lange, bis er einen seiner Füße auf ihre stellte.

Warum musste er nur so viel Kraft haben, dachte Kate verzweifelt und schon wieder stiegen ihr die Tränen in die Augen. Wütend blinzelte Kate sie weg, als sie ihr die Sicht vernebelten. Sie hatte sich doch geschworen, dass sie es nie wieder zulassen würde. Nie wieder. Nie wieder. Sie brachte all ihre Kraft auf.

Ein letztes Mal, stieß sie ihre Hände feste gegen seine Brust. Unerwarteter Weise schrie er schmerzerfüllt auf und schubste sie von sich.

Sie schlug hart mit der Schulter, gegen den nächsten Baum und fiel zu Boden. Er fluchte laut und krümmte sich vor Schmerzen. Kate wusste nicht recht, was passiert war. Sie konnte es sich nicht erklären, doch es war ihr egal und bevor noch etwas anderes passieren konnte, rappelte sie sich auf. Den schmerzenden Arm umklammernd, rannte sie los, tief in den Wald hinein. Sie blieb nicht stehen. Sie drehte sich nicht um. Sie rannte und jedes Mal wenn sie stürzte, stand sie auf und rannte weiter. Sie rannte und rannte, so lange, bis sie nicht einmal mehr wusste, in welche Richtung das Lager der Artisten lag.

Dann sackte sie kraftlos auf dem Boden zusammen und weinte stumm, bis keine Tränen mehr kamen.

Sie spürte den Schmerz in ihrem Arm nicht.

Den einzigen Schmerz den sie überhaupt fühlte, war der in

ihrer Seele. Alte Wunden waren aufgesprungen und mischten sich mit den Neuen. Sie brannten in ihrer Brust und sie krümmte sich zusammen, um diesen Schmerz zu ersticken. Nach einiger Zeit ließ es etwas nach.

Sie lehnte sich an einen Baumstamm und starrte in die Nacht. Es hatte schon vor einer ganzen Weile angefangen zu schneien, doch es störte Kate nicht. Im Gegenteil, die Schneeflocken waren wie eine riesige weiße Decke, die sie vor den Augen des Waldes schützte. Sie umhüllten Kate, als wollten sie ihr Schutz bieten. Sie umarmten sie tröstend und wischten den Schmutz von ihrer brennenden Haut.

Erst jetzt wurde ihr bewusst, dass sie entkommen war. Ein Wunder hatte sie vor dem Schlimmsten, was es auf der Welt gab, gerettet. Wieso hatte es sie so sehr mitgenommen? Lag es nur daran, dass es in einer anderen Welt passiert war, in einer Welt, in der sie es nicht für möglich gehalten hatte, oder lag es daran, dass sie nicht gewusst hatte, dass es passieren würde? Dieses Mal war sie selber schuld. Ihre eigene Dummheit hatte sie in diese Situation gebracht.

Ihre Beine waren komplett mit Schnee bedeckt. Sie verbarg das Gesicht in den Händen. Wie sollte sie die Vergangenheit vergessen, wenn diese sie immer wieder einholte.

Kate nahm etwas, von dem Schnee, in die Hände und ließ ihn zu Wasser werden. Die noch nicht ganz erloschene Wut, machte es ganz leicht. Sie spülte sich ihren Mund aus, solange bis der ekelhafte Geschmack seiner Lippen fast verschwunden war.

Was sollte jetzt aus ihr werden, dachte sie und strich mit den Fingern über den Riss in ihren T-Shirt. Ihre Jacke hatte sie zurückgelassen.

Es war ihr egal, sie fror nicht, weder an den nackten Armen, noch an den Beinen, die bereits tief im Schnee versunken waren.

Das Einzige was kalt war, war ihr Herz. Ein Eisdorn steckte darin fest. Zumindest fühlte es sich so an.

Doch auch das war ihr egal. Was war noch wichtig, nachdem sie erneut versagt hatte? Versagerin, Versagerin, Versagerin, wiederholte sie das Wort in ihrem Kopf und der Riss in ihrer Kleidung schien sie zu verspotten. Selbst der Wind, verhöhnte sie mit seiner raschelnden Stimme.

Wie hatte sie nur jemals annehmen können, sie würde ein neues, besseres Leben beginnen können. Das war der größte Unsinn, den sie sich je in ihrem schlechten Leben ausgedacht hatte. Wäre sie nur niemals aus dem Waisenhaus geflohen, dann hätte ihr Leben wenigstens den Sinn, das noch unbeschmutzte Leben der Kinder zu schützen, dachte sie traurig und wieder kamen ihr die Tränen.

Wie war sie nur darauf gekommen, diesen hohen Preis zu zahlen, für eine Zukunft, die ebenso ungewiss war, wie leichtsinnig. Wenn sie die Möglichkeit gehabt hätte jetzt zurückzugehen, hätte sie es wohl getan. In dieser Sekunde vermisste sie nichts mehr, als die kleinen Hände der Kinder, die sie in besonders schweren Zeiten getröstet hatten.

Dann hörte sie ein Geräusch. Für den Bruchteil einer Sekunde, setzte ihr Herzschlag aus. Er kam, er hatte sie gefunden, sie musste fliehen, bevor er sie entdeckte.

Doch ein neuer Gedanke, machte sich in ihr breit und verdeckte alles Andere, jedes Gefühl. Es war ein Gedanke, von Hass angetrieben. Er sollte büßen. Sie wollte, dass er sie fand, damit sie ihm Schmerzen zufügen konnte. Ja, sie wollte ihn umbringen, damit er nie wieder Jemandem schaden konnte. Sie wollte ihn töten, qualvoll. So wie er es ihr gedroht hatte. Sie wusste genau, dass sie es schaffen würde und dieser Gedanke machte ihr Angst. Angst vor sich selbst. Diese Angst war erschreckender, als alles, was sie je gefühlt hatte und dafür hasste sie sich noch mehr.

Es war nicht Pablo, der plötzlich vor ihr stand und in die Hocke ging, um ihr besser ins Gesicht sehen zu können.

Kates Herz wurde schwer, wie Stein. Sie schämte sich für das, was sie getan hatte. Das, was passiert war und dafür, dass sie hier alleine saß, in zerrissener, dreckiger Kleidung und weinte.

Vom Schnee bedeckt und zitternd, ob vor Angst oder Wut konnte sie nicht mehr sagen. Vielleicht war es beides oder nichts. Ja, sie schämte sich, und wie. Sie wünschte sich sogar, er wäre nicht gekommen, hätte sie nicht gefunden, hätte sie nie so gesehen. Elend. Wäre es nicht einfacher gewesen zu erfrieren, zu sterben. Jetzt und hier, lautlos. Sie sah ihn nicht an, sondern starrte weiter auf ihre weißen, zerkratzten Hände. Sie hatte nicht mitbekommen, wie Pablo sich mit seinen Nägeln in ihre Haut gekrallt hatte. Man bekam Vieles nicht mit. Der Schmerz war so groß, dass Kleinigkeiten ausgeblendet wurden.

Warum sagte er nichts? Er saß nur da und betrachtete sie stumm. Es machte Kate unsicher. Wahrscheinlich ekelte er sich vor ihr, ebenso wie sie sich vor sich selbst ekelte. Er wollte ihr nicht zu nahe kommen, aus Angst, schloss sie. Doch wovor hatte er wirklich Angst? Wäre er nicht schon längst davongelaufen, wenn er sie verachten würde? Was hielt ihn davon ab zu reden?

Irgendwann wurde Kate klar, dass er wartete. Er wartete auf ein Zeichen von ihr. Sie könnte aufstehen, sich wegdrehen oder ihn anschreien. Sie war sich sicher, dass er dann gehen würde und sie könnte in Ruhe weiter sterben. Sterben! Das klang nach einem guten Plan. Sie würde die Augen schließen und einfach vergessen zu atmen. Der Tod war der einfachste Weg.

Am Liebsten wäre sie einfach aufgestanden und gegangen. Weglaufen half nicht ewig, aber für den Moment reichte es. Leider hatte sie keine Kraft mehr und das war das Einzige, was sie in diesem Augenblick zurückhielt. Der Schnee lastete schwer auf ihren Beinen, so dass es ihr unmöglich erschien jemals wieder aufzustehen. Ihre Kehle war trocken und wenn sie versucht hätte zu sprechen, hätte es sie ihr sicher ganz zugeschnürt.

Vorsichtig hob sie den Kopf und sah ihm direkt in die Augen. Diese hellen, blauen Augen. So strahlend wie der Himmel, wenn die Sonne Naos am Horizont stand. Sie suchte nach dem Hass, der Abscheu und dem Mitleid in ihnen, aber sie konnte nichts davon in Alessios Augen entdecken. Das Einzige, was sie sah, war Traurigkeit und genau der selbe Schmerz, den auch sie bis in jeden Winkel ihres Körpers spürte.

Er wischte ihren Wunsch, auf der Stelle vom Leben Abschied zu nehmen, fort.

Mit zittrigen Fingern schob sie den Schnee von ihren Beinen und ergriff die Hand, die er ihr leicht entgegenstreckte. Dann kniete sie sich unbeholfen vor ihn und drückte ihr Gesicht an seine Schulter. Langsam legte er die Arme um sie und wartete, während sie ein letztes Mal weinte.

Es tat gut, ihn bei sich zu haben. Er gab ihr neuen Mut und Kate hatte das Gefühl, er könnte sie vor allem Bösen auf der Welt bewahren. Sie sog seinen Duft ein und lehnte sich mit dem Rücken an seine warme Brust. Ihre Atmung wurde gleichmäßiger und sie hatte das Gefühl wieder sprechen zu können.

„Ich gehe nicht dorthin zurück.“, flüsterte sie stockend, wobei sie weder sagen konnte, wie viel Alessio wusste, noch ob er sie verstand, wenn sie so leise sprach.

„Ich weiß.“, hauchte er ihr ins Ohr. „Das musst du auch nicht.“

„Es tut mir leid.“, murmelte sie, aber Alessio schüttelte den Kopf.

„Sag so etwas nicht. Du kannst nichts dafür. Ich wäre nie auf die Idee gekommen, dass...“, er brach ab.

„Ich weiß nicht mal, ob du überhaupt darüber reden willst.“, gab er zu. Kate schwieg eine Weile und erzählte ihm dann die ganze Geschichte. Wie sie sich gefühlt hatte ließ sie aus, ebenso ihren Wunsch zu sterben. Damit hätte sie ihn nur beunruhigt. Er hörte aufmerksam zu, ohne sie zu unterbrechen.

„Wie hast du mich eigentlich gefunden, wo ich doch selber nicht weiß, wo ich bin?“, fragte Kate am Ende.

„Das ist eine lange Geschichte. Ich erzähle sie dir, aber lass mich bitte erst mal nach deiner Schulter sehen.“, sagte Alessio ruhig. Ohne zu zögern schob sie den kurzen Ärmel bei Seite.

„Da ist nichts.“, meinte sie. Ihre Schulter war blau und angeschwollen, aber nicht weiter verletzt. Wenn Kate sie bewegte, schmerzte ihr ganzer Arm, doch der Schmerz hatte etwas Beruhigendes. Er sagte ihr, dass sie noch immer sie selbst war, dass sie lebte.

„Du solltest auf jeden Fall Sanny danach sehen lassen und zeig ihr auch die anderen Wunden.“, fügte er mit einem Blick auf ihre Hände hinzu. Kate betrachtete sie nachdenklich. Was waren schon ein paar Kratzer? Auf der Erde hatte sie wesentlich schlimmere Verletzungen überstanden, ohne einen Arzt aufzusuchen.

„In Ordnung.“, murmelte sie dennoch und lehnte sich wieder gegen seinen Oberkörper, als er zu erzählen begann.

„Ich war gerade auf dem Weg zu meinem Zelt, als Lee mir hinterher rief, ich solle stehen bleiben. Er war leicht außer Atem und es war deutlich zu sehen, dass er gerannt war. Zuerst dachte ich, er wolle mich wegen irgendetwas Belanglosem nerven, doch er sah recht besorgt aus. Also bin ich stehen geblieben.

Er hat mich gefragt, ob ich wüsste, in welchem Zelt du übernachten solltest. Ich war etwas verwirrt und hätte das Ganze sicher nicht ernst genommen, wenn er wie üblich gegrinst hätte.

Dann erzählte Lee mir, er habe Pablo getroffen. Dieser hatte nach dir gefragt und das kam ihm verdächtig vor.

Da habe ich angefangen mir Sorgen zu machen und wir sind zu dem Zelt, in dem du schlafen solltest. Leider war dort keine Spur von dir. Niemand hatte dich bisher gesehen. Wir sind wieder raus und haben nach dir gerufen, was zugegeben angesichts der Lautstärke, eine dumme Idee war. Du warst nirgends zu finden, deshalb ist Lee los, um Mai zu wecken. Ich wünschte, wir wären sofort zu ihr gegangen.

In der Zwischenzeit bin ich auf Pablo gestoßen, der ein wenig durcheinander zwischen den Zelten umherirrte. Ich bin zu ihm hin, um ihn zur Rede zu stellen. Als er sich umdrehte sah ich, dass er riesige Brandblasen auf dem Oberkörper hatte. Für einen Moment konnte ich mir nicht recht erklären, was das zu bedeuten hatte. Seine Kunst mit dem Feuer, beherrschte er schließlich einwandfrei. Ich wusste in dem Augenblick, indem er mich blöd angrinste, dass er dir irgendetwas angetan haben musste.

Niemand sonst war in der Nähe. Erst habe ich ihn nur gefragt, was er getan hatte.

Er hat ein paar ziemlich fiese Kommentare abgelassen und ich bin auf ihn losgegangen. Ich habe ihm ein paar Mal ins Gesicht geschlagen und in den Bauch geboxt, bis irgendwann Lee und Mai aufgetaucht sind. Wären sie nicht dazwischen gegangen, hätte ich sicherlich auch noch einige Schläge abbekommen, aber so bin ich unverletzt davon gekommen. Pablo hat sich lachend und schreiend zugleich auf dem Boden gewälzt. Er war völlig verrückt, wie ein Irrer.

Als Nächstes hat er Mai beleidigt und sie Tigermädchen genannt, woraufhin sie ihm zwischen die Beine getreten hat.

Leg dich nie mit ihr an!

Jedenfalls ist Lee dann mit dem wimmernden Feuerspucker, zu dem Leiter des Artistenvolkes gegangen. Ich denke, sie haben ihn rausgeschmissen. Das Volk der Artisten duldet keine Gewalt und führt sie nicht aus. Sie sind normalerweise das friedlichste Volk von allen. Währenddessen hat Mai nach dir gesucht. Ich muss sagen, sie war wirklich schnell, so schnell wie noch nie. Selbst Jeremie spürt sie nicht so schnell auf. Dann hat sie mich losgeschickt, um nach dir zu suchen.“, erzählte Alessio.

Sie hatte die ganze Zeit die Bilder vor sich gesehen und erwachte nur langsam aus ihrer Trance.

„Wie geht es jetzt weiter?“, fragte Kate, der nicht ganz klar war, wie sie da wieder rauskommen sollten.

„Das kann ich dir sagen.“, meinte Alessio und legte wieder seine Arme um Kate, wie eine Schutzmauer.

„Gerade in diesem Moment, baut Mai nicht all zu weit von hier unser neues Lager auf. Währenddessen sucht Lee alle Anderen zusammen. Er erzählt ihnen, dass Mai feindliche Truppen in der entgegen gesetzten Richtung, des Artistenlagers aufgespürt hat und das wir vier vorgegangen sind, um das neue Lager aufzubauen.“

„Vier?“, fragte Kate.

„Sanny ist bei Mai.“, gab er zurück. „Wir werden die Geschichte für uns behalten, aber es wäre so gut wie unmöglich gewesen, Sanny etwas zu verschweigen. Sie soll dir schließlich helfen.“

Kate nickte und verspürte den Wunsch zu Mai und Sanny zu gehen. Sie wollte sich saubere Sachen anziehen und etwas gegen die Schmerzen nehmen, die erst jetzt, wo der Schock langsam nachließ, deutlich hervortraten.

„Ich würde gerne zu ihnen gehen.“, sagte sie schnell, bevor sie sich umentschied. Zum Sterben war es eh zu spät, dachte sie bitter. Dieser Zug, war ohne sie abgefahren.

Alessio zog sie auf die Beine. Sie fühlte sich ein wenig wackelig, aber sie ließ sich nichts anmerken.

Das Lager war nicht weit entfernt. Bevor Kate es betrat, blieb sie noch einmal stehen.

„Wie weit sind wir entfernt?“, fragte sie.

„Etwas mehr als zwei Stunden.“, gab Alessio zurück. Kate hätte nicht gedacht, dass sie so weit gelaufen war und ohne Mai hätte sie sicher Keiner gefunden. War es ihr Schicksal noch weiterzuleben?

Inspiration Rosenstolz
Strahlende Nächte

In der Nacht

„Kaaate!“, hörte sie einen Freudenschrei, woraufhin Mai ihr um den Hals fiel. Kate freute sich so sie zu sehen, dass sie ihre Freundin noch fester an sich drückte. Die Schmerzen in ihrer Schulter ignorierte sie dabei. Am Liebsten, hätte sie gleich wieder geweint, aber dieses Mal riss sie sich zusammen. Mai war ein wenig blass und sie hatte selbst ein paar Tränen in den Augen.

„Mir geht es gut.“, versicherte Kate ihr daher schnell. Sanny kam herbei und musterte sie kritisch.

„Mitkommen.“, befahl sie und zog Kate hinter sich her, in eines der Zelte.

Ein schwaches Leuchten kam aus seinem Inneren. Den Grund dafür sah Kate erst, nachdem sie den Kopf hineingesteckt hatte. Ein Schwarm Lichterfeen flatterte aufgeregt an der Zeltdecke.

„Wo kommen die denn her?“, wollte sie wissen, während Sanny den Reißverschluss zuzog und in ihrer Tasche kramte.

„Ich will es lieber gar nicht wissen. Mai hat sie gefunden. Dieses Mädchen findet alles und nimmt es mit, als ob es ihr Eigentum wäre.“, sagte Sanny und schob Kate einen Stapel Kleidung hinüber.

„Such dir irgendwas aus.“, fügte sie noch hinzu.

Gedankenverloren nahm Kate ein Teil nach dem Anderen in die Hand, ohne es richtig zu sehen und legte es zur Seite.

Dann zog sie ihr Oberteil aus, damit Sanny sich ihre Schulter besser ansehen konnte.

„Ok, es ist nicht schlimm, aber es wird jetzt vermutlich einmal weh tun.“, sagte sie und legte eine Hand neben Kates Hals. Mit der Anderen nahm sie ihren Arm und machte eine merkwürdige Bewegung. Er knackte laut und schmerzhaft, aber Kate ließ sich nichts anmerken. Das Stechen, das sich durch ihre Schulter gezogen hatte, verschwand. Sanny trug eine Salbe auf die blauen Flecken auf.

„Es wird sicher schnell abschwellen.“, meinte sie. „Auf deinem Rücken sind auch ein paar Kratzer, aber nichts Ernstes. Wow, woher hast du diese Narbe?“, fragte Sanny. Kate strich von links nach rechts mit dem Finger über die lange, blasse Linie, die waagerecht über ihren Rücken wanderte. Auch wenn man sie kaum sah, war sie deutlich zu fühlen.

„Die habe ich vor Jahren bei einem Unfall bekommen.“, sagte sie gleichgültig, nahm sich eines der Oberteile und schlüpfte hinein. Sanny sprach sie nicht weiter darauf an. Vielleicht hatte sie gemerkt, dass Kate nicht darüber sprechen wollte.

„Du bist gut weggekommen.“, meinte sie stattdessen. „Sonst tut dir nichts weh?“, fragte sie noch. Kate schüttelte den Kopf. Nein, dieses Mal hatte sie Glück gehabt.

Mai kam herein.

„Hey meine Süße, wie geht es dir?“, fragte sie und drückte Kate kurz.

„Lass die Fragerei.“, griff Sanny ein, aber Kate lächelte.

„Mir geht‘s gut.“, meinte sie ehrlich. Mai musterte sie sorgfältig.

„Was?“, wollte Kate wissen, als sie immer noch nichts sagte.

„Ich überlege grade, ob du noch einen Schock bekommst. Ich würde, glaube ich, ausrasten.“, grübelte sie.

„Ach was. Das hab ich schon hinter mir. Außerdem gibt es Schlimmeres.“, gab Kate zu, schließlich hatte sie schon genug traurige Erfahrungen gemacht. Erfahrungen die weitaus schrecklicher gewesen waren.

„Vielleicht würde ich ihn umbringen, wenn ich ihm nochmals begegnen würde.“, besänftigte sie Mai. Diese fing an zu strahlen.

„Oh ja, mach das.“, rief sie begeistert und klatschte in die Hände.

„Du bist so ein Kleinkind.“, meinte Sanny und schubste Mai in die Kissen.

„Hast du etwas anderes von ihr erwartet?“, grinste Kate Sanny an, als Mai beleidigt die Unterlippe vorschob.

Darauf hin packte Mai ein Kissen und warf es Sanny an den Kopf. Kate floh aus dem Zelt und bekam gerade noch mit, wie Sanny sich auf Mai warf, um sie auszukitzeln.

In dem Moment tauchte der Rest der Gruppe zwischen den Bäumen auf. Sie alle wirkten müde und durcheinander. Lees Blick traf auf Kate. Er nickte ihr kaum sichtbar zu und steckte dann die brennende Fackel kopfüber in den Schnee, so dass es wieder dunkler wurde.

„Was ist denn da los?“, fragte Claire genervt und deutete auf das Zelt, aus dem lautes Gekreische und Gekicher kam. Niemand antwortete ihr.

„Ich denke, wir sollten alle ins Bett gehen.“, sagte Lee stattdessen. „Wenn es dir nichts ausmacht, könnten wir Zwei ja Wache halten.“ Er sah Alessio an, der ihm wortlos zustimmte.

„Ich verstehe sowieso nicht, warum wir mitten in der Nacht weg mussten.“, schimpfte Claire.

„Weil Alessio es angeordnet hat. Finde dich einfach damit ab.“, mischte sich Eddy ein.

„Pfff.“, machte sie und stolzierte an ihnen vorbei in das Zelt, dass nicht vom Schein der Lichterfeen erhellt wurde. Dana folgte ihr lautlos mit eingezogenem Kopf.

„Eddy! Kannst du mich nicht mal von deiner Schwester befreien?“, hörten sie Mai rufen. Er hetzte sofort los.

Während Chris und Ted sich gerade entschieden ebenfalls schlafen zu gehen, schlich Kate sich unbemerkt von Allen ein paar Schritte in den Wald. Hinter einigen dicht beieinander stehenden Bäumen, nahe den Zelten, blieb sie stehen. Vom Platz aus konnte man sie nicht sehen, obwohl sie keine fünf Meter weit entfernt stand.

Sie wollte einen Augenblick für sich sein. Daher legte sie sich in den kühlen Schnee und blendete die Stimmen der Anderen aus. Von hier konnte sie, durch die Lücken im Blätterdach, Teile des von Sternen übersäten Himmels sehen.

Sie wusste selbst nicht genau, was sie denken sollte, über das was geschehen war.

Die Sterne waren wunderschön. Nein, die Seelen, verbesserte sie ihre Gedanken. Sie zeigten ihr wie diese Welt war, schön aber auch traurig. Traurig, weil die Gefahr an jeder Ecke lauerte.

Was war, wenn auch das Geschehene ein Zeichen für Kate gewesen war. Ein Zeichen, dass die Gefahr hier genauso real war, wie auf der Erde. Ab jetzt würde sie vorsichtiger und misstrauischer sein. Das könnte wohlmöglich ihr Leben retten.

Ohne diesen Vorfall hätte sie weiter daran festgehalten, dass sie hier zu hundert Prozent sicher war.

Es hatte noch etwas Gutes, etwas dass sie gar nicht für möglich gehalten hatte. Sie hatte sich gewehrt und gesiegt. Das bewies, dass sie keinesfalls so hilflos war, wie sie oft angenommen hatte.

Im Gegenteil, sie hatte diesem Kerl geschadet und genau dieses Gefühl half ihr, damit klar zu kommen. Sie fühlte sich stärker und nicht länger unnütz.

Das Pechschwarz des Himmels verblasste, zusammen mit den Sternen und wandelte sich in ein tiefes Blau.

Es herrschte vollkommene Stille und selbst der Wind schien

zu ruhen. Kate stand langsam auf und schlich auf Zehenspitzen zurück. Sie plante bereits im Kopf, wie sie ungesehen in eins der Zelte kommen sollte.

Dabei wäre das nicht nötig gewesen. Sowohl Lee, als auch Alessio schliefen.

So hielt man also Wache, dachte sie und schritt an den Beiden vorbei. Lee saß auf dem Boden, mit dem Rücken gegen einen umgefallenen Baum gelehnt. Alessio lag komplett auf dem Stamm. Es war ein Wunder, dass er nicht herunter fiel. Kate setzte sich mit dem Rücken zu ihnen gewandt und zog das Buch von Jill aus ihrer Tasche. Schon viele Male hatte sie es durchgeblättert, auf der Suche nach Hinweisen. Sie hatte sich ein paar Seiten von Mai vorlesen lassen, aber nichts davon schien ihr zu helfen. Die wichtigen Seiten fehlten offenbar alle. Über die Eismagier gab es nur einen Teil zur Entstehung des Volkes und seiner Geschichte. Keine Hilfen oder Anleitungen, wie die Fähigkeit verwendet wurde. Ja, nicht einmal eine Beschreibung darüber, wozu die Fähigkeit diente.

Einige der anderen, weniger interessanten Kapitel, waren vollständig. Wie zum Beispiel das, über die Heiler.

„Schon wach?“ Kate wäre vor Schreck beinahe von dem Baumstamm gefallen, auf dem sie saß.

Man sollte meinen, sie hätte sich langsam daran gewöhnt.

Schwungvoll drehte sie sich um und hatte bereits den Mund geöffnet, um ihm die Meinung zu sagen. Sie kam jedoch gar nicht erst dazu, weil Alessio ihr rasch einen Finger auf die Lippen legte.

„Bitte nicht aufregen.“, flehte er leise. „Es tut mir leid, wirklich. Ich hatte für einen Moment vergessen, dass du derart schreckhaft bist. Das war nicht meine Absicht. Nicht böse sein, bitte!“

Kate brachte kein Wort heraus. Sein Finger, der noch immer

auf ihrem Mund lag, verwirrte sie ein wenig.

„Oh, tut mir leid.“, entschuldigte er sich erneut und zog seine Hand zurück.

„Was ist los?“, fragte Kate. Mai sah sie überrascht an.

„Was meinst du, was soll schon sein?“, wollte sie wissen.

„Ich weiß nicht. Deshalb frage ich ja. Du kommst mir nachdenklich vor.“ Tatsächlich hatte Mai heute kaum etwas gesagt. Sie hatte noch niemanden geärgert und nicht viel gelacht. Das war untypisch für sie, da sie doch sonst nichts lieber tat, als im Mittelpunkt der Aufmerksamkeit zu stehen.

„Ich weiß, es klingt jetzt komisch, aber ich glaube es ist irgendwas passiert. Normalerweise taucht er doch ständig und überall auf.“, sagte sie leise.

„Ich komm nicht ganz mit.“, gab Kate zu.

„Ich habe Jeremie lange nicht mehr gesehen oder gehört. Dabei hatte ich fest angenommen, dass er uns folgen würde.“

„Aber das ist doch gut, oder nicht?“, fragte Kate unsicher. In Mais Stimme lag etwas, dass sie nicht ganz erklären konnte.

„Ich weiß es nicht, dass macht es ja so kompliziert.“, sagte sie verzweifelt und schlug die Hände vor ihr Gesicht.

„Du machst dir doch nicht etwa Sorgen wegen ihm?“, flüsterte Kate. Mai antwortete nicht, aber ihr Blick verriet alles. Kate seufzte mitleidig.

„Du wirst es niemandem sagen, oder?“

Kate lächelte verständnisvoll und schüttelte den Kopf.

„Danke.“, sagte Mai. „Eddy würde das gar nicht gefallen. Ich weiß nicht, was er tut, falls er es jemals herausfindet.“

„Ich denke, er würde es nicht gut verkraften.“, murmelte Kate.

„Ja, ich weiß. Manchmal wünschte ich, er würde mich nicht

lieben!“, gab Mai zurück.

Also hatte Sanny recht behalten, mit ihrer Vermutung. Mai hatte Jeremie noch nicht vergessen, trotz allem was passiert war. Kate kannte nicht mal den Bruchteil der Geschichten, aber sie konnte sich einfach nicht vorstellen, jemanden zu lieben, der einen verletzt hatte. Nicht nur seelisch sondern auch körperlich.

Soweit Kate wusste, hatte er Mai geschlagen. Sie hatte es mal erwähnt.

Ihr selbst fiel es so schon schwer genug Vertrauen zu fassen. Es war ihr ein Rätsel, wie es Mai gelang, jedem Fremden ihr Vertrauen zu schenken, ohne es zu hinterfragen. Selbst bei Jeremie, wo sie allen Grund gehabt hätte ihn zu hassen, der sie enttäuscht hatte, fiel es ihr leicht.

Hass schien ihr fremd zu sein, ebenso wie Angst.

Das war eine der Seiten, an Mai, die Kate mochte und bewunderte. Ebenso wie Mais Überzeugung, dass alles möglich war, wenn man nur fest daran glaubte.

An diesem Abend erlebten sie alle eine Überraschung. Ausgelöst wurde sie von einem unscheinbaren Zettel, den Alessio eingerollt in einem der Zelte fand.

„Er ist von Dana.“, stellte er fest. Nachdem er ihn gelesen hatte, reichte er ihn an Mai weiter.

„Sie schreibt nur, dass sie geht. Einen Grund hat sie nicht genannt, aber sie hat versichert, niemandem von unseren Plänen zu erzählen.“

„Na, ich hoffe sie hält sich daran.“, warf Lee ein. Claire wirkte verloren, wie sie so da stand.

„Sie hat nicht mal mir etwas gesagt. Und verabschiedet hat sie sich auch nicht.“, sagte sie leise.

„Sie geht einfach so? Alleine?“, fragte Kate.

„Soll sie doch.“, meinte Mai Schulter zuckend.

„Was hast du eigentlich gegen sie?“, wollte Claire gereizt wissen.

„Ich mag sie nicht. Reicht dir das?“, fragte Mai schnippisch.

„Hört auf, das bringt uns nicht weiter.“, griff Alessio ein, bevor die Situation eskalierte. Kate war aufgefallen, dass, immer wenn es Streit gab, Claire darin verwickelt war und fast jedes Mal war sie der Auslöser. Sie war ständig mit irgendetwas unzufrieden oder hackte grundlos auf jemandem herum. Kate konnte sich dieses Verhalten nicht erklären.

Besonders mit Mai geriet sie oft aneinander. Von wegen Freunde, dachte Kate, die sich an das Gespräch zwischen den Beiden erinnerte.

Jetzt schwiegen sie und beließen es dabei, sich feindselige Blicke zuzuwerfen.

„Und, was machen wir jetzt?“, unterbrach Eddy die Stille. „Mai könnte...“, begann er, aber er kam nicht dazu, mehr zu sagen.

„Niemals. Ich bin nicht für sie verantwortlich, soll sie doch alleine klar kommen.“, warf Mai wütend ein und verschwand in einem der Zelte.

„Ich denke auch, dass es keinen Sinn machen würde, sie zu suchen und zurückzuholen. Wir können sie nicht zwingen mit uns zu gehen. Es ist in der Tat allein ihre Entscheidung und wenn sie gehen will, hat sie das Recht dazu.“, meinte Alessio.

„Gut, wenn du das sagst.“, stimmte Lee zu.

„Also tun wir nichts?“, fragte Claire fassungslos.

„Wir können nichts machen, Claire.“, versuchte Alessio sie zu beruhigen. „Ich bin sicher, sie weiß was sie tut.“ Claire schien nicht im Stande zu sein etwas darauf zu erwidern. Stattdessen stand sie auf und tat es Mai gleich. Sie schritt auf das andere Zelt zu, um darin zu verschwinden, nicht ohne sie alle noch mal finster anzusehen.

„Na toll.“, meinte Alessio. „Will sich noch jemand beschweren?“, rief er. „Ich habe eine Idee. Geben wir doch gleich auf, weil das viel einfacher ist.“

„Reg dich ab.“, versuchte Eddy es.

„Ja. Das wird schon wieder. Morgen sieht alles ganz anders aus.“, fügte Sanny hinzu.

„Also mich schafft das alles ganz schön und wenn es niemandem etwas ausmacht, leg ich mich eine Runde aufs Ohr.“, sagte Lee.

„Gute Idee.“, stimmte Eddy zu.

„Aber dort schlafe ich unter keinen Umständen freiwillig.“, sagte er mit einem Kopfnicken Richtung Claire.

„Sei nicht so fies. Komm Kate, wir gehen zu ihr.“, bestimmte Sanny und schob Kate zu dem Zelt hinüber.

Claire ignorierte sie und auch auf Sannys Fragen gab sie keine Antwort. Wortlos wandte sie sich ab.

„Hey, ist da noch ein Platz frei?“, kam es von draußen.

„Was ist los, Alessio? Hat Lee wieder das ganze Zelt für sich eingenommen?“, fragte Sanny schmunzelnd.

„Das habe ich gehört.“, kam ein Knurren von weiter weg.

„Kann man so sagen.“, bestätigte Alessio.

„Wenn du nicht schnarchst, darfst du ausnahmsweise reinkommen.“, sagte Sanny. Noch immer ignorierte Claire sie. Mit dem Gesicht zur Wand lag sie da und rührte sich nicht. Kate, die wieder einmal seit vielen Stunden kein Auge zubekommen hatte, schlief ein, sobald ihr Kopf das Kissen berührte.

„Kate. Kate bist du wach?“, fragte Sanny.

„Nein.“, antwortete sie schläfrig und dreht sich weg.

„Ok, aber alle anderen sind bereits aufgestanden.“, meine Sanny.

„Wieso? Ist es denn schon morgens?“ Kate kam es vor, als hätte sie nur ein paar Sekunden geschlafen.

„Was glaubst du, warum es so hell ist?“, fragte Sanny weiter. Kate machte die Augen auf. Es war wirklich hell.

„Ich dachte du willst mich ärgern.“, gab sie zu.

„Für wen hältst du mich? Ich bin doch nicht Mai.“

Danas Abwesenheit fiel einzig und allein durch Claire´s Anwesend auf. Sie sprach nur, wenn man sie direkt ansprach und war den ganzen Tag lang noch gereizter als üblich. Aus diesem Grund vermieden sie es, sich auch nur in ihrer Nähe zu unterhalten. Das machte den ganzen Tag sehr schweigsam und zog ihn in die Länge.

So waren sie alle froh, als sie nach gefühlt endlosen Stunden des Schweigens, ihr Nachtlager aufschlagen konnten. Sanny bestand darauf, dass sie weiterhin zu Claire hielten. Mai und Eddy gaben sich zuerst geschlagen, was bedeutete, dass Kate gezwungen war mit Lee und Alessio in einem Zelt zu übernachten. Alessio war ja kein Problem, aber wenn Lee sich ausbreitete, würde sie trotz des größeren Zeltes sicher keinen Platz mehr finden.

Außerdem hinderte es sie gewaltig an ihrem Plan, Lees Gegenwart zu meiden. Sie mochte ihn noch immer nicht. Sie hatte nämlich das Gefühl, dass seine Sprüche nicht nur dämlicher, sondern auch zunehmend persönlicher wurden.

Zu ihrem Bedauern, lag sie auch noch zwischen den Beiden und fragte sich gerade verzweifelt, ob sie auch nur für einen Moment die Augen zubekommen würde. Schon jetzt machte Lee sich doppelt so breit, wie ein gewöhnlicher Mensch. Es war erstaunlich, wie viel Platz er brauchte. Sie überlegte, wie groß die Chance war mehr Freiraum zu haben, wenn sie den Platz mit Alessio tauschte, als Lee schon wieder den Mund aufmachte, um jeden in Hörweite zu belästigen.

„Hey Kate, wenn dir heute Nacht kalt ist, kannst du gerne mit unter meine Decke.“, sagte er charmant wie immer. Kate verzog das Gesicht.

„Nein. Danke, für das äußerst freundliche Angebot, aber mir wird sicher nicht kalt.“, sagte sie, wobei sie sich anstrengen musste, besonders ruhig zu wirken.

„Schon klar, aber...“, fing er wieder an. Diesmal unterbrach Alessio ihn.

„Lass sie in Ruhe!“, knurrte er.

„Oh, verstehe. Du bist eifersüchtig. Das tut mir leid. Du hast natürlich genauso die Erlaubnis unter meine Decke zu kriechen, mein lieber Freund.“, grinste Lee. Kate sah, wie ein Kissen über sie hinweg flog und auf Lees Gesicht landete. Wenn es so weiter ging, würde sie ganz sicher nicht dazu kommen, vor dem Morgen, ein wenig Schlaf zu finden

„Danke, wäre gar nicht nötig gewesen, dass du mich beschenkst.“, scherzte Lee weiter. „Ich mag dich auch so.“

Kate schlug sich die Hände vor das Gesicht.

„Das ist ja nicht zum aushalten. Kannst du auch mal still sein? Andere wollen schlafen.“, flehte sie ihn an.

„Nun ja, weißt du...“, sagte Lee.

„Ja, ich weiß, du hörst dich unheimlich gerne selbst reden und jetzt lass die blöden Kommentare, sonst brenne ich sie dir ins Gesicht.“ In seinen Augen sah sie genau, dass er wusste wie ernst sie es meinte und vielleicht erinnerte er sich an die verbrannte Haut des Feuerspuckers, jedenfalls sagte er nichts weiter. Ein Lachen ertönte.

„Ich helfe dir mit Vergnügen.“, hörten sie Mai rufen.

„Und schon wieder hast du ihn sprachlos gemacht.“, kommentierte Alessio, Lees Schweigen.

„Von wegen sprachlos.", meinte Kate mit einem prüfenden Blick zu Lee. „Er ist eingepennt."

„Das glaube ich nicht.", warf Alessio ein. Kate setzte sich, so dass er Lee sehen konnte.

„Siehst du.", sie stieß ihm gegen die Schulter, aber Lee zeigte keine Reaktion.

„Das ist kein Beweis.", sagte Alessio unsicher. Ein schnarchen ging von Lee aus.

„Siehst du.", wiederholte Kate und lächelte überlegen. Alessio wog den Kopf hin und her.

„Ich weiß nicht, so ganz überzeugt mich das nicht...", dachte er laut.

„Wie auch immer.", meinte Kate und ließ sich zurück auf ihren, mittlerweile noch schmaler gewordenen, Platz sinken.

„Was willst du damit sagen?", fragte Alessio.

„Ganz einfach, dass es egal ist, ob er schläft oder nicht. Nerven tut er trotzdem." sagte sie und wie zur Bestätigung streckte sich Lee noch im selben Augenblick. Alessio lachte leise, während Kate Lees Arm grob weg schob.

„Warte, ich mache dir noch etwas Platz.", schlug Alessio vor und rückte so nah wie möglich an die Wand. Kate zog die Augenbrauen hoch.

„Und wie willst du jetzt schlafen?", fragte sie.

„Ich brauche lange nicht so viel Liegefläche, wie unser breiter Freund hier.", antwortete er mit einem Nicken Richtung Lee. Als Kate sich immer noch nicht rührte, klopfte er eifrig neben sich. Mit einem Kopfschütteln gab sie sich geschlagen. Er würde ja doch nicht locker lassen, redete sie sich ein.

„Wir sollten ihn hinausrollen.", meinte Kate bestimmt.

„Wieso denn? Nur weil er etwas mehr Platz braucht?", fragte Alessio belustigt.

„Fast zwei drittel des Zeltes!", korrigierte sie.

„Gut, ab Morgen schläft er draußen.“, stimmte Alessio zu.

Kate drehte sich auf den Bauch und zog sich die Decke bis zum Hals. Eigentlich brauchte sie diese gar nicht, aber aus reiner Gewohnheit konnte sie damit besser schlafen.

„Was machst du da?“, fragte Alessio.

„Schlafen, was dachtest du denn? Tanzen gehen?“, fragte sie sarkastisch.

„Oh ja.“, meinte Alessio.

„Ich glaube, du warst zu oft mit deiner Schwester zusammen, du klingst schon genau wie sie.“, bemerkte Kate.

„Ja, sie färbt ab.“, gab er zu. „Du kannst jetzt trotzdem nicht einfach schlafen gehen. Ich bin noch gar nicht müde.“

„Und?“, gähnte Kate.

„Nichts und! Das war alles.“, meinte Alessio.

Ein besonders lauter Schnarcher kam von Lee. Mit einem Seufzen, drehte Kate sich mit dem Rücken zu ihm.

„Überredet, bei den Geräuschen kann sowieso keiner schlafen.“, sagte sie. Alessio antwortete nicht. Er schien tief in Gedanken versunken zu sein. Kate wartete.

„Warum sollte ich jetzt noch gleich wach bleiben?“, fragte sie nach einer Weile. Er wandte ihr sein Gesicht zu.

„Hast du Angst?“, flüsterte er.

„Ähm wie bitte?“, Kate hatte keine Ahnung wovon er sprach. So schrecklich klang das Geschnarche auch schon wieder nicht, als das er so etwas annehmen konnte.

„Dass es wieder passieren könnte.“, sagte er ebenso leise und berührte kurz mit den Fingerspitzen ihre Schulter, mit der sie gegen den Baum geprallt war.

„Nein. Schon lange nicht mehr.“, sagte sie ehrlich.

„Was meinst du?“, fragte Alessio mit einem seltsamen Blick. Erst da merkte Kate, was sie gesagt hatte.

Nur nicht aufregen, sprach sie sich Mut zu und atmete

gleichmäßig ein und aus. Zum Glück war es so dunkel, dass er den Schreck, der für eine Sekunde in ihren Augen aufgeblitzt war, unmöglich gesehen haben konnte.

„Ach, das erzähle ich dir ein anderes Mal.“, sagte sie gelassen und hoffte er würde es schnell vergessen.

„Ich habe schon Angst.“, flüsterte er und drehte sich ebenfalls auf die Seite. „Seit dem Moment, in dem ich ahnte, dass er dir etwas angetan hatte.“

Kate war es nicht gewohnt, dass man sich um sie sorgte, daher fühlte sie sich leicht unbehaglich.

„So schlimm war es nicht und außerdem habe ich mir mehr Gedanken über die Drohung gemacht, dass er allen die Kehle aufschlitzen wollte. Ich würde alles lieber tun, als die Verantwortung dafür zu tragen.“ Sie wurde unterbrochen.

„Sag das nicht. Genau diese Einstellung wollen Menschen wie er damit heraufbeschwören.“ Er nahm ihre Hand.

„Ich werde nicht zulassen, dass dir etwas geschieht. Ab jetzt lass ich dich einfach nicht mehr aus den Augen.“, flüsterte er so leise, dass Kate sich wirklich anstrengen musste, um seine Worte zu verstehen. Warum nur hatte sie ihn erst jetzt getroffen? Er hätte sie vor so manchem Leid bewahren können. Sie lächelte, da sie nicht wusste, was sie antworten sollte. Doch es schien ihm zu genügen. Er führte seine Hand zu ihrem Gesicht, ohne ihre dabei loszulassen und strich mit dem Handrücken über ihre Wange. Sie schloss die Augen und hörte nur noch, wie Alessio sich auf den Rücken zurückfallen ließ, bevor sie einschlief, um einen Traum zu träumen, der zur Abwechselung keinen Funken Dunkelheit enthielt.

Der folgende Tag verlief ähnlich ruhig. Sie redeten kaum miteinander und schlugen früh ihr Lager auf. Erneut war es Eddy, der zuerst müde wurde. In letzter Zeit wirkte er oft schwach und leicht kränklich. Dennoch beteuerte er wieder und wieder, dass alles so wie immer sei. Zu Beginn hatte Mai vor Kate die Vermutung geäußert, er wisse vielleicht, dass sie noch etwas für Jeremie empfand. Dieser Gedanke verflog jedoch rasch, da er sich ansonsten normal verhielt.

Ihre Reise war anstrengend, da sie viel liefen und wenig schliefen.

Kate schien es normal, dass Eddy sich schlapp und schläfrig fühlte. Stress wirkte sich auf jeden Menschen anders aus.

Sie selbst genoss die Zeit eine Aufgabe zu haben, bei der sie nicht ständig angeschrien wurde. Im Waisenhaus hatte es strenge Regeln gegeben und wer sie nicht befolgte oder es nicht schaffte, der bekam zusätzliche Aufgaben.

Mai erhob sich. Sie wünschte allen eine gute Nacht und verschwand im Zelt, wo Eddy bereits schlief. Sanny schlief ebenfalls, allerdings saß sie bei ihnen am Feuer, eingewickelt in eine Decke, mit nach vorne hängendem Kopf. Claire legte sich, die Beine aufgestellt, mit dem Rücken auf die Matte, auf der das Feuer brannte. Sie war gerade groß genug, dass sie alle bequem darauf Platz fanden. Sie tat es Sanny nach und schloss die Augen.

Als Ted und Chris aufstanden, um sich schlafen zu legen, entschied sich Lee kurzer Hand mitzugehen.

„Das haben sie mit Absicht gemacht.“, sagte Alessio leise.

„Sollte ich wissen, wovon du redest?“, fragte Kate wenig interessiert. Sie hatte zum wiederholten Mal das Buch auf ihrem Schoß liegen. Sie hatte tatsächlich einen Stift in ihrer Tasche gefunden, den sie schon längst vergessen hatte. Jetzt war sie damit beschäftigt, das aufzuschreiben, was sie von dem behalten hatte, was Mai ihr vorgelesen hatte. Normalerweise schrieb sie nicht in Bücher, aber in diesem fehlten etliche Seiten und die Übrigen waren bereits von Hand beschrieben. Es waren nur ein paar Wörter. Hin und wieder ein Symbol oder eine kleine Zeichnung.

„Damit meine ich, dass bis auf uns alle schlafen gegangen sind, um sich vor der Arbeit zu drücken.“, sagte er.

„Das stört mich nicht.“, gab sie zu und blätterte ein Kapitel weiter.

„Mich auch nicht, aber es geht ums Prinzip.“, versuchte er es. Kate reagierte nicht, stattdessen drehte sie das Buch nach links und rechts. Eine blasse, ziemlich ungenaue Karte war auf den Seiten abgebildet. Der Ort kam ihr bekannt vor, doch sie konnte sich nicht entsinnen, woran er sie erinnerte.

Sie knickte die Ecke um und blätterte weiter. Sie machte sich gerade eine Notiz, zum Inhalt des Kapitels, als Alessio ihr das Buch aus der Hand zog. Offensichtlich suchte er jetzt, da sie nicht weiter antwortete, nach einem anderen Weg sich mit ihr zu unterhalten.

„Was ist das?“, fragte er und deutete auf die kleinen Buchstaben, die sie soeben geschrieben hatte.

„Wörter.“, sagte sie selbstverständlich und holte sich das Buch zurück, damit sie ihren Satz beenden konnte.

„Interessant.“, sagte er langsam und sah zu, wie sie die Buchstaben formte.

„Wie kannst du dir das merken, diese Schrift sieht viel komplizierter aus.“, meinte er.

„Das habe ich mir bei diesem Geschnörkel auch gedacht.“, antwortete Kate und klopfte mit der Rückseite ihres Kulis auf den Text im Buch.

„Kann ich verstehen. Ehrlich gesagt, das Meiste davon kann ich auch nicht lesen. Vom Schreiben will ich gar nicht erst anfangen...“, fügte er den letzten Teil, mehr zu sich selbst, hinzu.

„Es scheint hier nicht viele Leute zu geben, die lesen und schreiben können.“, stellte sie fest. Alessio nickte.

„Die Meisten haben Angst davor. Geschriebene Worte können viel mehr Schaden anrichten, als Gesprochene. Sie geraten schnell in falsche Hände.“, erklärte er.

„Kann sein, aber dafür halten sie länger und man kann Nachrichten über eine weite Entfernung liefern, ohne dass sie sich mit der Zeit verändern.“ Er stimmte ihr zu, blieb aber dabei, dass es viel zu anstrengend war sich Buchstaben zu merken, wenn es doch Wichtigeres gab, um dass er sich kümmern musste.

„Zum Beispiel?“, fragte Kate.

„Auf dich aufpassen.“, grinste er. Sie schnaubte.

„Oh ja, weil das auch so kompliziert ist.“

„Es ist wirklich nicht leicht. In dieser Sache bist du fast wie meine Schwester. Wenn du gerade Lust dazu hast, verschwindest du einfach.“, sagte er vorwurfsvoll.

„Ja, dumme Angewohnheit.“, gab sie zu. „Allerdings wäre ich wohl nicht hier, wenn es anders wäre.“, fügte sie hinzu.

„Mir wäre es trotzdem lieber, du würdest diese Angewohnheit schnellstmöglich ablegen. Dabei könntest du auch gleich Mai umstimmen. Zwar kann sie gut auf sich selbst aufpassen, aber sie ist leider ebenso leichtsinnig, wie gerissen.“ Kate lächelte nur.

Der Wind wehte durch die Bäume und Claire bewegte sich im Schlaf.

Sie sah traurig aus. Kate konnte sie gut verstehen, schließlich war der einzige Mensch, den sie wirklich mochte und der auch sie mochte, gegangen. Es war ein schreckliches Gefühl. Was sie jedoch nicht nachvollziehen konnte, war Claires Verhalten ihnen gegenüber.

Als Kates beste Freundin damals das Waisenhaus verlassen hatte, war sie froh über jede noch so kleine Gesellschaft gewesen. Auch wenn sie keine neue beste Freundin gefunden hatte, so gab es doch immer genug Mädchen, mit denen sie sich verstanden hatte. Claire tat das genaue Gegenteil. Sie wies jeden ab, der mit ihr redete und lies sie alle spüren, dass sie allein sein wollte. Auch das sie hier draußen schlief, passte zu ihr. So konnte sie sagen, sie wäre aus Versehen eingeschlafen. Sie vermied es gemeinsam mit ihnen zu essen und schlafen zu gehen. Dass sie bei ihnen am Feuer gesessen hatte, war einzig und allein die Kälte schuld.

Hätte sie nicht gefroren, wäre sie auch nicht bei ihnen gewesen.

Sanny gab sich die meiste Mühe mit Claire. Sie versuchte immer sie mit einzubeziehen und ignorierte gekonnt jede noch so gemeine Bemerkung. Kate versuchte ebenso nett zu sein, aber sie gab jedes Mal gleich wieder auf. Sie wollte Claire nichts vorspielen. Wenn diese es machte, war es ihr Problem, doch Kate war keine besonders gute Lügnerin und sie hatte auch keine Lust eine zu werden.

Sie sah das Buch an. Sie hatte vergessen, was sie schreiben wollte. Sie atmete tief ein und klappte es leise zu.

„Normalerweise, wenn wir in Brion wären, dann würde ich dich bitten, mit mir auszugehen.“, sagte Alessio und schaffte es wieder einmal Kate zu überraschen. Die Geschehnisse der vergangenen Tage, hatten sie vergessen lassen, dass sie sich eigentlich von ihm fern halten wollte. Jetzt schien es zu spät dafür.

„Ach wirklich?“, fragte sie und hoffte heimlich, dass es kein Scherz war.

„Ja, aber ich vermute hier wird das etwas schwieriger.“, meinte er und starrte die Bäume an, als wären sie schuld daran.

„Wieso?“, wollte Kate wissen.

„Ja... wieso eigentlich?“, wiederholte er nachdenklich. Dann stand er auf.

„Komm, ich will dir etwas zeigen!“, sagte er und nahm wie selbstverständlich ihre Hand. Sie legte das Buch neben sich auf den Boden und erhob sich. Gespannt, was jetzt kam, folgte sie Alessio.

Sie liefen den Weg zurück, über den sie gekommen waren.

„Was ist mit den Anderen?“, fragte Kate und warf einen unsicheren Blick über die Schulter. Sie konnten nicht gehen, schließlich schliefen alle und niemand passte beim Lager auf.

„Es wird nichts passieren.“, sagte Alessio, aber das überzeugte Kate nicht.

„Falls doch, wird Mai sicher aufwachen und die Drachen sind ja auch noch da.“, beruhigte er sie.

„Ok und wo gehen wir hin?“, wollte sie wissen.

„Das wirst du gleich sehen.“, sagte er nur.

Sie gingen nicht weit, bis Alessio stehen blieb. Kate fragte sich, was es an dieser Stelle Besonderes zu gucken gab. Hier waren nur Bäume, genau so wie überall.

„Sieh dir das an.“, sagte er und zeigte auf einen in der Nähe stehenden Baum. Der breite Stamm war gerade gewachsen, wie der einer Tanne und er war ebenso hoch wie jeder andere. Seine Äste breiteten sich wie Fächer, parallel zum Boden aus.

„Ähm...“, machte Kate. Auch wenn sie einen solchen Baum noch nie gesehen hatte, wusste sie nicht, was das Tolle an ihm sein sollte.

„Wir klettern hinauf.“, erklärte Alessio.

„Damit wären wir wieder bei der Frage, nach der Gefahr, angelangt.“, warf Kate ein. Alessio schüttelte den Kopf.

„Die Äste sind wie eine Treppe angeordnet und eine Treppe ist nicht gefährlich.“, erklärte er und stieg auf den untersten Ast. Kate verdrehte die Augen, sagte aber nichts. Es war immerhin seine Regel, wenn jemand sie brechen durfte, dann er.

Nach einigen Metern, konnte sie den Boden nicht mehr

sehen, da die dichten Blätter ihr die Sicht versperrten. Sie waren viel dicker und schwerer, als von den Bäumen, die sie kannte. Wahrscheinlich konnten sie nur so in der Kälte überleben.

Selbst nach oben hin wurden die Äste nicht dünner und so war Kate überrascht, als sie plötzlich die Spitze erreicht hatten. Wobei Spitze eigentlich das Falsche Wort dafür war, dachte sie. Vielmehr wirkte der Baum, als hätte ihn jemand auf der Hälfte abgeschnitten. Das Erstaunlichste jedoch war nicht der Teppich aus Blättern, der vor ihnen lag, sondern die Aussicht. Sie waren genau über dem Wald. Das Ende konnte man nicht erkennen, es waren zu viele Berge in der Gegend, aber dafür sah Kate die Weite des Waldes.

Der Wind wirbelte die dünnen Zweige auf, was Kate an die Wellen im Meer erinnerte.

Ohne die vielen hellen Sterne wäre es sehr dunkel gewesen und sie fragte sich, warum die Nächte überhaupt schwärzer waren, als auf der Erde? Es konnte nicht nur daran liegen, dass es kein künstliches Licht gab, überlegte sie.

Auch als sie nach oben sah, hatte sie das Gefühl, das etwas fehlen würde. Da waren Sterne und Wolken, und hinter den Wolken kamen weitere Sterne zum Vorschein. Das erinnerte Kate an ein Bild, das sie vor langer Zeit in einem Buch gesehen hatte. Es viel ihr wie Schuppen von den Augen. Es war der Mond. Wieso hatte sie es nicht früher gesehen?

Immer wenn der Himmel wolkenlos gewesen war, hatte sein helles Licht, die Nacht erleuchtet. Wenn sie jetzt nach oben sah, fehlte er.

„Es ist wunderschön hier, aber woher wusstest du, dass wir bis nach oben kommen würden?“, fragte Kate und ließ ihre Beine in der Luft baumeln.

„Das ist eine Eigenschaft dieser Bäume. Sie wachsen immer

ein bisschen höher, als die Umstehenden. Warum das so ist, weiß ich nicht. Früher hat man sie in die Nähe der Dörfer gepflanzt. Man konnte zum Schutz vor Angriffen oder anderen Gefahren hinaufklettern. Leider gibt es nur sehr wenige davon, dabei sind sie unheimlich bequem.“, bedauerte Alessio.

„Ja, so einen hätte ich auf der Erde auch gebrauchen können. Ein super Versteck.“, sagte Kate mit einem leisen Lächeln.

„Ich kann mir immer noch nicht vorstellen, dass du niemanden dort vermisst. Du hattest doch sicher viele Freunde.“, platzte Alessio heraus.

„Ich würde eher Bekannte sagen. Ich hatte nur eine richtig gute Freundin. Sie hieß Jenna, aber eines Tages ist sie weggezogen und ich weiß nicht wo sie jetzt lebt. Um genau zu sein, habe ich seit dem Tag nichts mehr von ihr gehört und das war vor mehreren Jahren.“, erzählte sie.

„Kannst du dich noch an sie erinnern?“, fragte Alessio und Kate nickte.

„Wie war sie?“

„Chaotisch.“, lachte Kate. „Was sie auch getan hat, es ging immer schief. Trotzdem war sie hilfsbereit und hat stets ihr Bestes gegeben. Wahrscheinlich sind wir deshalb Freunde geworden. Seit wir uns kennengelernt haben, war sie für mich da, bis zu dem Tag, an dem sich unsere Wege trennten. Manchmal frage ich mich, wie es ihr geht, was sie macht und ob sie sich noch an mich erinnert. Mittlerweile habe ich mich damit abgefunden, dass ich es wohl nie erfahren werde.“, bemerkte sie traurig.

„Das würde ich nicht tun. Mai sagt auch immer, man sieht sich mindestens zweimal im Leben.“, meinte Alessio.

„Kann schon sein, aber es ist doch sehr unwahrscheinlich, wenn wir in unterschiedlichen Welten sind. Findest du nicht?“ Er zuckte mit den Schultern.

„Kann sein, aber wir haben uns trotzdem getroffen.“, sagte er.

„Das stimmt.“, sagte Kate und sie musste zugeben, dass selbst das ziemlich unglaublich klang. Wäre nur eine Sache in ihrem Leben anders gelaufen, hätte sie diese Welt vielleicht nie kennengelernt. Also warum eigentlich sollte es nicht möglich sein, dass sie irgendwann erfahren würde, was aus Jenna geworden war.

„Ich habe keine Ahnung, wie viel Zeit vergangen ist und wann es hell wird, aber sollten wir nicht besser zurück gehen?“, fragte Kate irgendwann. Sie hatte das Gefühl, die Sterne verblassten allmählich.

„In ein bis zwei Stunden wird es hell sein. Daher denke ich es wäre das Vernünftigste.“, stimmte Alessio betrübt zu.

„Ach und was wäre unvernünftig?“, wollte Kate wissen.

„Ganz einfach, wenn wir für den Rest unseres Lebens hier bleiben würden.“, meinte er.

„Das wäre sicher nicht gut. Wir würden verhungern, einschneien oder vor Langeweile herunterfallen.“, überlegte Kate.

„Ok, bin überredet.“, sagte Alessio schnell und sie machten sich daran vorsichtig herunter zu klettern. Es war nicht nur anstrengender, sondern dauerte auch länger, als der Aufstieg. Sie konnten die unteren Äste nicht sehen und rutschten mehrere Male weg, da ihre Füße keinen richtigen Halt auf den schneebedeckten Ästen fanden.

Kate war erleichtert, als sie von dem scheinbar nie enden wollenden Baum auf den Boden springen konnte. Selbst wenn die Blätter einem die Sicht versperrt hatten, war sie sich der schwindelerregenden Höhe die ganze Zeit über bewusst

gewesen.
„Vor vielen Jahren bin ich mal von einem Baum gefallen. Wahrscheinlich mag ich die Höhe deshalb nicht.“, sagte sie und warf noch einen Blick hinauf.

Schon jetzt kam ihr die Aussicht unwirklich vor, mehr wie ein Traum. Vielleicht lag es daran, dass sie sich nie an Geträumtes erinnern konnte und dass sie stattdessen andere Momente wie einen Traum wahrnahm. Es klang zwar nicht sehr logisch, aber ihr reichte es zur Erklärung.

„Und das erzählst du mir erst jetzt, nachdem wir auf den Baum geklettert sind?“, fragte er.

„Sicher, sonst hättest du noch darauf bestanden mich festzubinden oder hinaufzutragen.“, spottete sie. Alessio schüttelte energisch den Kopf.

„Ich hätte dich gar nicht erst hinaufgelassen.“, scherzte er.

Obwohl sie sich mit dem Rückweg zum Lagerplatz nicht gerade beeilten, kamen sie noch vor der Dämmerung dort an.

Alles war still, bis auf das Knistern des Feuers und das leise Flüstern des Windes.

Sannys Kopf war zur Seite gekippt und Kate war sich sicher, dass sie beim Aufwachen Nackenschmerzen haben würde.

Auch wenn sie neben dem Feuer lag, schien Claire zu frieren. Sie hatte die Arme schützend um ihren Körper geschlungen.

„Wieso hat sie sich auch keine Decke genommen. Ziemlich unklug von ihr.“, sagte Alessio, der Kates Blick bemerkt hatte.

„Mir tut sie leid.“, meinte sie und ging zu Claire hinüber. Sie kniete sich neben sie und legte eine Hand auf ihren Arm. Sie war eiskalt. Kate schloss die Augen, um sich besser konzentrieren zu können. Ihr Atem ging ruhig und das vertraute Gefühl von Wärme kroch durch ihren Körper. Sie staute sich in ihren Händen und ging gleichmäßig auf Claire über. Kate kam es jedes Mal selbst wie ein Zauber vor, wenn diese Energie ihren Körper verließ Sie öffnete die Augen und sah, wie Claire leicht den Kopf bewegte, aber nicht aufwachte.

„Was hast du gemacht?“, fragte Alessio neugierig.

„Ich habe einen Teil der Wärme auf sie übertragen. Das ist eine gute Übung für mich und hilft gleichzeitig anderen.“, erklärte Kate und blieb noch einen Moment neben der schlafenden Claire sitzen. Ihr war ein wenig schwindelig geworden. Vermutlich lag es jedoch nur daran, dass sie müde war. Sanny und Mai hatten ihr geraten sich ihre Energie von außen zu holen, aber Kate war der Meinung es auch so schaffen zu können. Außerdem hatte sie keine Ahnung, wie sie die Energie von der Sonne nutzen sollte und welche Möglichkeiten sie sonst noch hatte.

„Klingt ganz so, als würdest du das öfter machen.“, stellte er fest. Kate überlegte kurz.

„So oft auch schon wieder nicht. Es weiß kaum einer davon. Mai meinte, ich solle es für mich behalten.“

„Schlau von ihr. Scheinbar denkt sie auch mal mit.“, grinste Alessio.

Verrat

„Weißt du Kate, ich habe das komische Gefühl, dass etwas passieren wird. Ich kann dir versichern, dass es nichts Gutes ist.“, sagte Mai und starrte in die knisternden Flammen. Der Tag war wie im Flug an ihnen vorbeigegangen und jetzt saßen sie gemeinsam mit Claire und Sanny vor den Zelten. Die anderen Fünf schliefen bereits seit einer halben Stunde.

„Hast du das nicht ständig.“, warf Claire genervt ein, die Mai direkt gegenüber saß.

„Mit dir hat keiner geredet.“, zischte diese. Claire äffte sie spöttisch nach und lachte. Kate ignorierte sie und auch Sanny hatte nur einen kurzen Blick für sie übrig.

„Was meinst du damit?“, fragte Kate an Mai gewandt.

„Ich weiß nicht, ich habe einfach ein Gespür dafür. So wie ich das kommende Wetter spüre, merke ich auch, wenn etwas anderes nicht stimmt.“, sagte Mai.

„Ich wünschte ich könnte das auch.“, beneidete Sanny sie. „Es wäre viel praktischer, wenn ich schon vorher wüsste, dass jemand krank wird.“

„Es ist ja nicht so, dass ich Dinge voraussagen kann, aber es gehört nun einmal zu meiner Fähigkeit, dass ich Sachen spüre, höre oder rieche, die Andere nicht mitbekommen.“

„Ich bleibe dabei, dass es toll ist.“, meinte Sanny.

„Es ist ja so toll eine Fähigkeit zu haben.“, spottete Claire erneut. „Gebt ruhig alle damit an, wie super ihr seid.“

„Oh Claire, das tut mir leid. Ich hatte vergessen, dass du die Einzige von uns bist, die keine Fähigkeit hat.“, versuchte Sanny sie zu trösten.

„Ich bin nicht die Einzige. Eddy, Lee, Ted und Chris sind ebenfalls ganz normale Menschen.“, sagte sie und verschränkte trotzig die Arme.

„Das stimmt, aber sie meinte uns vier.“, sagte Mai überdeutlich und zeigte nacheinander mit dem Finger auf jeden von ihnen. Claire schnaubte nur verächtlich.

„Es zwingt dich keiner hier zu sein.“, lächelte Mai.

„Hört auf.“, sagte Sanny, bevor die Beiden weiter streiten konnten.

„Ich stimme Sanny zu. Das bring doch nichts.“, sagte auch Kate. Claire funkelte sie böse an, erwiderte aber nichts.

Es gab Tage, an denen Claire weiter versuchte sich an Kate zu hängen, während diese mit Zufriedenheit feststellte, dass es ihr problemlos gelang sich weiter von Claire zu entfernen. Je aufdringlicher sie wurde, desto abweisender verhielt sich Kate. Es gelang ihr so gut, dass weder Nettigkeiten, noch Zorn sie beeindruckten. Claire war nichts weiter, als eine Feder im Wind, die ihrer Mauer nichts anhaben konnte.

Seit Dana so plötzlich verschwunden war, änderte ihre Stimmung sich noch schneller, als sowieso schon. Kate bekam es einige Male zu spüren, wenn Claires gespielte Fassade von ihr abbröckelte und spätestens dann wurde es Zeit die Flucht zu ergreifen.

Mittlerweile hatten sie es alle raus, wann es besser war Claire nicht anzusprechen und in besonders übermütigen Stunden forderte Mai es geradezu heraus.

Sie vertrieb sich damit die Langeweile, hatte sie Kate erklärt, als diese nach einem Grund gefragt hatte.

Der Schnee fiel dicht, so dass sie nicht besonders weit gucken konnten. Sie würden heute langsamer vorankommen und obwohl Kate gut geschlafen hatte, fühlte sie sich schwächer und müder als an den vorherigen Tagen.

Sanny erklärte ihr, dass es über Nacht noch kälter geworden war. Der Winter brachte nicht nur Schnee, sondern auch Wind und Kälte. Sie vermutete, dass Kates Körper sich mehr anstrengte, den Temperaturen zu trotzen. Natürlich hätte sie einfach etwas Wärmeres anziehen können, um das zu vermeiden, aber wie so oft wollte sie es ohne irgendwelche Hilfe schaffen. Wenn sie eh keine Zeit hatte ihre Fähigkeit zu erlernen, dann kam ihr das frostige Wetter gerade recht. Denn dadurch war sie gezwungen ihre Gabe einzusetzen und ihre Kraft herauszufordern.

„Wir sollten noch warten, bis das Wetter sich etwas beruhigt hat.“, rief Alessio.

Die Zelte hatten sie bereits sicher verstaut und so blieb ihnen nichts anderes übrig, als sich im Schutz der Bäume auf den Boden zu setzen. Es brachte nicht viel, da der Wind die Schneeflocken in alle Richtungen tanzen ließ. Sie wirbelten hoch in die Luft, bevor sie zu Boden sanken.

Sie hatten Glück und der Sturm hielt nicht lange an. Schon bald fielen nur noch vereinzelte Flocken, so dass sie aus dem Schutz der Bäume treten konnten.

Noch während sie ihre restlichen Sachen verstauten, richtete Mai sich blitzschnell auf und fuhr herum. Sie starrte zwischen die Bäume und rührte sich nicht.

„Was ist?“, fragte Eddy und stand ebenfalls auf. Mai antwortete nicht. Er folgte ihrem Blick und ging auf den Rand der Lichtung zu. Er wollte selbst sehen, was sie schon längst bemerkt hatte.

„Bleib stehen. Nicht weitergehen.“, sagte Mai ruhig. Doch Kate glaubte zu wissen, was ihr Verhalten bedeutete. Diese Ruhe erinnerte sie an die Situation in Mais Schlafzimmer, an den Tag, an dem ihr Exfreund zum ersten Mal aufgetaucht war. Kate wartete darauf, seine hoch gewachsene Statur zwischen den Schatten der Bäume zu sehen.

Keiner rührte sich. Aus den Augenwinkeln sah Kate, wie Teds Hand zum Griff seiner Waffe wanderte. Er trug sie immer bei sich, ebenso wie sein Bruder Chris und mit einem Mal wurde sie sich der Gefahr bewusst, die ständig und überall anwesend war. Die Tatsache, dass sie jede Nacht Wachen vor den Zelten platziert hatten, machte ihr erstmals bewusst wie ernst ihre Lage war.

Fast erwartete sie einen der brennenden Pfeile, die schon einmal ihr Lager zerstört hatten, auf sich zurasen zu sehen.

Die Zeit war wie eingefroren und plötzlich tauchten Schatten zwischen den Bäumen auf. Sie zeigten die Silhouetten zweier Personen, die eine war klein und stämmig, die Andere hoch gewachsen und dünn.

„Jeremie.“, zischte Mai zwischen den Zähnen hervor. Er trat aus der Dunkelheit hervor, mit eleganten, anmutigen Schritten. In seinen kurzen, schwarzen Haaren klebten Schneeflocken und er trug einen blauen Mantel, der ihn noch größer erscheinen ließ. Ein Mädchen begleitete ihn. Sie hatte kein besonders schönes Gesicht und war eher unscheinbar. Genauer gesagt, sie passte nicht im Geringsten zu dem Erscheinungsbild von Jeremie.

„Wie geht es dir, Prinzessin?“, fragte er hämisch grinsend. Das Mädchen lächelte nicht. Sie ließ ihren Blick von Einem zum Anderen wandern. Ihr Gesicht war konzentriert und leicht angespannt. Die Augen waren dunkel und getränkt mit reinem Hass. Ihre Abneigung hätte kaum deutlicher sein können.

„Was willst du diesmal?“, fragte Mai und verschränkte die Arme vor der Brust. Es klang beiläufig, so als wären sie sich durch Zufall auf der Straße begegnet. Jeremie machte ein paar Schritte nach vorne. Eddy, der ihm am nächsten stand, bewegte sich nicht. Nur wenige Meter trennten ihn von dem Feind.

Dieser jedoch interessierte sich nicht annähernd für ihn. Jeremies Augen fixierten weiterhin Mai. Er kam auf sie zu, ganz so, als hätte er jeden einzelnen seiner Schritte, wie einen Tanz genau einstudiert und seine Worte auswendig gelernt.

„Jedes Mal die selbe Frage.“, sagte er im Rhythmus seiner Schritte und blieb dicht vor ihr stehen.

„Ich bin es leid, sie dir zu beantworten. Wie wäre es, wenn du mir zur Abwechslung Mal ein paar Antworten gibst.“, sagte er und strich beiläufig mit der rechten Hand über ihr Gesicht.

„Das kannst du vergessen. Wie hast du es überhaupt geschafft uns zu finden?“, wollte Mai wissen und stieß ihn zurück. Sonst sprach niemand. Alle warteten darauf, dass etwas passierte.

„Oh, ich hatte Glück.“, lächelte Jeremie. Er hob die Hand und betrachtete seine Fingerspitzen, mit denen er Mai berührt hatte, als erwartete er eine Spur von ihr daran zu entdecken.

„Ohne Hilfe hätten wir es nie geschafft, das muss ich leider zugeben. Es war nicht leicht, aber wie der Zufall es so will, haben wir ein Dorf in dieser Gegend, drei Tage zu Fuß von hier, würde ich schätzen. Du solltest es dir bei Gelegenheit einmal ansehen. Es ist nett dort. Leider bekommen wir nur selten Besuch.“

„Lass das Gerede.“, fuhr Eddy überraschend dazwischen, doch Jeremie brachte es nicht aus der Fassung.

„Du hast Recht, ich schweife ab. Nun ja, jedenfalls hatte ich einige Angelegenheiten zu klären, für meinen Vater und an dieser Stelle kommt unser Glück ins Spiel. Ilona.“, er deutete auf das Mädchen zu seiner Linken. „Sie brachte mir genau die Person, die ich brauchte.“

Er schnippte mit den Fingern und zwei weitere Menschen traten aus dem Wald.

Hinter sich hörte Kate wie Claire scharf einatmete, als sie

Dana erkannten. Ihre Haare hingen schlaff herunter und ihre Haut war blasser, als zuvor. Ihre Flügel waren unter der Jacke versteckt, was sie sonst nie machte. Sie vermied es, ihnen in die Augen zu sehen, stattdessen blickte sie starr zu Boden. Ein bewaffneter Mann stand hinter ihr, doch sie war weder gefesselt, noch schien sie Angst zu haben.

Jeremie ging zu ihr hinüber und legte eine Hand auf Danas Schulter.

„Dank ihr, habe ich euch gefunden. Sie hat mir geholfen, freiwillig. Auch wenn ihr es nicht glaubt. Sie kam zu mir und meinte, sie hätte mich gesucht.“ Jeremie lachte. „Vielleicht hättet ihr, dieser Halbelfe nicht euer nächstes Ziel verraten sollen. Man kann niemandem mehr trauen, nicht mal einer Elfe. Auch wenn sie noch so unschuldig wirken.“, sagte er und ging zurück zu seinem Platz.

„Ich bekam alle Informationen von ihr, die ich brauchte, um dich zu finden.“

„Du hast ganz schön lange gebraucht.“, sagte Mai, als wäre sie enttäuscht. Es war wie ein Spiel zwischen ihnen und Jeremie schien tatsächlich vergessen zu haben, dass sie nicht allein waren.

„Ich bin untröstlich.“, sagte er mitleidig und verbeugte sich leicht. „Der Schneesturm hat mich aufgehalten, Prinzessin.“

Kate bemerkte, wie das Mädchen, mit dem Namen Ilona, zunehmend angespannter wirkte, aber auch Lee ließ den Blick wandern, ganz so als überlegte er sich einen Plan. Kate fühlte sich vollkommen nutzlos. Sie hatte nicht mal eine Waffe, wobei ihr das wohl auch nicht viel genützt hätte.

„Spar dir das und geh zurück in dein Dorf, Jeremie.“ Genervt verschränkte Mai die Arme.

„Mir wäre es lieber, du würdest mich begleiten.“, schlug er vor. Seine Freundin, war nicht halb so gelassen, wie er und

Kate hatte das unbehagliche Gefühl, sie würde jeden Moment ausrasten. Alessio schien ebenfalls etwas Derartiges zu erwarten. Innerhalb von wenigen Sekunden, zogen sich die kleinen weißen Schuppen über seine Haut. Es schien mühelos zu funktionieren. Dieses Mal jedoch zierten sie nicht nur seine Arme, sondern auch seinen Hals und sogar das Gesicht und Kate war sich sicher, dass auch der Rest seines Körpers von diesem Schutz umgeben war. Ilona beobachtete ihn abschätzig und ließ erneut den Blick über die Anwesenden schweifen. Sie suchte einen Schwachpunkt, ebenso wie Lee, der sanft über die Klinge seines Messers strich.

„Ich soll dich begleiten? Wozu hast du deine Freundin mitgebracht? Auch wenn sie alles andere, als hübsch ist." Den letzten Satz flüsterte Mai. Jeremie lachte.

„Langsam reicht es mir. Was ist mit dem Plan?", rief Ilona aufgebracht, bevor er weiter reden konnte.

Alles ging rasend schnell. Der Mann, der hinter Dana gestanden hatte, zog eine Waffe hervor und stürmte auf sie zu. Im Vorbeigehen schlug er Eddy hart gegen den Kopf. Dieser sackte zu Boden, noch bevor er verstanden hatte, was passiert war und blieb regungslos liegen.

Lee war der Erste, der reagierte. Er sprang dem Angreifer in den Weg und lieferte ihm einen Kampf. Fast zeitgleich, waren zwei weitere Männer aus dem Schutz der Bäume gerannt. Sanny schien alles vergessen zu haben und war zwischen den Angreifern hindurchgelaufen. Zum Glück interessierten sie sich nicht im Geringsten für sie. Durch ihre Größe, schienen die Männer sie nicht wahr zu nehmen. Sanny kniete sich neben ihren Bruder.

Claire, die ihre Waffe niemals bei sich trug, weil es ihr

Lästig war, fluchte laut und rannte zu den Drachen. Ted und Chris zogen ihre Schwerter und stürmten auf die Angreifer zu. Mit einem kläglichen Wimmern, stolperte Dana zurück, bis sie an einen Baum stieß. Ihre Augen waren auf Ilona gerichtet. Jeremie rief etwas Unverständliches und mit einem Entsetzen sah Kate, dass Ilonas Augen sich dunkler färbten.

Ihr Körper krümmte sich und ihre Adern traten hervor. Ihre Finger verwandelten sich in riesige Klauen. Sie wirkte furchtbar entstellt.

Kate stand wie erstarrt da und wusste nicht, was sie tun sollte. Kämpfen kam nicht in Frage. Sie hatte weder eine Waffe, noch hätte sie gewusst wie sie damit umgehen sollen. Sie wandte den Blick von Ilona ab. Was war mit Mai los? Sie stand nur reglos da und beobachtete Jeremie, der auf etwas zu warten schien. Die Beiden beachteten den Kampf, um sie herum nicht. Bitte tu irgendwas, flehte Kate stumm. Sie kam sich so nutzlos vor. Ich muss etwas unternehmen, ging es ihr immer wieder durch den Kopf.

Zu spät merkte Kate, wie etwas auf sie zuraste. Aus den Augenwinkeln, sah sie einen Schatten. Sie fuhr herum, gerade noch rechtzeitig, um zu sehen, wie Ilona gegen Alessio krachte, der sich ihr in den Weg gestellt hatte. Ein fürchterliches Geräusch, drang an ihre Ohren, während Ilona zurückgeworfen wurde. Es klang, als wären gleich mehrere Knochen gebrochen. Ihr Schlag jedenfalls, ging ins Leere. Selbst wenn sie Alessio getroffen hätte, sie hätte nichts gegen die Drachenhaut ausrichten können.

Dafür richtete Claire etwas aus. Sie schlug Ilona einen Eisstab gegen den Rücken, was sie laut aufschreien ließ. Sofort stürzte sie sich auf Claire.

„Alles ok?“, rief Alessio Kate zu.

Ihre Antwort ging in Geschrei unter.

„Halte dich an das, was ich dir gesagt habe.“, brüllte Jeremie Ilona wütend an, die Claire zu Boden geworfen hatte und ihr die Klauen ähnlichen Pranken in die Arme drückte. Diesen Moment seiner Unaufmerksamkeit nutzte Mai aus, um sich zu verwandeln und noch im selben Augenblick auf ihn loszustürmen. Die Überraschung, die kurz auf Jeremies Gesicht aufblitzte, verschwand, als er es ihr nach tat und sich ebenfalls verwandelte. In diesem Zustand war er noch um einiges größer und breiter als Mai, doch sie war wendiger und schneller. Kate konnte nicht länger hinsehen.

Die zwei Männer, die mit Chris und Ted gekämpft hatten traten eilig die Flucht an, als sie die Tiger bemerkten. Kate sah sich nach dem Dritten um. Er lag mit dem Gesicht nach unten im Schnee. Lee wandte sich von ihm ab und half Sanny dabei Eddy aufzurichten.

„Jeremie!“, schrie Ilona, die von Claire abgelassen hatte und offenbar gerade bemerkte, dass sie keine Chance mehr hatten.

„So funktioniert es nicht.“ Verzweiflung drang aus ihrer Stimme. Claire, noch immer auf dem Boden liegend, richtete sich auf und schoss ihr gezielt einen Pfeil in die Schulter. Ilona brüllte auf und riss sich den Pfeil, grob aus der blutenden Wunde.

Mit einem schnellen Blick verschaffte sich auch Jeremie einen Eindruck über ihre Lage. Er wandte sich um und rannte in den Wald. Ilona beeilte sich ihm nachzukommen und entging nur knapp Lees Messer, welches er ihr hinterher warf.

Mai war innerhalb einer Sekunde wieder sie selbst. Leicht außer Atem lief sie zu Eddy hinüber.

„Bewusstlos.“, teilte Sanny ihr mit.

„Dieser hier ist tot.“, brummte Ted, der sich zu dem Mann am Boden herunter gebeugt hatte.

Kate warf einen Blick zu Claire. Sie saß im Schnee und

umklammerte ihren rechten Arm. Ihr Gesicht war so weiß wie der Boden selbst und sie hatte ihre Augen geschlossen.

„Claire?“, fragte Kate. „Was ist los?“ Die Anderen drehten sich ebenfalls zu ihr um.

Dana lief auf sie zu. Kate hatte sie schon fast vergessen. Die ganze Zeit, während Jeremies Angriff, hatte sie sich im Hintergrund aufgehalten und zugesehen. Jetzt streckte sie Claire eine Hand entgegen, um ihr aufzuhelfen.

„Verschwinde.“, fauchte diese und schubste ihre beste Freundin weg, wobei sie vergaß ihren eigenen Arm zu verbergen. Sanny schrie auf.

„Warum sagst du denn nichts.“, rief sie panisch und rannte zu Claire rüber. Keiner schien zu verstehen, weshalb sie sich so aufregte.

„Kate, hilf mir mal.“, befahl Sanny und winkte sie zu sich rüber. „Und ihr versucht Eddy irgendwie auf einen der Drachen zu kriegen, wir müssen so schnell wie möglich hier weg.“, rief sie Mai zu.

„Wieso weg?“, fragte Lee und hob gemeinsam mit Chris, den bewusstlosen Eddy vom Boden auf.

Sanny befreite währenddessen Claire aus ihrer Jacke. Eine Wunde kam zum Vorschein.

Sie war nicht besonders groß, dafür aber tief. Das wirklich Merkwürdige war die Farbe des Blutes. In rasender Geschwindigkeit wurde es immer dunkler. Das war jedoch nicht das einzig Ungewöhnliche, dass Kate auffiel. Eine dicke unsaubere Kruste wuchs sichtbar darüber und schloss den Schnitt.

„Sanny hat Recht, sie werden wiederkommen, es ist nur eine Frage der Zeit. Wir müssen fliehen.“, warf Alessio ein.

„Wohin? Wie stellst du dir das vor? Sie finden uns ja doch.“, gab Lee zurück und wischte sich etwas Blut, aus der

Stirn. Kate war sich nicht sicher, ob es sein eigenes war.

Sanny nahm ein dichtes Tuch und packte Schnee darauf.

„Ich brauche Wasser, viel Wasser. Wir müssen das schnellstens auswaschen.“, sagte sie zu Kate, die sofort wusste, was zu tun war.

„Das ist nur eine kleine Wunde.“, sagte Claire zittrig.

„Ja, eine kleine Wunde, mit einer starken Vergiftung.“, meinte Sanny nur und schnürte Claires Oberarm ab, um die Verteilung des Giftes im Körper zu verringern.

„Wir gehen in die Täler der Finsterfürsten, das ist unsere einzige Chance.“, sagte Mai gerade. „Dort riecht es so extrem, dass er nichts anderes mehr riechen kann. Ihr werdet es höchstens als unangenehm empfinden, aber für jemanden wie mich, ist es unerträglich.“

„Dieses Tal ist nicht gerade sicher.“, warf Alessio ein.

„Am Tag besteht keine Gefahr, sie fürchten das Sonnenlicht und es wäre viel gefährlicher hierzubleiben.“, machte sie seine Aussage zu Nichte.

„So geht das nicht.“, flüsterte Sanny verzweifelt. „Kate kannst du versuchen, das Gift aus dem Blut zu lösen?“

„Du meinst, diese Ilona hat sie infiziert?“, rief Dana dazwischen und versuchte, an Sanny vorbei, etwas zu erkennen. „Du hast doch sicher ein Gegenmittel?“

„Es gibt kein Gegengift für einen Fluch.“, fuhr Claire sie an und versuchte aufzustehen, aber Sanny und Kate drückten sie wieder zu Boden.

Zwar hörte Kate was im Hintergrund gesprochen wurde, aber sie konzentrierte sich so sehr auf ihre Arbeit, dass sie den Sinn nicht länger verstand. Das Schwierigste dabei war, nur das schwarze Gift aus der Wunde zu ziehen. An ihren Fingern klebte bereits das Blut. Es blieb einfach haften und sie hatte Angst, Claire könnte dabei zu viel Blut verlieren. Tatsächlich gelang es ihr einen Teil des Giftes heraus zu bekommen. Doch egal wie sehr Sanny sich anstrengte, die Kruste mit einem Messer abzuschaben, sie wuchs immer schneller wieder zu. Sie machte es Kate unmöglich etwas zu sehen.

„Nein, nein, nein.“, wiederholte Sanny.

Noch immer lief Dana um sie alle herum, doch Keiner interessierte sich für sie.

„Claire, das wollte ich nicht. Dir wollte ich nicht schaden, das musst du mir glauben. Ich hab es wegen ihr gemacht.“, faselte sie und zeigte auf Mai.

„Halt die Klappe und verschwinde endlich. Ich will dich hier nicht haben. Du allein bist hierfür verantwortlich.“, schrie Claire und deutete auf ihren Arm. Langsam wich Dana zurück, dann drehte sie sich um und rannte in den Wald.

„Das kann nicht sein. Es ist zu spät.“, murmelte Sanny. „Es darf nicht zu spät sein.“

„Woher weißt du das? Können wir nicht etwas anderes probieren?“, wollte Kate wissen und dann sah sie es selbst. Claires Iris färbte sich lila und die Blutbahnen unter der Haut wurden dunkel. Die Kruste war fest und schwarz geworden.

„Ich habe es bereits gewusst, als ich gesehen habe, wie ihr Blut auf meinen verletzten Arm getropft ist.“, sagte Claire bitter und richtete sich auf, um ihren Arm besser betrachten zu können.

„Danke für den Versuch, aber jetzt gibt es erst mal Wichtigeres zu tun und ich schwöre, falls ich ihr ein zweites Mal begegne, bringe ich sie um.“ Sanny stand auf und half Claire hoch. Kate wischte sich das Blut von den Händen und folgte den Beiden.

„Ein Gutes hat es wenigstens.“, meinte Lee. „Du bist jetzt wohl die Stärkste von uns.“

Claire warf ihm einen vernichtenden Blick zu, doch für

Streitigkeiten war keine Zeit mehr.

Es war sowohl ein Vorteil, als auch ein Nachteil, dass es erneut zu schneien begann.

Sie rannten, um die verlorene Zeit aufzuholen, außerdem war es laut Mai zu weit, um bis zu dem Tal zu laufen. Der Schnee erschwerte das Rennen, aber immerhin verdeckte er augenblicklich ihre Fußspuren, so dass Jeremie sie sicher nicht verfolgen konnte.

Mai führte sie an, die beiden Drachen zu ihren Seiten. Kate war nicht sehr schnell, weshalb sie weiter hinten lief. Nur Chris und Sanny waren langsamer, wobei man beachten sollte, dass Sannys Beine sehr kurz waren. Auch Alessio lief hinter ihr. Allerdings vermutete Kate, dass es mehr an seinem Plan lag, auf sie aufzupassen, als an der Schnelligkeit.

Es klang noch immer ein wenig lächerlich in ihren Ohren, dabei hätte sie nicht mal erklären können, woher dieser Gedanke kam. Immerhin wäre sie wohl ohne ihn nicht so leicht aus dem Angriff herausgekommen. Es erwies sich als lohnend ein menschliches Schutzschild in der Nähe zu haben. Hätte er doch nur Claire davor bewahren können, dass sie mit Ilonas Blut infiziert wurde.

Anders als Kate erwartet hatte, schien es Claire nicht schlechter zu gehen, im Gegenteil, sie rannte schneller, als Lee und Ted. Außerdem hatten die Anderen gesagt, sie wäre jetzt die Stärkste von ihnen. Hinzu kam, dass Claire schon immer eine Möglichkeit gesucht hatte, besonders zu sein. Dieser Vorfall kam ihr wahrscheinlich gerade recht. Endlich hatte sie einen Grund gefunden im Mittelpunkt zu stehen.

Kate hatte zwar verstanden, dass Ilona ihre ausgefallenen Kräfte auf Claire übertragen hatte, aber sie wusste nicht, was das Schlimme daran sein sollte. Es musste einen schrecklichen Nachteil geben, sonst wäre Sanny nicht so verzweifelt gewesen. Bisher war sie immer ruhig geblieben. Keine Wunde hatte sie je aus der Verfassung gebracht und auch sonst hatte Kate nie etwas anderes bemerkt, dass sie auch nur annähernd so hilflos gemacht hatte, wie Claires Verletzung.

Die Anderen hatten einen riesigen Vorsprung, aber Kate konnte sie noch sehen. Quer durch die Bäume führte sie ihr Weg und wie durch ein Wunder erreichten sie alle gemeinsam das Ziel. Ihre Verfolger hatten sie bereits abgeschüttelt, noch bevor sie überhaupt in die Nähe des Dorfes gekommen waren. Nach Atem ringend, hatten sie ihre Schritte verlangsamt und durchquerten jetzt ein Dorf.

Dieses Dorf, falls man es überhaupt so nennen konnte, lag an einem seltsamen Ort. Felsen ragten aus dem Boden und bildeten steinerne Vertiefungen. Es gab keine Häuser, so wie in den anderen Dörfern. Stofffetzen hingen vor den Eingängen der Höhlen. Kate erkannte voller Unbehagen, dass die Fetzen aus unterschiedlichsten Kleidungsstücken bestanden. Sie dienten als Türen und hielten das Sonnenlicht fern. Alles wirkte grau und bedrohlich. Am Liebsten wäre Kate wieder umgedreht.

Hier wuchsen wenig Pflanzen und die vereinzelten Bäume waren kahl und kränklich.

Ein fauliger Geruch lag in der Luft, wahrscheinlich hatte Mai davon gesprochen. Es schneite nicht, doch dafür hing dichter Nebel zwischen den Steinen. Die Felswände waren feucht und schmierig, selbst der Schnee war matschig und grau. Das Ungewöhnlichste jedoch waren die knorrigen Äste oder Wurzeln, die sich wie Verzierungen über die Felsen zogen. Kate konnte nicht genau sagen was es war, doch von ihnen schien der Geruch auszugehen.

Sie erinnerte sich an die Gestalt, der sie damals begegnet

waren und vergrößerte ihren Abstand zu den Behausungen. Sie traute sich nicht durch die Schlitze der Tücher zu sehen, aus Angst einem Paar großer, gelber Augen zu begegnen, die sie verfolgten. Obwohl die Kreatur ihnen nicht mal nahe gekommen war, hatten ihr Aussehen und Mais Worte Kate gereicht.

„Ich hoffe, wir bleiben nicht lange hier.“, sagte Lee in die erdrückende Stille und sah besorgt zum Himmel. Damit sprach er genau das aus, was Kate bei dem Anblick ihrer Umgebung dachte.

„Willst du uns weiß machen, du hättest plötzlich Angst vor ein paar schaurigen Gestalten, nachdem du kaltblütig einen Menschen getötet hast.“, spottete Claire. Er warf ihr einen bösen Blick zu.

„Ganz die Alte. Das Gift hat dich kein bisschen gebessert.“, warf er ihr vor. Aus Claires Mund kam ein Fauchen und ihre Augen blitzen auf. Hastig trat Mai dazwischen.

„Aufhören.“, befahl sie.

„Ja, du solltest mich nicht provozieren.“, fügte Claire arrogant hinzu.

Lee wandte das Gesicht ab.

„Um auf deine Frage zurückzukommen.“, warf Alessio ein. „Wir werden garantiert nicht hier bleiben, sobald es dunkel genug ist, werden Scharen von Finsterfürsten aus ihren Löchern kommen. Da könnten wir uns gleich von der nächsten Klippe stürzen.“

„Laut Karte müssen wir in diese Richtung weitergehen.“, sagte Sanny und streckte den Arm aus.

„Zum Glück kannte Dana nur unser nächstes Ziel, deshalb genügt es wenn wir einen kleinen Umweg einlegen und dann auf unseren Weg zurückkehren.“

„Ich glaube nicht, dass sie uns noch einmal folgen wird.“,

meinte Claire.

Sie verließen den Ort, doch das komische Gefühl, dass er in Kate ausgelöst hatte, hielt weiterhin an.

Inspiration Meine erste Ff / Eine Szene zwischen Lili + James am See

Die Quelle

Erst als sie ihr Lager aufschlugen und ein Feuer entfachten, verflog das mulmige Gefühl allmählich. Es war erst mittags, aber ohne die wärmenden Flammen wäre es unmöglich gewesen draußen zu sitzen.

Eddy kam schnell wieder zu sich und Sanny gab ihm etwas gegen die Kopfschmerzen. Jetzt saß er, wenn auch etwas benommen, mit dem Rücken gegen einen Baum gelehnt da und rührte sich nicht.

Alle Anderen hockten in einem Kreis um das Feuer herum. Jeder hing seinen Gedanken nach. Sie bemerkten einander kaum. Sanny rührte in dem Topf über den Flammen. Sie bestand darauf, dass sie noch etwas aßen, aber Kate hatte keinen Hunger. Sie war durcheinander. Sie konnte nicht glauben, dass Dana wirklich zu Jeremie gegangen war, um sie zu verraten oder viel mehr Mai.

Kate glaubte zu wissen, warum sie es getan hatte, auch wenn Dana es nicht ausgesprochen hatte. Wahrscheinlich hatte sie gemerkt, dass Mai mehr Liebe für ihren Exfreund, als für Eddy empfand und das passte ihr nicht. Wenn man dem, was Sanny erzählt hatte, Glauben schenken konnte, dann hatte ihr Bruder Dana für Mai verlassen. Wie es aussah, war die ganze Sache recht verzwickt. Wenn Dana Eddy liebte, der aber mit Mai zusammen war, die jedoch Jeremie bevorzugte, konnte dann jemals einer von ihnen glücklich sein?

Der heutige Tag hatte gezeigt, dass Dana es nicht war und fürs erste wohl auch nicht werden würde. Ganz im Gegensatz zu Mai, die sich trotz jeder aufkommenden Schwierigkeit, ausschließlich auf die guten Dinge im Leben zu konzentrieren schien.

Kate bewunderte sie dafür, weil sie selbst es nicht konnte. Das ungute Gefühl, in ihrem Magen, war ein eindeutiger Beweis dafür, dass der Schrecken noch tief in ihr saß.

Von ihnen hatten zwar alle überlebt, aber Claire und Eddy waren schwer getroffen worden. Mai hatte ein paar Kratz- und Bisswunden davon getragen, die glücklicher Weise rasch heilen würden. Chris und Ted schienen ebenfalls nur schwach verletzt zu sein und Kate hatte gesehen, wie Lee einen von Jeremies Gefolgsleuten erstochen hatte. Bei diesem Gedanken drehte sich ihr der Magen um. Sie selbst wäre nicht mal im Stande gewesen überhaupt jemanden zu verletzten und er hatte ohne zu zögern sein Messer in den Leib des Mannes gejagt, nur um ein paar Sekunden später, besagtes Messer hinter Ilona herzuwerfen.

Es schien ihn auch jetzt nicht zu kümmern, gelangweilt beobachtete er Sanny beim Kochen. Vielleicht war er ja hungrig.

Chris und Ted saßen begierig neben ihm und starrten unentwegt in den Topf. Beide hatten schon lange nichts mehr gegessen. Sie benahmen sich weiterhin, größten Teils, wie Angestellte. Sie aßen und redeten wenig und warteten ständig auf Befehle von Mai oder Alessio.

Kates Blick fiel auf Claire, die seit dem Angriff recht schweigsam gewesen war und sie erinnerte sich erneut an Ilona.

Sie hatte sich Jeremies neue Freundin ganz anders vorgestellt. Es war kein Wunder, dass Mai sagte, er habe sie nur zu seiner Freundin gemacht, um eine Waffe zu haben, denn genau das war sie. Der Fluch hatte ihr das letzte bisschen Menschlichkeit genommen.

Jeder außer Ilona selbst konnte es sehen. Sie war blind dafür, wahrscheinlich weil sie Jeremie wirklich liebte. Sie schien nicht wahrhaben zu wollen, dass jeder seiner Angriffe ein Versuch war, Mai nahe zu sein.

Kate sah auf, als diese sich gerade erhob und zum Waldrand lief. Sie atmete tief ein und überlegte.

„Was ist los?“, fragte Alessio besorgt. Mai antwortete nicht gleich.

„Ich war mir zuerst nicht ganz sicher, wir stinken alle so erbärmlich, dass es einem den Verstand vernebelt. Aber wenn ich mich nicht täusche, ist gar nicht weit von hier eine Quelle.“, erklärte sie langsam. Kate verstand nicht, was sie damit sagen wollte.

„Absolut reines Wasser, welches die Fläche eines kleinen Sees umfasst. Ein Drache könnte mit Leichtigkeit darin baden gehen. Das wäre mal eine angenehme Art sich zu waschen.“, schwärmte Mai.

„Und da hattest du gedacht, wir könnten schwimmen gehen.“, vermutete Alessio und unterbrach damit, für einen kurzen Moment, ihr Gerede.

„Du kennst mich einfach zu gut.“, freute Mai sich und klatschte in die Hände. Kate zweifelte nun doch etwas an Mais Verstand. Selbst wenn es hier so etwas, wie einen kleinen See geben würde, dann wäre der sicher zugefroren. Auch wenn sie es nicht spürte, musste die Kälte so unerträglich sein, dass es ein Wunder war, wenn irgendetwas in ihrer Umgebung nicht gefror.

„Stell dir das mal vor. Unmengen sauberes, warmes Wasser. Genug, um eine Runde zu schwimmen. Wäre das nicht herrlich?“, versuchte Mai ihn jetzt zu überzeugen und langsam begriff Kate, dass es sich um etwas ähnliches handeln musste, wie damals bei dem Brunnen, an dem sie ihr Lager aufgebaut hatten, nachdem sie das Winterfest verlassen hatten. Heißes Wasser, welches direkt aus dem Inneren des Planeten zu stammen schien. Schon an dem Brunnen, hatte sie sich gefragt, wie es möglich war, dass warmes Wasser, mitten aus einer Eisschicht hervortreten konnte. Es war ihr noch immer unbegreiflich, so wie Vieles, was in dieser Welt geschah.

„Ich weiß ja nicht Mai, ob Schwimmen eine gute Idee ist. Schließlich sind wir nicht zum Spaß hier, das ist dir doch klar oder?“, fragte er und sah seine Schwester zweifelnd an, als wäre er sich nicht sicher, ob sie den Ernst der Lage erkannte.

Bei dem Wort Spaß, horchte auch Claire auf, die zuvor völlig abwesend in die Flammen gestarrt hatte. Mai überging Alessios Zweifel.

„Was bleibt uns denn für eine Wahl? Sollen wir uns im Schnee wälzen? Ich halte den Gestank nicht mehr lange aus, außerdem sehen wir alle furchtbar mitgenommen aus.“, stellte sie fest und wedelte mit ihren vom Schneematsch bespritzen Armen. Kate starrte auf ihre eigenen Hände. Noch immer klebten Überreste von Claires Blut zwischen ihren Fingern und sie spürte deutlich den dreckigen Schnee an ihren Füßen, durch den sie in dem Tal der Finsterfürsten hatten laufen müssen. Außerdem hatte sie das unangenehme Gefühl, das Unglück, des vergangenen Tages, wäre ihr an Haut und Haar haften geblieben.

Alessio wirkte noch immer nicht begeistert, von der Idee. Anders als seine Schwester.

„Wir hatten ja wohl genug ernsthafte Bedrohung für heute. Haben wir es nicht verdient ein wenig schwimmen zu gehen?“, sprach Mai scheinbar vergeblich auf ihn ein.

„Schwimmen? Oh ja, das wäre fantastisch. Wir gehen schwimmen.“, stimmte Claire zu, die erst jetzt mitbekommen hatte, worum es bei der Diskussion ging.

„Wie es aussieht bin ich schon überstimmt.“, gab Alessio sich geschlagen. „Hey Ed, du solltest meine Schwester mal erziehen, sonst tanzt sie uns irgendwann auf dem Kopf herum.“, meinte er. Eddy grinste und warf Mai eine Wasserflasche zu.

„Du bist derjenige, der bei der Erziehung versagt hat, weshalb muss ich jetzt deine Fehler ausbügeln?“

„Na, weil ich hier das Sagen habe.“, grinste Alessio zurück und setzte sich auf den Stamm neben dem Feuer.

„Deswegen, lässt du auch deine Schwester entscheiden, was wir als nächstes tun.“

So ging es eine ganze Weile hin und her, bis sie all ihre Sachen in den Zelten verstaut hatten und sich in die Richtung aufmachten, die Mai ihnen gezeigt hatte.

Alle gingen mit, bis auf die Drachen und Eddy. Er war zu müde und hatte sich bereiterklärt im Lager zu bleiben.

Aufgeregt lief Mai voraus. Kate konnte diese Begeisterung weder ganz nachvollziehen noch teilen, aber so wie es aussah, konnte Mai sich einfach für alles begeistern lassen. Selbst dann, wenn es so etwas Unbedeutendes war, wie ein See mit warmem Wasser.

Bis zu ihrem Ziel waren es wirklich nur ein paar Minuten. Die Quelle war gut versteckt und ohne Mai hätten sie diese sicher nicht gefunden.

Die Sonnenstrahlen die durch das Blätterdach fielen, spiegelten sich auf der Wasseroberfläche. Am Ufer wuchs Moos, direkt auf dem Schnee, so als sei es das Natürlichste auf der Welt. Es war so grün, dass Kate mit den Zehen darüber strich, nur um zu testen, ob es wirklich echt war.

Sie blieb am Rand stehen und sah in das klare, blaue Wasser. Unter ihren Füßen wuchs das Moos, bis in den See hinein. Dahinter bestand der Grund aus großen Steinen.

Mai rannte an ihr vorbei und warf sich rücklings ins Wasser. Eine leichte Welle schwappte über Kates Füße in den Schnee, der leicht schmolz.

„Musste das sein? Hättest du nicht wenigstens die Jacke

ausziehen können?", rief Alessio ihr nach. Mai rollte mit den Augen.

„Wie du willst.", meinte sie, stellte sich hin und zog den Reißverschluss auf.

„Jetzt ist es eh zu spät.", seufzte er und nahm ihr die tropfenden Sachen ab. Da sie keine Schwimmsachen hatten, mussten sie in Unterwäsche baden gehen. Kate kam sich dabei ein wenig merkwürdig vor, zumindest so lange bis sie im Wasser war.

Mai war bereits zur anderen Seite hinüber geschwommen, noch bevor Kate selbst ganz im Wasser war. Die angenehme Wärme vertrieb das ungute Gefühl, welches sie seit dem erneuten Angriff von Jeremie belastet hatte und auch die Gedanken an dieses Dorf der Finsterfürsten, trug das Wasser davon.

Sie stieß sich vom Boden ab und schwamm ein Stück. Dann tauchte sie mit dem Kopf unter. Die Geräusche verstummten sofort.

Sie öffnete die Augen unter Wasser und tauchte tiefer. Weiter unten wuchsen Pflanzen direkt aus den Steinen. Verschwommen sah sie auch ein paar kleine bunte Fische.

Das saubere Wasser strömte durch ihre Finger, an ihrem Körper vorbei und wirbelte ihre Haare auf. Es wusch den Schmutz von ihrer Haut. Sie fühlte sich leicht und frei, obwohl das Wasser sie einschloss. Es drückte leicht auf ihre Ohren. Es war still. Das Einzige was sie hörte, waren die aufsteigenden Luftblasen, wenn sie ausatmete. Mit den Füßen berührte sie den Boden. An dieser Stelle war der See höchstens zwei Meter tief. Sie stieß sich ab und kam wieder an die Oberfläche.

Als sie einatmete, fuhr die Kälte tief in ihre Lunge. Es fühlte sich an, als würden ihre Atemwege gefrieren, aber sie achtete nicht darauf. Das Bedürfnis nach Sauerstoff war größer, als der

Schmerz. Sie strich sich die nassen Haare aus dem Gesicht und sah sich um. Mai veranstaltete eine Wasserschlacht mit Alessio und Lee. Sie waren so laut, dass man nichts anderes mehr hörte. Mai kreischte, als die beiden Jungen ihr hinterherjagten. Sie versuchte sich hinter Sanny zu verstecken, doch als sie merkte, dass es nichts brachte, tauchte sie kurzer Hand unter.

„Rückzug!“, rief Alessio, doch da tauchte Mai schon wieder auf. Dieses Mal in der Gestalt des weißen Tigers. Sie schüttelte den großen Kopf und spritzte alle in ihre Nähe nass. Sanny suchte das Weite. Sie schien nicht besonders gerne zu schwimmen. Claire folgte ihr zum Ufer zurück. Kate sah wie Sanny ihre Haare auswrang, bevor sie sich in ein riesiges Handtuch wickelte.

Nicht weit von ihr, setzte sich Claire in das seichte Wasser und rieb über die Stelle, an ihrem Arm, wo vorhin noch die Kruste gewesen war. Die Haut war leicht gerötet, doch von der Verletzung war keine Spur mehr. Es sah ganz so aus, als hätte sie durch den Fluch auch heilende Kräfte bekommen. Einmal mehr wunderte Kate sich über Sannys Sorge. Was sollte das für ein Fluch sein, der einen Menschen so viel stärker machte und offenbar dessen Wunden heilte.

Sie wandte sich wieder dem Wasser zu. Mai hatte die Verfolgung aufgegeben und war wieder sie selbst. Sie kletterte gerade auf einen Felsen nahe dem Ufer, um zu springen. Kate schwamm weiter in die Mitte und versuchte den Boden zu sehen. Dafür war es jedoch zu dunkel, zwischen den Bäumen, auch wenn die Sonne höher stand und mehr Licht auf die Quelle warf, als zuvor. Kate lies sich auf dem Rücken treiben und beobachtete ein paar Vögel in den Bäumen. Gerade noch hatte sie Angst gehabt vor einem weiteren Angriff und jetzt wirkte alles wieder friedlich.

Mit einem Freudenschrei sprang Mai von dem Felsen. Das

Wasser teilte sich und warf Wellen in alle Richtungen. Kate sah grade noch wie Mai wieder auftauchte, bevor sie selbst tief Luft holte und erneut unter die Oberfläche tauchte. Diesmal tauchte sie tiefer. Hier war es dunkler und das Wasser war ein wenig kälter, aber immer noch warm. Sie sah nach oben, wo die Sonnenstrahlen die Oberfläche berührten. Sie betrachtete eine Weile die tanzenden Lichter. Unter Wasser fiel es ihr schwerer die Zeit einzuschätzen. Sie lief langsamer, oder zumindest empfand sie es so. Das letzte Mal, das sie schwimmen gewesen war, lag Jahre zurück. Damals war sie in einem Verein gewesen, aber da sie nicht besonders schnell war, hatte sie aufgehört.

Große dunkle Schatten glitten unter ihr durch die Pflanzen. Leichtes Unbehagen stieg in ihr auf. Sie wusste nicht, was in den Tiefen dieser Quelle lauerte und sie beeilte sich wieder nach oben zu kommen. Für heute hatte sie eindeutig genug Schrecken erlebt.

Als sie an die Oberfläche kam, musste sie blinzeln, so hell spiegelte sich die Sonne auf dem Wasser. Sie sah sich um. Es war viel zu ruhig und sie sah niemanden. Erschrocken zuckte sie zusammen, als zwei Hände sie von hinten packten. Sie fuhr herum.

„Musst du mich so erschrecken?“, fuhr sie Alessio an, der sich vor Lachen kaum über Wasser halten konnte.

„Tut mir leid.“, presste er grinsend hervor. „Das war einfach zu verlockend und sonst ist niemand in der Nähe.“, sagte er und zeigte zur anderen Seite des Sees hinüber, wo sich Chris und Ted aufhielten. Kate sah sich um.

„Wo ist der Rest?“, wollte sie wissen.

„Weg.“, gab Alessio kurz zurück. Kate konnte es immer noch nicht ganz glauben.

„Mai wollte doch unbedingt herkommen. Wieso geht sie

dann so früh wieder?“

„Wegen Eddy, würde ich sagen. Sie macht sich Sorgen.“, meinte er. „Wenigstens bin ich Claire losgeworden. Die hat vielleicht genervt.“, wechselte er das Thema. Kate sagte nichts. Sie überlegte ob Claires Verschwinden etwas mit dem Fluch zu tun hatte. Vielleicht ging es ihr doch schlechter, als sie es zugab. Abwesend starrte Kate zu ihren Sachen am Ufer, bis sie merkte, dass Alessio sie weiterhin ansah.

„Was?“, fragte sie.

„Ich habe mich gerade gefragt, ob es wohl stimmt, was Claire erzählt hat.“, sprach er mit nachdenklicher Stimme.

„Wieso, was hat sie denn gesagt?“, wollte Kate wissen und war sich absolut sicher, dass, was sie auch gesagt hatte, erfunden war.

„Sie meinte, du hättest gesagt, sie und ich würden gut zusammenpassen.“, antwortete er langsam.

„Hmm.“, machte Kate und überlegt wann sie es gesagt haben könnte. Sie kam zu dem Schluss, dass sie es unbewusst getan haben musste, als sie mit Claire gesprochen hatte. Meistens hatte sie nicht zugehört und so lange einfach nur zugestimmt, bis es Claire zu langweilig wurde. Vielleicht hatte sie es tatsächlich, versehentlich gesagt, doch sie hatte noch eine Rechnung mit Alessio offen, da er sie erschreckt hatte.

„Stimmt, das habe ich gesagt.“ Ihrer Stimme hörte man nicht an, was sie dachte.

Alessio verzog das Gesicht, sagte aber nichts. Kate wandte sich zur Seite und teilte das Wasser mit den Armen, während sie mit ihren Füßen leicht unter Wasser paddelte. Alessio kam ihr nach.

„Hast du es auch so gemeint? Alles was du zu ihr gesagt hast, meine ich?“, hakte er weiter nach. Kate legte den Kopf leicht schief, als müsse sie überlegen.

„Meistens ja.“, zögerte sie und lachte, als sie Alessios entsetztes Gesicht sah.

„So ein Quatsch. Das war die Rache dafür, dass du mich ständig erschrecken musst.“, gab sie grinsend zu. Als nächstes bekam sie einen Schwall Wasser ins Gesicht.

„Das war nicht nett.“, murrte Alessio gespielt beleidigt und stieß eine zweite Welle über Kate.

Diese lachte nur und wich aus, indem sie kurz untertauchte. Sobald sie wieder an die Oberfläche stieß, packte Alessio sie und versuchte sie unter Wasser zu ziehen. Halb lachend, halb schreiend, probierte Kate sich zu befreien.

„Loslassen!“, kreischte sie, ohne damit zu rechnen, dass er auf sie hören würde. Im Gegensatz zu ihm, konnte sie an dieser Stelle des Sees nicht stehen und so sank sie doch noch unter. Sie schluckte warmes Quellwasser und fing an zu husten, wobei sie sich an Alessios Schulter festhalten musste, um kein zweites Mal ungewollt unterzutauchen.

„Alles ok?“, fragte er und Kate nickte.

„Wie kommst du nur auf die Idee, einfach loszulassen?“, tat sie bestürzt.

„Das wolltest du doch.“, verteidigte er sich.

„Ich hab eben nicht geglaubt, dass du tust, was ich sage.“

„Oh, wenn das so ist.“, sagte Alessio, zog sie zu sich hin und schlang die Arme um ihre Taille.

„Dann lass ich dich nicht noch mal los.“, grinste er.

„So etwas habe ich befürchtet.“, stöhnte Kate. „Lässt du mich runter, wenn ich schreie?“, versuchte sie zu verhandeln.

„Kannst es ja versuchen, aber da wir eh schon alle vergrault haben, bezweifle ich, dass es dir etwas nützt.“, meinte er und sah zum Ufer. Kate folgte seinem Blick und sah gerade noch rechtzeitig, wie Ted und Chris zwischen den Bäumen verschwanden.

„Angst?“, witzelte Alessio.

„Vor dir sicher nicht, eher vor dem, was auf dem Grund dieses Sees lebt.“, gab Kate zu und versuchte vergebens sich zu befreien. Er lachte nur.

„Glaub mir, ich könnte mich ganz leicht befreien. Wir sind umgeben von Wasser. Die einzige Waffe, mit der ich überhaupt etwas ausrichten kann.“, drohte Kate.

„Ok, dann mal los.“, forderte er sie auf. „Gucken wir, wer stärker ist.“ Im selben Augenblick bildete seine Haut die winzigen Drachenschuppen, kalt und weiß. Zuerst erschienen sie auf der Brust, direkt über dem Herzen. Von dort aus wanderten sie schnell und gleichmäßig in alle Richtungen. Kate, die es erst einmal aus direkter Nähe gesehen hatte, vergaß darüber, dass sie sich eigentlich hatte befreien wollte.

Die Schuppen waren nicht wirklich weiß, vielmehr hatten sie die Farbe, von neu gefallenem Schnee und wenn die Sonne ihre Strahlen auf die Oberfläche fallen ließ, leuchteten sie ebenso.

Fasziniert strich sie mit den Fingern über die Schuppen. Überrascht zog sie die Hand zurück, als sie plötzlich verschwanden. Es sah aus, als würden sie schmelzen und von der Haut aufgesogen werden. Das Merkwürdige war, dass es nur dort geschah, wo Kate sie berührt hatte.

„Was war das?“, fragte sie besorgt.

„Du hast mich abgelenkt.“, antwortete Alessio gelassen und im Nu waren die weißen Drachenschuppen wieder da. Kate traute sich nicht sie ein zweites Mal anzufassen.

„Wenn das Drachenschuppen sind, weshalb sind sie dann nicht braun?“, fragte sie daher und dachte an die beiden Drachen, die sie auf ihre Reise mitgenommen hatten.

„Normalerweise, sollten sie das sein, aber es gibt Geschichten darüber, dass es einige Ausnahmen gibt. Im

Drachendorf Cairus leben der Legende nach weiße Drachen. Es heißt, dass ein Teil von ihnen die Macht hat, das Drachenherz zu befehlen." Kate erinnerte sich an eine Geschichte, die Jill erzählt hatte. Darin ging es um fünf Wächter, die Umbria mit der Kraft des Herzens beschützten.

„Warum will Jill überhaupt, dass wir danach suchen?", wollte Kate wissen.

„Ich weiß es nicht genau, aber ich denke sie befürchtet, dass Tarsis ebenfalls auf der Suche nach dem Herzen ist. Wenn er es in die Finger bekommen sollte, sind wir so gut wie verloren. Am Besten, du fragst Mai später mal nach der Geschichte, mit den weißen Drachen. Sie singt ständig dieses Lied, das angeblich die Geschichte Umbrias beschreibt. Außerdem hat sie, anders als ich, einige Bücher gelesen.", gab er zu.

„Ok, ich werde sie nachher mal fragen.", stimmte Kate zu.

„Jetzt würde ich gerne zurückgehen. Könntest du mich also bitte runter lassen?", fügte sie hinzu.

„Wenn du versprichst, nicht zu ertrinken.", willigte Alessio ein. Kate verdrehte die Augen.

Sie waren am Ufer angekommen. Alessio lief voraus und war als Erster bei den Handtüchern. Er schlüpfte bereits in seine Sachen. Das Wasser schien einfach von seiner Haut abzuperlen. Kate vermutete, dass dies an seiner Fähigkeit lag.

Sie war ihm dicht auf den Fersen, die Arme fest um den Körper geschlungen. Der eiskalte Wind fuhr ihr über die nasse Haut. Das Wasser klebte förmlich an ihr, wie eine zweite Haut. Sie versuchte es abzuschütteln, doch es verschwand erst, als sie es mit den Händen fort wischte.

Sie fror, während sie mühsam eines der Handtücher aus der Tasche zog. Alessio kam ihr zur Hilfe und legte ihr das

Badetuch um die Schultern.

„Besser?“ Sie nickte.

„War ja klar, dass alle ihre Sachen hier liegen lassen.“, sagte er mehr zu sich selbst und packte alles in einen großen Beutel. Mais Kleidung war noch immer nass. Kate hob sie vorsichtig auf und versuchte das Wasser mit ihren Händen herauszuziehen. Sie hatte es schon einige Male gemacht, aber dieser Stoff war besonders nass und da ihr selbst kalt war, erschwerte es die ganze Sache.

Für einen Moment klappte es sogar. Die Jacke war fast trocken, dafür hatte Kate sich selbst wieder nass gemacht. Sie gab den Versuch auf.

„Ich will noch gar nicht wieder gehen.“, sagte Alessio, während er den Beutel schulterte.

„Erst wolltest du gar nicht herkommen.“, bemerkte Kate. „Du kannst ja noch bleiben, dann gehe ich vor und sage den Anderen Bescheid“, meinte sie Schulter zuckend, strich sich eine nasse Haarsträhne aus der Stirn und wickelte sich fester in das Handtuch ein.

„Nein, ich meinte mit dir.“, gab er zurück. Kate sagte nichts. Sie ging nur schweigend neben ihm her.

Zurück an ihrem Lager trafen sie nur auf die Hälfte der Gruppe. Sanny und Ted spielten ein Kartenspiel, welches Chris wenig interessiert verfolgte.

„Ah ihr seid zurück. Wo habt ihr den Rest gelassen?“, fragte Sanny mit einem kurzen Blick auf Kate und Alessio, bevor sie sich wieder ihren Karten zuwandte.

„Ich dachte eigentlich, sie seien schon längst wieder hier.“ Alessio sah sich um, als erwartete er die Anderen hinter einem der Büsche hervorspringen zu sehen.

„Nein, hier war niemand und Eddy ist auch weg.“, sagte Sanny. „Vielleicht sollten wir nach ihnen suchen.“, fügte Chris hinzu. Alessio nickte langsam und sah dann Kate an.

„Also gut, folgender Plan. Sanny, du gehst mit Ted und Chris eine Runde um das Lager. Geht nicht zu weit und bleibt zusammen. Wenn ihr Claire und Lee gefunden habt, kommt zurück. Kate muss sich erst noch aufwärmen und ich werde auch hier bleiben. In einer halben Stunde solltet ihr spätestens zurück sein. Wenn nicht, kommen wir euch nach. Nehmt die Waffen mit.“, befahl er und die Drei machten sich ohne Widerspruch auf den Weg.

Kate ging zu ihrer Tasche, um sich frische Kleidung zu holen. Alessio setzte sich mit dem Rücken zu ihr an das Feuer, damit sie sich umziehen konnte.

In der sauberen Kleidung fühlte sie sich gleich viel wohler. Sie trank einen Schluck und setzte sich dann zu Alessio.

„Glaubst du, dass irgendetwas passiert sein könnte?“, fragte sie vorsichtig.

Er schüttelte den Kopf.

„Nein, Mai kann für sich selber sorgen und ich denke mal, dass sie mit Eddy zusammen ist. Claire und Lee sind beide ausgezeichnete Kämpfer, auch wenn es bei ihnen nicht schlimm wäre, wenn sie nicht zurückkommen.“, sagte er gelassen. Kate sah ihn erschrocken an. „Das war nicht ernst gemeint. Aber du musst schon zugeben, dass die Beiden ganz schön anstrengend sind.“, meinte Alessio und Kate stimmte ohne Zögern zu.

„Ich glaube fast, es war keine gute Idee schwimmen zu gehen. Mir ist immer noch kalt.“, klagte Kate nach ein paar Minuten und rieb ihre Hände ineinander. Alessio legte seinen Handrücken an ihre Stirn und ihre Wange, so als wollte er gucken, ob sie Fieber hatte.

Dann stand er auf und holte eine Decke.

„Du kannst dich bei mir anlehnen.“, bot er an, legte einen Arm um sie und deckte sie beide zu. Es war viel bequemer, als der harte Baumstamm, den sie als Lehne genutzt hatte. Kate lehnte sich zurück. Sie mochte den Geruch von seinem Pullover und wäre am Liebsten direkt eingeschlafen, aber sie machte sich noch immer Gedanken um Mai und die Anderen. Hinzu kam das strahlende Sonnenlicht, welches den Wald erhellte.

„Daran könnte ich mich gewöhnen.“, sagte Alessio.

„Ja und endlich mal niemand der einen mit nervigem Gequatsche belästigt.“, ergänzte Kate. Sie könnte für den Rest ihres Lebens hier sitzen bleiben. Sie fühlte sich sicher und geborgen, außerdem war ihr genau so warm, wie zuvor im Wasser. Es war eine angenehme gleichbleibende Wärme.

Ein lautes Knurren ihres Magens riss sie aus ihren schlaftrunkenen Gedanken.

„Wir sollten etwas zu essen machen.“, lachte Alessio leise. „Die Anderen werden bald hier auftauchen und ich wette die sind ebenso hungrig.“

Dieses Versteck zwischen den Bäumen war viel zu schmal. Es dauerte eine Weile, bis sie die Tasche mit den Vorräten erreichten.

„Hey, was macht ihr denn hier ganz alleine.“ Kate sah auf. Mai stand zwischen den Bäumen, hinter ihr drängte Eddy sich durch die Sträucher. Kate war erleichtert sie zu sehen und erwiderte ihr Lächeln. Alessio hingegen zog die Augenbrauen hoch und sah sie streng an.

„Sanny, Chris und Ted sind auf der Suche nach Claire und Lee. Habt ihr irgendeine Ahnung wo die Zwei geblieben sind?“

„Ja da.“, meinte Mai und deutete auf eine Stelle hinter Alessio. Tatsächlich kamen die Anderen gerade zurück. Im Schlepptau hatten sie Claire und Lee.

„Reg dich nicht auf, sind doch alle da.“, flötete Mai und hüpfte über die Taschen auf dem Boden.

Mai hob den Kopf, als hätte sie Kates Blick bemerkt. Ein leichtes Lächeln huschte über ihr Gesicht.

„Können wir uns unterhalten? Allein?“, fragte sie Kate leise und richtete sich auf. Sanny und auch Alessio sahen kurz von Mai zu Kate, während die Anderen sie ignorierten.

Mit einem Kopfnicken erhob Kate sich und strich sich mit beiden Händen die Haare aus dem Gesicht.

Mai zog eine Fackel aus dem Boden und hackte sich bei Kate unter. Schweigend gingen sie nebeneinander her durch das Dunkel, des Waldes, bis Mai das Wort ergriff.

„Du bist meine Freundin, Kate, oder?“, fragte sie.

„Sicher doch.“, gab Kate zur Antwort, wobei sie sich fragte, welchen Grund Mai hatte so etwas zu fragen.

„Ich brauche deine Hilfe. Es ist sehr wichtig für mich und niemand außer dir könnte es verstehen.“, sagte sie und Kate versicherte, dass sie ihr helfen würde, egal was sie vor hatte. Mai lachte leise.

„Versprich nichts, bevor du dir nicht angehört hast, was ich tun werde. Du könntest es bereuen, weil es nicht sehr leicht ist.“

„Ok, wie du meinst. Dann erzähl schon, was du planst.“, meinte Kate eifrig.

„Es geht um Jeremie. Ich will mit ihm reden, weil es so nicht weiter gehen kann. Ich weiß genau, dass ich ihn dazu bringen kann, niemanden mehr in Gefahr zu bringen. Heute war es schon knapp. Vielleicht stirbt das nächste Mal jemand von uns.“, sie machte eine Pause.

„Aber wie willst du das anstellen?“, wollte Kate wissen.

„Ich kenne das Dorf, in das er ganz sicher zurückkehren wird. Deshalb werde ich ihm folgen und ihn zur Rede stellen. Ich rieche noch jetzt nach diesen widerlichen Kreaturen. Das ist mein Vorteil. Er wird mich nicht aufspüren können, aber ich finde ihn.“, sagte Mai.

„Weshalb sollte der Geruch noch an dir haften? Du warst mit deiner Kleidung baden.“, erinnerte Kate sie.

„Wenn du wüsstest, was meine Nase so alles riecht, würdest du dir wünschen nichts mehr riechen zu können. Das Wasser hat zwar das Schlimmste bereinigt, aber das reicht noch lange nicht. Also was ist, machst du mit?“

„Wie kann ich dir helfen?“ Kate verstand den Plan nicht ganz. Es klang Alles ein wenig überstürzt und gefährlich.

„Du wirst den Anderen eine Geschichte erzählen, warum ich gegangen bin. Sie werden schließlich merken, wenn du allein zurückkommst.“

„Heißt das, du willst jetzt sofort gehen?“, fragte Kate geschockt. Mai nickte und zog ein Blatt Pergament aus der Tasche.

„In spätestens vier Tagen werde ich zurück sein. Ich habe mir die Position des Ortes aufgeschrieben, an dem ihr dann sein werdet. Es ist wichtig, dass ihr weitergeht, verstehst du? Ich bin schnell genug, um euch einzuholen und ich komme bestens alleine klar. Wenn sie erwarten, dass ich zurückkomme, dann verlieren wir unnötig Zeit. Ihr dürft nicht auf mich warten.“, erklärte sie.

„Ja, aber was soll ich sagen, damit sie nicht auf die Idee kommen, nach dir zu suchen. Ich bin eine schlechte Lügnerin. Wenn ich mir etwas ausdenke, geht es sicher schief.“, entschuldigte Kate sich.

„Darüber habe ich schon nachgedacht. Du erzählst ihnen, wir hätten einen Streit gehabt und deshalb wäre ich gegangen. Das klappt sicher, falls irgendwer etwas merkt, dann nur mein Bruder und er wird niemandem etwas sagen, das weiß ich. Das größere Problem ist wohl Eddy. Ich kann mir vorstellen, dass er sauer sein wird. Natürlich macht er dich dann für die Sache verantwortlich und das ist das Schwere daran. Ich will nicht, dass du darunter leidest, wenn ich gehe, nur weil dich jemand dafür verantwortlich macht.“, sagte Mai.

„Keine Sorge, damit komme ich schon klar, solange sie mich nicht fortschicken, so wie Dana.“, überlegte Kate. Mai schüttelte heftig den Kopf.

„Sie werden vielleicht sauer sein, aber sie haben auch Angst.“, meinte Mai.

„Angst? Wovor?“ Kate sah sie ratlos an.

„Natürlich vor Alessio. Ich kenne kaum jemanden, außer mir selbst natürlich, der ihm widerspricht. Es kann schon nützlich sein Macht zu haben. Unsere Familie hat den größten Einfluss in der Gegend und man sollte es sich nicht mit uns verscherzen. Er wird schon dafür sorgen, dass sie dich in Ruhe lassen und bei Sanny habe ich auch keine Bedenken. Sie ist zu gut für diese Welt. Es braucht schon einiges mehr, um es sich mit ihr zu verscherzen. Außerdem sind es ja nur ein paar Tage.“ Mai blieb stehen und steckte die Fackel in den Boden.

„Klingt machbar, aber da bleibt mir noch das Problem mit dem Streit. Worüber sollten wir streiten?“, fragte Kate unsicher. Mai überlegte kurz.

„Ich glaube es reicht, wenn du sagst, dass du nicht darüber reden willst.“, meinte sie und sah Kate ins Gesicht.

„Du wirst mir fehlen, auch wenn es nur eine kurze Zeit ist und es tut mir leid, wenn ich dir Schwierigkeiten bereite. Pass auf dich auf.“, sagte Mai und umarmte sie.

„Das sollte ich wohl lieber dir sagen.“, erwiderte Kate. Mai schenkte ihr ein Lächeln.

„Viel Glück.“, rief Kate ihr hinterher und wartete, bis sie in den schwarzen Schatten verschwunden war. Sie machte sich schon jetzt große Sorgen. Schweren Herzens griff sie nach der Fackel und machte sich auf den Weg, zurück zu den Zelten, wo noch niemand ahnte, was Kate ihnen gleich erzählen würde.

Kates Unbehagen wuchs, als sie sah, dass niemand ins Bett gegangen war. Sie alle saßen noch da und waren wach. Sie hatte gehofft, weniger Zuhörer zu haben. Doch vielleicht war es besser, dann musste sie nicht alles mehrmals erzählen, wobei sich ihre Geschichte sicher jedes Mal verändert hätte.

„Wo ist Mai?“, fragte Alessio sofort und stand auf. Es kam ihr beinahe so vor, als hätte er es erwartet. Alle sahen sich zu ihr um.

„Sie ist weg.“, mehr brachte Kate nicht hervor. Sie kam sich auf einmal verloren vor. Dabei war sie sich eben noch sicher gewesen, dass es ihr nichts ausmachen würde, für Mai zu lügen.

„Was meinst du damit?“, wollte Sanny ruhig wissen und rührte weiter in dem Topf, als hätten Kates Worte keine größere Bedeutung.

„Ich meine, dass sie gegangen ist. Nach Hause, vielleicht. Ich weiß es nicht genau.“, sagte Kate und versuchte ihr Unbehagen mit Wut zu füttern. Aber sie war nicht wütend. Es war, als hätte das warme Quellwasser all die Wut fortgespült. Sanny stoppte in ihrer Bewegung.

„Wieso das? Ist sie etwa feige? Das hätte ich nie von ihr gedacht.“, lachte Claire höhnisch.

„Nein. Sie ist meinetwegen gegangen.“ Kate wusste nicht genau, was sie sonst sagen sollte. Es fiel ihr schwer zu lügen, doch Claires Spott lies ihre eigenen Worte zorniger klingen. Dass Keiner antwortete, machte die Sache nicht gerade leichter.

„Wir haben uns gestritten und dann habe ich gesagt, ich wolle sie nie wieder sehen. Daraufhin ist sie gegangen. Sie sagte, ich würde schon sehen, was ich davon habe und sie würde nicht zurückkommen. Nie wieder.“, sagte Kate.

Ihre Stimme klang aufgeregt und leicht hysterisch. Sie spürte, wie langsam die Tränen in ihr hoch kamen. Es würde den Versuch, ihre Lüge realistisch wirken zu lassen, nicht gerade unterstützen, wenn sie anfing zu weinen. Schnell wandte sie ihr Gesicht ab und eilte auf das leere Zelt zu, um sich dort zu verstecken.

Sie hatte einen Kloß im Hals. Der heutige Tag war einfach zu viel für sie. Erst Jeremie, der sie angegriffen hatte und dem Mai jetzt nachlief, im Bewusstsein, dass sie ihn noch liebte. Dann Dana, die sie alle an eben Diesen verraten hatte, nur um sich an Mai zu rächen und natürlich Ilona, mit ihrem entstellten Aussehen und der Boshaftigkeit in ihren Augen, die Claire verwundet hatte.

Mai hatte Recht behalten. Ihr war nicht mehr wohl bei dem Plan und Kate konnte nichts weiter tun, als sich Sorgen zu machen. Warum hatte sie nicht versucht Mai die Sache auszureden, sie irgendwie zu stoppen? Wenn ihr etwas passierte, wenn sie starb, dann würde sie es sich nie verzeihen.

Jetzt kamen die Tränen doch. Stumm rannen sie ihr über das Gesicht. Kate kroch unter eine Decke und legte sich dicht neben die Zeltwand. Das Gesicht verbarg sie in ihrer alten Jacke, die sie zu einem Knubbel zusammengerollt hatte. Sonst nahm Kate sie manchmal als Kissen. Es war nicht bequem, aber sie erinnerte Kate an ihre Eltern. Sie hatte sie zu ihrem Geburtstag bekommen, kurz vor dem Unfall.

Draußen wurde geredet, doch sie verstand nicht ein Wort. Sie war zu sehr damit beschäftigt ihre Tränen zu unterdrücken. So hörte sie auch nicht wie jemand ins Zelt kam, was dazu führte, dass sie einen riesigen Schreck bekam, als Alessio plötzlich ihren Namen sagte.

Sie unterbrach ihr stummes Schluchzen, blieb regungslos liegen und lauschte.

„Kate, sieh mich mal an.“, sagte er. Sie schüttelte den Kopf. Vielleicht würde er einfach wieder gehen und sie in Ruhe lassen, wenn sie sich weigerte. Sie wollte jetzt keine Vorwürfe oder Anschuldigungen hören, schon gar nicht von ihm.

„Bitte, sieh mich an Kate.“, wiederholte er ruhig und legte eine Hand auf ihren Rücken. „Ich möchte mit dir reden und es ist leichter, wenn du mir antworten kannst.“ Er schien nicht wütend oder böse zu sein, was Kate überraschte. Aus irgendeinem Grund, war sie fest davon ausgegangen, dass er sie dafür verantwortlich machen würde, dass seine Schwester fort war und jetzt alleine durch den Wald lief.

Diese Tatsache brachte sie dazu sich langsam aufzurichten. Er war allein und als sie ihn kurz ansah, lächelte er sogar. Sie wischte sich mit dem Arm über das Gesicht, vermied es allerdings ihm ein zweites Mal in die Augen zu schauen.

„Geht doch.“, sagte er sanft und nahm ihre Hände. Entweder waren ihre noch immer zu kalt, oder seine einfach warm, dachte sie kurz.

„So und jetzt erzählst du mir, die wahre Geschichte.“, schlug er vor. Kate sah ihn mit großen Augen an.

„War das so schlecht?“, fragte sie. „Ich hab mir extra Mühe gegeben, glaubwürdig zu klingen.“, meinte sie verzweifelt. Er lächelte.

„Du warst schon glaubwürdig, aber ich kenne meine Schwester besser, als jeder Andere und bevor sie in einem Streit wegläuft, muss schon etwas wirklich, wirklich Schreckliches passieren. Sie hätte keinen Grund gehabt mit dir zu streiten. Sie ist viel zu froh, dich zu haben. Sie hat sich immer eine beste Freundin gewünscht. Außerdem war sie schon die ganze Zeit viel zu ruhig und nachdenklich.“, erklärte Alessio. Kate überlegte nicht lang und beschloss ihm zu erzählen, was wirklich passiert war. Mai war ja ohnehin davon ausgegangen, dass er etwas merken würde und es tat gut darüber zu reden.

„Ich habe geahnt, dass sie irgendwann zu ihm geht.“, sagte er, als sie geendet hatte.

„Jeremie kam mir kein bisschen nett vor. Ich kann es einfach nicht verstehen. Wie kann sie zu ihm zurückgehen?“, sprach Kate ihren Gedanken laut aus.

„Kein Wunder, dass du so denkst. Schließlich hast du ihn nicht gerade von seiner besten Seite kennengelernt. Vielleicht ist es für dich schwer zu glauben, aber er war mal anders. So anders, dass ich ihn jetzt nicht wiedererkenne. Keiner weiß, was ihn dazu gebracht hat plötzlich brutal zu werden. Ich bin mir nicht mal sicher, ob Mai eine Erklärung dafür hat. Sie redet selten über dieses Thema.“, meinte Alessio.

„Ich hoffe nur, dass ihr nichts passiert.“, sagte Kate. Sie kam nicht umhin sich Gedanken darüber zu machen. Sicher, Mai wusste sich durchzusetzen, aber Jeremie würde nicht allein sein. Da war Ilona, die wie eine Klette an ihm hing und sicher gab es in seinem Dorf unzählige Bewaffnete. Es war nicht auszudenken, was alles passieren könnte.

„Ich hätte sie aufhalten sollen. Am Besten, ich gehe ihr nach und hole sie zurück, bevor etwas passiert.“, murmelte sie vor sich hin und versuchte sich daran zu erinnern, in welche Richtung das Dorf lag.

„Denk nicht mal dran. Du würdest sie nie finden und wenn sie nicht heute gegangen wäre, dann hätte sie sich heimlich davongestohlen. So wissen wir wenigstens von ihrem Plan. Es ist nicht deine Schuld, glaub mir. Sie hat schon immer das getan, was sie für richtig gehalten hat. Mai hört einzig und allein auf sich selbst.“, versuchte Alessio sie umzustimmen.

„Na toll und was machen wir jetzt?“, fragte sie.

„Nichts.“, meinte er knapp.

„Nichts?“, wiederholte Kate. „Ich kann nicht Nichts tun. Die da Draußen hassen mich alle."

„Das ist nicht wahr.", stritt Alessio ab. „Wieso sollten sie?"

„Weil sie denken, dass Mai meinetwegen gegangen ist. Du kannst mir nicht erzählen, dass sie begeistert sind.", erwiderte sie.

„Nur um das klar zu stellen, wenn überhaupt, dann ist Claire die Einzige, die etwas gegen dich hat und das sicher nicht wegen Mai, außerdem sollte es dir egal sein. Ich sehe keinen Grund, weshalb du mit ihr befreundet sein solltest. Ich mag sie ja auch nicht.", sagte er und Kate huschte ein kleines Lächeln über die Lippen.

„Angenommen das stimmt, dann wäre da immer noch Eddy. Er ist sicher alles andere als froh, wenn er erfährt, dass seine Freundin einem Anderen hinterherläuft.", stellte Kate fest.

„Darüber haben wir bereits entschieden. Er wird erst einmal überhaupt nichts erfahren. Sanny hat gesagt, dass er sich nicht aufregen soll. Wir warten ab, wie es ihm Morgen geht und erzählen ihm bis dahin gar nichts. Mit ein bisschen Glück ist Mai zurück, bevor er etwas merkt und dann kann sie selbst mit ihm reden.", sagte er. In Kates Ohren klang das nach einem sehr schwachen Plan, aber immerhin gab es überhaupt einen. Sie seufzte und warf sich in die Kissen.

„Was für ein verrückter Tag.", flüsterte sie mit dem Gesicht zur Zeltspitze.

„Ich hatte ihn mir auch ruhiger vorgestellt.", stimmte Alessio ihr zu und legte sich neben sie. Daran hatte sie sich bereits gewöhnt. Automatisch griff sie nach seiner Hand.

In den vergangenen Nächten hatte er immer neben ihr gelegen und auch wenn sie sich dagegen sträubte, musste sie zugeben, dass es sie beruhigte. In dem Wissen, dass er ständig da war, konnte sie Nachts schlafen, ohne ständig aufzuwachen. Es war als würde seine Anwesenheit die Angst verdrängen, die sie überkam, sobald die Dunkelheit eintraf.

Sie wandte ihren Kopf in seine Richtung. Er schien tief und fest zu schlafen, was völlig unmöglich war, in so kurzer Zeit. Sie war sich sicher, dass er sie bis vor einer Sekunde noch beobachtet hatte. So schnell konnte kein Mensch einschlafen. Sie wartete, ob er sich bewegte oder anders verriet, dass er noch wach war. Er blieb stumm und zuckte nicht mal mit den Wimpern. Er war klug.

Kate überlegte, wie sie möglichst unauffällig herausfinden konnte, ob er ihr etwas vorspielte. Sie würde sich komisch dabei vorkommen, ihn einfach zu fragen. Daher entschied sie sich für die leichteste Methode, die ihr in den Sinn kam. Leise richtete sie sich auf und ließ ihn dabei nicht aus den Augen. Sie kam nicht weit.

„Ich dachte, wir hätten das mit dem Davonschleichen geklärt.“, flüsterte er und schlug die Augen auf.

„Und ich dachte, du schläfst.“, gab Kate zurück.

„Natürlich schlafe ich, das sieht man doch.“, grinste er.

„Ja dann, gute Nacht.“, gab Kate zurück.

„Was ist mit dir, bist du nicht müde?“, fragte Alessio. Kate zuckte mit den Schultern.

„Schon, aber wenn du geglaubt hast, ich würde schlafen, bevor alle Anderen zu Bett gegangen sind, dann irrst du dich.“

„Die Einzigen, die noch wach sind, sind Chris und Ted. Sie halten die nächsten Stunden Wache.“, erklärte er.

„Du willst mir also weiß machen, dass sonst niemand in diesem Zelt schläft?“, hakte Kate nach und legte sich auf die Seite.

„Ja, wieso? Hast du etwa doch Angst?“, neckte er sie.

„Tzz.“, machte Kate. „Ich frage mich nur, warum du mir so wenig Platz lässt, wo das Zelt doch so groß ist.“, meinte sie mit hochgezogenen Augenbrauen. Er sah sie entschuldigend an.

„Tut mir leid.“, sagte er schnell und rückte etwas nach links.

„Mir nicht.“, erwiderte Kate und lachte leise, über seinen irritierten Blick.

„Ich wüsste zu gerne, was in deinem Kopf vor sich geht. Ich glaube, ich mache mir zu viele Gedanken.“, gab Alessio zu. Er drehte sich ebenfalls auf die Seite, so dass er auf einer Augenhöhe mit Kate war. Er war ihr so nah, dass sie seinen Atem spüren konnte. Mit der Hand fuhr er durch ihre Haare. Sein Blick zuckte von ihrem einen Auge zum Anderen. Er selbst hatte so helle Augen, wie sie es selten gesehen hatte. Sie waren ebenso blau, wie der Himmel an einem der Tage, an dem er nicht von einer grauen Wolkenschicht verdeckt war. Doch im Dunkeln war es kaum zu erkennen.

„Wenn du es wirklich wissen willst, musst du es schon alleine herausfinden. Ich werde es dir sicher nicht verraten.“, sagte Kate.

„Das schaffe ich schon. So schnell wirst du mich nicht los, außerdem muss ich immer noch auf dich aufpassen.“, meinte er und legte den Arm um ihre Hüfte, nur um sie noch näher an sich zu ziehen.

„Eigentlich sind wir nicht im Wasser und ich werde wohl kaum ertrinken, aber ich schätze mal, dass nicht die geringste Chance besteht, dich zu überreden mich loszulassen. Dir ist ganz egal was ich zu sagen habe?“, fragte Kate flüsternd nach.

„Richtig.“, antwortete Alessio.

„Ok, dann brauche ich es ja nicht zu sagen.“, meinte sie nur, schloss die Augen und vergrub ihr Gesicht in seinem Oberteil, damit er nicht sah, wie sie sich ein Grinsen verkniff.

„Was meinst du? Was wolltest du sagen?“, fragte er leicht nervös.

„Ich dachte, dir wäre egal, was ich sagen würde?“, stellte Kate die Gegenfrage, rührte sich aber nicht.

„So habe ich das nicht gemeint.“, verteidigte er sich.

„Ich weiß.“, gab sie zu und lächelte erneut. Alessio sagte nichts. Er schien darauf zu warten, dass sie weiter sprach, doch so leicht wollte sie es ihm auch nicht machen.

„Kate.“, forderte er. „Ich warte.“

„Dann hör auf zu warten und schlaf wieder.“, murmelte sie schläfrig, mit noch immer geschlossenen Augen.

„Ich könnte dich auch so lange auskitzeln, bis du vergessen hast, was du sagen wolltest.“, drohte er. Kate lachte leise.

„Komm schon, sag es.“, drängte Alessio weiter.

„Was sagen?“, stellte Kate sich unwissend und sah zu ihm hoch.

„Das was du vorhin sagen wolltest.“, meinte er.

„Wann?“, scherzte sie weiter.

„Das weißt du genau.“

„Was weiß ich?“

„Was du sagen wolltest.“, erinnerte Alessio sie.

„Ich wollte nichts sagen.“, behauptete Kate jetzt.

„Ich geb´s auf.“, stöhnte er. „Du bist unmöglich.“

„Kann schon sein. Willst du denn jetzt hören, was ich sagen wollte?“, fragte sie weiter.

„Natürlich, schon die ganze Zeit.“

„Das ist ja lustig.“, stellte Kate nüchtern fest.

„Ok, dann will ich es eben nicht wissen.“, versuchte Alessio es.

„Auch gut, dann schlafe ich jetzt.“, beschloss sie.

„Wie lange kannst du dieses Spielchen fortsetzen?“, fragte er stattdessen.

„Wenn ich wach bin ewig, aber langsam werde ich zu müde dafür.“, gab Kate zu und gähnte.

„Heißt das, ich habe eine Chance zu gewinnen?“

„Nein, es bedeutet, dass ich nicht mehr antworten werde.“,

korrigierte sie.

„Ich schlage dir vor, du sagst mir, was du sagen wolltest und dafür lasse ich dich danach schlafen.“, sagte Alessio.

„Ok.“, stimmte Kate zu.

„Und zwar jetzt.“, fügte er schnell hinzu.

„Ich wollte nur sagen, dass ich gar nicht versuche dich loszuwerden.“, sagte Kate.

„Das war alles?“, fragte er ein wenig enttäuscht.

„Nein, den Rest erzähle ich dir ein anderes Mal.“ Weiter kam Kate nicht, denn sie war auf der Stelle eingeschlafen.

Ein leises, gleichmäßiges Klacken weckte Kate am nächsten Morgen. Sie lag noch genau so da, wie sie eingeschlafen war, mit der Ausnahme, dass sie irgendwer zugedeckt hatte. Irgendwer oder Alessio? Sie rieb sich den Schlaf aus den Augen und pustete sich die Haare aus der Stirn. Es war warm, viel zu warm. Sie befreite sich von der dicken Decke und richtete sich auf.

Klack, klack, kam es von Draußen. Sie hatte sich das Geräusch also nicht eingebildet.

Rasch zog sie ihre Jacke über und kletterte aus dem Zelt, wobei sie darauf achtete niemanden zu wecken. Ted und Chris hatten sich nach ihrer Schicht ebenfalls hier schlafen gelegt. Sicher, auch wenn dieses Zelt um einiges kleiner war, kannte sie niemanden der sich freiwillig im selben Zelt mit Lee aufhielt.

Die Quelle des Geräusches war Sanny. Sie hockte am Feuer und starrte in den kleinen Kessel. Dabei ließ sie immer wieder ungeduldig den Verschluss ihrer Tasche auf und zuschnappen.

Als sie Kate hörte, hielt sie inne und wandte sich um.

„Hey.“, lächelte sie, auch wenn es nicht ganz so

unbekümmert klang, wie sonst. Kein Wunder, dachte Kate, sie ist wahrscheinlich alles andere als froh mich zu sehen. Was Alessio auch gesagt hatte, es änderte nichts an Kates Annahme, dass Sanny und die Anderen sie, für Mais Verschwinden, verantwortlich machten.

Leicht zögernd setzte sie sich auf die andere Seite des Feuers und überlegte angestrengt, was sie sagen könnte, um das unerträgliche Schweigen zu vertreiben.

„Wieso sitzt du alleine hier?“ Kate fiel nichts Besseres ein.

„Ich habe Claire und Lee losgeschickt. Sie sollen mir ein paar Pflanzen besorgen.“, sagte Sanny. „Eddy geht es nicht gut und ich vermute, dass es nichts mit dem Angriff zu tun hat.“

„Wie meinst du das?“, fragte Kate.

„Er ist schon seit einigen Tagen so komisch und jetzt werde ich das Gefühl nicht los, dass ich etwas übersehe, also werde ich ein paar Tests machen.“, sagte Sanny und deutete auf den Kessel.

„Kann ich dir helfen?“, bot Kate an. Sanny schüttelte den Kopf. Auch wenn sie es erwartet hatte, versetzte es Kate einen Stich. Bisher waren sie immer gut miteinander ausgekommen und sie wollte nicht, dass sich das änderte.

„Zumindest jetzt noch nicht. Ich kann nur abwarten. Allerdings, falls meine Vermutung stimmt, was sehr wahrscheinlich ist, dann brauche ich deine Hilfe.“

Kate spürte den Anflug von Erleichterung. Scheinbar war es nicht zu spät und so machte es ihr auch nichts aus, dass Sanny ihr nicht mehr über diese Vermutung erzählte, die sie hegte.

„Kann ich dich etwas fragen, wegen Claire?“, wollte Kate vorsichtig wissen und wartete auf ein Zeichen von Sanny. Sie nickte.

„Was hat es mit diesem Fluch auf sich, über den ihr gesprochen habt? Ich verstehe es nämlich nicht.“ Sie hatte eigentlich vorgehabt Mai danach zu fragen.

Sanny seufzte leise.

„Das ist wirklich eine schlimme Geschichte. Das Schlimmste daran ist wohl, dass es nicht nur ihr, sondern uns allen schaden kann.“, bedauerte Sanny, bevor sie auf Kates eigentliche Frage antwortete.

„Am Besten ich erzähle dir einfach alles, was ich darüber weiß.“, fing sie an.

„Vor vielen hundert Jahren lebte eine mächtige Königin. Man nannte sie Maya, was so viel bedeutet, wie Illusion. Diesen Namen verdankte sie ihrer Fähigkeit, von der bis zu dieser Zeit niemand gehört hatte und soweit es bekannt ist, gab es sie auch nie wieder. Sie konnte mit Hilfe ihrer Gedanken, einen Menschen ändern. Soviel ich weiß, nutzte sie es nicht aus und ich hoffe wirklich, dass es eine solche Fähigkeit nie wieder geben wird.“, sagte Sanny.

„Was heißt, sie konnte Menschen ändern?“, fragte Kate, die sich absolut nichts darunter vorstellen konnte.

„Du musst es dir so vorstellen, dass sie einen Charakter beeinflussen konnte, mit einer einzigen Berührung. Wie viel davon wahr ist, kann keiner sagen, aber es heißt, dass sie Menschen bekehrte Gutes zu tun, wenn sie eigentlich auf Böses aus waren. Man sagt auch, sie hätte die Macht gehabt Kranke zu heilen.

Das Gefährliche an dieser Fähigkeit war jedoch, dass sie selbst sich von niemandem beeinflussen ließ. Sie konnte nicht nur Helfen, sondern auch zerstören. Ihr ganzes Leben lang, hat sie ihrem Volk nur Gutes getan. Sie war ein Vorbild und jeder liebte sie, bis zu dem Tag an dem sie Maverick begegnete. Er hatte eine schwarze Seele und verbreitete Angst und Schrecken, egal wo er auftauchte.

Er hatte von Mayas Gabe gehört und wollte sie auf die

Probe stellen. Er glaubte nicht daran, dass Menschen sich ändern können und so bot er ihr an, dass sie ihn zu einem guten Menschen machen sollte. Wenn sie jedoch versagen würde, müsste sie ihm den Thron überlassen. Mayas Berater lachten über diesen, in ihren Augen, lächerlichen Vorschlag. Sie selbst war misstrauisch, gegenüber Maverick und seinem Vorschlag. Trotzdem wollte sie ihr Glück versuchten und ging den Handel ein.

Wie sie bereits im Stillen vermutet hatte, versagte ihre Fähigkeit, zum ersten Mal. Aus Angst er würde ihr Volk in den Tod stürzen setzte sie all ihr Kraft ein und verfluchte ihn.

Der Fluch hatte eine Wirkung, die keiner vorhersehen konnte. Der Geschichte nach, kehrte sie seinen Charakter nach außen, um ihn doch noch dazu zu bringen seine Ansichten zu ändern. Leider ging ihre verzweifelte Tat nach hinten los und sie starb. Maverick brach zusammen, doch er überlebte. Er war durch die Macht des Zaubers geschwächt und so schafften die Wachen es, ihn zu verbannen.

Maverick verschwand im Wald und ein paar Jahre lang hörte man nichts als Gerüchte über ihn. Einige sagten er sei tot und sein Geist würde Unschuldige auf den Pfad des Bösen führen. Andere meinten, er warte auf den richtigen Moment, um Rache zu nehmen.

Was auch immer mit ihm passiert ist, dieser Fluch hat sich weiter ausgebreitet. Wenn das Blut eines Verfluchten in den Kreislauf eines Anderen gerät, ist es fast unmöglich die Verwandlung aufzuhalten. Du hast gesehen, was passiert. Die Wunde verkrustet, so dass sie nicht gesäubert werden kann. Das Blut färbt sich schwarz und die Iris bekommt diesen unnatürlichen lila Farbstich. Kurz vor der Verwandlung wird sie so dunkel, dass die natürliche Augenfarbe komplett verschwindet.“, erklärte Sanny.

„Was passiert, wenn man sich verwandelt, abgesehen, von dem Äußerlichen?“, fragte Kate und erinnerte sich an Ilonas kalten Blick und die scharfen Klauen.

„Man wird ungeheuer stark, wahrscheinlich sogar stärker als Mai in ihrem verwandelten Zustand.“, redete Sanny drauf los. Sie selbst schien es nicht mal bemerkt zu haben, aber als Mais Name fiel entstand wieder dieses ungute Gefühl in Kate. Sie hatte jedoch keine Zeit sich darum zu kümmern, weil Sanny einfach weiter sprach.

„Geschwindigkeit und Instinkt verstärken sich. Um es genauer auszudrücken, man wird zu einer fast perfekten Waffe.“ Sie schauderte, während sie sprach.

„Ich habe immer noch nicht verstanden, was genau der Fluch daran ist. Flüche sind doch bekanntlicher Weise auf irgendeine Art schlecht. Also was ist schlecht daran, für Claire, stark und schnell zu sein? Ich könnte mir sogar vorstellen, dass es Menschen gibt, die sich diesen Fluch zum Vorteil machen. Natürlich kann es für uns schlimm werden, wenn jemand eine Armee aus Verfluchten erschaffen würde, aber das ist das einzig Gefährliche daran, oder?“ Sie zweifelte bereits an ihrer Aussage, als sie Sannys Gesichtsausdruck sah.

„Nein, es ist anders als du denkst. Das größte Problem ist Kontrolle. Der Fluch bringt es mit sich, dass die Verwandlung eintritt, wenn der Mensch sich bedroht fühlt oder wenn sich Wut aufstaut. Claire kann sich nicht nach Lust und Laune verwandeln. Wenn sie erst einmal diese Gestalt angenommen hat, wird es schwer für sie sein, sich zu kontrollieren. Ohne Zögern würde sie ihre Feinde umbringen und es ist nicht unwahrscheinlich, dass sie selbst ihre Freunde angreift. Das macht es für uns komplizierter. Zum Glück ist Claire eine starke Kämpferin, selbst wenn sie sich schnell aufregt und ständig einen Streit beginnt, wird sie es schaffen sich zu kontrollieren. Sie ist sehr ehrgeizig in diesen Dingen. Ilona hingegen ist besessen von dem Fluch. Ich habe in Jeremies Blick gesehen, dass er einen bestimmten Plan hatte und wenn sie sich daran gehalten hätte, wären wir nicht so leicht davon gekommen.

Diese Unkontrolliertheit hat aber auch einen positiven Aspekt. Deine Theorie mit der Armee würde nicht aufgehen. Wenn Zwei Verfluchte aufeinander treffen, kämpfen sie normalerweise bis zum Tod. Das ist zurückzuführen, auf den Hass Mavericks. Er konnte es nicht ertragen jemanden in seiner Nähe zu wissen, der seine Macht teilte. Auf Grund dieser Eigenschaft ist es erstaunlich, dass sich der Fluch dennoch bis in unsere Zeit gezogen hat.“, sagte Sanny.

„Kann man nichts dagegen machen?“, wollte Kate wissen.

„Es gibt einen Trank, der die Verwandlung verhindert, aber man kann sich nicht hundertprozentig darauf verlassen. Der Fluch ist stärker und früher oder später, würde ihn selbst der beste Trank nicht aufhalten können. Es gibt Nichts, von dem ich weiß, dass es den Fluch umkehrt, aber selbst wenn, dann würde ich es abraten. Alles geschieht aus einem bestimmten Grund, nicht wahr?“, meinte Sanny und schwieg.

Kate dachte darüber nach. Es war etwas, dass sich leicht sagen ließ. Doch sie war sich nicht sicher, ob sie daran glauben sollte.

„Ich weiß, dass es nicht nett ist, aber ich werde mich wohl besser von ihr fern halten. Sie mochte mich vom ersten Augenblick an nicht. Wer weiß schon wie lange es dauert, bis sie ausrastet?“ Mit jedem Wort wurde Kates Stimme leiser. Sie fühlte sich nicht wohl dabei, so über einen anderen Menschen zu reden.

„Ich finde es nicht gemein. Du hast ihr oft genug die Möglichkeit gegeben nett zu sein und das ein oder andere Mal habe ich gedacht, sie würde sich doch noch zum Positiven ändern. Ich stimme dir vollkommen zu, dass du ihr aus dem Weg gehen solltest. Sie ist wirklich sehr reizbar im Moment. Vielleicht hilft es dir aber, wenn ich sage, dass sie sich gebessert hat. Das meine ich wirklich ernst. Seit dieser Reise ist sie netter zu uns allen und ich komme nicht umhin festzustellen, dass es dein Verdienst ist.", antwortete Sanny. Kate verdrehte die Augen.

„Du musst dir nichts ausdenken, so schlimm ist es auch nicht, dass sie mich hasst.", gab Kate zu.

„Das tue ich nicht. Ich glaube, es liegt daran, weil sie sich immer für die Tollste gehalten hat. Sie hat bei jedem genug Gründe gefunden, weshalb sie besser ist, bis du kamst.

Sie hat dich von Anfang an nicht als Feindin, sondern als Konkurrenz betrachtet. Selbst ihre Herkunft hast du an Interesse übertrumpft. Sie hat uns oft vorgehalten, dass sie etwas Besonderes sei, weil sie die Erde kennt. Jetzt spielt es keine Rolle mehr, da du diesen Ort besser kennst. Sie kann sich ja nicht einmal daran erinnern, wie es dort aussieht.", lachte Sanny. „Sie hat schon früh damit angefangen alles über die Erde zu lernen, was in unserer Welt bekannt ist. Sie kann lesen und schreiben. Sie kauft Dinge, die von der Erde kommen und lässt sich von Jill Geschichten erzählen. Ich glaube, sie wäre gerne mehr wie du."

Kate sah sie nur erstaunt an. Sie wusste nicht was sie darauf erwidern sollte.

„Außerdem hat sie wohl endlich gemerkt, was ihr größtes Problem mit dir ist.", redete Sanny weiter, als Kate nichts sagte.

„Was ist ihr Problem?", fragte sie verwirrt. Sanny grinste.

„Ich rede natürlich von Mai und Alessio.", sagte sie wie selbstverständlich. „Sie wollte schon immer dazugehören. Ich meine, es ist ja offensichtlich, dass Alessio Claire nicht sonderlich mag, wo er sie doch meistens ignoriert, aber sie selbst hat sich dafür um so mehr Mühe gegeben. Besonders seit sie gemerkt hat, dass er dich um Einiges interessanter zu finden scheint, als sie.“, fuhr Sanny unbekümmert fort und bekam nicht mit, wie Kate verlegen ihre Finger betrachtete. „Und auch wenn sie es nicht zugeben würde, dass ihre Freundschaft mit Mai damals zerbrochen ist, nimmt sie noch immer ziemlich mit. Dass du jetzt ihre beste Freundin bist, macht die Sache für Claire, nicht gerade leichter. Am Besten, du achtest gar nicht weiter auf sie. Sie schafft es, jede Freundschaft zu zerstören. Ihr habt euch aber doch nicht deshalb gestritten, oder?“, fragte sie besorgt.

„Wie bitte?“, wollte Kate wissen. Sie verstand nicht ganz, was Sanny damit meinte.

„Ich habe gefragt, ob Mai und du euch wegen Claire gestritten habt. Ich habe die Beiden in letzter Zeit öfter zusammen gesehen.“, erklärte Sanny und Kate wurde wieder einmal bewusst, wie wenig Sanny Mai verstand. Immerhin hatte diese nur mit Claire gesprochen, um sie von Kate fern zu halten. Nie im Leben wäre Kate auf die Idee gekommen einen Streit anzufangen, selbst wenn Claire und Mai sich wirklich angefreundet hätten. Außerdem passte es nicht zu Mai wegen so etwas davonzulaufen. Sanny müsste das eigentlich wissen, überlegte Kate. Sie kannten sich schließlich schon länger.

Noch immer war es ihr ein Rätsel, dass Sanny, die normalerweise die Klügste war, diese einfache Lüge nicht durchschaute. Selbst ein Fremder könnte auf der Stelle erkennen, dass Mai kein Mensch war, der vor Problemen davonlief.

Alessio hatte Recht. Sanny schien Mai wirklich nicht zu kennen und das obwohl sie nicht nur schlau war, sondern auch gute Menschenkenntnisse besaß.

Mai war offen und sagte stets was sie dachte und doch erweckte es den Anschein, als wisse niemand, was wirklich in ihr vorging. Es war, als würde sie nur einen Teil ihres Herzen verschießen und um das zu verstecken, präsentierte sie den Rest der ganzen Welt.

Das Problem, welches Kate darin sah, war nicht, dass sie etwas verbarg. Sie sorgte sich einzig und allein um die Ausmaße der besagten Gefühle.

Wenn sie eine große Rolle in Mais Leben spielten und genau davon ging Kate aus, dann musste es eine schwere Last sein, niemanden zu haben, mit dem man reden konnte. Sie war sich der Stärke bewusst, die Mai nicht nur körperlich besaß und trotzdem war sie froh, dass Mai sich wenigstens ihr gegenüber nicht verstellte. Sie erinnerte sich auch an Alessios Worte, dass sie sich immer eine Freundin gewünscht hatte.

„Tut mir leid. Es geht mich nichts an. Ich hätte nicht fragen sollen.“, sagte Sanny, die Kates Schweigen falsch deutete. „Es ist nicht deine Schuld und wir alle wissen, dass sie bald wieder auftauchen wird.“, fügte sie hinzu.

„Hoffentlich.“, meinte Kate und betete im Stillen, dass es Mai gut ging.

„Ich mache dir keine Vorwürfe. Ich habe auch so genug zu tun.“, grinste sie und deutete auf den brodelnden Kessel.

„Sannymaus, wir haben es geschafft.“, flötete Lee und trat auf die Lichtung, bepackt mit verschiedenen Pflanzen. Hinter ihm tauchte Claire auf. Sie trug einige längliche, braune Blätter.

Seufzend legte sie diese neben Sanny auf den Boden und setzte sich.

„Ich hab das nur für dich gemacht.“, sagte sie zu Sanny.

„Vielen Dank.“, freute diese sich und nahm Lee seinen Stapel ab.

„Kate.“, rief der jetzt entzückt. Manchmal erinnerte er sie an ein kleines Kind, auch wenn er nicht annähernd so aussah.

„Ich wollte schon eine Wette mit Claire abschließen, wann du dich aus dem Zelt traust.“, meinte er und ließ sich in den Schnee plumpsen. Claire funkelte ihn wütend an.

„Das ist nicht wahr.“, keifte sie.

„Schon gut.“, sagte er beschwichtigend, grinste aber weiter.

„Sie ist schon den ganzen Morgen so schlecht gelaunt.“, flüsterte er Kate laut genug zu, so dass Claire es hörte. Diese verschränkte die Arme und knurrte beleidigt. Kate sah sie unsicher an, aber es machte nicht den Anschein, als würde sie im nächsten Moment aus der Haut fahren.

„Lass sie in Ruhe.“, bat Kate ihn dennoch. Sie hatte kein Interesse daran Claire noch mehr zu verärgern.

„Meinst du etwa, wenn du einen Streit mit mir anfängst, gehe ich auch?“, scherzte er.

„Das ist nicht lustig. Was wenn ihr etwas passiert?“, werte Kate ab und vertrieb den Gedanken an Mai.

„Das hättest du dir vorher überlegen können. Aber ich kann dich verstehen. Es ist so leicht sich mit ihr zu streiten.“, sagte Claire. Überrascht sah Kate sie an.

„Außerdem wette ich, dass sie in spätestens drei Tagen wieder hier ist.“, fügte sie hinzu.

„Ich sage zwei Tage. Wenn du unsere Wette verlierst, musst du einen Tag lang tun, was ich sage. Wer will noch wetten?“, fragte Lee und grinste Claire an.

„Vergiss es.“, fauchte diese nur. „Wette doch mit Sanny oder Kate.“

„Nein, Danke.“, sagte Kate bevor Lee darüber nachdenken konnte. Sanny hörte gar nicht zu. Stattdessen gab sie ein paar Zutaten in den Trank über dem Feuer, der sich sofort milchig weiß färbte.

„Ihh.“, machte Lee und verzog angewidert das Gesicht, als

der Geruch des Gebräus ihm in die Nase zog. Sanny ignorierte ihn und tauchte ein braunes, langes Blatt nach dem Anderen in den Kessel. Als Sanny sie wieder herauszog, blieb eine Schicht des Trankes daran kleben und wurde Augenblicklich fest. Sie reihte die Blätter nebeneinander auf. Neun Stück, waren es, wobei sie das neunte in ein Tuch wickelte und es in ihre Tasche schob.

Sie nahm die Restlichen in den Arm und reichte jedem von ihnen eines davon.

„Was soll ich damit?“, fragte Lee und Kate sah, dass auch Claire ratlos war.

„Ihr müsst sie euch eine Minute lang auf die Zunge legen. Bin gleich wieder da.“ Damit verschwand sie im Zelt. Kate betrachtete das Blatt ebenso skeptisch wie Claire. Lee jedoch zuckte nur die Schultern und tat wie ihm geheißen.

Zögernd folgte Kate seinem Beispiel und auch Claire entschied sich, dass es wohl das Beste war Sanny zu vertrauen. Die Minute zog sich und Kate hatte das Gefühl ihre Zunge wäre ausgetrocknet, als Sanny sie endlich anwies ihr das Blatt zu zeigen. Sie lächelte.

„Sehr schön. Ihr könnt sie wegwerfen.“, sagte sie und erhob sich, um erneut ins Zelt zu gehen.

„Lee! Du solltest das nicht essen.“, rief Claire angewidert. Tatsächlich hatte er ein Stück davon abgebissen. Jetzt spuckte er es in das Feuer.

„Du hast Recht. Es schmeckt widerlich.“, grinste er.

„DU, bist widerlich.“, berichtigte Claire ihn und legte ihr Blatt zur Seite.

„Hast du eine Ahnung, was das werden soll?“, fragte Claire Kate flüsternd. Sie schüttelte den Kopf.

„Überhaupt nicht.“, fügte sie hinzu und warf ihr eigenes Blatt ins Feuer, wo es zischend in Flammen aufging.

„Kannst du jetzt etwas Leckeres kochen?“, fragte Lee. Sein Grinsen erstarb, als er Sannys Gesicht sah. Sie war blass um die Nase herum. Ohne zu sprechen setzte sie sich neben Kate, winkelte die Beine an, verschränkte ihre Arme auf den Knien und legte ihren Kopf hinein.

„Was ist passiert?“, fragte Kate flüsternd und strich ihr beruhigend mit einer Hand über den Rücken.

„Ich hatte Recht.“, wisperte sie.

„Womit?“, wollte jetzt auch Claire wissen.

„Sanny?“, kam es aus dem Zelt, indem Eddy sich aufhielt. Seine Stimme klang anders als üblich. Sie war schwächer und leicht heiser. Sanny holte tief Luft, fuhr sich mit den Händen durch das Gesicht und zwang sich zu einem Lächeln, dann eilte sie, ohne ein Wort, in das Zelt, wobei sie etwas fallen ließ. Lee stand auf, um es aufzuheben. Er kam zu Kate und Claire zurück. Es war dasselbe Blatt, das sie sich auf die Zunge legen sollten, mit dem Unterschied, dass es blau war.

„Was es auch bedeutet, es kann nichts Gutes sein.“, sagte Lee, ohne die Spur eines Lächelns. Er war selten ernst, was Kate nicht gerade beruhigte. Sie hörten kein Wort von dem, was Sanny und Eddy redeten. Auch wenn die Zeltwände nicht danach aussahen, waren sie dicht genug, um normale Gespräche nicht nach außen dringen zu lassen. Bisher war es Kate nicht bewusst aufgefallen, aber immerhin erklärte es, warum Lees Schnarchen nur in einem der Zelte zu hören war.

Sanny kam zurück und Lee hielt das Blatt hoch.

„Was bedeutet blau?“, fragte er.

„Es bedeutet, dass wir ein Problem haben. Eddy hat die Grippe. Er hat sich in dem Dorf angesteckt. Ich vermute, eines der Kinder, bei denen er im Zimmer geschlafen hat, hatte sich bereits infiziert. Deshalb musste ich euch alle untersuchen.“, sagte sie ernst und deutete auf die Blätter.

„Kannst du etwas dagegen tun?“, fragte Claire leise. Noch immer begriff Kate nicht ganz was an der Grippe so schlimm war. Sie wusste, dass man an einer Grippe durchaus sterben konnte, aber Sanny war fähig große Wunden in kürzester Zeit zu heilen.

„Nein, nicht genug. Wir müssen direkt das nächste Dorf ansteuern und hoffen, dass sie die Medizin vorrätig haben. Es ist zum Glück nahe genug, so dass er nicht sterben wird, aber falls sie es nicht haben, wird die Zeit knapp.“ Sie strich sich ihre langen Haare aus dem Gesicht und band sie zu dem üblichen Zopf zusammen.

„Was können wir tun?“, fragte Lee.

„Am Besten, er bleibt in dem Zelt. Es gibt eine Technik, wie wir es von den Drachen tragen lassen können, damit er nicht laufen muss. Keiner darf zu ihm reingehen. Die Gefahr sich anzustecken ist zu hoch. Kate und ich machen die Ausnahme. Sie kann sich nicht anstecken und ich weiß, wie ich ihn behandeln muss. Sonst können wir nichts tun.“, erklärte Sanny.

„Ok.“, sagte Lee eifrig, sprang auf und klatschte in die Hände. „Sag mir wie ich das Zelt an die Drachen bekomme.“

„Sollten wir ihn nicht besser in dem Kleinen transportieren?“, schlug Claire vor.

„Er hat meistens in diesem gelegen. Die Krankheit liegt bereits in der Luft und wir wissen nicht, ob sich noch jemand ansteckt, oder angesteckt hat.“, meinte Sanny und ging zu dem Zelt, indem immer noch Ted, Chris und Alessio schliefen.

„So ein Mist.“, stöhnte Claire und warf Schnee auf das brennende Feuerholz, um es zu löschen. Kate half ihr die Matten einzurollen und die Taschen zu packen.

Plötzlich piekste ihr jemand von hinten leicht die Finger in die Seiten. Vor Schreck schrie Kate auf, doch fast im selben Moment wurde daraus ein Lachen. Sie drehte sich um und stieß

Alessio gegen die Brust.

„Ich hab dir schon mal gesagt, du sollst mich nicht so erschrecken.“, sagte sie so ernst wie es eben möglich war, wenn man sich ein Grinsen verkneifen musste. Aus dem Augenwinkel heraus sah Kate, wie Claire sie misstrauisch beobachtete. Er wollte etwas erwidern, aber er kam gar nicht erst dazu.

„Hey, Alessio. Kannst du mir mal helfen, statt kleine Mädchen zu erschrecken.“, rief Lee, der sich vergeblich damit abmühte das Zelt an vier Ecken gleichzeitig zu befestigen.

Mit einem Grinsen wandte Alessio sich ab und ging zu Lee hinüber.

„Hey.“, rief Kate Lee zu. „Ich bin nicht klein, verstanden.“ Doch er grinste nur, bevor er sich wieder seiner Aufgabe widmete.

Claire kam unauffällig auf Kate zu, doch Sanny war schneller.

„Ein Glück. Außer Eddy hat sich niemand angesteckt. Wenn Mai zurückkommen sollte, muss ich sie auch noch testen, immerhin hat sie im selben Zimmer geschlafen. Trotzdem, selbst wenn es so ist, dann wird sie sehr viel länger ohne Hilfe auskommen. Durch ihre Fähigkeit ist sie sehr stark.“

Das Zelt erinnerte Kate an eine Sänfte, nur dass sie von Drachen getragen wurde.

Den Boden hatten sie mit Holz stabilisiert, so dass er problemlos in der Luft schweben konnte. Ted und Chris liefen hinter den Drachen her, um die Konstruktion im Auge behalten zu können.

„Es kommt mir so vor, als würden wir immer weniger werden.“, sagte Claire leise an Kate gewandt. Sanny und Alessio gingen voraus, während sie auf einer Karte den kürzesten Weg zu dem nächsten Dorf ausmachten. Also musste

Kate sich damit zufrieden geben, zwischen Claire und Lee zu gehen. Sie wäre auch lieber Vorne gelaufen, aber Claire hatte sich bei ihr eingehakt und außerdem befürchtete Kate, sie könnte ausrasten, wenn sie zu lange mit Lee allein wäre.

Ohne Kate zwischen sich, zickten sie sich ununterbrochen an. Wobei anzicken bei Lee nicht das richtige Wort war. Er ärgerte Claire, wie jeden anderen auch, mit dummen Witzen oder beiläufigen Bemerkungen.

„Das sehe ich auch so.“, meinte er gerade und Kate wartete nur auf die nächste Beleidigung, die sicher an Claire ging.

„Wir werden wirklich weniger und ich hoffe unser kleines Monster hier ist als nächstes dran. Wenn sie geht ist es ein bereichernder Verlust.“, sagte er, als könnte Claire ihn nicht hören. Kate stieß ihm schmerzhaft den Ellbogen gegen den Arm und er taumelte theatralisch zur Seite. Leider kam er zurück, nachdem er sein Schauspiel beendet hatte.

„Du bist so ein Arsch.“, schimpfte Claire wütend, wobei sie heftig an Kates Arm riss. Wenn sie so weiter machte, würde er sicher bald länger sein als der Andere, dachte Kate und verzog schmerzhaft das Gesicht.

Lee lachte. Scheinbar gab es nichts, was er nicht komisch fand.

„Vielleicht sollte ich Sanny mal fragen, wie ich ihr eigentlich mit Eddy helfen soll. Wenn es um meine Fähigkeit geht, sollte ich noch etwas üben.“, versuchte Kate eine Ausrede zu finden, um von den Beiden wegzukommen.

„Ach was, das kann warten. Jetzt kannst du sowieso nichts tun.“, stritt Claire sofort ab. „Aber wenn du mich loswerden willst, um mit Lee allein zu sein, brauchst du nur etwas zu sagen. Ich verstehe das.“, fügte sie hoffnungsvoll hinzu.

„Ja, ein Wort genügt und ich schubse sie in den Graben.“, bot Lee auch gleich an.

„Wie wäre es, wenn du dich selbst hinein schubst.“, zischte Kate zwischen den Zähnen hervor.

„Oh, für dich würde ich es machen, aber ich sehe keinen Graben.“, gab er arrogant zurück.

„Ich baue dir einen, dauert nur eine Minute.“, bot Kate an und rieb ihre Hände aneinander.

„Du solltest deine Fähigkeiten doch für etwas Sinnvolleres nutzen.“, sagte er schnell, mit einem unbehaglichen Blick auf ihre Finger.

„Was kann sinnvoller sein, als dich zu begraben.“, fragte Claire. Kate vergrub das Gesicht in den Händen.

„Könnt ihr nicht einmal nett zueinander sein?“, schlug sie seufzend vor.

„Immer doch, wir lieben uns.“, sagte Lee sarkastisch.

„Träum weiter.“, antwortete Claire ihm.

„Ich gebe es auf. Ihr seid schrecklich anstrengend.“

Himmelszelt

Der Geruch von Kräutern hing in der Luft. Er ging von einer kleinen, braunen Schale mit klarer Flüssigkeit aus. Es war warm und dunkel in dem Zelt, weil Sanny Decken an den Innenseiten befestigt hatte. Trotz der Dunkelheit konnte Kate sehen, dass Eddys Gesicht blass war, wie der von Wolken überzogene Himmel. Seine Augen waren geschlossen, doch er öffnete sie leicht, als seine Schwester zu sprechen begann. Kate blieb hinter ihr, da sie nicht wusste, was sie tun sollte.

Sanny gab ihm etwas aus einer Flasche zu trinken und legte ihm ihre Hand auf die Stirn.

„Immer noch unterkühlt.“, stellte sie fest und tauchte ein Tuch in die braune Schale, die nach Kräutern roch. Der weiche Stoff sog die Flüssigkeit, bis zum letzten Tropfen auf, bevor sie ihn Kate reichte.

„Es muss ganz heiß werden.“, wies sie Kate an. Angesichts der Wärme in diesem Raum konnte Kate sich nicht vorstellen, wie er Untertemperatur haben konnte. Wortlos nahm sie das nasse Tuch in die Hand. Es wog schwer.

„Reicht das?“, fragte Kate, als Dampf von dem Bündel aufstieg.

„Wunderbar.“, sagte Sanny schnell und nahm es ihr aus der Hand.

„Du wirst immer besser.“, fügte sie mit einem Lächeln hinzu. Kate zuckte nur mit den Schultern. Sie fand nicht, dass sich viel änderte und ihr größtes Problem war, dass sie die Temperatur, um sich herum, nicht einschätzen konnte. Noch vor einigen Minuten hatte sie angenommen es wäre sehr warm, doch hätte man sie jetzt gefragt, hätte sie sicherlich gesagt, dass es zu kühl war. Je nachdem wie ihre eigene Temperatur war, empfand sie ihre Umgebung wärmer oder kälter, als sie eigentlich war. Sie wusste einfach nicht, wie sie es herausfinden konnte, weil ihr Körper es selbst in die Hand nahm seine Temperatur anzupassen.

Sobald Sanny fertig war, verließen sie das Zelt.

Auch wenn sie sich vorgenommen hatten, so selten wie möglich, in Eddys Nähe zu gehen, waren sie nicht drum herum gekommen mehrmals anzuhalten. Sanny bestand darauf, hin und wieder nach ihm zu sehen.

Alessio schien es nicht gerne zu sehen, wenn Kate mitging, aber er sagte nichts. Er wusste selbst, dass es für sie völlig ungefährlich war und sie sich nicht davon abbringen lassen würde, Sanny zu helfen.

Diese zog eine weitere Flasche aus ihrem Beutel. Kate staunte immer wieder, wie viel sie in dieser winzigen Tasche mit sich trug. Sie schraubte den Deckel ab und sprühte etwas von der Flüssigkeit auf ihre Hände und Arme. Sie winkte auch Kate herbei.

„Wofür ist das gut?“, fragte sie während Sanny auch sie einsprühte.

„Es verhindert, dass die Krankheit sich verbreitet.“, antwortete diese.

„Und wie geht es ihm?“, wollte Claire wissen. Sanny stopfte das Fläschchen zurück in den Beutel.

„Unverändert würde ich sagen, aber das ist ok für den Anfang. Solange es nicht schlechter wird, mache ich mir keine Sorgen.“

„Was passiert, wenn du dich ansteckst?“, fragte Claire weiter.

„Daran wollen wir gar nicht erst denken.“, redete Alessio dazwischen. „Und jetzt gehen wir weiter, sonst müssen wir die ganze Nacht durchlaufen.“, sagte er hastig, bevor Claire erneut den Mund aufmachte, und scheuchte sie mit Hilfe der Karten weiter, eh er sie Sanny in die Hände drückte.

„Nicht so schnell.“ Er packte Kate an den Schultern und hielt sie zurück.

„Ich muss noch ein ernstes Wort mit Kate reden. Geht ihr nur weiter.“, wies er die Anderen an.

Claire machte keine Anstalten sich zu bewegen. Sanny musste ihren Arm nehmen und sie weiterziehen.

„Falls ich mich anstecken sollte, dann haben wir ein Problem, allerdings könnte es weitaus größer sein...“, hörte Kate sie noch sagen und sofort wusste sie, dass Claire es bereute diese Frage jemals gestellt zu haben. Alessio wartete noch, bis selbst Ted und Chris vor ihnen liefen, bevor er sie wieder los ließ.

„Na schön, muss ich mir jetzt ernsthaft Sorgen machen?“, fragte Kate interessiert.

„Muss denn alles negativ sein, nur weil es ernst ist?“, gab Alessio zurück.

„Sagen wir es mal so, deine ganze Aussage klang, als würde es für mich negativ ausgehen.“, berichtigte sie sich.

„Ich rette dich vor einem Monster und du dankst mir, indem du mir etwas Böses unterstellst.“, grinste er.

„Ok, ich nehme es zurück. Worüber wolltest du sprechen?“

„Eigentlich hatte ich gedacht, dass unser letztes Gespräch noch nicht beendet war, aber wenn ich mir überlege, dass du hellwach bist, würde ich es doch lieber noch etwas verschieben. Zumindest so lange, bis mir bessere Argumente eingefallen sind.“, sagte er.

„Klug von dir. Auch wenn ich noch nicht ganz verstehe, wieso wir dann so viel Abstand von Allen halten.“, antwortete Kate. Er überlegte kurz und hob dann ratlos die Hände.

„Ich sag‘s dir, wenn ich es weiß.“, meinte er. Seine Finger

wanderten abwesend über den Griff, des Schwertes. Er war nicht der Einzige, der seit gestern seine Waffe immer bei sich trug. Kate bemerkte erst jetzt, dass sie ihn bisher nie hatte kämpfen sehen. Er hatte sich meistens zurückgehalten.

Lee hatte schon vorher immer sein Messer im Gürtel gehabt, doch auch er trug zusätzlich ein Schwert. Von den Mädchen war Claire die Einzige, die es genauso handhabte. Sanny weigerte sich strikt eine Waffe auch nur anzufassen und Kate kam gar nicht in Frage. Sie hatte schließlich kaum Training gehabt und hätte wohl auch nichts sinnvolles mit einem Schwert anfangen können.

Sie ärgerte sich, dass sie nicht mehr über ihre Fähigkeit wusste. Es musste einen Weg geben, sie zum Schutz und auch zum Kampf einzusetzen. Die Bilder in dem Buch, welches sie von Jill bekommen hatte, zeigten es eindeutig.

Sie holte ihre Wasserflasche aus der Tasche, die sie immer bei sich trug und drehte sie zwischen den Fingern. An der Quelle war das Wasser wie eine zweite Haut über ihre Arme gelaufen. Erst hatte sie geglaubt, es wäre nur Zufall gewesen, doch je mehr sie darüber nachdachte, desto wahrscheinlicher erschien es ihr, dass es etwas mit ihrer Magie zu tun haben musste. Sie drehte den Verschluss von der Flasche und steckte ihn in ihre Hosentasche. Dann ließ sie vorsichtig ein paar Tropfen in ihre Handfläche fallen. Das Wasser verhielt sich zuerst ganz natürlich, doch irgendwann begann es auf ihr Handgelenk zuzuwandern. Kate lief langsamer, um genauer hinsehen zu können. Dabei versuchte sie weiter den Weg des Wassertropfens zu steuern. Als es begann an ihrem Unterarm hinaufzuwandern, war Kate sich sicher, dass sie es sich nicht länger einbildete. Alessio, der bemerkt hatte dass sie zurückgefallen war, blieb stehen und wandte sich um. Kate drehte ihren Arm, so dass die Flüssigkeit eigentlich zu Boden hätte tropfen müssen. Doch stattdessen wanderte es weiter ihren Arm hinauf, als würde es von einer anderen Macht angezogen.

„Was machst du da?“, fragte Alessio, als sie keine Anstalten machte weiterzugehen. Kate wandte den Blick von ihrem Arm ab und spürte, wie das Wasser sich wieder normal verhielt.

„Ach ich habe nur etwas ausprobiert.“, winkte sie ab und beeilte sich wieder aufzuholen.

Dieses Mal kippte sie sich etwas mehr Wasser in die Handfläche. Normalerweise hätte es überlaufen müssen, doch stattdessen schloss es sich wie ein Armband um ihr Handgelenk.

„Wann hast du das rausgefunden?“, fragte Alessio und sah zu, wie sich der Ring aus Wasser teilte und sich schlangenähnlich über ihre Haut bewegte.

„An der Quelle.“, sagte sie langsam, um ihre Konzentration nicht zu verlieren.

„Ich weiß nur noch nicht, wofür es gut sein soll.“, bedauerte sie und ließ es zurück in die Flasche fließen.

„Dann werden wir es eben herausfinden.“ Alessio klang zuversichtlich, doch Kate konnte dieses Gefühl nicht teilen. Zu dunkel waren die Schatten, die sich über ihnen auszubreiten schienen. Dana und Mai waren fort, Eddy sterbenskrank und ihr Ziel lag in so weiter Ferne, dass sie es nicht sehen konnten.

Sobald sie ihren Lagerplatz erreicht hatten, mussten Sanny und Kate zu Eddy hinauf. Das Zelt würde die ganze Zeit über in seiner Konstruktion bleiben. So sparten sie Zeit und Mühen.

Den Drachen gegenüber fand Kate es zwar unfair, aber Sanny versicherte ihr, dass es sie nicht im Geringsten behinderte.

„Sanny hat recht. Für die Drachen bin ich leicht wie eine

Feder. Sie haben viel mehr Kraft, als es scheint.“, sagte Eddy mit heiserer Stimme, was ihm einen leichten Schlag, von Sanny, auf den Arm einbrachte.

„Du sollst nicht reden.“, tadelte sie ihn. „Jetzt iss die hier, damit du schlafen kannst.“, fügte sie noch hinzu und reichte ihm ein paar dunkle Beeren, bevor sie hinunter auf den Boden kletterten. Zum zweiten Mal an diesem Tag sprühte Sanny ihre und Kates Arme ein.

„Ja ich habe ein Problem.“, sagte Claire gerade.

„Das Zelt ist gerade mal für vier Personen ausgelegt und ich zähle Lee als mindestens Drei, so breit wie er sich macht.“

Lee antwortete mit einem einfachen Grinsen. Womit auch sonst, dachte Kate.

„Mal sehen. Wir sind sieben, wenn jeder nur einmal zählt.“, sagte Alessio genervt. „Zwei müssen Wache halten und wenn wir uns alle nicht so anstellen, passen wir auch zu fünft in dieses Zelt.“ Er warf Claire noch einen bösen Blick zu, aber diese blieb unbeeindruckt. Sie verschränkte nur die Arme und wartete.

„Ich melde mich freiwillig und schlafe draußen.“, warf Kate ein und hob dabei die Hand.

„Sicher nicht. Es ist zu kalt.“, meinte Sanny sofort.

„Ich kann dir versprechen, dass mir nicht zu kalt ist.“, sagte Kate und zupfte zur Bestätigung an ihrem Top herum. „Außerdem ist es am Feuer warm genug und ich habe schon einmal draußen geschlafen. Du übrigens auch.“, erinnerte sie Sanny, bevor diese weitere Argumente fand. Dann drehte sie sich zu Alessio um. Sicher hatte auch er etwas dagegen, wenn sie draußen bleiben wollte. Doch zu ihrer Überraschung, protestierte er nicht.

„Wir machen es so. Lee, Claire, Sanny, ihr drei schlaft in dem Zelt. Kate kann hier draußen schlafen und ich werde auch hier bleiben und mich bei der Wache mit Ted und Chris abwechseln.“, bestimmte er. Kate war sofort klar, dass er kein Auge zumachen würde, wenn er hier draußen blieb.

Lee war einverstanden, während Sanny und Claire nicht sehr angetan schienen.

„Wieso schlafen wir nicht alle Draußen. Es lohnt sich kaum, für drei Leute ein Zelt aufzubauen. Das kostet nur Zeit.“, sagte Claire mit triumphierenden Lächeln. Dieser Vorschlag wurde mit wesentlich mehr Begeisterung von Lee und Sanny aufgenommen und so war es entschieden.

„Wer zuletzt erfriert, gewinnt.“, rief Lee voller Begeisterung und breitete eine Decke in der Mitte ihres Lagers aus.

„Viel Spaß dabei.“, meinte Claire und suchte sich einen Platz direkt neben dem Feuer aus, der zugleich am weitesten von ihm entfernt war. Sanny entschied sich ebenfalls dafür so dicht wie möglich an den heißen Flammen zu liegen. Kate traute dieser Methode nicht ganz und nahm stattdessen Sannys andere Seite ein.

„Geht nur zu Bett. Ich übernehme die erste Wache.“, sagte Alessio zu Chris und Ted, während er sich setzte. Kate fühlte sich in ihrer Annahme bestätigt, dass er nicht schlafen gehen würde.

Als auch die beiden Brüder ihre Decken nahe am Feuer ausrollten, starrte Lee zu ihnen hinüber.

„Ok, entweder ist mein Spiel doof, oder ich hab keine Freunde.“, rief er ihnen zu.

„Letzteres, würde ich meinen.“, antwortete Claire und wandte ihnen allen den Rücken zu. Er ignorierte sie.

„Hauptsache ihr taut mich morgen wieder auf.“, meinte er, was Kate auf eine Idee brachte.

„Sanny, streck deine Hände aus, mit den Handflächen nach oben.“, sagte sie. Mai hatte ihr zwar geraten so etwas für sich zu behalten, aber angesichts ihrer Situation schien es angebracht zu helfen. Sanny gehorchte ihr, wenn auch etwas zögernd.

Als Kate ihre Hände auf Sannys legte, zuckte diese leicht zusammen. Es kostete Kate nicht viel Kraft ihr etwas von ihrer Wärme zu übertragen. Scheinbar hatte es doch geholfen, dass sie zwischendurch geübt hatte.

„Das ist ja fantastisch.“, sagte Sanny und betrachtete interessiert ihre Finger, als hätten sie nicht ihre Temperatur, sondern ihre Farbe geändert.

„Wie lange hält das?“ Kate sah sie etwas ratlos an.

„Ein paar Stunden, vielleicht länger. Die einzigen Personen, die es dir sagen könnten sind gerade nicht anwesend.“, sagte sie und dachte an Dana und Mai. Keine von Beiden hatte es erwähnt.

„Darf man fragen, worüber ihr redet?“, wollte Claire wissen.

„Sicher. Kate hat...“, fing Sanny an und brach dann ab. „Was hast du gemacht?“, fragte sie nach. Kate lächelte kurz.

„Ich habe ihr Wärme übertragen.“, erklärte sie, stand auf und ging zu Claire hinüber.

„Wenn du willst, zeige ich es dir.“, bot sie an.

Claire zögerte lange und erst als Kate kurz davor war wieder zu gehen, streckte sie ihre Arme aus.

Eine Mischung aus Überraschung und Begeisterung trat auf ihr Gesicht.

Ted und Chris reagierten ähnlich und bedankten sich etliche Male.

Lee wäre sie gerne umgangen, als er ihr mit seinem üblichen Grinsen die Hände vor das Gesicht hielt. Sie machte einen Schritt rückwärts und legte ihre Handflächen auf seine. Das Grinsen wird dir noch vergehen, dachte sie. Keine paar Sekunden später riss er seine Hände zurück.

„Verdammt, ist das heiß.“, schimpfte er.

„Stell dich nicht so an. Du bist der Einzige, der jammert.“, rief Claire von ihrem Schlafplatz aus.

Kate sah ihn nur unschuldig an und drehte sich zu Alessio um.

„Ich bleibe eh wach, aber ich wecke dich, wenn ich sehe, dass jemand erfriert.“, sagte er fröhlich.

Kate kühlte ihre leicht pochenden Finger, unauffällig im Schnee ab und kroch dann unter die Decke. Normalerweise schlief sie in letzter Zeit besser ohne, aber hier draußen fühlte sie sich mit einfach sicherer.

Wie so oft nach Gebrauch dieser Methode war ihr etwas schwindelig. Sie konnte irgendwann nicht anders, als sich einzugestehen, dass es daher kam. Noch immer pochten ihre Finger und das Blut schoss durch ihre Adern, wie heißes Wasser. Sie würde unmöglich schlafen können. Sie setzte sich auf, um etwas zu trinken. Das wiederum bezweckte allerdings nur, dass ihr im nächsten Augenblick noch wärmer wurde. Sie schob ihre Unterlage grob zur Seite und legte sich in den kalten Schnee.

„Was tust du da?“, fragte Alessio irgendwann, der sie dabei beobachtet hatte.

„Ich versuche nur zu schlafen.“, gab Kate zurück und versuchte die Decke zurechtzuziehen. Nach kurzer Zeit gab sie auf.

„Scheinbar machst du irgendwas falsch. Du bist die Einzige, die noch wach ist.“, meinte er und kam zu ihr rüber, damit er nicht so laut sprechen musste.

„Das hilft mir auch nicht.“, sagte sie und rieb sich kurz über die Schläfen, was ihre Kopfschmerzen für einen Moment schwächte.

„Ich glaube, du hast dich etwas überanstrengt, als du

versucht hast Lee zu verbrennen.“, lachte er leise und legte sich auf die Matte, die sie bei Seite geschoben hatte.

„Ich befürchte eher, dass es an dieser Wärmeübertragungssache liegt. Vielleicht mache ich etwas falsch. Bis jetzt habe ich es nie öfter, als zwei Mal hintereinander, ausprobiert und das hat schon viel Kraft gekostet.“, erklärte Kate, während sie ihre schmerzenden Hände im Schnee vergrub.

„Du kannst mir jetzt gerne den Vorwurf machen, dass es unvernünftig war, oder dass ich mich damit umbringen könnte. Keine Ahnung, sag was immer du auch willst. Es ist mir egal.“, übertrieb sie.

„Eigentlich wollte ich nur sagen, dass es vielleicht zu viel des Guten war und ja, ich denke es ist nicht ungefährlich, wenn du dich überanstrengst, aber ich wollte dir keinen Vorwurf machen.“, sagte Alessio zu Kates Überraschung. „Dennoch hättest du Claire einfach erfrieren lassen sollen.“

Kate setzte sich auf und warf ihm einen strengen Blick zu.

„Dieses Mal hat sie doch gar nichts gemacht.“

„Das sehe ich aber anders.“, widersprach er und setzte sich ebenfalls.

„Dann sag schon, was hat sie dir getan?“, forderte Kate ihn auf.

Anstelle einer Antwort, legte Alessio seine Arme auf ihre Schultern und verschränkte die Hände hinter ihrem Kopf.

„Ich kann mir weitaus bessere Dinge vorstellen, als über diese böse Hexe zu sprechen.“, flüsterte er.

Kate drehte den Kopf in eine andere Richtung, was ihn dazu veranlasste seine Arme runter zu nehmen und sich wieder hinzulegen.

Er schloss die Augen.

„Hey.“, machte Kate und beugte sich über ihn. „Du kannst

jetzt nicht schlafen. Du wolltest Wache halten." Kate wartete, vergeblich. Er rührte sich nicht.

„Sieh mich wenigstens an, wenn ich mit dir rede.", versuchte sie es weiter. Unerwarteter Weise öffnete er tatsächlich seine Augen und sah ihr direkt ins Gesicht.

„Wunderschön.", murmelte er und betrachtete sie. Kate räusperte sich verlegen und setzte sich wieder in den Schnee.

„Immerhin hat dieses Miststück heute verloren und ihr Plan ist missglückt. Sie hätte nie im Leben freiwillig vorgeschlagen, draußen zu übernachten, wenn ich nicht darauf bestanden hätte bei dir zu bleiben.", stellte Alessio fest. Kate war froh, dass er das Thema wieder aufgriff.

„Du denkst wirklich, sie hat es so gedeutet?", wollte sie neugierig wissen.

„Sicher. Außerdem hatte sie ja recht. Ohne deinen Vorschlag, hätte ich nie behaupten müssen, ich würde den Wachtposten spielen.", klärte er sie auf.

„Ich habe nie gesagt, dass du es machen müsstest.", stellte Kate sofort klar.

„Wenn ich sage, ich passe auf dich auf, dann mache ich es richtig.", sagte er und als Kate ihm mitteilte, dass es diese Nacht auch Ted und Chris hätten tun können, schüttelte er nur den Kopf und meinte, die Beiden hätten es auch mal verdient zu schlafen.

„Allerdings bin ich dankbar. Hier draußen ist es doch viel schöner, als in einem engen Zelt.", fügte Alessio hinzu. Die Nacht war klar und es würde vermutlich nicht schneien.

„Da ist noch etwas, dass ich dir erzählen wollte. Erst wollte ich es schon heute Mittag machen, aber ich will sicher sein, dass es niemand mitbekommt.", sagte er umständlich.

Kate runzelte nachdenklich die Stirn, sagte aber nichts.

„Sali hat mir vor ein paar Tagen eine Nachricht zukommen

lassen.“, sagte er Richtung Himmel und zu ihrem Bedauern stellte Kate fest, dass dieser Name ihr nicht egal war. Wie ein Dorn bohrte er sich in ihr Herz und sie konnte sich nicht dagegen wehren. Was konnte sie ihm geschrieben haben? Wollte er sie jetzt doch heiraten und warum kümmerte es sie? Hatte sie sich nicht geschworen allein zu bleiben? Die Erinnerung daran war schwach, so schwach, dass es nur ein paar nette Worte oder ein Lächeln brauchte, um sie zu vergessen.

„Weißt du noch, dass ich dir erzählt habe, es wäre meine Entscheidung?“, fragte er und Kate wusste, dass er genau davon sprach, wovor sie Angst hatte. Sie nickte vorsichtig.

„Jedenfalls ist Jill wohl ziemlich wütend geworden, als sie erfahren hat, dass Sali sich verlobt hat. Sie ist scheinbar davon ausgegangen, dass alles schon beschlossene Sache sei.“ Kate sagte nichts. Es wären nur unsinnige Worte aus ihrem trockenen Mund herausgekommen.

„Erst da habe ich verstanden, weshalb sie so komisch war, bevor wir gegangen sind. Sie hat immer wieder betont, dass ich mich von dir fern halten soll und sie hat sogar einmal überlegt, dass du nicht mitkommen solltest. Zum Glück hat Mai ihr das schnell ausgeredet.“, erzählte Alessio.

„Wieso ist es ihr so wichtig?“, fragte Kate leise. Mehr brachte sie nicht zu Stande. Ihr Herz flatterte aufgeregt und gleichzeitig plagte sie das schlechte Gewissen. Er hatte es sich also doch nicht anders überlegt.

„Sie würde zwei einflussreiche Familien vereinen. Das ist vorteilhaft, wenn es wirklich zu einem Krieg kommen sollte.“, sagte er, doch Kate war sich sicher, dass er nicht derselben Meinung, wie Jill, war.

„Was denkst du? Wie wahrscheinlich ist ein Krieg?“ Kate legte sich nachdenklich hin.

„Ich bin ziemlich sicher, dass es dazu kommen wird. Aber wenn wir es tatsächlich schaffen sollten, das Drachenherz zu finden, dann bin ich zuversichtlich, dass es gut ausgeht.“ Er brach ab.

„Was, wenn wir es nicht schaffen?“, flüsterte Kate.

„Das darfst du nicht denken. Außerdem passe ich auf dich auf, was auch passiert.“, versicherte er zum wiederholten Mal und strich ihr vorsichtig über das Gesicht.

„Du bist ganz warm.“, sagte er leise.

„Ich wünschte, es wäre nicht so.“, gab Kate zu. Sie hasste es, wenn sie ihre Fähigkeit nicht kontrollieren konnte, besonders in Momenten, wie diesen, in denen ihr Blut pochte und die Kopfschmerzen ihr das Denken erschwerten.

„Geht es dir noch nicht besser? Vielleicht solltest du etwas von dem Fiebertrank nehmen, den Sanny dir gegeben hat.“, schlug er vor, doch Kate schüttelte energisch den Kopf.

„Lieber nicht. Ich werde einfach schlafen gehen und morgen ist es sicher besser.“

Jemand rüttelte heftig an ihrem Arm.

„Kate. Kate, du kannst mir nicht erzählen, dass dir so warm ist. Wach auf, Kate.“, klang Claires Stimme an ihr Ohr.

„Sanny, ich denke sie ist bereits festgefroren.“, redete sie weiter. Kate öffnete mühsam die Augen und sah sich um.

„Ja, ich sehe, wie eingefroren sie ist.“, sagte Sanny sarkastisch.

„Warum hast du mich geweckt?“, wollte Kate wissen und gähnte. Es war noch dunkel und bis auf Sanny und Claire schliefen alle, selbst Alessio.

„Ich dachte nur, dir ist vielleicht kalt, immerhin hast du auf dem Boden geschlafen und dein T-Shirt wirkt nicht sonderlich warm. Du hast dich im Schlaf von der Matte gerollt.“, sagte Claire und deutete auf die zusammengerollte Unterlage.

„Weißt du, das war Absicht.“, fing Kate an. „Die Sache mit der Wärme ist anstrengend und wenn ich mich derart anstrenge, kommt es manchmal vor, dass es mir zu warm wird. Es fühlt sich an, als würde ich überhitzen und aus diesem Grund schlafe ich im Schnee.“, meinte sie leicht genervt, weil sie nun wieder eine Ewigkeit brauchen würde, bis sie eingeschlafen wäre.

„Ok, aber könntest du es trotzdem noch mal machen? Langsam beginnt es nachzulassen.“, erklärte Claire ihr.

„Verdammt Claire, du siehst nicht gerade aus, als würdest du frieren und ich bin total müde, also entschuldige, dass ich nicht in der Stimmung bin meine Kräfte zu verschwenden.“, fauchte Kate sie an, zog sich die Decke über den Kopf und legte ihre Stirn, mit verschlossenen Augen, in den kühlen Schnee. Sie hörte wie Sanny leise lachte.

„Was kicherst du so blöd?“, fragte Claire eingeschnappt.

„Du bist wirklich schrecklich.“, sagte Sanny.

„Vielen Dank auch und ich dachte, du wärst auf meiner Seite.“, meinte Claire.

„Wie kommst du denn darauf? Warum sollte ich auf deiner Seite sein?“, fragte Sanny erstaunt.

„Was weiß ich denn? Meiner Meinung nach, könnte sie auch mal wach bleiben und aufpassen. Außerdem hat sie keinen Grund mich so anzufahren. Sonst ist sie netter.“, warf Claire ein. Kate hörte wie Sanny verzweifelt stöhnte.

„Du kannst es einfach nicht lassen, auf irgendwem herumzuhacken.“, stellte sie fest.

„Kaum ist Mai weg, suchst du dir ein neues Ziel.“

„Was kümmert es dich? So bin ich nun mal.“, verteidigte Claire sich schwach. Kate bemühte sich nicht weiter zuzuhören und irgendwie schaffte sie es doch noch ein paar Stunden zu schlafen.

Es war nicht besonders hell und immer noch schliefen alle. Naja fast, dachte Kate.

„Ausgeschlafen?“, fragte Claire böse.

„Claire.“, ermahnte Sanny sie, doch Kate war es egal. Sie griff in ihre Hosentasche und zog ein Haargummi heraus.

„Oh ja, ich habe ganz hervorragend geschlafen.“, sagte sie und band ihre zerzausten Haare zu einem Pferdeschwanz zusammen.

„Wie schön für dich.“, grummelte Claire. Sanny stand auf und reichte Kate eine Schale.

„Kannst du das hier Eddy bringen? Ich war bereits vorhin oben.“, sagte sie. Kate nickte. Auch ihr war es lieber, wenn Sanny so selten wie möglich das Zelt betrat. Schließlich war sie die Einzige, die wirklich helfen konnte, wenn etwas passierte und sie konnte es sich nicht leisten krank zu werden.

Kate kletterte zu dem Zelt hinauf. Es war nicht sonderlich schwer auf den Rücken eines Drachen hinaufzukommen, wenn man wusste wie es ging.

Als sie ins Zelt trat, richtete Eddy sich leicht auf.

„Besuch.“, freute er sich.

„Ich bringe dir etwas zu essen. Wie geht es dir?“, wollte Kate wissen und stellte die Schale neben ihm ab.

„Es geht eigentlich, aber ich langweile mich. Selbst wenn ihr draußen redet, höre ich nicht viel. Meistens verstehe ich nur Claire. Sie schreit ziemlich häufig. Vorher ist es mir kaum aufgefallen. Aber warum sollte ich mich beklagen. So viel interessanter kann es bei euch auch nicht sein.“, meinte er. Kate antwortete nicht. Sie wartete bis er aufgegessen hatte. Da er fast ununterbrochen redete, dauerte es jedoch länger als erwartet. Er schien weder zu merken, dass sie ihm kaum zuhörte, noch kümmerte es ihn, dass sie ihm keine Antwort gab.

Kate war froh, als sie das Zelt verlassen konnte.

„Ich habe noch nie gehört, dass er so viel geredet hat.“, sagte sie zu Sanny.

„Ja, merkwürdig, nicht wahr? Ausgerechnet jetzt, wo er besser seine Kräfte schonen sollte.“

„Er langweilt sich eben.“, sprach Claire dazwischen.

„Hat er denn noch keine von euch nach Mai gefragt? Das passt nicht zu ihm.“, fügte sie hinzu und ließ den Blick zwischen Kate und Sanny hin und her wandern. Kate war ratlos und sah ebenfalls zu Sanny.

„Sicher hat er gefragt. Sogar noch bevor er irgendetwas anderes wissen wollte.“, sagte diese leise.

„Und ich wette, du hast für Kate gelogen.“ Es war keine Frage und doch antwortete Sanny.

„Wieso sollte ich ihm die Wahrheit erzählen? Er hat bereits genug Probleme. Außerdem habe ich dir schon einmal gesagt, dass es nicht Kates Schuld ist, dass sie weg ist.“, nahm Sanny sie in Schutz. Claire lachte.

„Ja, ja, ich erinnere mich.“

„Bitte lass Sanny daraus. Sie hat nichts mit der Sache zu tun.“, sagte Kate ernst. Claire verdrehte nur die Augen und ging zurück zu dem fast abgebrannten Feuer. Sanny wechselte einen genervten Blick mit Kate.

„Lass mich raten. Du hast entweder Hunger, oder du willst auf irgendwas schießen!“, vermutete Sanny und zog eine Art Bogen aus einer der Taschen. Claires Augen blitzten auf.

„Wenn ich auf etwas schießen will, dann höchstens auf Kate.“, antwortete sie schnippisch, sah aber nicht mehr ganz so schlecht gelaunt drein.

„Ich schlage vor, du gehst mit Ted in den Wald und jagst ein paar Rehe, um wieder runter zu kommen.“ Sanny deutete mit der Spitze des Bogens von Claire zu Ted, der soeben wach geworden war.

„Wenn du darauf bestehst.“, meinte Claire und schaffte es nicht ganz, ihre Begeisterung zu unterdrücken. Sie schnappte Sanny die Waffe aus der Hand und verschwand zwischen den Bäumen. Ted wurde gar nicht erst gefragt. Schweigend lief er ihr nach, wobei er sich nicht ansehen ließ, was er wirklich dachte.

„Ein weiterer Grund, warum ich nie mit ihr befreundet sein könnte.“, bemerkte Sanny trocken.

„Bisher habe ich nicht eine einzige Eigenschaft an ihr entdeckt, die irgendwie positiv auf mich gewirkt hat.“, gab Kate zu.

„Weil sie keine hat.“, schloss Sanny daraus.

„Wer hat was nicht?“ Alessio war aufgestanden. Er ließ seine Decke zusammengeknüllt liegen und kam zu ihnen rüber.

„Claire, einen guten Charakter.“, sagte Sanny knapp. Alessio nickte einmal und sah sich um.

„Wie habt ihr es geschafft sie loszuwerden?“, fragte er weiter.

„Sanny hat sie mit einer Waffe und Ted in den Wald geschickt.“, erklärte Kate, ganz so als wäre es dasselbe, wie einkaufen zu gehen.

„Sanny, wie konntest du nur? Auf Ted können wir nicht verzichten. Hättest du sie alleine geschickt, dann könnten wir schnell weglaufen.“, sagte er dramatisch. Kate und Sanny lachten, was unweigerlich dazu führte, dass Chris und Lee ebenfalls wach wurden.

„Ich lebe noch.“, rief Letzterer begeistert und tastete sich ab, so als suche er nach einem Beweis für das Gegenteil.

„Herzlichen Glückwunsch.“, brummte Kate.

„Jetzt wo alle wach sind, können wir uns zum Aufbruch bereit machen.“, stellte Sanny fest.

„Wo ist Ted?“, fragte Chris und eine Sekunde später schoss ein Pfeil blitzschnell durch ihre Mitte. Er verfehlte nur knapp Lees Gesicht und raste stattdessen in den Baum hinter ihm.

Mit einem triumphierenden Lächeln auf den Lippen, trat Claire zwischen den Schatten der Bäume hervor.

„Willst du mich umbringen?“, fragte Lee schockiert.

„Wenn ich das gewollt hätte, hätte ich wohl kaum daneben geschossen.“

„Ein guter Schuss.“, kommentierte Kate. Claires Lächeln verging und wich der Arroganz.

„Als ob du davon auch nur die geringste Ahnung hast.“, spottete sie, während Ted hinter ihr auftauchte. Er trug etwas über der Schulter, dass aussah, wie eine Gazelle.

„Ich wollte nur nett sein.“, gab Kate unbeeindruckt zurück.

„Auf einmal willst du nett sein? Sicher nicht!“, meinte Claire, während Lee den Pfeil aus der Rinde des Baumes zog. Es bereitete ihm ein paar Schwierigkeiten, da er sehr tief drin steckte.

„Claire, lass gut sein. Nimm nicht alles so ernst.“, fuhr Sanny dazwischen und rollte ihre Decke auf.

„Bekomme ich meinen Pfeil zurück?“, fragte sie schnippisch und streckte Lee die Hand entgegen. Wortlos gehorchte er und legte ihn in ihre Handfläche. Claire warf Kate noch einen Blick zu und steckte Pfeil und Bogen wieder in den Köcher.

Der Besucher

Zwei weitere Tage flossen dahin. Laufen, Essen, Schlafen und wieder Laufen.

Sie redeten nicht viel, weil sie ihre Kräfte schonen wollten. Eddy ging es schlechter und auch wenn Sanny es nicht sagte, spürte Kate ihre Sorge. Die letzte Nacht hatte sie nicht geschlafen. Zumindest hatte sie im Morgengrauen noch immer dort gesessen, wo Kate sie zuletzt gesehen hatte.

Auch Claire hatte sich in den vergangenen Stunden ruhig verhalten. Kate war froh darüber, so musste sie sich weder ihre falsche Freundlichkeit, noch böse Kommentare anhören.

Selbst Lee hatte sich eine neue Beschäftigung gesucht. Er redete immer noch wie ein Wasserfall, mit dem Unterschied, dass er weniger unpassende Bemerkungen zum Besten gab.

Er hatte durch einen Zufall das Buch gefunden, welches Mai heimlich eingesteckt hatte und so war er dazu übergegangen es im Laufen zu studieren.

Das Problem war, dass er nicht lesen konnte. Andauernd fragte er Sanny, was welches Zeichen zu bedeuten hatte, bis sie sich erbarmte und ihm in aller Ausführlichkeit das Lesen beibrachte. Kate bemerkte, dass sie darüber für einen Moment ihre Bedenken wegen Eddy vergaß und war sich sicher, dass dies der einzige Grund war, aus dem Lee handelte. Er war furchtbar eingebildet und sein Getue war anstrengend, aber wenn es darauf ankam, war er da um zu helfen. Das war das zweite Mal, dass es Kate auffiel.

Sie fand es sehr interessant zu hören, wie die verschlungene Schrift aus Mais Buch gelesen wurde, aber sie schaffte es kaum zuzuhören. Ihre Gedanken wanderten ständig zu Mai. Sie würde bald zurück sein, doch was sollten sie tun, wenn es anders kam.

Alessio hatte Sannys und Eddys Aufgabe, die Karten zu lesen, an Ted und Chris weitergegeben. Er selbst entschied zwar, wo es hingehen sollte, aber mit den Karten kam er nicht gut zurecht.

Insgesamt war die Stimmung sehr bedrückend und Kate hoffte inständig, dass sie das ersehnte Dorf, wie geplant, am nächsten Abend erreichen würden und dass Mai dort sein würde.

Wie am Abend zuvor, hatten sie das Zelt aufgeschlagen. Zu fünft mussten Sanny, Claire, Lee, Ted und Chris sich hineinquetschen. Sie alle waren nicht sonderlich begeistert gewesen, bei dem Gedanken eine weitere Nacht unter freiem Himmel zu schlafen.

Kate hingegen gefiel es recht gut. Sie lag ausgestreckt auf einer Decke, mit hinter dem Kopf verschränkten Armen und starrte in den Himmel. Besser gesagt, sie beobachtete die kleinen weißen Schneeflocken, die auf sie herab fielen. Dabei lauschte sie dem ruhigen, gleichmäßigen Atmen von Alessio, der neben ihr eingeschlafen war. Wenn es nach ihm gegangen wäre, würde er sicher nicht schlafen. Kate war schon vorher aufgefallen, dass er gerne selbst auf alles achtete. Seit er hier draußen schlief, hatte sich sein Verhalten nur verstärkt.

Er übernahm fast die gesamte Nachtwache, ohne zu schlafen. Daher war Kate froh zu sehen, dass die Müdigkeit nun doch gesiegt hatte.

Es war so still und friedlich, dass sie einen riesigen Schreck bekam, als sie eine Bewegung am Waldrand wahrnahm. Sie hatte gerade neues Feuerholz aufgelegt, als plötzlich jemand aus dem Schatten der Bäume getreten war.

Eine schmale, hochgewachsene Figur mit pechschwarzem Haar, die ein großes Bündel vor sich hertrug. Wäre sie nicht so überrascht gewesen, dann hätte Kate sicher geschrien.

„Du bist Kate.“, erklang zögernd eine ihr bekannte Stimme, die ihr Augenblicklich das Blut in den Adern gefrieren ließ. Als er einen Schritt nach vorne trat, erhellte das Licht des Feuers sein Gesicht und Kate erkannte, was er vor sich hertrug.

Jeremies helle Haut leuchtete in dem schwachen Schein. Er wirkte gehetzt und leicht durcheinander. Sein Atem ging schnell, so als sei er gerannt, doch Kate beachtete ihn kaum. Sie hatte nur Augen für das Bündel, welches er behutsam auf einer der Decken platzierte, so vorsichtig, als könnte es bei der kleinsten Erschütterung zerbrechen.

Ein Mädchen war in den dunkelblauen Umhang von Jeremie gewickelt, was ihre Haut noch blasser erscheinen ließ. Die Augen waren geschlossen und ihre sonst perfekten blonden Haare hingen ihr wirr ins Gesicht.

Kates Mund war trocken und sie schaffte es nicht etwas zu sagen. Sie wollte aufstehen und weglaufen, oder wenigstens Alessio wecken.

„Bevor du irgendetwas sagst, solltest du wissen, dass ich ihr nichts getan habe.“, sagte Jeremie leise. Kate hörte es wie durch Watte. „Du musst es mir glauben, Kate. Ich habe Mai nicht angerührt. Bitte glaub mir.“

Sie starrte noch immer zu ihrer Freundin, die so leblos da lag. Nur das leichte Heben und Senken ihrer Brust verriet, dass sie atmete. Kate hob die Hand und strich mit ihren Fingerspitzen über Mais Handrücken.

„Was ist mit ihr passiert?“ Sie hatte ihre Stimme wiedergefunden, auch wenn es nicht mehr als ein Flüstern war. Sie hörte Jeremie tief einatmen, offenbar vor Erleichterung, dass sie ihn nicht beschuldigte.

„Ilona hat sie angegriffen. Sie haben gekämpft. Dabei wurde sie verletzt und ist ohnmächtig geworden. Eure Heilerin sollte sich dringend ihr Bein ansehen.“ Hastig und unkontrolliert kamen die Worte über seine Lippen. Jeremie bemühte sich ruhig zu sprechen, aber die Wut, die bei Ilonas Namen erklang, war deutlich herauszuhören.

Kates Körper reagierte wie von selbst. Sie stand auf und ging zu dem Zelt hinüber.

Sanny brauchte eine Weile, bis sie wach genug war, um zu verstehen was Kate von ihr wollte. Sie warf sich eine Jacke über und schnappte sich ihre Tasche.

Als sie Jeremie sah, verfinsterte sich ihr Gesicht.

„Was tut er hier? Du hast ihn nicht erwähnt.“, zischte sie leise.

„Er hat sie hergebracht. Außerdem sagt er, dass er es nicht getan hat.“, verteidigte sie ihn und wusste nicht recht wieso sie das tat.

„Ach und das glaubst du?“ Sanny sah Jeremie nicht an. Sie nahm Mai den viel zu großen Mantel ab und betrachtete das Bein.

Das rechte Hosenbein war zerfetzt und durchtränkt von Blut. Mehrere tiefe, schlitzartige Fleischwunden waren durch die Löcher zu sehen. Es musste schon einige Zeit her sein, dass sie verletzt worden war, weil das Blut an einigen Stellen bereits angetrocknet war.

Da sich die Verletzungen über das ganze Bein zogen, trennte Sanny das komplette Hosenbein mit einem kurzen Messer ab und löste vorsichtig die Stofffetzen aus den offenen Wunden. Auch dieses Mal half Kate, Sanny dabei die Schnittwunden auszuwaschen und zu säubern. Jeremie stand stumm daneben und sah ihnen zu. Er war noch blasser geworden.

Fast erwartete Kate zu sehen, dass sich das Blut dunkel

färbte, oder dass eine Kruste viel zu schnell über die offenen Stellen wuchs, aber nichts davon geschah. Sie war sich auch nicht ganz sicher, ob es überhaupt möglich war, dass Mai sich mit Ilonas Gift infizierte. Vielleicht konnte der Fluch sich nur auf einen Menschen übertragen und wenn sie zu dem Zeitpunkt verwandelt gewesen war... Natürlich war es auch möglich, dass Mai Ilona nicht verletzt hatte und ohne ihr Blut war eine Übertragung ausgeschlossen.

„Wie schlimm ist es?“, wollte Jeremie wissen und Sanny hielt in ihrer Bewegung inne. Sie war gerade dabei gewesen eine Art Salbe auf die Haut aufzutragen.

„Wie schlimm es ist? Du willst wissen wie schlimm es ist?“, gab sie zornig zurück und Kate legte beruhigend eine Hand auf ihre Schulter.

„Das geht dich nicht das Geringste an und meiner Meinung nach solltest du schnellstmöglich verschwinden.“, sagte sie und bemühte sich ruhig zu bleiben.

„Ich werde sicher nicht gehen, nur weil du es sagst.“, antwortete er trotzig. Sanny, die einem Streit immer aus dem Weg ging wandte sich wieder ihrer Aufgabe zu. Kate hielt sich raus. Sie wunderte sich ein wenig, dass noch keiner der Anderen wach geworden war, schließlich waren sie nicht besonders leise. Selbst Alessio schlief noch und der wachte oft bei der kleinsten Bewegung und dem leisesten Geräusch auf.

Aus ihrer Tasche holte Sanny ein paar der großen Blätter, die sie schon einmal für Alessios Arm genommen hatte. Der Aufenthalt in dem verlassenen Bauernhaus kam Kate so weit entfernt vor. Es war viel passiert, seit dieser Zeit.

Kate half Sanny dabei einen Verband um die Blätter zu wickeln, damit sie nicht verrutschen konnten. Zum Schluss hob sie noch Mais Kopf an und Sanny träufelte eine Flüssigkeit in ihren Mund.

„Sie wird einige Stunden schlafen, aber wenn alles gut geht, wacht sie morgen früh wieder auf.“, sagte Sanny. „Allerdings kann sie unmöglich hier draußen schlafen. Hast du eine Idee?“, fragte sie an Kate gewandt und packte die Dinge, die übrig waren in ihre Tasche zurück.

„Naja, im Winter habe ich mit den Kindern im Waisenhaus Zelte aus Decken und Ästen gebaut. Darin ist es jedenfalls wärmer und für eine Nacht könnte es reichen.“, meinte Kate nachdenklich.

„Gut, dann suchst du alles zusammen und ich hole dir noch ein paar Decken.“, entschied Sanny und stand auf.

Mit Jeremies Hilfe hatte Kate schnell etwas gebaut, dass einem Tippie ähnelte. Sanny war fasziniert von dieser simplen Methode und versicherte Kate, dass es tatsächlich warm darin war.

„Lass deine Finger von ihr.“, knurrte Sanny, als Jeremie Mai hineintragen wollte, doch er hörte nicht auf sie.

„Kate sag auch mal etwas.“, fuhr Sanny sie jetzt an.

„Sei bitte nicht so laut. Du weckst noch alle auf. Du weißt, dass ich genauso wenig tun kann wie du.“, versuchte Kate sie zu beruhigen. Leider hatte Sanny sich dieses Mal wohl vorgenommen, ihre Meinung durchzusetzen. Sie lief vor Wut erst leicht Rosa an und dann wurde sie immer dunkler.

„Du könntest es mal versuchen. Setz deine Fähigkeit ein, oder tritt ihn meinetwegen. Ich habe zu kurze Beine. Du weißt nicht, was er alles gemacht hat und wir können nicht darauf vertrauen, dass er dieses Mal nichts mit der ganzen Sache zu tun hatte. Er ist unberechenbar und gefährlich für jeden Einzelnen von uns. Im Gegensatz zu mir kannst du sehr wohl etwas unternehmen. Deshalb steh hier nicht einfach rum, sondern geh da rein und bring ihn dazu zu verschwinden.“, schrie sie. Kate war so überrascht, dass sie sich nicht rührte.

Mit offenem Mund starrte sie Sanny an, die mit zu Fäusten geballten Händen vor ihr stand und sie böse anfunkelte.

„Was ist denn hier los?“, fragte Alessio und fuhr sich mit einer Hand über das müde Gesicht. Er war nicht der Einzige, der bei Sannys Geschrei aufgewacht war.

„Auch schon wach? Dann kannst du ja für Ordnung sorgen. Kate kriegt es nämlich nicht hin.“, schnaubte Sanny wütend und zwängte sich an Lee und Claire vorbei in das kleine Zelt, aus dem sie gerade kletterten.

„Was hat die denn gebissen?“, murmelt Lee vor sich hin.

„Mich würde eher interessieren, wieso es hier so aussieht, wie es aussieht.“, sagte Claire umständlich und betrachtete das selbst konstruierte Zelt aus Decken. Ihr Blick wanderte weiter über die am Boden liegenden Tücher, die Sanny zurückgelassen hatte.

Sie waren nass und teilweise rot von Mais Blut und auch die Schale mit dem Wasser wies eine eindeutig dreckig, rotbräunliche Färbung auf.

Dann blieben ihre Augen an Kate hängen.

„Mai ist wieder da.“, sagte sie knapp und Claire verdrehte zur Antwort die Augen.

„Mai? Wo ist sie?“, fragte Alessio und stand auf.

„Ach deshalb gibt es wieder Streit.“, amüsierte Lee sich. Sein Lachen gefror jedoch, als Jeremie plötzlich lautlos und geschmeidig zwischen den Decken hervor glitt.

Kate machte einen großen Schritt weg von ihm, zwar glaubte sie ihm seine Geschichte, doch sie hatte genug gehört, um zu wissen, dass er eine dunkle Seite besaß.

„Nun, der Grund für das Verhalten eurer Heilerin, bin wohl eher ich... wenn ich ihr Geschrei richtig gedeutet habe.“ Seine Stimme klang ruhig und freundlich. Keine Spur von Sorge oder Wut, die Kate vorhin gehört hatte, war darin erhalten.

Lees Hand lag bereits auf dem Messer an seinem Gürtel und er schien nur auf ein Zeichen oder einen Befehl zu warten. Claire verschränkte nur die Arme und sah ihn genervt an, während Alessio näher an Kate trat und sie noch ein Stückchen zur Seite zog.

„Was willst du hier Jeremie?“, fragte er bestimmt und klang dabei ebenso ruhig wie Jeremie zuvor.

„Ich habe dir nur deine Schwester zurückgebracht und jetzt erwarte ich, dass ich zum Dank so lange bleiben kann, bis sie selbst mich wieder fortschickt.“, kündigte er an und blieb vor dem Eingang stehen, wie ein Türsteher.

„Das kannst du vergessen.“, sagte jemand mit schwacher, heiserer Stimme neben dem Deckenzelt und sie alle waren überrascht Eddy zu sehen.

Sein Gesicht war kränklich blass und die Ränder unter seinen Augen waren noch deutlicher zu sehen, als am Morgen. Die Augen selbst waren rot und wässrig und er wirkte abgemagert, im Vergleich zum Beginn der Krankheit.

Bei seinen Worten war auch Sanny wieder aus dem Zelt hervor geeilt, gefolgt von Chris und Ted, die scheinbar neugierig geworden waren.

„Du darfst nicht aufstehen.“, tadelte Sanny ihren Bruder und versuchte ihn dazu zu bringen zurückzugehen, indem sie an seinem Arm zog. Er macht sich grob von ihr los.

„Ich will, dass er verschwindet und ich will wissen, was mit Mai ist.“, entschied er.

„Ich habe ihr nichts angetan, das war einzig und allein Ilona. Ich habe Mai nur hierher zurückgebracht, damit sich eure Heilerin um sie kümmern kann.“, verteidigte Jeremie sich.

„Ich will zu ihr.“, beschloss Eddy, doch diesmal war Sanny vorbereitet. Mit festem Griff packte sie ihn am Handgelenk und hielt ihn zurück.

„Glaub mir, es geht ihr gut. Viel besser als dir und wenn du da rein gehst, steckst du sie nur an. Willst du das etwa?“, fuhr sie ihn an. Eddy wehrte sich nicht länger und sah stattdessen zu Boden.

„Er hat trotzdem Recht, wir können ihm nicht erlauben zu bleiben. Er ist unser Feind. Durch seine Angriffe wurden bereits genug von uns verletzt.“, stimmte Claire Eddy zu.

„Ich glaube ihm.“, widersprach Alessio. „Ich kenne ihn länger als irgendwer von euch und ich erkenne es, wenn er lügt.“

Kate hörte all das, ohne es richtig wahrzunehmen. Sie war müde und ihr Kopf dröhnte von der ganzen Aufregung. Sie entfernte sich von der Gruppe, setzte sich ans Feuer und beobachtete sie von dort, während Sanny weiterhin darauf verharrte Jeremie schuldig zu sprechen.

„So kommen wir nicht weiter.“, griff Lee irgendwann ein, der seine eigene Meinung bisher zurückgehalten hatte. „Wir sollten das in Ruhe besprechen, ohne dass er dabei steht, meine ich.“ Er zeigte auf Jeremie, der nur mit den Schultern zuckte und in dem improvisierten Zelt verschwand. Eddy wollte protestieren, aber aus irgendeinem Grund, den Kate nicht mitbekam, ließ er es bleiben.

Sie setzten sich in einem Kreis um das Feuer herum. Kate nahm einen großen Schluck Wasser, um etwas wacher zu werden. Es hielt nicht lange an und schon nach kurzer Zeit, fielen ihr immer wieder kurz die Augen zu. Dennoch hörte sie alles was gesprochen wurde.

„Er kann nicht bleiben.“, sagte Eddy sobald er saß. Sanny hatte es nicht geschafft, ihn zu überzeugen in sein Zelt zurückzugehen.

„Ich bin auch nicht begeistert, ihn hier zu haben, aber sollten wir nicht so entscheiden, wie es Mai tun würde?“, fragte Claire.

„So eine weise und kluge Antwort hätte ich von dir gar nicht erwartet.“, grinste Lee und handelte sich einen Seitenhieb von Claire ein.

„Mai würde ihn sicher wegscheuchen.“, sagte Sanny sofort, doch Alessio schüttelte den Kopf.

„Normalerweise schon, aber nicht nachdem er ihr offenbar das Leben gerettet hat.“, warf er ein und Kate sah an Sannys Blick, dass sie angesichts dieser Tatsache, dasselbe wie Alessio dachte.

„Ja, weil sie zu gut für diese Welt ist, aber ich sage es ist das Beste für sie, wenn er geht. Immerhin bin ich ihr Freund und sollte wissen, was gut für sie ist.“, steuerte Eddy weiterhin dagegen.

„Wenn wir danach gehen, wer es am Besten wissen sollte, dann müsste ja wohl Kate entscheiden.“, sagte Alessio. Bei der Erwähnung ihres Nahmen schreckte sie hoch und fühlte sich plötzlich hellwach, aber nicht fähig zu sprechen.

„Das sagst du nur, weil du weißt, dass sie ihm eine Chance geben würde. Kate schickt ihn nicht einfach weg, sie schickt niemanden fort.“, behauptete Sanny.

„Nein, ich sage es, weil sie Mais beste Freundin ist und sie wahrscheinlich besser kennt, als irgendwer sonst.“, gab Alessio ruhig zurück. Eddy schnaubte.

„Ich bin ihr Freund.“, sagte er zum zweiten Mal.

„Ganz genau. Du bist ihr Freund und würdest aus Eifersucht handeln und ich bin ihr Bruder und würde wahrscheinlich aus ähnlichen Gründen handeln.“

„Ich sehe das genauso. Kate kann am Besten entscheiden.“, stimmte Claire, zu Kates Überraschung, mit ein.

„Lass stecken. Wir haben verstanden, dass du ihr Freund bist.“, griff Lee ein, als Eddy schon wieder den Mund geöffnet hatte, um zu widersprechen.

„Sie soll entscheiden, obwohl sie an allem Schuld ist? Ohne sie wäre Mai erst gar nicht weggegangen und wir hätten dieses Problem nicht.", sagte Chris. Sonst redete er kaum und es war das erste Mal, dass Kate hörte, wie er jemandem widersprach.

Alessio war aufgestanden und sah ihn böse an.

„Wie kannst du es wagen, sie verantwortlich zu machen?", sagte er bedrohlich leise. Chris versuchte dem Blick standzuhalten, doch schon nach kurzem betrachtete er stattdessen seine Schuhe. „Noch ein Wort von dir und du wirst es bereuen mitgekommen zu sein."

„Alessio, ich denke er hat's verstanden. Wir sollten uns jetzt anhören, was Kate zu sagen hat.", sagte Eddy ruhig. Seine Worte schienen Alessio wieder zu beruhigen. Er nickte knapp und kehrte Chris den Rücken zu.

Kate räusperte sich, bevor sie sprach. Sie selbst hielt es nicht für besonders sinnvoll, die Entscheidung zu treffen, was passieren sollte.

„Ich denke, er sollte hier bleiben dürfen, zumindest so lange bis Mai wach wird und selbst entscheiden kann.", sagte sie vorsichtig. „Allerdings müssen wir ihn bewachen lassen.", fügte sie schnell hinzu.

„Netter Plan, aber ich denke, ihr wisst genau so gut wie ich, dass ich eure mickrigen Wachtposten innerhalb von Sekunden töten könnte, wenn ich es wollte.", sagte Jeremie, der scheinbar keine Lust gehabt hatte länger auf sein Urteil zu warten.

Alessio lachte.

„Da hast du recht."

„Deshalb habe ich mir auch überlegt, dass diese Aufgabe eher etwas für Lee wäre und wenn Claire einverstanden ist, könnte sie selbst dafür sorgen, dass Lee seine Aufgabe richtig macht und ihn unterstützen.", erklärte Kate zögernd. Jeremie sah sie zufrieden an.

„Schlau von dir. Mit den Beiden werde ich mich sicher nicht ganz so schnell anlegen.“, sagte er. Auch Lee schien begeistert.

„Das ist die perfekte Aufgabe, für einen richtigen Kämpfer.“, rief er überlegen. Aus den Augenwinkeln sah Kate das Gesicht von Chris. Er wirkte gekränkt und sein Bruder schien sich ebenfalls gedemütigt zu fühlen. Claires Worte bestärkten die Beiden in ihrer Trübsinnigkeit.

„Ich würde eher sagen, die *richtige* Aufgabe, für einen *perfekten* Kämpfer.“, lachte sie.

Eddy schien nicht ganz zufrieden, aber er sagte nichts weiter und ließ sich von Sanny wieder in sein Zelt befehligen. Dann schleppte sie Kate hastig mit in das Deckenzelt, bevor die sich wehren konnte.

„Was ist los?“, fragte Kate flüsternd. „Du brauchst mir keine Vorwürfe machen...“, fing sie an, ihre Entscheidung zu rechtfertigen, doch Sanny schüttelte den Kopf.

„Nein, ich muss noch mal nach Mai sehen. Es kommt mir nämlich merkwürdig vor, dass sie nur wegen ihres Beines Ohnmächtig geworden ist und das für so lange Zeit.“ Sie schlug die Decke zurück unter der Mai lag und zog ihr die Jacke aus. Sie schob die Ärmel des Pullovers hoch und tastete die Arme ab. Hier war nichts Auffälliges zu finden.

„Das andere Bein?“, probierte Kate es und Sanny schob das heile Hosenbein hoch. Doch auch hier schien alles zu stimmen. Erst als sie den Stoff an Mais Bauch aufrollte, fand sie wonach sie suchte. Kate konnte, bis auf einen riesiges Hämatom nichts erkennen. Sanny atmete erleichtert auf.

„Was ist es? Hat sie sich etwas gebrochen?“, wollte Kate wissen.

„Nein, scheinbar ist nur etwas bei der Rückverwandlung schief gelaufen. So etwas kann manchmal passieren, wenn es nicht willentlich geschieht. Ich denke ihr Magen könnte sich verdreht haben und außerdem hat sie noch ein paar Prellungen. Mit einem einfachen Trank ist das wieder wegzubekommen. Es wird nur schmerzhaft sein, denke ich.“, erklärte Sanny, während Kate versuchte sich das mit dem Magen bildlich vorzustellen.

Als es nicht klappte, gab sie auf. Sie half Sanny dabei Mai umzuziehen und etwas aufzuwärmen, das sie an eine Wärmflasche erinnerte.

„Ich bleibe heute Nacht hier. Sie muss jede halbe Stunde etwas davon nehmen.“, meinte Sanny und deutete auf den kleinen Trank.

„Du solltest auch schlafen gehen.“, riet sie Kate, bevor diese das Zelt verließ.

Beinahe wäre sie in Jeremie hineingelaufen, der mit dem Rücken zum Zelt gestanden hatte. Sie bremste abrupt ab und machte einen Schritt zur Seite.

„Nur weil du hier bleiben kannst, heißt das nicht, dass du die freie Platzwahl hast. Du musst dich genauso an die Regeln halten, wie alle anderen auch.“, sagte Alessio gerade. Er stand Jeremie genau gegenüber. Dabei war er bedacht darauf eine Distanz von drei Metern nicht zu unterschreiten.

„Alles klar und was heißt das jetzt genau?“, wollte Jeremie gelangweilt und mit verschränkten Armen wissen.

„Du kannst nicht einfach irgendwo reingehen, wenn Sanny gerade arbeitet. In dieser Sache trifft sie die Entscheidungen, also frag vorher nach. Ich will nicht, dass sie aufgehalten wird, während sie jemandem hilft.“, erklärte Alessio deutlich, während Kate zu Lee und Claire hinüberging, die das Ganze von etwas abseits beobachteten.

„Schon ok.“, hörten sie Sanny leise aus dem Zelt rufen. „Er kann reinkommen, wenn er verspricht leise zu sein und sich unauffällig zu verhalten. Ich könnte sowieso jemanden gebrauchen, der aufpasst, dass ich nicht einschlafe." Sie schob den Oberkörper zwischen den Decken hervor, nach draußen.

„Ach Kate, könntest du nachsehen, ob Eddy schläft? Falls nicht, gib ihm die hier.", sagte Sanny und warf Kate einen kleinen Beutel zu, um den sie locker ihre Hand schließen konnte. Sie nickte nur und machte sich daran auf den Rücken eines Drachen zu steigen.

Er war noch wach, als sie eintrat. Aufrecht saß Eddy auf der Unterlage und sah sie erwartungsvoll an.

„Wie geht es Mai und was genau ist eigentlich passiert? Wie konntest du zulassen, dass dieser Mistkerl hierbleibt?", sprudelte es aus ihm heraus.

„Ganz ruhig. Ich erzähle dir was ich weiß, wenn du versprichst danach zu schlafen.", sagte Kate und holte eine kleine Beere aus Sannys Beutel. Resigniert legte er sich auf sein Bett und nahm ihr die Beere aus der Hand.

„Gut. Mai wurde von Ilona angegriffen und verletzt, aber keine Sorge. Sanny hat mir versichert, dass es halb so schlimm ist. Es wird ihr schon bald wieder besser gehen. Jeremie hat sie hier hergebracht, da sie nicht laufen konnte und das ist auch der Grund, weshalb ich denke, dass er bleiben sollte. Mehr kann ich dir fürs Erste leider nicht sagen, doch sobald Mai wieder wach ist, werden wir sicher die komplette Geschichte erfahren. Jetzt tu Sanny den Gefallen und ruh dich aus. Es würde Mai nicht helfen, wenn du an dieser Krankheit stirbst.", sagte Kate streng und ging nach unten, sobald er sich die kleine Beere in den Mund geschoben hatte.

Sanny wartete bereits auf sie, um sie wie üblich mit der Flüssigkeit einzusprühen.

„Ich schätze, er wird jetzt schlafen.", versicherte Kate ihr.

„Danke.", antwortete Sanny, bevor sie die Stimme senkte. „Es wird doch länger dauern, als ich angenommen hatte, bis

Mai wieder aufwacht. Wenn wir Glück haben nur einige Stunden, aber wenn nicht, dann dauert es wohlmöglich Tage." Kate hatte sich zu ihr hinunter gebeugt, denn Sanny hatte so leise geflüstert, dass selbst Claire, die ein paar Meter weiter stand, nichts verstehen konnte.

„Was bedeutet das genau?", fragte Kate beunruhigt.

„Das kann ich erst morgen sagen, aber mach dir keine Gedanken darüber. Ruh dich jetzt aus. In weniger als fünf Stunden geht die Sonne auf und wir müssen weitergehen." Mit diesen Worten verschwand sie zwischen Claire und Lee, die sich links und rechts neben den Deckeneingang zu Mais Zelt gestellt hatten.

Lee wirkte gelangweilt, doch Claire bedachte Kate wieder mit dem üblichen feindseligem Blick. Kate ignorierte sie und kletterte stattdessen etwas mühselig in die enge Viererkabine. Sie vermutete zu Recht, dass sie ihre Sachen, die vorher draußen neben dem Feuer gelegen hatten, hier waren.

Immerhin würden weder Lee, noch Claire oder Sanny weiter in diesem Zelt übernachten. Sie hatten jetzt eine Aufgabe und so konnte Kate sich darauf freuen, endlich wieder auf etwas weicherem zu liegen, als der dünnen Unterlage, die sie draußen benutzt hatte. Es wäre wirklich gut gewesen zu schlafen, aber egal wie sehr sie sich bemühte, der Schlaf wollte einfach nicht kommen.

So kam es, dass sie erst einschlief, als bereits die ersten Sonnenstrahlen die Zeltspitze berührten. Keine halbe Stunde später dann, wurde sie von Alessio geweckt, der leise ihren Namen sagte.

Kate öffnete die Augen und blinzelte gegen das Licht. Er saß neben ihr.

„Morgen.“, murmelte sie und gähnte lautlos in ihre Decke.

„Hey. Wieder die Nacht durchgemacht?“, fragte er belustigt. Kate brummte nur und zog sich die Decke über den Kopf. Es war einfach zu hell.

„Du kannst sofort weiterschlafen. Ich wollte mich nur kurz verabschieden. Sanny war zwar dagegen, sie wollte, dass ich dich nicht wecke, aber sie hat...“

„Was redest du da?“, unterbrach Kate ihn und setzte sich kerzengerade hin. Sie war sich sicher, dass sie sich verhört hatte. Das kam schließlich öfter vor, wenn man noch im Halbschlaf war.

„Ähm, du weißt doch wie Sanny immer ist. Ich meine, sie hat ja recht, aber ich würde es nicht besser finden zu gehen, ohne auf wiedersehen zu sagen.“, meinte Alessio.

„Wieso gehen?“, fragte sie entsetzt und glaubte immer noch, dass sie ihn missverstanden hatte. Er nahm ihre Hand, während er sprach.

„Ich werde zusammen mit Ted und Chris zu dem Dorf gehen und die Medizin für Ed besorgen. Es ist unmöglich, dass wir alle zusammen gehen. Mai ist noch nicht aufgewacht und Sanny sagt, sie darf nicht bewegt werden, bis sich ihre Lage gebessert hat. Wir können aber auch nicht viel länger warten. Es ist wichtig, dass wir schnellstmöglich diese Medizin bekommen, um Eddy zu heilen. Wir sind nicht lange weg. Spätestens heute Abend sind wir schon wieder da.“, sagte er beruhigend.

„Dann komme ich eben mit. Ich will keinen ganzen Tag herumsitzen und warten.“, überlegte Kate.

„Mir wäre es auch lieber, aber es geht nicht. Erstens ist es hier sicherer und zweitens hat Sanny mir deutlich zu verstehen gegeben, dass sie hier deine Hilfe braucht.“, warf Alessio ein.

„Hmm.“, grummelte Kate und verzog das Gesicht. Dagegen

konnte sie nichts sagen. Sie wusste selbst, dass Sanny ihre Hilfe brauchte und dass sie hier bei Mai und Eddy bleiben musste.

„Oh und da ist noch etwas. Ich will, dass du das hier nimmst.“, meinte er und legte ihr den Anhänger in die Hand, den er immer trug. Kate sah ihn fragend an.

„Ich habe das Gefühl, dass er bei dir besser aufgehoben ist. Frag mich nicht warum, nimm ihn einfach.“, sagte er. „Wir sind so bald wie möglich wieder zurück.“, versicherte er ihr erneut. „Pass auf dich auf und versprich mir, dass du nichts Gefährliches oder Leichtsinniges anstellst.“

„Du meinst so etwas, wie alleine in den Wald gehen, oder mich heimlich wegschleichen?“, fragte sie unschuldig. „Das würde ich niemals machen.“

Alessio zog die Augenbrauen hoch.

„Na schön, dann verspreche ich es eben“, gab sie sich geschlagen. „aber nur, für den heutigen Tag“, fügte sie schnell hinzu. „Wenn du recht behältst und am Abend wieder da bist, dann kannst du ja ab morgen wieder selbst dafür sorgen, dass ich nicht so leichtsinnig, wie deine Schwester handle.“

„Genau so etwas habe ich befürchtet.“, seufzte er. „Mein Glück, dass Jeremie hier ist. Er wird schon aufpassen.“

„Was? Du hast Jeremie beauftragt? Wieso können nicht Lee oder Claire aufpassen?“

„Das hättest du wohl gern.“ Er lachte. „Lee ist viel zu nachgiebig und Claire würde dich liebend gerne loswerden. Nein, ich vertraue Jeremie mehr als den Beiden zusammen. Außerdem haben sie es verdient etwas zu schlafen. Ich halte es für unwahrscheinlich, dass Jeremie irgendwas versucht.“, sagte er und stopfte einige seiner Sachen in einen Beutel.

„Du vertraust ihm also?“, wollte sie wissen.

„Ja, das tue ich. Ich muss jetzt gehen. Schlaf noch ein bisschen.“, riet er ihr und im nächsten Augenblick war er auch schon verschwunden.

Kate zog sich rasch an, legte sich die Kette um den Hals und stopfte sie unter ihr Oberteil. Heute war ihr wieder etwas kälter, als sonst und so entschied sie sich für den Pullover, den sie von der Erde mitgebracht hatte. Bisher hatte sie ihn noch nicht angehabt, weil er sie zu sehr an das Waisenhaus erinnerte. Die Gerüche hingen noch immer in dem weichen Stoff. Doch heute machte es ihr nichts aus. Er knisterte, als sie ihn überzog. Irritiert griff Kate in die Bauchtasche und zog einen Zettel heraus. Sie faltete ihn auseinander.

Es war ein Bild, welches eines der Mädchen, aus dem Heim, ihr gemalt hatte. An dem Tag, an dem sie zu ihrer neuen Familie gekommen war. Kate hatte sie des Öfteren vor dem Zorn der Leiterin bewahrt. Sie war nicht die Einzige gewesen, aber auf jeden Fall diejenige, die Kate am längsten gekannt hatte.

Sie faltete das Bild wieder zusammen und steckte es in ihre kleine Tasche, zu ihren anderen Erinnerungen an die Erde.

Sie trat hinaus in den Schnee und wäre dabei beinahe in Claire hineingelaufen.

„Sehr schön, dann habe ich ja das ganze Zelt für mich allein. Hier ist es einfach zu kalt zum schlafen.“, sagte sie und drängte sich an Kate vorbei.

Lee lag auf einer der Matten, vor Mais Zelt. Offenbar hatte Claire bis vor ein paar Minuten ebenfalls dort geschlafen.

Das Feuer war längst abgebrannt und Alessio war bereits aufgebrochen.

Kate ging an den Drachen vorbei zu dem kleinen Deckenzelt.

„Sanny.“, flüsterte sie. „Kann ich reinkommen?“ Ein Tuch wurde bei Seite geschoben.

„Liebend gerne. Ich könnte deine Hilfe gebrauchen.“, hörte

sie Sannys leise Stimme.

Obwohl in dem Zelt Kerzen brannten, war es recht dunkel. Das Licht der Sonne leuchtete nur durch ein paar Spalten am Boden.

Jeremie saß auf einem improvisierten Hocker, der aus einem Stein bestand. Kate fragte sich wie er ihn hier hinein bekommen hatte, bis ihr wieder einfiel, dass er ja ebenso viel Kraft wie Mai hatte, wenn nicht sogar mehr.

Er hatte den Kopf auf die Arme gestützt und schlief. Sanny beachtete ihn nicht und kniete sich neben Mai auf den Boden. Kate tat es ihr gleich.

„Er hat dich doch geweckt.“, stellte Sanny fest.

„Ich war sowieso schon fast wach.“, verteidigte Kate Alessio.

„Wie auch immer.“ Sie reichte Kate die Wärmflasche und sah erneut nach der Wunde. Die Schnitte waren noch deutlich zu erkennen und einige fingen sofort wieder an zu bluten, als Sanny eine Salbe auftrug. Erst später erfuhr Kate, dass sie eine betäubende Wirkung hatte.

„Wie geht es ihr?“, wisperte Kate und reichte Sanny die aufgewärmte Wärmflasche.

„Das es immer wieder blutet ist nicht richtig und auch die Medizin hilft nicht so gut, wie ich gehofft hatte, aber solange sie sich nicht bewegt, mache ich mir keine großen Gedanken. Jeremie wollte mir nicht erzählen, was passiert ist. Ich glaube ihm, dass er nichts getan hat, weil Alessio ihm vertraut, aber ich mache mir auch Sorgen, dass Ilona hier auftauchen könnte.“, sagte sie verschwörerisch.

„Das wird sie sicher nicht.“, knurrte Jeremie leise und Sanny und Kate wandten sich überrascht um.

„Oh, und ich wollte mich schon freuen, dass du endlich schläfst.“, meinte Sanny.

„Ich habe geschlafen, aber ich wache nun mal auf, wenn man über mich redet.“, gab er zurück und streckte sich.

„Was willst du damit sagen, dass sie nicht herkommt?“, fragte Kate. Jeremie grinste.

„Du triffst nicht nur die richtigen Entscheidungen, du stellst auch noch die passenden Fragen. Ich mag dich. Kein Wunder, dass Mai deine Freundin ist.“, stellte Jeremie fest. Sanny schnaubte nur, aber Kate wartete gespannt auf die Antwort.

„Sie kann gar nicht herkommen. Sie ist tot.“, sagte er gleichgültig.

„Wie erfreulich.“, sagte Sanny eisig.

„Was ist passiert?“, wollte Kate wissen. Sie hatte Ilona nicht gemocht, dennoch schockierte es sie und es beunruhigte Kate, dass es Jeremie scheinbar völlig kalt ließ. Er lächelte mitleidig.

„Diese Geschichte sollte dir Mai erzählen. Ich will nicht, dass es falsch rüber kommt. Eure Heilerin hält mich auch so schon für einen Mörder.“, sprach er leise.

„Ich habe einen Namen.“, erwiderte Sanny nur böse.

„Aber den kenne ich nicht.“, sagte Jeremie nachdenklich, so als versuchte er sich daran zu erinnern, ob er ihn schon einmal gehört hatte.

„Besser so.“, schimpfte sie leise vor sich hin.

Der Tag zog sich weiter in die Länge. Bis auf Kate nutzten alle die Zeit, um sich auszuruhen. Sanny und Claire hatten seit längerem nicht mehr richtig geschlafen und auch Jeremie schien ausgelaugt. Lee konnte ja bekanntlicher Weise immer schlafen und selbst Eddy verhielt sich ruhig. Sanny hatte gesagt, dass es an der Aufregung der Nacht liegen würde. So war es Kate, die Sannys Aufgabe übernahm. Sie gab Mai regelmäßig den kleinen Trank und sah ab und an nach Eddy, der den ganzen Tag schlief. Sie selbst hatte nur einmal am Morgen versucht einzuschlafen, doch bereits nach kurzer Zeit, hatte sie es wieder aufgegeben.

Es beunruhigte sie, dass Jeremie da war. Sie hatte Schwierigkeiten damit, ihm zu trauen. Doch noch mehr beunruhige sie das Vertrauen, welches Alessio in ihn setzte.

Es hatte selbstverständlich geklungen, als er gesagt hatte, Jeremie würde aufpassen. Wie konnte er sich da sicher sein, nachdem was passiert war. Kate konnte sich kaum vorstellen, dass Jeremie bei einem Angriff von Außen für irgendwen, außer Mai vielleicht, sein Leben aufs Spiel setzen und kämpfen würde. Doch was sie noch mehr belastete, als Jeremie, waren die Bilder, die vor ihrem inneren Auge auftauchte. Sobald Kate sie schloss, sah sie Alessio verletzt oder sogar tot.

Wie sollte sie es wissen, wenn ihm etwas passierte. Ihr war klar, dass sie es auch nicht erfahren konnte, wenn sie wach war und wartete, doch die Bilder waren leichter zu verdrängen, wenn sie die Augen geöffnet ließ.

Es schneite wieder und da alle in den Zelten waren, hatte Kate zu ihrer Sicherheit einen extra breiten Wassergraben um ihr Lager errichtet. Sie war besonders überrascht gewesen, dass es ihr so leicht gefallen war. Er war fast ein halben Meter breit und dreißig Zentimeter tief. Es war ihr persönlicher Rekord und das ohne, dass ihr auch nur schwindelig geworden war.

Das Licht der Fackeln und der untergehenden Sonne spiegelte sich auf der Wasseroberfläche.

Sie hatte nur zwei kleine Fackeln aufgestellt, da sie kaum Feuerholz gefunden hatte und außerdem hielten sie dem Schneetreiben besser stand.

Kate ging zu den Drachen hinüber und kletterte zu dem Zelt hinauf, um Eddy seine tägliche Medizin zu geben. Er schlief, wachte aber auf, als Kate herein kam. Sie schwor darauf, dass er bei jeder ihrer Begegnungen blasser war. Es stand wirklich schlecht um ihn, so schlecht, dass er nicht sprach. Er trank nur wortlos Sannys Mischung und drehte sich dann auf die Seite. Auch Kate blieb stumm. Sie hätte nichts Aufmunterndes gewusst, was sie hätte sagen können und hinzu kam die Müdigkeit, die jetzt wieder über sie kam.

Vorsichtig rutschte sie an dem Drachen hinunter auf den sicheren Boden und streichelte kurz den großen Kopf. Er schnaubte leise. Kate lächelte und ging dann zu dem Graben rüber, um sich Gesicht und Arme zu waschen, bevor sie zu Mai zurückkehrte.

„Du bist noch wach? Sag nicht, du hast die ganze Zeit nicht geschlafen?“, hörte sie Sannys Stimme hinter sich, während sie Mai zum gefühlt hundertsten Mal etwas von der trüben Flüssigkeit in den Mund kippte. Mit einem Lächeln drehte sie sich um.

„So spät ist es doch gar nicht und außerdem musste ich mich um Mai kümmern, weil du geschlafen hast.“, erklärte sie.

„Nicht so spät?“, fragte Sanny ungläubig. „Bist du verrückt? Es ist weit nach Mitternacht.“

„Und?“, machte Kate gleichgültig und zog dabei Mais Decke zurecht. Wenn es so spät war, wieso war Alessio noch nicht zurück?

„Und das bedeutet, dass du längst schlafen solltest.“, stellte Sanny klar. „Wieso nicht früher wach geworden? War doch klar... nicht ins Bett... fast so schlimm wie Mai... Kopf abreißen... einlassen... ich bin so dumm.“, redete Sanny unverständlich vor sich hin.

„Wie bitte?“, fragte Kate, die nicht im Geringsten verstanden hatte, was Sanny gesagt hatte.

„Ich komme mir vor, als wäre ich eure Mutter. Jeden Tag muss ich die Leute ins Bett schicken und aufpassen, dass keiner wieder aufsteht. Dass ich für alle koche, verstärkt das Gefühl nur.“, meinte Sanny.

„Gerade hast du etwas anderes gesagt. Das wollte ich eigentlich hören.“, nörgelte Kate.

„Wenn du irgendwann mal lernst von selbst ins Bett zu gehen, dann erzähle ich dir auch, was du hören willst. Hast du wenigstens etwas gegessen?“, fragte Sanny weiter.

„Sicher.“, versuchte Kate es, doch im selben Moment knurrte ihr Magen laut. Sie fluchte in Gedanken, während Sanny verständnislos seufzte und den Kopf schüttelte.

„Wahrscheinlich ist genau das der Grund, weshalb ich niemals Kinder will.“, überlegte Sanny und suchte nach etwas essbarem in einem Korb. Kate verschränkte die Arme.

„Ich will wirklich nichts essen. Meinetwegen gehe ich schlafen, aber lieber würde ich wach bleiben, bis die Anderen wieder da sind, oder wenigstens bis Mai aufwacht.“, versuchte sie zu verhandeln.

„Du hast schon letzte Nacht kaum geschlafen und bis eines von Beidem passiert, kann es noch Stunden dauern, also bitte, tu mir den Gefallen und leg dich schlafen. Egal wo, Hauptsache schlafen.“, wiederholte Sanny deutlich. Sie hatte etwas zu laut gesprochen und so wachte Jeremie auf.

„Ok.“, gab Kate sich geschlagen und stand auf.

„Wohin gehst du denn, wenn ich fragen darf? In spätestens einer Stunde werde ich es überprüfen und solltest du noch wach sein, dann habe ich die hier.“ Sanny hob das Täschchen mit den Beeren hoch, von denen man sofort einschlief.

„Nach draußen.“, antwortete Kate knapp.

„Worum geht‘s hier eigentlich?“, fragte Jeremie, der nur schweigend versucht hatte ihr Gespräch zu verfolgen.

„Kate ist mindestens genau so unvernünftig wie Mai. Sie hat seit mehr als zwei Tagen nicht geschlafen und jetzt fällt ihr kein besserer Ort ein, als draußen.", beschwerte Sanny sich.

„Du hast gesagt, egal wo.", verteidigte Kate sich.

„Ok, ganz ruhig, Mädels.", griff Jeremie ein. „Wir sind alle etwas angespannt. Wie wäre es, wenn ich auch hinausgehe. Dann bist du mich los." Er deutete auf Sanny.

„Und ich achte darauf, dass Kate schläft. Einverstanden, kleine Heilerin?", fragte er. Sanny nickte.

„Mein Name ist Sanny.", knurrte sie noch, als Jeremie bereits das Zelt verließ.

„Wie auch immer.", meinte er knapp und Kate folgte ihm. Ihr war nicht wohl bei dem Gedanken und für einen Moment überlegte sie sogar, ob es nicht doch besser wäre bei Lee und Claire zu schlafen. Dieser Wunsch verflüchtigte sich allerdings, sobald sie den Reißverschluss des Zeltes öffnete. Lee hatte sich quer über drei Betten ausgebreitet und Claire lag am Rand, wobei sie sich so klein zu machen schien, wie möglich. Es sah furchtbar unbequem aus und so schnappte sich Kate nur ihre dünne Decke.

Jeremie hatte sich bereits vor Mais Zelt gesetzt. Er hatte seinen Mantel unter sich ausgebreitet.

„So und was jetzt?", fragte er an Kate gewandt.

„Ich werde jetzt schlafen.", sagte sie nicht ganz sicher, was er meinte.

„Ach wirklich und wo?"

„Auf dem Boden.", gab sie knapp zurück und setzte sich in den Schnee. Jeremie zog die Augenbrauen hoch.

„Ich habe vermutet, du sagst das nur, um deine Heilerfreundin ruhig zu stimmen. Keine Angst zu erfrieren? Ich glaube, ich käme hier nicht lebend raus, wenn das passieren sollte. Immerhin musste ich Less versprechen, dass dir nichts passiert."

Jetzt war es an Kate die Augenbrauen hochzuziehen.

Jeremie schien für einen Moment zu überlegen.

„Halt ich nehme alles zurück. Hatte es fast vergessen. Eiswandlerin, hab ich recht?“ Kate nickte nur.

„Schon seltsam, findest du nicht. Ich meine jemand wie du, kann sich recht ordentlich selbst verteidigen. Ich glaube, ihr könnt das alle recht gut und trotzdem schien er sich nur um dich zu sorgen.“, überlegte er.

„Liegt wohl daran, dass ich meine Fähigkeit erst noch erlernen muss. Außerdem habe ich ein Talent dafür mich in Gefahr zu bringen.“, sagte Kate so gleichgültig wie möglich und legte sich hin.

„Ich würde eher sagen, er mag dich.“, flüsterte Jeremie mehr zu sich selbst.

Nichts als Asche

„Warten sie einen Moment hier. Ich sehe nach, ob unsere Heilerin wach ist.“ Dumpfe Schritte überquerten den Platz und ein Rascheln erklang. Kate schlang die Decke enger um ihre Schultern und lauschte den Geräuschen, ohne die Augen zu öffnen.

Erneut erklang dieses Rascheln und wieder überquerten Schritte den Platz. Dieses Mal waren es mehr als zuvor.

„Sie hatte sich in der Nähe versteckt. Bis auf ein paar Kratzer scheint sie aber ok zu sein.“, flüsterte jemand.

„Wie heißen sie?“, fragte eine zweite Stimme.

„Molly.“, die Stimme der dritten Person klang alt und zittrig. Kate hatte sie noch nie gehört.

„Ok, Molly. Ich bin Sanny. Kommen sie mit, dann sehe ich mir ihre Verletzungen an und gebe ihnen etwas zum Essen.“, sagte Sanny ruhig.

„Mir geht es gut mein Kind. Ich bin nur eine alte Frau, die nichts lieber möchte, als in das Dorf zurückzukehren, wo meine Tochter mit ihrem Mann wohnt.“, gab Molly zurück.

„Aber sicher doch.“, beruhigte Sanny sie.

„Sobald wir können, werden wir sie in das Dorf bringen.“, sagte Alessio und die fremde Frau gluckste vergnügt. Ein weiteres Rascheln erklang.

„Wo habt ihr die denn aufgetan?“, fragte Jeremie.

„Das Dorf wurde überfallen und sie lief alleine durch die Trümmer. Die meisten Bewohner sind offenbar geflohen. Sie hatte sich im Wald versteckt.“, erklärte Alessio ihm.

„Oh.“, machte Jeremie.

„Ist hier irgendetwas spannendes passiert?“, wollte Alessio wissen.

„Eure Heilerin ist ein wenig reizbar zurzeit, würde ich sagen. Deine beiden Wachen haben nicht aufgepasst, was ich mache, dafür haben sie geschlafen und deine kleine Eisfreundin hat sich so lange um Mai gekümmert, bis wir sie gezwungen haben im Schnee zu schlafen." Kate hörte, dass Jeremie grinste während er sprach. Ein weiteres Rascheln verhinderte, dass Alessio antworten konnte.

„Zeigt ihr Molly, wo sie schlafen kann?"

„Sicher, im Zelt wird wohl noch ein Platz sein.", erwiderte Alessio.

„Jetzt wo du wieder da bist, kann ich mich doch sicher auch noch für ein paar Stunden aufs Ohr legen, oder?", gähnte Jeremie. Schritte ertönten und dann wurde es ruhig. Selbst der Wind blieb still und Kate überlegte bereits, ob sie einfach aufstehen sollte, immerhin würde sie so oder so eine Weile brauchen, bis sie erneut schlafen gehen konnte. Viel lieber wollte sie erfahren, was genau passiert war und was es mit der Fremden auf sich hatte.

Erneut lauschte sie, doch es waren keine Schritte zu hören.

„Ich weiß, dass du wach bist.", durchbrach Alessios Stimme die Stille. Er sprach leise und scheinbar stand er direkt neben Kate. Sie rührte sich nicht und blieb mit klopfendem Herzen liegen.

„Wenn du schläfst atmest du immer gleichmäßig. Jetzt hältst du viel zu oft die Luft an. Das ist der Nachteil einer Decke, die kaum dicker ist, als ein Tuch.", freute er sich und setzte sich in den Schnee neben sie. Kate öffnete die Augen und drehte den Kopf in seine Richtung. Er sah sie nicht an.

„Ich habe keine Ahnung, wie spät es ist, aber Abends ist längst vorbei.", sagte sie vorwurfsvoll. Alessio wandte sich ihr zu und lächelte.

„Ich hab doch gewusst, dass du wach bist."

„Warum seid ihr erst jetzt zurück?“, fragte Kate und sein Lächeln bekam eine Spur von Traurigkeit. „Du meintest vorhin, das Dorf wäre überfallen worden. Was bedeutet das?“

„Es sah ganz so aus, als hätte Tarsis eine seiner Truppen geschickt, um ein bisschen Angst zu verbreiten. Das kommt in diesem Teil des Waldes öfter vor. Seine Männer haben das ganze Dorf niedergebrannt.“, erklärte er.

„Tarsis ist der König, der den Krieg beginnen will?“, fragte sie und versuchte sich daran zu erinnern, was sie über ihn in ihren ersten und einzigen zwei Unterrichtsstunden gehört hatte. Alessio nickte.

„Kann man so sagen. Sein Land liegt auf der anderen Seite des Waldes und meistens hat er seine Finger im Spiel, wenn etwas schreckliches passiert.“

„Was ist mit der Medizin?“ Sie konnte sich nicht vorstellen, dass in einem verbrannten Dorf etwas zu finden war.

„Ich hoffe, dass wir Morgen weiterziehen können. Das nächste Dorf ist größer und nicht viel weiter entfernt. Wenn wir schnell sind und es keine weiteren Schwierigkeiten gibt, dann kommen wir in fünf Tagen dort an.“, sagte Alessio.

„Fünf Tage? Das ist ziemlich lang.“, stellte Kate fest und erinnerte sich daran, wie schlecht Eddy bei ihrem letzten Besuch ausgesehen hatte. Hoffentlich schafften sie es.

„Eine andere Möglichkeit haben wir nicht.“ Alessio klang ebenso besorgt, wie Kate sich fühlte und sie war froh, dass er nicht wusste, wie schlecht es wirklich um seinen Freund stand.

Das Rascheln, welches sie vorhin öfter gehört hatte erklang und als sie sich setzte, sah sie Sanny aus dem Zelt kommen. Sie stemmte die Arme in die Seite und wollte etwas sagen, doch Kate war schneller.

„Er ist schuld, er hat mich wach gemacht. Sei nicht böse, Mami.“, sagte sie unschuldig, während sie auf Alessio deutete, der nicht ganz begriff, worum es ging. Sanny wandte sich ihm zu.

„Weißt du eigentlich, wie lange ich gebraucht habe, sie ins Bett zu kriegen?“ Sanny blieb vollkommen ernst, während Alessio sie nur verwirrt anstarrte. Kate versuchte sich ein Lachen zu verkneifen und legte sich rasch wieder hin.

„Ich habe keine Ahnung.“, gab er zu und fragte sich offenbar, ob sie einen Scherz mit ihm machte.

„Wenn ich noch einen Mucks höre, dann sehe ich mich gezwungen dir ebenfalls mit Schlafmitteln zu drohen.“ Damit drehte sie sich um und ging zum Zelt zurück.

„Schlaf gut, Mami.“, rief Kate ihr leise nach und fing an zu kichern. Sanny warf ihr einen bösen Blick zu, bevor sie zwischen den Decken verschwand.

„Was sollte das denn? Hat sie dir wirklich gedroht?“, wisperte Alessio, damit Sanny ihn auf keinen Fall hörte und Kate erzählte ihm flüsternd was passiert war.

„Jeremie hat recht, sie ist sehr reizbar. Das bin ich gar nicht von ihr gewohnt.“, meinte er, legte sich neben sie in den kalten Schnee und nahm ihre Hand.

„So lange sie mir nicht auch noch vorschreibt, was ich anziehen soll...“, überlegte Kate.

„Sicher nicht, aber mit dem Schlafen muss ich ihr recht geben. Es ist verdammt spät.“

Der Geruch von Essen stieg Kate in die Nase und als sie sich verschlafen hinkniete, sah sie Jeremie. Er hatte nicht nur ein Feuer gemacht, sondern offenbar auch gekocht. Kate sah sich um. Sonst schien keiner wach zu sein.

„Morgen.“, sagte Jeremie fröhlich.

„Hey.“, machte Kate nur und streckte sich. Alessio wachte

davon auf, dass sie seine Hand los ließ. Sie fragte sich, wie er das immer wieder schaffte.

„Sieht so aus, als würde dir die Kälte seit neustem nichts mehr ausmachen.“, stellte Jeremie mit einem vielsagenden Blick auf Alessio fest.

„Nicht, wenn Kate dabei ist.“, gab er zurück und legte von hinten die Arme um ihre Schultern. Kate sah leicht verlegen zu Boden.

„Verstehe.“, brummte Jeremie und kümmerte sich weiter um das Essen, als hätte er ihren Blick nicht bemerkt.

Ein Geräusch aus den Zelten brachte sie dazu Alessios Arme wegzuschieben, gerade rechtzeitig, bevor Claire den Kopf aus dem Zelt steckte. Jeremie zog die Augenbrauen hoch, sagte aber nichts. Eilig stand Kate auf und lief an Claire vorbei, die sie ignorierte.

Sanny war gerade dabei einen neuen Verband um Mais Bein zu wickeln, als Kate in das kleine Zelt eintrat. Es überraschte sie zu sehen, dass Mai wach war. Ein Lächeln huschte über ihr Gesicht und sie flüsterte etwas unverständliches. Kate war sich sicher ihren Namen herausgehört zu haben. Bevor sie etwas erwidern konnte, schloss Mai die Augen wieder.

„Wann ist sie wachgeworden?“, wollte Kate von Sanny wissen.

„Vor ein paar Minuten, aber ich habe ihr etwas gegeben, damit sie wieder einschläft.“, sagte Sanny leise.

„Wieso?“ Kate hockte sich neben sie und strich Mai vorsichtig ein paar Haare aus der Stirn.

„Es sieht ganz so aus, als müssten wir noch einen weiteren Tag hierbleiben.“, erklärte Sanny und legte die Decke wieder über Mai.

„Es gefällt mir gar nicht, wenn ich daran denke, wie es Eddy geht. Er wird immer schwächer und wenn er nicht bald die richtige Medizin bekommt, dann sammelt sich Wasser in seiner Lunge an, bis er daran erstickt.“ Sanny brach ab. Kate legte einen Arm um sie.

„Kann man nichts dagegen tun?“, fragte sie vorsichtig.

„Ich kann es nur verzögern, aber ich kann nicht sagen, ob es wirklich hilft. Du hast ihn selbst gesehen. Er sieht nicht gut aus.“ Sanny schluckte schwer.

„Ich werde noch mal zu ihm gehen. Mai braucht sowieso Ruhe.“, damit gab sie Kate zu verstehen, dass sie ebenfalls hinausgehen sollte. Mit schlechtem Gewissen sah sie Sanny zu, wie sie allein zu Eddy hinaufstieg und verschwand.

Die Stimmung am Feuer war ausgelassen und der Grund dafür war eine alte Frau. Sie war ein Stück kleiner als Kate und ging leicht gebückt. Vergnügt lief sie herum und erzählte irgendeine Geschichte. Es musste Molly sein, die Frau, die Alessio in dem Dorf gefunden hatte. Als sie Kate bemerkte lief sie fröhlich auf sie zu.

„Da ist ja noch jemand.“, rief sie und breitete die Arme aus. „Lass dich ansehen Kindchen. Hübsch bist du.“, sagte sie, was Kate angesichts der Tatsache, dass sie es nicht mal geschafft hatte sich zu bürsten, bezweifelte. Überschwänglich umarmte Molly sie und Kate konnte nicht anders, als zu Lächeln. Das Verhalten dieser fremden Frau erinnerte sie ein wenig, an die Kinder im Waisenhaus. Warmherzig und ehrlich.

„Kate hat eine neue Freundin.“, spottete Claire.

„Du bist nur neidisch, weil sie dich nicht hübsch genannt hat.“, neckte Lee sie.

„Ich bin froh, dass sie es nicht getan hat. Wenn sie das da hübsch nennt.“, meinte sie.

„Jetzt geht das wieder los.“, murmelte Kate und zu ihrem Pech hörte Claire es.

„Was willst du damit sagen?“, fuhr sie Kate an. Molly

verstand nicht ganz was los war. Sie lächelte nur unsicher und ließ ihren Blick von Kate zu Claire wandern.

„Nichts.“, versuchte Kate es, doch Lee war wie zu erwarten dazu aufgelegt Claire zu ärgern.

„Sie wollte nur sagen, dass du immer rum zickst.“, grinste er.

„Ach wollte sie das? Ist sie zu feige, um es mir persönlich zu sagen?“, keifte sie ihn an. Kate hatte keine Lust zu streiten. Sie hatten auch so genug Probleme. Seufzend setzte sie sich neben Jeremie und nahm sich etwas zu essen.

„Du bist so ein Idiot.“, fauchte Claire gerade. „Kate, sag ihm er soll verdammt noch mal ruhig sein, sonst schlitze ich ihn auf.“

Jetzt war sie plötzlich wieder die Gute. Kate schüttelte verständnislos den Kopf, was Claire in ihrer Wut nicht bemerkte.

„Ist sie immer so?“, fragte Jeremie interessiert.

„Meistens.“, gab Kate zurück.

„Schlitz mich doch auf. Würde zu gerne sehen, wie du es versuchst.“, provozierte Lee sie weiter.

„Ich hatte schon befürchtet, Ilona hätte sie wirklich mit diesem Fluch angesteckt.“, flüsterte er, so dass Claire es nicht hörte.

„Das hat sie auch.“, erwiderte Alessio.

„Dich würde keiner vermissen.“, sagte Claire etwas ruhiger als zuvor.

„Und bei dir würde man ein Freudenfest veranstalten.“, freute Lee sich.

„Faszinierend. Wie kann sie so ausflippen, sich aber gleichzeitig unter Kontrolle halten?“, wollte Jeremie wissen. Kate zuckte mit den Schultern.

„Ilona war schrecklich. Wegen jeder Kleinigkeit, ist es bei

ihr ausgebrochen. Ich musste einige Male eingreifen und verhindern, dass sie jemanden umbringt.“, stellte er bitter fest.

„Das liegt sicher daran, dass Claire schon immer böses Blut hatte.“, überlegte Lee laut.

„Kate.“, quengelte sie erneut. „Sag endlich was.“

„Ja, sag was.“, rief Lee begeistert. Kate die den Mund voller Essen hatte, nahm ihr restliches Stück Brot und warf es ihm an den Kopf.

„Das muss reichen.“, sagte sie, nachdem sie den Bissen heruntergeschluckt hatte. Lee sah sie gespielt beleidigt an und setzte sich wieder hin.

„Na endlich.“, stöhnte Claire.

„Ok und warum macht er was du sagst?“, fragte Jeremie jetzt.

„Er hat Angst vor ihr, weil sie ihm mal gedroht hat, ihm seine blöden Kommentare ins Gesicht zu brennen.“, zitierte Claire.

„Das finde ich gut.“, lachte Jeremie und reichte jedem einen Teller.

„Sag nicht, du willst noch mehr essen.“, wollte er wissen, als Kate eine zweite Portion nahm.

„Sicher nicht, aber Sanny ist auch noch da.“, erklärte sie und machte sich daran Sanny das Essen zu bringen.

Zu ihrer Erleichterung stellte sie fest, dass Eddy heute besser aussah und Sanny lachte sogar gerade, als Kate herein kam.

„Oh, ich brauche heute nicht kochen?“ Sie grinste. Kate erwiderte das Lächeln.

„Wenn es dieser Jeremie gekocht hat, solltest du das nicht essen. Es könnte vergiftet sein.“, meinte Eddy besorgt.

„Ach hör schon auf, das würde keinen Sinn machen. Außerdem, glaubst du nicht, dass ich es erkennen würde, wenn er Gift hineingemischt hätte?“, werte Sanny ihn ab. Während sie aß, redete keiner.

„Ich werde heute hier oben bleiben. Kommst du alleine mit Mai klar? Falls etwas sein sollte, sag einfach Bescheid“, sagte Sanny.

„Ich halte das für keine gute Idee.“, gab Kate zu.

„Es macht kaum einen Unterschied, ob ich dreimal am Tag ein und ausgehe oder ob ich direkt hier bleibe.“, antwortete Sanny mit einem Schulterzucken. Kate glaubte es ihr nicht, aber sie wusste auch, dass es wenig Sinn machte auf sie einzureden. Sanny würde ja doch machen, was sie wollte.

„Wir gehen erst morgen weiter?“, hörte sie Eddy noch fragen, während sie bereits das Zelt verließ.

Wie von alleine ging sie zuerst zum Wasser um sich zu waschen. Sie beobachtete die nassen Tropfen auf ihrer Haut, dabei wie sie sich scheinbar auflösten. In Wirklichkeit jedoch wurden sie nur zu Wasserdampf.

„Langweilig.“, stöhnte Claire gerade, als Kate zurückkam, dann lachte sie. „Das passte irgendwie.“, freute sie sich, als sie Kate bemerkte.

„Dann tu doch irgendwas, statt uns zu nerven.“, sagte Alessio und ignorierte dabei ihren letzten Satz.

„Soll ich zum hundertsten Mal mit diesen Idioten Karten spielen?“, fragte sie und deutete auf Ted und Chris, aber auch sie ignorierten ihre Feindseligkeit und Claire hatte keine Chance weiter auf ihnen herumzuhacken. Kate bekam mit, wie sie zu Lee sah, doch der schlief.

„Erkunde die Umgebung.“, schlug Jeremie vor.

„Das ist eine gute Idee.“, sprach sie voller Begeisterung. „Komm schon Alessio, wir sehen uns ein bisschen um. Das wird lustig.“

„Ich will nicht. Nimm jemand anderen mit.“, sagte er ohne zu zögern.

„Kate?“, fragte sie weiter und bekam zur Antwort ein Kopfschütteln.

„Ich muss Sanny helfen.“

Claire ließ ihren Blick über Chris und Ted schweifen. Sie schüttelte eilig den Kopf und schubste dann ohne Vorwarnung den schlafenden Lee von seinem Platz.

„Komm mit, wir erforschen die Gegend.“, forderte sie ihn auf. Als wäre er schon seit Stunden wach sprang Lee mit einem Grinsen auf.

„Kann losgehen. Wer kommt alles mit?“

„Du.“, antwortete Claire knapp, doch auch das brachte ihn nicht von seinem Enthusiasmus ab.

„Mögen die sich jetzt oder nicht?“, fragte Jeremie, sobald Claire und Lee nicht mehr zu sehen waren.

„Das wissen die selber nicht.“, teilte Alessio ihm mit.

Kate hatte das Gefühl, einfach nicht still sitzen zu können. Sie stand wieder auf und überlegte, was sie tun konnte. Jeremie sprang auf und stellte sich ihr in den Weg.

„Kann ich mitkommen?“, fragte er und Kate fragte sich wie er wissen konnte, wo sie hingehen wollte, wenn sie es selbst noch nicht wusste.

„Was?“, stellte sie daher die Gegenfrage.

„Du gehst doch zu Mai, oder?“

„Ähm, sicher. Du kannst mitkommen, auch wenn ich nicht weiß, was dort interessanter sein soll, als hier herum zu sitzen.“, sagte sie nachdenklich.

„Ich komme auch mit.“, klinkte Alessio sich ein.

„Musst du nicht erst um Erlaubnis fragen?“, lachte Jeremie.

„Sie ist meine Schwester.“, sagte Alessio ruhig.

„Aha, Sonderrecht also.“, stellte Jeremie fest.

Kate ging Kopf schüttelnd an den Beiden vorbei ins Zelt.

Sie legte die Decke zur Seite und öffnete den Verband. Sie

hatte Sanny etliche Male dabei zugesehen und so war es, als hätte sie es selbst schon unzählige Male gemacht. Ohne Mühe wickelte sie den Verband ab und rollte ihn gleichzeitig auf. Jeremie kam zuerst herein und setzte sich auf seinen üblichen Platz. Alessio der ihm gefolgt war, kniete sich neben Kate auf den Boden.

„Das sieht schlimmer aus, als ich gedacht hatte.“, sagte er und betrachtete die Schnitte auf Mais Haut. Mittlerweile waren sie fast alle komplett geschlossen und die wenigen, die noch Vertiefungen bildeten, hatten seit gestern Abend nicht mehr geblutet. Kate hatte ganz vergessen, dass Alessio nur einmal kurz nach seiner Schwester gesehen hatte. Er war ja fast die ganze Zeit nicht da gewesen.

„Eigentlich ist es schon richtig gut verheilt.“, meinte Kate und zog Sannys Tasche zu sich. Sie war vollgestopft mit Fläschchen, kleineren Beuteln, Ästen und Blättern, aber auch ein paar persönliche Dinge waren offenbar darunter gemischt. Ein kleines Notizbuch, ein paar Münzen und eine verschlossene Kiste. Kate sah es beiläufig, während sie nach der passenden Salbe suchte, welche in die offenen Wunden kam. Sie wusch zuerst gründlich die Stellen ab, bevor sie die Paste auftrug, die sie immer ein wenig an Klebstoff erinnerte.

Kate steckte die Tube dahin zurück, wo sie diese gefunden hatte und verteilte die betäubende Heilcreme auf den restlichen Verletzungen. Sobald sie damit fertig war wischte sie sich die Überbleibsel der Salbe, von den Fingern und machte sich daran Mais Bein wieder in das Verbandstuch einzuwickeln. Es sah nicht so perfekt aus, wie das von Sanny, aber jemand der nur ihren Versuch gesehen hätte, würde nichts auszusetzen finden. Kein Wunder, im Thema Verbände und kleinere Verletzungen hatte sie im Waisenhaus reichlich Übung bekommen. Die Leiterin hatte sich um so etwas nicht geschert. Selbst damals,

als eins der Kinder sich das Bein gebrochen hatte, hielt sie es nicht für nötig einen Arzt einzuschalten.

Kate war wohl die Einzige, die jemals das Krankenhaus betreten hatte und das auch nur, weil es keine andere Möglichkeit gegeben hatte.

Bevor sie Mai wieder zudeckte, wärmte sie noch das einem Heizkissen ähnliche Ding auf.

Ein letztes Mal warf sie einen Blick in Sannys Tasche und griff nach der Flasche, in der wie sie wusste die Medizin war. Nun, das hatte sie wirklich schon oft gemacht, in den letzten Stunden. Immer dann wenn Sanny geschlafen hatte. Noch immer sollte Mai regelmäßig etwas davon trinken, wenn auch nur noch alle zwei Stunden.

„Wie merkst du dir das alles?", fragte Jeremie, als Kate nach einer weiteren Tasche griff. Sie zog eine Hand voll dunklem Pulver daraus hervor und streute es über die Decke. Angeblich hatte es irgendwelche heilenden Effekte, doch Kate glaubte nicht daran. Sie benutzte es Sanny zu liebe und weil sie den süßlichen Geruch mochte. Während Kate noch überlegte, was sie auf Jeremies Frage antworten sollte, redete der auch schon weiter.

„Sag mal, Less, bist du dir sicher, dass sie mit ihrer Fähigkeit nicht mogelt. Wenn du mich fragst, dann ist sie eine Heilerin, die sich für eine Eiswandlerin ausgibt.", sagte er schmunzelnd.

„Ach was, hast du schon mal eine Heilerin gesehen, die so aussieht?", fragte Alessio ernst.

„Wenn ich ehrlich bin, dann nicht. Nein, sie ist zu groß, hat zu dunkle Haare und normalerweise sind Heiler nicht attraktiv.", gab Jeremie zu, während er Kate musterte. Sie war aufgestanden, um sich die Überreste des Pulverstaubes an der Hose abzuklopfen.

„Hallo, ich bin anwesend.“, beschwerte sie sich und verschränkte die Arme, während Alessio sich vergebens bemühte, nicht über Jeremies ernstes Gesicht zu lachen.

„Ja, ich kann dich sehen. Wieso, möchtest du auch etwas dazu sagen?“, fragte der weiter, als würden sie über irgendetwas verhandeln.

„Nein, lieber nicht.“, meinte Kate. Alessio hatte aufgehört zu Lachen und tat jetzt so, als sei nichts gewesen.

„Na schön, dann hab ich eine Idee, was wir jetzt machen. Ich lege mich schlafen und du entschuldigst dich bei ihr, dass du über sie gelacht hast.“, meinte Jeremie zu Alessio und gähnte laut.

„Wer von uns war denn bitte respektlos?“, fragte Alessio.

„Ich hab die Erlaubnis, weil ich der Bösewicht bin, aber du bist der Nette. Außerdem hast du angefangen.“, stellte Jeremie fest, lehnte sich nach hinten und schloss die Augen.

„Zu freundlich.“ Alessio wandte sich von ihm ab und drehte sich zu Kate.

„Bist du wirklich beleidigt?“, fragte er zögernd.

„So ein quatsch.“, sagte sie und setzte sich zu ihm. Sie lehnte ihren Kopf an einen der Holzscheite, die das Zeltgerüst darstellten.

„Ich habe dich vermisst.“, flüsterte er.

„Ich war doch gar nicht weg.“, sagte Kate und überlegte schon, ob sie wieder irgendwas getan hatte.

„Du nicht, aber ich und seitdem haben wir uns kaum gesehen.“, meinte er und strich mit den Fingern durch ihre Haare.

„Ich habe die ganze Zeit daran gedacht, dass ich zurück gehen müsste, um mein Versprechen einzuhalten.“, fing er wieder an.

„Ja, ich weiß schon. Auf mich aufpassen.“, lachte Kate leise.

„Ich muss zugeben, dass Jeremie es besser gemacht hat, als ich erwartet habe. Ich meine, er hat zwar den ganzen Tag über geschlafen, aber ich lebe noch.“

Später holte sie ein Geräusch aus der Stille zurück.

„Wo sind denn alle hin?“, hörte sie Claires Stimme über den kleinen Platz schallen. Ihr Blut schien zu gefrieren und sie setzte sich kerzengerade hin. Wie spät musste es sein, wenn Lee und Claire zurück waren.

„Ich vermute mal sie sind schlafen gegangen, so ruhig wie es hier ist.“, sagte Lee sehnsüchtig.

„Was für Langweiler.“, spottete Claire. „Kann mir einer von euch Zweien sagen, wo Alessio ist?“, fragte sie jetzt. Kates Herz fing unerklärlicher Weise an zu pochen. Hastig stand sie auf. Sie hatte erwartet, dass Alessio wach werden würde, obwohl sie ihn nicht mal berührt hatte und so war sie darauf vorbereitet.

„Ich sehe nur schnell nach Mai.“, flüsterte sie ihm zu. Er nickte kurz zum Zeichen, dass er sie verstanden hatte und schlief dann weiter. Kate kniete sich neben ihre Freundin und band sich die Haare zusammen.

„Bei seiner Schwester denke ich. Bis auf Molly und Sanny, sind sie alle dort.“, sagte Chris.

Kate gab Mai ihre Medizin in dem Moment, als sich zögernd die Decke am Eingang zur Seite schob.

„Hey, Kate. Ich hab mich gefragt, ob ich rein kommen kann?“, erklärte Claire und ließ den Blick durch das viel zu enge Zelt wandern.

„Besser ich komme raus. Mai braucht Ruhe.“, erwiderte Kate freundlich und war sogar bereit Zeit mit ihr und Lee zu verbringen, wenn sie dafür verhindern konnte, dass Claire irgendwen weckte.

Diese nickte etwas enttäuscht, zog sich aber zurück. Mit einem leisen seufzen, pustete Kate die Kerzen aus, die das Zelt selbst bei Tag beleuchteten und trat hinaus. Hier war es hell und das trotz der Abenddämmerung, die gerade einsetzte.

Lee saß gelangweilt am Feuer und spielte mit seinem Messer herum, während Ted ihm dabei immer wieder misstrauische Blicke zuwarf.

„Habt ihr irgendwas spannendes gefunden?“, fragte Kate Claire, nachdem sie sich gesetzt hatten.

„Fünf Leichen, drei Schatztruhen und eine fliegende Seeschlange.“, äußerte Lee und wischte mit seinem Ärmel über die silbern glänzende Klinge seiner Waffe. Claire verdrehte die Augen.

„Nur einen Schild, vermutlich von der gleichen Truppe, die das Dorf angegriffen hat.“, meinte sie verschwörerisch. Kate schauderte. Jetzt hatte sie gerade geglaubt, sie müsse sich nicht mehr wegen Jeremie sorgen, da tauchten neue Feinde auf oder waren es doch Alte?

Jill hatte es prophezeit. Tarsis wollte die Macht übernehmen und wer weiß, vielleicht war er bereits auf dem Vormarsch und suchte ebenfalls nach dem Drachenherz. Sie konnte nur hoffen, dass seine Truppen sie nicht fanden. Gegen ein Dutzend Soldaten konnten sie vermutlich, selbst mit der Hilfe von Jeremie, nichts ausrichten. Kate war sich nicht einmal sicher, dass es wenig Männer waren, immerhin hatten sie ein ganzes Dorf niedergebrannt.

„Hey, hey, eigentlich habe ich dir auch so geglaubt, dass du eine Eismagierin bist, aber das beweist es natürlich.“, rief Jeremie, als er aus dem Zelt trat. Kate hatte gerade damit begonnen ihre Wasserflaschen aufzufüllen. Sie hatte mittlerweile reichlich Übung darin und brauchte nicht länger, als wenige Sekunden, pro Flasche.

Sie grinste und er setzte sich zu ihr ans Feuer. Er war scheinbar ebenso ein Frühaufsteher wie Mai, oder gerade deshalb, weil sie so gut wie jeden Morgen noch vor dem Sonnenaufgang begann.

„Morgen.“, unterbrach eine verschlafene Stimme sie.

„Oh, hey Sanny! Wie geht‘s dir?“, fragte Kate freudig, die sie seit dem gestrigen Morgen nicht mehr gesehen hatte.

„Super, ja gut, wirklich, fantastisch.“, sagte sie leicht durcheinander.

„Sag mal, seit wann ist es so hell und was hast du da an? Ist dir irgendwie warm, oder so?“, fragte sie monoton und unterdrückte ein gähnen. Kate sah an sich herunter. Sie sah aus wie immer und auch sonst schien sich nichts verändert zu haben, bis auf Sannys Wahrnehmung vielleicht.

„Sicher, dass alles ok ist?“, fragte jetzt auch Jeremie, der normalerweise kein besonderes Interesse Sanny gegenüber zeigte.

„Ja, ich hab nur seit sieben, drei? ich weiß nicht mehr... aber ich habe lange nicht geschlafen.“

Kate stand auf, ging zu Sanny hinüber und schob sie zu dem Wassergraben. An einigen Stellen war er leicht eingefroren, aber sonst hatte er sich nicht verändert.

„Du wäscht dich und dann gehst du ins Bett.“, befahl sie ihr und Sanny gehorchte widerstandslos. Als sie fertig war, packte Kate sie an den Schultern und führte sie in das Zelt, in dem Molly, Lee und Claire schliefen.

„Ich allein, umgeben von Frauen. Das muss ein Traum sein.“, gab Lee halb schlafend, halb wach von sich. Claire drehte sich auf die Seite und trat ihn heftig gegen das Bein. Er stöhnte schmerzhaft auf.

„Schon gut, ich bin wach und halte meine Klappe.“, willigte er ein.

Mit einem Kopfschütteln verließ Kate das Zelt, sobald Sanny sich unter einer Decke vergraben hatte. Alessio war wach und saß mit dem Rücken zu ihr am Feuer.

Kate beachtete ihn nicht und lief geradewegs zu dem anderen Zelt hinüber.

Sie entzündete gerade die Kerzen, als sie das Geräusch von Mais Stimme wahrnahm.

Hektisch kniete sie sich hin, nicht ganz sicher, wirklich ihren Namen gehört zu haben, doch Mai hatte ihre Augen geöffnet und sah sie an. Bevor Kate sie davon abhalten konnte, setzte Mai sich auf und umarmte Kate.

„Ich bin so froh dich zu sehen.“, brachte Mai hervor und auch Kate legte die Arme um ihre Freundin.

„Wie konntest du das nur tun, du hättest sterben können. Wäre ich nicht so froh, dass du wieder wach bist, dann wäre ich ziemlich wütend auf dich.“, sagte sie.

„Tut mir leid.“, flüsterte Mai kaum hörbar und sah schuldbewusst drein.

„Was ist überhaupt passiert? Wieso bin ich hier?“, fragte sie dann.

„Ich würde auch gerne wissen, was passiert ist.“, antwortete Kate. Doch Mai schien es nicht zu hören. Ihr Gesicht war angespannt und sie krallte ihre Finger in die Decke.

„Wieso ist er hier?“, zischte sie leise. Kate wusste von wem sie sprach und bekam ein schlechtes Gewissen. Sie war sich plötzlich nicht mehr sicher, dass es eine gute Entscheidung gewesen war Jeremie hier zu behalten.

„Er hat dich hergebracht.“, erklärte sie leise. „Ich dachte, du wolltest vielleicht mit ihm reden, außerdem wollte er nicht früher gehen." Mai schwieg und sagte erst wieder etwas, als sie das Wärmekissen bemerkte, welches auf ihrem Bett lag. Es war herunter gerutscht, als sie ihren Oberkörper aufgerichtete hatte.

„Was ist das für ein Ding.", wollte sie wissen und drehte es in den Händen. Ohne es selbst zu merken, drückte sie sich die Hand auf den Bauch.

„Ehrlich gesagt, weiß ich es auch nicht genau, aber du solltest dich wieder hinlegen.", meinte Kate und drückte sie an den Schultern zurück in die Kissen.

„Du hast vielleicht Recht. Irgendwie tut mir alles weh." Das erinnerte Kate daran, weshalb sie eigentlich hergekommen war. Sie griff nach Sannys Tasche und schwenkte sie leicht vor Mai hin und her.

„Gut, dass du mich daran erinnerst. Ich muss nach deinem Bein sehen.", erklärte sie Mai.

„Mein Bein?" Wieder richtete sie sich auf und schlug die Decke zurück. Vorsichtig betastete sie mit den Fingern den Verband.

„Oh, hübsch.", kommentierte sie die Wunden, als Kate die Salbe auftrug. Es war erneut faszinierend, wie schnell sie sich geschlossen hatten. Innerhalb weniger Tage waren die, Schlitzen ähnlich sehenden Verletzungen nichts weiter, als dunkle Streifen. Die wenigsten waren noch von Krusten umgeben und nur eine, besonders tiefe Stelle, hatte sich nicht ganz geschlossen.

Kate wickelte einen neuen Verband, während Mai sich langsam zurücksinken ließ. Kate vermutete, dass sie erst jetzt die Schmerzen spürte und sich daher behutsamer bewegte.

„Wärst du mir böse, wenn ich zuerst mit ihm reden würde, bevor ich dir die ganze Geschichte erzähle?", fragte Mai vorsichtig.

Kate seufzte leise und reichte ihr den kleinen Becher, der die

Medizin enthielt.

„Trink das.“, sagte sie, während sie Mai zudeckte.

„Ich habe nichts dagegen, wenn du versprichst, dich nicht aufzuregen und liegen zu bleiben.“

Mai verzog das Gesicht bei dem Geschmack des Trankes, der sie gesund machen sollte. Mit einem Nicken willigte sie in Kates Plan ein.

„Ich kann ihm Bescheid sagen, wenn du willst.“, bot sie ihr an, doch Mai schüttelte den Kopf.

„Ich will, dass du bleibst, bis er da ist.“, fing sie an.

„Jeremie?“, sagte sie nach einer kurzen Pause leise und Kate fragte sich, ob sie wirklich glaubte er könne sie hören.

„Ich weiß eh, dass du alles mithörst. Also, ich will mit dir reden.“ Ihre Stimme war kaum mehr als das Flüstern des Windes. Sanft, aber bestimmt.

Eine Bewegung in ihrem Augenwinkel, verriet Kate, dass er tatsächlich ins Zelt gekommen war. Zögernd stand er da und wartete.

„Und kann ich gehen?“ Kate sah Mai fragend an. Diese nickte leicht.

Kate stand auf und schob sich an Jeremie vorbei, nach draußen. Ganz wohl war ihr nicht dabei.

„Lass mich raten, unser Kätzchen ist wach geworden.“, rief Claire, Kate entgegen.

„Nenn sie nicht so.“, brummte Alessio, bevor er sich einen Löffel Suppe in den Mund schob.

„Ja, Kätzchen ist untertrieben. Immerhin ist sie gefährlicher als du.“, stimmte Lee schmatzend zu. Claire verzog angewidert das Gesicht.

„Du bist so ekelig, kannst du nicht wie jeder normale Mensch essen?“

„Woher willst du wissen, wie Menschen essen, schließlich

bist du selbst keiner.“, konterte Lee und stopfte sich weiter mit Essen voll. Kate setzte sich schweigend, um zu warten, bis die Beiden ihren Streit beendeten. Doch so weit kam es gar nicht erst. Claires nächster Satz ging darin unter, dass Alessio los hustete. Er hatte Kate einen kurzen Blick zugeworfen und sich dabei an der Suppe verschluckt. Eifrig klopfte Molly ihm auf den Rücken.

Claire sah ihn Stirn runzelnd an, während Lee laut lachte.

„Das kommt davon, wenn man zu gierig isst.“, meinte er und tat sich selbst eine zweite Portion auf.

Alessio starrte ihn böse an und vergaß darüber hinaus weiter zu essen.

Indessen war Jeremie zurückgekehrt. Er war in seinen dunklen, langen Mantel gehüllt und bewegte stumm die Lippen, während er auf sie zuschritt.

„Ich hasse es, wenn sie das machen.“, meinte Alessio, mehr zu sich selbst. Bei dem Geräusch von Jeremies Schritten, hatte er aufgesehen.

„Was machen?“, wollte Claire neugierig wissen.

„Mai und Jeremie unterhalten sich immer in einer Lautstärke, die nur sie verstehen.“, erklärte er, woraufhin Jeremie kurz grinste.

„Keine Sorge, du musst es nicht länger ertragen. Ich werde jetzt gehen.“, teilte er ihnen mit.

„Na endlich.“, sagte Claire unfreundlich.

„Bist du dir sicher?“, fragte Alessio, ohne auf sie zu achten und stand auf. Er klang enttäuscht. Jeremie nickte.

„Ich habe noch andere Dinge zu erledigen und außerdem hatten wir eine Abmachung, an die ich mich halten will.“, erinnerte er ihn.

„Wir werden uns nicht so bald wiedersehen.“, fügte er hinzu und klopfte Alessio auf die Schulter. „Danke für alles.“ Er hob die Hand zum Abschied, nickte Kate kurz zu und verschwand dann lautlos zwischen den Bäumen.

„Wir werden uns nicht so bald wiedersehen.“, äffte Claire ihn nach. „Der tut ja gerade so, als würden wir ihn vermissen.“

„Du hast ihn also wirklich fortgeschickt.“, stellte Kate fest. Mai sah sie nicht an. Ihr Blick war starr nach oben gerichtet.

„Ich hatte gar keine andere Wahl, außerdem will ich ihn nicht unbedingt hier haben. Es wird auch so schon schwer genug.“

„Was meinst du damit?“, fragte Kate.

„Manchmal ist er genau so dickköpfig wie ich und es war äußerst schwierig ihn davon zu überzeugen, dass es besser ist, wenn er geht und nie wieder hier herkommt. Ich bereue schon jetzt, dass ich seinen Kompromiss eingegangen bin.“

„Und ich hatte gedacht, du wolltest nur mit ihm reden und ihn davon überzeugen, niemanden umzubringen.“, sagte Kate trocken. Mai lachte bitter.

„Ja, das habe ich auch gemacht und er hat mir sogar sein Wort gegeben, uns nicht länger zu folgen.“

„Aber das ist doch gut, oder?“, versuchte Kate, die das Problem nicht sah, sie aufzuheitern.

„Das ist ganz und gar nicht gut! Ich musste ihm im Gegenzug auch etwas versprechen. Wenn wir wieder in Brion sind, wird er es wissen und dann möchte er mich besuchen kommen. Natürlich habe ich nicht viel nachgedacht. In dem Moment war mir nur wichtig, dass er fürs Erste verschwindet und niemandem mehr schaden kann. Ich habe einfach zugestimmt und darüber hinaus vergessen...“ Sie brach mitten im Satz ab.

„Du hast vergessen, dass es dich selbst verletzten wird, ihn öfter zu sehen.“, beendete Kate Mais Gedanken.

„Es ist zu kompliziert. Einerseits möchte ich ihn sogar wiedersehen, aber auf der anderen Seite weiß ich auch wie unvernünftig es wäre. Dann gibt es noch die Momente, in denen ich mir sicher bin, dass ich ihn zu Unrecht verurteile.“

„Unrecht?“, fragte Kate aufgebracht. „Ich dachte, er hätte dich geschlagen. Nur weil er einmal nett ist, heißt das noch lange nicht, dass er ein Recht dazu hat dich zu verletzen.“ Zu Kates Überraschung schüttelte Mai den Kopf.

„Nein, nein. So kann man das nicht sagen. Tatsächlich hat er mich nur dieses eine Mal geschlagen. Er war nie gewalttätig. Wir haben oft gestritten und ich weiß schon seit langem nicht mehr aus welchen Gründen, aber körperlich hat er mich nie verletzt. Manchmal habe ich es ganz deutlich in seinen Augen gesehen. Wenn er wütend war, war es so als würde er nicht selbst handeln. Bisher habe ich keine Erklärung für sein Verhalten gefunden.“ Kate sah sie eine Weile sprachlos an.

„Du willst also sagen, dass er besessen ist, wie von einem Zauber?“, zweifelte Kate.

„Ich weiß zwar nicht was ein Zauber ist, aber ja, dass will ich damit ungefähr sagen.“

„Mal im Ernst, wenn du versucht hättest mir das vor drei Tagen zu versichern, dann hätte ich dir kein Wort geglaubt. Ich bin mir auch jetzt noch nicht sicher, aber ich muss zugeben, dass er anders war, in der kurzen Zeit, die er hier verbracht hat.“

„In wie fern, anders?“, fragte Mai.

„Er hat niemanden bedroht, war eher ruhig und hat so getan, als würde er dazu gehören. Einmal hat er sogar für alle gekocht. Das ist schon ein bisschen unheimlich, wenn ich überlege, was ich vorher für ein Bild von ihm hatte. Je mehr ich darüber nachdenke, glaube ich, dass du recht haben könntest. Es ist fast so, als hätte er zwei Persönlichkeiten. Fragt sich nur, welche davon stärker ist.“ Nachdenklich betrachtete Kate die Zeltwand, so als stünde die richtige Antwort dort geschrieben. Sie konnte nicht leugnen, dass er nett gewesen war, doch ebenso konnte sie nicht die Angst verdrängen, die bei seinem Namen in ihr auftauchte. Dank ihm hatten sie mehr als einmal fliehen müssen. Er hatte ihr Lager verbrannt und nur durch seinen Angriff war Claire verletzt worden. Nein, eigentlich war das Ilonas Schuld, ebenso wie sie es ihr verdankten, dass Mai verletzt worden war.

„Kannst du dich an das erinnern, was passiert ist?“, fragte Kate, bei diesem Gedanken.

„An das Meiste schon.“, sagte Mai und versuchte sich aufrechter hinzusetzten. Kate reichte ihr ein dickeres Kissen.

„Danke. Es ist echt unbequem so flach und bewegungslos da zu liegen.“, meinte sie knapp und fuhr sich mit der Hand suchend über das Gesicht. Wahrscheinlich überprüfte sie, ob sie noch weitere Verletzungen hat, dachte Kate.

„Am Besten ich erzähle dir einfach die ganze Geschichte. Sonst komme ich nur selbst durcheinander.“, fing Mai an und drehte sich ein Stück auf die Seite, bevor sie weiter sprach.

„Ich habe mich auf den Weg zu dem Dorf gemacht indem, wie ich weiß, Jeremies Verwandte leben. Er hat uns erzählt, dass er sich zurzeit dort aufhalten würde und ich war mir sicher ihn da zu finden. Vor Wachen oder Ähnlichem hatte ich keine Angst. Der Plan, den ich mir überlegt hatte, würde sie ohne Zweifel von der Begegnung ausschließen. Zu meinem Glück hat Jeremie dieselbe Fähigkeit, daher wusste ich, dass er mich schon aus weiter Ferne bemerken würde. Jeremie ist alles andere als ein Feigling und so kam er wie ich es vermutet hatte, ohne einen Einzigen seiner Männer.

Er wusste, dass ich allein gekommen war und ich dachte,

auch er wäre allein. Leider haben weder er noch ich bemerkt, dass Ilona ihm gefolgt war. Sie hielt sich im Hintergrund. Sie hat so viel Zeit mit ihm verbracht, dass sie wusste wie sie unbemerkt bleiben kann.

Jeremie jedenfalls schien sich ehrlich zu freuen, mich zu sehen. Er war genau so wie damals, bevor er sich verändert hat. Ich habe ihm erklärt, weshalb ich gekommen war und anfangs glaubte ich, es würde ganz leicht werden. Er hatte für alles Verständnis und dann hab ich leichtsinnig von ihm verlangt, dass er versprechen sollte mir nie wieder zu begegnen. Ich hab ihm deutlich gemacht, dass ich ihn nie wieder sehen wollte. Er hat nur gemeint, er könnte es nicht versprechen und er müsse mich auf jeden Fall wiedersehen.

Leider kamen wir nicht weiter, weil in dem Augenblick Ilona auftauchte. Sie ist kein Freund von vielen Worten. Ohne Vorwarnung ist sie auf mich losgegangen. An alles kann ich mich nicht erinnern. Ich habe mich verwandelt, bevor sie mich berühren konnte. Das Problem war der Fluch. Je wütender sie ist, desto stärker ist sie auch. Was Jeremie getan hat, habe ich nicht mitbekommen. Blitzschnell hat Ilona mich auf den Rücken geworfen. Ich erinnere mich, dass sie mir die Kehle zugedrückt hat und sie hat nur losgelassen, weil ich sie im Gesicht erwischt habe.

Zu meinem Unglück, wurde sie noch wütender und hat mein Bein zerfetzt, als ich vor ihr davonlaufen wollte. Ich glaube, ich habe eine menge Blut und Kraft verloren. So viel Kraft, dass ich mich automatisch zurückverwandelt habe. Ich kann mich nur schemenhaft an die letzten Sekunden erinnern, bevor alles schwarz geworden ist.

Ich rechnete damit, zu sterben. Ich habe gedacht, jeden Moment ist es so weit. Jetzt tötet sie mich. Aber es ist anders gekommen. Das Nächste, an das ich mich erinnere ist, dass ich hier aufgewacht bin. Allerdings hat Sanny mir sofort irgendetwas gegeben, so dass ich wieder eingeschlafen bin. Ich weiß nicht mal, was sie da gesagt hat, aber du warst auch da, oder?“, schloss Mai.

„Das ist alles was du weißt?“, wollte Kate ein wenig enttäuscht wissen. Jeremie hatte nicht erzählt, was mit Ilona war und auch sonst hatten sie nichts aus ihm heraus bekommen.

Immerhin hatte Mai bestätigt, dass er tatsächlich unschuldig war.

„Ich sagte nur, dass ich mich an nichts weiter erinnern kann. Was passiert ist, kann ich dir trotzdem erzählen. Ich habe Jeremie danach gefragt.“, sagte sie mit triumphierendem Blick.

„Auch wenn es eine Weile gedauert hat, bis ich begriffen habe, dass sie dabei gestorben ist.“, fügte sie gedankenverloren hinzu.

„Was?“, machte Kate entsetzt, unsicher ob sie es richtig verstanden hatte. Sie konnte nicht anders, als Mai entsetzt anzusehen. Jeremie hatte nur erzählt, dass Ilona tot sei, aber bei Mai klang es noch ein wenig schlimmer.

„Er hat sie umgebracht?“, flüsterte sie fassungslos. Immerhin war sie seine Freundin gewesen.

„Nicht direkt. Es war ein Unfall. Jeremie ist irgendwann dazwischen gegangen. Das war kurz bevor ich mich zurückverwandelt habe. Es war ein leichtes für ihn. Immerhin hat er viel mehr Kraft, als eine von uns. Ich schätze, er wollte nur verhindern, dass sie mich aufschlitzt, als er sie zurückgezogen hat. Die Wucht, mit der er sie zur Seite gestoßen hat, war heftiger als geplant. Sie ist unglücklicher Weise mit dem Rücken gegen einen Baumstamm geprallt. Das hat ihr wohl das Kreuz gebrochen. Ihre Kräfte sind anders, wie meine. Ich verwandle mich komplett. Das kostet mehr Energie und Konzentration, aber es ist besser. Sie hat nichts als Kraft.

Ihr Körper ist genau genommen derselbe, völlig schutzlos. Wäre ich an ihrer Stelle gewesen, hätte ich nicht mehr als Kratzer davon getragen. Meine Knochen sind stärker, sie brechen nicht einfach so. Ich weiß, dass es grausam klingt, aber ich bin froh, dass sie gestorben ist." Den letzten Satz sagte sie ganz leise, doch Kate konnte ihr keine Vorwürfe machen. Sie selbst hatte Ilona gehasst. Vielleicht auf eine Andere Art, wie Mai, aber auch sie fühlte eine Erleichterung in ihrem Herzen, bei dem Gedanken, dass sie keine Angst mehr haben musste, dieses Mädchen wieder zu sehen.

„Ich bin nur froh, dich wieder wach zu sehen. So können wir vielleicht endlich weiterziehen.", sagte sie beiläufig. Mai sah sie fragend an, kam aber nicht dazu nachzuhaken.

„Hey Sanny.", rief sie stattdessen. Kate sah sich um und erblickte Sanny im Zelteingang. Sie wirkte ausgeschlafen und Kate vermutete, dass sie auch dafür irgendein Heilmittel wusste, schließlich konnte niemand in so kurzer Zeit so viel Schlaf nachholen.

„Ich habe erfahren, dass du wach bist und wollte nachsehen, wie es dir geht. Ich hoffe, ich störe nicht. Ist es ok, wenn wir einen Moment alleine reden? Kate könnte später wieder kommen.", meinte Sanny lächelnd und setzte sich neben Kate.

„Nur wenn du versprichst, mich nicht wieder einschlafen zu lassen und mir erzählst, was ich für interessante Verletzungen habe.", warf Mai ein. Kate stand auf, um hinauszugehen.

„Sicher.", hörte sie Sanny noch sagen, bevor sie ins Helle trat. Sie blinzelte kurz. Das schwache Kerzenlicht im Zelt, war anstrengend. Außerdem machte es müde, weil man vergaß, dass es Tag war.

„Was macht ihr da?", fragte Kate. Nacheinander flogen Kissen und Decken aus dem Zelt, die Claire und Molly eilig auffingen, bevor sie den Boden berührten, während Alessio umher ging und die restlichen Fackeln einsammelte.

„Sanny meinte wir könnten aufbrechen, aber das hast du ja nicht mitbekommen, weil du dich lieber mit meiner Schwester amüsiert hast, statt mitzuhelfen.“, antwortete er ungewöhnlich unfreundlich, ohne sie anzusehen. Es versetzte Kate einen Stich in die Brust und ihr Herzschlag setzte für den Bruchteil einer Sekunde aus. Hatte sie irgendetwas getan, das ihn verärgert haben könnte. Bisher hatte er noch nie so grob mit ihr geredet.

Sie sah ein kleines Lächeln über Claires Lippen huschen, was sie dazu brachte, sich wieder zu fangen. Sie schluckte schwer und wandte sich an Molly. Diese kämpfte gerade mit einer viel zu großen Decke.

Ohne Alessio weiter zu beachten, ging sie hinüber und nahm Molly die Arbeit ab. Sollte er doch wütend sein, dachte sie bitter. Sie hatte eben doch recht gehabt. Es war nie gut einem Menschen zu vertrauen.

Schweigend packten sie das Zelt und ihre anderen Habseligkeiten zusammen. So gut es ging versuchte Kate, Alessio zu ignorieren. Als sie seinem Blick doch einmal begegnete, funkelte sie ihn nur feindselig an und lief an ihm vorbei. Für einen kurzen Augenblick glaubte sie, etwas wie Unsicherheit in seinen Augen zu sehen, aber sie ignorierte es.

Sanny verkündete, dass sie aufbrechen konnten, noch bevor sie fertig waren. Sie hatte Mais Bein so verbunden, dass diese sogar damit laufen konnte. Leider schaffte es niemand sie davon abzuhalten Eddy in seinem Zelt zu besuchen. Als sie erfahren hatte, dass er die Grippe hatte, bestand sie darauf ihn zu sehen. Sie hatte einen riesigen Aufstand gemacht, bis Sanny ihr die Erlaubnis gegeben hatte.

„Der Stress ist fast gefährlicher für dich, als irgendeine Krankheit. Bleib nicht so lange dort.“, hatte sie irgendwann nachgegeben und so warteten sie nur noch darauf, dass Mai zurückkam.

Gerade wollte Kate den Vorschlag machen sie zu holen, doch diese Idee war überflüssig, da genau in dem Moment Mai vom Rücken des Drachen hüpfte. Als ihre Füße auf dem Boden landeten verzog sie das Gesicht. Mit einem leisen Fluch, packte sie sich an ihr Bein und warf Sanny einen raschen Blick zu.

„Sehr rücksichtsvoll. So heilt es sicherlich am schnellsten.“, sagte diese vorwurfsvoll und schüttelte den Kopf über Mais Verhalten.

„Vielleicht sollte ich doch nicht laufen.“, presste diese zwischen den Lippen hervor, die sie wegen dem stechenden Schmerz aufeinander presste.

„Ich kann dich tragen.“, bot Chris an und Sanny half Mai auf seinen Rücken zu klettern.

Der beißende Geruch von Rauch empfing sie schon von weitem. Kate fühlte sich schmerzhaft an die Nacht zurückerinnert, in der Feuer und Rauch sie gefangen hatten. Ganz von alleine wanderte ihre Hand zu ihrer längst geheilten Schulter und Wut loderte wie eine heiße Flamme durch ihre Adern. Sie schoss empor und erstreckte sich über ihre Arme, bis in jeden Winkel ihres Körpers. Das grinsende Gesicht von dem Feuerspucker Pablo tauchte vor ihrem geistigen Auge auf und schien sie zu verspotten.

Bevor weiter Gedanken ihren Verstand vergiften konnten, dachte sie an das, was Alessio gesagt hatte.

Sie würden an dem zerstörten Dorf eine kurze Pause einlegen, um weiteren Flüchtlingen, die vielleicht zurückgekehrt waren zu helfen. Es sei seine Pflicht, sich um diese Menschen zu kümmern.

Ihre Wut über den Feuerspucker verflog, bei dem Gedanken

an Alessio, nicht ganz.

Wieso nur hatte sie geglaubt, sie könne ihm trauen? Wieso sollte er anders sein? Hatte sie nicht dazu gelernt, in den letzten fünf Jahren, in denen sie vom Leben betrogen worden war. Menschen waren grausam und nur in den seltensten Fällen, sorgten sie sich wirklich um das Wohl anderer. Er war nicht anders. Sie machte Platz, in ihrem Herzen, für Gleichgültigkeit. Es war so viel einfacher ihren Schmerz und die Enttäuschung zu verbergen, indem sie ihn ignorierte.

Beim Anblick des Dorfes fing Molly stumm an zu weinen, aber dennoch ging sie mit hinein. Chris und Mai warteten mit Eddy und den Drachen an Rand. Die Häuser waren komplett schwarz und wirkten, als wären sie in sich zusammen gesunken. Kate strich vorsichtig mit den Fingerspitzen über eine Wand. Sie fühlte sich an, wie festes Wachs. Sie hatte erwartet Ruß an den Fingern kleben zu haben, doch offenbar war er mit dem Gebäude verschmolzen.

„Na schön elf Häuser. Wir durchsuchen sie einzeln. Jeder wählt eins aus und einige gehen doppelt. Seid vorsichtig! Sie werden nicht einstürzen, aber die Fußböden könnten Löcher haben. Beeilt euch.“, befahl Alessio.

Kates Haus war ein wenig schmaler, als die Umstehenden. Die Außenwände hatten sich nach innen gebogen, so als hätte jemand die Luft aus dem Haus gezogen und sie hätten versucht nachzurücken.

Der größte Teil der Möbel, war komplett verbrannt. Es wunderte Kate etwas, dass es hier drinnen kaum nach Feuer roch. Das ganze Dorf roch kaum. Der Gestank von Asche und Rauch hatte sich vielmehr wie ein Ring um das Dorf gelegt. Die Bäume hielten ihn fest wie zur Warnung an Wanderer.

Vorsichtig stieg Kate die schmale Treppe hinauf, nachdem sie in den unteren Zimmern nichts gefunden hatte. Ein

Geräusch ließ sie kurz inne halten, doch sie kam zu dem Schluss, es sich nur eingebildet zu haben.

Die obere Etage war kaum zerstört. Kate erkannte deutlich die Kinderzimmer und Kummer stieg in ihr auf, als sie daran dachte, dass die Kinder, die hier gespielt hatten, vielleicht von den Flammen gefressen worden waren. Auch das Schlafzimmer wirkte unverändert.

Kate lehnte sich aus dem Fenster, welches eine Aussicht auf den kleinen Dorfplatz bot. Erstaunlicher Weise wuchsen an seinem Rand Blumen, direkt neben dem Schnee. Sie schafften es diesen Ort ein kleines bisschen weniger traurig wirken zu lassen.

Ein weiteres Geräusch ließ Kate herumfahren. Dieses Mal hatte sie es sich nicht eingebildet. Im Schatten des Türrahmens stand Alessio. Für einen irrsinnigen Moment überlegte Kate, ob sie einfach aus dem Fenster klettern sollte, um nicht mit ihm reden zu müssen. Sie wollte sich schon umdrehen und auf das Fensterbrett steigen, als sie zu dem Ergebnis kam, dass es alles nur verzögern und vermutlich auch erschweren würde, also ließ sie es bleiben.

„Was?“, fragte sie stattdessen kühl und verschränkte die Arme. Zögernd trat er einen Schritt vor ins Licht und sie musste sich zusammenreißen, um ernst zu bleiben.

„Ich wollte nur sehen, ob bei dir alles in Ordnung ist. Immerhin hast du doch ein Talent dafür, dich in gefährliche Situationen zu bringen.“, sagte er und versuchte es mit einem Lächeln.

„Oh, als ob dich das kümmert.“, warf Kate ein und wollte an ihm vorbei nach draußen gehen.

„Was ist los? Du bist plötzlich so abweisend.“, sagte er leise und hielt sie am Handgelenk zurück. Kate lächelte gespielt.

„Ich bin also abweisend, ja? Wer hat den hier wen grundlos

beleidigt?“, fragte sie, ohne eine Antwort zu erwarten.

Erleichterung tauchte in seinem Gesicht auf, da er erst jetzt verstanden hatte, wovon sie überhaupt sprach.

„Das tut mir leid. Ich wollte wirklich nicht so mit dir reden. Schuld ist unsere liebe Claire. Sie kann einen wahnsinnig machen. Ich habe sie und Lee angefahren, weil sie sich vor der Arbeit drücken wollten. Sie hat sich völlig aufgeregt und sich beschwert, weil du mit Mai reden konntest. Ich habe befürchtet, dass sie sich vielleicht doch nicht so gut unter Kontrolle hat, wie wir es vermuten. Deshalb habe ich so getan, als wäre ich auch auf dich wütend, um sie zu besänftigen.“

„Wer´s glaubt.“, zischte Kate, befreite sich aus seinem Griff und verließ das Zimmer.

„Was sagst du?“ Alessio folgte ihr über den Flur. Sie war sich jedoch sicher, dass er sie verstanden hatte und machte sich nicht die Mühe es zu wiederholen. Sie stieß gegen die letzte Tür, aber sie klemmte. Erst als Alessio es versuchte, schwang sie auf. Ein neuer Geruch stieg Kate in die Nase, so aufdringlich und widerlich, dass sie sich gerne übergeben hätte. Sie presste sich den Ärmel ihres Pullovers gegen Mund und Nase, bevor sie einen Schritt in das Zimmer wagte. Alessio jedoch schob sie zur Seite. Er beachtete ihre wütende Reaktion nicht und zog die Tür hinter sich zu.

„Was sollte das?“, fuhr Kate ihn an, als er wieder heraus kam. „Such dir dein eigenes Haus.“

Alessio schob sie schweigend auf die andere Seite des Flures. Kate nahm die Hände runter. Der Geruch hatte sich längst ausgebreitet.

„Hör zu. Es tut mir leid, was ich gesagt habe. Ich kann es nicht rückgängig machen, aber ich bleibe dabei, dass ich es nur wegen Claire getan habe. Du kannst mich gerne weiter dafür hassen, doch das ändert nicht, dass ich geschworen habe, dass dir nichts passiert, ok?“, fragte er. Kate schwieg.

„Hier ist niemand mehr dem wir helfen können. Die Flammen haben sie scheinbar in der Nacht überrascht. Sie sind alle tot.“, fügte er leise hinzu und wandte sich zur Treppe.

Kate warf einen Blick auf die Tür, die er wieder verschlossen hatte und wünschte sich, er hätte den letzten Satz verschwiegen.

Plötzlich kam ihr das eigene Verhalten kindisch vor. Sie wusste selbst, dass Claire es mit Leichtigkeit schaffte Wut zu verbreiten und es tat ihr leid, Alessio voreilig verurteilt zu haben. Sie wollte sich entschuldigen, aber ihr vielen nicht die richtigen Worte ein.

„Ich könnte dich nie hassen.“, flüsterte sie stattdessen.

Der unsichtbare Feind

Am nächsten Morgen fing Mai an zu husten. Sie waren die Nacht über durchgelaufen, um die verlorene Zeit aufzuholen und ihr Zustand verschlechterte sich innerhalb weniger Stunden. Irgendwann mussten sie anhalten. Man hätte kein Heiler sein müssen, um zu sehen, dass Mai sich bei Eddy angesteckt hatte. Sie war blass und leicht fiebrig und so überraschte es niemanden, dass Sannys Test positiv ausfiel.

„Ab heute werde ich jeden einzelnen von euch täglich überprüfen.“, verkündete sie der Gruppe und steckte ein ganzes Bündel, der weißlichen Blätter in ihre Tasche. Gemeinsam mit Kate half sie Mai auf einen der Drachen zu klettern. Eddy war wenig begeistert und machte sich Vorwürfe, da er mit ihr geredet hatte. Mai nahm das Ganze gelassener.

„Ich finde es wirklich toll. Ich brauche nicht länger eine schriftliche Erlaubnis, um mit dir zu reden und ich kann gaaanz lange hier bleiben.“, erklärte sie ihm gerade fröhlich.

„Oh, und außerdem ist es für mein Bein angenehmer. Im Liegen tut es nur halb so weh. Wenn ich ehrlich bin, dann bin ich verdammt froh mich nicht länger tragen lassen zu müssen. Chris ist extrem holprig gelaufen.“, sagte sie völlig ernst und nahm von Sanny einen Trank entgegen. Sie beäugte ihn misstrauisch.

„Davon schlafe ich doch nicht wieder ein, oder?“, wollte sie wissen.

„Nein, aber besser wäre es. Dadurch, dass dein Körper noch geschwächt ist, schreitet die Krankheit schneller voran. Spar dir deine Kräfte, es ist noch ein weiter Weg, bis in das nächste Dorf.“, wollte Sanny Mai überzeugen.

„Es ist so lieb von dir, dass du dich um mich kümmerst.“,

sagte Mai, leerte das kleine Gefäß mit einem Zug und machte es sich unter der Decke bequem.

„Ich gebe dir Recht! Schlafen ist gut.“, wisperte sie noch, bevor sie die Augen schloss.

„Hey Molly, können sie noch laufen? Ich könnte sie tragen.“, bot Lee der alten Frau an. Den ganzen Tag war sie nur schweigend hinter ihnen hergetrottet. Sie hatte sich kein einziges Mal beschwert. Jetzt lächelte sie freundlich. Kate fand, dass dieses Lächeln Molly um einige Jahre jünger machte.

„Nur weil ich alt bin?“ Sie lachte. Lee grummelte etwas davon, dass er nur hatte höflich sein wollen und Molly blickte ihn mitfühlend an.

„Na, vielleicht solltest du lieber die kleine Schwarzhaarige fragen. Sie sieht eher so aus, als könnte sie eine Pause gebrauchen.“, flüsterte sie ihm zu und deutete unauffällig mit dem Kopf in Claires Richtung. Tatsächlich wirkte sie so müde, wie Kate es selten bei ihr gesehen hatte. Lee zuckte mit den Schultern.

„Hey Claire!“, rief er laut. Dabei schallte seine Stimme durch den stillen Wald. Sie sah auf, sagte aber nichts.

„Du siehst müde aus.“, meinte er ein wenig leiser.

„Wenn du mich beleidigen willst, kannst du dir das sparen. Ich bekomme ohnehin nicht mehr viel mit.“, gab Claire zurück.

„Ich denke mal, er wollte nur den Helden spielen und ausnahmsweise mal nett sein.“, bemerkte Sanny.

„Genau.“, redete Lee dazwischen.

„Ich trage dich, dann kannst du schlafen und außerdem sind wir dann schneller.“, fügte er mit diebischem lächeln hinzu.

„Was auch immer. Solange du die Klappe hältst, bin ich einverstanden.“, sagte Claire.

„Du solltest lieber nett zu mir sein, sonst überlege ich es mir noch mal. Kate ist ja auch noch da."

„Danke, ich kann selbst laufen.", warf diese ein, bevor Lee auf weitere dumme Gedanken kam.

„Das habe ich auch nicht bezweifelt.", verteidigte er sich.

„Wollt ihr das Lager etwa diese Nacht auch nicht aufschlagen?", fragte Sanny wenig begeistert dazwischen.

„Du hast doch selbst gesagt, dass uns nicht mehr all zu viel Zeit bleibt.", sagte Alessio.

„Ja schon, aber das heißt auch nicht, dass wir ab jetzt jede Nacht und jeden Tag durchlaufen müssen."

„Ich bin nicht müde.", warf Lee ein, doch Sanny ignorierte ihn.

„Stell dir nur mal vor, die Truppe, die das Dorf zerstört hat, läuft hier noch herum. Was passiert wohl, wenn sie uns finden und das hier sehen.", sie deutete auf Claire, die bereits eingeschlafen war. Alessio machte den Mund auf, um etwas zu erwidern, aber Sanny ließ ihn gar nicht erst zu Wort kommen.

„Selbst wenn wir alle fit sind, ist es nicht besonders wahrscheinlich, dass wir ohne weiteres einen Kampf überstehen würden."

„Mach dir deswegen mal keine Gedanken. Wir haben schließlich Mai. Sie wird es schon früh genug merken, wenn Fremde in der Nähe sind.", sagte er schnell.

„Da bin ich mir nicht sicher. Sie ist immerhin krank und sie ist noch zu schwach, um sich wieder zu verwandeln. Wer weiß, ob ihre Fähigkeit überhaupt funktioniert.", widersprach Sanny prompt.

„Da fällt mir ein, ich sollte mal sehen wie es ihr und Eddy geht.", meinte Kate. So hatte sie Gelegenheit ein wenig ihre Füße zu schonen. Seit einigen Stunden liefen sie über einen Weg, auf dem eine Menge kleiner Äste und Steine lagen und da sie Barfuß ging, war das Laufen beschwerlicher, als auf dem sonst so weichen Schnee.

„Ja, mach das.“, sagte Sanny, ohne ihr richtig zugehört zu haben.

„Frag sie doch gleich mal, ob ihre Ohren noch funktionieren.“, grinste Alessio. Sanny kommentierte es mit einem wütenden Blick.

Als Kate das Zelt hinter sich verschloss, verstummte Sannys Gerede.

„Hey.“, kam es aus der Dunkelheit.

„Du bist wach?“, fragte Kate und tastete sich ein Stück nach vorne. Ihre Augen gewöhnten sich rasch an das Dunkle, aber viel erkennen konnte sie trotzdem nicht.

„Sicher. Wie könnte ich bei Sannys Geschrei etwas anderes tun?“, fragte Mai, während Kate sich neben sie setzte.

„Und sie glaubt, du könntest deine Fähigkeit nicht nutzen.“, kicherte Kate, die nichts von dem verstand, was draußen gesprochen wurde.

„Wenigstens kann er schlafen.“, flüsterte Mai und sah zu dem Berg Decken hinüber, unter denen Eddy lag. Kate nickte zustimmend.

„Er sieht wirklich schlimm aus. Was wenn er es nicht schafft?“

„Es dauert höchstens noch drei Tage, bis wir in dem Dorf sind und wenn Alessio uns weiter so hetzt sind wir noch viel früher dort.“, meinte Kate.

„Scheinbar macht er sich noch mehr Sorgen, als ich.“, stellte Mai fest.

„Sieht ganz so aus.“, sagte Kate und legte sich auf den Zeltboden, der leise knisterte. Jetzt wo sie aufgehört hatte zu laufen, kam die Müdigkeit doch. Ihre Arme und Beine waren schwer und ihre Augen schmerzten.

„Es nervt mich, dass mein Bein kaputt ist. Ich würde zu gerne eine Runde draußen herumrennen. Hier drinnen ist es so langweilig.“, schimpfte Mai leise.

„Das kommt dabei raus, wenn du so leichtsinnig bist.“, tadelte Kate sie.

„Genau dasselbe, hat Jeremie auch behauptet.“, schmollte Mai und verschränkte die Arme vor der Brust. Kate setzte sich ruckartig auf. Mit einem Mal schien sie hell wach.

„Was soll das bedeuten, er hat es auch gesagt?“, fragte sie und versuchte Mai in die Augen zu sehen. Diese jedoch wich ihrem Blick aus und tat so, als würde sie es nicht bemerken.

„Können wir bitte das Thema wechseln.“, versuchte sie es.

„Kommt nicht in Frage! Ich will jetzt wissen, was du damit meinst. Mai! Verfolgt er uns etwa wieder? Ich dachte, ihr hättet eine Abmachung.“

„Haben wir auch.“, antwortete Mai kleinlaut.

„Ich gehe jetzt runter und sage es den Anderen. Es geht nicht, dass er sich nicht daran hält, wir müssen etwas dagegen machen.“, entschied sie und wollte schon aufstehen, aber Mai hielt sie zurück.

„Bitte nicht.“, flüsterte sie besorgt. „Ich habe ihn darum gebeten. Ich habe es dir nur nicht gesagt, weil ich nicht wollte, dass du dir ständig wegen mir Sorgen machen musst.“

Kate, die bereits halb aufgestanden war, ließ sich langsam wieder sinken.

„Du hast ihn darum gebeten?“, wiederholte sie fassungslos und Mai nickte zustimmend.

„Ja, aber bitte erzähle es niemandem, hörst du. Ich will nicht, dass es irgendwer weiß.“, sagte sie. „Und können wir jetzt über etwas anderes reden? Bitte!“, fügte sie noch hinzu.

„Ok, worüber denn?“, fragte Kate.

„Ich weiß nicht.“, meinte Mai. Kate überlegte einen

Moment.

„Du könntest mir eine Geschichte erzählen.“ Ihr war plötzlich wieder etwas eingefallen.

„Was soll ich denn erzählen?“, fragte Mai überrascht.

„Alessio hat mir gesagt, dass du etwas über weiße Drachen weißt und dass es da so ein Lied gibt, dass du immer singst.“, erklärte Kate.

„Ja, es gibt ein Lied, aber ich kann mich nur an die erste Strophe erinnern und bisher habe ich leider nicht herausgefunden, wie die Zweite geht.“, sagte Mai traurig.

Einst herrschte kalte Dunkelheit,
in der Welt Umbria genannt.
Vom Leid uns ein Drache befreit,
ein Name der jedem bekannt.

Maja die Drachenwächterin,
brachte im Schattenland uns Licht.
Ihre Seele gab sie uns hin,
Sie sah es an als ihre Pflicht.

Das Herz das unsre Welt befiehlt,
in fünf gleiche Stücke zerteilt.
Jeder Sohn seinen Teil erhielt,
solang er im Leben verweilt.

Folge´t dem Licht der Sonnen,
Freunde reicht euch die Hand.
Sehe´t was nur gemeinsam ihr schafft,
zieht in den Kampf wenn das Dunkle erwacht.

Folge´t dem Licht der Sonnen
Kämpft für das Drachenland
Umbrias Herzen gibt euch die Kraft
besiege´t das Böse stürzt seine Macht

Mai flüsterte mehr, als dass sie sang. Kate hörte aufmerksam zu und versuchte den Sinn zu verstehen.

„Maja?“, fragte sie und glaubte, den Namen schon einmal gehört zu haben.

„Die älteste Sonne, die den Planeten umkreist.“, sagte Mai.

„Du willst also sagen, Maja war ein Drache, der sich in eine Sonne verwandelt hat?“ In Kates Ohren war es das Verrückteste, was sie hier bisher gehört hatte. Alles Andere war schon schwer zu glauben, doch immerhin hatte es irgendwie einen Sinn ergeben.

„Nein, nicht ganz. Eine Seele steigt nach dem Tod in den Himmel auf.“, fing Mai an und verdeutlichte es, indem sie ihre Hände zur Zeltspitze wandern ließ.

„Ja, ich weiß.“, flüsterte Kate. „Sie steigen in den Himmel auf und werden zu Sternen, bis sie irgendwann verblassen.“

„Bei Maja war das etwas anders. Sie hat früher das Herz von Umbria geschützt. Das Drachenherz, wie es heute heißt. Damals war der gesamte Planet in Dunkelheit getaucht, mit der Ausnahme vielleicht der Seelen, die am Himmel leuchteten.

Maja träumte immer davon, dass ihre Kinder in einer Welt lebten, die hell war und in der Menschen und Drachen keine Feinde waren. Eines Tages hat sie dann beschlossen ihr Leben zu opfern, um mehr Licht über Umbria zu bringen. Ihre Seele strahlte so hell, wie keine zuvor. So wurde sie zu der Ersten von sieben Sonnen. Durch ihren Tod jedoch, zerbrach auch das Herz. Man sagt, dass ihre Söhne die Aufgabe übernommen haben, über diese Welt zu wachen. Laut der Legende gibt es fünf Teile, die nach dem Tod eines Drachen, an einen Anderen weitergegeben werden müssen.“, erzählte Mai.

„Wie kam es zu den anderen Sonnen? Waren sie ebenfalls Drachen?“, wollte Kate wissen. Die Geschichte gefiel ihr, auch wenn sie etwas traurig war.

„Sicher. Jeder der fünf Söhne hat seine Aufgabe erfüllt und nach ihrem Tod wurden auch sie zu Sonnen. Ihre Namen Sabik, Alrakis, Wasat, Thabit und Naos wurden übernommen.“

„Mit Maja sind das nur sechs.“, bemerkte Kate und Mai lächelte.

„Errai, der Vater. Er macht den Kreis perfekt.“, meinte sie.

„Ich dachte, du weißt keine Geschichten über die Sonnen.“, erinnerte sich Kate.

„Mehr weiß ich auch nicht.“, gab Mai zu. Kate schloss die Augen.

„Hast du schon mal einen weißen Drachen gesehen?“, fragte sie mit schwerer Stimme.

„Leider nicht, aber es heißt, dass sie ganz anders sind, als unsere Drachen. Sie sind Größer und mächtiger. Man sagt sogar, sie können fliegen und sie sprechen unsere Sprache. Allerdings meiden sie den Kontakt zu Menschen, so gut sie können.“

„Wieso?“, flüsterte Kate und bemerkte, wie ihre Konzentration Stück für Stück nachließ.

„Weil die Menschen jagt auf sie gemacht haben. Sowohl ihre Schuppen, als auch ihr Blut, waren sehr begehrt und dementsprechend wertvoll. Es gab Geschichten, die dieses Begehren steigerten. So blieb man angeblich ewig jung, wenn man regelmäßig in dem Blut badete. Viele reiche Frauen haben es auch getrunken, um ihre Fruchtbarkeit zu erhöhen. Aus den Schuppen wurden Rüstungen und Waffen geschmiedet. Gerne wurden sie auch als Schmuck getragen.“, erzählte Mai.

„Es ist besonders grausam, dass man einen Drachen tötete, um an seine Schuppen zu gelangen, wo sie diese doch verlieren, wie Vögel ihre Federn.“

„Verstehe ich es richtig, dass die Drachen unter sich bleiben und daher weit weg von den Menschen in einem Dorf leben?“ Kate musste sich anstrengen, um wach zu bleiben.

„Ja, sie dulden keine Menschen in ihrem Dorf, mit Ausnahme der Drachenprinzessin, falls es sie wirklich gibt.“, fing Mai an, doch egal wie sehr sie sich anstrengte, Kate schaffte es nicht länger zuzuhören. Die Dunkelheit und die warme Luft, machten sie schläfrig. Vom ständigen Laufen schmerzten nicht nur ihre Füße und sie konnte sich nicht erinnern, wann sie das letzte Mal auf etwas weicherem, als dem gefrorenen Boden geschlafen hatte. Dieses Zelt war nicht gerade bequem, aber es reichte aus, um viel zu schnell im Schlaf zu versinken.

„Ich bin mir wirklich nicht sicher, ob es sinnvoll ist, wenn du dich so lange hier oben aufhältst.“, sagte Sanny. Sie hatte vor ein paar Minuten das Zelt betreten und verkündet, dass das ersehnte Dorf nur noch zwei Tagesmärsche entfernt war. Sie hatte es doch noch geschafft, Alessio zu überreden eine Pause einzulegen. Kate hatte von all dem nichts mitbekommen. Sie hatte nicht nur die Nacht, sondern auch den halben Tag verschlafen.

„Hatten wir dieses Thema nicht schon?“, fragte Kate unbeeindruckt.

„Ja, sicher und ich habe auch nichts dagegen, wenn du ab und an hier bist, aber ich weiß nicht, inwiefern sich die ganze Sache auf dich auswirkt. Du stehst noch am Anfang. Keiner kann sagen, ob deine Kräfte groß genug sind, um auf längerem

Zeitraum gegen die Krankheit zu wirken.“, erklärte Sanny ruhig.

„Wenn es dir lieber ist, dann komme ich eben mit runter. Es ist sowieso recht warm hier.“, meinte Kate und wollte schon hinaus gehen. Sanny jedoch zog eines der dünnen, länglichen Blätter aus ihrer Tasche hervor und hielt es ihr entgegen.

„Muss ich das ernsthaft machen?“, wollte sie missmutig wissen und nahm es mit spitzen Fingern entgegen, als wäre es etwas Abstoßendes. Sie mochte den Geschmack nicht, den die Paste auf ihrer Zunge hinterließ.

„Für jeden gelten die selben Regeln.“, sagte Sanny und Kate blieb nichts anderes übrig, als zu tun, was von ihr verlangt wurde. Sie schob es sich zwischen die Lippen und wartete.

Auf ein Zeichen von Sanny holte sie es wieder heraus und griff eilig nach ihrer Wasserflasche.

„Ich hab‘s doch gewusst.“, sagte sie mit einem Seitenblick auf das immer noch unveränderte Blatt. Sanny ging nicht weiter darauf ein, doch Kate bemerkte, wie erleichtert sie wirklich war. Es überraschte sie wenig, denn Sanny war zurzeit ständig besorgt und das war auch der Grund für ihr leicht reizbares Verhalten, wie Jeremie es genannt hatte.

Sie warf Mai einen Blick zu. Diese hatte die Augen geschlossen. Vielleicht lag es an ihrem angespannten Griff um ihr verwundetes Bein oder daran, dass sie ihre Wimpern etwas zu fest aufeinander presste, Kate war sich sicher, dass Mai keinesfalls schlief.

Sie lauschte vermutlich Geräuschen aus weiter Ferne und als Sanny für einen Moment mit Eddy sprach, glaubte Kate zu sehen, wie sie leicht ihre Lippen bewegte, fast so, als würde sie etwas flüstern.

Kate fixierte sie mit verengten Augen, doch Mai rührte sich kein zweites Mal. Weder Sanny, noch ihr Bruder schienen etwas bemerkt zu haben.

„Ok, Kate. Lass uns gehen.“, schlug diese gerade vor und zog leise den Reißverschluss am Zelteingang auf.

Kate hatte zu ihrer eigenen Verwunderung nicht bemerkt, dass die Drachen sich bewegt hatten. Ihre Schritte waren so sachte und gleichmäßig, dass das Zelt kaum schwankte.

„Hast du es gesehen?“, fragte Sanny und landete mit einem Sprung auf dem weichen Schnee. Das Blut in Kates Adern schien zu gefrieren.

„Was habe ich gesehen?“, wollte sie stockend wissen und tat so, als wüsste sie nicht, was Sanny meinte.

„Heute ging es Eddy so gut, wie schon lange nicht mehr.“, freute Sanny sich und Kate entspannte sich wieder. Für einen Augenblick hatte sie befürchtet, Sanny hätte doch mitbekommen, dass Mai mit Jeremie gesprochen hatte.

„Schon witzig, dass es dir nicht aufgefallen ist, immerhin warst du die ganze Zeit oben. Na gut, du hast geschlafen, dann ist es kein Wunder, aber weißt du was ich denke? Es liegt an Mai. Ihre Anwesenheit hat irgendeine positive Auswirkung auf ihn.“ Sanny redete und redete, bis ihr plötzlich einfiel, dass sie die Anderen noch testen wollte. Sie konnte nicht mit Sicherheit sagen, dass Mai niemanden angesteckt hatte, bevor auch bei ihr die Krankheit ausgebrochen war.

Auf einmal fiel Kate etwas ein. Sie hielt Sanny am Handgelenk zurück. Es fühlte sich kalt an und dass, obwohl Kate heute nicht gefroren hatte. Weder der Wind in ihrem Gesicht, noch der Schnee unter ihren Füßen, war vergleichsweise kühl.

„Sag mal, wann hast du dich selbst zum letzten Mal getestet?“, fragte sie langsam und das Lächeln aus Sannys Gesicht verschwand.

„Ich.“, stotterte sie ausweichend. „Nun ja, keine Ahnung.

Ich muss mich nicht testen. Wenn ich mich angesteckt hätte, würde ich es sicher spüren. Ich bin eine Heilerin." Sie klang wenig überzeugend. Kate zog die Augenbrauen hoch und hielt sie weiter fest.

„Das soll ich dir glauben?"

Sanny bis sich auf die Unterlippe.

„Sicher. Ich fühle mich vollkommen gesund.", versuchte sie ihre Geschichte aufrecht zu halten.

„Du fühlst dich aber ganz und gar nicht gesund an. Deine Haut ist wie Eis.", klärte Kate sie auf.

„Das kommt vom Wind. Ich brauche keinen Test.", winkte sie ab.

„Wie war das noch? Für Jeden gelten dieselben Regeln.", wiederholte Kate Sannys Worte.

„Du hast gewonnen, sobald ich die Anderen überprüft habe, teste ich mich selbst."

„Ich erinnere dich daran.", meinte sie und ließ Sannys Arm los. Diese beeilte sich nach vorn zu kommen und einen großen Abstand zwischen sich und Kate zu bringen.

„Hey, da bist du ja wieder." Alessio hatte sich ein Stück zurück fallen lassen, so dass er sich mit ihr unterhalten konnte.

„Hi.", antwortete Kate knapp und beobachtete weiterhin Sanny, die jetzt sehr beschäftigt in ihrem Beutel herumkramte.

„Beim nächsten Mal solltest du Sanny auf sich selbst ansetzten.", sprach Kate ihren Gedanken laut aus. Sie konnte nicht verhindern, dass sie leicht vorwurfsvoll klang.

„Was meinst du?", fragte er betont unwissend und vermied es zu grinsen. Nur an seinen Augen erkannte sie es.

„Oh bitte, Sanny würde nie auf die Idee kommen zu denken, ich könnte mich bei Mai oder Eddy anstecken.", erklärte sie sachlich.

„Und da hast du dir überlegt, dass ich sie darauf gebracht

haben könnte?“, wollte Alessio wissen und tat überrascht.

„Da braucht man nicht lange zu überlegen, das liegt doch auf der Hand.“, gab Kate zurück.

„War es denn so schrecklich?“, grinste er jetzt doch.

„Schlimmer. Das Zeug schmeckt widerlich und außerdem ist es nur Verschwendung.“, beschwerte sie sich.

„Wahrscheinlich hast du Recht, aber was hat das jetzt mit Sanny zu tun?“, lenkte er sie ab und verfolgte Sanny ebenfalls mit den Augen, während sie von Einem zum Nächsten lief und ihnen allen der Reihe nach ein Blatt in die Hand drückte.

„Sie hat selbst noch nicht Eines auf ihre Zunge gelegt und sie fühlt sich unheimlich kalt an.“, erwiderte Kate und verschränkte besorgt die Arme.

„Das geht nun wirklich nicht.“, meinte Alessio ernst. Jede Spur eines Lachens war verschwunden. Bevor Kate etwas dagegen hätte sagen können, marschierte er auf Sanny zu. Er packte sie an der Schulter und schob sie etwas aus dem Blickfeld der Anderen, bevor er anfing eindringlich auf sie einzureden.

Alessio brauchte nicht lange, bis Sanny nachgab. Anscheint hatte sie sich keine große Mühe gegeben, sich zu weigern. Kate konnte nicht verstehen, was sie sprachen, aber sie sah, wie Sanny immer wieder nickte.

Bestürzt musste sie feststellen, dass Kate nicht falsch gelegen hatte. Nach einer Minute Wartezeit, zog sich eine dünne Schicht über das Blatt, die bereits leicht bläulich schimmerte. Sanny meinte, die Krankheit wäre noch nicht richtig ausgebrochen, aber sie konnte nicht bestreiten, dass es besser war, wenn auch sie sich ab jetzt von allen fern hielt.

Mit trauriger Miene verzog sie sich ins Zelt und redete den restlichen Tag kein Wort mehr.

Kate war froh, dass sie so oft dabei gewesen war, wenn

Sanny Mai und Eddy versorgt hatte. Mittlerweile wusste sie im Schlaf, was wann zu tun war.

Die Gruppe wurde zunehmend unruhiger. Claire traute sich nicht länger in Kates Nähe, da diese ständig im Kontakt mit den Kranken stand. Auch von Chris hielt sie mehr Abstand, da er Mai getragen hatte, kurz bevor sie die ersten Symptome gezeigt hatte.

Lee überspielte all seine Gefühle, wie so oft, indem er Witze riss oder einfach nur ausdruckslos vor sich hinstarrte.

Sobald es dunkel wurde bot er sich wieder an Claire zu tragen. Sie wirkte nicht müder, als sie alle, dennoch nahm sie das Angebot an und schlief wenig später tief und fest.

Molly schien nicht sehr viel mitzubekommen. Die ganze Zeit über erzählte sie Chris und Ted Geschichten, von ihrer Tochter und deren Familie, oder von ihrem vor Jahren verstorbenen Ehemann. Die Beiden hörten nicht nur geduldig zu, sie machten auch den Eindruck ernsthaft interessiert zu sein. Kate war froh darüber, denn es wurde immer schwieriger die Gruppe wach zu halten.

Alessio nutzte die Gelegenheit, Claire endlich los geworden zu sein, um mit Kate zu reden, die von ihrem, für heute, letzten Besuch bei den Kranken zurückgekehrt war.

Es bedeutete einiges an Stress, jede Kleinigkeit zu beachten und sie war dankbar über jedes bisschen Ablenkung.

„Und, wie ist die Lage da oben?“, fragte er.

„Sanny ist immer noch ziemlich deprimiert, weil sie nicht bemerkt hat, dass sie sich angesteckt hat. Eddy geht es zunehmend besser und Mai hat die beste Laune, die man sich vorstellen kann. Wäre ihr Bein nicht verletzt, dann würde sie nicht ruhig liegen bleiben. Sie redet ohne Pause und Sanny meint, wenn sie so weiter macht, dann kann sie morgen gar nicht mehr sprechen.", zählte Kate auf.

„Lass mich raten, Sanny hat außerdem gesagt, wir sollten besser eine Pause machen, statt weiter zu gehen.", vermutete er.

„Überraschender Weise, hat sie nichts dergleichen gesagt.", antwortete Kate.

„Um so besser.", meinte Alessio.

„Vielleicht.", murmelte Kate. „Aber was ist mit den Drachen? Brauchen sie nie eine Pause?" Es war nur selten vorgekommen, dass sie einen von ihnen liegend gesehen hatte. Selbst wenn sie ihr Lager aufschlugen, ruhten sie sich kaum aus.

„Unter normalen Bedingungen nicht. Sie schlafen nicht, um neue Energie zu tanken. Das Sonnenlicht reicht völlig aus, um ihnen für viele Stunden Kraft zu geben.", erklärte er.

„Hast du es auch mal ausprobiert?", fragte Kate neugierig. Immerhin würde es erklären, weshalb er oftmals nicht müde wirkte, obwohl er viele Stunden nicht geschlafen hatte.

„Sicher, aber es ändert rein gar nichts. Egal wie lange ich im Licht der Sonnen stehe, am Abend bin ich genau so müde, wie jeder Andere auch.", sagte Alessio. „Allerdings.", setzte er zögernd an. „Seit wir diese Reise machen, habe ich das Gefühl, dass es nicht ganz stimmt. Normalerweise bin ich in der Nacht nie draußen und ich schätze, das ist der Grund, wieso ich es nicht früher bemerkt habe, aber in den letzten Wochen, ist es mir öfter aufgefallen. Wenn der Himmel klar ist, so wie heute und die Bäume ihn nicht verdecken, dann habe ich das Gefühl, die Sterne könnten meine Energiequelle sein."

„Du meinst die Seelen.", berichtigte Kate ihn, doch er nahm es nicht wahr.

„Es ist möglich, dass ich es mir nur einbilde, aber wenn ihr strahlendes Licht auf meine Haut fällt, fühle ich mich hellwach.“

„Wenn es stimmt, dann liegt es sicher an der Farbe der Schuppen. Es könnte zum Beispiel davon abhängig sein, wann die Drachen geboren werden. Passiert es am Tag, werden sie braun. Geschieht es aber in der Nacht, dann leuchten sie weiß.“, stellte Kate ihre Vermutung auf.

„Klingt logisch.“, meinte auch Alessio.

„Hey Chef!“, rief Lee und drehte sich grinsend zu ihm um. „Sieht ganz schön nach Schneesturm aus, findest du nicht.“, sagte er und nickte mit dem Kopf Richtung Himmel, an dem sich einige dunkle Wolken zusammenbrauten. Alessio blieb stehen und sah besorgt nach oben, während Lee fröhlich weiter rückwärts lief.

„Ich schlage vor, wir bauen das Zelt auf und warten darin, bis das Unwetter vorübergezogen ist.“, entschied Alessio.

Sie hatten Glück. Gerade, als sie fertig waren, fing es an zu schneien.

Kate fühlte sich wie eine Gefangene, in dem viel zu kleinen Zelt. Schweigend saßen sie eng beieinander und hörten auf die Geräusche des Waldes. Die Zeltwände schwankten heftig und Kate befürchtete, sie würden jeden Moment weggerissen werden. Der Wind bereitete ihr Unbehagen, auch wenn er nicht halb so schlimm wie ein Gewitter war. Sie hätte vieles dafür gegeben, sicher in einem stabilen Haus zu sitzen, mit geschlossenen Türen und Fenstern. Sie könnte sich so lange unter der Bettdecke verkriechen, bis es vorbei war. So hatte sie es schon immer bei dem kleinsten Gewitter auf der Erde gemacht. Sie wusste selbst nicht woher die Angst kam, doch selbst dieser Sturm bereitete ihr ein ungutes Gefühl in der Magengegend.

Es war ihr ein Rätsel, wie Claire bei dem Lärm schlafen konnte. Sie saß, eine Decke um die Schultern, an Molly gelehnt und wirkte vollkommen entspannt.

Molly selbst sah auf ihre Hände und murmelte geistesabwesend vor sich hin. Kate glaubte zu verstehen, dass es um die Tochter ging, nach der Molly suchte.

Lee schien von dem Wetter ebenso unbeeindruckt, wie Claire. Zwar schlief er nicht, aber sein gelangweilter Blick sagte alles.

Sie bemerkte, dass Alessio sie beobachtete. Er tat jedoch, als ließe er nur den Blick schweifen, sobald sie ihn ansah.

Sie winkelte die Beine an, legte ihre Arme auf die Knie und platzierte ihren Kopf darauf. Der Himmel draußen, war so dunkel, dass im Zelt nicht viel mehr, als die Umrisse und Gesichter eines Einzelnen zu erkennen waren.

Kate betrachtete ihre Füße und lauschte. Äste knackten und knarrten. Sie bogen sich im Wind, als wollten sie mit ihm davonfliegen. Wild tanzten Schneeflocken, so schwer wie Regentropfen, durch die Luft und trafen prasselnd auf die dünnen Zeltwände. Der Sturm fegte über sie hinweg, dabei rüttelte und riss er an ihnen.

Ein Drache schnaubte leise und Kate fragte sich, wie viel der Wind ihnen ausmachte. Sie hatten das zweite Zelt, zur Sicherheit, auf den Boden gelassen und die Drachen hatten sich daneben zusammengerollt. Sie hatten völlig entspannt gewirkt, allerdings war Kate sich nicht mal sicher, ob sie genau wie Tiere spürten, wenn ein Unwetter bevorstand.

Nach knapp drei Stunden war es vorbei. Der Wind hatte sich ebenso schnell gelegt, wie er gekommen war. Die schwarzen Wolken hatten sich verzogen und nichts als den klaren Nachthimmel zurückgelassen. Kate öffnete den Zelteingang, wobei eine Ladung Pulverschnee hereinfiel. Irgendwie hatten es alle außer sie geschafft, trotz des Krachs einzuschlafen.

Auf allen Vieren kletterte sie hinaus ins Freie und zog hinter sich den Reißverschluss zu.

In der kurzen Zeit hatte eine fast dreißig Zentimeter hohe Schneeschicht nicht nur die Zelte versteckt, sondern auch alles Andere. Von ihren Fußspuren war nichts mehr zu sehen und sogar die Drachen waren, bis auf ihre Köpfe, nicht mehr als zwei vom Schnee bedeckte Hügel. Ein Fremder hätte sie mit Leichtigkeit übersehen.

Das Geräusch, von Kates Schritten, veranlasste einen von ihnen den Kopf zu heben. Mit seinen großen dunklen Augen, verfolgte der Drache sie.

Kate schritt auf ihn zu und streckte ihm ihre Hand entgegen. Die weiche Schnauze war warm, zumindest empfand sie es so. Mittlerweile hatte Kate aufgegeben zu sagen, wie warm oder kalt etwas wirklich war. Es brachte sie nur durcheinander. Stattdessen versuchte sie sich an dem Schnee, zu ihren Füßen, zu orientieren, denn er schien immer ungefähr gleich kalt zu sein.

Mit der freien Hand strich sie den Schnee vom schuppigen Rücken des Drachens.

Er schüttelte sich heftig und Kate hielt sich schützend die Hände vor das Gesicht. Im selben Moment näherte sich ihr etwas von hinten und bevor sie sich umdrehen konnte, legten sich zwei kräftige Arme um ihre Taille.

Sie brauchte ihre Augen nicht, um zu wissen, dass er es war. Das beängstigende war jedoch nur, dass sie nicht hätte sagen können, wer es zuerst gewusst hatte, ihr Verstand oder ihr Körper.

Betrachtete man die Situation von der logischen Seite aus, dann war er zurzeit der Einzige, der Anwesenden, der sie berühren würde. Mai würde wohl kaum genug Kraft haben aufzustehen, geschweige denn sie zu umarmen. Claire war Kate ja bekanntlich ebenfalls durch die Krankheit losgeworden, zumindest fürs Erste.

Chris, Ted oder Lee würden sich nicht mal im Schlaf wagen, sie auch nur irgendwie anzufassen. Sie sahen es als reine Respektsache auf Abstand zu bleiben, wie sie von Mai wusste. Die Höflichkeit gebot insbesondere Untergeordneten Körperkontakt zu vermeiden, es sei denn, beide kannten sich schon ewig.

„Je angesehener man ist, desto strenger wird die Regel. Wenn ich wollte, könnte ich jemanden einsperren lassen, nur weil er mir die Hand reicht.“ Wie Mai es so schön gesagt hatte.

Doch das war nicht der einzige Grund, weshalb ihr Verstand es wusste. Sie kannte niemand anderen, der sich einen Spaß daraus gemacht hätte, sich im Dunkeln an sie heranzuschleichen. Wie zufällig, wer´s glaubt, tauchte er immer genau an dem Ort auf, wo sie sich gerade befand. Es geschah jedes Mal so rasch und Fehlerfrei, dass Kate sich des Öfteren fragte, ob sie eine Art Peilsender in sich trug.

Das alles schoss ihr innerhalb weniger Sekunden durch den Kopf, doch es war nichts im Vergleich zu dem, wie ihr Körper reagierte.

Noch nie zuvor, war es ihr so deutlich aufgefallen, wie in diesem Moment. Eine angenehme Wärme breitete sich von ihrer Mitte heraus, in ihren ganzen Körper aus. Ihre Muskeln entspannten sich, während etwas anderes in ihr hektisch zu flattern begann.

Alles um sie herum schien sich langsam aufzulösen und dann wurde ihr bewusst, wie nah er doch war und dass es absolut gegen ihre Prinzipien verstieß.

„Sag mal, was soll das werden, wenn es fertig ist?“, fragte sie, sobald sie sich wieder gesammelt hatte. Zufrieden stellte sie fest, dass ihre Stimme normal und damit sehr viel gefasster klang, als sie sich fühlte.

„Du hast dich nicht erschreckt.“, stellte Alessio nüchtern fest und trat einen Schritt zurück. Kate drehte sich zu ihm um und verschränkte die Arme.

„Ich habe nur gedacht, du wolltest mal wieder gedrückt werden, da mein Schwesterchen im Moment ja ausfällt.“, versuchte er sich herauszureden und lächelte unsicher. Kate zog die Augenbrauen hoch und blieb stumm. Alessio fuhr sich nervös durch die Haare und sah zu den Drachen.

„Was machst du überhaupt alleine hier draußen.“, wechselte er das Thema. Kate lachte.

„Das war so klar. Fällt dir nichts Neues ein?“, fragte sie grinsend.

„Lach mich nicht aus, ich meine das ernst.“, sagte er leicht beleidigt.

„Dann hör auf, dir darüber Gedanken zu machen. Ich bin mein halbes Leben alleine klar gekommen.“, mehr oder weniger jedenfalls, fügte sie in Gedanken hinzu. Es war nicht immer leicht gewesen, aber sie hatte es geschafft zu überleben, ohne dass jemand da gewesen wäre, der sich auch nur im Geringsten dafür interessiert hätte. Das es jetzt Menschen gab, die sich ernsthaft darum kümmerten, was mit ihr passierte, wollte einfach nicht in ihren Kopf gehen.

„Verstehe.“, meinte er betrübt und Kate hatte augenblicklich das merkwürdige Gefühl, ihn durch ihre Worte verletzt zu haben.

„Nein warte, vergiss es sofort wieder. Ich bin es einfach nicht gewohnt. Normaler Weise stehe ich auf der anderen Seite. Ich achte darauf, dass alle da sind, es jedem gut geht und keiner unglücklich ist. Immerhin war ich die Älteste, zwischen den Kindern im Heim. Ich vergesse manchmal, dass ich jetzt diejenige bin, die keine Ahnung von der Welt hat und sich nicht alleine verteidigen kann.", plapperte sie wild drauf los.

„Du glaubst also, du könntest dich nicht wehren?", fragte Alessio ruhig und machte langsam einen Schritt auf sie zu. Kate runzelte verwirrt die Stirn.

„Du denkst, dass du dich nicht auskennst?" Er zählte es an den Fingern ab, während er weiter auf sie zuschritt.

„Du bist überzeugt, machtlos zu sein?" Dicht vor ihr, blieb er stehen. „Und du hast keine Chance, wenn du alleine bist?", flüsterte er, während Kate einen Schritt rückwärts machte.

„Genau.", sagte sie zögernd und fragte sich, was das sollte.

„Machtlos?", lachte er leise. „Wohl kaum. Du weißt vielleicht nicht wie es geht, aber ich wette, im Ernstfall würde dein Instinkt dich wohl retten."

„Wenn du dir da so sicher bist, wieso brauche ich dann jemanden, der mich bewacht?", wollte Kate überlegen wissen.

„Das ist doch offensichtlich. In dieser Sache vertraue ich ganz auf mich." Er hob seine Hand und sah zu, wie die leuchtenden kleinen Schuppen sich um seine Haut schloss. Er drehte seine Hand, ließ sie wieder sinken und beachtete sie nicht weiter. Noch bevor er sie ganz runter genommen hatte, waren sie verschwunden, als hätte es sie nie gegeben.

„Ich riskiere lieber nichts. Schließlich will ich dich nicht verlieren." Alessios Stimme war kaum lauter, als der Wind. Kate verschränkte nervös die Finger hinter dem Rücken. Dieses Mal rührte sie sich nicht, als er zum zweiten Mal, mit einem letzten Schritt, den Abstand zwischen ihnen verringerte. Selbst wenn sie es gewollt hätte, und sie war sich nicht sicher, ob sie es wollte, hätte sie es nicht geschafft. Ihr Verstand sagte ihr zwar, sie sollte nun besser zurück in das Zelt gehen, doch diese Information schien nicht bei ihren Füßen anzukommen.

Sie sind wie festgefroren, diese nutzlosen Dinger, schoss es

Kate durch den Kopf, während sie krampfhaft versuchte, klar zu denken. Es kam ihr unmöglich vor, eine Lösung für ihr Problem zu finden. Wenn sie ehrlich war, wusste sie nicht einmal genau, was eigentlich ihre größte Sorge war.

Da gab es die Sache, dass ihre Füße scheinbar ausschließlich höheren Mächten gehorchten und nicht im Geringsten an Kates Befehlen interessiert waren.

Weiterhin waren da diese blauen Augen, die sie mit unsichtbaren Fesseln gefangen hielten. Ebenso wie der Duft nach Schnee und Kälte, der sie umhüllte, angenehm und vertraut. Auch das Gefühl von Geborgenheit und Schutz, welches seine Anwesenheit bei ihr auslöste, hielt sie davon ab, logisch zu denken.

Ihr größtes Problem jedoch war das, dass etwas in ihr sagte, es müsse so sein. Ein kleines Licht, geschürt von Hoffnung, brannte sich tiefer in ihr Herz und behauptete gegen jede Vernunft, dass sie keine Lösung brauchte. Es war schon vorher da gewesen, doch es war immer zu klein und Kate hatte es mit Leichtigkeit übersehen.

Die Zeit zog sich. Eine Sekunde kam ihr plötzlich viel länger vor, ganz so als würde ihr die Welt mehr Zeit zum denken geben wollen.

Ich fürchte bloß, dass ich sie nicht sinnvoll nutzen kann, dachte sie betrübt und versuchte weiterhin ihre Gedanken zu ordnen. Sie war so sehr damit beschäftigt, sich zu fragen worauf diese Begegnung hinauslaufen würde, dass sie darüber hinaus nicht mal den Sinn von dem, was Alessio gesagt hatte, begriffen hatte.

Es konnte nicht offensichtlicher sein, dass er sie mehr mochte, als nur eine Freundin. Sie wusste zwar nicht, wie viel mehr, aber dafür wusste sie, dass sie es besser nicht herausfinden wollte.

Sie konnte sich belügen, wenn es um die Gefühle Anderer ging, aber bei ihren Eigenen, war sie machtlos. Selbst wenn sie diese leugnete, würden sie nicht regungslos verschwinden.

Das Einzige was half, war Abstand halten und Ablenkung suchen, doch soweit musste sie gar nicht gehen.

„So klein wie du bist, könnte man dich leicht verlieren. Es hat ziemlich viel geschneit.“, grinste Alessio und holte sie damit in die Realität zurück. Er sah sich um.

„Und das findest du lustig, ja?“, fragte sie angriffslustig. Die Anspannung war wie weggeschmolzen.

„Ich muss zugeben, dass allein die Vorstellung recht amüsant ist.“, überlegte er und unterdrückte ein Grinsen.

„Weißt du was wirklich amüsant ist?“, fragte Kate und wartete auf eine Antwort. Alessio zuckte mit den Schultern und Kate nutzte den Moment, da er sich umsah, um ihn mit einer Hand voll Schnee zu bewerfen. Sie kicherte, als er sich den Schnee aus den dunklen Haaren schüttelte.

„Du bist dir bewusst, dass ich das nicht auf mir sitzen lassen kann?“, fragte er geschäftlich. Kate wiegte den Kopf abschätzend hin und her.

„Ich habe es befürchtet, auch wenn ich auf einen kleinen Funken Anstand gehofft hatte. Du bist stärker, zudem bin ich ein Mädchen und mit denen kämpft man nicht.“, stellte sie fest.

„Du willst verschont werden.“, wiederholte Alessio knapp und formte etwas Schnee zu einer Kugel, die er von einer in die andere Hand fallen ließ.

„Fantastische Idee.“, freute sie sich und folgte mit den Augen jeder seiner Bewegungen.

„Wohl kaum.“, sprach er und warf den Ball in ihre Richtung. Gefasst, duckte Kate sich und wich so dem Schlag aus. Um sich vor weiteren Angriffen zu schützen, lief sie los.

Es war jedoch einfacher gedacht, als getan. Zwar gehorchten

ihre Füße wieder ausschließlich ihrem Kopf, der Schnee hingegen machte ihr das Laufen schwerer. Selbst zwischen den dicht stehenden Bäumen, war er nicht minder hoch.

„Komm schon, willst du wieder weglaufen? Ich krieg dich eh.“, rief Alessio.

„Sicher? Das will ich sehen.“, meinte Kate, bremste abrupt ab und wandte sich um. Im nächsten Moment lag sie auch schon rücklings auf dem Boden. Alessio war dichter hinter ihr gewesen, als sie angenommen hatte. Überrumpelt, von ihrer raschen Wendung, war er geradewegs in sie hineingelaufen.

„Siehst du?“, grinste Alessio. „Ich hab‘s dir doch gesagt.“

„Würdest du wohl von mir runter gehen.“, sagte Kate aufgebracht, sobald sie den Schreck des Sturzes überwunden hatte.

„Und du hast wirklich geglaubt, du könntest schneller sein.“, lachte er, ohne bemerkt zu haben, was sie gesagt hatte.

„Ich meine es ernst. Geh runter!“, sagte Kate lauter.

„Sonst was?“, fragte Alessio, der aufgehört hatte zu lachen.

„Ich, Ähm...“, machte Kate und überlegte fieberhaft, was sie tun konnte.

„Das war nur ein Witz, also guck nicht so.“, meinte er, stand auf und zog sie auf die Füße. Leicht durcheinander und etwas wackelig auf den Beinen, klopfte Kate abwesend den Pulverschnee von ihrer Kleidung. Ihr Kopf schwirrte und ihre Gedanken rasten wild durcheinander.

Sie musste völlig übernächtigt sein, wieso sonst, sollte sie sich so merkwürdig fühlen.

„Hey, du hörst ja gar nicht zu.“ Alessio wedelte mit der Hand vor ihrem Gesicht herum.

„Oh, tut mir leid. Worum geht´s?“

„Ach, nicht so wichtig. Lass uns gehen.“, meinte er nur und schob sie zurück zum Lager.

Finsterfürsten

Es war ein wunderbares Gefühl, nach dieser langen Zeit, endlich wieder ein paar richtige Häuser zu sehen. Es war schwer zu glauben, dass es irgendwo Menschen gab, die ihr gewöhnliches Leben führten, während sie in Zelten schliefen und den ganzen Tag auf ein bestimmtes Ziel zuliefen. Sie konnte sich kaum noch daran erinnern, wie es sich anfühlte ein festes Zuhause zu haben oder in einem Bett zu schlafen.

Doch wie es aussah, würde sie auch in nächster Zeit keine Gelegenheit haben, auf etwas anderen zu schlafen, als auf einer dünnen Matte. Ihr einziges Dach würde weiterhin der Himmel sein und ihre Mauern bestanden aus Bäumen. Seufzend streckte Kate sich auf der Decke aus und starrte hoch zu den beleuchteten Fenstern. Irgendwo dort waren Mai, Eddy und Sanny.

Die Dorfbewohner hatten sie sofort aufgenommen. Sie besaßen sowohl die rettende Medizin, als auch einige Heiler. Einen Ort zum Übernachten hatten sie jedoch nur den Kranken anbieten können.

An den Gesichtern der Bewohner war deutlich zu sehen gewesen, wie sehr sie es bedauerten, kein freies Bett mehr zu besitzen. Ganz besonders Alessio schien es ihnen angetan zu haben. Sie nannten ihn nur den Sohn, der Königin und verhielten sich unterwürfig. Kaum einer hatte sich getraut ihn, länger als eine Sekunde anzusehen, geschweige denn ohne Aufforderung zu sprechen.

Es war merkwürdig ihn so zu sehen, denn bis auf Ted und Chris behandelten sie ihn alle ganz normal. Zwar tat jeder, was er sagte, aber Befehle gab er selten.

Im Moment war er bei Mollys Familie. Es hatte sich schon

bald herausgestellt, dass ihre Tochter und deren Mann, wirklich hier lebten. Natürlich hatten sie ohne zu zögern zugestimmt, Molly bei sich aufzunehmen, sobald sie erfahren hatten, was passiert war.

„Verdammt. Das ist ja noch viel unbequemer, als die Zelte.“, schimpfte Claire neben Kate. Sie hatten gemeinsam die Aufgabe, Wache zu halten. Claire hatte gefragt, wozu es notwendig wäre, immerhin hatten sie ihr Zelt direkt neben der Dorfwache am Tor aufgestellt.

Ins Geheim hatte Kate ihr natürlich Recht gegeben, auch wenn sie es nicht laut sagen würde. Es war vollkommen überflüssig aufzupassen, wenn nebenan zwei bewaffnete Männer genau dasselbe taten.

In dieser Sache jedoch gewann Alessio immer. Daher wäre es reine Zeitverschwendung, sich mit ihm anzulegen, was auch Claire schnell begriffen hatte. Ihre schlechte Laune verlegte sie stattdessen auf alle Nebensächlichkeiten. Die ganze Zeit über tat sie nichts als schimpfen. Das Brot war zu trocken, der Schnee zu nass, der Wind zu kalt und die Bewohner zu unfreundlich. Jetzt war es eben die Matte, mit der etwas nicht stimmte.

„Sag mal, wie konntest du die letzten Nächte darauf schlafen?“, redete sie weiter. Kate zuckte nur mit den Schultern.

„Das ist eine Zumutung, wirklich... “

„Wie ich sehe, hast du dich immer noch nicht eingekriegt.“, sagte Alessio, der soeben zu ihnen trat. Claire stemmte die Hände in die Hüften und funkelte ihn wütend an.

„Mach dich nur weiter lustig, während wir uns hier draußen den Tod holen.“, übertrieb sie es.

„Wenn du das so siehst, habe ich die rettende Nachricht für dich.“, meinte Alessio.

„Die Familie von Molly hat soeben angeboten, dass zwei von uns in ihrem Haus übernachten können. Ich habe ihr gesagt, dass ich euch Beide schicke."

„Geht doch.", sagte Claire entnervt und schnappte sich ihre Sachen.

„Und ihr bleibt weiter hier draußen?", fragte Kate. Es wäre schön in einem Zimmer zu schlafen, doch sie würde nicht besser sein, als Claire, wenn sie darauf einging, während andere weiterhin in der Kälte saßen. Sie war schließlich die Einzige, der es nichts anhaben konnte.

„Nein, werden wir nicht. Ein paar andere Bewohner haben auf die schnelle ihre Gästezimmer entrümpelt. Dort ist genug Platz für vier Leute.", erklärte er, woraufhin er sich daran machte die Anderen zu wecken.

Das Haus war nicht sehr groß, aber dafür randvoll gestopft. Die Haustür führte in einen Raum, der zugleich als Wohnzimmer und Küche diente. Ein Möbelstück stand neben dem Nächsten. Überall lagen Dinge herum, so dass die Wände kaum zu sehen waren.

Trotz der Überfüllung, sah es irgendwie geordnet aus. Alles war sauber und schien seinen angestammten Platz zu haben. Sie wurden freundlich von Mollys Tochter, deren Mann und deren Kindern Mia, Rene und Paula begrüßt. Kate schätzte sie auf ungefähr 16, 12 und 7 Jahre.

Das älteste der drei Mädchen führte sie eine Treppe hinauf, die Kate bei all den Schränken und Kisten zuerst nicht gesehen hatte. Auf jeder Stufe stand eine anders farbige kleine Laterne und an dem Geländer hingen bunte Tücher und Decken. Die beiden jüngeren Töchter folgten ihnen nahezu lautlos hinauf.

Der Flur war im Gegensatz zum Rest des Hauses weitaus

weniger interessant. Es war einfach nur ein schmaler weißer Gang, in dem keinerlei Möbel standen. Irgendjemand hatte vor längerer Zeit etwas auf die Wände gezeichnet. Wie ausgewaschen wirkten die Bilder von Dörfern, Menschen, dem Wald und fernen Orten.

Kate vermutete, dass einige der Zeichnungen die Werke der Kinder waren.

Die Älteste steuerte auf die Türe am Ende des Korridors zu. Außer ihr, gab es nur zwei weitere Türen, an denen sie vorbeikamen.

Auch das Zimmer, welches sich hinter der Tür verbarg, passte mehr zu dem Flur, als zu der unteren Etage.

Die Wände hier waren ebenfalls weiß und verziert mit selbst gemalten Bildern. An den drei Wänden, gegenüber, links und rechts, standen Betten.

In der Mitte des Raumes, hatten sie zwei weitere Schlafplätze errichtet.

„Hier könnt ihr schlafen.“, sagte die Ältere höflich und wies mit der Hand auf die Matten.

Kate lächelte dankbar und setzte sich auf einen der beiden Plätze. Claire rührte sich nicht. Sie verschränkte die Arme und zog die Augenbrauen hoch.

„Ist das euer Ernst? Darauf soll ich schlafen? Da kann ich ja gleich auf dem Boden liegen.“, spottete sie.

„Du kannst auch mein Bett nehmen.“, bot die Älteste an, lief los und räumte eilig ihre Matratze frei. Ihre Sachen legte sie auf die Matte am Boden. Zufrieden mit sich selbst schritt Claire auf das Bett zu und streckte sich darauf aus.

„Claire! Muss das sein?“, tadelte Kate sie. Sie waren immerhin nur zu Gast hier und sollten dankbar sein, für alles, was sie bekamen. Es war allemal besser, als bei dem Wetter draußen zu sein.

„Du hast Recht, das ist nicht faire von mir. Du, Mädchen...", sie deutete auf die Jüngste. „...gib meiner Freundin dein Bett, ja? Sie muss jede Nacht auf dem Boden schlafen.", befahl Claire.

Sofort eilte die Kleine los, aber Kate trat zwischen sie und ihren Platz.

„Nein, nein. Ich schlafe dort!", sagte sie ruhig und zeigte auf die Schlafplätze am Boden.

„Dieser Platz gefällt mir gut.", versicherte sie den Mädchen und machte es sich bequem. Claire verdrehte die Augen und wandte ihnen den Rücken zu. Die Schwestern zögerten einen Moment, bevor sie die Kerzen löschten und selbst zu Bett gingen.

Ein weißer Vorhang verdeckte das Fenster, so dass kein Licht hereindrang.

Das Haus roch nach frisch gebackenem Brot. Die Dielen knarrten leise, wenn man darüber lief und an den Fensterläden rüttelte der Wind.

Der raue Steinboden in der unteren Etage war feucht von dem Schnee, den sie mit ihrer Kleidung hereingetragen hatten.

Kate griff nach ihrer Jacke. Nicht das sie diese brauchen würde, aber sie fühlte sich sicherer, wenn es so windig war, wie heute. Mit einem Quietschen öffnete sie die Tür und schlüpfte ins Freie. Sie konnte selbst nicht sagen, was sie dazu bewegte, trotz ihrer Müdigkeit nach draußen zu gehen.

Die Fenster in den Straßen waren dunkel und die einzigen Lichtquellen kamen von den Fackeln am Wegrand.

Am Ende der Straße saß eine Gestalt auf einer Mauer. Kate erkannte aus der Ferne nur die Umrisse, doch sie glaubte sie anhand der Bewegungen zu erkennen. Schmal und zierlich.

Das eine Bein hielt sie merkwürdig nach vorne gestreckt. Das Andere baumelte locker vor und zurück.

Sie hob den Kopf erst, als Kate direkt vor ihr stand. Die Haut viel zu hell, Augen und Nase gerötet und tiefe Ringe unter den Augen, ließen ihr Gesicht fremd erscheinen. Sie hob die Hand leicht zur Begrüßung und lächelte matt.

„Was machst du hier draußen?“, fragte Kate ihre Freundin besorgt und setzte sich neben sie auf die steinerne Mauer. Eigentlich hatte die Heilerin Mai und den Anderen verboten das Bett, geschweige denn das Haus zu verlassen. Die Gefahr, dass sie das ganze Dorf anstecken konnten war zu groß.

„Ich habe es einfach nicht mehr ausgehalten, in diesem Zimmer. Es stinkt nach Krankheit und Trübsinn, wie soll man da gesund werden.“, schimpfte sie leise, mit zitternder Stimme. Sie trug ein dünnes Sweatshirt und eine kurze Hose, die genau über dem Beinverband endete.

„So wirst du sicherlich auch nicht schneller gesund.“, erwiderte Kate.

„Ich geh nicht wieder rein. Ich darf mich nicht bewegen, um mein Bein zu schonen und schlafen kann ich schon gar nicht. Er hustet die ganze Nacht und es wird immer schlimmer.“, flüsterte sie und strich sich mit dem Handrücken über die Stirn.

„Ich sage dir bestimmt nicht, was du tun sollst.“, warf Kate ein, zog ihre Jacke aus und reichte sie Mai.

„Geht es Eddy noch nicht besser?“, fügte sie hinzu, während Mai sich dankbar die Jacke um die Schultern legte.

„Es sieht schlecht aus. Er bekommt wenig Luft, ist zu schwach und er hustet Blut. Sanny ist die ganze Zeit wach und tut was sie kann. Mir sagt sie ich solle schlafen, während alle um mich herum wach sind. Sie hat nicht mal bemerkt, dass ich gegangen bin, so viel ist dort oben los.“

„Wie hast du es überhaupt geschafft die Treppe hinunter zu

kommen? Du kannst kaum laufen.“, stellte Kate fest. Mai winkte ab.

„Ach, es war leichter, als ich angenommen hatte. Wenn man nicht über den Schmerz nachdenkt...“ Sie zuckte mit den Schultern und zog die Jacke enger um sich.

Mit einem Mal verkrampfte sich ihr ganzer Körper und ein unheimlicher Ausdruck trat auf ihr Gesicht.

„Mai?“, fragte Kate. Ihre Freundin machte ihr Angst. Kate stand auf. „Mai, was ist los?“, fragte sie lauter und fasste diese an den Schultern.

„Er sagt, dass etwas nicht stimmt.“, flüsterte sie so leise, dass Kate es kaum verstand.

„Wer? Sag mir doch was los ist. Was stimmt nicht? Von wem redest du?“, drängte Kate und rüttelte sie leicht. Ein Geräusch ließ sie herumfahren.

„Jeremie?“ Kate verstand nicht was passierte. Wieso tauchte er so plötzlich aus dem Nichts auf?

Ein lautes, dröhnendes Geräusch erklang wie eine Sirene. Kate presste sich die Hände auf die Ohren, während in den Fenstern um sie herum Licht entfacht wurde. Einige Haustüren sprangen auf. Jemand rief etwas und plötzlich schien das ganze Dorf auf den Beinen zu sein.

„Wir müssen hier weg.“, rief Jeremie gegen den Lärm an, legte einen Arm um Mai, schob den anderen unter ihre Beine und hob sie hoch.

Noch immer verstand Kate nicht, was das Durcheinander und die plötzlich auflodernde Panik zu bedeuten hatten. Doch irgendwas hatte sich an dem Bild der Stadt verändert und das lag, da war sie sich sicher, nicht an den Menschenmassen, die jetzt über die Straßen eilten. Eine Art Nebel war am Rande der Mauern erschienen, doch Kate konnte sich nicht erklären, aus welchem Grund die Bewohner vor Nebel flüchteten.

Im nächsten Moment stand Sanny neben Kate. Sie sah beinahe so aus wie immer. Die Grippe hatte ihr kaum zugesetzt.

„Los, los, wir müssen aus dem Dorf raus.“, rief sie laut, um die Stimmen zu übertönen und schob Kate in Richtung Wald. Mai und Jeremie waren nicht mehr zu sehen.

„Aber wieso?“, brüllte Kate zurück, während sie sich weiter drängen ließ, denn mittlerweile war es so voll, dass es unmöglich war stehen zu bleiben. „Außerdem ist dieser Weg, in den Wald, kürzer.“ Sie deutete nach rechts, wo die Häuser direkt an die Bäume grenzten. Erst jetzt sah Kate, dass auch die Bäume anders waren. Sie ließen die Blätter hängen und hatten eine kränkliche Farbe angenommen.

„Ja und wir laufen ihnen direkt in die Arme.“, antwortete Sanny und schob sie weiter.

„Wem denn?“, wollte Kate wissen. Die Meisten schienen panische Angst zu haben und das war es auch, was Kate beunruhigte. Eltern trugen die Kinder, die selbst nicht besonders schnell rennen konnten auf ihren Armen. Sie riefen nach Freunden und Familien.

Sanny hörte sie nicht, sie schob sie einfach weiter.

„Von wem redest du? Ich sehe überhaupt nichts. Wem laufen wir in die Arme?“, schrie Kate noch etwas lauter.

Sie verstand diese Welt oft nicht. Sie wusste, dass es immer besser war auf Sanny zu hören, aber dieses Mal hatte sie absolut kein Verständnis dafür, dass diese ihr nicht antwortete. Sie wollte stehen bleiben, doch Sanny und die anderen Bewohner drängelten weiter.

„Ich sehe keinen Grund weiterzugehen. Sanny, sag mir doch einfach vor wem ich weglaufen soll.“, versuchte Kate es etwas ruhiger.

„Vor den Finsterfürsten.“, erklang es neben ihr. Kate wandte sich um und sah Alessio. Er erwiderte ihren Blick mit einem

Lächeln. Bei seinen Worten schossen ihr Bilder von den Kreaturen in den Kopf. Leuchtend gelbe Augen und tiefschwarze Mäntel. Ihr kurzer Aufenthalt in einem Tal. Vielleicht bildete sie es sich ein, aber in diesem Moment stieg ihr ein fauliger Geruch in die Nase. Sie lief automatisch schneller.

Sie vermied es sich umzudrehen und hielt sich nur an den Weg. Mit jedem Meter wuchs die Angst, eines der hässlichen Monster könnte hinter einem Baum hervorspringen oder sie von hinten packen. Die Menschen verstreuten sich allmählich in alle Richtungen. Die wenigen Sekunden die sie gerannt waren, kamen ihr vor wie Stunden. Weit vorne sah sie Jeremies dunklen Mantel und sie glaubte auch die Mädchen Paula, Mia und Rene zu erkennen, bei denen sie im Zimmer geschlafen hatte. In ihrer Nähe waren nur Chris und Ted, die leicht versetzt hinter ihr liefen und Alessio. Auch Sanny fiel mehr zurück.

Sie sah sich nach dem Rest um. Was war mit Eddy? Er konnte doch sicher nicht laufen? Lee hatte sie auch kurz in der Menge erkannt und wo war Claire? Auch wenn Kate sie nicht mochte, sorgte sie sich um Claire. Wo war sie nur? Vielleicht sollte sie nach ihr suchen. Wer außer ihr würde auf diese Idee kommen. Die Dorfbewohner sicher nicht. Sie waren zu beschäftigt damit, ihre eigenen Familien zu retten. Wenn man es so sah, gehörte Claire doch zu Kates Familie, wie auch der Rest ihrer Gruppe. Sie versuchte die Menge zu überblicken, in der Hoffnung irgendwo ihre schwarzen Haare zu sehen, oder wenigstens ihre Stimme zu hören, die wie üblich herausragen würde.

„Kate, ich muss dir etwas Wichtiges sagen.“, rief Alessio hinter ihr. Das brachte sie von ihrem Gedanken an Claire weg.

„Kann das nicht einen Moment warten, es passt mir gerade nicht so gut.“, schrie sie zurück, denn das Tosen der Menge verschluckte ihre Stimmen. Es war schon anstrengend genug zu rennen, wie sollte sie es gleichzeitig noch schaffen ein Gespräch zu führen.

„Nein, kann es nicht.“, antwortete er und griff nach ihrer Hand. Das wunderte sie ein wenig, da er es bisher nur gemacht hatte, wenn sie zu zweit gewesen waren und hier waren sie alles andere als allein. Allerdings achtete in dem Gedränge sicherlich niemand auf sie. Dennoch musste sie zugeben, dass es sie kurzzeitig verwirrte und beinahe wäre sie gestolpert. Sie versuchte sich weiter auf ihre Schritte zu konzentrieren. Sie lief bereits langsamer.

„Was kann denn bitte wichtiger sein, als um sein Leben zu rennen?“, fragte sie daher schnell. Sie konnte sich beim besten Willen nichts vorstellen, über das er gerade jetzt reden wollte. Es gab kaum einen weniger passenden Augenblick, außer vielleicht während einer Schweigeminute. Innerlich schüttelte sie den Kopf über ihre eigenen wirren Gedanken.

Alessio redete nicht gleich, er schwieg. Ein unsicheres Gefühl trat in Kate auf. Seine Stimme klang ernst und mit jeder Sekunde stieg ihre Nervosität. Wieso sagte er jetzt nichts, wenn es doch angeblich so wichtig war, dass er es unbedingt sofort loswerden wollte?

Sie überlegte, ob sie noch etwas sagen sollte, doch dann würde er es sich vermutlich wieder anders überlegen. Sie beschloss einfach abzuwarten. Unterdessen rannte ihr Körper weiter, als ginge ihn das alles nicht das Geringste an. Während sich die Sekunden offenbar endlos hinzogen, in denen Alessio schwieg, schienen ihre Gedanken sich mehr und mehr zu entfernen.

„Ich liebe dich.“, sagte er gerade laut genug, dass Kate es

noch hörte. Mit einem Schlag waren ihr Körper und ihre Gedanken wiedervereint. Sie hätte sich nichts vorstellen können, was sie in diesem Moment mehr aus der Bahn hätte werfen können.

Wie erstarrt war sie stehen geblieben, was dazu führte, dass Chris beinahe in sie hineingelaufen wäre. Die Anderen rannten weiter, ohne auf sie zu achten. Dass sie verfolgt wurden hatte sie bereits völlig vergessen. Ihr Atem ging rasch, ihr Herz pochte heftig und sie konnte nicht sagen, ob es nur daran lang, dass sie gerannt war.

Ihre Hände zitterten leicht und aus ihrem Inneren stieg rasend schnell Wärme auf, als er sie zu sich umdrehte und ihr direkt in die Augen sah. Leuchtend blau, wie die Sonne Naos, schoss es ihr durch den Kopf.

Sie glaubte, nichts mehr zu hören, bis auf ihren eigenen Herzschlag der in ihren Ohren widerhallte. Sie wollte etwas sagen, doch ihr Gehirn schien völlig stehen geblieben zu sein, genau wie die Zeit.

„Ich liebe dich, Kate.“, wiederholte er.

Die Bedeutung seiner Worte, kam viel zu langsam in ihrem Kopf an und noch bevor sie etwas erwidern konnte, beugte er sich zu ihr herunter und küsste sie. Einfach so, ohne Vorwarnung. Seine weichen Lippen trafen auf ihre, kalt wie Eis und dennoch hatte sie das Gefühl zu verbrennen. Kate schloss die Augen und schlang wie von selbst die Arme um seinen Hals. Sie vergaß alles um sich herum. Seine Haut roch nach Schnee und Wind, nur intensiver. Diesen Duft sog sie in sich auf und er vernebelte ihre Gedanken weiter. Sie spürte seine Hände an ihrer Taille und die kalten Schneeflocken, die auf ihre nackten Arme und ihr glühendes Gesicht fielen. Er zog sie dichter an sich heran.

„Leute, ich will wirklich nicht stören, aber könnt ihr mir mal verraten, was ihr da treibt?“, brüllte Sanny, die noch immer hinter ihnen gewesen war, fassungslos und drängte sie Beide weiter. Mit all ihrer Kraft stemmte Sanny ihre kleinen Hände gegen sie und holte Kate somit in die Realität zurück.

Sie wusste nicht mehr, wo sie war und was passiert war, aber ihr Verstand meldete eindeutig, dass nichts mehr stimmte. Alles schien Falsch zu sein und sie konnte dieses Gefühl nur los werden, wenn sie das Geschehene rückgängig machen würde. Sie machte einen zögernden Schritt rückwärts, währenddessen sie versuchte ihre Gedanken und Gefühle zu ordnen. Dann machte sie auf dem Absatz kehrt und lief davon.

Mitten durch die Masse. Sie rempelte unzählige Menschen an, warf irgendwen um und stolperte. Doch das alles kümmerte sie nicht. Die Welt schien vor ihr zu verschwimmen. Wie durch einen Schleier aus dichtem Nebel nahm sie die Bäume war. Sie wusste nicht weshalb sie davonlief. Ihre Beine handelten auf eigene Verantwortung und selbst wenn sie versucht hätte, sich daran zu hindern, wäre sie machtlos gewesen.

Für eine Sekunde wollte sie umdrehen und zurückgehen, aber sie brachte nicht genug Mut auf.

Mit letzter Kraft ließ sie sich seitlich gegen den Stamm einer Eiche fallen und holte schwer atmend Luft. Eine Hand ruhte auf der Rinde, während die Andere sich in ihren Arm krallte.

„Was mache ich nur? Wieso bin ich so dumm?“, fragte sie sich und schlug gegen das feuchte Holz. Etwas Schnee rieselte von den Ästen. Schnee, überall war Schnee. Sie trat danach, auch wenn sie nicht wusste, wie ihr das helfen konnte.

Sie hatte weglaufen immer für das Beste gehalten. Wahrscheinlich, weil es ihr schon manches Mal geholfen hatte. Es hatte sie immerhin aus dem Heim gerettet und hierher gebracht, aber sie würde nicht immer davonrennen können.

„Aber ich könnte es versuchen!“, widersprach sie ihren

Gedanken. Schließlich waren sie daran schuld. Wenn etwas passierte, kamen sie dazwischen und machten es kompliziert. Sie tauchten an den unpassendsten Stellen auf, um ihr Leben zu zerstören.

Sie war wütend. Auf ihn? Wie konnte er nur so etwas sagen? Wusste er nicht, was er damit anrichtete? Kate schloss die Augen und erinnerte sich daran, wie er sie geküsst hatte. Die Erinnerung war so deutlich und zugleich kam sie Kate vor, als wäre sie vor mehreren Tagen entstanden. Sie spürte deutlich ein Kribbeln in ihrem Bauch und ein Lächeln stahl sich auf ihre Lippen. Dort, wo er sie berührt hatte. Ihr Herz machte einen Hüpfer. Dieses Gefühl war so unbekannt. Wann war sie das letzte Mal einfach glücklich gewesen.

Sie schlug die Augen auf.

Ja, sie war glücklich. Also worin lag der Sinn, dass sie wieder einmal weggelaufen war, wie ein Kind. Ihre Freundin Jenna hatte Recht gehabt.

„Wenn du so weiter machst, rennst du irgendwann auch vor dem weg, was gut für dich ist.“, hatte sie immer gesagt, wenn Kate wieder einmal nicht nachgedacht hatte. Doch war es überhaupt gut für sie?

„Wenn ich doch glücklich bin?“, sagte sie sich.

Jetzt bist du es, aber wie lange?, fragte ihr Verstand. *Woher weißt du, dass es so bleibt?*

„Ich kann es nicht wissen.“, flüsterte sie.

„Ach Jenna, wenn du mich jetzt sehen würdest...“, murmelte Kate und sog die kalte Nachtluft ein.

Wie geht es jetzt weiter, fragte sie ihre Gedanken, doch sie kannte die Antwort. Entweder ich gehe zurück, oder ich verrotte im Wald, überlegte sie. Letzteres klang verlockend, aber sie hatte es schon einmal versucht und damals war es mächtig daneben gegangen.

„Dieses Mal ist es etwas Anderes.“, sagte sie sich und überhörte ihre Gedanken, die daran zweifelten.

Sie musste all ihren Mut zusammenfassen, bevor sie ihre Beine in Bewegung setzen konnte.

Sie zitterte am ganzen Körper. Wie sollte sie sich jetzt verhalten?

Sie wusste nicht wie, aber sie fand das Dorf ohne sich zu verlaufen. Vielleicht hatte ihr Herz jetzt endgültig die Kontrolle übernommen. Ihr Verstand jedenfalls schwieg weiterhin.

Am Rand des Waldes blieb sie stehen. Das Dorf wirkte wie ausgestorben, doch das war nicht der Grund für ihr Zögern. Dicke Wurzeln, so schien es, hatten sich überall ausgebreitet. Sie zogen sich über die Wege und verzierten die Hauswände mit seltsamen Mustern. Ein fauliger Geruch hing in der Luft und als Kate sich an einer Mauer abstützten wollte, zog sie ihre Hand gleich wieder weg. Die Steine waren von derselben schleimigen, stinkenden Schicht überzogen, wie die im Tal der Finsterfürsten.

„Sie waren also tatsächlich da.“, flüsterte sie und erschrak, als ihre eine helle, leise Stimme antwortete.

„Ja und sie haben sich ein Opfer geholt.“

„Paula, sag das nicht.“ Es waren die drei Schwestern, bei denen sie übernachtet hatte.

„Wo sind die Anderen?“

„Im Wald, aber einige sind auch zurückgeblieben. Die, die zu krank oder zu alt sind.“, meinte Paula. Kate zögerte nicht lange und ließ die Kinder stehen. Sie lief zu dem Haus hinüber, wo die Kranken und Verletzten in ihren Betten schliefen. Falls sie noch lebten, schoss es ihr durch den Kopf. Sie hatte den Wunsch irgendetwas zu tun. Es machte sie verrückt nur dazusitzen und zu warten. Warten auf etwas, dass ihr Unbehagen bereitete.

Schon als sie die schwere Holztür aufstieß, hörte sie Stimmen aus der oberen Etage.

Kate nahm immer zwei Stufen auf einmal und lief direkt in das erste Zimmer. Die Insassen drehten sich zu ihr um und eine kleine Heilerin sprang auf.

„Sie dürfen hier nicht rein.“, sagte sie aufgeregt.

„Doch, ist schon ok. Sie muss hier sogar rein.“, kam es von Mai, die zu Kates Überraschung in der Ecke auf einem Stuhl saß.

„Wie bist du...“, setzte Kate an, doch sie verstummte, als Mai ihr einen warnenden Blick zuwarf.

„Geht es dir gut?“, fragte sie stattdessen und ging an der überforderten Heilerin vorbei.

„Sicher doch.“, grinste Mai und klopfte auf ihr Bein. „Bis auf die Tatsache, dass ich nicht herumlaufen darf.“, sagte sie vorwurfsvoll. Kate lächelte.

„Sie sollten wirklich besser auf das hören, was ihre Heilerin ihnen sagt, Miss.“, bestätigte die Kleine.

„Ja, ja. Sanny die Allwissende. Wenn ich mich zu Tode langweile ist das auch nicht besser, oder?“, scherzte Mai weiter und sah zu einem Bett hinüber, in dem Kate Eddy vermutete.

„Sie kommen zurück.“, freute sich die Heilerin, mit einem Blick aus dem Fenster.

„Wird auch Zeit. Ich wollte schon losgehen und sie suchen.“, redete Mai fröhlich weiter. Kate spürte, wie ihr Mund trocken wurde und etwas ihren Hals zuschnürte.

Sie ging zu einem Sessel und setzte sich eilig. Mai folgte ihr nachdenklich mit den Augen.

„Willst du nicht hinunter gehen? Hier Oben ist es doch schrecklich.“, meinte sie, aber Kate schüttelte nur den Kopf. Sie fühlte sich leicht schwindelig, bei dem Gedanken. Mai musterte sie weiterhin besorgt und Kate hatte das Gefühl sie würde geradewegs in ihren Kopf sehen, wo ihre Gedanken wie ein offenes Buch nach ihr riefen. Kate wandte das Gesicht ab und tat, als beobachte sie die Heilerin bei ihrer Arbeit. Je später sie dieses Zimmer verließ, desto größer war die Chance ihm nicht zu begegnen.

Die Stille wurde unterbrochen, als Sanny herein kam. Leicht schnaufend, aber heil.

„Da bist du ja.“, sagte sie mit einem Blick auf Kate, die bei Sannys Erscheinung von ihrem Platz aufgesprungen war.

„Ähm ja...“, stotterte sie und fand einfach nicht die richtigen Worte. Was sollte man auch schon sagen, in solch einem Moment. Sanny öffnete den Mund, um etwas zu sagen.

„Ich muss gehen.“, sagte Kate hastig und stürmte an ihr vorbei, aus dem Zimmer. Es war ihr unangenehm im selben Raum mit Sanny zu sein, immerhin hatte sie alles mit angesehen. Sicherlich hätte sie angefangen Fragen zu stellen.

Vor der Türe, die ins Freie führte, machte sie einen kurzen Halt. Irgendwann sehe ich ihn sowieso, versuchte sie sich Mut zu machen, doch es bewirkte nur, dass die Nervosität noch größer wurde. Sie wuchs mit jedem Gedanken an das Geschehene, stellte Kate fest.

Energisch öffnete sie die Tür und trat entschlossen in den festgetretenen Schnee vor dem Haus. Noch immer irrten Bewohner auf den Straßen umher und riefen die Namen ihrer Angehörigen. Kate drängte sich zwischen sie und ließ sich mit dem Strom treiben, in die Richtung des Hauses, in dem Mollys Familie wohnte. Sie fühlte sich zunehmend sicherer und schon bald lag nur noch die kleine leere Gasse vor ihr, in der das große Haus stand. Sie atmete erleichtert auf. Sie hatte es geschafft.

Die Erleichterung starb, als sie plötzlich eine Gestalt an der Hauswand lehnen sah. Natürlich, er war hierher gekommen, um auf sie zu warten. Noch hatte er sie nicht bemerkt und sie konnte zurück in die Traube von Menschen verschwinden, doch was würde dann kommen. Sollte sie wieder in den Wald rennen? Sich verstecken?

Sie verspürte den deutlichen Drang erneut davonzulaufen. Sie ignorierte den Wunsch und machte ein paar zögernde Schritte auf Alessio zu.

Erleichterung huschte über sein Gesicht, als er sie sah, aber er lächelte nicht wie sonst. Kein Wunder, dachte Kate hitzig, ich hasse mich ja selber.

Ein neuer Gedanke tauchte auf und er machte ihr beinahe noch mehr Angst. Er ist gekommen, um mir zu sagen, dass ich nicht mehr mit ihnen gehen kann. Ich werde zurückkehren müssen. Was habe ich auch erwartet? Freude? Das er es ignoriert? Nun ja, vielleicht ist es besser, wenn ich gleich ganz gehe... zurück zur Erde, überlegte sie stumm. Sie wollte sich schon umdrehen.

„Es tut mir leid, Kate.“, fing er an. Ihren Namen sprach er vorsichtig aus, als könnte er ihm die Zunge verbrennen. Ja ich weiß, ich soll ab jetzt meinen eigenen Weg gehen, dachte sie ungeduldig und sah ihn nicht an. Es war besser die Sache schnell hinter sich zu bringen.

„Ich wollte dich nicht überrumpeln. Bitte, glaube mir. Ich will auch nicht, dass du Angst vor mir hast, nur weil ich mich dumm verhalten habe.“, sagte er ohne sich von der Stelle zu rühren. Kate starrte ihn fassungslos an. Sie machte einen Fehler und ihm fiel nichts Besseres ein, als sich zu entschuldigen?

„Es wird nie wieder vorkommen.“, sagte er mit leichter Verzweiflung in der Stimme.

„Kate? Sag doch irgendwas.“, flehte er jetzt.

„Ich... ich...“, brachte sie unsicher hervor und fischte nach den richtigen Worten. „Ich versteh´s nicht. Heißt das, du hasst mich nicht und ich muss mir keinen eigenen Weg suchen? Ich muss nicht gehen?“, stammelte sie.

„Du willst gehen?“, versuchte er sie zu verstehen.

„Nein, aber ich muss oder soll. Es ist doch völlig klar, dass ich nicht so tun kann, als wäre nichts gewesen. Deshalb werde ich gehen. Nein warte, ich dachte, ich müsste es, weil ich doch immer weglaufe, auch vor dem Guten, so wie Jenna es immer gesagt hat, früher. Ich versuche immer, mich an meinen blöden Plan zu halten, aber es klappt nicht, ich mache nur alles kaputt und dann muss ich zurück zur Erde, wieder an den schrecklichen Ort, wo ich wieder weglaufe und das führt nur zu weiteren Problemen und Sanny war... hat, ähm...“, sie brach ab und schüttelte heftig den Kopf, als könnte sie so ihre Gedanken entwirren. Sie schienen nur noch aus einem einzigen Knoten zu bestehen, der sich durch nichts lösen ließ. Alessio wirkte von ihrem Gerede ebenso verwirrt.

„Was hat deine Freundin, aus dem Heim, damit zu tun?“, fragte er immer noch bemüht zu verstehen was sie ihm damit sagen wollte.

Kate blieb stumm, überrascht dass er noch wusste, wer Jenna war.

„Und von was für einem Plan hast du gesprochen?“, wollte er neugierig wissen und trat jetzt doch aus dem Schatten. Langsam und vorsichtig, als glaubte er sie würde wieder weglaufen wenn er zu dicht vor ihr stand.

„Keinem Menschen mehr zu trauen und mich vor Anderen zu verschließen. Ich muss sagen, du machst es mir sehr schwer, mich daran zu halten.“, sagte sie leise und verfluchte sich im nächsten Moment dafür.

„Weshalb machst du dir solche Pläne?“ Es klang besorgt, so

wie er es sagte. Kate musste lächeln. Wahrscheinlich war es genau diese Art von ihm, die all ihre guten Vorsätze, mit einem Mal wieder schlecht erscheinen ließen.

„Es gibt Dinge, die bringen einen Menschen dazu, sich zu schützen." Kate redete nicht weiter. Sie wollte nur, dass die Vergangenheit dort blieb wo sie hin gehörte. Alessio rührte sich nicht und sah ihr ins Gesicht. Er fragte nicht nach, was sie damit meinte. Natürlich nicht. Er wollte sie nicht zu etwas bringen, dass sie nicht wollte. Dennoch öffnete sie den Mund, um irgendetwas zu erklären, oder einfach um aus dieser Situation heraus zu kommen. Alessio gab ihr ein Zeichen nichts zu sagen, indem er den Kopf schüttelte und leicht seine linke Hand auf ihre Lippen legte. Kaum hatte er sie berührt, zog er sie eilig zurück, als hätte er sich verbrannt und machte einen Schritt nach hinten.

„Du musst mir nichts erklären, wenn du nicht willst. Falls du dich allerdings doch irgendwann dafür entscheidest, werde ich da sein.", sagte er eindringlich. Ob es vor Freude, oder Trauer passierte, konnte sie nicht sagen, als eine winzige Träne in ihrem Auge aufstieg.

„Tut mir leid, was hab ich jetzt Falsches...", sagte er besorgt, aber Kate unterbrach ihn, indem sie leise Lächelte. Es überkam sie so plötzlich, dass sie es nicht zurückhalten konnte.

„Nichts, wirklich! Tut mir leid, du machst genau so ein Gesicht, wie Sanny vorhin.", erklärte Kate.

„Das hatte ich fast vergessen, dabei hat sie mich ziemlich angefahren.", erinnerte er sich.

„Jetzt ist sie nicht da.", stellte Kate ganz leise fest und dieses Mal blieb auch ihr Verstand ruhig, oder vielleicht war er selbst es, der sie dazu brachte diese Worte zu sagen? Alessio betrachtete sie einen Augenblick, bis er begriff, was sie damit meinte.

„Aber was, wenn du wieder den Wunsch hast wegzulaufen?“, fragte Alessio und machte einen Schritt auf sie zu. Kate wich nicht zurück. Etwas hatte sich verändert. Die Mauer in ihrem Kopf, hatte leichte Risse bekommen.

„Dann liegt es an dir, es zu verhindern.“, meinte sie ruhig und schob ihre Finger in seine Handfläche.

„Nein, das könnte ich nicht.“, wisperte er und verflocht seine Finger mit ihren.

Sein Gesicht war ihrem jetzt so nahe, dass sie die einzelnen Poren seiner Haut erkennen konnte. Sie konnte den Blick nicht von seinen Augen abwenden. Sie war gefangen, von einem unsichtbaren Zauber und sie wusste, dass sie dieses Mal bleiben würde. Sie würde kein zweites Mal die Flucht ergreifen.

Sie schaffte es erst ihre Augen zu schließen, als sich ihre Nasenspitzen fast berührten. Ihr Herz schlug schnell und sie hielt den Atem beinahe an, während sie darauf wartete, dass er sie küsste. Sie spürte seine Unsicherheit und die Angst vor ihrer Reaktion. Sie selbst war plötzlich viel ruhiger und vor allem entschlossen.

Der Kuss kam Kate wirklicher vor, als der Erste. Sie streckte sich ihm ein wenig entgegen, schließlich war er fast einen ganzen Kopf größer. Seine linke Hand fuhr leicht durch ihre Haare, während die Rechte noch immer mit ihren Fingern verflochten war.

Die Zeit hatte sie vergessen und mit ihr das Gespräch.

Viel zu schnell löste er sich von Kate, trat ein Stück zurück und beobachtete sie.

„Und, willst du lieber weglaufen?“, fragte er unsicher und lockerte den Griff um ihre Finger.

„Nein. Dieses Mal nicht.“, sonst würde ich wohl nie mehr zurückkommen, dachte sie ihren Satz still zu Ende.

Alessio wirkte erleichtert. Er lächelte kurz.

„Du solltest jetzt schlafen gehen.“, meinte er.

„Und was hast du vor?“, fragte sie. Sie war sich sicher, dass er nicht schlafen gehen würde und sie selbst würde bestimmt auch keinen Schlaf finden. Jetzt nicht mehr.

„Ich muss noch etwas geschäftliches für Jill erledigen.“, sagte er wenig begeistert. „Außerdem sollte ich nachsehen, ob alle zurückgekommen sind.“ Kate überlegte nicht lange.

„Das kann ich auch machen. Sanny, Eddy und Mai hab ich schon gesehen und das heißt, dass auch...“, sie brach ab. Beinahe hätte sie Jeremie verraten und dabei hatte sie Mai versprochen niemandem zu erzählen, dass er da war.

„Was heißt was?“, wollte Alessio Stirn runzelnd wissen.

„Ich bin völlig übermüdet.“, warf Kate wenig überzeugend ein. Alessio sah sie zweifelnd an.

„Ich hoffe, Claire geht es gut.“, fügte sie rasch hinzu.

„Ok, du bist wirklich übermüdet oder krank, wenn du dich ernsthaft um die sorgst.“, gab er zu und grinste. Dann beugte er sich vor und gab ihr einen Kuss auf die Stirn.

„Bis Morgen.“, flüsterte er, bevor er Richtung Straße verschwand.

Einen Moment blieb Kate reglos stehen. Hatte sie sich nicht vorgenommen zu gehen?

Nein, sie hatte überhaupt nicht nachgedacht, worauf sie hinaus wollte. Ständig und überall funkte ihr Verstand dazwischen und jetzt ließ er sie planlos umherirren? Das passte gar nicht zu ihm.

„Na toll.“, schimpfte sie mit sich selbst und ging auf die Treppe vor Mollys Haus zu, um sich auf die Stufen sinken zu lassen. Hätte ihr nichts Besseres einfallen können. Er hatte es wieder getan und dieses Mal hatte sie sich noch weniger gewehrt, als beim ersten Mal. Sie ließ dem Kopf auf die Knie sinken und schlang die Arme um die Beine.

„Blöder Verstand.“, grummelte sie.

Ich dachte, das wäre genau das, was du wolltest, verteidigte ihr Verstand sich. Er war also wieder da.

„Sicher, aber vielleicht auch nicht.“, flüsterte sie.

Dann kann ich dir auch nicht helfen, spottete die Stimme in ihrem Kopf.

„Ich weiß, niemand kann das.“, gab sie zurück.

„Kate?“, fragte Sanny. Sie hob den Kopf und sah in das besorgte Gesicht der Heilerin.

„Was machst du hier? Ist irgendwas mit Mai?“, wollte sie aufgeregt wissen und sprang auf.

„Nein, setzt dich wieder. Es ist nichts passiert. Ich hab mir Sorgen um Dich gemacht.“, beschwichtigte Sanny sie und Kate ließ sich auf ihren Platz zurückfallen. Sanny hockte sich neben sie.

„Ich bin froh, dass du zurückgekommen bist. Ohne dich wäre diese Reise sicher anstrengender.“, sagte Sanny und legte ihr eine Hand auf die Schulter.

„Oh ja, es war so dumm was ich getan habe.“, entschuldigte Kate sich.

„Nein, sag das nicht. Dich trifft keine Schuld. Ich bin wirklich böse auf Alessio. So war er noch nie. Wie kann er nur so etwas tun?“, rief Sanny erzürnt.

„Ja.“, hauchte Kate und versank in ihren Gedanken. Ihre Finger griffen ganz von alleine nach dem Anhänger, den sie, unter ihrem Shirt, um ihren Hals trug. Sie hatte ihn beinahe vergessen und jetzt wurde ihr klar, weshalb Alessio ihn ausgerechnet ihr gegeben hatte.

„Kate? Hörst du noch zu?“, wollte Sanny plötzlich wissen.

„Hmm? Sicher doch.“, sagte Kate eilig und sah Sanny aufmerksam an.

„Also, hat er sich jetzt wenigstens entschuldigt?“, hakte

diese nach. Kate nickte.

„Wenn er wieder so durchdreht, komm einfach zu mir. Dann kriegt er was zu hören.“, sagte Sanny und verschränkte die Arme. Kate lächelte.

„Du bist wirklich wie eine Mutter.“, meinte sie und drückte Sanny kurz an sich.

„Oh, wenn du das so siehst. Ab ins Bett.“, lachte Sanny und tätschelte ihr den Kopf.

Sie mochte Sanny, doch sie würde ihr nichts von dem erzählen, was passiert war. Wenn überhaupt würde sie nur mit Mai darüber reden. Was würde sie wohl davon halten? Freute es sie oder war sie vielleicht sauer? Alessio war schließlich ihr Bruder, wenn auch nicht ihr leiblicher.

Nachdenklich erhob sie sich und klopfte leise gegen die Tür, bis ihr einfiel, dass die Bewohner schon längst schlafen mussten. Zu ihrer Überraschung öffnete sie sich fast zeitgleich und zeigte eine strahlende Molly.

„Oh, Kindchen. Wir hatten schon Angst, dir sei etwas passiert.“, sagte sie aufgeregt und schloss Kate in ihren freien Arm.

Tatsächlich saß die ganze Familie, einschließlich Claire, am Tisch.

„Nur damit das klar ist. Ich wusste, dass es dir gut geht. Die hatten Angst.“, meinte Claire und deutete auf Mollys Tochter und deren Mann.

„Ich hab euch doch gesagt, wir haben sie gesehen.“, meinte Paula trotzig, woraufhin ihre Mutter ihr lächelnd durchs Haar strich.

„Na, dann kann ich doch sicher jetzt ins Bett gehen.“, sagte Claire genervt und stand auf.

„Wir sollten alle noch etwas schlafen.“, riet der Vater.

An Schlafen war jedoch nicht zu denken. Kate drehte sich von einer auf die andere Seite, was Claire allmählich zur Verzweiflung brachte.

„Ich kann nicht schlafen, bei dem Krach den du veranstaltest.“, zischte sie leise, um die Anderen nicht zu wecken.

„Tut mir leid, aber es ist zu warm hier.“, warf Kate ebenso leise zurück, setzte sich auf und strich sich die Haarsträhnen aus der Stirn. Sie hatte leicht geschwitzt, wie sie jetzt merkte.

„Dann geh doch raus in den Schnee.“, murrte Claire in ihre Kissen.

„Tolle Idee. Ich leg mich auf die Straße.“, sagte Kate sarkastisch.

„Mir egal, gib einfach Ruhe.“, zickte Claire weiter, also stand Kate auf und verließ leise das Zimmer.

In der Küche holte sie sich ein Glas Wasser und zog eins der beiden Fläschchen, die sie von Sanny bekommen hatte, aus der Tasche.

Sie ließ einen Tropfen des Fiebertrankes in das Glas fallen und verstaute ihn sorgfältig in ihrer Jacke. Sie wartete bis es sich Gold gefärbt hatte und hob das Glas bis an den Mund.

Schon der Geruch brannte in der Nase und zog sich bis in ihre Lunge.

Sie verzog das Gesicht und nippte nur kurz an dem Getränk. Es war widerlicher, als sie es in Erinnerung gehabt hatte. Sie schüttelte sich und kippte den Rest in den Abfluss, wo er mit einem Glucksen verschwand.

„Wenigstens ist es nicht mehr so warm.“, stellte sie flüsternd fest.

Sie nahm sich vor, auch davon niemandem zu erzählen, nicht Mai, nicht einmal Alessio.

Es war doch dumm, eine Fähigkeit zu besitzen und sie nur

mit Medizin kontrollieren zu können.

Beinahe lautlos schlich sie sich wieder in das Zimmer, doch schlafen konnte sie trotzdem nicht. Es schwirrten zu viele Dinge durch ihren Kopf.

Die Ruhe im Sturm

Das Dorf hatte bereits am nächsten Tag sein ursprüngliches Aussehen angenommen. Keiner verlor mehr ein Wort über den Angriff der vergangenen Nacht. Kate schloss daraus, dass niemand verletzt worden war. Claire war im Bett geblieben und so war Kate zusammen mit Paula und Rene nach Draußen gegangen. Die Älteste Tochter musste arbeiten, aber die anderen Beiden wollten Kate unbedingt ihr Dorf zeigen.
Alessio hatte sie nur kurz von weitem gesehen. Er war so sehr beschäftigt gewesen, dass er sie nicht bemerkt hatte. Sanny schien wieder gesund, jedenfalls konnte sie niemanden mehr anstecken und durfte nach Draußen.
Sie hatte sich dennoch dafür entschieden bei Eddy zu bleiben.
Als Kate sie nach Mai gefragt hatte, hatte Sanny gelacht und gemeint, die würde schmollend in ihrem Zimmer sitzen und sich beschweren, dass sie nicht mehr hinaus könne, da es in den Gassen schlimmer stinken würde, als sonst wo.
Kate tat sie leid und daher hatte sie sich fest vorgenommen sie später zu besuchen.
Eddy ging es immer noch nicht besser.
Paula redete den ganzen Tag aufgeregt vor sich hin, doch Kate schaffte es nicht, ihr lange zuzuhören. Umso dankbarer war sie, als die Mutter ihre Töchter zum Essen rief. Kate lehnte dankend ab. Sie würde sowieso nichts hinunter bekommen.
„Sag mal bist du krank?“, fragte Mai, als Kate es ihr erzählte. Sie lachte.
„Nein, aber ich wäre die Zwei sonst nie losgeworden und ich wollte nach dir sehen.“, erklärte sie.
„Wie süß von dir.“, schwärmte Mai. „Und jetzt hol mich hier raus. Ich bekomme schon Einbildungen. Ist der Raum kleiner

geworden? Wollen die Wände mich zerquetschen?", plapperte sie drauf los. Kate verdrehte grinsend die Augen.
„Sicher doch und dein Bett will dich fressen.", scherzte sie.
„Ich hab´s gewusst." Mai grinste und stand auf. Auch sie sah besser aus. Ihr Bein war es, das ihr Probleme machte. Zwar konnte sie schon wieder laufen, doch es sah recht schmerzhaft aus.
„Sag mal, Kate?", nuschelte Mai, als sie nach draußen kamen und kaute nervös auf ihrer Unterlippe herum.
„Was?", fragte Kate verwirrt.
„Wärst du mir böse, wenn ich... ich meine Jeremie sagt, ich soll dich nicht fragen... aber ich wollte...", druckste sie jetzt herum.
„Sag einfach was los ist, ich verstehe nämlich nichts.", unterbrach Kate sie.
„Ich will mich mit ihm treffen, nur für ein paar Stunden oder so. Ich will nur nicht, dass du sauer bist.", flüsterte sie deutlicher.
„Als ob ich auf dich sauer sein könnte.", grinste Kate.
„Wenn dich jemand fragt...", fing sie an.
„..., dann weiß ich von gar nichts.", beendete Kate den Satz für sie.
„Ach, du bist die Beste, dafür liebe ich dich.", rief sie und umarmte Kate so fest, dass diese für einen Moment keine Luft bekam.
„Schon gut. Grüß ihn von mir, ach was rede ich. Er belauscht uns sowieso.", meinte Kate und bekam nur ein breites Grinsen zur Antwort.
Kate drehte sich lächelnd um und überlegte, was sie tun sollte, als ihr Paula entgegenlief. Strahlend und halb hüpfend winkte sie Kate zu. Dieses Mädchen hatte offenbar einen Narren an ihr gefressen, doch Kate kam sie gerade recht. So hatte sie Zeit weiter ihren Gedanken nachzuhängen, während die Kleine

ununterbrochen reden würde. Ja es klang nicht sehr nett und eigentlich passte dieses Verhalten nicht zu ihr, aber heute war es ihr egal. Sie ließ sich also von Paula zu einer Hauswand ziehen und sich einen Stift in die Hand drücken.
Verwirrt sah Kate sie an.
„Du sollst malen.“, sagte Paula wie selbstverständlich und zückte ihren eigenen Stift.
„Ich habe dir doch von der Geschichte erzählt, dass alles Böse fern bleibt, wenn man ein bestimmtes Muster überall auf die Hauswand malt und meine Mutter hat gesagt es wäre eine gute Idee. Ich dachte, du könntest mir helfen.“, flehte sie.
„Sicher doch, was ist das für ein Muster?“, fragte Kate, die eher glaubte, dass Paulas Mutter einfach nur froh war, wenn ihre Kinder etwas zu tun wussten, was sie von den Sorgen der Eltern ablenkt. Paula kniete sich in den Schnee und begann auf die Steine zu malen. Ein verschlungenes Zeichen. Sie strahlte.
„Ich werde es probieren.“, versicherte Kate und ahmte Paula nach.
Es war keine schwere Arbeit, wenn man es erst einmal raus hatte. Außerdem hatte man von hier einen wunderbaren Blick auf den Platz. Kate hörte nur halb hin, als Paula etwas von einem Ausflug erzählte, bei dem sie mit ihren Schwestern Feen gefangen hatte. Gerade war eine Tür auf der anderen Seite des Platzes aufgegangen und eine Gruppe trat heraus. Unter ihnen waren auch Alessio und Lee. Was sie jedoch mehr überraschte, war die Tatsache, dass Claire dabei war. Wenn sie ehrlich war, überraschte es sie keineswegs, aber es ärgerte sie. Warum hätte sie auch nicht sagen können.
„Oh.“, machte sie, als sie sah, was sie gezeichnet hatte. Paula lachte.
„Was soll das darstellen?“, fragte sie kichernd und betrachtete Kates Gekritzel mit schief gelegtem Kopf.

„Keine Ahnung. Tut mir leid, ich war in Gedanken.“, entschuldigte Kate sich.
„Bei einem Jungen?“, fragte Paula aufgeregt und malte sich aus Versehen selber an. Kate lächelte.
„Nein.“, meinte sie bestimmt und malte weiter. Paula wirkte enttäuscht.
„Schade. Woran hast du dann gedacht?“, bohrte sie weiter.
„Ich habe darüber nachgedacht, wie gemein Claire gestern war.“, sagte Kate rasch, um Paula auf andere Gedanken zu bringen.
„Sie war gemein? Zu dir? Aber wieso denn?“ Hörte diese Paula nie auf zu reden, dachte Kate seufzend und warf noch einen Blick in die Richtung, wo Alessio stand.
„Nein, ich meinte zu euch. Sie muss jeden herumkommandieren.“ Paula schwieg.
„Sie hätte auch netter sein können, oder nicht?“, fragte Kate.
„Ich kann sie verstehen. Ihr habt schließlich kein Haus.“, sagte Paula zögernd.
„Oh doch, sie wohnt in einem Haus, bei ihren Eltern. Wir sind nur auf eine lange Reise gegangen.“, erklärte Kate und ließ den Stift sinken.
Plötzlich fühlte sie sich verloren. Sie saß hier, mit einem kleinen Mädchen und malte eine Wand an.
„Hey Kate.“ Sie sah auf.
„Sanny!“, antwortete sie und versuchte dabei ebenso unbeschwert zu klingen.
„Ich wollte etwas essen gehen. Was ist mit dir? Hast du schon gegessen?“, fragte sie.
„Natürlich.“, schwindelte Kate. Sanny überlegte einen Moment.
„Paula? Hat Kate etwas gegessen?“, versuchte sie es. Kate warf der kleinen unauffällig einen warnenden Blick zu. Ein verschmitztes Grinsen breitete sich auf dem Kindergesicht aus.

„Nein, hat sie nicht.“, lachte Paula.
„Na warte, du kleine Verräterin.“, sagte Kate und erhob sich. Paula sprang freudig auf, wobei sie den Stift achtlos fallen ließ.
„Jetzt gibt‘s Ärger.“, warnte Kate sie, bevor sie sich das Mädchen schnappte und durchkitzelte. Paula kreischte so laut, dass sich alle Umstehenden besorgt nach ihnen umdrehten. Zischend, legte Kate ihr eine Hand auf den Mund, um sie ruhig zu stellen und schob sie ein Stück weit hinter das Haus, so dass sie vom Platz aus nicht mehr zu sehen waren. Kichernd sank Paula auf den Boden und lehnte sich an die Wand.
„Ich bin noch nicht fertig mit dir.“, drohte Kate und schaffte es nicht ganz ernst zu bleiben.
„Essen?“, fragte sie nur, nachdem sie sich zu Sanny umgedreht hatte. Diese seufzte und nickte.
Daraufhin folgte Kate ihr zu dem kleinen Gasthaus, froh darüber nicht an den Anderen vorbei zu müssen. Wer weiß, was die von ihr dachten.

„Merkst du eigentlich nicht, dass du seit zwanzig Minuten auf dieser einen Stange Brot herumkaust?“, riss Sanny Kate aus ihren Gedanken.
Sie kam um eine Antwort herum, da gerade in diesem Moment Mai polternd den Raum betrat. Polternd daher, weil sie sich auf einem kleinen Tischchen abstützen wollte, welches scheppernd umkippte und seine Dekoration auf dem Boden verteilte.
„Verdammter Mist.“, fluchte sie und ließ sich auf den Stuhl neben Kate fallen.
Die Unordnung beseitigte Chris, der ihr auch die Tür aufgehalten hatte.
Mai zog Kates kaum angerührten Teller zu sich ran und begann zu essen.

„Hey, was soll das? Das war Kates Essen. Kannst du dir nichts Eigenes bestellen?“, tadelte Sanny sie sofort.
„Und kannst du nicht sehen, dass ich am verhungern bin, während Kate absolut kein Interesse an ihrem Teller hat.“, sagte Mai, mit vollem Mund.
„Ich habe nichts dagegen.“, murmelte Kate, aber Sanny überhörte sie.
„Wo warst du überhaupt?“, wollte sie wissen.
„Spazieren.“, schmatzte Mai.
„Du hast ein kaputtes Bein und dir fällt nichts Besseres ein, als fröhlich darauf herumzulaufen?“ Mai verdrehte die Augen.
„Und wenn schon.“, stöhnte sie genervt. „Bei Skar und Nada, lass das meine Sorge sein. Wenn du dich um irgendwen sorgen willst, warum dann nicht um Eddy. Er hat sowieso nach dir gefragt.“, schlug Mai vor, woraufhin Sanny leicht beleidigt aufstand und verschwand.
„Geht doch.“, seufzte Mai und wandte sich an Kate. „Und jetzt erzähl du mir, was mit dir los ist.“, entschied sie.
„Das weißt du doch selbst. Ich hab letzte Nacht kaum geschlafen.“, um genau zu sein, gar nicht, berichtigte sie sich in Gedanken. Mai hielt beim Essen inne.
„Das hat dich noch nie vom Essen abgehalten.“, bemerkte sie, ging aber nicht weiter darauf ein. „Wann hast du eigentlich das letzte Mal so richtig geschlafen.“, überlegte sie laut. Kate wusste es ebenso wenig wie sie. Meistens waren es nur ein paar Stunden gewesen, wenn überhaupt. Die Tür flog auf und Claire trat ein, dicht gefolgt von Lee.
Wie so oft waren sie dabei, sich gegenseitig fertig zu machen. Meistens nervte es, aber manchmal hatte es auch eine beruhigende Wirkung auf Kate. Immer wenn die Zwei dieser Gewohnheit nachgingen erinnerte Kate es daran, dass alles so war, wie es sein sollte.

„Ich wünschte, ich hätte keine Ohren, dann könnte ich mir das ersparen.“, rief Claire und warf sich auf die Bank, wo vorhin Sanny gesessen hatte. Lee breitete sich daneben aus.
„Und ich wünschte, du hättest keinen Mund, dann müssten wir dich nicht ertragen.“, sagte er lässig.
„Wenigstens gibt es eine Möglichkeit mich zu ertragen. Bei dir nervt schon der Anblick.“
„Warum seid ihr hergekommen. Ich wollte in Ruhe essen.“, schmollte Mai.
„Ja Lee, warum? Kannst du dich nicht woanders unnützlich machen?“, stimmte Claire zu.
„Ich bin nicht so störend, wie dein Geschrei.“, meinte er nur und streckte die Hand nach einem Stück Brot aus. Mai reagierte in Sekunden. Blitzschnell packte sie sein Handgelenk und hielt es von dem Essen fern, während sie den Teller so zwischen sich und Kate schob, dass kein Anderer auch nur in die Reichweite kam.
„Das reicht.“, knurrte sie bedrohlich.
„Reg dich ab, Kätzchen. Warum so aggressiv?“, grinste Lee und versuchte seine Hand zu befreien.
„Pass lieber auf, was du tust und sagst, wenn du den Tag heil überstehen willst.“, sagte sie leise und stieß seine Hand weg. Sie stand auf, nahm den Teller und zog Kate mit sich, aus dem Gasthaus.
„So, wo waren wir?“, fragte sie fröhlich, als seien sie nie unterbrochen worden.
„Du wolltest mir von deinem Treffen mit Jeremie erzählen.“, meinte Kate versucht ernst. Mai grinste.
„Nein. Es ging um dich, aber wenn du darauf bestehst.“, freute sie sich.
„Es gibt kaum etwas zu erzählen. Wir haben geredet und das war´s.“, sagte sie etwas zu schnell.

„Du kannst Sanny sagen, sie kann sich das Zeug sonst wo hinschieben. Ich nehme das nicht mehr. Davon werde ich aggressiv.“, sagte Mai deutlich, während sie stehen blieb und sich umdrehte. Verwundert folgte Kate ihrem Blick und erkannte Chris.
„Woher wusstest du...“, fing er an. Mai hob die Augenbrauen.
„Gibt es irgendwas, das ich nicht weiß? Außerdem kommt sie jeden Tag um dieselbe Zeit damit an ich müsste Medizin nehmen. Meinem Bein geht es bestens.“, versicherte sie ihm und drehte sich weg. Unschlüssig starrte Chris ihr nach.
„Gib es mir, dann sorge ich dafür, dass sie es nimmt.“, schlug Kate ihm vor und steckte die Hand aus. Chris legte ihr ein kleines Fläschchen in die Handfläche und verschwand.
„Muss das sein?“, nörgelte Mai, nachdem Kate sie eingeholt hatte.
„Du meinst, er hat mir die Lüge abgekauft?“, grinste Kate und ließ den Trank in ihrer Jacke verschwinden.

Jemand rüttelte an ihrem Arm. Sie schlug die Augen auf und richtete sich auf. Paula kniete neben ihr und grinste ihr kindliches Grinsen.
„Wie spät ist es?“, fragte Kate verschlafen und sah sich orientierungslos im Zimmer um.
Sie lag fast zwei Meter neben ihrer Matte.
„Oh, es wird bald dunkel. Mutter fragt, ob du hungrig bist.“, erklärte Paula, während Kate vom Boden aufstand und ihre Sachen zurecht zupfte. Sie war nach dem Treffen mit Mai hier heraufgekommen. Ohne es zu wollen, musste sie eingeschlafen sein und so wie es aussah hatte sie sehr unruhig geschlafen. Normalerweise bewegte sie sich kaum.
„Nein, danke. Ich glaube, ich gehe etwas an die frische Luft.“,

sagte Kate und streckte ihren Oberkörper, bis die Schulterblätter sich fast berührten.
Sie liefen die Treppe hinunter. Kate hatte die Hand schon auf der Klinke, als Paula sich räusperte.
„Kann ich mitkommen? Ich langweile mich sonst.“, sagte sie leise. Kate biss sich auf die Lippen. Nein, bitte nicht, dachte sie und atmete tief ein, bevor sie sich mit einem leicht gezwungenen Lächeln umwandte. Sie hatte gehofft Alessio zu begegnen und das konnte sie vergessen, wenn Paula dabei war.
„Ich...“, fing sie an und wollte schon nachgeben, doch zu ihrer Freude kam die Mutter dazwischen.
„Paula, Kind, sei nicht immer so aufdringlich. Komm etwas essen und dann erzähle ich dir noch eine Geschichte, bevor du schlafen gehst.“, schlug sie vor. Wenig begeistert stimmte die Kleine zu und folgte ihrer Mutter in die Küche. Erleichterung durchströmte Kate. Vielleicht konnte sie auch zu Mai hinüber gehen, falls sie da war. Ja, selbst Claires Anwesenheit würde sie jetzt gutheißen, denn diese wäre um einiges ruhiger als das ewige Geplapper von Mollys Enkelin.
Leise trat sie in den knirschenden Schnee. Dieses Gefühl unter den Füßen hatte sie schon nach so kurzer Zeit vermisst. Anders wie im Wald, war der Boden hier weitestgehend festgetreten. Es musste also geschneit haben, während sie geschlafen hatte, unruhig und viel zu kurz.
Sie hatte sich noch nicht ganz entschieden, wo sie nach Mai suchen sollte, als jemand um die Ecke bog und gegen sie prallte.
„Kate.“, sagte Alessio überrascht. Hätte er sie nicht reflexartig festgehalten, wäre sie von der Wucht des Zusammenstoßes umgefallen.
„Was für ein Zufall. Ich hab dich gesucht.“ Er war leicht außer Atem, als sei er ein ganzes Stück gerannt.

„Mich? Wieso?“, fragte Kate, die kaum Zeit hatte sich zu fangen, da er sie direkt weiter zog in eine Gasse, die noch schmaler war, als die in der das Haus von Mollys Familie stand. Es gab weder Türen noch Fenster und Kate fragte sich wozu eine Gasse da war, die keine drei Meter breit war und in einer Sackgasse endete.
„Natürlich, ich habe dich kaum gesehen.“, antwortete er und sah immer wieder zurück, als wollte er sich vergewissern, dass ihnen keiner folgte.
„Und du meinst, im Dunkeln könntest du besser sehen?“, scherzte Kate, die sich etwas über sein Verhalten wunderte. Sie waren stehen geblieben. Alessio hatte sich an die Wand gelehnt und beobachtete das kaum sichtbare Ende der Gasse, wo ein schmaler Lichtstreifen über den Schnee fiel.
„Ja, ich... Was?“ Alessio sah sie verwirrt an. Offensichtlich war er mit den Gedanken ganz wo anders.
„Würdest du mir wohl erklären, was das hier soll?“, wollte Kate wissen, nicht sicher, ob sie lachen oder es für einen schlechten Scherz halten sollte.
„Ich werde diese Leute einfach nicht mehr los.“, meinte er. „Seit wir hier angekommen sind, schwirren sie um mich herum, wie die Feen um das Feuer. Erst jetzt hat sich, durch einen Zufall, die Möglichkeit ergeben, sich unbemerkt davonzuschleichen. Tut mir übrigens leid, dass ich dich umgerannt habe.“, fügte er entschuldigend hinzu.
„Kein Problem.“, sagte Kate mit wegwerfender Handbewegung und trat weiter in den Schatten. Den Blick richtete sie auf den schmalen Spalt, der auf die Straße führte. Eine Weile warteten sie stumm, doch es passierte nichts. Niemand kam auf die Idee hier zu suchen, in den hintersten Winkeln des Dorfes, wo es nichts gab, bis auf die wenigen Wohnhäuser.
„Und wie kommen wir jetzt hier weg? Ich wollte ungern die

ganze Nacht hier herumstehen.", stellte Kate fest.
„Ich kenne einen guten Weg nach draußen." Er lief auf das Ende der Gasse zu, wo eine hohe Mauer ihnen den Weg versperrte und klopfte gegen eine der Holzkisten, die in der Ecke gestapelt standen. Wenig überzeugt trat Kate näher und beobachtete ihn dabei.
„Ich klettere da bestimmt nicht rauf.", stellte sie klar. Erstens wirkten diese Kisten sehr instabil und außerdem fiel ihr keine Möglichkeit ein, wie sie auf der anderen Seite wieder herunterkommen sollte. Das hieß, Möglichkeiten sah sie schon, doch beim Anblick der Höhe, sahen die Folgen in ihrem Kopf alles andere als ungefährlich aus. Alessio lachte leise.
„Ich hab nicht behauptet, wir würden darüber klettern.", sagte er und mit einem Ruck schob er die vorderste Kiste bei Seite. Eine Art schmaler Tunnel wurde sichtbar.
„Ich habe zufällig gehört, wie deine kleine Freundin mit ihrer Schwester hierüber geredet hat.", freute er sich und ging in die Hocke.
„Ich kann mir nichts Schöneres vorstellen, als in einer dunklen Gasse, in einer noch dunkleren Kiste zu hocken.", murmelte Kate ironisch.
„Ich hatte auch nicht vor darin zu übernachten.", gab Alessio zurück und kroch auf allen Vieren in das schwarze Loch. Wenig begeistert folgte Kate ihm und versuchte die Öffnung hinter sich zu verschließen. Es war nicht halb so dunkel, wie sie erwartet hatte. Nur knapp ein oder zwei Meter weiter, war bereits der Ausgang.
„Ok, du hast mich überzeugt. Das war witzig, aber ich kann trotzdem auf ein zweites Mal verzichten.", gab Kate zu, während sie sich aufrichtete. Sie standen jetzt außerhalb des Dorfes, auf der Rückseite der Häuser.
„Was kommt als Nächstes?", fragte sie. Alessio nahm ihre

Hand und führte sie durch den Wald.
„Du könntest mir erzählen, was du den ganzen Tag gemacht hast, außer kleine Kinder ärgern.“, grinste er.
„Ich hab sie nicht geärgert, auch wenn sie es verdient hätte.“, verteidigte Kate sich mit erhobenem Kopf. Alessio lachte.
„Was hat das arme Mädchen dir denn getan?“
„Sie hat mich bei Sanny verpetzt und fand es auch noch lustig.“, sagte Kate mit gespielter Empörung, wobei sie ein Gesicht machte, als wäre sie zutiefst enttäuscht, von Paula.
„Das grenzt an Hochverrat.“, stimmte Alessio ihr grinsend zu.
„Hmm.“, machte Kate abwesend. „Verrätst du mir, wo du hin willst?“, fragte sie und warf einen besorgten Blick zum Himmel. Es war hell genug, um die dunklen Wolken zu erkennen, die so tief und schwer über den Baumwipfeln hingen als wollten sie sich auf ihnen niederlassen.
„Wenn ich ehrlich bin, habe ich kein bestimmtes Ziel vor Augen.“, antwortete Alessio.
„Würde es dir etwas ausmachen, wenn wir zurück ins Dorf gehen? Wenn ein Sturm aufzieht, bin ich nicht gerne draußen. Es wäre mir lieber ein Dach über dem Kopf zu haben.“
„Reicht dir das Blätterdach nicht aus? Ich dachte, du hättest kein Problem mit Schnee und Kälte.“, sagte Alessio.
„Hab ich auch nicht.“, versicherte Kate ihm. „Nur... Sturm ist mir irgendwie nicht ganz geheuer.“
„Du wirst schon sehen, es gibt heute keinen Sturm.“, sagte Alessio überzeugt. Er war stehen geblieben und sah sich um.
„Woher willst du das wissen?“ Kate verschränkte die Arme und sah weiterhin besorgt zum Himmel.
„Mai hat sich davongeschlichen. Sie glaubt natürlich, dass es niemand bemerkt hat, aber ich habe sie gesehen und da sie eine Tasche mitgenommen hat, können wir davon ausgehen, dass sie nicht vor dem Morgengrauen zurückkommt. Ich habe keine

Ahnung was sie vor hat, aber ich kenne sie gut genug, um zu wissen, dass sie bei einem Sturm nicht freiwillig draußen bleibt. Ich wüsste zu gerne, wo sie hingegangen ist.", sagte Alessio.
„Ja.", murmelte Kate und spielte unsicher mit ihren Fingern herum. Alessio fuhr sich nachdenklich durch die Haare.
„Aha, du weißt irgendwas.", stellte er langsam fest.
„Stimmt doch gar nicht.", bestritt Kate es sofort. Sie wusste, dass er es nicht glauben würde, aber es gab eine winzige Chance, dass er nicht weiter nachfragen würde. *Selbst wenn, ich verrate nichts*, dachte sie stur.
Alessio grinste nur, zog seine Jacke aus, breitete diese auf dem Boden aus und setzte sich im Schneidersitz auf sie.
„Was auch immer sie ausheckt, ich kann sie eh nicht aufhalten.", sagte er bemüht gleichgültig.
„Also, lass uns über etwas anderes reden."
Froh darüber, dass sie nicht hatte lügen müssen, hatte Kate ihre Sorge über das Wetter bereits vergessen. Mit leisem knirschen unter ihren Füßen, kniete sie sich in den Schnee. Jedes Mal aufs Neue, war sie angetan von der Kälte, die von ihm ausging. Sie streifte ihre Arme, zog sich über ihre Haut und konnte ihr doch nichts anhaben.
„Wieso sind die Menschen in diesem Dorf so bedacht darauf, dass wir länger bleiben und was wollen sie von dir?", wollte Kate wissen, die sich diese Frage schon öfter gestellt hatte.
„Ihr Dorf ist sehr weit von dem nächst Größeren entfernt und sie fühlen sich zurzeit sehr verwundbar. Du hast gesehen, was mit dem Ort passiert ist, wo Molly gewohnt hat. In näherer Umgebung gibt es nur ein Dorf..."
„... das der Finsterfürsten?", beendete Kate seinen Satz fragend. Alessio nickte.
„Keine sehr netten Nachbarn.", flüsterte Kate und erinnerte sich an den Angriff des letzten Abends.

„Können sie nichts dagegen tun? Gestern ist doch auch nichts passiert, oder?“, rutschte es aus ihr heraus. Kate hatte nicht danach fragen wollen. In ihren Ohren klang sie dabei wie ein kleines Kind, das seine Eltern fragte, ob die Welt grausam war.
„Gestern ist wirklich nichts passiert, aber das haben wir wohl eher Lee zu verdanken.“, sagte Alessio. Kate runzelte die Stirn.
„Lee?“
„Ja. Er hat wieder einmal instinktiv gehandelt. Ich würde ihm, als Angreifer, nicht zu Nahe kommen wollen, wenn er eine Waffe bei sich trägt. Was ein bisschen schwer werden könnte, schließlich sieht man ihn selten ohne.“, überlegte Alessio.
„Er hat diese Monster also umgebracht?“ Kate erinnerte sich daran, wie Lee einen von Jeremies Männern erstochen hatte. Sie schluckte das bittere Gefühl herunter.
„Eines oder Zwei von ihnen. Die Anderen haben sich zurückgezogen. Es waren nicht sehr viele.“
„Verstehe.“, murmelte Kate. „Und jetzt wollen sie, dass wir Lee zurücklassen?“
„So ähnlich. Sie wollen Geschäfte mit Jill machen. Immerhin ist sie für den Schutz der Menschen hier hauptverantwortlich und sie verlangen Wachen.“, sagte er.
„Sie haben doch welche.“, widersprach Kate und erinnerte sich an die bewaffneten Männer am Tor.
„Schön wär‘s. Die Beiden sind einfache Männer aus dem Dorf. Vom Kämpfen haben sie keinen blassen Schimmer. Ihre einzige Aufgabe ist es, Ausschau zu halten. Bei einer Gefahr läuten sie die Glocke und machen, dass sie wegkommen.“
„Und Jill ist wirklich für die Menschen hier verantwortlich?“ Bisher hatte Kate immer geglaubt, Jill hätte nur die Aufgabe in Brion für Frieden zu sorgen.
„Sicher. Ein großes Gebiet des Waldes gehört dazu, vier größere Dörfer und ungefähr zwanzig kleinere. Genau weiß ich

es nicht. Das ist eher Mais Bereich. Sie weiß alles darüber. Sie kennt die Pflichten und Aufgaben auswendig. Irgendwann wird sie eine fabelhafte Herrscherin.“, grinste Alessio.
„Das würde zu ihr passen.“, stimmte Kate zu. „Da bleibt nur die Frage, was du machst, wenn sie sich diesen Posten schnappt.“
„Ich kaufe ein kleines Haus im sicheren Teil des Waldes und ziehe mit dir dort ein.“, meinte er und zog sie in seine Arme. „So ähnlich wie das Bauernhaus, in dem wir mit Sanny waren.“, fügte er flüsternd hinzu. Kate schmunzelte. Auch sie hatte für einen winzigen Augenblick an diese Haus denken müssen. Die gemütlichen Zimmer, der kleine Garten und die Nähe zu den Dörfern, trotz der Abgelegenheit.
„Wer hat gesagt, ich würde bei dir einziehen?“
„Ich sage das.“, meinte er bestimmt. „So leicht wirst du mich nicht mehr los. Schon gar nicht nachdem du es zugelassen hast, dass ich dich küsse.“
„Arme Jill.“, warf Kate ein. „Sie hat sich so eine Mühe gemacht, dir eine Bessere zu suchen und du enttäuscht sie.“, meinte Kate mitleidig und lachte, als Alessio sie in die Seite zwickte.
„Sag nicht so etwas, immerhin kann sie dich gut leiden.“, tadelte er sie.
„Konnte mich gut leiden.“, korrigierte Kate ihn.
„Vielleicht hast du Recht.“, sagte Alessio traurig und wurde ernst.
„Dann sagen wir ihr lieber nichts. Nicht das sie noch auf die schlaue Idee kommt, mich zurückzuschicken...“, überlegte Kate. Weiter kam sie nicht. Bei ihren letzten Worten, hatte Alessio ihr die Hand auf den Mund gelegt.
„Ich bekomme schon Panik, wenn du nur davon sprichst.“, erklärte er eilig. „Du wirst nicht zurück zur Erde gehen müssen. In der anderen Sache, muss ich dir leider schon wieder Recht

geben. Wir sollten ihr nichts sagen. Jedenfalls jetzt noch nicht. Aber weißt du auch, was das bedeutet?“, fragte er. Kate schüttelte den Kopf.
„Niemand darf es wissen. Niemand! Sie hat überall ihre Spione und besonders Claire kann man nicht vertrauen.“
„Wäre sowieso besser, wenn sie die Letzte ist, die es bemerkt. Das hätte sicher böse Folgen.“, warf Kate ein und konnte beinahe fühlen, wie sich einer von Claires Pfeilen durch ihren Körper bohrte. „Keine schöne Vorstellung.“, sagte sie daher. Alessio legte nur seine Arme fester um ihre Schultern.
„Was ist mit Sanny? Wir müssen mit ihr reden.“, sagte er.
„Das glaube ich nicht. Sie hält dich für den Bösen und hat mir gesagt, ich solle ihr sagen, wenn du mir noch einmal zu nahe kommst.“, grinste sie.
„Dann sollte ich mich wohl besser vor ihr in Acht nehmen.“, stellte Alessio fest.
„Ach was.“, bestritt Kate. „Sie ist sowieso zu sehr mit Eddy beschäftigt und sie bemerkt nicht mal, dass Mai ständig ihr Zimmer verlässt. Du musst eher aufpassen, dass du mich nicht verärgerst, sonst könnte ich sie darauf aufmerksam machen.“, sagte sie lachend.
„Ich würde dich niemals ärgern.“, entgegnete er unschuldig und verwuschelte ihre Haare.
„Danke.“, flüsterte Kate.
„Wofür?“, fragte Alessio verwirrt.
„Du hast mir meine Hoffnung zurückgegeben.“, meinte sie.
„Ich glaube, das war mein Schicksal.“, grinste er. Kate lächelte und plötzlich erinnerte sie sich an etwas, das vor vielen Jahren passiert war. In einer vollkommen anderen Zeit... einer anderen Welt...

"Was ist das, Mama?", fragte Kate und betrachtete mit großen Augen ein Gemälde, auf dem zwei ineinander verschlungene Zeichen zu sehen waren. Alexa lächelte und hob Kate auf ihren Schoß.
"Das sind die Seelenelemente Schicksal und Hoffnung. Die meisten Menschen besitzen eines davon und wenn sie sich treffen, werden sie vereint.", erklärte sie.
"So wie du und Papa?", wollte Kate wissen und strich mit ihren kleinen Kinderhänden über die Farben.
"Ja, so wie Papa und ich.", stimmte Alexa zu.
"Bist du das Blaue?", fragte Kate weiter.
"Nein. Ich bin das Rote. Dein Papa war mein Schicksal.", sagte Alexa und strich Kate über das Haar.
"Und was bin ich?" Kate hüpfte vom Schoß ihrer Mutter, auf das eben erst frisch bezogene Bett.
"Solange du ein Kind bist, hast du alle Elemente in dir, aber wenn du groß bist, kann es sein, dass du eines verlierst und dann musst du es wiederfinden.", erklärte Alexa.
"Dann werde ich eben nie groß.", entschied Kate.
"Du brauchst keine Angst zu haben. Das Finden von Seelenelementen ist wie ein Abenteuer. Es macht dich glücklich.", sagte Alexa und betrachtete nun selbst das Bild an der Wand.
"Aber woher weiß ich, dass ich eins verliere oder finde?", hakte Kate nach.
"Du spürst es."

Ausgerechnet die Hoffnung hatte ich verloren, Mama, dachte Kate.

Es war dunkel geworden, ohne dass sie darauf geachtet hatte. Sie bemerkte es erst viel später, als die Dunkelheit bereits langsam nachließ. Beinahe wäre sie eingeschlafen, doch nun setzte sie sich kerzengerade auf.

„Was ist?“, fragte Alessio. Er sah ganz danach aus, als hätte er tatsächlich geschlafen. Kate hatte ihren Gedanken nachgehangen und dabei alles um sich herum vergessen.

„Weißt du, wie spät es ist?“, wollte sie wissen und stand auf.

„Nein, aber ist doch egal, oder?“, antwortete er und schlang sich zitternd die Arme um die Brust. Kate fuhr sich mit den Händen durch das Gesicht und rieb sich die Augen.

„Mir ist kalt.“, hörte sie Alessio hinter sich klagen. Sie drehte sich um.

„Dann zieh deine Jacke an, statt darauf zu sitzen.“, forderte sie ihn auf. Er machte keine Anstalten sich zu bewegen. Kate wartete.

„Irgendwer wird sicher merken, dass ich nicht da bin. Bei dir wird keiner nachfragen, aber was soll ich machen?“, versuchte sie es. Alessio seufzte und stand auf.

„Sehr schön.“, kommentierte Kate es. Was sie leider zu spät merkte war, dass er gar nicht die Absicht hatte, auf sie zu hören. Alessio packte nur ihre Hand und im nächsten Moment fand sie sich auf dem Boden sitzend wieder.

„Hey.“, fuhr Kate ihn an, schaffte es aber nicht ganz ein Grinsen zu verbergen.

„Du kannst ja hier bleiben, aber ich werde jetzt gehen.“, sagte sie bestimmt und versuchte ihr Handgelenk frei zu bekommen.

„Ich will aber nicht, dass du so einfach gehst.“, meinte er und ließ sie nicht los. Kate beugte sich vor.

„Verbrenn dir bloß nicht die Finger.“, flüsterte sie ihm drohend ins Ohr.

„Das würdest du nicht tun! Oder doch?“, fragte er unsicher.

„Du hast recht, würde ich nicht.“, meinte sie und zog im selben Moment ihre Hände zurück.

Den Kopf eingezogen, zwischen dem hochgestellten Kragen und die Arme zum Schutz vor dem eisigen Wind, um sich geschlungen, lief sie durch die ruhigen Straßen auf das kleine Haus zu. In dem Glauben, dass noch alle schliefen, zuckte sie unwillkürlich zusammen, als sie jemanden rufen hörte.
„Du brauchst dich gar nicht so beeilen. Ich habe dich längst gesehen. Katelyn Lynch, komm sofort her.“, schallte es über den wie ausgestorbenen Marktplatz. Wie in Zeitlupe drehte sie sich zu der Stimme um und versuchte es mit dem unschuldigsten Gesicht, das sie zu Stande brachte.
„Hey, Mai. Was ist denn los?“, rief sie etwas leiser zurück, um niemanden zu wecken. Mai schritt auf sie zu, packte sie am Ärmel und zog sie ein Stück von den Häusern weg. Aus den Augenwinkeln erkannte Kate Sanny, leicht interessiert vor dem Café, auf der rechten Seite, sitzen und Lee, der ausnahmsweise einmal nicht auf gelangweilt machte. Er saß ihr gegenüber und kippelte mit seinem Stuhl, so dass nicht mehr viel fehlte, bis er am Boden liegen würde.
„Du fragst was los ist?“ Mai hob eindringlich ihren Zeigefinger und tippte ihn gegen Kates Schulter.
„Versuch es erst gar nicht zu leugnen. Ich weiß alles.“, sagte sie, mit hochgezogenen Augenbrauen. Jetzt war Kate wirklich etwas verwirrt.
„Wovon sprichst du eigentlich?“, erkundigte sie sich und richtete sich gerade auf.
„Ach, tu doch nicht so. Ich rieche dich schon aus weiter Entfernung.“, gab Mai zurück.
„Willst du damit sagen, dass ich stinke?“, probierte Kate es.

War sie wirklich so müde, dass sie das nicht merkte. Sie hob ihren Ärmel vor die Nase und roch daran. Mai lachte, wurde aber gleich wieder ernst.
„Nein.“, sagte sie trocken.
„Na schön, dann bitte hör auf in Rätseln zu sprechen. Ich verstehe es nicht.“
„Kein Wunder, du kriegst zu wenig Schlaf.“, knurrte Mai und schob Kate noch ein bisschen weiter weg von Sanny und Lee. Auch wenn die Zwei sie unmöglich hätten belauschen können.
„Oder deine Rätsel sind zu schwierig. Versuch es mal mit einem Anderen.“, sagte Kate mit mehr Begeisterung.
„Ich bin ja nicht zum Spaß hier.“, stellte Mai fest.
„OK, dann raus mit der Sprache, wovon redest du.“
„Von meinem Bruder.“, flüsterte sie so leise, dass Kate glaubte, sie hätte sich verhört.
„Ich... ähm.“ Nervös strich sie sich mit den Fingern durch die Locken und stellte überrascht fest, dass sie zitterte. Darauf war sie nicht gefasst gewesen. Sicher war ihr klar, dass es nicht lange dauern konnte, bis Mai den Schwindel bemerken würde, doch mit dieser Situation war sie schlichtweg überfordert. Eilig verschränkte sie die Arme, um die Nervosität in den Griff zu bekommen. Sie strengte sich an gleichmäßig zu atmen.
„Was ist mit ihm?“ Gleichgültig zu klingen, war schwerer, als sie gedacht hatte. Mai verdrehte die Augen.
„Ich weiß, wo du warst, Kate.“, sagte Mai ernst.
„Ich weiß auch wo du warst.“, erwiderte Kate.
„Aber darum geht es jetzt nicht. Also, wann wolltest du es mir erzählen?“, fragte Mai, ohne auf sie einzugehen.
„Sobald ich die richtigen Worte gefunden habe.“, dachte Kate laut.
„Also gibst du es zu?“
„Was?“, startete sie einen erneuten Versuch sich herauszureden.

„Aaww, Kate, bitte. Du machst mich verrückt.“, lachte Mai und stützte sich mit einer Hand an Kates Schulter ab.
Dies strich sich mit dem Finger über die Lippen und sah an Mai vorbei zu Sanny.
Zuerst wusste sie nicht ganz, was ihre Aufmerksamkeit auf sich gezogen hatte. Eine Heilerin stand bei Sanny und redete auf sie ein.
„Ich habe gewusst, dass etwas nicht stimmt. Ich habe noch nie zuvor einen ganzen Tag erlebt, an dem du freiwillig auf das Essen verzichtet hast.“, stellte Mai fest, sobald sie sich wieder beruhigt hatte.
„Seit wann stört es dich, wenn ich einen Tag lang nichts esse. Das ist ja wohl eher Sannys Aufgabe.“, meinte Kate locker und sah zu wie eben genannte langsam nickte und aufstand. Sanny folgte der Heilerin und kam dann auf sie zu. Mai machte ein fragendes Gesicht in ihre Richtung.
„Kommt mal mit.“, sagte Sanny und ignorierte Lee, der ihnen etwas nachrief.
„Ich war noch nicht fertig.“, beschwerte Mai sich bei ihr.
„Dann merk dir, was du sagen wolltest.“, schlug Kate vor, vermied es aber Mai direkt anzusehen.
„Darauf kannst du dich verlassen.“, versicherte sie Kate und schloss zu Sanny auf.
„Was ist überhaupt los? Ich dachte, wir sollen hier nicht mehr rein.“, stellte sie fest und lugte im Vorbeigehen hinter eine leicht geöffnete Tür.
„Seit wann kümmerst du dich um Regeln. Du befolgst sie ja doch nicht.“, antwortete Sanny.
„Es ging auch eher um den ersten Teil meiner Frage.“, gab Mai zu. Sanny nickte.
„Es geht um Eddy. Ich könnte eventuell Hilfe gebrauchen.“

Seelenbefreiung

Die Tür fiel hinter ihnen ins Schloss. Schwere Vorhänge verdeckten die Fenster und ließen nur schmale Streifen Licht herein. Die Umrisse von Schränken, Tischen und Betten waren kaum zu erkennen und es dauerte eine Weile, bis ihre Augen sich an die Dunkelheit gewöhnt hatten.

„Ich bin zwar keine Heilerin, aber ich bin mir sicher, dass man in diesem dunklen Zimmer auch nicht schneller gesund wird.“, sagte Mai laut in die Richtung, wo sie Sanny vermutete.

„Was willst du hier?“, kam Eddys Stimme aus der Schwärze, oder besser gesagt das, was von seiner Stimme übrig geblieben war. Vielmehr klang es wie ein leises, heiseres Kratzen.

„Ich wollte nur nach dir sehen.“, gab Mai so kühl zurück, wie sie es sonst nie getan hätte.

„Sicher doch.“, sagte Eddy sarkastisch. Selbst im Dunkeln konnte Kate sehen, wie Mai ärgerlich die Arme verschränkte.

„Ich habe nie behauptet, dass du mir egal wärst.“, fuhr sie ihn an.

„Interessante Art das zu zeigen. Warum bist du dann gegangen, wenn ich dir angeblich so wichtig bin?“, wollte er wissen. Außer ihnen redete niemand. Sanny wirkte durcheinander. Kate schien die Einzige zu sein, die den Grund des Streites erkannte. Es musste etwas mit Jeremie zu tun haben.

„Das habe ich dir doch ausführlich erklärt, also was willst du?“ Mai musste sich anstrengen, um ruhig zu bleiben.

„Ich will, dass du verschwindest.“, gab Eddy zurück, so deutlich er konnte.

„Gerne. Auf so etwas kann ich verzichten.“, sagte sie

gelassen und machte auf dem Absatz kehrt. Ihre Hand lag bereits auf der Klinke, als Eddy erneut sprach.

„Hast du ihn geküsst?“, flüsterte er in die Stille.

„Was?“, rief Mai empört.

„Sag mal, was denkst du von mir? ICH habe niemanden geküsst!“ Sie klang wütend und verletzt.

„Was willst du damit sagen?“, fragte Eddy und setzte sich auf, doch Sanny trat dazwischen.

„Das reicht jetzt. Ich verstehe euer Problem nicht, aber der Stress ist nicht gut für dich.“, meinte sie und drückte ihren Bruder zurück in die Kissen. Er ließ es ohne Widerrede zu. Kate war sich nicht sicher, ob es an Sannys Worten lag oder daran, dass die Krankheit ihn schwächte.

„Mai?“, fragte Sanny, diese jedoch machte keine Anstalten sich zu rühren. Kate legte ihr eine Hand auf die Schulter und schob sie sacht zur anderen Seite des Zimmers hinüber, wo das Bett stand, in dem Eddy lag.

„Wir sollten wirklich für einen Moment die Fenster öffnen.“, versuchte Kate von der angespannten Situation abzulenken. Die zweite Heilerin, die sich bis jetzt nur im Hintergrund aufgehalten hatte, zögerte kurz und trat dann auf die Vorhänge zu.

Strahlend, weißes Licht brach herein und als sie die Fenster bei Seite schwingen ließ, wirbelte der Staub vom Boden auf und tanzte durch das Zimmer.

Kate wandte ihren Blick von dem Schauspiel ab und sah zu Eddy.

Er hatte die rechte Hand über die Augen gelegt, so dass sein halbes Gesicht verdeckt war. Doch auch so war zu erkennen wie blass seine Haut geworden war.

Er war mager und auch seine Lippen hatten eine unnatürliche Färbung angenommen, so als würden sie nicht richtig durchblutet.

„Es brennt wie Feuer.“, flüsterte er kaum merklich. Kate zog verständnislos die Augenbrauen zusammen, doch Mai stand auf und ging zu der Heilerin hinüber. Sie schob sie bei Seite und zog die Vorhänge wieder zu. Nur das Fenster ließ sie offen.

„Danke.“, murmelte er, wenn auch mit einem leicht bösen Unterton.

„Hör auf zu reden, das kostet nur Kraft.“, gab Mai zurück und setzte sich auf das Fußende des Bettes.

„Okay.“, machte Sanny. „Kate, ich hab dir ja gesagt, dass ich deine Hilfe brauche.“, sagte sie und beachtete Mai nicht weiter.

„Sanny, lass mich das mit ihr besprechen. Immerhin ist es meine Aufgabe und du warst die ganze Nacht wach.“, sagte die kleine Heilerin höflich.

„Ähm ja. Sicher doch, Doreen. Bevor ich die Hälfte vergesse.“, meinte Sanny dankbar. Mit einem nachdenklichen Blick, verschwand sie auf den Flur und kurz darauf hörten sie, wie sie die Treppe hinablief.

„Dass ihr zu zweit hier seid, gefällt mir eigentlich nicht. Eine mehr, die sich anstecken könnte. Außerdem scheint Eddy nicht sehr begeistert dich zu sehen.“, sagte Doreen und starrte Mai an, als wollte sie diese mit ihren Blicken zum gehen bringen.

Eddy seufzte und auch Kate wäre am Liebsten aufgestanden und hätte sie geschüttelt. Mai mochte es gar nicht, wenn irgendwer so mit ihr sprach. Schon gar nicht eine Fremde, die laut Jill nicht mal die Erlaubnis hatte überhaupt in ihrer Gegenwart zu reden.

Mai funkelte sie böse an, aber die Heilerin schien es nicht zu bemerken.

„Bitte Mai.“, flüsterte Kate und legte ihr erneut

beschwichtigend eine Hand auf die Schulter.

„Hast du gehört, wie sie mit mir geredet hat?“, flüsterte sie vorwurfsvoll. Kate nickte, woraufhin Mai die Arme verschränkte und wütend etwas grummelte.

„Könnten sie mir nun bitte sagen, wieso ich hier bin?“, wandte Kate sich an die Heilerin.

„Sicher, auch wenn ich nicht daran glaube, dass ausgerechnet du helfen kannst.“, gab diese zu. Kate spürte wie Mai sich unter ihrer Hand anspannte.

„Dann sollte ich sie wohl vom Gegenteil überzeugen.“, sagte Kate schnell und zwang sich zu einem freundlichen Lächeln.

„Da bin ich gespannt.“ Sie trat an das Bett und schlug die Decke zurück.

„Die Krankheit hat euren Freund bereits fest im Griff. Wir können kaum noch etwas für ihn tun und wenn wir nichts unternehmen, wird er bald ersticken.“, sagte sie so natürlich, als würden sie über das Wetter sprechen.

„Und wie kann Kate da helfen?“, fragte Mai besorgt.

„Nun, in seiner Lunge sammelt sich Wasser. Wenn es weiter ansteigt, wird er nicht mehr lange atmen können und das wiederum führt unweigerlich zum Tod. Wir haben es mit einem Trank versucht, aber sein Körper reagiert zu stark. Er kühlt schlagartig ab und nichts was wir versucht haben hilft. Etwas gegen die Kälte können wir ihm nicht geben, weil es zusammen mit der Medizin, gegen die Grippe, wie Gift wirkt. Da können wir ihn besser ersticken lassen. Sanny glaubt, dass deine Freundin irgendetwas tun könnte.“, meinte Doreen abfällig.

„Ich kann es versuchen.“, antwortete Kate unsicher. Wahrscheinlich konnte sie verhindern, dass seine Temperatur weiter fiel, doch wie lange? Bisher hatte es sich jedes Mal negativ auf ihre eigene Kraft ausgewirkt, wenn sie mit der Übertragung der Wärme experimentiert hatte. Sie musste es einfach versuchen und wer weiß, vielleicht schaffte sie es lange genug.

„Na, wenn du meinst. Ich habe jedenfalls getan, was ich konnte und es gibt noch mehr Patienten in diesem Haus. Welche, bei denen es nicht hoffnungslos ist.“, sagte Doreen. Sie drehte sich um und ging ohne ein weiteres Wort aus dem Zimmer.

„Was für eine unhöfliche, respektlose, gemeine, herzlose Frau.“, schimpfte Mai, sobald die Tür ins Schloss gefallen war.

„Reg dich nicht immer so auf, das hilft niemandem.“, sagte Eddy leise. Mai wandte sich von der Tür ab und sah ihn an.

„Kate, glaubst du wirklich, dass du etwas machen kannst?“, fragte sie.

„Sicher, ich kann nur nicht versprechen, dass es lang genug anhält.“, gab Kate zu. Sie wollte niemandem falsche Hoffnungen machen.

„Eddy, denkst du es ist ok, wenn wir ein paar Lichter anzünden? Man kann kaum mehr erkennen, als Umrisse.“, sagte sie an ihn gewandt. Eddy nickte und Mai holte zwei Kerzen von der anderen Seite des Zimmers und zündete sie an.

Augenblicklich wurde es deutlich heller und auch wenn die Flammen nur wenig Licht in den großen Raum brachten, kniff Eddy für einen Moment die Augen zu.

Kate wartete, bis er sie wieder öffnete.

„Ich werde gleich Wärme auf dich übertragen. Ich habe es noch nicht all zu oft probiert, also sag mir, wenn dir irgendetwas merkwürdig erscheint.“, erklärte sie und versuchte dabei völlig gelassen zu klingen. Seit dem letzten Mal bereiteten ihr die Folgen Unbehagen, besonders jetzt, da es so wichtig war, dass es ihr gelang.

„Schlimmer als jetzt kann es kaum werden.“, brachte er mühselig hervor. Erst im Schein der Kerzen, sah Kate wie dünn er in den letzten Wochen geworden war. Bei jedem seiner flachen Atemzüge sah man die Rippen hervortreten. Die Arme wirkten schwach und zerbrechlich und eigentlich erinnerte kaum etwas an ihm, an den Menschen, der er vorher gewesen war. Selbst seine Haare schienen dünner und kraftlos geworden zu sein.

„Hör gefälligst auf zu sprechen, sonst wirst du nie gesund.“, meinte Mai streng, doch Kate konnte die Sorge und die Angst hören, die sie mit ihrer Wut verstecken wollte.

„Wir wissen alle, dass es dafür schon zu spät ist.“, sagte Eddy mit einem schwachen Grinsen, wobei er nur die Decke anstarrte.

Aus den Augenwinkeln sah Kate, wie Mai sich hastig eine einsame Träne von der Wange wischte, die sie nicht hatte zurückhalten können.

„Ich fange jetzt an.“, sagte Kate und tat so, als hätte sie es nicht gesehen.

Sie legte ihre Handflächen auf Eddys Brustkorb. Er fühlte sich kalt an, doch sie war sich nicht sicher, ob es an ihm lag.

„Mai? Wie fühlen sich meine Hände an?“, fragte sie daher. Mai legte ohne zu zögern eine Hand auf Kates Finger.

„Ganz normal.“, stellte sie fest und zog ihren Arm weg. Kate nickte knapp. Sie atmete tief ein, um sich selbst zu beruhigen und bereitete sich auf die Wärme vor, die gleich in ihr aufsteigen würde. Ein Moment des Zögerns störte ihre Konzentration und sie erschrak selbst, als die Hitze, wie ein Schwall heißes Wasser ihren Rücken hinauf, in ihre Arme schoss. Ihre Hände zog sie so rasch zurück, dass sie Eddy schon nicht mehr berührte, als ihre Finger für eine Sekunde brannten.

„So ein Mist. Ich versuche es gleich noch mal.“, sagte sie mehr zu sich selbst. Dieses Mal schien seine Haut noch um einiges kälter, aber sie wusste, dass es eine Täuschung war.

Sie blendete alle Geräusche und Gerüche aus, die sie wahrnahm. Selbst den Luftzug, von den Fenstern her ignorierte sie. Als sie die Augen schloss, stellte sie sich die Energie vor, die wie ein Strom bis in die Spitzen ihrer Finger floss. Dort angekommen, schien sie ihren Körper zu verlassen.

Ein Husten riss sie aus ihrer Konzentration. Sie zog ihre Hände weg und öffnete ihre Augen.

Mai drehte Eddy auf die Seite und reichte ihm ein weißes Stück Stoff. Er presste es sich vor den Mund und hustete heftig.

„Tut mir leid.“, entschuldigte Kate sich. Ihre Stimme klang verzweifelt und aufgeregt.

„Das war nicht deine Schuld.“, warf Eddy ein und wischte sich mit dem Tuch über die Lippen.

„Du hast nicht nur Wasser in der Lunge.“, bemerkte Mai.

Rotbraune Blutspritzer zierten den Stoff und auch in seinem Mundwinkel schimmerte es verdächtig. Seufzend ließ er sich zurück auf den Rücken fallen.

„Soll ich es noch mal versuchen?“, wollte Kate wissen. Eddy zuckte leicht zusammen, als Mai nach seinem Arm griff. Mit einem nicken, gab sie Kate zu verstehen, dass seine Temperatur noch immer zu niedrig war und zum zweiten Mal legte Kate die Hände auf Eddys Haut. Dieses Mal dauerte es viel länger bis sie glaubte, die Wärme zu fühlen. Immer wenn sie meinte etwas zu spüren, verlor sie das Gefühl wieder und musste von vorne beginnen.

„Du solltest eine Pause machen.“, griff Mai ein, nachdem es unzählige Male nicht funktioniert hatte. Enttäuscht ließ Kate ihre Hände sinken.

„Wie es aussieht bin ich wohl zu dumm für meine Fähigkeit.“, schimpfte sie und stützte ihren Kopf, mit den Armen, auf ihren Knien ab.

Mai zog Eddy die Decke bis über die Arme und ging zum

Fenster hinüber.

„Das bist du nicht. Wie sollst du eine so schwierige Fähigkeit lernen, ohne zu wissen, wie es geht.“, ermutigte sie Kate und zog den Vorhang auf. Kate hatte nicht bemerkt, dass es bereits dunkel geworden war.

„Dann bin ich eben zu schwach.“

„Wenn du schwach wärst, hättest du längst aufgegeben. Wahrscheinlich wärst du sofort wieder zur Erde gegangen. Es ist schon schwer genug sich in einer neuen Welt zurechtzufinden und dann auch noch von jetzt auf gleich eine ganze Fähigkeit allein zu erlernen. In meinen Augen ist das alles andere als schwach.“ Kate lächelte bei Mais Worten, auch wenn ihr gar nicht nach Lächeln zu Mute war.

Mai drehte sich wieder zu ihnen um.

„Ich würde auch gerne etwas tun.“, sagte sie zu Eddy.

„Das hast du schon.“, meinte er. „Ich bin froh, dass du es mir erzählt hast. Wenn ich sterbe, dann weiß ich wenigstens, dass du eine Chance hast glücklich zu werden.“

„Du wirst nicht sterben, außerdem habe ich dir gesagt, dass ich mich nicht auf ihn einlassen werde.“, rief Mai. Eddy lächelte.

„Aber du magst ihn doch, mehr sogar.“

„Hast du vergessen, was das letzte Mal passiert ist?“, fragte Mai wütend. „Da war ich nicht besonders glücklich.“

„Ich weiß nicht, wieso er das getan hat, aber ich werde das Gefühl nicht los, dass er es nicht freiwillig getan hat.“, sagte Eddy leiser und schloss müde die Augen. Mai ging auf ihn zu und setzte sich auf den Stuhl neben Kate.

„Was soll das bitte heißen? Eine kleine Fee hat ihn dazu gezwungen? Du kennst ihn kaum und du hast ihn schon immer gehasst.“, warf Mai ihm vor.

„Ich habe es gehasst, wie er dich angesehen hat. Ich habe es gehasst zu wissen, dass er dich liebt und ...“ Weiter kam er nicht, weil Mai ihm den Mund zuhielt.

„Hör auf.“, sagte sie und Kate sah, dass ihre Augen sich mit Tränen gefüllt hatten.

„Ich will nicht, dass du dich selber schlecht machst. Er ist derjenige, der schlecht für mich ist, nicht du.“ Sie schluchzte auf und presste sich ihre andere Hand selbst auf die Lippen, um einen weiteren Schluchzer zu unterdrücken. Eddy schob die Hand bei Seite, mit der sie ihn berührte.

„Dein Bruder vertraut ihm.“, sagte er bestimmt.

„Das ist alles?“, wollte Mai wissen.

„Er vertraut immer den richtigen Menschen oder nicht?“, stellte er die Gegenfrage.

„Ja, denke schon.“, murmelte Mai.

„Wenn das geklärt ist, dann kann ich ja jetzt eine Runde schlafen.“, flüsterte er träge und ließ den Kopf auf die Seite kippen.

„Wie kannst du jetzt schlafen?“, fragte Mai, doch er antwortete nicht.

„Lass ihn. Vielleicht sollten wir besser rausgehen.“, schlug Kate vor.

„Nein, ich bleibe hier.“, gab Mai zurück und strich die Bettdecke glatt.

„Wie du willst.“ Kate stand auf und ging zum Fenster hinüber. Es hatte wieder einmal zu schneien begonnen. Die Straßen waren leer und in den Fenstern brannten Lichter. Irgendwo hörte man in der Stille ein Kind weinen und die tröstende Stimme einer Mutter.

So ähnlich diese Welt der Erde auch sah, sie war doch völlig anders und das lag nicht an den beiden Drachen, die sich in der Nähe der Hauptstraße zusammengerollt hatten.

„Kate?“

„Ja?“, sie drehte sich nicht zu Mai um. Zu groß war die Müdigkeit und außerdem konnte sie die Traurigkeit auf dem Gesicht ihrer Freundin nicht länger ertragen.

„Ich habe ihn weggeschickt.“, sagte sie. Jetzt wandte sich Kate doch um. Mai saß zusammengesunken auf ihrem Stuhl und sah Eddy beim Schlafen zu.

„Ich bin einfach zu ihm hingegangen und habe gesagt, er solle gehen. Dann bin ich zum Dorf zurück. Nicht mal angeschrien habe ich ihn. Keine Erklärung, Nichts.“, erzählte sie.

„Und was hat er getan?“, fragte Kate und nahm wieder neben ihr Platz.

„Genau das, was ich wollte. Er hat sich umgedreht und ist gegangen. Seitdem habe ich ihn nicht mehr gehört.“

„Aber das ist gut, oder nicht?“ Kate war sich nicht sicher was besser war.

„JA, ist es.“, sagte Mai mit fester Stimme. „Aber wieso macht es mich traurig?“

Kate wusste den Grund und sie wusste ebenso, dass Mai ihn auch kannte, aber es war besser darüber zu schweigen. Wenn Mai es ignorieren wollte, würde Kate es auch tun. Sie legte einen Arm um ihre Freundin und strich ihr mit den Fingern über den Rücken. So hatte sie es schon oft getan, damals bei den Kindern im Waisenhaus und genau wie sie, schlief auch Mai irgendwann ein.

Es kam ihr vor wie Stunden, wie so da saß. Als Eddy wach wurde, hustete er stark und weckte damit auch Mai. Kate streckte sich. Vom Sitzen, waren ihre Knochen ganz steif geworden.

„Wie geht es dir?“, fragte Mai, sobald Eddy sich beruhigt hatte.

Er schüttelte nur schwach den Kopf und sah sie nicht an.

„Ich könnte erneut versuchen, etwas gegen die Kälte zu tun.“, überlegte Kate.

„Ja, das machen wir.“, sagte Mai eifrig. Kate schloss die Fenster, bevor sie die Decke zurückschlugen, denn selbst Mai schien bei der Zimmertemperatur zu zittern.

Kate kniete sich neben das Bett, atmete tief durch und legte ihre Hände auf seine Brust.

Er hatte leicht geschwitzt, doch das machte seine Haut nur noch kälter. Die Wärme floss leichter, als beim ersten Mal, doch an seinem Gesicht merkte Kate, dass es nichts änderte.

Er versuchte sich aufzusetzen, als er erneut zu husten begann.

„Was bin ich doch für eine großartige Hilfe.“, stöhnte Kate sarkastisch auf.

„Das war gut, mach weiter.“, drängte Mai, woraufhin Kate den Ablauf noch weitere Male durchführte. Etliche Zeit war vergangen, als Eddy sich in die Kissen zurückfallen ließ.

„Schwindel.“, brachte er hervor.

„Ok, machen wir eine Pause.“, gab Mai nach und lehnte sich zurück. Kate strich sich mit dem Handrücken die Haare aus dem Gesicht und merkte die winzigen Schweißtröpfchen, auf ihrer Haut. Sie fühlte sich müde und auch ein wenig hungrig, was seltsam war. Sie hatte den ganzen Tag nicht einen Bissen gegessen und trotzdem hatte ihr Magen bis jetzt keinen Laut von sich gegeben. Wenn es ums Essen ging war sie für gewöhnlich die Erste am Tisch.

Sie sah zu Mai, um sie zu fragen, ob sie auch etwas essen wollte, doch zu ihrer Überraschung war diese innerhalb der wenigen Sekunden eingeschlafen. Ruhig und lautlos atmend lehnte sie an dem Bettpfosten, mit hängendem Kopf und besorgtem Gesichtsausdruck. Eddy sah mit erschöpftem Blick aus dem Fenster.

„Schrecklich. Keine Luft.“, sagte er schwer atmend und schüttelte sich angewidert.

„Das tut mir Leid.“ Kate wusste nicht, was sie sonst hätte sagen können. Es schien ihm immer schwerer zu fallen, Sätze zu formen.

„Zu spät.“, stritt er ab und fuhr sich mit zittrigen Fingern über die trockenen dunklen Lippen. „Vorbei.“

„Hast du keine Angst?“, fragte Kate. Er schüttelte kaum sichtbar den Kopf und hielt sich die rechte Hand vor die Augen. Kate schob die kleinen Kerzen weiter aus seinem Blickfeld.

Er hustete und presste sich dabei die Decke vor den Mund, um die Geräusche zu ersticken.

Mai regte sich nicht, sie schien tief und fest zu schlafen.

Ein leises Knacken von der Tür, brachte Kate dazu sich umzudrehen. Sie hatte Doreen oder auch Sanny erwartet, als sie jedoch Alessio erblickte musste sie ein Lächeln unterdrücken, obwohl ihr Herz einen kleinen freudigen Hüpfer machte. Was fiel ihm ein hier heraufzukommen, wo es doch jedem untersagt war, der es nicht unbedingt musste?

Ein leichtes Grinsen huschte durch seine Augen, als er Kate ansah. Scheinbar machte es ihm ebenso viel Spaß die Regeln zu brechen, wie seiner jüngeren Schwester.

Er betrat den Raum und warf nur einen raschen Blick auf die schlafende Mai, bevor er Eddy ernst und zugleich besorgt musterte.

„Was machst du hier?“, fragte Kate und sah ihn ebenso vorwurfsvoll an, wie er sie, wenn sie wieder einmal alleine und ohne Erlaubnis durch die Nacht spaziert war.

„Ich habe erfahren, dass es einem meiner Freunde sehr schlecht geht, reicht das nicht?“, fragte er und betrachtete den schlafenden Eddy.

„Doch, aber wie hast du es geschafft unbemerkt in dieses Zimmer zu kommen, wo es doch fast genauso gut bewacht wird, wie eine Festung.“

„Wenn ich will, komme ich überall herein. Allerdings musste ich dieses ekelige Zeug trinken.“, meinte er und verzog angewidert das Gesicht. Kate erinnerte sich, dass auch Mai etwas hatte trinken müssen, bevor man sie nach oben gelassen hatte.

„Wir wollen nur verhindern, dass sich jemand bei unseren Kranken ansteckt.“ Die Heilerin hatte hinter ihm den Raum betreten. Sie wirkte ausgeruht und plötzlich schien sie viel freundlicher zu sein, als am Tag zuvor.

„Stimmt, wie soll sich jemand anstecken, wenn er zuvor vergiftet wird.“, murmelte Alessio. Doreen lachte gekünstelt und lief zu dem kleinen Schrank hinüber, in dem die Medizin aufbewahrt wurde.

Als sie Eddy weckte, war der zunächst verwirrt so viele Leute um sein Bett herum zu sehen, doch als er sie erkannte hellte sich seine Miene für eine Sekunde auf.

„Na Ed, überrascht mich zu sehen?“, grinste Alessio.

„Ja.“, brachte Eddy mühsam heraus.

„Sicher sind sie überrascht überhaupt noch mal aufzuwachen.“, sagte Doreen und kicherte über ihre eigenen Worte. Eddy schien es gar nicht gehört zu haben. Er wandte nur den Kopf zur Seite und versuchte an der Heilerin vorbei zu sehen, bis er die immer noch schlafende Mai entdeckte. Doreen folgte seinem Blick. Spott spiegelte sich in ihren Augen wieder.

„Oh. Vergiss dieses dumme Ding. Sie ist furchtbar arrogant und aufbrausend.“, sagte sie und kippte Eddy einen Löffel brauner Flüssigkeit in den Mund, an der er sich so verschluckte, dass er sie gleich wieder heraushustete.

„Sagen sie mal, reden sie etwa von meiner Schwester?“, fragte Alessio, wobei ihm nicht anzuhören war, dass er wütend war. Kate wusste, dass er es fast noch weniger mochte, als Mai selbst, wenn man derartig über sie sprach.

„Ihre Schwester?“ Doreen riss erschrocken die Augen auf, doch dann änderte sie ihre Meinung offensichtlich und lachte.

„Sie ist nicht ganz dicht.“, flüsterte Alessio Kate zu. Diese nickte leicht.

„Was für ein vortrefflicher Witz.“, rief Doreen so laut, dass Kate sich fragte, wie Mai seelenruhig weiter schlafen konnte. Erst als sie merkte, dass sie die Einzige war, die lachte verstummte sie schnell. Sie sprach ein paar unverständliche Worte und ging mit eiligen Schritten aus dem Zimmer.

„Wie kann sich so jemand Heilerin nennen? Diese Verrückte macht einen ja krank.“, sagte Alessio.

Eddy flüsterte etwas unverständliches und fing gleich darauf wieder an zu husten.

„Wie oft muss man es dir noch sagen? Hör auf zu reden.“, kam es von Mai, doch als Kate sich nach ihr umsah, hatte sie die Augen noch immer geschlossen.

Es war bereits weit nach Mitternacht, als geschah worauf jeder voll Unbehagen gewartet hatte. Noch nie war Kate dabei gewesen, wenn ein Mensch starb, den sie gekannt hatte. Eddy war wach, als er plötzlich anfing sich mit Schmerz verzerrtem Gesicht zu winden. Er rang nach Atem und versuchte zu husten, wobei ihm Blut aus dem Mund lief.

Sie wollte etwas tun, auch wenn sie wusste, dass es nichts gab, was sie hätte machen können. Das Letzte, was Kate erkannte war, wie er die Augen verdrehte.

Kurz darauf sah und hörte sie nichts mehr. Alessio hatte ihr die Hände auf die Ohren gelegt und drückte ihr Gesicht an seine Brust. Dankbar vergrub sie ihre Nase in seinem Pullover und legte ihre Hände zusätzlich auf seine, um jegliche Geräusche auszublenden.

Selbst wenn sie Eddy nicht nahe gestanden hatte, liefen ihr Augenblicklich Tränen über die Wangen.

Irgendwann ließ Alessio die Hände sinken und strich ihr über den Rücken.

„Alles klar?“, fragte er mit belegter Stimme.

„Es geht schon.“ Sie schluckte und richtete sich auf.

Sie wollte Eddy nicht sehen, aber sie konnte es nicht verhindern, dass ihr Blick zu seinem Gesicht wanderte. Seine Augen starrten in die Leere, seine Haut war blass und fleckig und an seinen geöffneten dunklen Lippen klebte Blut.

Alessio stand langsam auf. Er versuchte gefasst zu bleiben, aber Kate sah ihm deutlich an, wie sehr es ihn doch getroffen hatte, obwohl er es ebenso gewusst hatte, wie sie alle.

Einen Moment betrachtete er traurig seinen Freund. Rasch wandte er sich wieder ab und ging zu seiner Schwester, die noch immer ruhig schlief. Er kniete sich vor sie auf den Boden und nahm ihre Hände.

„Mai?“ Sein leises Flüstern genügte, um sie zu wecken.

„Was, wie bist du?“, fragte sie verschlafen und musterte ihn.

„Nein...“, hauchte sie und innerhalb von Sekunden war sie aufgesprungen und auf dem Flur verschwunden. Alessio seufzte.

„Würde es dir etwas ausmachen ihr nachzugehen?“, wollte er von Kate wissen.

„Natürlich nicht.“, antwortete sie.

„Ich kümmere mich um alles andere. Für Sanny wird es sicher am Schwersten.“, sagte er und stand auf.

Kate nahm die Jacke, die Mai liegen gelassen hatte und

folgte Alessio aus dem dunklen Zimmer. An der Treppe trennten sie sich. Alessio lief den Gang entlang auf die Türe zu, wo die Heilerinnen wohnten, während Kate mit schnellen Schritten immer zwei Stufen auf einmal nahm.

Wenn Mai wollte, konnte sie schon Meilen weit gerannt sein. Kate hoffte darauf, dass sie in der Nähe des Dorfes geblieben war, sonst würde es nahezu unmöglich sein sie zu finden.

Eine kaum sichtbare Fußspur zierte den frisch gefallen Schnee auf der Straße.

Kate folgte ihr ohne zu zögern. Sie führte direkt über die Hauptstraße zum Tor am Eingang des Dorfes. Sie rannte fast und so erkannte sie Claire erst, als diese nach ihr rief. Sie stand bei den Wachen.

„Kate, was ist denn los?“, wollte sie wissen.

„Wo ist Mai?“, fragte Kate, ohne auf Claire einzugehen oder sich zu fragen, was sie hier Draußen machte.

„Worum geht es denn?“ Claire versuchte sie zu beruhigen, doch Kate wurde nur noch ungeduldiger.

„Sag mir einfach, ob du Mai gesehen hast.“, flehte sie.

„Nein, habe ich nicht. Hey, bleib doch hier.“, rief sie Kate hinterher, als diese auf dem Absatz kehrt machte und Richtung Marktplatz lief.

In einer nur schwach beleuchteten Gasse hockte sie zusammengesunken, an einer Wand lehnend und gab keinen Laut von sich. Den Kopf hatte sie auf die angewinkelten Knie gelegt und mit den Händen hielt sie sich die Ohren zu.

Es führte keine Spur zu ihr. Der Schnee um sie herum war völlig unberührt und dass, obwohl es vor einigen Stunden bereits aufgehört hatte zu schneien.

Kate hätte sie beinahe nicht gesehen. Zögernd ging sie auf ihre Freundin zu und setzte sich neben sie in den Schnee.

„Geh weg, Kate. Ich will allein sein.“ Mais Stimme war klar und fest wie immer, nur den harten Unterton konnte sie nicht ganz verbergen.

„Nein, das glaube ich nicht, sonst wärst du längst aus dem Dorf verschwunden.“, stellte Kate fest und legte ihr die Jacke um.

„Wenn ich das Dorf verlasse laufe ich sicher irgendwem über den Weg.“, gab Mai zurück und Kate wusste, dass sie damit, nicht irgendwen meinte, sondern jemand ganz bestimmten. Vermutlich glaubte sie, dass Jeremie sich trotz ihrer Bitte noch in der Umgebung aufhielt, gerade so weit entfernt, dass sie ihn weder hören, noch riechen, oder sonst wie erahnen konnte. Es war schlau von ihr, ihn als Ausrede zu benutzen.

„Wir Beide wissen doch, dass du mit Leichtigkeit ein Versteck gefunden hättest, in dem dich niemand gestört hätte.“, sagte Kate daher. Mai konnte nicht abstreiten, dass sie Recht hatte.

„Ich hätte es ihm nicht sagen sollen.“, wechselte sie das Thema.

„Meinst du, du würdest dich besser fühlen, wenn er gestorben wäre ohne es zu wissen?“, fragte Kate und klang dabei vorwurfsvoller, als sie es geplant hatte. Mai presste sich die Hände bei ihren Worten fester auf die Ohren und kniff zusätzlich ihre Augen zusammen, so dass es schon beim zusehen schmerzte.

„Ich hätte es verdient mich schlechter zu fühlen, immerhin bin ich schuld an allem.“, flüsterte sie. Kate konnte es nicht länger mit ansehen und packte Mais Arme, um sie von ihrem Kopf wegzuzerren. Mai wehrte sich nicht.

„Wie kannst du glauben, es sei deine Schuld?“, schimpfte Kate.

„Denk doch mal nach, Kate. Ich wollte unbedingt in diesem Zimmer schlafen. Er mochte keine Kinder. Freiwillig wäre er kaum mitgekommen.“, fing Mai an.

„Schön, wenn du nicht bei den Kindern übernachtet hättest, hätte sich jemand anderes angesteckt. Wäre das besser gewesen?“, wollte Kate von ihr wissen. Mai schüttelte schwach den Kopf.

„Wenn ich nicht weggelaufen wäre, hättet ihr nicht wegen mir diese lange Pause machen müssen und wir wären rechtzeitig angekommen.“, redete sie weiter und auch Kate erinnerte sich an die Tage, in denen sie Stunde um Stunde darauf gewartet hatten, endlich weiterziehen zu können. Dann fiel ihr plötzlich etwas ein.

„Wären wir weitergegangen wie geplant, dann hätten wir vielleicht noch einige Verletzte und Tote mehr.“ Bei den Worten zuckte Mai zusammen.

„Erinnerst du dich an den Brand? Vermutlich hätten wir die Medizin bekommen, aber ich will nicht wissen, welchen Schaden diese Truppen ausgelöst hätten. Denk nur an Molly.“, forderte Kate sie auf. „Es gibt für alles einen Sinn.“

„Aber nicht für den Tod, Kate!“, sagte Mai ernst.

„Man muss nur länger danach suchen.“, flüsterte Kate.

„Sag mir Bescheid, wenn du ihn gefunden hast.“ Mai stand auf und wandte sich zum gehen.

„Ich kenne ihn bereits.“, murmelte Kate und fuhr mit den Fingern zu ihrer Tasche.

„Wären meine Eltern damals nicht gestorben, wäre ich nie hierher gekommen. Ich hätte nichts von dieser Welt erfahren und niemanden von euch kennengelernt. Genau so ist es bei dir, oder denkst du alles wäre gekommen, wie es jetzt ist, wenn deine Mutter noch leben würde?“

Mai war stehen geblieben und rührte sich nicht.

„Ich weiß, es ist schwer, aber gib dir nicht die Schuld. Bitte Mai, das bringt ihn nicht zurück.“, flehte Kate leise. Mai drehte sich zu ihr um.

„Ich würde ihn gerne sehen. Ein letztes Mal, bevor seine Seele in den Himmel aufsteigt.“, sagte Mai entschlossen. Kate hatte keine Ahnung, was sie damit sagen wollte, doch für sie zählte nur, dass Mai nicht wieder davon lief.

„Ich glaube zwar nicht, dass es eine gute Idee ist, aber sie ist definitiv besser, als sich zu verstecken.“, meinte sie.

Als sie das Haus betraten, trafen sie auf ein merkwürdiges Schauspiel. Claire hämmerte mit den Fäusten gegen eine Tür und rief etwas. Sobald sie die Mädchen bemerkt hatte, ließ sie von der Tür ab und kam auf sie zu.

„KATE! Wie konntest du einfach gehen, ohne mir etwas zu sagen?“, fuhr Claire sie an und deutete drohend mit dem Finger auf sie.

„Ich... Was tust du hier?“, fragte Kate verwundert.

„Rumschreien, sieht man doch.“, murmelte Mai trostlos. Claire sah sie kurz böse an, entschied sich dann aber lieber wieder Kate anzufahren.

„Sanny hat sich in dieses Zimmer gesperrt und weigert sich jetzt mit irgendwem zu sprechen.“ Claire zeigte mit ihrem Finger in die entgegen gesetzte Richtung zu der Türe, vor der sie gerade gestanden hatte.

„Ich habe die wunderbare Aufgabe sie zu überzeugen, dass es hier draußen viel schöner ist.“, flötete Claire, worauf hin ihre Mine sich gleich wieder verfinsterte.

„Ok, hör zu Claire. Ich weiß, wie wenig Geduld du hast,

also was hältst du davon? Du begleitest Mai hinauf zu den Anderen und ich kümmere mich um Sanny, ok?“ Für einen Moment starrte Claire sie nur wütend an, dann entspannte sie sich und stöhnte genervt.

„Wie du meinst.“, grummelte sie und ging zur Treppe.

„Komm Kätzchen.“, sie winkte Mai zu sich.

„Claire!“, tadelte Kate sie. Zwar verdrehte Claire die Augen, aber kurz darauf zwang sie sich zu einem netteren Gesichtsausdruck.

„Los Mai, das schaffen wir.“, sagte sie etwas zu freundlich und legte ihr eine Hand auf den Arm. Kopfschüttelnd wandte Kate sich ihrer Aufgabe zu.

Zuerst lauschte sie nur an der Tür. Sie rief Sannys Namen, aber es kam nichts zurück. Leise klopfte sie, doch auch dieses Mal regte sich nichts.

„Sanny, wenn du da drin bist, mach bitte auf.“, flehte sie. Woher sollte sie überhaupt wissen, dass Sanny nicht schon längst einen anderen Weg nach draußen gefunden hatte.

„Ich bleibe so lange vor dem Zimmer stehen, bis du mich rein lässt.“, rief sie etwas lauter und klopfte erneut.

„Es bringt doch nichts, wenn du dich einschließt.“ Sie hatte Angst, dass Sanny sich etwas antun konnte. Sie hatte sehr an ihrem Bruder gehangen.

Die Zeit verging und irgendwann wusste Kate nicht mehr, wie oft sie Sanny angefleht hatte heraus zu kommen. Sie saß auf dem Boden, lehnte an dem Türrahmen und spürte ihre Finger nicht mehr, so viel hatte sie geklopft.

„Sanny, wie lange willst du das noch durchziehen?“, rief Kate müde, als ein Mädchen die Treppe hinuntereilte.

„Bist du Kate?“, fragte sie schwer atmend.

„Ich soll dir sagen, du sollst Sanny ausrichten, dass sie mit der Zeremonie beginnen wollen, sobald die Sonne verschwunden ist. Sie meinen, das möchte sie auf keinen Fall verpassen. Das Mädchen mit den Schulterlangen dunklen Haaren sagt, sie solle sich nicht so anstellen und..." Das Mädchen verstummte.

„Schon verstanden.", sagte Kate, die sich vorstellen konnte, dass egal was Claire gesagt hatte, es nichts Nettes gewesen war. Das Mädchen nickte und ging wieder.

„Hast du gehört Sanny? Sie fangen gleich mit der Zeremonie an.", rief Kate und fragte sich, was das für eine Zeremonie sein konnte.

„Das willst du doch sicher nicht verpassen." Kate schlug mit der Handfläche gegen das harte Holz, weil es das Einzige war, was noch nicht weh tat.

Da noch immer keine Reaktion folgte, wurde auch sie allmählich ungeduldig. Sie erhob sich.

„Schön, wie du willst. Entweder und machst auf der Stelle die Tür auf, oder ich sprenge sie mit meiner Fähigkeit aus den Angeln.", rief sie deutlich. Zwar hatte sie keine Ahnung wie sie ihren Plan in die Tat umsetzten wollte, wenn Sanny nicht reagierte, dennoch war sie fest entschlossen in den Raum zu kommen. Zu ihrer Überraschung, öffnete sich die Tür einen Spalt breit.

Na endlich, dachte sie, als Sanny auf den Flur trat. Sie sah schlecht aus und mied es Kate anzusehen, aber wenigstens schien sie unverletzt. Erleichtert drückte Kate sie an sich.

Sanny erwiderte die Umarmung nicht, aber sie wehrte sich auch nicht dagegen.

Mai kam die Treppe runter.

„Es geht bald los, wir sollten raus gehen.", sagte sie zu Kate. Ihr Blick fiel auf Sanny und ihr Gesicht wurde noch ein wenig trauriger. Schweigend folgten sie Mai auf die Straße und liefen geradewegs in ein Meer aus Lichtern.

Kate musste ein zweites Mal hinsehen, damit sie erkannte, dass es die Dorfbewohner waren. Jeder Einzelne von ihnen trug zwei Kerzen, eine in jeder Hand. Selbst die kleinsten Kinder hielten Lichter. Kate war fasziniert von diesem Anblick, doch Sanny und Mai schienen es kaum wahrzunehmen. Sie schlängelten sich achtlos durch die Menge, bis zu einem Platz in der Mitte der Menschen. Ein Kreis aus Steinen war auf der Straße errichtet worden.

Daneben stand ein Korb mit lilafarbenen Blüten. Mai und Sanny stellten sich in den Kreis der Wartenden. Kate wusste nicht ganz, was sie tun sollte. Vielleicht gab es eine bestimmte Reihenfolge. Sie stellte sich einfach neben Mai und sah sich um.

„Was muss ich machen? Gibt es irgendwelche Regeln?“, fragte sie unsicher. Mai sah sie überrascht an.

„Du tust ja gerade so, als sei dies die erste Seelenbefreiung, bei der du dabei bist.“

„Auf der Erde ist das alles irgendwie anders.“, versuchte Kate es zu erklären.

„Ach wirklich?“, wollte Mai interessiert wissen. Kate nickte.

„Wenn du willst erzähle ich dir irgendwann mal davon.“, meinte sie. „Aber kannst du mir jetzt mal erklären, was hier passiert?“

Zum ersten Mal an diesem Tag lächelte Mai wirklich.

„Nein, nein, wenn du das hier nicht kennst, dann sollte ich dir nicht das Ende verraten. Du brauchst nur hier stehen zu bleiben und zu warten. Ich sage dir schon, wenn du irgendwas tun musst.“, sagte sie. Für Kate klangen diese Worte wenig vielversprechend. Sie fühlte sich unbehaglich. Was wenn sie irgendetwas sagen oder tun musste. Wenn sie nicht darauf vorbereitet war, ging es sicher schief.

Claire tauchte in der Menge auf.

„Ist das zu glauben? Sie haben mich weggeschickt.“, schimpfte sie leise.

„Reg dich nicht auf. Du kennst doch meinen Bruder. Er will alles selber machen, damit nichts schief gehen kann.“, gab Mai zurück.

„Kann sein.“, grummelte Claire.

„Dann kann ich mir das ganze Spektakel wenigstens aus der Ferne ansehen.“, fügte sie hinzu und zog zwei Kerzen aus ihrer Tasche. Sie zündete sie mit Hilfe einer Frau an, die neben ihr Stand.

„Brauche ich keine Kerzen?“, fragte Kate an Mai. Claire sah sie nachdenklich an.

„Das ist Kates erste Seelenbefreiung.“, erklärte Mai ihr.

„Eigentlich brauchst du keine, aber da du das alles nicht kennst... Warte hier, ich besorge dir welche.“ Mit diesen Worten verschwand Mai, nur um wenige Sekunden später wieder aufzutauchen.

„Hast du die einem Kind geklaut oder warum warst du so schnell?“, wollte Claire wissen und betrachtete die brennenden Lichter in Mais Hand.

Diese ignorierte sie und legte Kate die Kerzen in die Handflächen.

„Es geht los, besser du redest nicht mehr.“, raunte Mai ihr zu und kurz darauf brach eine Stille über das Dorf, so dass man nichts als das Knistern der Flammen und das leise Knirschen von Schritten im Schnee hören konnte.

Vier Gestalten in weißen Kapuzenumhängen teilten die Menge. In ihrer Mitte trugen sie eine selbst gebaute Bahre, aus zwei Stämmen und einem Laken. Auf dieser Trage ruhte, in Leinen gewickelt, der leblose Körper von Eddy. Kate wusste es, ohne sein verdecktes Gesicht zu erkennen. Mai hatte beim Anblick dieses Schauspieles ihre Finger in Kates Arm gekrallt.

Sie sah aus, als würde sie jeden Augenblick umkippen. Sanny hingegen wirkte im Vergleich dazu unglaublich gefasst.

Die Gestalten hatten ihre Kapuzen so weit in ihre Gesichter gezogen, dass Kate sie erst erkannte, als sie an dem Steinkreis angekommen waren. Sachte legten sie das Bündel hinein und traten einen Schritt zurück. Chris und Ted verließen den Kreis und legten die Mäntel ab. Zur selben Zeit traten Mai und Sanny in die Mitte. Sie nahmen die weißen Umhänge entgegen und zogen sie über. Es schien Sanny nicht weiter zu stören, dass er viel zu groß war. Während Ted und Chris an die Seite traten, kniete Sanny sich neben das Leinenbündel und deckte es auf. Eddy sah aus, als würde er schlafen. Das blasse Gesicht leuchtete im Kerzenschein und das Blut war verschwunden.

Sanny hob nun den Korb an und verteilte die Blüten an Mai, Alessio und Lee. Sie stellten sich an Eddys Seite und rührten sich nicht mehr. Die Stille war unerträglich und schien niemals enden zu wollen.

Eine Ewigkeit verging, bis sich plötzlich etwas tat. Nacheinander gingen die Lichter aus. Die hinteren Reihen verdunkelten sich zuerst.

Die Vier hoben die Blumen über seinen Körper. Noch während die restlichen Flammen erloschen kippten sie die Blüten und ein helles Pulver rieselte heraus. Für ein paar Sekunden blieb es absolut dunkel.

Doch auf einmal ging ein Strahlen von der Mitte des Platzes aus und es dauerte bis Kate begriff, was es war.

Dort wo das Pulver Eddys Haut berührte, traten helle Flammen auf und stießen in den Himmel. Kate hielt eine Hand zwischen sich und das grelle Licht.

Mai und die Anderen wichen zurück, als eine Flamme explosionsartig nach oben zischte und sich zu einem weißen Lichtball formte. Er stieg immer höher und war kaum noch zu sehen.

Etwas anderes zog ihre Aufmerksamkeit auf sich. Eddy schwebte eine Hand breit über dem Boden. Die Flammen umhüllten ihn wie eine zweite Haut, verblassten und mit ihnen löste sich auch sein Körper auf. Nur die Leinentücher blieben zurück, zusammen mit der Dunkelheit.

Ein Flüstern lief durch die Menge und sie zerstreute sich langsam.

„Ein Glück ist es vorbei.“, stöhnte Claire und stopfte die abgebrannten Kerzen achtlos in ihre Jackentasche.

„Wieso bist du nicht mit nach vorne gegangen?“, wollte Kate wissen. Auf einmal hatte sie tausend Fragen. Sie schwirrten in ihrem Kopf umher, wie ein Schwarm Bienen.

„Das fragst du? Ich dachte, du hättest mich langsam durchschaut. Dieser ganze Aufstand ist nicht mein Ding. Sicher, ich stehe unwahrscheinlich gerne im Mittelpunkt, aber diese Art ist mir zuwider. Wenn ich eines Tages sterbe, möchte ich mich nicht auflösen. Ich verstehe ja, dass eine Seele befreit werden muss, aber es gibt auch andere Wege.“, stellte sie fest und klopfte auf ihre Tasche.

„Eine Beerdigung hat nun wirklich mehr Stil.“, fügte sie hinzu und verschwand mit erhobenem Kopf.

Kate blickte ihr etwas ratlos nach. Sie hatte ihre Frage nicht im Geringsten beantwortet.

„Alles klar bei dir?“ Alessio war aus der Menge aufgetaucht. Ohne den weißen Mantel sah er fast wieder aus wie immer.

„Es geht schon, aber du siehst ziemlich müde aus.“, sagte Kate.

„Es war ein anstrengender Tag und ohne deine Hilfe, hätte ich es sicher nicht geschafft.“, meinte er.

„Was habe ich schon groß getan?“, gab sie Schulter zuckend zurück. Alessio antwortete nicht. Stattdessen legte er seine

Arme um Kate und zog sie an sich. Sie vergaß einen Moment lang die Menschen um sich herum und fühlte sich einfach nur sicher und geborgen. Erst als er sie wieder losließ, fiel ihr etwas ein.

„Verstehst du das unter Unauffällig?“

Alessio schmunzelte.

„An einem Tag wie diesem schon.“, stellte er fest.

Blumen im Schnee

Bei Beginn des Sonnenaufganges brachen sie auf. Es gab ein paar Abschiedstränen, bei Mollys Enkeltöchtern und sie mussten versprechen sie wieder zu besuchen.

Sobald sie dem Dorf den Rücken zukehrten, erfüllte der Wald Kate mit einer Ruhe, die sie beinahe vergessen hatte. Es war nicht so, dass sie der Aufenthalt in den Häusern nicht gefreut hatte, doch es war etwas Anderes die vertrauten Bäume zu sehen. Außerdem machte es kaum einen Unterschied, ob man nun in einem Zelt schlief oder auf dem harten Boden in einer Hütte. Sie würde sogar beinahe behaupten, dass ihr das Zelt lieber war, doch vielleicht lag es nur daran, dass sie dort nie alleine war.

Eddys Tod lastete noch immer wie ein Schatten über ihnen und sie alle waren sich bewusst, dass es eine Zeit lang dauern würde, bis die Trauer versiegte.

Mai hatte sich recht gut im Griff, seit der Zeremonie. Auch Lee und Claire gaben sich die größte Mühe, sich so zu verhalten wie immer. Nur an der Tatsache, dass die Beiden seit her kein einziges Mal miteinander gestritten hatten, sah man, dass auch sie der Tod von Eddy nicht völlig kalt ließ. Sanny hatte sich erst gar keine Mühe gegeben etwas zu ändern. Immer noch schweigsam saß sie auf dem Rücken eines Drachen und starrte abwesend ins Leere. Es war beinahe, als wäre ihre Seele mit der ihres Bruders gegangen.

„Sie wird schon antworten, wenn sie soweit ist.“, hatte Mai dazu gesagt.

Niemand wollte Sanny zwingen zu reden oder zu essen, oder sonst irgendwie auf sie zu reagieren. Regelmäßig gesellte sich jemand zu ihr, um ihr das Gefühl zu geben nicht allein zu sein.

Es machte Kate nichts aus, dass sie vorwiegend schweigend nebeneinander herliefen, im Grunde war es angenehm. So hatte sie die Möglichkeit ungestört nachzudenken, über dies und das, aber vor allem über Alessio.

Der Tod, seines guten Freundes, hatte auch ihn sehr mitgenommen. Sie wäre gerne mehr für ihn da gewesen, doch jetzt, wo sie wieder unterwegs waren, gestaltete sich das Ganze schwieriger. Es war kaum Möglich unbemerkt Kontakt zu ihm aufzunehmen, ohne einen Verdacht aufkommen zu lassen. Sie musste sich ohnehin ständig daran erinnern, ihn nicht all zu oft anzusehen.

Claire und Lee waren kein Problem. Sie liefen an der Spitze und widmeten ihre Aufmerksamkeit einzig und allein den Landkarten. Mai hingegen war um einiges wachsamer. Zwar hatte sie Kate nicht mehr auf ihre Vermutung angesprochen, stattdessen war sie auf das Beobachten umgestiegen.

Die ganze Zeit über ging sie neben Kate her und musterte sie ständig von der Seite. Wenigstens dachte sie so weniger an Eddy, überlegte Kate und pflückte im Vorbeigehen eine handvoll Schnee von einem Strauch.

Sie hatte sich fest vorgenommen, das Fließen des Wassers, intensiver zu lernen und die Tage an denen sie hauptsächlich unterwegs sein würden, eigneten sich hervorragend dafür. Das Eis schmolz auf den leisen Befehl ihrer Gedanken hin und legte sich mit einiger Konzentration und Willenskraft, wie ein Handschuh um Kates Finger.

Es wäre ein äußerst praktischer Schutz, wenn sie wüsste, wie sie den Zustand umkehren könnte. Dabei war sie sich nicht einmal sicher, ob es in ihrer Macht lag auch Wasser gefrieren zu lassen. Bisher hatten sich alle ausschließlich auf die Hitze konzentriert.

Selbst wenn es ging, wie sollte sie es schaffen. Jill hatte ihr erklärt, dass sie die Wärme aus ihrem Inneren nutzen konnte, ebenso wie aus der Sonne. Woher bekam sie jedoch Kälte.

Sie nahm eine zweite Hand Schnee. Vielleicht schaffte sie es die Kälte von ihrer einen, in die andere Hand zu leiten und so das Wasser gefrieren zu lassen.

Sie konzentrierte sich auf ihren Plan und versuchte die Kälte in ihre Haut fließen zu lassen. Langsam kroch sie ihre Finger entlang über die Haut zur Handinnenfläche. Das Problem war, dass die Kälte keine Anstalten machte durch ihre Haut zu kriechen. Sie blieb weiter an der Oberfläche und schien das Eis nicht verlassen zu wollen. An ihrer Stelle regte sich etwas Anderes.

Das Wasser, welches sich wie eine zweite Haut um ihre Finger gelegt hatte, löste sich, sobald sie die Konzentration auf ihre andere Seite lenkte.

„Wir sollten ein Lager aufbauen. Es wird bald dunkel.“, hörte sie Alessio zu Lee sagen. Der nickte und sah sich geschäftlich um.

„Dieser Platz ist gut, um die Zelte aufzustellen.“, meinte er.

„Nein, ist er nicht.“ Ein fremder Mann mit einer Rüstung, die aus Stein zu bestehen schien, trat ohne Vorwarnung aus dem Gebüsch. Lee packte ihn blitzschnell und hielt ihm sein Messer an den Hals.

„Bitte tu mir nichts. Ich bin ein Bote des großen Königs Erra, benannt nach der Sonne Errai, aus dem Lande Covellin. Ich komme in Frieden, um vor dem Krieg zu warnen.“, erklärte er hastig und hob die Hände zum Beweis, dass er keine Waffen besaß.

„Oh, richtig. Ich hab ihn schon vor einer halben Stunde gehört. Er ist völlig harmlos.“, meinte Mai, als sei es ihr gerade erst wieder eingefallen.

„Dann danke für die Warnung.“, knurrte Lee sie an und ließ

sein Messer sinken.

„Wir kennen den König.“, sagte Alessio an den Mann gewandt.

„Ja, er ist immer so nett zu mir.“, strahlte Mai. Alessio warf ihr einen Blick zu, der sie verstummen ließ.

„Wenn ihr ein Bote seid? Was sucht ihr dann in diesem Teil des Waldes?“, fragte er weiter.

„Wie es aussieht, bin ich auf der Suche nach eurer Mutter, Prinz Alessio, Prinzessin Mai.“, antwortete der Mann, der scheinbar gerade erkannt hatte, wen er da vor sich hatte. Er verbeugte sich.

„Er kennt meinen Namen.“, flüsterte Mai Kate zu, die es nicht sonderlich überraschte, da sie bisher niemanden getroffen hatten, der die Beiden nicht erkannt hatte.

„Ihr sagtet etwas, über einen Krieg?“, hakte Alessio nach.

„Oh ja, wenn ihr wollt berichte ich euch alles, was ich weiß. Allerdings geht dies nur im Beisein der Königin.“, sagte der Bote bedauernd.

„Danke für das Angebot, aber mich interessiert nur eine Sache. Aus welchem Grund, sollten wir unser Nachtlager nicht an diesem Ort ausbreiten?“

„In dieser Gegend geschehen seltsame Dinge bei Nacht. Verschwundene Kinder, getötete Männer und Frauen, verletzte Tiere. Ist euch noch nicht aufgefallen, dass sich kein Tier in der Nähe befindet?“ Er sah Mai an, während er sprach und an ihren Augen konnte Kate ablesen, dass der Mann die Wahrheit sagte.

„Ihr solltet schnell weiter gehen.“, riet er ihnen und verschwand im Dickicht des Waldes.

„Los, worauf wartet ihr noch, nicht schlapp machen.“, trieb Mai sie an und klang dabei beinahe so fröhlich, wie immer.

Es wurde eine lange Nacht und Kate konnte sich am nächsten Morgen nur daran erinnern, wie sie immer weiter und weiter gelaufen waren.

„Ich würde gerne in diese Richtung da gehen.“, sagte Mai plötzlich.

„Wieso?“, wollte Claire gähnend wissen.

„Vertrau mir einfach, ja?“, gab Mai zurück und kletterte bereits quer Feld ein, zwischen die am Wegrand stehenden Sträucher und Bäume.

Die Anderen wirkten wenig begeistert, aber sie folgten ihr. Mai drehte sich noch einmal um.

„Wir können unmöglich die Drachen mitnehmen.“, stellte sie fest und kletterte zu ihnen zurück.

„Wir nehmen nur das Nötigste und den Rest schicken wir mit einer Nachricht zurück in Mollys Dorf.“, schlug sie vor und lud ein paar Taschen ab.

Irgendwie schafften sie es, alles was ihnen wichtig erschien auf fünf Taschen aufzuteilen.

Mai kritzelte in rasender Geschwindigkeit Wörter auf ein Blatt, aus ihrem Buch und befestigte es an dem Halsband eines Drachen.

„Bis später Kleine.“, sagte sie wie zu einem Kind und streichelte der Drachin die Nase. Für so große Tiere drehten sich die Beiden unglaublich leise um und verschwanden ebenso lautlos im Wald. Sie blickten ihnen nur kurz nach und machten sich dann auf ihren eigenen Weg.

„Ich hoffe doch diese Strapazen lohnen sich.“, rief Alessio seiner Schwester zu, die viel leichter, als sie durch den Wald zu kommen schien.

„Aber sicher, du wirst es bald sehen.“

„Sag mal, spricht sie mit den Bäumen.“, kam es von Lee, der ständig an den Ästen hängen blieb.

„Macht schneller, hier ist es.“, rief Mai begeistert und winkte ihnen zu.

Eine Lichtung, wie Kate sie noch nie in dieser oder einer anderen Welt gesehen hatte lag vor ihnen.

Ein kleines schneeweißes Häuschen mit einem grünen Blätterdach stand auf einer kleinen Erhöhung. Das war jedoch nicht das ungewöhnlichste daran. Um das gesamte Haus wuchsen Unmengen von Blumen direkt auf dem Schnee.

Jede Pflanze in diesem Wald, so hatte Sanny es ihr erklärt, wuchs auf richtiger Erde, die von einer mehr als einen Meter hohen Eisschicht verdeckt war. Unter ihr war eine noch viel dichtere Eisschicht und Sanny hatte auch gesagt, dass es nur wenige Orte auf diesem Planeten gab, an dem Erde zu finden war, doch überall dort, wo es welche gab, wuchsen Pflanzen. Das war auch der Grund dafür, dass die meisten Dörfer im Wald selbst lagen.

„Wo es Erde gibt, findet man auch Leben.“

„Wie um alles in der Welt funktioniert das?“, fragte Claire und lief um die Blumen herum. Sie beugte sich hinunter und strich über die Blätter. Im selben Augenblick flog die kleine zierliche Tür aus den Angeln und zersplitterte wie Glas.

Eine Frau mittleren Alters, mit dunklen, hochgesteckten Haaren trat heraus. Sie lief barfuß und trug ein braunes Arbeitskleid ohne Ärmel. Wie eine magere Magd, sah sie aus und Kate fragte sich, ob sie ganz alleine in dem Haus lebte.

„Niemand fasst die Blumen im Garten von Liz an.“, sagte sie streng, auch wenn ihre Stimme weich und lieb klang.

„Claire wollte niemandem schaden.“, sagte Mai und zog Claire von den Blüten weg. Die versuchte es mit einem Lächeln und stellte sich unschuldig neben Lee.

„Sie sind diese Liz, nehme ich an.“, stellte er unsicher fest.

„Was wollt ihr hier?“, fragte die Frau an Mai gewandt.

„Wir suchen einen Ort, an dem wir unsere Zelte aufschlagen können. Aber ihre Blumen rochen so wunderbar, dass wir vom Weg abgekommen sind.“, freute Mai sich.

„Hier könnt ihr nicht bleiben. Also, verschwindet lieber.“, sagte Liz abweisend.

„Wohnen sie ganz alleine hier?“, wollte Lee neugierig wissen.

„Etwas dagegen?“

„Nein, gar nicht, aber es ist doch sicher gefährlich.“, überlegte er.

„Ich sehe vielleicht nicht so aus, aber ich könnte es mühelos mit euch allen aufnehmen.“, sagte Liz selbstsicher und blickte herausfordernd in die Runde.

„Das werden wir ja sehen.“, meinte Claire und schnappte sich ihren Bogen. Blitzschnell hatte sie ihn gespannt und einen Pfeil direkt auf Liz abgefeuert. Kate hatte nicht einmal die Zeit zu begreifen, was soeben geschehen war, als es auch schon wieder vorbei war. Anstelle eines Ausweichmanövers hatte Liz den Arm gehoben und der Pfeil war an ihrer Handinnenfläche zersplittert, als bestünde sie aus Metall. Zugleich hob sie die andere Hand und führte mit ihr eine Art Drehbewegung durch. Claire strauchelte und fiel überrascht zu Boden.

Wie auf Kommando schnipste Lee mit den Fingern und sprang, gefolgt von den beiden Wachen auf Liz zu. Kate staunte jedes Mal, wie perfekt sie auf sein Wort gehorchten und das, obwohl er nicht einmal befugt war einem der Beiden Befehle zu geben.

Auch sie kamen nicht weiter, als Claire zuvor. Eine Mauer aus festem Eis war direkt aus dem Boden gewachsen und stieß die Drei zurück, mit einer solchen Wucht, dass sie zu Boden gingen. Daraufhin versank die Wand geräuschlos dorthin, wo sie hergekommen war. Kate war etwas geschockt von diesem

Auftritt und Mai war die Einzige, die strahlte.

„Das war ja toll.“, grinste sie und klatschte eifrig.

„Darf ich auch mal versuchen?“, fragte sie und hüpfte aufgeregt in die Luft.

„Nur zu.“, forderte Liz sie auf und Mai machte zwei schnelle Schritte rückwärts. Kate wollte nicht hinsehen, aber alles ging viel zu schnell.

Liz hob die Arme wie zum Angriff. Mai grinste verschmitzt und sprang auf sie zu. Mitten in der Luft verwandelte sie sich und riss die überraschte Liz somit von den Füßen. Ihr blieb keine Zeit sich zu verteidigen.

Mai stand auf, nahm ihre eigentliche Gestalt wieder an und verbeugte sich vor Liz. Die lachte und rappelte sich auf.

„Sehr gut.“, lobte sie Mai und drehte sich nun zu Sanny um.

„Was ist mit euch Anderen?“, wollte sie wissen.

„Lieber würde ich sterben, als zu kämpfen.“, sagte Sanny entschlossen. Es waren ihre ersten Worte, seit Eddys Seelenbefreiung.

Wieder lächelte Liz und drehte sich weiter zu Kate. Sie musterte sie interessierter, als jeden Einzelnen zuvor.

„Wie heißt du und siehst du das auch so?“

Kate schüttelte unüberlegt den Kopf. Zu spät merkte sie, dass es ein Fehler war. Unbewusst hatte sie Liz dazu aufgefordert sie anzugreifen.

„Habe ich auch nicht gedacht.“, rief die Frau und machte eine elegante Drehung in Kates Richtung. Alessio trat dazwischen, packte Liz Arme, bevor diese etwas unternehmen konnte und drehte sie ihr auf den Rücken.

„Das reicht jetzt.“, knurrte er. „Kate stammt von der Erde und ist erst seit wenigen Monaten bei uns. Sie hat noch nicht gelernt zu kämpfen. Mein Name ist Alessio, Sohn der Königin Jill von Brion und wenn sie irgendjemanden von uns ernsthaft verletzen, dann werden sie es bereuen. Ich hoffe, die Nachricht ist angekommen.“, sagte er so ruhig und ernst wie nur möglich und ließ sie los.

„Natürlich, ich habe verstanden.“, antwortete Liz und wirkte kein bisschen gekränkt.

„Ich hatte nicht vor, euch zu verletzten. Dennoch frage ich mich, aus welchem Grund ihr eine nicht ausgebildete Eiswandlerin in diesen Teil des Waldes mitnehmt.“, erklärte sie gelassen und setzte sich im Schneidersitz auf den Boden.

„Wir haben keine Ahnung, wovon sie reden.“, warf Lee ein.

„Lass gut sein, sie weiß es.“, meinte Mai fröhlich und hockte sich ebenfalls auf den Boden. Kate musterte Liz neugierig und ein Gefühl der Freude und des Vertrauens stieg in ihr auf, ohne dass sie es hätte erklären können. Vielleicht lag es an ihrer Art, ihrem Verhalten, oder dem Aussehen, aber sie spürte eine Verbindung zwischen sich und der Fremden.

„Ist ja auch kaum zu übersehen. Sie trägt keine Schuhe.“, stellte Lee mit einem Blick auf Kates nackte Zehen fest und verschränkte die Arme. Ertappt biss Kate sich auf die Unterlippe und vergrub die Zehen im Schnee.

„Du glaubst also, ich würde eine Fähigkeit anhand von Kleidung erkennen?“, fragte Liz. „Natürlich ist es recht auffällig, wenn in einer ganzen Gruppe nur eine Person barfuß geht, aber ich kenne weit mehr Möglichkeiten, um eine Gabe wie diese festzustellen.“ Liz lächelte in die Runde.

„Achtung, ich zeige es euch.“, sie stand auf und machte einen Schritt auf Sanny zu. Die rührte sich nicht. Ihr Gesicht hatte wieder diesen traurigen und verlassenen Ausdruck angenommen.

„Sie hat das typische Aussehen einer Heilerin, waldblondes Haar, klein geraten und ein kluges Gesicht, doch viel wichtiger ist ihre Entschlossenheit keinem Wesen zu schaden, nicht einmal, ihren Feinden und selbst dann nicht, wenn ihr eigenes Leben davon abhängt.“, erklärte Liz.

„Eine Einstellung die Viele verachten, ich aber durchaus bewundere. Das ist sehr weise.“ Sie neigte ihren Kopf vor Sanny.

„Danke sehr.“, antwortete die und neigte ebenfalls kurz ihren Kopf.

„Das war zu einfach.“, murmelte Lee Claire zu. „Jedes Kind kann Heiler erkennen.“

Liz achtete nicht auf den Spott in seinen Worten und ging einen Schritt weiter zu Alessio.

„Nun, es gibt nur zwei Möglichkeiten, Alessio, Sohn meiner Königin. Die eher Unwahrscheinliche, du bist leichtsinnig und einfach nur Lebensmüde. Die Andere, du hast eine Schutzfähigkeit. Was ich zugegebener Weise für äußerst praktisch halte.“, sagte sie, doch Alessio machte keine Anstalten das Lächeln zu erwidern.

„Sie haben mit beidem recht. Er ist tatsächlich Lebensmüde.“, freute Mai sich. Liz drehte sich zu ihr um.

„Bei dir, muss ich leider sagen, hätte ich es wissen müssen, aber ich war wohl zu naiv, um es zu sehen. Es gibt kaum eine Art Menschen, die so unerschrocken und voller Begeisterung sind, wenn es um das Kämpfen geht. Nur für jemanden wie dich ist das Leben ein einziges Spiel, dass du sicher bist zu gewinnen.“, meinte sie und Mai grinste.

„So ist es.“

„Weiter zu Kate.“, sagte Liz freundlich. „Die Eiswandlerin. Für gewöhnlich erkennt man auch sie in ihrem Verhalten. Fließende Bewegungen, überlegtes Handeln. Aber es gibt einen sichereren Weg. Die Augen verraten mir deine Gabe.“

„Ich weiß.“, antwortete Kate und lächelte ebenfalls, auch wenn ihr ganz und gar nicht danach war. Es reichte, um Liz zu täuschen. Schon einmal hatte sie gehört, dass ihre Augen sie verrieten. Damals hatte sie es für eine erfundene Geschichte gehalten, doch wie es aussah, war sie wahr.

„Die Wachen. Ihr besitzt nur die Fähigkeit, einem ausgezeichneten Schwertkämpfer aufs Wort zu gehorchen.“ Während Liz sprach sah sie zu Lee rüber, der sie die ganze Zeit über entsetzt anstarrte.

„Ähm, ich habe verloren.“, stotterte er jetzt.

„Nur weil ich nicht mit fairen Mitteln gekämpft habe.“, gab Liz zu. „Das ist die erste Regel.“

„Unfair zu kämpfen?“, fragte Claire zickig.

„Nein. All deine Möglichkeiten zu nutzen.“, gab Liz wie selbstverständlich zurück.

„Bei dir, Claire, sehe ich zwar keine Fähigkeit, aber ich bin davon überzeugt, dass deine Augen nicht immer diese Färbung besaßen.“, sagte sie traurig.

„Oh, sie ist wunderbar. Können wir sie bitte behalten und mitnehmen?“, fragte Mai ihren Bruder. Liz lachte.

„Das denke ich nicht, aber ich könnte euch für eine Weile in mein Haus einladen. Es interessiert mich sehr, was eine so bunte Mischung an jungen Leuten in diesen Teil des Waldes verschlagen hat. Sicher seid ihr nicht Grundlos hier.“

Sie trat über die Schwelle ihrer nicht mehr vorhandenen Tür.

„Wir müssen ein paar Tage hier bleiben.“, stellte Mai sofort fest.

„Nein.“, murmelte Alessio nachdenklich.

„Bist du etwa blind Brüderchen?“

„Ich hab schon verstanden, was du meinst, aber wir können ihr nicht trauen. Sie weiß zu viel.“, erwiderte er.

„Wovon redet ihr?“, plapperte Lee dazwischen.

„Mai spricht davon, dass sie eine Eismagierin ist.“, klärte Kate ihn auf. Lee klappte der Mund auf.

„Sie... was? Das kann doch gar nicht sein. Ich meine, hat sie nicht irgendwas von Augen gefaselt. Zufällig hatten ihre so ein leuchtendes grün. Richtig unheimlich.“, meinte er und starrte Kate an.

„Wenn ich mich nicht irre, sind ihre mehr braun.“, sagte er zu Mai und deutete auf Kate.

„Gut erkannt.“ Lee fuhr erschrocken herum, als Liz unerwartet hinter ihm stand.

„Es liegt daran, dass die Meisten von uns, im Anfangsstadium, ausschließlich im Wärmezustand bleiben. Daher sind ihre Augen viel dunkler. Ich habe mich, wie viele von uns, für den Kältezustand entschieden. Weiterhin bevorzuge ich den offiziellen Begriff, Eiswandlerin. Magie ist etwas für Schwindler und Betrüger. Also was ist jetzt? Habt ihr Hunger, oder wollt ihr lieber hier draußen erfrieren?“, fragte sie.

Das Haus war geräumig und warm, obwohl es von außen nicht den Anschein gemacht hatte.

Sie setzten sich an den runden Tisch, in der Mitte des Zimmers und schwiegen. Liz lief summend durch die Küche und holte aus sämtlichen Schubladen und Schränkchen Besteck und Teller hervor.

„Ich kenne die Melodie.“, sagte Mai. „Liz, Kennst du auch den Text dazu?“, wollte sie wissen.

„Nein, tut mir leid. Ich kann mich nicht daran erinnern. Als ich noch klein war, hat meine Mutter ein Mädchen bei uns aufgenommen, dass im Wald umherirrte. Feuerrotes Haar und die Haut mindestens genauso weiß, wie ihr Kleid. Sie hat immerzu gesungen und am nächsten Tag war sie verschwunden. Seit dem geht mir diese Melodie nicht aus dem

Kopf.“, erzählte Liz und stellte die Teller auf dem Tisch ab.

„Schade.“, sagte Mai. „Ich glaube nämlich, dass es eine Bedeutung hat. Die erste Strophe erzählt von der Vergangenheit. Vielleicht erzählt die Zweite uns etwas über die Zukunft.“

„Ich denke, es gibt mehr als zwei Strophen.“ Liz stellte einen dampfenden Kessel in die Mitte und setzte sich selbst auf einen der Stühle.

„Esst und dann erzählt mir doch mal, wie ihr dazu kommt ausgerechnet in diesem Teil des Waldes herumzulaufen!“, sagte sie neugierig.

„Wir sind auf dem Weg ins Drachenland.“, meinte Mai.

„So wie ich euch einschätze, kommt ihr direkt aus Brion!“, stellte sie fest, worauf hin Mai nur nickte. „Da stellt sich mir die Frage, wie lange ihr bleiben wollt.“

Alle sahen Liz an, die sich seelenruhig einen weiteren Teller Essen auflud.

„Wir werden nicht bleiben.“, sagte Alessio.

„Ihr solltet es tun.“, entschied Liz. „Es ist kein Zufall, dass ihr vom Weg abgekommen und ausgerechnet bei mir gelandet seid.“

„Wie meinen sie das?“, fragte Lee unbehaglich. Es schien ihm nicht zu gefallen, dass sie mit ihnen redete, als wüsste sie bereits im Voraus, was passieren würde.

„Meine Mutter hat immer gesagt, es würde der Tag kommen, an dem ich mein Wissen weitergeben muss. Dies ist vielleicht meine einzige Chance, da ich weiß, dass es nur noch wenige Menschen gibt, denen es möglich ist, diese Fähigkeit zu unterrichten.“, erklärte sie ihnen.

„Vermutlich hast du Recht. Wir wissen nicht, ob sich eine solche Gelegenheit ein zweites Mal bietet.“, gab Alessio zu und musterte Kate.

„Ich würde gerne von dir lernen, Liz.“, sagte sie.

„Bitte, dieser Ort ist noch öder, als der Letzte, an dem wir festhingen.“, stöhnte Claire.

„Wie schön, dass es dir hier gefällt.“, meinte Mai.

„Zum kotzen.“, kommentierte Claire abfällig.

„Du solltest dich damit abfinden, denn wir bleiben eine Weile hier.“, entschied Alessio.

„Gut, weil ich nicht gehen werde, bevor ich diese Frau nicht besiegt habe.“, schwor Lee ihnen und deutete mit einem Kopfnicken auf Liz.

Sie wartete in ihrem selbst ernannten Garten. Eigentlich war es nicht mehr, als ein, von kleinen Felsen umgebener, Platz.

Im Vergleich zu der blumigen Vorderseite des Hauses, wirkte er schmucklos und einsam. Mai war mit Lee und Sanny auf eine Erkundungstour gegangen, um sie von ihren trüben Gedanken abzubringen. Alessio hockte bereits den ganzen Tag über einem Stapel Landkarten und beschriftetem Papier, während Claire sich in den oberen Zimmern herumtrieb. Ihre Laune war so schlecht, dass sie ihr alle aus dem Weg gingen. Selbst Lee, der sie gerne mit allem möglichen aufzog, hatte es satt sich mit ihr zu streiten.

Liz saß im Schneidersitz auf dem Boden und winkte Kate zu sich herüber.

„Zu aller erst, bevor wir überhaupt anfangen können, muss ich dir ein paar grundlegende Dinge erklären.“, sagte Liz ruhig.

„Ein paar Dinge kann ich schon.“, warf Kate eifrig ein.

„Den Schnee schmelzen zum Beispiel.“

Liz lächelte.

„Davon rede ich gar nicht. Wenn du bei mir lernen willst, müssen wir noch weiter vorne beginnen und zwar bei deiner

Kleidung."

„Meine Kleidung? Was stimmt damit nicht?", fragte Kate und sah an sich herunter. Sie trug eine einfache Röhrenjeans und einen nicht weiter auffallenden Pullover.

„Ich würde nicht sagen, dass etwas nicht stimmt, aber wir können trotzdem etwas verbessern. Meine eigene Kleidung besteht aus der Rinde eines besonderen Baumes. Jedes Jahr, vor Beginn des Winters, verliert er die äußeren Schichten. Das Besondere und wahrhaft Einzigartige daran ist, dass man aus dieser Rinde einen Stoff herstellen kann, der sowohl gegen Kälte, als auch Hitze resistent ist. Wenn deine Kleidung aus diesem Stoff besteht, ist es sehr viel leichter deine Kräfte gezielt einzusetzen."

„Heißt das, ich habe tatsächlich die Möglichkeit sowohl Hitze, als auch Kälte zu erzeugen?", fragte Kate aufgeregt. Die ganze Zeit über hatte sie es gehofft. Es bot viel mehr Möglichkeiten, als sie bisher gehabt hatte.

„Was hast du denn erwartet? Ich wüsste kaum, wie ich ausschließlich mit der Hitze klar kommen sollte. Ich habe diese Wärme schon als Kind nicht aushalten können. Sicher, es ist um einiges schwieriger Kälte zu erzeugen, aber Wärme kostet dich viel mehr Kraft. Setzt du sie zu unüberlegt oder leichtsinnig ein, dann könnten Komplikationen auftreten. Es fängt mit Schwindel und Kopfschmerzen an und geht mit Fieber oder sogar Bewusstlosigkeit weiter.", zählte Liz auf.

„Bewusstlosigkeit?", fragte Kate unbehaglich. Mit den anderen Symptomen kam sie klar, doch sie fragte sich, wie weit sie wirklich gegangen war. Wie viel hatte gefehlt? Alessio hatte scheinbar Recht gehabt damit, dass sie ihre Kräfte nicht überanstrengen sollte.

„Oh, mach dir darüber keine Gedanken. Ich zeige dir, wie du diese Dinge vermeidest.", beruhigte Liz sie. Dann steckte sie eine Hand in ihre Hosentasche und zog einen runden, flachen Stein hervor. Er war matt und blassgrün. Sie reichte ihn Kate. Er war gerade groß genug, dass er locker in ihre Handfläche passte. Sie spürte eine Kälte von ihm ausgehen, auch wenn diese im Vergleich zum Schnee kaum merklich war.

„Was ist das?“ Kate drehte ihn zwischen den Fingern hin und her.

„Einen Stein wie diesen, sollte jeder Eiswandler besitzen. Was du auch tust, er wird nie seine Temperatur ändern. Er wird immer so warm sein, wie deine Haut es wäre, wenn du keine Fähigkeit hättest. So hast du etwas, an dem du dich ungefähr orientieren kannst. Als meine Mutter noch lebte, habe ich ihr einmal aus Versehen den Unterarm verbrannt. Es war ein schreckliches Gefühl, sie verletzt zu haben. Hätte sie mir damals nicht einen solchen Stein besorgt, dann hätte ich bestimmt nicht weiter geübt. Selbst später hatte ich immer noch Angst jemandem weh zu tun, der mir wichtig ist. Wie du bereits mitbekommen hast lebe ich allein. Nach dem Tod meiner Mutter, habe ich mich nicht darum bemüht neue Bekanntschaften zu schließen. Es ist nicht so, dass ich Menschen meide. Ich habe vielmehr das Interesse daran verloren, mich mit ihnen zu unterhalten. Ich habe ein paar Freunde im nächsten Dorf, doch es reicht mir sie ab und an mal zu sehen. Bei dir sieht das anders aus und daher ist es umso wichtiger, dass du dich orientieren kannst. Wenn du einmal so weit bist wie ich, wirst du es vermutlich auch ohne jegliche Hilfe schaffen, aber heute beginnen wir damit.“ Sie deutete auf den blassen Stein zwischen Kates Fingern.

„Du hast zwei Möglichkeiten in dieser Welt zu überleben. Der Wärmezustand.“ Liz malte einen Kreis in den Schnee. „Und den Kältezustand.“ Sie malte ein Quadrat daneben.

„Es gibt verschiedene Hilfen, um einen vollkommenen

Zustand zu erreichen. Zurzeit leitet dich mit höchster Wahrscheinlichkeit dein Instinkt. Er bewahrt dich ganz von alleine vor dem Erfrieren. Wenn du nichts dagegen hast, würde ich dir jetzt gerne einmal zeigen, wie es ist, wenn du die Kälte nutzt, um zu überleben."

Kate, die aufmerksam zugehört hatte, ließ vor Aufregung beinahe den Stein fallen.

„Sicher. Ich würde es unheimlich gerne ausprobieren.", sagte sie eilig und richtete sich auf. Liz lächelte.

„Es wird nicht ganz einfach werden. Bei dem ersten Versuch helfe ich dir, so gut ich kann. Reich mir deine Hände und schließe die Augen.", forderte sie Kate auf, die über die Hektik hinaus beinahe vergessen hätte, weiter zu atmen. Schon in dem Moment, in dem sie Liz Hände berührte schien es, als wäre sie in kaltes Wasser getaucht.

Während die Wärme immer in Wellen zu fließen schien, bewegte sich die Kälte ruhig und schleppend. Ihre Atmung wurde zugleich tiefer und schwerer. Viel zu langsam strömte die Luft warm und feucht durch ihre Atemwege in die Lunge, wo sie wie ein schwerer Vorhang aus Samt einige Sekunden verharrte, bevor sie langsam wieder ihren Weg nach außen fand.

Bevor es ein zweites Mal passierte, verschwand dieses ungewohnte Gefühl wieder und erst als Kate die Augen aufschlug, bemerkte sie, dass Liz ihre Finger gesenkt hatte.

„Wie hast du dich dabei gefühlt?", fragte sie sogleich.

„Das Luftholen war völlig anders und die Kälte war angenehm. Trotzdem bin ich mir nicht sicher, ob ich es immer so haben will.", überlegte Kate laut.

„Das musst du ja gar nicht. Wenn du mit der Wärme besser leben kannst, wirst du kaum drum herum kommen dich für sie zu entscheiden, aber wir werden sehen. Vielleicht fehlt dir auch noch das richtige Mittel.“ Liz wandte sich wieder den Zeichen zu, die sie sorgsam nebeneinander in den Schnee gezeichnet hatte.

Sie schrieb etwas in die Mitte. Kate konnte es nicht lesen, da es in der Schrift dieser Welt geschrieben war.

„Wieso hast du dich für die Kälte entschieden?“, wollte sie wissen.

„Ich habe die Hitze verachtet. Wenn die Haut zu brennen scheint, fühlt sich die ganze Welt kalt und Herzlos an. Kaum etwas um mich herum, konnte ich als wärmer bezeichnen und vor allem erinnerte es mich immer daran, wie ich meiner Mutter weh getan habe. Gefühle sind mitverantwortlich für dein Temperaturempfinden. Freude erzeugt Wärme. Ebenso ist es mit Wut und Verzweiflung. Am Stärksten jedoch ist die Liebe.“ Während Liz die Worte aufzählte, deutete sie mit dem Finger, auf die fremdartigen, verschlungenen Buchstaben zwischen ihnen.

„Ich habe all das kaum gespürt. Bis auf die Verzweiflung vielleicht, aber wer möchte schon in endloser Verzweiflung leben? Für Kälte braucht man Angst und Trauer, aber auch Macht und am Meisten Stärke. Ein Begriff, der genauso schwer zu erklären ist, wie ihn zu verwenden. Es heißt, dass es Eiswandler gibt, die so viel Stärke in sich tragen, dass sie selbst diesen Planeten eingefroren haben. Ich glaube kaum, dass es war ist. Für mich klingt das nach einem Kindermärchen. Trotzdem bin ich überzeugt von dem Gefühl der Stärke und ich denke, sie ist das Einzige was unsere Fähigkeit maximieren kann. Sie ist absolut harmlos in jeder Situation.

Aufpassen musst du bei Wut und Macht. Sie sind zerstörerisch genug, um dir selbst und allen um dich herum großes Leid zuzufügen.“

„Und jetzt lebst du mit dem ständigen Gefühl von Stärke?“

Kate fand es schwierig sich vorzustellen ein Leben lang mit ein und dem selben Gefühl zu leben. Was passierte wohl, wenn man es nicht schaffte daran festzuhalten.

„Ganz so ist es nicht. Dein eigener Zustand bleibt doch auch bestehen, wenn du nichts von all dem fühlst. Ich wollte dir damit nur zeigen, inwiefern Empfindungen dir helfen können. Der Instinkt reagiert beim ersten Auftauchen der Fähigkeit immer ausschließlich auf die Gefühle. Sicher war es bei dir ähnlich.“ Liz sah sie forschend an. Kate dachte daran, wie sie Claire gegenüber ihre Fähigkeit eingesetzt hatte, ohne zu wissen, was gerade passierte. Genau so war es auch später im Wald, an dem Tag als... Sie nickte schnell mit dem Kopf, bevor ihre Gedanken weiter abdriften konnten.

Liz erzählte noch Weiteres über den Einfluss von Gefühlen, doch Kate hörte nicht genau zu. Erst als sie etwas von den unterschiedlichen Formen von Eis ansprach, stieg Kates Interesse wieder.

Es gab Eis, das kaum stark genug war, um einen Menschen zu tragen, doch es gab auch Eines, aus dem Waffen geschmiedet wurden. Es bestand genauso aus Wasser, wie der Schnee, nur war es so verschmolzen, dass es scheinbar große Schwierigkeiten machte es zu zerstören. Einige Menschen bauten ihre Häuser daraus, doch es war sehr teuer und wertvoll.

„Ich denke, dass es zuerst nur von den Drachen erschaffen wurde.“, sagte Liz gerade.

„Drachen? Was meinst du damit?“ Kate sah keinen Zusammenhang in Liz Worten.

„Es gibt bei jeder Fähigkeit die eine Frage. Wie ist sie entstanden?“, meinte Liz und sah Kate fragend an. Diese jedoch zuckte gleich mit den Schultern. Sie hatte keine Ahnung von dieser Welt, wie hätte sie wissen können, woher eine so unwahrscheinliche Kraft kam. Irgendwie war sie wohl davon ausgegangen, dass es sie schon immer gegeben hatte.

„Wenn man den Geschichten glaubt, gab es einst einen Drachen, der unseren Planeten erschaffen hat, indem er große Gewässer, wie aus dem Nichts vereint hat. Er hat sie zusammengefügt und erstarren lassen, zu einem Planeten aus unterschiedlichen Eisstrukturen, um darauf einen Platz zum Leben zu finden. Er nahm einen kleinen Teil Erde, für das Leben, so wie reines Wasser, welches er trinken konnte. Von ihm sollen unsere Vorfahren gelernt haben das Wasser zu befehlen. Er lehrte sie, damit diese Welt erhalten blieb. Es soll Wächter geben, irgendwo, gut versteckt, die dafür sorgen, dass die Sonnen das Eis nicht ohne weiteres schmelzen. Es heißt, sie hätten viel mehr Macht, als sonst jemand auf der Welt, aber ich habe noch nie jemanden getroffen, der diese Kraft hatte."

„Glaubst du, dass es wahr ist?", fragte Kate. Sie stellte sich vor, dass irgendwo, weit weg von ihnen, Menschen beieinander saßen und nur mit ihrer Gedankenkraft den Planeten zusammenhielten und sie wünschte sich für einen Moment, jemanden von ihnen zu treffen. Sie hätten ihr unglaublich viel beibringen können, vorausgesetzt sie existierten.

„Aber sicher glaube ich daran. Ich habe einmal ein Mädchen gekannt, das von ihnen gesprochen hat. Meine Mutter hat sie im Wald aufgegabelt und ihr zu essen gegeben. Ich war noch sehr klein, aber sie sagte damals etwas von den Wächtern und dass sie auf der Suche nach ihnen wäre, um sie vor der Zukunft zu warnen. Ich weiß selbst leider kaum etwas darüber, aber in dem Dorf, welches zwischen diesem Ort und dem Drachental liegt gibt es einen Ort, der angeblich auf jede Frage eine Antwort wissen soll.", flüsterte Liz verschwörerisch. Kate kam sie ein wenig verrückt vor. Die Geschichten konnten unmöglich alle war sein. Sicher glaubte Liz alles, was man ihr erzählte. Selbst Mai war nicht so naiv.

„Und dieser geheimnisvolle Ort, kann er uns auch etwas über das Drachenherz erzählen?“, kam eine Stimme vom Haus her. Kate brauchte sich nicht umdrehen, um zu wissen, dass es Alessio war. Was wollte er hier und wie lange hatte er schon dort gestanden?

„Das Drachenherz.“, lächelte Liz. „Aber sicher doch. Wer es schafft den Kristall des Wissens zu erreichen, der hat die Erlaubnis jede ihm erdenkliche Frage zu stellen. Es heißt, dass er jede Antwort weiß. Also warum sollte er nichts über das Herz dieser Welt wissen?“, fragte Liz in seine Richtung. Kate hörte die Schritte im Schnee, bevor er in ihr Blickfeld trat. Mit geschäftlichem Gesicht setzte er sich zu ihnen in den Schnee.

„Was wissen Sie über das Herz?“, fragte er und ließ Liz nicht aus den Augen, als diese aufstand.

„Warum glaubst du, ich könnte etwas wissen?“, fragte sie, jetzt ohne die Spur ihres Lächelns.

„Niemand nennt es "Das Herz der Welt". Herz der Drachen, Drachenherz oder der Stein des Lebens, wie es die Elfen nennen, sind völlig normale Ausdrücke. Woher also kennen sie diesen Namen und was wissen sie?“, fragte Alessio und auch sein Gesicht hatte all die Freundlichkeit mit einem Schlag verloren.

„Meine Mutter hat mir die Geschichte erzählt, dass ein Drache Umbria erschaffen hat und sein Herz der Welt überreicht hat. Nur die Wächter sollen wissen, wo es zu finden ist. Das ist alles, was ich weiß.“, sagte sie wenig höflich, erhob sich und verschwand im Haus. Alessio starrte ihr entgeistert nach.

„Ich mag sie nicht.“, stellte er trocken fest und wandte sich Kate zu.

„Wen?“, kam es von der anderen Seite des Gartens. Lee sprang geschickt von der Steinmauer, während Sanny ihm unbeholfen und finster dreinblickend nachkletterte.

„Diese Liz. Sie ist unfreundlich und irgendwie komisch.“, klärte Alessio ihn auf und erhob sich.

„Ja, ich kann sie auch nicht ausstehen.“, gab Lee zurück. Kate glaubte, seine Abneigung stammte einzig und allein von der Tatsache, dass Liz ihn ohne weiteres im Kampf besiegt hatte.

„Wo ist Mai?“, wollte Kate wissen, die nur darauf gewartet hatte, zu sehen, wie diese ebenfalls auftauchen und Liz verteidigen würde. Sanny senkte den Kopf und Lee verzog das Gesicht. Auch Alessio sah sich jetzt suchend um.

„Sie ist doch mit euch gegangen.“, erinnerte er sich.

„Stimmt und dann ist sie heulend im Wald verschwunden.“, sagte Lee.

„Was?“ Alessio warf einen Blick von Lee zu Sanny und zurück.

„Naja, sie hat nicht geweint. Sie ist nur abgehauen, wegen Eddy.“ Das letzte Wort flüsterte sie.

„Man, hör mal. Sie hat ihn doch geliebt, oder?“, warf Lee ein.

„Nein!“, stieß Sanny hervor und die beiden Jungen drehten sich überrascht zu ihr um. Sannys Blick traf auf Kate, die ihn streng erwiderte.

„Ich meine, nein. Das ist sicher nicht der Grund. Ich glaube eher, sie fühlt sich schuldig, weil sie... Naja...“, hilfesuchend sah Sanny erneut zu Kate.

„Sie meint, dass es ihre Schuld sein, dass Eddy sich angesteckt hat und dass er die Medizin erst so spät bekommen hat.“, beendete Kate Sannys Satz. Sie tat es nicht für Sanny und ihrem Blick nach zu urteilen, wusste diese es. Kate war auf Mais Seite und sie würde auch weiterhin zu ihr halten.

„Ok, wenn sie heute Abend nicht wieder da ist, gehe ich sie

suchen.", sagte Alessio leicht gestresst und ging ins Haus zurück. Lee sah ihm Stirn runzelnd nach.

„Er gefällt mir nicht. Er versucht zu sehr, sich nichts anmerken zu lassen. Der Tod seines Freundes hat ihm schwer zugesetzt. Jemand müsste ihn aufmuntern.", überlegte Lee und ließ den Blick schweifen, als suche er einen Freiwilligen, in einer großen Zuschauermenge. Es war erstaunlich, dass er ein derartiges Feingefühl erwies, wo er doch sonst so unsensibel wirkte. Sein Blick verharrte auf Kate.

„Der perfekte Job für eine Frau. Los rede mit ihm. Ihr könnt das mit den Gefühlen doch gut.", forderte er Kate auf.

„Wieso ausgerechnet ich?", fragte diese, immerhin war sie nicht die einzige Anwesende. Natürlich wäre sie am Liebsten gleich losgerannt, aber sie wollte keinen Verdacht wecken und außerdem interessierte es sie, weshalb er glaubte, sie könnte Alessio aufheitern, wie er es nannte.

„Na weil ich keine Frau bin, Sanny heult selbst gleich los, das Kätzchen ist wieder geflohen und unsere kleine Zicke Claire kratzt heute jedem die Augen aus, selbst Alessio. Ach ja und diese Liz mag er nicht.", fügte er noch hinzu.

„Wer bleibt da noch über, außer unsere kleine Eisprinzessin?", fragte er und setzte sein freches Grinsen auf. Kate verdrehte leicht schmunzelnd die Augen.

„Und was macht der große Schwertmeister in der Zwischenzeit?", wollte sie neugierig wissen.

„Mittagspause?", schlug Lee vor, während sein Magen knurrte.

„Pause kannst du machen, wenn du mich im Kampf geschlagen hast.", rief Liz ihm zu, die mit einer Schürze über ihrem Kleid aus der Tür trat.

„Viel Glück.", raunte Kate ihm zu und verschwand grinsend im dunklen Haus. Es gab nicht ein Fenster hier und das einzige

Licht kam von dem Feuer unter dem Kessel, dessen Deckel leise klapperte. Nichts regte sich sonst. Sie sah sich um und entdeckte eine schmale Treppe, hinten an der Wand. Sie war kaum einen halben Meter breit und sehr steil.

„Was suchst du denn hier oben?“, stöhnte Claire auf, die gerade den Kopf aus einer Tür gestreckt hatte.

„Dich sicher nicht.“, gab Kate mindestens genauso genervt zurück. Claire hob den Kopf und stolzierte an Kate vorbei in eines der anderen Zimmer, welches Kate als eine Art Badezimmer erkannte. Sie schüttelte nur den Kopf über so viel Hochmut und machte sich daran die Zimmer nach Alessio zu durchsuchen. Sie fand ihn hinter der zweiten Tür, in einem Raum, der einem Arbeitszimmer glich. Vor sich hatte er die Karte ausgebreitet, aber sein Blick war auf den Himmel gerichtet, den man durch das Dach sehen konnte. Kate hatte beim Ersten hinsehen gedacht, das Haus würde kein komplettes Dach besitzen, aber das stimmte nicht. Es war nur kein Dach aus Ziegeln, Stroh, oder Holz, sondern aus Glas oder war es vielleicht Eis? Sie konnte es nicht genau sagen. Alessio schreckte auf, als Kate die Tür hinter sich schloss, und warf dabei seinen Stuhl um.

„Oh, du bist es.“, sagte er erleichtert und richtete den Stuhl wieder auf. „Ich hab schon befürchtet, Claire hätte entschieden mir weiter auf die Nerven zu gehen.“ Er setzte sich wieder. Kate ging zu ihm hinüber und zog sich einen zweiten Stuhl an den Tisch.

„Was hat sie denn gemacht?“, fragte sie und betrachtete dabei die Karte, mit der sie nichts hätte anfangen können. Sie war bedeckt mit ungewöhnlichen Zeichen und Bildern.

„Sie hat herumgenörgelt, dass sie weitergehen will. Sie meinte, es sei wichtiger schnell die Drachen zu erreichen und etwas über das Herz herauszufinden. Einerseits hat sie recht, aber andererseits bleibt uns kaum eine Wahl. Du musst deine Fähigkeit lernen, Mai und Sanny brauchen etwas Zeit, um über Eddys Tod hinwegzukommen, wenigstens ein paar unbeschwerte Tage, und ich muss etwas mehr über diese Drachen in Erfahrung bringen.“, stieß er hervor und fuhr sich mit der Hand über das Gesicht. Er hatte tiefe Ringe unter den Augen und er war blasser als sonst.

„Falsch, du brauchst eine Pause. Wann hast du das letzte Mal wirklich durchgeschlafen?“, fragte sie. Er lachte kurz und freudlos.

„Schlafen? Wer von uns hat in letzter Zeit wirklich richtig geschlafen?“, fragte er. Kate fiel niemand ein. Sie alle hatten die Nächte wach gelegen, sich um andere Dinge gekümmert und kaum ein Auge zugemacht.

„Dann wird es höchste Zeit, dass einer den Anfang macht. Du könntest für einen Moment alles vergessen und ich frage Liz noch mal nach diesem Kristall der Weisheit. Ich glaube zwar nicht, dass da etwas dran ist, aber hinter jeder Legende steckt ein Funke Wahrheit und es könnte ja sein, dass es ein Buch oder so etwas über die Drachen oder das Herz gibt. Wenn wir da heran kommen, wäre es einfacher.“, überlegte Kate.

„Du meinst also, ich soll mich für ein paar Stunden schlafen legen, während alle anderen wach sind? Was ist mit dir? Du musst mindestens genau so müde sein.“, stellte er fest und drehte ihren Kopf, damit er ihr Gesicht besser sehen konnte. Kate lächelte.

„Ach was. Bin ich nicht. Außerdem habe ich gedacht, dass du heute Abend eh nicht schläfst, weil du wieder glaubst, du müsstest aufpassen, dass ich nicht Schlafwandel, oder so. Also kannst du jetzt schlafen und bist heute Abend wach genug, um Wache zu schieben.“ Sie setzte ein unschuldiges Gesicht auf.

„Klug von dir, aber was wenn uns am Tage jemand

angreift.“, warf er ein.

„Erstens ist das sehr unwahrscheinlich, das weißt du und außerdem haben wir zwei Wachen, eine Heilerin, Claire mit ihrem Bogen, die ebenso gefährlich sein kann, wie Lee mit seinem Messer.“ Er lachte bei ihren Worten.

„Oh und wir haben eine, wenn auch etwas verrückte, Eiswandlerin, die etwas von der Kunst versteht Angreifer in Sekunden zu erledigen.“, flüsterte sie leise, damit Liz sie nicht verstehen konnte, falls sie zufällig über den Flur ging.

„Du hast mich überzeugt. Ich werde deinen Vorschlag annehmen, aber ich habe Bedingungen.“, warnte er sie vor. Damit hatte sie beinahe gerechnet.

„Dann mal los.“, sagte sie.

„Erstens, keiner verlässt das Haus oder sagen wir den Garten. Richte das auch Mai aus, wenn sie zurück ist. Zweitens, wenn etwas passiert, kommst du auf der Stelle damit zu mir. Drittens, Liz soll noch weiter mit dir üben, oder dir etwas beibringen, wie auch immer sie es nennen mag und letztens, du richtest ihr aus, dass sie es bereuen wird, wenn sie dir etwas antut, egal ob absichtlich oder nur aus Versehen.“, zählte er auf, während Kate bei jedem seiner Worte leicht nickte.

„Das Letzte kannst du gleich mal vergessen. Ich bin doch nicht bescheuert. Außerdem warum sollte sie so etwas tun. Ich glaube, das wäre gegen ihre Moral.“, nahm sie Liz in Schutz.

„Du sagst es ihr oder wir vergessen den Plan.“, meinte er ernst und verschränkte die Arme.

„Na schön.“, gab Kate klein bei. Was er auch verlangte, sie würde es Liz auf keinen Fall sagen.

„Wo legst du dich hin?“, wollte sie wissen.

„Ich dachte an das Gästezimmer.“, überlegte er Schulter zuckend.

„Ist Claire nicht dort?“, fragte Kate. Alessio schüttelte den

Kopf.

„Nein, die ist in Liz Zimmer.“, antwortete er und stand auf.

„Komm mit.“, forderte er, nahm ihre Hand und zog sie mit sich auf den Flur hinaus. Kate befürchtete, dass ihnen jemand über den Weg laufen könnte, aber Alessio schien das nicht zu interessieren.

„Was ist, wenn sie uns zusammen sehen.“, flüsterte sie leise, da sie nicht wusste, ob man sie von der Küche aus hören konnte. Er blieb vor einer Tür stehen und drehte sich um.

„Und wenn schon.“, gab er unbekümmert zurück und zog sie etwas näher heran.

„Du weißt genau, was dann passiert. Jill erfährt es.“, sagte sie und wollte sich an ihm vorbei drängen, zu der Tür, hinter der das Gästezimmer lag.

„Und wenn schon.“, wiederholte Alessio flüsternd und versperrte ihr den Weg, indem er mit seiner freien Hand nach dem Türrahmen griff. Kate zog ihre Finger aus seinen und verschränkte die Arme vor der Brust. Alessio ignorierte ihren vorwurfsvollen Blick und hob seine zweite Hand, mit der er sie eben noch hinter sich hergezogen hatte, um ihr eine Haarsträhne aus dem Gesicht zu streichen. Er war so nah, dass ihre Körper sich fast berührten. Sie musste all ihre Konzentration aufbringen, sich zu beherrschen, damit sie nicht nachgab. Sie wollte ihn berühren und sie war so kurz davor, den Abstand zwischen ihnen zu überwinden und ihn zu küssen.

„Ich sage es dir noch mal. Nicht hier! Irgendwer könnte uns sehen.“, zischte sie ihn leise an, wobei sie versuchte ihre zitternde Stimme zu verbergen.

„Es ist niemand hier, also wer sollte uns sehen?“, fragte er und sah sie herausfordernd an. Im Gegensatz zu ihm, fielen Kate einige Leute ein. Claire beispielsweise bräuchte nur die Türe von Liz Schlafzimmer zu öffnen und schon wäre es passiert.

„Hey!“, rief jemand und ließ Alessio so schnell herumwirbeln, dass Kate vom zusehen schwindelig wurde. Rasch machte auch sie einen Schritt von ihm weg, auf die Tür zu und drückte die Klinke herunter.

„Oh, hey Sanny.“, versuchte Alessio es und tat, als wäre nichts gewesen. Kate sah vorsichtig an ihm vorbei. Sanny hatte wütend die Arme verschränkt und biss scheinbar die Zähne zusammen, um nicht loszubrüllen.

„Ich habe etwas mit Kate besprochen und davon wird sie dir jetzt erzählen.“, meinte er lächelnd und drängte sich rasch an Kate vorbei in den dunklen Raum, in dessen Türe sie noch immer regungslos stand.

Sanny machte den Mund auf, entschied sich dann aber noch mal um. Sie kam auf Kate zu, schob sie sacht von der Tür weg und zog sie zu.

„Komm.“, forderte sie Kate auf ihr zu folgen und leitete sie wieder in das Arbeitszimmer. Vorher warf sie noch einen prüfenden Blick in Liz Schlafzimmer. Durch den schmalen Spalt sah Kate Claire, die zusammengerollt auf der Decke schlief.

„Alles ok mit dir?“, fragte Sanny sie, als wäre sie ein kleines Kind, dass gerade geschlagen wurde.

„Ja, Sanny. Es ist nichts.“, versicherte Kate ihr.

„Für mich sah das anders aus.“, gab diese zurück und fing an die Karte auf dem Tisch zusammenzufalten.

„Und wie sah es für dich aus?“, fragte Kate böse. Sie war sauer auf Sanny, da diese sie erwischt und damit den Moment zerstört hatte. Außerdem war sie auch wütend auf Alessio, weil er ihr nicht geglaubt hatte.

„Ich hatte doch mit ihm geredet. Ich kann es einfach nicht glauben, dass er dich wieder belästigt. Das passt überhaupt nicht zu ihm.“, meinte Sanny fassungslos.

„Er hat mich nicht belästigt, wir haben nur etwas vereinbart.“, versuchte Kate es.

„Und was?“

„Dass er sich hinlegt und ausruht. Im Gegenzug soll keiner das Haus verlassen und Liz soll mir noch etwas beibringen.“, fasste sie für Sanny zusammen.

„Und dabei muss er dich anfassen?“, fragte die erzürnt.

„Sanny, er hat mich nicht mal berührt, ok?“, widersprach Kate sogleich.

„Du musst nicht lügen, nur weil du Angst hast. Ich werde mit Mai sprechen. Vielleicht kann sie ihren Bruder zur Vernunft bringen.“, schlug Sanny vor.

„Nein.“, rief Kate schnell. Mai würde sich auf dem Boden wälzen vor Lachen, wenn sie davon hörte. Immerhin wusste sie, über die Sache Bescheid, auch wenn Kate es nicht direkt bestätigt hatte.

„Es muss dir nicht peinlich sein.“ Sanny spann ihre Gedanken immer weiter, während Kate verzweifelt versuchte sie davon abzubringen.

„Hör zu. Ich komme alleine klar, wenn ich deine Hilfe brauche komme ich zu dir, oder ich gehe zu Mai. Mach dir bitte keine weiteren Gedanken darüber und verzichte darauf ihm noch einen Vortrag zu halten.“, flehte Kate. Sanny zögerte.

„Ok, aber um die Predigt kommt er nicht herum und außerdem werde ich ihn besser im Auge behalten.“, versicherte Sanny ihr und verschwand aus dem Zimmer. Kate ließ seufzend ihren Kopf auf die Tischplatte knallen. Es war ihr egal, dass es schmerzte. Sie schloss die Augen und versuchte sich wieder zu beruhigen.

Den Stress mit Sanny konnte sie jetzt nicht gebrauchen, es reichte, dass Mai sie ständig beobachtete. Der einzige Trost war, dass Alessio beinahe ohne Einwände auf den Deal eingegangen war. Später würde sie nachschauen, ob er wirklich schlief, aber das hatte Zeit. Vermutlich würde Sanny genau in dem Moment ebenfalls nach ihm sehen und dann würde alles wieder von vorne beginnen.

Techniken und Strategie

Liz und Lee waren mitten in einen Kampf verwickelt. Sanny hatte in der Küche gesessen und nur kurz den Kopf gehoben und Kate angelächelt, als sie nach draußen gegangen war.

Liz ließ sich für den Bruchteil einer Sekunde von Kates Auftauchen ablenken, so dass Lee seine Chance sah, ihr die Hände auf den Rücken zu drehen und sein Schwert gegen ihren Hals zu drücken. Sie wirkte überrascht, doch er ließ sie augenblicklich wieder los.

„Dieses Mal hätte ich dich getötet.“, sagte er gelassen und grinste Kate an.

„Und hat der edle Herr sich ausgeweint?“, rief er ihr entgegen.

„Ich habe ihn schlafen geschickt, aber er hat auch eine Nachricht für dich.“, rief Kate zurück und ging auf die Beiden zu. Liz betastete noch immer ihren Hals, als wäre sie sich sicher, dass sie Blut spüren müsste.

„Ach ja?“, fragte Lee und schob das Schwert zurück in den Gürtel.

„Du sollst darauf achten, dass niemand das Haus verlässt und dass ich weiterhin ungestört mit Liz an meiner Fähigkeit üben kann. Ansonsten noch das Übliche, Angreifer in die Flucht schlagen und so.“, erwiderte Kate.

„Das war´s schon?“, fragte er enttäuscht und Kate überlegte, was er wohl erwartet hatte.

„Wenn du gerne weitere Aufgaben hättest, könntest du mein Haus aufräumen.“, sprach Liz dazwischen und hob eine Hand voll Schnee auf. Mit der Anderen winkte sie Kate zu sich herüber. Lee machte ein mürrisches Gesicht und setzte sich dann schweigend auf die Stufen, die ins Haus führten.

„Wir machen da weiter, wo wir stehen geblieben sind.“, entschied Liz und setzte sich im Schneidersitz auf den Boden.

„Bei dem Kristall der Weisheit?“, fragte Kate, doch zu ihrem Unmut schüttelte Liz den Kopf.

„Nein, ich meinte die Beeinflussung deiner Kraft. Weißt du woher du Energie nimmst?“, wollte sie wissen.

„Aus meinem Inneren und dem Sonnenlicht.“, sagte Kate wissend.

„Sehr gut, aber vergiss nicht, dass auch Feuer und Eis dir Kraft geben. Worüber du noch nichts Genaueres zu wissen scheinst, ist die übertragene Energie durch Pflanzen und Menschen.“, meinte Liz. Es war keine Frage, sondern eine Feststellung, auch wenn es in diesem Moment nicht danach klang.

„Menschen?“, zweifelte Kate an.

„Wenn dir jemand sehr nahe steht. Eine Freundin oder deine Familie beispielsweise, dann kannst du durch sie Energie gewinnen. Dabei musst du dir keine Sorgen machen, es schadet ihnen nicht im Geringsten. Sie werden es nicht einmal bemerken.“, beruhigte Liz sie, bevor sie auch nur anfing sich Gedanken über diese Technik zu machen.

„Welche Energie bevorzugst du?“ Kate überlegte nicht lange.

„Meine Eigene.“, sagte sie knapp.

„Sehr schön, dann werde ich dir auch hauptsächlich zeigen, wie du sie optimal nutzt. Ich habe so ein Gefühl, dass wir generell zu wenig Zeit haben werden. Ihr werdet bald weitergehen.“, meinte Liz. Kate runzelte nur die Stirn, sagte aber nichts. Sie war sich nicht länger sicher, inwiefern sie ihr trauen wollte. Alessios Zweifel steckten sie an.

„Also gut, fangen wir an. Ich habe sowieso schon wieder zu viel Zeit mit reden verschenkt.“, sagte Liz und warf den

Schneeball hoch in die Luft, den sie während ihres Gespräches abwesend geformt hatte. Als er neben ihnen auf dem Boden aufschlug, zerbarst er dumpf in seine Einzelteile.

„Ich hatte eigentlich geplant, dir direkt ein paar Kampftechniken zu zeigen, aber zuerst einmal musst du Kälte erschaffen, sonst klappt es nicht.“, sagte Liz und strich mit der flachen Hand über den Schnee zwischen ihnen. Instinktiv wich Kate nach hinten zurück, als der Boden scheinbar in sich zusammenbrach und eine tiefe Schlucht offenbarte. Sie musste genauer hinsehen, um zu erkennen, dass dieses tiefe, breite Loch bis zum Rand mit klarem Wasser gefüllt war.

„Schau nicht so erschrocken drein. Das ist eine der leichtesten Übungen.“, lachte Liz. Dann tauchte sie ihre Hand in das Wasser, wo sie scheinbar ins Leere griff. Als Liz sie langsam wieder hervor holte, hielt sie einen festen Stab, aus Eis, mit den Fingern umschlossen. Sie reichte ihn Kate.

„Du musst dich auf die Form konzentrieren und sie deutlich vor dir sehen. Nur wenn du das schaffst, kann es dir gelingen. Die Wärme ist ein Energiestrom, der ebenso wie das Blut in den Adern, durch deinen ganzen Körper fließt. Ausgenommen sind nur Hals und Kopf, da du dir sonst viel zu schnell selbst schaden könntest. Dieser Strom hat einen ganz bestimmten Weg, den er ununterbrochen zurücklegt, selbst dann, wenn du die Wärme völlig ausblendest. Die Kälte funktioniert nach ihren eigenen Regeln. Sie kann niemals nur an einem Ort auftauchen, während du bei der Wärme deine ganze Kraft nur auf deine Hand fixieren könntest.

Die Kälte ist eine feste, träge Masse. Du wirst den Unterschied gespürt haben.“, sagte Liz, woraufhin Kate nickte. Ihr Blick ruhte auf dem Wasserloch zu ihren Füßen und sie fragte sich, wie lange es dauern mochte, bis es wieder festfrieren würde.

„Solange ich in der Nähe bin, wird es nicht verschwinden.“, erklärte Liz, als hätte sie ihr die Frage aus dem Gesicht gelesen. Kate sah sie an, hatte aber keine Möglichkeit etwas zu erwidern, da Liz gleich wieder ihre Erklärung aufnahm. Es war klar, dass sie gerne viel redete und Kate fragte sich, ob es daran lag, dass sie allein lebte.

„Sobald du dich auf eine bestimmte Form konzentriert hast, musst du dich vom Rest der Welt frei machen. Blende dabei niemals alle Geräusche aus, das macht dich nur angreifbar. Stell dir vor, du wärst von einer unsichtbaren Kugel umschlossen, in der es nichts als Kälte gibt. Sie ist wie eine Art Kraftfeld, welches du jederzeit auf dich übertragen kannst. Wenn du diesen Vorgang beherrscht, kann ich dir zeigen, wie du Eis mit Feuer verbindest und eine der stärksten Waffen dieser Welt erschaffst.“, sprach sie.

„So eine Waffe will ich haben.“, sagte Lee. Kate hatte gar nicht gemerkt, dass er sich näher zu ihnen gesetzt hatte, um Liz zuzuhören. Vielleicht hoffte er so eine Lücke in ihrer Kampftechnik zu finden, mit der er sie besiegen konnte.

„Das war eine Metapher.“, sagte Liz nur.

„Ach wirklich? Eine Metapher wofür denn?“, fragte er neugierig. Liz antwortete nicht, stattdessen schlug sie mit ihrer flachen Hand auf den Boden. Beinahe im selben Moment fuhr eine Schneelawine senkrecht aus dem Boden und riss Lee von den Füßen. Als er fluchend versuchte wieder aufzustehen, musste er zu seinem Bedauern jedoch feststellen, dass der Schnee, der seine Beine begrub nicht länger locker, sondern eine feste Schicht aus Eis war.

„Das war eine Demonstration dessen, was ich dir als Ziel vorgebe. Ich hoffe, wir kommen gut voran, damit du am Ende des Tages ebenfalls, nervige Menschen aus dem Weg räumen kannst.“, grinste Liz Kate an und drehte ihre Hand, die noch auf dem Schnee ruhte, ein paar Grad in Richtung Haus. Augenblicklich schien der Schnee wieder im Boden zu versinken. Lee sah sie böse an.

„Das soll ich bis zum Ende des Tages können?“, zweifelte Kate und blickte zum Himmel hinauf. Sie hatte noch immer einige Schwierigkeiten damit die Tageszeit zu erkennen, aber es musste schon nach Mittag sein und sie konnte sich nicht vorstellen, dass Liz die ganze Nacht lang üben wollte.

Liz folgte ihrem Blick.

„Sicher doch. Ein paar Stunden bleiben uns noch. Also fangen wir hiermit an.“ Sie wies mit der Hand auf den von ihr erschaffenen Wassergraben, der immer noch nur darauf zu warten schien, dass er wieder zu Schnee werden würde. Liz warf noch einen Blick zu Lee.

„Und du solltest jetzt nicht länger stören.“, sagte sie streng. Zu Kates Überraschung widersprach er nicht, sondern stand auf und verschwand im Haus.

Fast eine Stunde später war Kate endlich so weit, dass sie ohne große Mühe kleine aus Eis geformte Gegenstände aus dem Wasserbecken ziehen konnte. Selbst dann, wenn sie diese bei Seite legte, verloren sie nicht ihre Form, wie sie es zu Beginn ständig getan hatten. Kate wollte gerade ein weiteres Mal in das Wasser greifen, als Liz ihr ein Zeichen gab, dass sie aufhören sollte.

„Das reicht. Du musst noch andere Dinge lernen.“, meinte sie und ließ das Becken gefrieren.

„Steh bitte auf.“, wies sie Kate an und erhob sich selbst.

„Du hast bisher immer nur über deine Hände gearbeitet und bevor wir jetzt Wärme und Kälte verbinden, bringe ich dir bei, wie du den Boden, über deine Füße, zu deinem Vorteil nutzen kannst.“ Sie stellte sich leicht in Schrittstellung auf und hob die Handflächen gegeneinander, als wollte sie beten. Dann schloss sie die Augen. Zuerst sah Kate nicht, was sich veränderte, doch dann bemerkte sie, wie der Schnee unter Liz Füßen langsam begann ihre Beine hinauf zu wandern. Er schmolz so sachte, dass er aussah, wie eine zweite Haut, die sich langsam um ihren Körper schloss. Es wanderte unter der Kleidung durch, kam an Hals und Ärmeln wieder hervor und wurde schließlich fest. Kate trat näher heran, um es sich besser ansehen zu können. Es wirkte wie ein Schutz aus stabilem Eis, aber das wirklich seltsame daran war, dass es Liz die Bewegungen nicht zu erschweren schien. Bis auf ihren Kopf war sie komplett in Eis gehüllt. Sie öffnete die Augen und nahm die Hände runter.

„Kann ich das auch lernen?“, fragte Kate. Es erinnerte sie ein bisschen an die Drachenhaut von Alessio, nur dass das Eis fast durchsichtig war.

„Sicher, deshalb zeige ich es dir.“, meinte Liz, bevor sie ein Messer aus ihrer Tasche zog und es Kate reichte.

„Versuche die Haut zu zerschneiden.“, sagte sie. Kate starrte nur auf das Messer. Die Hände hatte sie hinter dem Rücken verschränkt.

„Nein, das mache ich nicht.“, stritt sie ab und verdeutlichte ihre Aussage, indem sie einen Schritt nach hinten machte.

„Wie du willst, dann eben anders herum. Du baust dir einen Schutz auf und ich versuche ihn zu durchtrennen.“, sagte Liz gelassen und strich sich die Eishaut von den Armen, als wäre diese nichts weiter, als ein Ärmel. Kate rührte sich nicht. War diese Frau verrückt geworden?

„Ich werde dich schon nicht verletzten, also los.“, drängte sie und rief damit die Warnung von Alessio in Kates Gedächtnis zurück. Was er wohl sagen würde, wenn er sie jetzt sehen könnte? Sie war froh, Liz nichts von seiner Drohung erzählt zu haben.

Kate nahm all ihre Kraft zusammen und versuchte sich auf ihre Aufgabe zu konzentrieren. Sie hatte es schließlich schon einmal geschafft eine Schicht Wasser über ihre Haut zu legen, auch wenn sie es nicht mit den Füßen, sondern den Händen getan hatte. Viel anders konnte es unmöglich sein. Sie beruhigte ihren leicht zitternden Atem und konzentrierte sich auf das, was sie über die Kälte gelernt hatte.

Ihre Füße begannen zu kribbeln, als der Schnee an ihnen empor kroch. Er streifte ihre Beine, umhüllte ihre Knie. Eigenartig kalt, gab er ihr ein Gefühl der Gefangenheit, als er sich wie ein Ring um ihre Taille legte und über ihren Rücken weiter zu den Armen wanderte.

Nach kurzer Zeit war sie umhüllt von Wasser, doch es dauerte, bis sie es zum frieren brachte. Bei Liz hatte es so leicht ausgesehen, aber an ihr haftete es, wie Gewichte, die drohten sie Richtung Boden zu ziehen.

Liz sagte irgendetwas, aber sie hörte es kaum. Zu sehr war sie damit beschäftigt den Schutz zu erbauen. Fasziniert hob sie die Hände vor ihr Gesicht. Das Eis schimmerte im Sonnenlicht und es schien sich stetig mitzubewegen, selbst wenn sie nur den Arm drehte oder das Handgelenk beugte.

„Nun, es ist nicht perfekt, aber ich denke es hilft.“, sagte Liz und hob das Messer. Kate lehnte sich zurück und kniff die Augen leicht zusammen. Sie hatte Angst vor dem Schmerz, der jeden Moment durch ihre Haut fahren musste. Denn wie sollte so eine dünne Eisschicht sie davor bewahren. Zu ihrer Überraschung hob Liz das Messer nur an, um es Kate selbst in die Hand zu legen.

„Glaubst du wirklich ich würde das riskieren?“, fragte sie und lächelte über Kates überraschtes Gesicht.

„Du kannst selbst testen, wie gut dein Schutz ist, aber ich

würde anderen Eiswandlern keinen Schaden zufügen. Das wäre nicht richtig.“, meinte sie und hob etwas Schnee vom Boden auf.

Kate betrachtete das Messer in ihrer Hand und sah dann zu ihrem Arm. Unsicher hob sie es an und legte die Klinge mit der Kante auf ihren Unterarm. Sie drückte sie leicht runter und musste feststellen, dass sie sich kaum schärfer anfühlte, als würde sie versuchen sich mit einem Stift dem Arm aufzuschneiden. Das Eis gab einfach nicht nach.

„Das ist gut, aber du verlierst den Rest deines Schutzes.“, machte Liz sie darauf aufmerksam. Tatsächlich war ihr kompletter Schutz verschwunden und hatte nichts als ein paar nasse Flecken zurückgelassen. Kate gab Liz das Messer zurück. Sie mochte es nicht Waffen in der Hand zu halten. Man konnte viel zu leicht jemanden verletzen, ohne es zu wollen.

„Oh, da fällt mir gerade einer meiner liebsten Tricks ein. Das habe ich mir selbst beigebracht. Schlicht aber wirksam.“ Liz winkelte den Unterarm mit der Handfläche nach oben gerichtet an. Den Schnee schmolz sie während sie redete und das Wasser tropfte nicht herunter, so wie es üblich gewesen wäre. Dann tauchte sie die Finger ihrer anderen Hand hinein und machte blitzschnell eine wegwerfende Handbewegung. Es war kaum zu erkennen, was genau sie da tat. Kate sah sie fragend an. Liz ging auf einen Baum, nahe dem Garten zu und wiederholte den Ablauf. Kate sah wie ein dutzend spitzer Eiszapfen sich in die Rinde bohrten. Sie erinnerten an Sperrspitzen und Kate wollte nicht wissen, wie es sich anfühlen musste, wenn sie auf einen Menschen trafen.

„Das Wichtigste hierbei ist Schnelligkeit. Je schneller du wirfst, desto fester werden sie. Natürlich musst du auch zielen können, aber das ist mit der richtigen Technik ganz leicht.“, meinte Liz.

„Es ist ein bisschen wie beim Frisbee werfen.“, bemerkte Kate, als Liz es ihr erneut zeigte.

„Das kenne ich nicht, aber wenn es dir hilft... fang an.“

Kate hob keinen Schnee vom Boden auf, stattdessen holte sie sich etwas Wasser, so wie sie es bei ihrer vorherigen Übung gelernt hatte. Wenn sie schon einmal dabei waren, wollte sie richtig üben.

Sie machte die Bewegung ein paar Mal langsam. Sie strich mit den Fingern durch das Wasser, wobei ein Großteil an ihnen haften blieb und wenn sie dann mit Schwung ihre Hand drehte und die Finger auf ein Ziel richtete, schleuderte sie die Tropfen weg. Sie versuchte es ein paar Mal, doch egal wie sehr sie sich anstrengte, jedes Mal prallten die Splitter an der Rinde ab.

„Ich denke, du brauchst eine Pause. Es hilft nichts, wenn du zu viel auf einmal lernst.“, meinte Liz. Kate widersprach nicht, auch wenn es sie nervte immer wieder zu hören, sie müsste langsam machen und dürfte sich nicht überanstrengen.

„Komm mit, wir gehen ins Haus. So wie der Himmel aussieht, wird es bald wieder schneien.“

Kate sah nach oben. Liz hatte Recht. Dichte graue Wolken hingen so tief über der Lichtung, als wollten sie diese unter sich begraben.

Kate fühlte sich müde, aber keinesfalls schwindelig und dass, obwohl sie heute mehr als jemals sonst gelernt hatte. Als sie es Liz sagte meinte die nur, es läge an der Kälte. Wenn sie mit Beidem arbeiten würde, war sie ausgeglichener und weniger anfällig für Beschwerden.

In der Küche war es warm und hell. Sie hatten die Dunkelheit draußen kaum mitbekommen. Sanny saß eingewickelt in einer Decke auf dem kleinen Sofa und schlief. Chris und Ted hockten auf dem Boden und spielten Karten. Das taten sie ständig, wenn sie keine Aufgabe hatten. Lee wirkte wie immer gelangweilt und verbrachte seine Zeit damit, sein Schwert zu polieren. Er achtete sehr darauf, dass es gepflegt war und unbenutzt aussah.

Mai war noch immer nicht zurück und da weder Claire, noch Alessio zu sehen waren, vermutete Kate, dass sie diese genau dort vorfinden würde, wo sie vor ein paar Stunden gewesen waren.

„Kate, würdest du dem Rest eurer Truppe Bescheid geben, dass das Essen fertig ist?“, bat Liz und hob den Topfdeckel an, der eine köstlich riechende Dampfwolke in den Raum stieß.

„Ich mach das.“ Sanny sprang auf. Offensichtlich hatte sie nicht wirklich fest geschlafen.

„Ok.“, machte Liz etwas verwundert über den Eifer, der aus Sannys Stimme erklang. Auch Lee sah sie an, als könnte er beim besten Willen nicht verstehen, wie jemand freiwillig einen Botengang übernahm.

„Ich wollte sowieso nach oben, mir etwas anderes Anziehen.“, meinte Kate, die ihre Taschen in den oberen Zimmern vermutete. Vom üben, war ihre Kleidung nicht nur klatschnass, sondern auch unheimlich dreckig geworden und sie wollte sich ungern so an den Tisch setzen. Wenn sie draußen am Feuer aßen, war es etwas anderes, aber hier waren sie nur Gäste.

„Probier das mal.“, sagte Liz und reichte Kate einen Beutel. Ein Blick verriet ihr, dass sich Kleidungsstücke aus dem Material, von dem sie gesprochen hatte, darin befanden. Kate bedankte sich. Sanny überlegte kurz.

„Dann gehen wir eben zusammen hinauf.“, sagte sie Schulter zuckend und ging voran. Kate seufzte kurz, bevor sie ihr folgte. Wie es aussah, hatte Sanny sich geschworen ihr und Alessio keine weitere Gelegenheit zu geben, miteinander allein zu sein und das bedauerte Kate schon jetzt.

Im Flur sah man die Hand vor Augen nicht. Sie mussten sich zur ersten Tür vortasten. Sanny drückte sie auf.

„Bitteschön, da sind unsere Sachen und bring Claire mit.“, wies sie Kate an, bevor sie sich weiter den Gang entlang tastete.

Kate war froh, dass es so dunkel war. Sie musste einfach über Sannys Verhalten grinsen. Sie selbst war schlecht im Lügen, doch wenn Sanny versuchte etwas zu verbergen gelang es nie. Selbst jeder Fremde sah es sofort.

Claire schlief wirklich noch und zum ersten Mal, seit Kate sie kannte, sah sie so unschuldig und friedlich aus, dass Kate es bereute sie wecken zu müssen.

„Claire, wenn du etwas essen möchtest, dann komm mit nach unten.“, sagte Kate laut genug, um sie zu wecken. Claire setzte sich auf und augenblicklich verfinsterte sich ihr Gesicht. Sie sah wieder genauso aus wie man sie kannte.

„Gibt es etwas Schlimmeres, als von dir aus seinen Träumen gerissen zu werden?“, fragte sie, offensichtlich in der Hoffnung ihre miese Laune an Kate auslassen zu können und schwang die Beine aus dem Bett. Kate ignorierte es einfach. Sie lächelte nur kurz und öffnete die Tasche von Liz.

„Oh ja. Ich weiß sogar etwas. Mit dir zu reden zum Beispiel. Oh, oder wenn du in meinen Träumen auftauchen würdest.“, sagte Claire mit gespielter Fröhlichkeit. Kate sah sie belustigt an und zog sich frische Sachen über. Überrascht stellte sie fest, dass sie passten. Wahrscheinlich hatte Liz sie getragen, als sie noch jünger gewesen war. Der Stoff, aus Rinde, war weich wie Fell und überhaupt nicht kratzig. Claire machte keine Anstalten aufzustehen.

„Komm jetzt. Die Anderen warten auf uns.“, meinte Kate nur und ging zur Tür.

„Auf mich, meinst du wohl. Nein warte, wir hängen ja wegen dir an diesem Ort fest. Also warten sie doch auf dich.“

Bis sie unten waren machte Claire so weiter. Ihre Gedanken verstrickten sich immer mehr, bis Kate irgendwann nicht mehr wusste, wovon sie überhaupt sprach, außerdem fragte sie sich ernsthaft, aus welchem Grund sie noch zuhörte. Sanny und Alessio waren noch nicht da, dennoch schaufelte Liz ihnen bereits die Teller voll.

„Wie soll ich das alles aufessen. Ich bin nicht so gefräßig, wie Kate.“, schimpfte Claire, woraufhin Liz ihr den Teller wieder wegnahm und ihn stattdessen auf einen noch freien Platz stellte. Lee lachte, doch alle anderen ignorierten Claires Gefluche. Es war eben die einfachste Methode mit ihr zusammenzuleben. Man hatte die Wahl zwischen ignorieren oder lachen, wer etwas anderes versuchte, hatte schon verloren.

Claires abruptes Schweigen veranlasste Kate dazu aufzusehen. Wie sie vermutet hatte, kam soeben Sanny, gefolgt von Alessio, die schmale Treppe hinunter. Er war der Einzige von ihnen, der wenigstens zum Teil von Claires Gerede verschont wurde. In seiner Gegenwart versuchte sie, sich von ihrer besten Seite zu zeigen, auch wenn Mai immer behauptete, Claire würde nur eine schlechte Seite besitzen.

Alessio sah nicht besonders glücklich aus, was ohne Zweifel daran liegen musste, dass Sanny ihn erneut zurechtgewiesen hatte. Dieses Mal jedoch für etwas, dass sie völlig falsch gedeutet hatte. Mit sich und der Welt zufrieden, setzte die sich auf einen freien Platz und begann zu essen.

„Ist Mai noch immer nicht zurück?“, fragte Alessio und sah, statt auf seinen Teller, zur offenen Hintertür hinaus. Es war so schnell dunkel geworden, dass man hätte zusehen können. Lee schüttelte den Kopf.

„Hat sich nicht blicken lassen.“

„Wollt ihr sie suchen gehen?“, fragte Liz, aber Alessio schüttelte den Kopf.

„Das wäre sinnlos. Sie kommt schon wieder.“ Er sagte es, als würde es ihn nichts angehen, doch Kate sah ihm die Sorge an, die er trotzdem empfand.

Niemand in diesem Raum wusste besser, wie Mai sich verhielt, wann sie verschwand und wann sie wieder auftauchte, dennoch war es normal, dass er sich sorgte, wenn sie nicht in der Nähe war. Kate sah ebenfalls zum Garten hinaus. Sie hätte um einiges gewettet, dass Mai in der Nähe war. So weit weg, dass sie gerade noch ihre Stimmen hörte, wenn sie sich außerhalb des Hauses aufhielten, um im Ernstfall da zu sein.

„Soll ich sie rufen gehen?“, fragte Chris, doch bevor Alessio ihm antworten konnte sprach Claire dazwischen.

„Als ob sie auf dich hört. Außerdem hat dich keiner gefragt und wie kommst du überhaupt dazu, ihn einfach von der Seite anzuquatschen.“, fuhr sie Chris unbegründet an, der den Kopf senkte und sich nicht mehr rührte.

„Das reicht Claire.“, meinte Alessio ruhig, aber bestimmt. Er war einer der Wenigen, der zu Claire durchdrang und von ihren Zickereien verschont blieb. Auch dieses Mal verfiel sie ohne Widerrede in Schweigen.

„Hast du etwas gelernt?“, fragte Alessio Kate so direkt, dass sie nicht gleich antwortete und sich beinahe an ihrem Essen verschluckt hätte. Claire machte den Mund auf, um einen, gewiss nicht sehr freundlichen, Kommentar von sich zu geben. Dann erinnerte sie sich scheinbar an Alessios Worte und entschied sich dagegen. Sanny blickte ebenfalls auf, aber er ignorierte sie.

„Sicher. Ein wenig.“, sagte Kate knapp.

„Bis morgen Abend habe ich ihr genug beigebracht, dass sie allein zurecht kommt.“, meinte Liz und Kate war sich nicht sicher, ob diese jetzt mit ihr zufrieden oder einfach nur stolz auf sich selbst war.

„Das ist gut.“, bestätigte Alessio.

„Nein ist es nicht.“, warf Lee ein. „Das bedeutet, dass wir aufbrechen, bevor ich herausgefunden habe wie ich sie besiegen kann.“, nörgelte er und warf einen Blick zu Liz.

„Gib einfach auf.“, antwortete Claire trocken. Sie konnte es nicht lassen, ihn zu Triezen. Sie ließ ihre Wut am Liebsten an Lee aus, vermutlich weil er derjenige war, der am Ehesten darauf reagierte. Wenn sie nicht ihren Willen bekam, war sie besonders wütend und es konnte nicht deutlicher sein, wie ungern sie hier war. Kate konnte dafür bisher keine Erklärung finden.

Erst später, nach dem Essen, erfuhr sie durch Zufall den Grund, für Claires ungewöhnliches Verhalten.

Sie war gerade auf dem Weg in das Gästezimmer, in dem sie für die Nacht untergebracht waren, als sie Sanny danach fragen hörte. Augenblicklich blieb sie auf dem Flur stehen, lehnte sich an die Wand und lauschte angestrengt.

„Ich verstehe es nicht. Warum willst du unbedingt von hier weg?“, hörte sie Sanny fragen.

„Das habe ich doch schon gesagt. Es nervt mich, wenn jemand bevorzugt behandelt wird.“, meinte Claire.

„Du meinst wegen Kate? Das glaube ich dir nicht.“, sagte Sanny.

„Naja, der eigentliche Grund ist einfach lächerlich.“, gab Claire zu, woraufhin es eine ganze Weile ruhig blieb.

„Ich habe das ungute Gefühl, wir würden verfolgt, verstehst du. Ich klinge schon fast wie Mai, aber ich werde den Gedanken einfach nicht los. Was wenn da wirklich jemand ist, sollten wir dann nicht lieber weiterziehen? Ich kann es mir nicht erklären, trotzdem will ich nicht länger als nötig hier bleiben.“, flüsterte Claire so leise, dass Kate einige ihrer Worte nur erahnen konnte.

„Das klingt tatsächlich ein bisschen zu verrückt, für deine Verhältnisse.“, bemerkte Sanny tonlos.

„Ich habe dich gewarnt.“, antwortete Claire und zugleich hörte Kate Schritte auf den Flur zukommen. Sie erschrak. Claire würde es gar nicht gefallen, wenn sie bemerkte, dass Kate sie und Sanny belauscht hatte. So leise wie möglich schlich Kate zurück, über den Flur und drückte die Klinke der nächstbesten Türe herunter. Das Geräusch wurde von Claires nächsten Worten übertönt.

„Wehe du erzählst jemandem davon.“, drohte sie Sanny. In dem Moment, in dem Claires Schatten auf den Flur fiel, schloss Kate die Tür hinter sich und fand sich in dem Arbeitszimmer wieder. Es war stockdunkel hier drinnen, nur ein paar schwache Lichtflecken drangen durch das Dach aus Eis herein. Der Schnee hatte es fast gänzlich bedeckt, doch an einigen Stellen konnte man noch das Licht der Sterne erkennen, die bereits hoch oben am Himmel zu sehen waren.

Claire überquerte den Gang vor den Zimmern und polterte die Treppe hinunter. Selbst als der Klang ihrer Schritte nicht mehr länger zu hören war, traute Kate sich nicht sofort heraus. Sie wartete noch ein paar Atemzüge lang, bevor sie die Tür vorsichtig einen Spaltbreit aufschob und hinaus spähte. Alles blieb ruhig, selbst dann, als sie lautlos über die Schwelle trat.

Möglichst unauffällig wirkend, ging sie auf das einzige Zimmer zu, aus dem Licht drang. Es gab nur ein Bett, aber Liz hatte die restlichen Möbel bei Seite geschoben, so dass sie ihre Decken hatten auf dem Boden ausbreiten können. Sanny war nicht alleine. Auch Ted, Chris und sogar Lee saßen ebenfalls auf dem mit Kissen und Decken ausgelegten Boden. Kate hatte sie nicht an ihrer Tür vorbeigehen hören, dennoch war sie sich sicher, dass die Drei seit nicht allzu langer Zeit hier sein konnten. Claire hätte wohl nie in ihrer Gegenwart so viel von sich preisgegeben. Kate hatte schon die Tatsache überrascht, dass sie mit Sanny gesprochen hatte, aber vielleicht lag es daran, dass sie einfach die Neutralste unter ihnen war. Selten ergriff sie Partei und meistens war sie diejenige, die sich für jemanden einsetzte.

„Alles klar bei dir?“, wollte sie von Kate wissen, als diese den Raum betrat. Man konnte meinen, sie übernahm wirklich eine Art Mutterrolle in ihrer Gruppe. Es passte einfach nicht zu Sanny, dass sie keine Kinder mochte, wo sie es doch so sehr liebte, sich um jeden zu kümmern.

Kate antwortete nicht, stattdessen warf sie ihr nur ein Lächeln zu und setzte sich auf eines der Kissen. Sanny genügte es als Antwort, so dass sie sich wieder ihrer Aufgabe zuwandte. Seit gestern war sie damit beschäftigt sämtliche Löcher in all ihren Kleidungstücken zu stopfen. Besonders Lee schien wenig sorgsam mit seinen Sachen umzugehen. Er trug kaum noch etwas, in dem nicht mindestens ein Riss war.

Kate vermutete zu Recht, dass Sanny sich mit der Arbeit ablenken wollte, denn egal wie gerne sie half, wenn es um sie selbst ging, lehnte sie jegliche Hilfe ab. Über den Tod ihres Bruders hatte sie kaum mit jemandem gesprochen. Sobald es einer von ihnen versuchte verstummte sie und redete die nächste Stunde kein Wort mehr. So hatten sie es aufgegeben und warteten nun darauf, dass sie von selbst zu ihnen kam.

Es dauerte nicht lange, da kamen auch Claire und Alessio nach oben. Dass Liz ihnen folgte irritierte Kate ein wenig.

„Hey, ich wäre euch dankbar, wenn ihr in der Nacht leise seid und so wenig wie möglich durch das Haus lauft. Ich habe einen leichten Schlaf und wenn ich nicht ausgeschlafen bin, kann ich unerträglich sein.“, meinte sie.

„Das sind wir von Claire gewohnt.“, warf Lee ein.

„Fangt jetzt bloß nicht wieder an zu streiten.“, sagte Sanny eilig in die Richtung, wo Claire ihr Kissen erhoben hatte, um es nach Lee zu werfen. Liz wünschte ihnen eine gute Nacht und schloss die Tür hinter sich.

„Ok, ihr habt unsere Gastgeberin gehört, also nutzt es aus in einem Haus schlafen zu können. Die nächsten Wochen werden wir sicher wieder kürzere und unbequemere Nächte haben.", versicherte Alessio ihnen. Er nahm sich eine Decke und setzte sich auf das immer noch freie Bett.

„Keine Wache heute?", fragte Ted und klang fast ein bisschen enttäuscht.

„Sei doch froh.", meinte Claire, bevor sie sich schlafen legte. Sie taten es ihr gleich und Sanny löschte das Licht.

Am nächsten Morgen erinnerte Kate sich nicht mehr daran, wie sie eingeschlafen war. Sie hatte auch nicht bemerkt, wie Mai hereingekommen war, aber jetzt lag diese neben ihr, zusammengerollt wie eine kleine Katze. Kate setzte sich auf. Sie schliefen alle, selbst Alessio, der sich vorgenommen hatte die Nacht durch wach zu bleiben.

Ein Geräusch aus der Küche verriet Kate, dass sie doch nicht die Einzige sein konnte, die wach war.

Liz schien bereits schwer beschäftigt zu sein, als Kate die Treppe runter kam.

„Du bist wach? Dann können wir wohl gleich anfangen zu üben. Immerhin habe ich versprochen, dass du bis heute Abend alles nötige gelernt hast.", sagte sie freundlich.

„Wenn es dir nichts ausmacht, dann würde ich wirklich gerne beginnen.", gab Kate zu. Auch sie hatte mehr und mehr den Wunsch diesem Ort zu entfliehen. Er hatte etwas wunderbares, doch er schien ebenso einen dunklen Schatten in sich zu tragen, außerdem störte sie das ständige Gefühl unter

Beobachtung zu stehen. Sie fand noch seltener, als sonst, eine Gelegenheit sich ungestört mit Alessio zu unterhalten und besonders in letzter Zeit verspürte sie deutlicher den Wunsch ihm nahe zu sein. Es war als würde er sich immer weiter von ihr entfernen. Das lag jedoch weniger an ihm, sondern mehr an der Gesamtsituation. Hinzu kam vor allem Sanny, die es sich jetzt, wo Eddy tot war, offenbar zur Aufgabe gemacht hatte sie zu überwachen.

Neue Hoffnung gab ihr der Gedanke an Mai. Sie musste dringend mit ihr reden, über Alessio und Sanny, sowie über die Sache mit Eddy. Es nagte so sehr an ihr, dass sie sich kaum auf ihr Training konzentrieren konnte. Statt der Eiswand, die sie vor sich aufbauen sollte, fuhr nur eine Ladung Schnee in die Höhe und hätte beinahe Liz unter sich begraben, wäre diese nicht im letzten Moment zur Seite ausgewichen.

„Juhu.“, kam es von hinten, während Liz leise fluchte.

„Das sah lustig aus.“, bemerkte Mai und stellte sich neben Kate.

„Dafür war es völlig falsch! Was ist los mit dir?“, fragte Liz, die sich bemühte nicht wütend zu klingen. Bisher hatte Kate nicht eine der Übungen so ausgeführt, wie Liz es ihr gezeigt hatte.

Sie murmelte eine unverständliche Entschuldigung.

„Vielleicht solltet ihr zu Abwechslung mal etwas anderes üben.“, schlug Mai vor und legte einen Arm um Kates Schultern. „Etwas interessantes, das nicht sehr schwer und wenig sinnvoll ist.“

Liz runzelte die Stirn.

„Ich weiß zwar nicht, was du damit bezwecken willst, aber wenn du darauf bestehst.“, gab sie nach und überlegte kurz. Seufzend hob sie eine Hand voll Schnee auf und ließ ihn schmelzen. Die Zweite legte sie so darüber, dass das Wasser komplett umschlossen war. Dann öffnete sie ihre Daumen einen Spalt breit. Ein dünner Strahl hob sich dazwischen empor, wie eine Schlange und bildete eine Kugel an seiner Spitze. Noch während die Form sich verfestigte, öffnete sich die Kugel zu einer der Blumen, wie sie vor dem Haus wuchsen, nur das diese hier aussah, als wäre sie aus reinem Glas geformt.

Mai klatschte erfreut in die Hände.

„Das sieht aber alles andere als einfach aus.“, stellte sie fest und sah Kate auffordernd an. Diese zögerte nicht lange. Fest entschlossen dieses Mal etwas zu schaffen, griff auch sie nach etwas Schnee. Anders wie Liz verschloss sie ihre Hände nicht. Sie konzentrierte sich auf ein Bild in ihrem Kopf, ähnlich wie sie es gestern bei dem Wasserbecken getan hatte. Sie schloss weder die Augen, noch hielt sie den Atem an, wie sie es so oft tat, wenn sie etwas unbedingt schaffen wollte.

Es dauerte eine Weile, bis sich etwas regte. Langsam hoben sich die Ränder und verformten sich. Immer deutlicher waren klare Umrisse zu erkennen. Zwei Flügel traten hervor und ein Körper wurde erkennbar. Sie hatte sich für einen Schmetterling entschieden, da ihr die Form einfacher erschien und besser gefiel.

Langsam gefror das Wasser, aber nur so weit, dass sich die zarten Flügel der winzigen Gestalt noch bewegen konnten. Ein Windstoß, der durch die Bäume des Waldes fuhr, brachte sie auf eine Idee.

Kate hob die Finger zu ihren Lippen und pustete sacht gegen die glasigen Flügel. Leicht wie ein Blatt flog er einen Meter in die Luft und glitt ein Stück Richtung Boden, während er sich langsam auflöste.

Mai nahm Kate bei den Händen und hüpfte aufgeregt im Kreis um sie herum. Kate grinste breit, so lange, bis sie Liz Gesicht begegnete. Entsetzten stand darin geschrieben. Mai bemerkte es erst, als Kate plötzlich stehen blieb.

„Was ist los, habe ich es wieder falsch gemacht?“, fragte Kate verzweifelt. Liz bewegte kaum merklich den Kopf hin und her.

„Wie hast du das gemacht? War das irgendein Trick? Es ist unmöglich so etwas zu vollbringen.“ Ihre Stimme war fassungslos. Wie in Trance ließ sie sich auf den Boden sinken.

„Was ist denn hier los?“, fragte Alessio interessiert und legte einen Arm über die Schultern seiner Schwester und den Anderen um Kate. Dabei versuchte er einen völlig normalen Gesichtsausdruck beizubehalten. Selbst wenn er es vermutete, stand für ihn noch nicht sicher fest, wie viel Mai wusste. Diese schien es zurzeit jedoch kaum wahrzunehmen.

„Ich glaube Liz hat einen Schock, weil Kate Figuren aus Eis fliegen lässt.“, erklärte sie.

„Ich dachte eigentlich, du würdest noch eine ganze Weile schlafen.“, fügte sie hinzu.

„Nein, dass überlasse ich den Anderen. Ich bin froh, dass du zurück bist, aber ich muss dich trotzdem gleich wieder fortschicken.“, sagte Alessio. „Ins Haus, um Liz etwas zu trinken zu holen. Sie sieht nicht gut aus.“, meinte Alessio. Mai zuckte mit den Schultern.

„Kein Problem und stell nichts Dummes an, während ich weg bin.“, sagte sie zwinkernd. Liz starrte ihr verständnislos nach. Noch bevor Mai ganz verschwunden war, drehte Kate sich um und ließ es zu, dass er sie in den Arm nahm. Für einen winzigen Augenblick war es ihr egal, dass Liz anwesend war und dass sie einer der Anderen sehen konnte. Es zählte nur, dass sie nicht alleine war. Zufrieden legte sie ihre Arme um Alessio, der sie auf den Scheitel küsste.

„Es war ja klar, dass sie es weiß.“, murmelte er leise, damit Liz ihn nicht verstehen konnte, doch Kate war sich sicher, dass selbst, wenn dieses zugehört hätte, sie den Sinn seiner Worte nicht verstanden hätte.

„Sie hat vor ein paar Tagen Andeutungen dazu gemacht, allerdings haben die vergangenen Ereignisse sie offenbar kurzzeitig auf andere Gedanken gebracht.“, antwortete Kate abwesend. Zu sehr war sie damit beschäftigt das Gefühl der Geborgenheit in sich aufzunehmen, sowie seinen Geruch nach Wald und Schnee und seine kühle Haut, gegen die ihre Eigene, im Vergleich, zu brennen schien.

„Ich frage mich, wie viel die Anderen wissen oder zumindest was sie vermuten. Sicher ist Mai nicht die Einzige, die Bescheid weiß.“, seufzte er traurig und strich ihr durch das Haar und über das Gesicht.

„Du bist nicht gerade Vorsichtig.“, warf Kate ihm vor und erinnerte ihn damit an den Vortag, an dem Sanny sie gesehen hatten. Noch während er darüber nachdachte, löste Kate sich von ihm, bevor doch noch jemand herunter kam.

Alessio wischte den nachdenklichen Ausdruck auf seinem Gesicht, mit einem Lächeln fort. Bevor Kate etwas dagegen tun konnte, hatte er sie schon geküsst. Nur ganz kurz und ebenso schnell war er auch verschwunden, zurück zum Haus. Mai kam ihm mit einem Wasserkrug entgegen.

Stirn runzelnd sah sie ihm nach.

„Hast du ihn zurückgewiesen?“, fragte sie Kate offen und reichte Liz, die sie nicht zu registrieren schien, auffordernd das Wasser.

„Was?“, fragte Kate ernsthaft überrascht.

„Ach komm, du willst es doch nicht etwa wieder bestreiten.“, meinte Mai belustigt.

Fürs Erste kam Kate um eine Antwort herum. Liz war aufgestanden.

„Du scheinst noch viel besser zu sein, als ich angenommen

hatte. Es wird dir sicher keine Schwierigkeiten machen, wenn du eine Zeit lang alleine weiter machst. Ich brauche eine Pause.“, sagte sie und ohne eine Reaktion abzuwarten ging sie davon.

„Kate, du bist einmalig, also wie hast du das gemacht?“, fragte Mai neugierig und zog sie am Arm zu den Steinen hinüber, die den Wald vom Garten trennten. Sie setzten sich.

„Ich habe wirklich keine Ahnung.“, gestand Kate.

„Habe ich mir schon gedacht, aber kannst du mir mal erklären, was Sanny für ein Problem hat? Sie war gerade ziemlich schräg drauf und wollte unbedingt wissen, wo du bist.“, erzählte Mai ihr.

„Was hast du ihr gesagt?“, wollte Kate wissen, ohne auf Mais Frage einzugehen.

„Nur, dass du mit Liz und meinem Bruder üben würdest. Daraufhin hat sie mich nur merkwürdig angesehen. Langsam mache ich mir schon Sorgen um sie. Auch weil sie mit keinem von uns spricht.“, sagte sie leise.

„Du redest auch kaum.“, erwiderte Kate.

„Ich spreche doch mit dir.“, lachte Mai. Kate verdrehte die Augen.

„Sannys Verhalten hat absolut nichts mit Eddy zu tun.“, versicherte sie Mai.

„Jetzt wird‘s spannend.“, sagte Mai mehr zu sich selbst.

„Nein, eigentlich nicht.“, stritt Kate ab und konnte nicht verhindern, dass ihr das Blut in den Kopf schoss, während Mai gespannt wartete.

„Sie hat uns gesehen und jetzt glaubt sie, Alessio würde mich belästigen. Sie meint, ich könnte mich nicht selbst verteidigen, wahrscheinlich wegen dem Vorfall, bei diesem Zirkus. Du weißt, was ich meine.“ Sie brach ab. Sie wollte sich nicht wieder daran erinnern, wie schwach sie war, nicht nachdem sie es so erfolgreich geschafft hatte, alles aus ihrem Kopf zu verbannen.

„Verstehe.“, sagte Mai langsam und strich Kate mit ihrer Hand über den Rücken, aber diese schob sie weg.

„Das macht es nicht besser.“, sagte sie. „Erzähl mir lieber, wo du wieder warst.“ Mai biss sich auf die Unterlippe.

„Ich war hier, oder besser gesagt dort.“, meinte sie und deutete auf die Bäume neben dem Haus.

„Ich wollte einfach einen Moment für mich sein. Allerdings habe ich mir vorgenommen, nie wieder so weit fortzugehen, dass ich euch nicht höre. Ich will mich nicht erneut dafür verantwortlich fühlen, dass etwas passiert.“ Sie schluckte und dieses Mal war es an Kate sie in den Arm zu nehmen. Mai weinte nur ein paar einsame, stumme Tränen, dann strich sie diese mit einem Lächeln fort.

„Erst jetzt fällt einem auf, wie wenig Jill doch wusste.“ Mai wechselte so abrupt das Thema, dass Kate nicht gleich wusste, wovon sie sprach.

„Sie hat mir immer versichert, dass sie sich nicht mit Eismagiern, ich meine Eiswandlern, auskennt, aber ich wollte ihr einfach nicht glauben.“

„Es ist wirklich erstaunlich, was Liz mir alles erzählt hat, ohne auch nur ein Wort über die Technik zu verlieren. Sie gibt einem das Gefühl absolut nichts zu wissen. Es ist schade, dass wir nicht mehr Zeit haben. Sie könnte mir noch einiges beibringen.“, überlegte Kate.

„Wenn du noch bleiben willst, lässt sich das ganz einfach einrichten.“, versicherte Mai ihr. Kate schüttelte den Kopf.

„Nein, andererseits bin ich froh, wenn wir endlich hier wegkommen. Ich gebe Claire Recht. Es ist wirklich, als würden wir nur darauf warten, dass wieder etwas Schreckliches passiert, irgendwas, mit dem keiner rechnet.“, sagte Kate.

„Wir haben doch bereits alles erlebt. Was kann uns jetzt noch passieren?“, fragte Mai und Kate stimmte ihr zu. Sie hätte es gelassen, wenn sie gewusst hätten, was in den folgenden Wochen auf sie zukommen würde.

Das Unheil begann zum Zeitpunkt der Dämmerung, genau in dem Moment, in dem die Sonne hinter den Bäumen verschwand.

Es kam in Gestalt eines unscheinbaren Mädchens, unbemerkt von allen. Selbst Mai, die sonst so wachsam war bemerkte sie erst, als sie plötzlich im Garten stand. Das Gesicht hell wie der Schnee, die Haare zu einem Knoten gebunden und die Flügel offen, trotz der Jacke. Ein Fremdes Bild, einer eigentlich vertrauten Gestalt.

Nicht einer von ihnen war erfreut sie zu sehen, doch Claire war die Einzige, die sich rührte. Sie stand auf, stieß ihren Stuhl zur Seite, der scheppernd zu Boden ging und verschwand zur Vordertür, noch bevor sie jemand hätte aufhalten können.

Die Königin ist fort

Kate hätte nie damit gerechnet sie jemals wieder zu sehen, schon gar nicht an einem Ort wie diesem. Es war tatsächlich Dana, die mitten in der Nacht in Liz Garten auftauchte, als hätte sie jemand herbestellt.

Der Schatten, den sie alle gespürt hatten, hatte sie also eingeholt. Wie hatte sie es geschafft dieses Haus zu finden, wo es doch so gut versteckt zwischen dichten Bäumen lag?

Die Vordertür viel hinter Sanny ins Schloss. Sie war aufgestanden, um Claire nachzulaufen, als sich niemand sonst gerührt hatte. Sie alle waren zu geschockt, von dem Anblick des Mädchens, welches sie verraten hatte. Mai war die Erst, die ihre Stimme wiederfand.

„Ich rede nicht mit ihr, was sie auch will.“, sagte sie böse und folgte Sanny nach Draußen. Dana rührte sich nicht. Wahrscheinlich glaubte sie, dass man sie gleich wieder fortschicken würde. Liz hingegen holte wie selbstverständlich einen weiteren Teller aus dem Schrank.

„Willst du da draußen festfrieren?“, rief sie und winkte Dana ungeduldig ins Haus, während sie eine riesige Portion Essen auflud und auf einen freien Platz stellte. Kate wunderte sich sowieso schon, weshalb Liz einen derart großen Tisch besaß, obwohl sie alleine lebte. Wieder kam ihr der Gedanke, dass etwas mit dieser Frau nicht stimmen konnte.

Zögernd betrat Dana das hell beleuchtete Zimmer und setzte sich auf die vorderste Stuhlkante. Die Sitzfläche umklammerte sie nervös mit den Fingern. Den Kopf hielt sie gesenkt. Kate bemerkte, dass ihre dünnen Flügel leicht zitterten.

Liz hatte die Tür hinter ihr geschlossen und beobachtete jetzt interessiert ihre Gäste. Für Außenstehende musste die Situation verwirrend sein.

Jeder wartete darauf, dass ein Anderer zu sprechen begann. Kate bemerkte sogar, dass Lee Dana gar nicht beachtete. Er schien einzig und allein gespannt darauf zu warten, was Alessio sagen würde. Als Kate ihm ebenfalls einen Blick zuwarf, sah er auf und Lächelte ihr kurz zu, bevor er seine Augen auf Dana lenkte, die ihren Teller anstarrte, als hätte sie seit langem nichts warmes mehr gegessen. Dafür, dass sie alleine durch den Wald gelaufen war, wirkte sie jedoch längst nicht so verhungert, wie man hätte meinen könnte. Sie war kein bisschen abgemagert. Sie hatte hier und da ein paar Kratzer und ihr Haar war ungepflegt, aber ansonsten sah sie aus, wie bei ihrer letzten Begegnung.

„Trotz deines Verrates bist du zurückgekehrt. Was hat dich dazu veranlasst?“, fragte Alessio mit einer Stimme, die man nur selten von ihm hörte. Die Autorität, die er besaß kam deutlich hervor, besonders weil er sie sonst mit Leichtigkeit verbarg. Dana traute sich noch immer nicht, einen von ihnen direkt anzusehen und so sprach sie zu ihrem unberührten Teller.

„Ich bin hier, um euch zu warnen.“, brachte sie mit Mühe hervor. Ihre Stimme war kaum mehr als ein Flüstern.

„Warnen? Wen hast du diesmal auf unsere Spur geführt?“, fragte Lee voller Spott, bevor Alessio die Chance hatte ihr zu antworten. Dana schob zittrig die Finger in die Tasche ihrer Jacke und zog raschelnd einen schmutzigen, zerknüllten Zettel heraus. Sie schob ihn über den Tisch auf Alessio zu. Der griff schweigend danach und strich ihn glatt. Seinem Gesicht war nichts anzumerken, doch noch bevor er ihn lange genug angesehen hatte, um ihn wirklich zu lesen, legte er ihn wieder zurück und schob ihn wortlos zu Kate hinüber. Stirn runzelnd nahm sie ihn auf und fragte sich, was sie damit sollte.

Schnell erkannte sie den Grund. Es waren keinesfalls die

kompliziert verschlungenen Wörter dieser Welt zu sehen, sondern einfache Buchstaben, wie Kate sie zu schreiben gelernt hatte. Verwirrt sah sie zu Dana. Wie kam sie an etwas, das in dieser Schrift geschrieben war.

Nachricht an Chris + Ted

Lee darf nicht mehr lange leben. Jill

Lasst mich Euch Etwas erklären.

Die Anzeichen werden deutlicher, aber eure Reise ist kein Fehler. Nein! Ich habe keine Chance mehr es länger zu verschweigen. Heute wird der Tag kommen. Meine Eingebungen und mein Herz wissen es schon seitdem eure Reise begonnen hat. Leider kann ich euch nicht länger bei der Aufgabe, die euch gegeben wurde, unterstützen. Niemand kann verhindern, dass ich verschwinden werde, so wie es meine Gabe offenbart, auch ihr könnt mir nicht helfen. Es ist unmöglich und ich werde längst fort sein, wenn ihr das hier zu lesen bekommt. Leider kann ich nicht sicher wissen, dass Euch mein Bote lebend erreicht. Eine Nachricht wie diese, sollte nicht für Jeden lesbar sein. Ich glaube fest an euch und werde da sein, selbst wenn es nicht danach aussieht. Last euch nicht aufhalten.

in Liebe jill

Der Inhalt des Briefes ist im Grunde irrelevant

Sie las die Worte laut vor. An einigen Stellen war die Tinte verwischt und nur noch schwer zu entziffern. Ratlosigkeit breitete sich in ihr aus. Sie verstand nicht, was diese Worte bedeuten sollten. Es klang eindeutig heraus, dass Jill fort gegangen war, oder? Doch weshalb sollte sie das tun und was meinte sie mit ihrer Aussage, *ihr könnt mir nicht helfen.*

Sie ließ den Zettel auf den Tisch sinken und sah Alessio an, als hoffte sie, er könnte Jills Worte erklären. Doch er bemerkte ihren fragenden Blick nicht.

„Woher hast du das und was bitte soll das alles bedeuten?“, fragte Alessio an Dana gewandt.

„Ein Bote, aus dem Schloss hat es mit gegeben, vor ein paar Tagen, daraufhin bin ich hergekommen.“, startete Dana den Versuch etwas zu erklären.

„Heißt das, die Königin ist aus ihrem Land geflohen?“, warf Liz, mit vor der Brust verschränkten Armen, ein. Sie klang vorwurfsvoll, wie Jemand der soeben enttäuscht worden war. Alessio sah sie an, als hätte er vergessen, dass sie anwesend war.

„Ok, ich verstehe schon. Das hier ist geheim und nicht für die Ohren einer Außenstehenden bestimmt. Besser ich verschwinde für eine Weile nach oben.“ Mit diesen Worten drehte Liz sich um und stieg die Stufen zur nächsten Etage hinauf. Alessio wandte sich erneut an Dana.

„Ein Bote also.“, meinte er nachdenklich.

„Am Besten ich erzähle euch die ganze Geschichte, von Anfang an, bis zum Ende.“, sagte Dana entschlossen und klang dabei viel ruhiger, als zuvor. Offensichtlich hatte sie die Hoffnung wiedergefunden, dass man sie vorläufig nicht fortscheuchen würden.

Kate war sich hinsichtlich Alessios unfreundlichem Blick nicht ganz so sicher, dass diese Vermutung stimmte. Sie hatte ihn selten feindselig gesehen.

„Nachdem ich etliche Stunden einfach nur im Wald umhergeirrt war, bin ich zurückgegangen, in das Dorf in dem wir zuletzt gemeinsam gerastet haben. Es schien mir vernünftig, trotz der vielen Kranken. Außerdem hatte ich keine Ahnung, wohin ich sonst gehen sollte. Nach Hause konnte ich nicht. Wie hätte ich es erklären sollen? Meine Eltern hätten es nicht verstanden.

Zum Glück hat Resa, die Wirtin, mich gleich bei sich aufgenommen. Natürlich hatte auch sie kein Verständnis für meine Geschichte, aber ihr war jede Hilfe recht, besonders nach dem Tod ihres Babys. Es ging ihr sehr schlecht zu der Zeit und ich tat mein Bestes, um sie zu unterstützen. Ich habe eine Zeit lang bei ihrer Familie gelebt und einige Wochen später tauchte ein Reiter aus Brion in dem Dorf auf. Ich weiß nicht genau, wie er mich gefunden hat, aber er gab mir diesen Brief und eine Nachricht.“, erzählte Dana.

„Ihre kleine Tochter ist an der Grippe verstorben, nicht war?“, wollte Sanny wissen, die plötzlich wieder im Raum stand. Ihr Gesicht war wie aus Stein.

„Ja, woher weißt du das?“, fragte Dana überrascht, aber sie wurde übergangen.

„Wo sind Mai und Claire?“ Es wunderte Kate nicht, dass Alessio nach ihnen fragte. Wenn er die Wahl zwischen einer Verräterin und jemandem wie Claire hatte, war es nur logisch, dass er Claire bevorzugte. Immerhin war sie ehrlich, selbst dann, wenn sie ihnen allen auf die Nerven ging.

„Sie sind nicht weit weg. Mai gibt sich alle Mühe Claire zu besänftigen.“, sagte Sanny knapp und stellte den Stuhl auf, der noch immer am Boden gelegen hatte. Mit einem wenig freundlichen Blick auf Dana, setzte sie sich wieder hin.

„Und du lässt sie alleine?“, fuhr Alessio sie an und stand auf. Kate verstand seine Aufregung nicht ganz. Er brüllte Sanny niemals an.

„Komm schon, Mai schafft das. Ich kann mir nicht vorstellen das Claire auf sie losgeht. Sie nimmt doch regelmäßig diesen Trank, um ihre Verwandlung zu verhindern, oder?“, fragte Lee und sah Sanny bittend an. Diese nickte nur. Alessio setzte sich leicht zögerlich. Natürlich, Kate hatte beinahe den Fluch vergessen. Claire hatte sich gut unter

Kontrolle, doch auch ihre Kräfte mussten irgendwann erschöpft sein. Kate hoffte inständig, dass Mai stärker war. Die möglichen Folgen einer Verletzung, wollte sie sich gar nicht erst ausdenken. Schnell lenkte sie ihre Aufmerksamkeit wieder auf Dana.

„Was passierte dann?“, fragte Kate sie, da Alessio keine Anstalten machte das Gespräch wieder aufzunehmen.

„Der Bote hätte euch nie gefunden, also bin ich noch am selben Abend losgezogen. Ich hatte einen ungefähren Plan in welche Richtung ich gehen musste. Ein Glück liegt die Schnelligkeit in der Natur der Elfen, zumindest was das Fliegen betrifft, sonst hätte ich euch nie so schnell erreicht. Vor fünf oder sechs Tagen bin ich aufgebrochen.“, erzählte sie stolz. Sanny schnaubte verächtlich. Kate hatte sich schon öfter gefragt, ob die zerbrechlich wirkenden Flügel tatsächlich zum fliegen geeignet waren.

„Das ist ja alles schön und gut, aber was mich interessiert ist Jills Nachricht.“, erklärte Alessio Dana, als wären sie nicht unterbrochen worden.

„Nun ja. So wie es aussieht, steht es sehr schlecht um die Dörfer. Einige wurden Überfallen und ausgeraubt, Familien wurden getötet und Häuser niedergebrannt. Vielleicht habt ihr es selbst schon mitbekommen, aber der Wald ist nicht mehr sicher.“, antwortete sie. Kates Gedanken wanderten zu dem Dorf, welches durch Tarsis Truppen niedergebrannt wurde und ihr fiel die Begegnung mit dem Boten wieder ein. So wie sie es verstanden hatte, stammte er aus einem anderen Land und das bedeutete, dass nicht nur sie in Gefahr waren. Es wurde immer wichtiger, dass sie das Drachenherz fanden, denn sonst würde vielleicht bald ganz Umbria im Krieg versinken.

„Der Wald war niemals sicher!“, meinte Alessio ungeduldig. Er mochte es nicht, wenn man lange um etwas herumredete und genau das tat Dana. Sie erzählte belanglose Nebensächlichkeiten, als hätte sie Angst, die Wahrheit könnte einen größeren Schaden verursachen.

„Das stimmt, aber es ist schlimmer geworden...“, überlegte Dana, doch Alessio unterbrach sie.

„Jetzt sag uns endlich, wo Jill ist!“ Dana zuckte bei seinen Worten leicht zusammen.

„Wenn man dem Reiter glauben kann, waren einige von Tarsis Wachen in Brion. Sie haben Jill verschleppt, zusammen mit ein paar anderen Leuten. Keiner weiß, wo sie jetzt sind und was genau passiert ist.“, flüsterte sie leise und betrachtete ihre Hände, die sich fest um den Griff ihrer Tasche geschlossen hatten. Ihre Knöchel waren schon ganz weiß.

Die Tür ging auf. Claire und Mai kamen zurück.

„Was will sie hier?“, fragte Mai ihren Bruder und tat so, als wäre Dana Luft.

„So wie es aussieht, ist Jill entführt worden, von Tarsis Truppen.“, sagte Alessio ernst. Mai starrte ihn ungläubig an.

„Was? Wie, aber...“ Sie brachte keinen vernünftigen Satz über die Lippen. Fassungslos ließ sie sich auf die Armlehne des Sofas nieder.

„Das ist unmöglich.“, murmelte sie kopfschüttelnd. Alessio warf ihr den Brief zu.

„Das ist der Beweis. Kate hat es vorgelesen und scheinbar hat Jill es kommen gesehen.“, erklärte er. Mai starrte auf die kleinen Zeichen, die sie nicht lesen konnte, als könnten sie ihr zeigen, wo Jill war.

„Wir müssen etwas tun!“, sagte sie entschlossen, drückte Chris das Stück Papier in die Hand und fing an auf und ab zu gehen.

„Nein, Mai. Wir müssen das Drachenherz finden.“, entschied Alessio. Sie blieb stehen und starrte ihn an.

„Wir können sie nicht im Stich lassen. Sie ist unsere Mutter!“ Alessio nickte.

„Genau und wir müssen ihr vertrauen. Sie weiß, was sie tut. Schließlich hat sie es kommen gesehen.“, versuchte er sie umzustimmen. Kate sah, dass Mai für einen Moment überlegte weiter stur zu bleiben, doch dann entschied sie sich offenbar dafür, ihren Ärger lieber an Dana auszulassen.

„Wie hast du uns gefunden?“, sagte sie wenig freundlich.

„Ich war in verschieden Dörfern und habe nach euch gefragt. Ich hatte schon beinahe die Hoffnung aufgegeben, als ich das hier fand.“ Dana griff erneut in ihre Tasche und zog ein Tuch hervor. Es gehörte Mai. Sie hatten es dafür benutzt ihr Bein zu verbinden, am ersten Tag, nachdem sie wieder hatte stehen können.

Keiner von ihnen hatte den Verlust bemerkt. Ebenso wenig schien Dana den Rest des Blutes bemerkt zu haben, welches unscheinbar wie ein dunkler Fleck Dreck daran haftete. Mai riss es ihr aus den Fingern.

„Da wusste ich, dass ich eure Spur wiedergefunden hatte. So wie es aussieht hatte ich sehr viel Glück, dass ihr viele Pausen gemacht habt. Ich dachte, ihr seit längst bei den Drachen angekommen.“

„Nein, wir wurden aufgehalten.“, meinte Sanny nur und stocherte in ihrem längst kalt gewordenen Essen.

„Das ist gut, sonst hätte ich es vielleicht nicht geschafft.“, stimmte Dana zu, die Sannys schlechte Stimmung nicht zu bemerken schien.

„Es ist unmöglich dieses Haus zu finden.“, klinkte Lee sich wieder in das Gespräch ein.

„Nein, überhaupt nicht.“ Liz kam gerade die Treppe runter. Sie trug einen Korb mit Bettlaken in den Armen.

„Es gibt einen gewöhnlichen Fußweg von hier, bis runter zur

Straße.“, erzählte sie und stellte den Korb auf die Theke.

„Ja, ein paar Frauen, aus diesem Dorf haben mir davon erzählt.“, fuhr Dana fort.

„Ihr habt die Drachen bei ihnen untergebracht und sie sagten mir, dass ihr hier übernachten wolltet.“ Alessio blickte sie mit gerunzelter Stirn an.

„Woher wussten sie davon?“

„Mist.“, machte Mai. „Ich hätte nicht schreiben sollen, dass wir auf unserem Weg an einem Garten halt machen.“ Alessio sah sie vorwurfsvoll an und auch Kate erinnerte sich an die Nachricht, die Mai an dem Halsband des Drachen befestigt hatte.

„Ich konnte doch nicht wissen...“

„..., dass mein Haus so bekannt ist?“, beendete Liz den Satz für Mai und die nickte.

„Wie auch immer, Jill ist fort und wir müssen eine Aufgabe erfüllen.“, sagte Alessio.

„Was bedeutet das für uns?“, wollte Claire mit rauer Stimme wissen.

„Es ist soweit, der Krieg hat begonnen.“, antwortete Lee an seiner Stelle.

Zu Kates Überraschung war es Liz, die das Schweigen brach.

„Wenn ihr wirklich etwas über das Drachenherz erfahren wollt, dann solltet ihr unbedingt einen kleinen Umweg über Perana machen. Die Bewohner verfügen über großes Wissen.“, sagte sie an Alessio gewandt.

„Redest du von diesem Kristall?“, fragte Kate, die nicht länger Schweigend da sitzen wollte.

„Nun ja, es ist sicher nur eine Schrifttafel oder so etwas. Allerdings glaube ich, dass es nicht schaden kann ihren Inhalt zu kennen und in diesen schweren Zeiten könnt ihr jede Hilfe gebrauchen.“

„Wahrscheinlich hast du Recht.“, stimmte Alessio zu. „Außerdem sollten wir besser gleich aufbrechen. Wer weiß, wie lange wir noch brauchen.“

Liz räusperte sich.

„Da gibt es noch etwas. Die Bewohner von Perana sind zwar ein hilfsbereites Volk, aber man erzählt sich, dass sie Gegenleistungen für ihre Hilfe verlangen und ihr solltet wissen, dass es kein normales Dorf ist.“, sagte Liz schnell.

„Was meinst du mit nicht normal?“, fragte Mai.

„Sie beherbergen einen Großteil der verlassenen Kinder dieser Gegend.“, antwortete Liz. An den Gesichtsausdrücken der Anderen bemerkte Kate, dass sie die Einzige war, die nicht verstand was es bedeutete, doch sie traute sich nicht zu fragen. Ihr reichte die Anzahl der schlechten Nachrichten für die nächsten Tage.

„Ich wollte schon immer mal in eines dieser Dörfer. Es gibt doch nichts schöneres, als ein paar Kindern zu helfen.“, sagte Mai leise, aber keiner schien es zu beachten.

„Dann steht es fest, wir gehen noch heute Abend. Schafft ihr es eure Taschen in ein paar Minuten zu packen?“ Alessio formulierte es als Frage, doch in Wirklichkeit war es ein Befehl.

„Was ist mit diesem Mädchen? Hier kann sie nicht bleiben.“, meinte Liz.

„Wir nehmen sie mit, ist doch klar. Sie hat es irgendwie wieder gut gemacht. Außerdem glaube ich, dass es eine einmalige Sache war.“, sagte Lee und blickte unsicher zu Alessio. Dana sah ihn dankbar an.

„Wir sollten abstimmen.“, überlegte Alessio und warf einen Blick durch die Runde.

„Lee ist offensichtlich dafür. Was ist mit euch?“, fragte er

Mai und Claire, die schon an der Treppe standen.

„Von mir aus soll sie im Wald verrotten.“, zischte Mai so feindselig, wie Kate sie erst einmal erlebt hatte und das war in Gegenwart von Jeremie gewesen.

„Ich vergebe ihr, weil sie meine beste Freundin ist.“, sagte Claire, auch wenn ihr Lächeln noch ein wenig steif wirkte. Ted und Chris hielten sich raus.

„Ich vertraue ihr nicht, aber meinetwegen kann sie mit uns gehen.“, entschied Kate sich, als sie an der Reihe war. Es war ihr egal, solange sie sich nicht mit ihr reden musste.

„Tut mir leid Mai, aber ich denke auch, jeder verdient eine zweite Chance.“, sagte Sanny.

„Damit ist es entschieden. Dana du bist dabei, es sei denn, du hast andere Pläne.“

Natürlich hatte sie die nicht und als sie anfingen ihre Taschen zu packen, gab sie sich die größte Mühe jedem Einzelnen zu helfen.

Erst als sie alle gemeinsam aufbruchbereit vor der Tür standen, schien Dana es zu bemerken.

„Wo ist Eddy?“, fragte sie und sah sich um.

„Er hat die Grippe nicht überlebt.“, sagte Lee, als niemand sonst antwortete. Kate sah selbst im schwachen Licht der Sterne, wie etwas in Dana zerbrach.

„Das, das ist ja schrecklich. Es tut mir leid.“, stammelte sie und sah dabei Sanny an. Diese tat, als würde sie den Blick erwidern, aber in Wirklichkeit sah sie mitten durch Dana hindurch.

„Was habe ich noch verpasst?“, fragte Dana unsicher, ob sie es wirklich wissen wollte.

„Nun ja. Ilona hat versucht mich zu töten und ist bei dem Versuch selbst gestorben. Ein paar von uns hatten die Grippe, Einige wurden verletzt, aber sonst hatten wir alle unheimlich viel Spaß ohne dich.“, fuhr Mai sie an, woraufhin Dana es vermied weitere Fragen zu stellen.

Schon lange waren sie nicht mehr so ausgeschlafen gewesen und es war beruhigend, dass ihre Gruppe langsam wieder zu wachsen schien. Zwischendurch hatte es schlechter ausgesehen. Dennoch konnten sie keinesfalls von glücklichen Zeiten reden, vielmehr schien die Welt an Dunkelheit gewonnen zu haben.

Die Nachricht, von Jills Verschwinden, hatte die Sorgen zurückgebracht, die sie für einen Augenblick hatten vergessen können.

Kate sah es in den Gesichtern der Anderen. Die Trauer war zurückgekehrt.

Sanny hatte sich erneut in bedrücktes Schweigen gehüllt und auch Mais kurzzeitige Fröhlichkeit war wieder verschwunden.

Beim leisesten Geräusch zog Kates Herz sich schreckhaft zusammen. Diese Nacht kam ihr dunkler vor, als alle Nächte, die sie auf Umbria erlebt hatte. Selbst wenn sie es mit den Nächten auf der Erde verglich, erschien ihr nicht eine schwärzer als diese. Egal wie viele Ängste sie hatte erleben müssen, es war ein Unterschied, ob man sie erlebte, wenn es einem egal war, ob man starb. Wer nichts hatte, konnte nichts verlieren. Diesen Satz hatte sie sich früher oft gedacht. Hier war es anders. Sie hatte nicht länger nichts und das war es, was die Angst steigerte.

Die Angst zu verlieren, was man liebte, war in Kates Augen das schrecklichste Gefühl von allen. Kein Schmerz konnte den, der Trauer, übersteigen und niemand vermochte ihr die Angst zu nehmen. Der Einzige, der vielleicht im Stande dazu gewesen wäre, war Alessio.

Dank Sannys Wachsamkeit jedoch, traute er sich nicht mal

in ihre Nähe, solange sie unterwegs waren.

Selbst die Tatsache, dass sie mittlerweile etwas von der Kunst, des Eiswandelns verstand, minderte die Angst nicht, die das Wort Krieg in Kate auslöste. Liz hatte ihr einiges beigebracht und vieles erklärt, aber es war bei weitem nicht genug. Sie würde Alleine weitermachen müssen, um das zu lernen, was sie nur in Worten hatte erfahren können. Sie wünschte, sie hätte mehr Zeit gehabt, doch nun war sie sich selbst überlassen, so wie damals auf der Erde.

Das verlassene Dorf

„Wie lange läuft man zu diesem Dorf, von dem Liz gesprochen hat?“, fragte Mai irgendwann laut.

„Drei bis vier Tage, vielleicht länger.“, gab Alessio zurück. Die letzte Nacht waren sie nur gelaufen und ebenso den darauf folgenden Tag. Es begann erneut zu dämmern und Alessio machte keine Anstalten eine Pause einzulegen. Kate schmerzten die Füße und Knie vom vielen Laufen. Er ging schneller, als es sonst der Fall gewesen war. Sie alle spürten den Ernst ihrer Lage, doch ein Blick in die Gesichter verriet Kate, dass es den Anderen ähnlich erging wie ihr. Mai hielt sich die Seite, als würde sie versuchen ein Stechen zu unterdrücken. Sanny fielen bei jedem zweiten Schritt die Augen zu, während Claire fast durchgehend gähnte. Lee brachte es so weit, dass er bei einem seiner Blicke auf die Karte plötzlich meinte, sie würden in eine völlig falsche Richtung laufen, bis Alessio ihn darauf aufmerksam machte, dass er sie verkehrt herum hielt. Sie liefen längst nicht mehr über die Wege und das ständige Klettern über umgestürzte Bäume und tief hängende Äste erschwerte ihnen das Laufen.

„Wenn sie nicht alle mindestens genauso müde wirken würden, dann würde ich irgendwen dazu zwingen mich zu tragen.“, flüsterte Mai Kate zu. Sie fielen immer weiter zurück. Alessio schien tatsächlich der Einzige zu sein, der noch Kraft hatte. Lee bemühte sich mit ihm Schritt zu halten. Auch Ted und Chris waren ihnen dicht auf den Fersen, doch der Rest fiel mit jedem Schritt etwas weiter zurück. Kate vermied es zu denken, dass es daran lag, dass Frauen weniger belastbar waren. Es war vielmehr so, dass Männer sich in jeder Situation beweisen mussten, selbst dann wenn es sie umbringen würde.

Als Sanny irgendwann stehen blieb und Anstalten machte sich hinzusetzen, packten Mai und Kate sie bei den Armen und zogen sie weiter. Kate war froh, keine so kurzen Beine zu haben. Es mussten höllische Schmerzen sein, wenn sie nur daran dachte, wie weh ihr ihre Eigenen mittlerweile taten.

Claire und Dana liefen knapp zehn Meter vor ihnen, doch Kate war, als könnte sie die Anspannung zwischen den ehemals guten Freundinnen bis hier her spüren. Die Beiden redeten nur wenig miteinander und liefen meistens schweigend nebeneinander.

„Da vorne sind Häuser, seht ihr das?“, fragte Mai plötzlich und deutete zwischen die Bäume. Kate sah es auch. Doch es schien kein gewöhnliches Dorf zu sein. In dieser Welt gab es kein elektrisches Licht, aber noch nie hatte sie einen von Menschen gemachten Ort gesehen, der dunkler war. Nicht mal die Sterne, hoch am Himmel waren hell genug, um mehr als die Umrisse der Häuser preis zu geben.

Ein Schild hing über dem Tor.

„Ruvon.“, las Lee vor, der seine Fackel darauf gerichtet hatte. Es war lange her, dass Kate ein Dorf dieser Größe gesehen hatte. Die Meisten bestanden aus ein oder zwei Straßen. Mollys Dorf war mit einer Straße und fünf Gassen schon verhältnismäßig groß gewesen. Brion war bisher das Größte.

Ruvon bestand aus vier Hauptstraßen und ungefähr sechs kleineren Gassen. Sie waren komplett ausgestorben. Die Wege waren verschneit und an den Wänden wuchs Unkraut. Einige Häuser hatten zerfallene Dächer oder zerstörte Fenster, Andere standen nur noch zur Hälfte, während einige Wenige komplett erhalten waren.

„Egal was ihr tut, ich schlafe heute Nacht hier.“, entschied Mai und erntete zustimmendes Gemurmel.

Sie teilten sich in zwei Gruppen auf. Claire, Dana, Sanny, Mai und Kate sollten in einem der großen Häuser in der Mitte der Stadt schlafen, während Chris, Ted, Lee und Alessio in Eines am Ende einer schmalen Gasse zogen.

Die Straßen und Häuser in dem verlassenen Dorf, Ruvon waren besser gebaut, als die in den anderen Dörfern, in denen sie bisher gewesen waren. Es gab sogar Riegel, die sie von innen vor die Türen schieben konnten. So blieb es aus, dass einer von ihnen Wache halten musste.

Auf der anderen Seite des Waldes gab es ausschließlich Gebäude aus Stein, doch hier war es eher eine Seltenheit. Auch die Höhe war ungewöhnlich. Bislang hatte sie nur in Brion Häuser gesehen, die über zwei Etagen reichten.

Ein modriger Geruch lag in den Staubigen Fluren und Zimmern, welche noch genau so eingerichtet waren, wie zu den Lebzeiten der Bewohner.

Die Vorhänge hingen in schmalen Streifen vor den Fenstern. Vom Sonnenlicht waren sie stark mitgenommen.

Die Mädchen hielten sich nicht lange in den unteren Zimmern auf.

Sanny begann damit jeden möglichen Eingang zu verschließen oder wenigstens einen Stuhl unter die Klinke zu klemmen. Sie hatten genug von ungebetenen Gästen.

In der ersten Etage gab es nur zwei Zimmer. Claire bestand auf das, in dem ein riesiges Bett stand, woraufhin Mai darauf bestand, dass Dana bei ihr bleiben sollte.

„Wenn sie im Schlaf auf die Idee kommt jemanden zu erwürgen, dann sind wir wenigstens sicher vor ihr.“, flüsterte Mai Kate auf der Treppe zu.

Schnell stand fest, dass sie das hoch gelegene Dachzimmer bevorzugte, in dem Kate sich nicht einmal in die Nähe der Fenster getraut hätte.

Die Aussicht darauf endlich wieder in einem richtigen Bett schlafen zu können, ließ die Müdigkeit bereits verfliegen. Plötzlich waren sie alle so ausgelassen, dass sie die Schrecken vergaßen, die im ganzen Land ausgebrochen waren. Keine von ihnen dachte mehr an zerstörte Häuser, getötete Familien oder entführte Königinnen, während sie die herunter gekommenen Laken von den Betten zogen und durch ihre eigenen Decken ersetzten. Auch die Staubwolke, die sie alle zum husten brachte, als Mai sich auf eines der Betten warf, vertrieb die Ausgelassenheit nicht.

Erst später, als Kate alleine in ihrem Zimmer lag, kamen die Gedanken zurück. In Mais Zimmer hatte es nur ein Bett gegeben und auch bei Claire und Dana war nichts mehr frei. Mit Sanny wollte Kate zurzeit auf keinen Fall alleine sein. Ihr Verhalten seit Eddys Tod war eine Sache, doch ihre ständige Fragerei nach Alessio ging ihr auf die Nerven. Das sie eine schlechte Lügnerin war, erschwerte ihr die ganze Sache noch um ein vielfaches. Daher hatte sie nur die Möglichkeit gesehen, ein Zimmer zu wählen, in dem nur sie schlief. Immerhin war gar keine Gesellschaft manchmal angenehmer.

Das hatte sie zumindest gedacht, bevor die Bilder zurückkamen. Bilder von einem Krieg, wie sie ihn nur aus Büchern oder Filmen kannte. Es gab jedoch nichts, was das Gefühl beschreiben konnte, das solch ein Krieg in der Wirklichkeit auslöste. Wenn sie versuchte die Schrecken zu vergessen, traten sie weiter hervor und schnürten ihr die Kehle zu. Manchmal drückten sie ihr auf den Magen oder brannten sich in ihren Kopf ein. Schon bald konnte sie an nichts Anderes mehr denken und das Einschlafen erschien ihr mittlerweile unmöglich.

Kate stand auf und lief ein paar Runden durch den dunklen Raum, um sich zu beruhigen. Doch vor manchen Gefühlen konnte man nicht davonlaufen.

Als das Laufen nicht half, ging sie zu dem Fenster und öffnete es. Zuerst klemmte es, wahrscheinlich, weil es seit Jahren nicht geöffnet wurde und wieder fragte sie sich, was mit den Menschen passiert war, die einst hier gelebt hatten. Sie streckte den Kopf in die kalte Nachtluft und stellte sich vor, dass die Gassen voller edel gekleideter Leute waren. An den Häusern und deren Einrichtung erkannte man den Reichtum, der ehemaligen Bewohner. Vielleicht haben sie all ihr Geld verloren und mussten fort, überlegte Kate. Es war sicher nicht leicht, ein solches Leben zu führen. Zu gerne hätte sie diesen Ort gesehen, als er noch voller Leben gesteckt und man von überall her Stimmen gehört und Lichter gesehen hatte.

Ihre Vorstellung war für einen Augenblick so stark, dass sie alles vertrieb und nur den Klang und die Gerüche einer längst vergangenen Zeit zurückließ.

Es war zu traurig, dass der Moment verflog, bevor sie ihn richtig in sich hatte aufnehmen können. Aber es hatte ihr geholfen eine Entscheidung zu treffen.

Vorsichtig kletterte sie auf den Fenstersims und sah hinunter. Bis zum Boden waren es vielleicht zwei oder drei Meter, dennoch wollte sie es nicht riskieren wohlmöglich herunterzufallen.

Während sie sich mit einer Hand am Rahmen festhielt, griff die Andere nach einem der kräftigen Äste. Der Baum neben dem Haus wirkte nicht gerade vertrauenerweckend, aber immerhin reichten seine verschneiten Äste, am Stamm, bis zum Boden.

Ihre Türe hatte sie vorsichtshalber von innen verriegelt. So würde niemand auf die Idee kommen, sie zu vermissen und nach ihr zu sehen.

Ihre Füße suchten halt auf der rutschigen Rinde und sie brauchte ein paar Atemzüge, bevor sie sich traute, ihr ganzes Gewicht auf den Ast zu verlagern und die Hand vom Rahmen zu nehmen.

Aus dem Nebenzimmer drangen leise Stimmen und Kate war froh, dass es dunkel war. Die Wahrscheinlichkeit, dass Dana oder Claire sie bei einem Blick nach draußen hätten bemerken können, war gering.

Selbst wenn sie versucht hatte es zu verbergen, sah man Claire die Freude über Danas Rückkehr an. Anfangs hatte sie noch jeden Blickkontakt vermieden und kein Wort mit ihr gewechselt, doch sobald die Mauer zu bröckeln begonnen hatte, waren sie aus dem Reden kaum herausgekommen. Kate kam es so vor, als wollte Claire ihrer Freundin jedes noch so kleine und unnütze Detail berichten, dass sie seit der Spaltung ihrer beiden Wege erlebt hatte. Kate balancierte weiter Richtung Stamm, wo die Äste zwar breiter, aber auch rutschiger zu werden schienen. Sie musste bescheuert aussehen, wie sie derart unbeholfen durch einen Baum kletterte, nur um unbemerkt aus einem Zimmer herauszukommen.

„Du bist verrückt, Kate.“, sagte sie sich immer wieder in Gedanken. Es gab kein besseres Wort für ihr Verhalten. Früher hatte sie selten getan, was man von ihr verlangte und schon damals war sie anders gewesen, wie die Menschen, die sie gekannt hatte, aber das hier ging eindeutig zu weit. Was würde Mai wohl dazu sagen. Wahrscheinlich würde sie lachen und Kate versichern, dass es einen einfacheren Weg gab.

Erleichtert atmete sie tief ein und aus, als sie den Schnee zwischen ihren Zehen spürte.

Dass sie keine Schuhe trug, hatte das Klettern zwar erleichtert, aber dafür hatte sie sich schon zum hundertsten Mal die Haut aufgerissen. Es blieb einfach nicht aus, wenn man durch einen Wald lief und erst recht nicht, wenn man, wie eine Gefangene, durch das Fenster floh.

Sie ignorierte ihre schmerzenden Füße, wie sie es den ganzen Tag über gemacht hatte. Der Schnee war wohltuend und sie erinnerte sich all zu gerne an das Gefühl die Kälte zu spüren. Einen Moment stand sie einfach nur da und fühlte, wie der Wind sacht über ihre Haut strich und wie der Strom aus Wärme durch ihren Körper floss.

Sie hatte sich, selbst nach all den Übungen mit Liz, für die Wärme entschieden. Auch wenn der Kältezustand neuer und interessanter erschien, so hatte sie doch nach kurzer Zeit das Gefühl vermisst, dass alles was sie berührte kalt wie Eis war. Es verstärkte den Anschein einer verzauberten Welt, in der nichts zu sein schien, wie es in Wirklichkeit war. Tausend Geheimnisse, die ihren Glanz gleichzeitig mit der Kälte zu verlieren schienen. Hinzu kam, dass es einfach nicht passte, wenn der Schnee wärmer war, als ihre eigene Haut.

Sie sah sich ein letztes Mal um, aber es gab nichts, was sie dazu bewegt hätte zurückzugehen, in das einsame Zimmer.

Die verlassenen Straßen hatten eine unheimliche Wirkung. Die schwarzen Fenster waren wie Augen, die sie auf ihrem Weg beobachteten und die Zweige der Bäume glichen Fingern, die mit ihren Schatten nach ihr griffen.

Kate lief schneller, als sie es gewöhnlich tat und sie achtete darauf, nahe an den Hauswänden zu bleiben.

Das Licht sah sie schon von weitem.

Es war typisch, wie sie ihre eigenen Regeln missachteten. Die Tür stand sperrangelweit offen und jeder einzelne Raum schien beleuchtet zu sein. Die Lautstärke ermöglichte es Kate ungesehen ins Haus zu gelangen, ohne dass sie hätte auf Zehenspitzen gehen müssen.

Ted und Chris hatten gleich das unterste Zimmer bezogen. Es lag so nahe am Eingang, dass die Beiden sie eigentlich hätten sehen müssen, bevor sie überhaupt aus der Dunkelheit aufgetaucht war. Sie waren jedoch so sehr damit beschäftigt, ausgelassen zu lachen, dass sie nicht einmal merkten, wie Kate im Türrahmen stehen geblieben war und sie interessiert musterte. Es war das erste und einzige Mal, dass sie die beiden Brüder sah, wie sie normalerweise waren, wenn sie nicht als Wachtposten arbeiteten.

Stimmen, die eindeutig aus der oberen Etage kamen, zogen ihre Aufmerksamkeit auf sich. Bedacht darauf, ab sofort leiser zu sein, schlich sie die knarrende Treppe hinauf. Hier oben brannten ebenso viele Lichter und die Lautstärke schien die Gleiche zu sein.

Kate konnte nur den Kopf, über diesen Leichtsinn, schütteln. Ihnen machte man Stundenlange Vorträge über unauffälliges Verhalten, während keiner der Jungen es mitbekommen hätte, wenn ein komplettes Heer das Haus gestürmt hätte.

Zimmer Nummer eins war leer. Zwar brannte auch hier Licht, aber die Stimmen kamen von nebenan.

„Ich hätte wirklich nicht gedacht, dass sie irgendwann zurückkommt.“, sagte Lee deutlich.

„Aber mal im Ernst, denkst du es war eine kluge Entscheidung, sie unbeaufsichtigt mit deiner Schwester zusammenzulassen?“ Immer dann, wenn Lee eine Frage mit diesen Worten begann, blieb er alles andere als ernst. „Ich mein ja nur, nicht dass sie ihr mit den Krallen das Gesicht in Streifen schneidet.“ Er lachte, während Kate auf dem Flur angewidert das Gesicht verzog. Sein Humor war eine Sache für sich und sie konnte die Witze dahinter nicht immer ganz nachvollziehen.

„Du weißt genau, dass es mehr braucht als das, damit Mai ausrastet.“, bestritt Alessio.

„Was denn noch? Ich finde, es reicht schon. Dana verrät sie an den gewalttätigen Irren, der sie verfolgt. Der schlitzt sie auf und sucht nach Vergebung. Kurz darauf stirbt ihr Freund an einer verdammten Krankheit und heute erfährt sie von dem Verschwinden ihrer, wenn auch nicht leiblichen, Mutter.“, zählte Lee auf.

Bisher war Kate nicht richtig bewusst gewesen, wie schrecklich Mai sich zurzeit fühlen musste und wieder einmal musste sie ihre Art bewundern. Es schien nichts zu geben, was Mai aus der Fassung bringen konnte. Bei allem was passiert war, waren die kleinen Aussetzer, die sie hatte, kein Vergleich zu dem, wie es in ihrem Inneren aussehen musste.

„Ich habe langsam das Gefühl, dass ihr plötzliches Verschwinden, hin und wieder, weniger mit Eddy zu tun hat, als wir angenommen haben.“, warf Alessio ein.

„Du könntest Recht haben. Zwischen ihr und Sanny liegt irgendeine Spannung vor. Ich bin zufällig mitten in einen Streit geplatzt, als wir noch bei dieser Eistante waren. Ich hab Sanny vorher noch nie schreien gehört. Im ersten Moment dachte ich, es sei Claire, aber die hat geschlafen.“, erzählte Lee. Kate fragte sich, wann das gewesen war. Mai hatte ihr nichts von einem Streit erzählt.

„Das ist wirklich merkwürdig.“, stimmte Alessio zu.

„Ich finde, das ist nicht das Einzige, was zurzeit merkwürdig ist. Seit wir in diesem Dorf waren, scheint kaum einer normal zu sein.“, sprach Lee seine Beobachtungen aus, die er offensichtlich seit längerem in sich trug.

„Ach was. Es verändert sich eben vieles, wenn eine Person so plötzlich aus einer Gruppe gerissen wird. Das ist völlig normal.“, erwiderte Alessio.

„Ist das so?“, fragte Lee. Es hätte nicht deutlicher sein können, dass er Alessio kein Wort glaubte. Es schien, als wäre

Lee davon besessen, aus jedem Einzelnen die Geheimnisse zu saugen. Es passte nicht zu seiner angeblich gleichgültigen Art.

„Worauf willst du hinaus?“, hörte sie Alessio fragen und seinen Worten merkte sie an, wie müde er war.

„Ich will damit sagen, dass du ebenso etwas verschweigst, wie Sanny und deine Schwester.“, sagte Lee und fuhr fort, als Alessio nicht gleich antwortete. „Erzähl schon, willst du auch unter die Verräter gehen? Hast du vielleicht heimlich eine Freundin, obwohl du diese Prinzessin heiraten sollst oder hast du jemanden gekillt?“, fragte Lee aufgeregt.

„Ich kill dich gleich, wenn du weiter so einen Müll redest.“, meinte Alessio gelassen.

„Ich und Müll reden, niemals. Wie kommst du darauf? Ich bin ein ernsthafter und verantwortungsbewusster Mensch.“, tönte Lee.

„Was ist mit den Türen? Ich wette, du hast sie immer noch nicht verriegelt und wie ich dich kenne, brennt im ganzen Haus Licht. Wie wäre es, wenn du dich darum kümmerst?“, fügte Alessio hinzu. Kate, die noch immer mitten im Gang stand, erschrak. Sicher würde Lee gleich das Zimmer verlassen und sie entdecken. Schnell ging sie zu dem Vorhang hinüber, der am Ende des Flures ein Fenster verdeckte. Sie kam sich albern vor, aber sie schaffte es, sich dahinter so schmal zu machen, dass man sie unmöglich hätte sehen können.

„Komm schon, was es auch ist. Ich behalte es für mich.“, sagte Lee und von ihrem Versteck aus, sah Kate, dass Alessio ihn an den Schultern aus dem Zimmer schob.

„Oh, warte. Du hast schon geheiratet.“, sagte er, bevor Alessio ihm die Tür vor der Nase zuschlug.

„Nein und ich werde Sali auch nicht heiraten. Denk an die Riegel.“, meinte Alessio knapp, schloss die Tür und schob selbst den Riegel vor.

„Erzähl mir wenigstens, wen du umgelegt hast. Ist es Prinzessin Sali?“, rief Lee durch das dicke Holz, aber er bekam keine Antwort mehr. Mürrisch verschwand er nach unten. Mit klopfendem Herzen wartete Kate hinter dem Vorhang, bis er zurück war und in seinem Zimmer verschwand. Zusammen mit der Dunkelheit, war Ruhe im Haus eingekehrt. Endlich, dachte Kate, die schon befürchtet hatte die ganze Nacht auf dem Flur stehen zu müssen. Sie trat aus ihrem Versteck hervor und machte ein paar zögernde Schritte auf die Tür zu. Sie klopfte und hätte sich gleich darauf liebend gern die Hand abgehackt. Sie benahm sich wirklich dumm und hörte wieder mal überhaupt nicht auf das, was ihr Verstand ihr riet.

Es regte sich nichts, selbst dann nicht, als sie ein zweites Mal klopfte.

Er denkt, dass es Lee ist, sagte sie sich selbst.

Wenn dieses Mal auch nichts passiert, gehe ich wieder, versprach sie ihrem Verstand und klopfte zum dritten Mal.

Die Tür flog auf.

Überraschung spiegelte sich auf Alessios Gesicht.

„Kate!“, sagte er und zog sie ins Zimmer. Er schob den Riegel wieder vor und betrachtete sie. An seinem Gesicht sah Kate, dass er hin und her gerissen war, zwischen Freude und Sorge.

„Ist was passiert?“, fragte er. Kate schüttelte eilig den Kopf.

„Nein nichts, ich habe es nur nicht mehr alleine ausgehalten.“, gab sie zu. Es viel ihr immer leichter Schwäche zu zeigen.

„Was ist mit Mai, konntest du nicht zu ihr gehen?“, fragte er weiter.

„Doch schon, aber ich wollte nicht.“, erklärte sie.

„Du weißt, was ich davon halte, wenn du alleine Draußen herumläufst. Gerade jetzt, wo sich die Zeiten ändern. Es wird gefährlicher.“, fing er an und legte seine Hände auf ihre Schultern. Kate verschränkte die Arme.

„Dann hätte ich besser nicht herkommen sollen?“ Sie sah wie er überlegte.

„Schön, ich kann ja wieder gehen.“, meinte sie, als er nicht antwortete, machte aber keine Anstalten zu gehen. Sie wollte nicht unnötig einen Streit provozieren, aber zugleich konnte sie nicht verbergen, dass sie gekränkt war. Sie entschied sich dafür ihren Blick abzuwenden.

„Das habe ich nicht gesagt.“, warf Alessio ein. „Ich mache mir eben Sorgen. Immerhin haben sie es geschafft Jill gefangen zu nehmen und sie hat es sogar geahnt. Kannst du es mir da verübeln, wenn ich auf dich aufpassen will?“ Sie musste lächelte, als er sie küsste, obwohl ihr gar nicht nach Lächeln zu Mute war. Noch immer lagen Angst und Traurigkeit wie ein Schatten über ihr, aber sie spürte auch wie Alessios Anwesenheit diesen Schatten verschwinden ließ.

„Ich bin irgendwie froh, dass du selten auf das hörst, was man dir sagt.“, gab er zu und strich mit den Fingerspitzen über ihre Arme.

„Also bist du nicht wütend?“, wollte Kate vorsichtshalber wissen, während sie zuließ, dass er ihre verschränkten Arme voneinander löste.

„Im Gegenteil, ich freue mich, dich zu sehen, ohne ständig darauf achten zu müssen, dass uns niemand beobachtet.“, erwiderte Alessio, bevor er zum Fenster hinüber ging.

„Es weiß niemand, dass du hier bist, nehme ich an.“, sagte er und öffnete es gerade weit genug, dass er den Kopf hinaus strecken konnte. Vielleicht wollte er überprüfen, ob nicht doch jemand in der Nacht stand und zu seinem Zimmer hinaufspähte.

Kate wartete, bis er sich wieder zu ihr umgedreht hatte.

„Ich habe meine Tür von innen verschlossen und unsere

Wachen sind nicht gerade wachsam.“, sagte sie.

Alessio lachte und schob den Vorhang vor das bereits geschlossene Glas. Kate fragte sich, wie dick die Wände waren und ob Lee sie wohlmöglich hören konnte.

„Was die Wachen angeht, muss ich dir leider Recht geben. Ich verstehe auch nicht, was Jill sich dabei gedacht hat die Zwei auszuwählen. Als Wachen im Schloss mögen sie gut sein, aber dort sind sie unter fünfzig anderen, begabteren Kriegern, wenigstens nicht allein verantwortlich.“, meinte er.

„Ich dachte, du hast vor unserer Reise alles mit ihr besprochen, jeden Schritt und jede unwichtige Einzelheit.“, fiel Kate ein.

„Naja, das Meiste. Zumindest bin ich bisher davon ausgegangen. Jetzt glaube ich eher, sie hat mir längst nicht alles gesagt.“, meinte Alessio und ließ sich auf das Bett sinken.

„Wie meinst du das?“, wollte Kate wissen. Er saß mit dem Rücken zu ihr und fixierte einen unsichtbaren Punkt an der Wand.

„Ich habe immer mehr das Gefühl, dass sie mir nicht mehr, als einen Bruchteil von dem erzählt hat, was sie von Anfang an wusste.“, erklärte er. Kate ging um das Bett herum und setzte sich neben ihn. Sie nahm seine Hand, die kälter war als für gewöhnlich. Kate war sich sicher, dass es dieses Mal nicht an ihr lag.

„Ich mache mir ernsthaft Sorgen.“, flüsterte er.

„Aber du glaubst doch nicht, dass sie Jill getötet haben, oder?“, fragte Kate ebenso leise.

„Nein, das glaube ich nicht. Wenn sie das gewollt hätten, hätten sie es sofort versucht. Wieso sollten sie sich die Mühe machen, Gefangene zu nehmen. Dafür gibt es nur eine logische Erklärung. Sie brauchen sie. Es liegt nahe, dass sie sich irgendwelche Informationen von ihr erhoffen.“ Kate dachte über seine Worte nach.

„Glaubst du, dieses Drachenherz kann uns tatsächlich irgendwie helfen?“ Sie stellte ihre Frage mit äußerster Vorsicht. Es sollte nicht so klingen, als würde sie an der Geschichte zweifeln. Noch war sie sich einfach nicht sicher, wie viel sie davon glauben wollte. Alessio sah sie an.

„Ich bin überzeugt, dass es genügend Macht besitzt, um den Frieden wieder herzustellen, aber ich kann nicht garantieren, dass wir es finden werden. Die Zeit rennt uns davon. Je länger wir warten, desto mehr Unheil kann Tarsis anrichten.“, sagte er. Kate schwieg. Bereits sein Name löste Angst aus, wie sollte es erst sein, falls sie ihm je begegnen würde.

„Ich bin froh, dass du da bist.“, sagte Alessio und drehte sich eine ihrer Haarsträhnen um seinen Finger. „Mein eigener Plan, dich zu treffen, war dermaßen schlecht, dass ich bestreiten würde, dass er in meinem Kopf entstanden ist.“

Kate ließ sich rücklings auf die weiche Matratze fallen. Sie war sicher nicht mit dem üblichen Stroh gefüllt.

„Ein Glück, dass wenigstens einer von uns klug genug ist, um aus dem Fenster zu klettern.“, grinste sie. Zur Strafe kitzelte er sie, bis sie vor lauter Lachen kaum noch Luft bekam.

„Psst.“, machte Alessio und legte ihr die Hand auf den Mund. „Was soll Lee denn denken?“

„Keine Ahnung, dass du wie ein Mädchen lachst. Wegen dir habe ich jetzt Bauchmuskelkater.“, schimpfte sie leise, aber immer noch grinsend.

„Das hast du dir selbst zuzuschreiben.“, antwortete er belustigt und ging zur Tür, um zu lauschen. Kate beobachtete ihn, wie er erleichtert aufatmete.

„Ich höre ihn bis hierher schnarchen.“ Trotzdem flüsterte er.

„Kein Wunder. Wir sind alle müde.“, überlegte Kate und gähnte fast im selben Moment. „Der Weg bis hier war anstrengend.“ Und Morgen wird es sicher nicht anders, setzte sie in Gedanken hinzu.

„Dann schlage ich vor, dass wir ebenfalls schlafen gehen.“, sagte Alessio und löschte die Lampe. Die Dunkelheit brach über das Zimmer herein. Sie wirkte keinesfalls bedrohlich, wie sie es so oft tat. Im Gegenteil sie war wie eine wärmende Decke, die sie umgab und schützte. Kate richtete sich auf und zog die Beine zum Schneidersitz an. Sie hörte Alessio fluchen, als er mit dem Schienbein an die Bettkante stieß.

„Vielleicht wäre es schlauer gewesen, nicht gleich das komplette Licht zu löschen.“, sagte sie grinsend und verfolgte weiter seine Umrisse mit den Augen.

„Was du nicht sagst.“, presste er zwischen den zusammengebissenen Zähnen hervor, schob die Hose hoch und betrachtete sein Bein. Kate vermied es ihm klar zu machen, dass er bei dem Licht eh nichts würde erkennen können. Natürlich wusste er es, doch er ließ es sich nicht anmerken.

„Das gibt sicher einen blauen Fleck.“, stellte er fest und schob seine Beine achtlos unter die Decke.

Kate legte sich schweigend neben ihn und betrachtete die Schatten, der Bäumen vor dem Fenster, die an der Decke tanzten.

„Dieses Bett ist wie eine Wolke. Es ist weich und gibt einem das Gefühl leicht, wie Luft zu sein.“, sagte sie irgendwann.

„Die Vorstellung gefällt mir.“, murmelte Alessio schläfrig und drehte sich auf die Seite, mit dem Gesicht zu Kate. „Sag mir Bescheid, wenn es anfängt aus ihr zu schneien.“, teilte er ihr seine Gedanken mit und legte einen Arm um sie. Eine Decke war ihr noch immer zu warm, deshalb lag sie darüber, doch sein Arm war kühl und würde sie gewiss nicht am Einschlafen hindern. Sie lehnte sich gegen seine Brust und schloss die Augen. Für einen Moment schien sie weit entfernt von allem Bösen und sie versuchte diesen Augenblick in sich aufzunehmen, damit sie ihn nie vergessen würde. Was die Zukunft auch bringen mochte ihr war plötzlich bewusst, dass es immer einen Weg gab ohne Schmerz zu leben, selbst dann, wenn Angst und Kummer noch so groß waren. Nur hatte sie es vorher, in der anderen Welt nicht wahrgenommen. Vielleicht hatte auch die Einsamkeit ihr die Sicht vernebelt.

Ein lautes Klopfen riss Kate aus ihren Träumen. Sie brauchte eine Weile, um sich zu orientieren. In den letzten Wochen hatte sich ihre Umgebung beinahe täglich gewandelt und jedes Mal wurde es schwerer. Als sie noch jede Nacht in einem Zelt geschlafen hatte, war es deutlich leichter gewesen, sich zurechtzufinden.

„Hey, großer Meister. Mach die Tür auf.“, drang Lees Stimme herein. Verschlafen setzte Kate sich auf und blinzelte einige Male gegen das strahlende Sonnenlicht. Gestern hatte sie sich kaum umgesehen, in dem Zimmer. Zu früheren Zeiten, war der Raum sicherlich sehr schön gewesen, mit seinen weißen Mauern und den kunstvoll verzierten Schränken. Jetzt hingen Spinnweben in den Ecken und Risse zierten die Farbe, an den Wänden. Die Vorhänge waren weniger von Motten zerfressen, als die in den übrigen Häusern, dafür wiesen sie dunkle Flecken auf. Alessio fuhr sich mit der Hand über das Gesicht und durch die zerzausten Haare.

„Verschwinde, Lee.“, rief er und drehte sich wieder auf die Seite. Es klopfte erneut.

„Man, sei kein Spielverderber, Alter. Wir könnten uns noch ein wenig unterhalten, bevor die Anderen aufstehen. Ich hab da noch ein paar Fragen, zu deinem Plan irgendwen auszuschalten.“, gab er zum Besten und rüttelte an der Tür.

Kate war froh, dass das Holz einiges auszuhalten schien. Seufzend drehte Alessio sich auf den Rücken.

„Ich sage es nur einmal. Wenn du mich nicht sofort in Ruhe lässt, dann wirst du es sein, den ich umbringe.“, warnte Alessio ihn laut.

„Vielleicht sollte ich zusehen, dass ich verschwinde.“, wisperte Kate. Dabei wäre es gar nicht nötig gewesen. Sie hörte Lee laut vor sich hin grummeln. Sie hätte sogar schwören können, zu hören, wie er mit dem Fuß aufstampfte, allerdings interessierte es sie kaum. Anstelle einer Antwort, griff Alessio nur nach ihren Fingern und zog sie zu sich runter. Mit der anderen Hand strich er ihr über das Gesicht, als müsste er sich erst davon überzeugen, dass sie echt war. Kate blendete Lee aus, der mittlerweile dazu übergegangen zu sein schien, vor der Tür auf und ab zu gehen. Das Einzige was sie wahrnahm war Alessio. Sie fühlte seine Hände, hörte seinen leisen Atem und sah sein Gesicht. Langsam überwand sie den geringen Abstand, welcher sie trennte und legte ihre Lippen auf seine.

Sie mochte nicht nur das Gefühl, welches er in ihr auslöste, wenn sie sich küssten, sondern auch den Geruch und den Geschmack.

Sie spürte seine Hand zu ihrem Nacken wandern. Ihre Augen waren geschlossen, doch sie glaubte, dass er sie beobachtete, während er über ihren Rücken strich. Am Rand ihres T-Shirts stoppte er abrupt. Sie sah ihn an.

„Was ist das?“, fragte er und fuhr mit dem Finger über die Narbe, die sich kaum sichtbar über ihren Rücken zog. Es störte Kate, dass Alessio sie entdeckt hatte.

„Nichts weiter.“, wich sie aus, richtete sich gerade auf und umschloss seine kühlen Finger mit ihrer Hand. Alessio setzte sich ebenfalls auf.

„Dann kann ich es mir doch sicher mal ansehen.“, meinte er.

„Nein! Es ist nur eine Narbe. Die habe ich schon seit Jahren. Es war ein dummer Unfall, nichts besonderes.“, sagte sie, sah ihn aber nicht an, während sie sprach.

„Das kannst du vielleicht jemand anderem weiß machen, aber mir brauchst du keine Geschichte erzählen. Bei was für einem Unfall, sollte so etwas passieren?“, hakte er nach. Kate seufzte und sah ihm in die Augen.

„Ok, ich erzähle es dir, aber du musst mir versprechen, dass du nicht böse wirst.“, sagte sie. Alessio runzelte die Stirn und nickte langsam. Kate schwieg einen Moment.

„Nein, ich sage es dir doch nicht. Du würdest dich sowieso aufregen.“, entschied sie sich um. Alessio sah sie enttäuscht an, doch bevor er etwas sagen konnte, redete Kate dazwischen.

„Nicht jetzt. Aber ich verspreche, es dir zu erzählen, wenn wir wieder alleine sind.“, versicherte sie und küsste ihn schnell, bevor er etwas anderes erwidern konnte. Sie wollte in einem Moment wie diesem, nicht an ihre Vergangenheit erinnert werden.

„Ist es wirklich noch wichtig, dass die Anderen nichts erfahren.“, raunte Alessio ihr zu.

„Ich meine, Jill ist nicht mehr da. Sie könnte nichts daran ändern, selbst wenn sie es wollte. Hinzu kommt, dass sie es erst einmal irgendwie in Erfahrung bringen müsste.“ Kate merkte seinen Worten an, dass er nicht erst seit ein paar Sekunden darüber nachdachte. Sicherlich hatte er diesen Gedanken schon gestern gehabt. Wer weiß, vielleicht sogar seit längerem. Es kam ihr gerade recht, so dachte er vielleicht nicht mehr an die Narbe.

„Ich bin mir nicht sicher, ob es eine gute Idee ist. Wir wissen überhaupt nicht, ob Dana uns die Wahrheit erzählt hat, immerhin hat sie uns schon einmal etwas vorgespielt.“, sagte Kate zögerlich und presste nervös die Lippen aufeinander.

„Daran habe ich auch gedacht, aber ich würde gerne glauben, dass sie wieder auf unserer Seite ist. Wir können jede Hilfe gebrauchen und du hast ja selbst mitbekommen, dass sie ein paar nützliche Eigenschaften hat. Es ist nicht so wie eine Fähigkeit, aber ihr Orientierungssinn ist besser, als der von Mai und außerdem hält sie, als Einzige von uns, Claires Auftreten aus.“, erinnerte Alessio sie grinsend.

„Ich hatte nur gehofft, es könnte ewig so weiter gehen, dass ich dich halten kann, ohne entsetzte Blicke zu ernten. Auch, dass ich dich küssen kann, wann immer ich es will.“, zählte er auf.

Traurige Seelen

Der Ort war anders, als alle Orte, die Kate jemals gesehen hatte. Etwas Trauriges ging von ihm aus. Viele winzige und heruntergekommene Hütten standen wild durcheinander, ganz so als hätte sie jemand im Vorbeigehen verloren. Es gab keine Wege und die einzig erkennbare Ordnung war die, dass ein kastenförmiges, großflächiges Gebäude, genau in der Mitte zu stehen schien. Dabei war es so niedrig, dass man es erst auf den zweiten Blick zwischen all den kleinen Spitzdächern erkannte.

Sie hatten gerade mal einen halben Tag, bis hierher gebraucht. Das war nicht annähernd so lang, wie Alessio erwartet hatte. Obwohl die Sonne heute hell schien, wirkte dieses Dorf grau und dunkel, dachte Kate. In ihren Augen, wirkte es noch lebloser, als das verlassene Dorf Ruvon. Daher erschrak sie auch vor einem Kind, welches plötzlich hinter einer Mauer hervor gerannt kam. Wie angewurzelt, blieb es stehen und starrte sie an. Eine Frau tauchte auf und fing es ein. Sie musste die Mutter des Jungen sein. Kate schätzte ihn auf sieben, was sie zögern ließ. Auch die Frau wirkte sehr jung, nicht älter als Mitte Zwanzig. Konnte sie wirklich die Mutter sein? Kate wusste nicht, welches Alter in dieser Welt normal war, um ein Kind zu bekommen.

Jetzt flüsterte die Frau dem Jungen etwas ins Ohr und er verschwand zwischen den kleinen Häusern. Sie selbst wich ein Stück zurück, kaum merklich.

Kate konnte sie verstehen. Die Waffen, die sie bei sich trugen sahen keinesfalls vertrauenerweckend aus.

Die Frau sah Kate an. Sie erwiderte den Blick, mit einem Lächeln. Wahrscheinlich wirkte sie am ungefährlichsten, zwischen all den Anderen. Sie und Sanny, waren die Einzigen ohne Waffe, doch Heiler wurden oft mit dem Tod verbunden. Seit Dana wieder bei ihnen war, hatte selbst Mai ein Messer, auch wenn sie genau wusste, dass sie es unter keinen Umständen gebrauchen würde. Waffen bezeichnete sie stets als nutzlos.

„Sie lassen dich nur gefährlicher aussehen.“, hatte sie zu Kate gesagt, bevor sie sich das Messer genommen hatte.

„Wir werden euch nichts tun.“, durchbrach Mai die Stille und warf Lee ihr Messer zu, der es geschickt auffing. Die Augen der Frau weiteten sich und huschten über die Schwerter und zurück zu Mai, die lächelte.

„Woher kommt ihr?“, fragte die Frau. Ihre Stimme war misstrauisch und sie sprach sehr schnell.

„Aus dem Süden. Wir sind auf der Suche, nach den Drachen.“, sagte Alessio und zog den Blick der Frau auf sich.

„Die Drachen leben nicht weit von hier. Zu Fuß braucht ihr noch fünf Tage.“ Sie machte eine Pause, in der sie offenbar überlegte, wie sie fortfahren sollte. Erneut betrachtete sie die Waffen.

„Ihr wollt sie doch nicht töten, oder? Das wäre sehr Leichtsinnig.“, stellte sie fest.

„Nein, das ist nicht unsere Absicht, doch wir sind nicht ohne Grund zuerst in euer Dorf gekommen.“, erklärte Alessio.

„Was wollt ihr in einem Dorf, wie Perana. Wir haben nichts, was euch interessieren könnte.“ Eine weitere Frau trat zwischen den Häusern hervor. Sie war hoch gewachsen und älter, als die Andere.

Sie gab der Jüngeren ein Zeichen, worauf hin die erleichtert verschwand.

„Falls dieser Narr von Tarsis euch schickt, um die Kinder zu holen, sagt ihm, dass es ihm nichts nützen wird. Die Meisten von ihnen wären tot, noch bevor ihr zurück seid.“, sagte die

Frau.

„Wir wollen die Kinder nicht.“, sprach Claire dazwischen. Lee stieß ihr den Ellbogen in die Rippen. Claire, die so etwas nicht auf sich sitzen lassen wollte, trat ihm gegen das Bein. Die Frau beobachtete die Beiden mit hochgezogenen Brauen.

„Hey!“, fuhr Alessio die Zwei an und sofort hörten sie auf.

„Sie hat Recht, auch wenn sie nicht besonders freundlich auf euch wirken muss. Die Kinder sind nicht das, wonach wir suchen. Wir haben gehört, dass sie ein großes Wissen über die Geschichten der Drachen besitzen.“, sagte er höflich an die Frau gerichtet. Kate vermutete, dass sie dieses Dorf leitete.

„Der Kristall der Weisheit?“, lachte sie sarkastisch. Alessio blieb ernst.

„Nun ja, in jeder Geschichte steckt ein Funken Wahrheit, nicht wahr?“, meinte er.

„Schon möglich.“, gab die Leiterin zu. „Wenn ihr die Waffen in das Haus dort vorne einschließt, könnte ich euch Zugang in mein Dorf gewähren. Ich muss wohl nicht annehmen, dass Mitglieder der königlichen Familie eine Gefahr für meine Angestellten darstellen.“, lächelte sie.

„Oh, sie weiß, wer wir sind.“, freute Mai sich und umarmte die Frau.

„Sicher, selbst in Brion gibt es Kinder, die unsere Hilfe brauchen.“, erwiderte sie und versuchte ihre Überraschung, über Mais Verhalten, zu verbergen.

„Tut mir leid. Sie ist schlecht erzogen.“, entschuldigte Alessio sich, für seine Schwester und zog sie am Arm zu sich. Er flüsterte ihr etwas zu, woraufhin Mai nur die Augen verdrehte.

„Schon ok. Mein Name ist übrigens Susann.“, stellte die Frau sich vor. Sie führte sie zu der kleinen Kammer, wo sie ihre Waffen ablegen sollten. Kate sah wie Lee, auf einen Wink von

Alessio, eines der Messer unauffällig in seinem Mantel verschwinden ließ. Susann schien es nicht bemerkt zu haben und auch sonst keiner.

„Wir können euch Zimmer zur Verfügung stellen, dann könnt ihr so lange bleiben, wie ihr es für ausreichend haltet. Nur um das Essen müsst ihr euch selber kümmern.“, beschloss sie und sah sie der Reihe nach, mit durchdringendem Blick, an.

„Was ist mit der Geschichte?“, fragte Alessio. Susann lächelte.

„Wir werden sehen. Wenn ihr davon gehört habt, wisst ihr sicher auch, dass wir etwas im Gegenzug von euch verlangen.“

„Natürlich. An Geld seit ihr wohl nicht interessiert?“, fragte Alessio. Er wusste die Antwort bereits.

„Nein.“, lächelte Susann. „Aber keine Sorge, ich verlange nicht viel. Ihr müsst natürlich während eures Aufenthalts unsere Regeln befolgen. Nach Sonnenuntergang verlässt niemand mehr das Haus. Außerdem leben wir in getrennten Zonen.“ Was sie damit meinte, verstand Kate erst später, als sie durch das Dorf liefen, welches aus der Ferne ungeordnet gewirkt hatte. Doch bei genauerem hinsehen, erkannte man eine Struktur, nach der die Häuser in verschieden große Bereiche unterteilt waren.

„Einige von euch, besonders die Mädchen, können uns mit den Kindern helfen. Wir haben ein paar Neulinge, die besondere Zuneigung brauchen. Die Anderen können sich daran beteiligen, einige der Häuser herzurichten.“, sagte sie geschäftlich. Alessio nickte knapp.

„Das wird kein Problem sein.“, sagte er.

„Schön.“, meinte Susann und ließ ihren Blick erneut über ihre Gesichter wandern.

„Wie ist der Name eurer Heilerin?“, wollte sie wissen.

„Das ist Sanny.“, antwortete Mai. „Sie wird sich bestimmt

gerne um alle Verletzungen kümmern.“, fügte sie strahlend hinzu. Susann nickte.

„Ihr Drei.“ Sie deutete nacheinander auf Mai, Dana und Kate. „Ihr könnt euch doch sicher um ein paar Kinder kümmern.“

„Was ist mit mir?“, fragte Claire schnippisch.

„Ich will ihnen keinen Schrecken einjagen, aber du könntest deine Energie auf die Häuser richten. Ich wette die Jungen, können deine Unterstützung gut gebrauchen.“, sagte Susann. Claire rümpfte die Nase.

„Geht zu Matt und sagt ihm, dass ich euch schicke. Er sagt euch dann, was zu tun ist und später komme ich nach, um über den *Kristall* zu sprechen.“, wies sie die Anderen an.

Dana, Mai und Kate folgten Susann.

„Was ist das hier eigentlich für ein Ort?“, fragte Kate leise.

„Eine Wohnstätte.“, sagte Mai. „Hier leben hauptsächlich Frauen, deren Aufgabe es ist, sich um die Kinder zu kümmern, die niemanden haben, der ihnen Liebe schenkt.“

„Also, wie ein Waisenhaus?“, fragte Kate weiter und erinnerte sich. Ihr Heim war ebenso grau und trist, wie dieser Ort gewesen.

„Nicht ganz. Waisenkinder werden meistens von den anderen Müttern im Dorf großgezogen. Die Kinder, die hier landen, wurden schlecht behandelt. Einige wurden geschlagen und misshandelt, andere einfach ausgesetzt. Da die Kinder sich nicht wehren können, werden sie hier hergebracht und aufgezogen.“, flüsterte Mai.

„Hast du schon mal ein Kind in dieser Welt gesehen, das von seinen Eltern keine Liebe bekommen hat?“, fragte sie, obwohl sie die Antwort kannte. Kate schüttelte den Kopf.

„Ihre Haut und ihr Haar verblassen.“, erklärte Mai. „Je jünger sie sind, desto schneller kann es passieren, dass sie ihre Farbe ganz verlieren.“ Kate versuchte es sich vorzustellen. Blasse Gesichter und farblose Augen kamen ihr in den Sinn.

„Was passiert mit ihnen, wenn sie blass werden.“ Kate war sich nicht sicher, ob sie die Antwort wirklich wissen wollte, doch sie glaubte sie bereits zu kennen.

„Sie sterben!“, bestätigte Mai, ihren Gedanken.

Susann betrat eins der unzähligen, kleinen Häuschen. Eine ganze Horde Kinder rannte hier herum. Es waren bestimmt zwanzig Stück, doch kein Einziges von ihnen sah auf irgendeine Art und Weise seltsam aus. Eine gestresst wirkende Frau sah auf, als sie eintraten.

„Ich habe dir Unterstützung mitgebracht.“, sagte Susann zu ihr.

„Sie wird dir helfen.“ Sie schob Mai ein Stückchen vor. „Hoffe ich.“, fügte sie mehr zu sich selbst hinzu.

„Ihr Zwei, kommt mit!“, befahl sie. Kate war etwas überrascht. Sie hatte nicht erwartet, dass Susann sie aufteilen würde.

Die nächste Gruppe war kleiner, aber beinahe ebenso aufgedreht, wie die Erste.

„Ich dachte nicht, dass die Kinder so fröhlich sind.“, meinte Kate.

„Diese Kinder sind kurz davor ein neues Zuhause zu bekommen.“, erklärte Susann.

„Deine Gruppe ist eine der Neusten. Ich habe bisher noch niemanden für sie gefunden, aber es ist dringend nötig, dass sich jemand ihnen annimmt. Du scheinst mir geeigneter für die Aufgabe, als die Tochter der Königin.“

„Mai ist wirklich ziemlich stürmisch.“, gab Kate zu.

„Kann man so sagen, aber du kannst sicher mit Kindern

umgehen.“, nahm Susann an und blieb vor einer weiteren Tür stehen.

„Kinder lieben mich für gewöhnlich.“, sagte Kate, ohne zu übertreiben. Selbst wenn sie absolut keine Notiz von einem Kind nahm, dauerte es meist nicht lange, bis es ihr nachlief. Das war schon immer so gewesen. Früher, als sie mit ihren Eltern zu Besuch bei Bekannten war und später im Heim. Besonders an diesem Ort waren die Kleineren stets zu ihr gekommen.

Susann schloss das Zimmer auf.

„Sie sind erst vor einigen Stunden angekommen. Sicher schlafen sie noch.“, wisperte sie und winkte Kate hinein.

Es gab nur einen Raum. Die Wände waren blau, wie der Himmel und es standen drei kleine Betten auf der gegenüber liegenden Seite. Es war mit viel mehr Liebe eingerichtet, als die übrigen Zimmer, die sie gesehen hatte und dennoch wirkte dieses hier trauriger. Kate hielt sich im Hintergrund, während Susann auf die Betten zuging und die Kinder weckte.

„Das sind Martha, Melina und Pariy.“, stellte sie die Drei vor.

„Kate wird sich um euch kümmern.“, sagte sie knapp und verschwand ohne ein weiteres Wort. Eines der Mädchen zuckte bei dem Geräusch der zufallenden Tür heftig zusammen. Sie schien die Jüngste zu sein.

Sie alle sahen Kate aus großen Augen an und warteten ab, was passierte. Kate kniete sich auf den Boden, um weniger beängstigend zu wirken. Das Jüngste, der drei Mädchen, war keinesfalls älter als zwei. Sie legte den Kopf schief, während sie Kate neugierig beobachtete. Ihr Name war Melina. Sie war sehr dünn, für ihr Alter und trug nichts, als ein zerschlissenes, schmutziges Kleid. Ihr Haar war blond und sie war sehr hübsch. Auf dem Bett nebenan saß Martha. Tatsächlich hatte sie beinahe graues Haar und in ihrem Gesicht spiegelte sich Misstrauen. Das Mädchen mit dem Namen Pariy, hatte Kate trotz Mais Vorwarnung sehr erschreckt. Sowohl Haar, als auch Haut waren völlig farblos, selbst ihre Lippen. Sie schienen komplett aus Stein zu sein. Nur ihre strahlend blauen Augen verrieten, dass sie so lebendig war, wie die anderen Beiden. Martha und Pariy schätzte sie auf vier oder fünf Jahre.

„Hallo.", sagte Kate leicht überfordert, plötzlich mit der Situation allein gelassen zu sein.

„Ich bin Kate. Ich werde in der nächsten Zeit ein bisschen auf euch aufpassen. Also wenn irgendwas ist, kommt ihr am Besten zu mir.", sagte sie und lächelte. Sie war sich nicht mal sicher, ob die Kinder sie verstanden.

Als die Tür leise geöffnet wurde, versteckte das Mädchen, mit dem Namen Pariy, sich unter der Decke.

Eine Frau, nicht viel älter als Kate, trat mit einem Tablett herein.

„Hey, du musst Kate sein. Ich bin Zara.", stellte sie sich vor und reichte ihr die Hand.

„Hallo.", sagte Kate.

„Warum sitzt du auf dem Boden?", wollte sie wissen.

„Das mache ich immer, wenn ich mit Kindern spreche, dann fühlen sie sich nicht so klein.", erklärte Kate, die es für offensichtlich hielt.

„Eine interessante Idee. Etwas wie das, habe ich nicht gelernt. Man hat uns nur beigebracht, wie die Kinder gesund bleiben. Wo warst du in der Lehre?", fragte Zara und kniete sich neben sie auf den Boden.

„Nirgendwo.", sagte Kate überrascht. „Ich bin mit meinen Freunden hier. Wir sind nur auf der Durchreise.", erklärte sie möglichst knapp.

„Ehrlich gesagt habe ich keine Ahnung, was ich jetzt

machen soll.“, gab sie flüsternd zu.

„Oh, kein Problem, dafür bin ich da. Ich habe erst einmal das heutige Essen dabei. Susann sagt zwar immer, es ist ausschließlich für die Kinder, aber die Meisten essen sowieso nicht in den ersten Tagen und ich verrate dich bestimmt nicht, wenn du dir etwas nimmst.“, sagte Zara freundlich und hob den Deckel von dem Tablett. Eine Art Brei war in drei kleine Portionen aufgeteilt worden. Es gab etwas weiches Brot und Obst.

„Danke, aber ich habe keinen Hunger.“, lehnte Kate ab. Sie hatten vor nicht all zu vielen Stunden etwas gegessen, dass Sanny ihnen gemacht hatte. Sie Alle waren froh, sie dabei zu haben. Sie schaffte es, selbst das magerste Essen zu etwas Besonderem zu machen. Außerdem war sie die Einzige, die sich mit den Früchten im Wald wirklich auskannte, auch wenn die in dieser Jahreszeit immer knapper wurden.

„Wie du meinst.“, sagte Zara und stellte die Schüsseln auf einen Tisch.

„Es reicht, wenn du mit den Kindern sprichst. Mehr können wir nicht erwarten. Ich glaube nicht mal, dass sie dir antworten. Wir wissen auch nicht, ob sie sprechen können. Sie sollen nur merken, dass ihnen hier nichts passiert.“, erklärte Zara ihr, bevor sie mit dem leeren Tablett verschwand. Kate atmete tief ein und zwang sich zu einem Lächeln. Wie schwer konnte es schon sein, ein paar Kinder zu unterhalten.

„Wenn ihr etwas essen möchtet, dann nur zu.“, fing sie unsicher an und zeigte auf die Schalen, die in greifbarer Nähe standen. Pariy war nicht wieder unter ihrer Decke hervorgekommen und Martha sah sie nur aus ängstlichen Augen an. Kate glaubte zu sehen, wie sie ganz leicht den Kopf hin und her bewegte.

Ihr Blick blieb an Melina hängen. Sie schien weniger

verängstigt zu sein, als die anderen Beiden. Auch wirkte sie recht hungrig. Kate stand auf und setzte sich an die Bettkante, so weit von ihr entfernt, wie es eben ging. Sie nahm ein Stück Brot von dem Teller und hielt es dem Mädchen hin.

„Komm Melina, probier mal. Das ist wirklich lecker.“, versprach sie und hielt ihre Hand weiter ausgestreckt. Eine ganze Weile passierte überhaupt nichts und als Kate glaubte, ihren Arm nicht länger oben halten zu können, streckte die Kleine plötzlich ihre Finger nach dem Brot aus. Offensichtlich siegte bei ihr der Hunger über die Angst. Hastig schob sie es sich zwischen die Lippen und versteckte dann ihre Hände hinter dem Rücken, als hätte sie etwas Verbotenes getan, für das man sie schlagen würde.

„Na siehst du. War doch gar nicht schlimm.“, sprach Kate und lächelte ihr zu.

„Ich liebe diesen Ort.“, rief Mai Kate schon von weitem zu, als sie sich am Nachmittag trafen.

Keines der Kinder hatte mehr etwas gegessen und Pariy hatte sich nicht sehen lassen. Irgendwann war Zara zurück gekommen und hatte gesagt, sie müssten jetzt schlafen.

„Das habe ich mir schon gedacht.“ sagte Kate und lächelte, obwohl sie sich nicht danach fühlte.

„Oh ja, die Kleinen sind ganz wunderbar. Sie haben es tatsächlich geschafft mich völlig fertig zu machen. Ich könnte auf der Stelle im Stehen einschlafen.“, freute sie sich und strahlte.

„Wo sind die Anderen?“, fragte Kate. Sie hatten sich eigentlich alle hier treffen wollen, doch außer ihnen war niemand zu sehen.

„Vor dem Dorf.“, erklärte Mai.

„Naja, hier gibt es so komische Regeln, nicht jeder darf in jede Zone gehen und daher treffen wir uns außerhalb. Hinzu kommt, dass wir gerade mal zwei Stunden Zeit haben, bis die Sonne untergeht.“, meinte sie weniger begeistert, als zuvor.

Während sie zwischen den Häusern hindurch liefen, bemerkte Kate zum ersten Mal die Steine, die offenbar eine Art Trennlinie zwischen einigen Hütten zog. Sicher hatte Mai das gemeint, als sie von Zonen gesprochen hatte. Lee, Claire, Sanny und Alessio warteten bereits auf sie.

„Und irgendwas herausgefunden?“, wollte Mai gleich wissen.

„Immer mit der Ruhe. Setzt dich doch erst mal.“, meinte Alessio. Widerwillig nahm sie Platz. Es wunderte Kate nicht, dass weder Ted und Chris, noch Dana da waren. Alessio wurde vorsichtiger. Er schien nicht länger alle Informationen mit ihnen teilen zu wollen.

„Ok, fangen wir an.“, sagte er langsam. Er überlegte, offenbar nicht sicher, womit er eigentlich beginnen wollte.

„Bisher hatten wir einfach nur den Auftrag, ins Drachenland zu reisen und etwas über dieses Herz herauszufinden. Ich habe festgestellt, dass es bei weitem nicht genug ist. Dass Jill entführt worden ist, zeigt uns den Ernst der Lage. Wir können nicht leugnen, dass der Krieg bereits früher begonnen hat, als Jill es vorhersehen konnte. Wir brauchen also einen Plan, wie wir das Drachenherz finden und sie retten können, denn nur so haben wir eine Chance gegen Tarsis und seine Armee anzukommen.“, nannte Alessio ihnen den Grund, für das Treffen.

„Wie willst das Herz finden, wir wissen absolut nichts darüber. Nicht wie es aussieht, wo es sich befinden soll oder was es genau ist.“, warf Mai ein.

„Deshalb sind wir hier.“, sagte er knapp.

„Geht es um dieses Kristallding, von dem du schon die ganze Zeit redest? Wir wissen nicht, ob Liz uns die Wahrheit erzählt hat.“, meinte Lee.

„Das habe ich geklärt. Ich war heute in der *mysteriösen* Kammer und es ist nichts weiter, als eine sehr alte Bücherkammer. Das Besondere daran ist, dass einige der Bücher ausschließlich Geschichten und Legenden über die Drachen enthalten. Es wäre also die Gelegenheit etwas über das Herz und eventuell seinen Aufenthaltsort zu erfahren.“

„Ich wäre dafür, wir lassen das Gerede und greifen einfach an. Damit rechnet er sicher nicht“, schlug Lee vor.

„Du meinst also, wir sollen zu...“, Claire machte eine kurze Pause. „Siebt in eine Stadt einmarschieren, in der selbst Kinder wissen, wie man einen Menschen tötet?“, fragte sie sarkastisch.

„Ja, sei still, wenn du keine sinnvollen Ideen hast.“, stimmte Mai ihr zu.

„Hast du denn schon etwas herausgefunden?“, fragte Sanny Alessio, um wieder auf das Thema zurückzukommen.

„Leider nein. Ich hatte noch keine Möglichkeit, mir die Seiten näher anzusehen.“, erklärte er.

„Ich habe schon etwas erfahren.“, sagte Sanny. „Die Frauen haben etwas über ein Mädchen erzählt, dass bei den Drachen leben soll. Sie nennen sie die Drachenprinzessin. Ich denke, wir sollten uns etwas genauer bei den Bewohnern dieses Dorfes umhören.“, schlug sie vor.

„Die Drachenprinzessin? Ich dachte, das wäre nur eines der Märchen, die man Kindern erzählt, wenn sie nicht schlafen können.“, sagte Mai. „Offenbar gibt es doch mehr wahres an ihnen, als ich gedacht hatte.“

„Dann steht es also fest. Wir alle hören uns möglichst unauffällig um und morgen Abend treffen wir uns wieder. Selbe Zeit, selber Ort.“, entschied Alessio und stand auf.

„Wir sollten dabei beachten, auf keinen Fall die Regeln von Perana zu missachten.“, fügte er hinzu und sah Mai an.

„Ausnahmsweise.“, murmelte sie.

„Wenn das geklärt ist, dann könnt ihr jetzt alle gehen, alle bis auf Claire. Ich würde dich gerne kurz sprechen.“, sagte Alessio.

Mai hakte sich bei Kate ein.

„Nicht zu fassen, dass er glaubt, ich würde mich dabei erwischen lassen, wie ich irgendwelche Vorschriften breche.“, schimpfte sie leise und lief zu den Häusern zurück, in denen sie schlafen würden.

„Ja, nicht zu fassen.“, antwortete Kate ohne ihr wirklich zuzuhören. In Gedanken war sie ganz wo anders. Was wollte Alessio wohl mit Claire besprechen? Verheimlichte er ihr etwas? Es kam ihr lächerlich vor so zu denken, aber es schmerzte nun mal zu wissen, dass er sich mit Claire unterhalten wollte und scheinbar nicht mit ihr.

„Kate?“, hörte sie Mai sagen. Sie sah auf.

„Was?“

„Du siehst müde aus. Vielleicht solltest du schlafen gehen.“, antwortete Mai nur und ließ sie alleine. Kate blickte zum Himmel. Es war schon recht dunkel und bald würde die Sonne endgültig hinterm Horizont verschwinden, doch etwas Zeit blieb ihr noch.

Sie könnte zurückgehen und gucken, was Claire und Alessio besprachen. Sie hatte sich bereits umgedreht, als sie es sich anders überlegte.

Es würde kaum den Anschein machen, dass sie ihm vertraute, wenn sie ihm nachspionierte. Immerhin ging es um Claire und er hatte sie nie sonderlich gemocht.

Sie schob den Gedanken bei Seite, doch die Aussicht, auf ein leeres Zimmer, welches auf sie wartete, war nicht viel tröstlicher.

Die ganze Situation dieser Kinder, hatte sie wieder stark an ihre eigene Zeit im Waisenhaus erinnert. Dort hatten die Kinder sich anfangs meist ähnlich verhalten. Der einzige Unterschied in dieser Welt, war das Aussehen. In ihrer Welt hatten viele Menschen Gewalttaten absichtlich ignoriert. Manche aus Angst, andere einfach aus Bequemlichkeit, doch hier konnte keiner leichtfällig abtun, was jeder offen sah.

Leise ging sie zu dem kleinen bunten Haus hinüber. Alessio hatte sie zwar davor gewarnt gegen die Regeln zu handeln, dennoch konnte sie nicht anders, als noch einmal nach den Mädchen zu sehen. Es war ihr egal, was Susann gesagt hatte. Sie fühlte sich schon jetzt verantwortlich für die Drei, ohne zu wissen warum. Vielleicht lag es daran, dass Kate nur all zu gut nachempfand, wie sie sich fühlen mussten.

Der Klang von Stimmen riss sie aus ihren Gedanken. Ihre Hand ruhte unentschlossen auf der Türklinke. Sie sah sich nach den Stimmen um und bemerkte Zara, die mit einer Pflegerin ganz in Kates Nähe aufgetaucht war. Sie gingen von Tür zu Tür, um sie zu verschließen. Bevor sie Kate entdeckten, schlüpfte sie durch einen schmalen Spalt in die Hütte. Sie lauschte, bis sie ein leises Klicken hörte. Sie machte einen Schritt zurück. Jetzt war es zu spät. Den Riegel konnte man nur von Außen öffnen. Sie hatte nicht länger die Wahl. Es sah ganz so aus, als müsste sie die ganze Nacht hier verbringen.

Ein Rascheln brachte sie dazu sich umzudrehen. Pariy, das Mädchen mit der grauen Haut und den strahlend blauen Augen, saß aufrecht im Bett und starrte sie an. Die anderen Beiden schienen bereits tief und fest zu schlafen. Kate ging langsam zu dem Sessel neben dem Bett und setzte sich.

„Kannst du nicht schlafen?“, fragte sie, nur um etwas zu sagen. „Ich kann dich gut verstehen. Alles ist unbekannt und neu. Mir ging es auch so, als ich klein war.“, erzählte sie leise.

„Meine Mutter hat mich dann immer in den Arm genommen und mir eine Geschichte erzählt.“, erinnerte sie sich. Sie sah zum Fenster, als könnte sie sich selbst dahinter sitzen sehen, zusammen mit ihrer Mutter.

„Hab keine Angst, wo du auch bist. Es gibt einen Ort, nicht weit von hier. Selbst wenn er immer anders scheint, bleibt er doch gleich. Dort gibt es Wunder, viel mehr als hier. Sie erzählen von fliegenden Pferden und Glück aus Gold. Flieh dort hin in dunkler Nacht. Vergiss nicht mein Kind, auch an diesem Ort gibt es Schatten. Doch das Unheil trügt, denn es kann dich nicht berühren. Deine Träume bleiben verschlossen. Sie folgen dir nicht, aber du kannst sie rufen, wann du auch willst.“, endete sie und lächelte.

Ein Blick genügte, um das schlafende Gesicht des Mädchens zu sehen. Selbst im Dunkeln wirkte sie traurig und farblos.

Kate stand geräuschlos auf und deckte sie zu. Mit ihren dünnen Armen und den zarten Fingern, wirkte sie schutzlos und zerbrechlich. Das graue Haar umrahmte ihr Gesicht. Bei genauerem Betrachten sah man hell blonde Strähnen zwischen den Farblosen. Selbst die Wimpern schienen heller zu sein. Am Liebsten hätte sie das Mädchen in den Arm genommen, um es vor dem Leid dieser Welt zu beschützen. Kate trat zurück und setzte sich wieder in den Sessel.

Die Türen konnte man nur von außen entriegeln. Der Sinn lag darin, dass keines der Kinder weglaufen konnte. Wenn sie es tun würden, müssten sie ohne Zweifel im Wald verhungern, falls sie dafür überhaupt lange genug überlebten.

„Kate.“, drang eine leise Stimme durch ihren farblosen Traum. Sie schien Funken zu sprühen, die durch das Grau tauchten und es zum leuchten brachten.

„Hey, wach auf.“ Etwas streifte sie am Arm. Erschrocken fuhr sie hoch und sah Alessios Gesicht vor sich in der Nacht.

„Was machst du hier?“, fragte er.

„Ich bin wohl eingeschlafen.“, stellte Kate fest und richtete sich auf. Ihr Rücken schmerzte vom Liegen. Der Sessel war kein guter Ersatz für eine Matratze.

„Sieht ganz so aus.“, lächelte er und reichte ihr seine Hand. Er führte sie nach draußen und verschloss das Haus sicher hinter sich.

„Wie hast du mich gefunden?“, wollte Kate flüsternd wissend. Der Schlaf steckte noch in ihrer Stimme.

„Das war leicht. Nachdem ich mit Claire gesprochen hatte, habe ich mich auf den Weg zu dir gemacht, aber du warst nicht da.“ Kate unterbrach ihn.

„Stimmt ja, was musstest du überhaupt mit ihr besprechen?“, hakte sie nach und versuchte dabei ganz beiläufig zu klingen. Es gelang ihr nicht halb so gut, wie sie gehofft hatte.

„Sag nicht, du bist eifersüchtig.“, grinste Alessio.

„Auf Claire?“ Kate tat schockiert. „Niemals.“, fügte sie kaum hörbar hinzu.

„Dann ist es ja gut.“, meinte Alessio nur und schlang seine Arme um sie. Kate erwiderte die Umarmung und spielte zugleich, hinter seinem Rücken, unsicher an ihren Fingern herum. Er schien auch das zu merken. Sie sah, wie er grinste.

„Claire war nicht gerade begeistert, als ich ihr verboten habe, in irgendeiner Weise Dana in unsere Pläne einzuweihen.“, sagte er nur. Kate versteckte ihr Lächeln, aber er sah es trotzdem.

„Und du glaubst, sie tut was du ihr sagst?“, fragte Kate ernst.

„Zumindest mehr als Mai und selbst die hat heute Nacht noch nicht ihr Zimmer verlassen.“, antwortete er.

„Wir sollten vielleicht auch besser irgendwo reingehen.“, überlegte Kate. Es war nicht nur die Ausgehsperre, sondern auch die Regel, über diese Zonen. Zara hatte versucht es ihr zu erklären, doch das Einzige, was Kate daran aufgefallen war, war die Tatsache, dass Susann das Dorf offenbar nicht nur in Altersklassen sondern auch in männlich und weiblich geteilt hatte.

„Ok und dann erzählst du mir die Geschichte über diese Narbe?“, fragte er. Kate verzog das Gesicht.

„Immerhin hast du es mir versprochen.“, fügte er hinzu.

„Wenn du drauf bestehst.“, sagte Kate und verdrängte jedes Gefühl, dass in ihr aufzukommen drohte.

Stille lag über den Häusern, wachte über sie und herrschte in ihnen. Jedes noch so kleine Geräusch, das sie verursachten, als sie in das Zimmer traten, klang laut und verräterisch. Alessio legte seine Jacke und Schuhe ab und entzündete die kleine Lampe auf dem Nachttischchen.

„Erst schlafen wir Wochenlang auf dem Boden und jetzt haben wir gleich zwei Tage hintereinander richtige Betten.“, stellte Kate fest.

„Freu dich nicht zu früh. Das hier ist mit Stroh gefüllt und lange nicht so bequem.“, sagte er und streckte seine müden Knochen auf dem Laken aus. Kate setzte sich und strich mit den Fingern über die Decke. Im Vergleich zu der Matratze war sie weich, aber selbst ihre eigenen Kissen und Decken waren angenehmer auf der Haut.

„Es ist keine sehr schöne Geschichte und ich erzähle sie dir nur, weil du mich darum gebeten hast.“, erwähnte Kate und legte sich dicht neben Alessio. Er gab ihr Sicherheit und seine Anwesenheit machte es leichter, darüber zu reden. Alessio schwieg und wartete ab.

„Du erinnerst dich sicher an Jenna. Nun die Geschichte hat eigentlich nichts mit ihr zu tun, aber ich muss von vorne beginnen, damit du sie verstehst.“, fing sie leise an zu sprechen. Sie konzentrierte sich ausschließlich auf die Worte und nicht auf das, was sie dabei fühlte. Sie wusste genau, dass sie es sonst niemals schaffen würde, ihm davon zu erzählen. Es fiel ihr schon schwer genug, es überhaupt auszusprechen.

„Kurz nachdem sie in eine neue Familie gekommen ist, um genau zu sein drei Tage später, haben wir eine neue Heimleiterin bekommen. Ich bin wirklich dankbar, dass Jenna all das nicht mehr mitbekommen hat, aber andererseits war sie die Einzige, die mich hätte unterstützen können. Sie ist ein paar Jahre älter, als ich und du musst wissen, dass die meisten Kinder um einiges jünger waren. Die neue Leiterin war arrogant und unfreundlich, aber vor allem war sie gierig und sie hasste Kinder, wie sie nichts anderes hasste.

Leider war sie eine wirklich gute Schauspielerin und hat sich nach außen perfekt präsentiert. Ich vermute sie hatte irgendwelche Gehilfen, doch so genau wusste es keiner. Ich kann leider nicht bestreiten, dass sie klug war.

Sie hat die Kleineren geschlagen, wenn sie geweint haben, gerade so fest, dass es keine sichtbaren Spuren auf der Haut hinterließ, damit die Erwachsenen nichts merkten. Den Tag hat sie sich damit vertrieben, Strafen für nichts zu verteilen. Sie liebte es besonders, die Kleinsten das Haus putzen zu lassen, weil sie öfter geweint haben.

Das alles wäre nicht so schlimm, wenn die Nächte nicht gewesen wären.“ Kate machte keine Pausen. Sie erzählte einfach weiter und die Worte drängten sich nach vorn, als wünschten sie sich nichts lieber, als endlich erzählt zu werden. Es war unangenehm. Sie wollte nicht mehr reden und sie hoffte, jemand würde sie unterbrechen, damit sie Alessio die Geschichte ersparen konnte. Vielleicht würde er gehen, wenn er es erfuhr und dann wäre sie wieder allein.

„Reiche, angesehene Männer aus der Stadt waren die häufigsten Gäste. Einige der Mädchen und Jungen hat sie regelrecht verkauft. Wir konnten es nicht beweisen, doch wir alle wussten, was passiert war, wenn wieder eines der Kinder über Nacht verschwunden war. Wir Anderen hatten es nicht besser. Wir verschwanden ebenso plötzlich in der Dunkelheit. Doch sobald es hell wurde, waren wir wieder da und mussten so tun, als wäre nichts geschehen." Alessio unterbrach Kate, indem er ihr die Hand auf den Mund legte.

„Was erzählst du denn da?", fragte er mit heiserer Stimme. Kate griff nach seiner Hand, strich ihm über die Finger und lächelte voll Bitterkeit.

„Ich habe dich gewarnt.", meinte sie nur und schloss für ein paar Sekunden die Augen, um die Tränen zu unterdrücken. Sie atmete tief ein, bevor sie weiter sprach.

„Ich war dankbar für jede Nacht, in der wir verschont blieben, in der kein Kind verschwand und keines von ihnen vor Angst weinte. Wir haben mehr als einmal versucht zu flüchten. Einmal hätten wir fast geschafft, dass ein Teil der Kinder entkam, doch sie wurden bereits im nächsten Dorf gefunden und zurückgebracht." Kate machte eine kurze Pause, in der sie versuchte sich ein anderes Bild in Erinnerung zu rufen. Das eines ganz bestimmten Mannes. Nur ein einziges Mal war er zu ihnen gekommen.

„Eines Nachts geschah alles etwas anders, als von ihr geplant. Der Mann, der an diesem Abend kam war weder reich, noch hatte er Macht. Ich habe mir später eingeredet, dass dies der einzige Grund dafür war, dass alles falsch lief. Es gab Tage, an denen war es schlimmer, als an Anderen und ebenso gab es

Tage, an denen wir uns stärker fühlten. Ich habe angefangen mich zu wehren, zu schreien, treten, alles, was mir in diesem Moment einfiel. Mein Problem war, dass er sehr viel stärker war. Ich kann mich kaum an diesen Tag erinnern, aber ich weiß noch, wie er wütend auf mich losgegangen ist. Ich denke, er hatte ein Messer oder ähnliches dabei. Ich kann mich nicht an das erinnern, was mir den Rücken zerschnitten hat oder an das, was die Leiterin sich für den Arzt ausgedacht hat." Nur an den Schmerz, setzte sie in Gedanken hinzu. Ihn spürte sie ganz deutlich, sobald sie versuchte sich an andere Details zu erinnern. Er brannte sich durch die Narbe und drohte damit, ihren Rücken zu zerreißen. Er hielt sie davon ab, an diese Nacht zu denken oder sich das Gesicht des Mannes ins Gedächtnis zu rufen.

„Es war das einzige Mal, dass sie überhaupt einen Arzt informiert hat. Es war ihr zu gefährlich. Sie hatte Angst, dass jemand von ihren Geschäften erfahren würde. Besonders da ich immer wieder versucht habe sie auffliegen zu lassen.", endete Kate.

„Es tut mir leid, dass ich nach der Narbe gefragt habe.", sagte Alessio mit belegter Stimme.

„Nein.", setzte Kate dagegen. „Ich hätte es dir sowieso irgendwann erzählen müssen."

„Also war es nicht das erste Mal, bei diesem Feuerteufel.", sagte er und Kate spürte, wie er sich anstrengte leise zu sprechen. Es erstaunte sie, wie gut er sich im Griff hatte.

„So würde ich es nicht sagen. Es war das erste Mal, dass ich entkommen bin, unverletzt." Sie starrte an die Decke, um ihre eigene Wut zu unterdrücken.

„Ich habe natürlich jede Möglichkeit genutzt, um die Situation den Ärzten zu erzählen. Einmal habe ich auch die Polizei gerufen. Sie sorgt dafür, dass niemand auf der Erde ein

Verbrechen begeht.“, erklärte sie, auch wenn sie sich sicher war, dass Alessio sie nicht hörte. Er schien weit entfernt mit seinen Gedanken. „Keiner hat mir geglaubt, was ich auch probiert habe.“

Sie drehte sich auf die Seite und betrachtete Alessio, wie er ins Leere starrte. Kate legte ihm die Hand auf die Brust.

„Weißt du noch, du hast versprochen dich nicht aufzuregen.“, holte Kate ihn zurück.

„Bitte, wie stellst du dir das vor?“, fragte er bemüht langsam. „Meinst du ich kann so tun, als wäre nichts gewesen. Egal, wie lange es her ist? Diese Menschen haben dich Verletzt, dir weh getan. Ich wünschte, ich wäre dir früher begegnet, dann wären dir die Schmerzen erspart geblieben.“ Er blieb erstaunlich ruhig, während er sprach.

„Niemand kann die Vergangenheit ändern, aber wenigstens weiß ich, dass es nie wieder passieren wird, jetzt wo ich weiß, wie ich mich verteidigen kann.“, sagte sie.

„Vergiss nicht das Wichtigste. Du hast mich und solange ich lebe, lasse ich nicht zu, dass dir jemand schadet.“

„Susann meinte, wenn du es schaffst, kannst du mit ihnen hinaus gehen, aber bleib in deinem Abschnitt des Dorfes.“, begrüßte Zara sie und drückte ihr eines der Tabletts in die Hand. Sie schien sich um alles zu kümmern, was anfiel. Eigentlich hatte Kate vorgehabt erst selbst etwas zu essen, bevor sie sich an die Arbeit machte, doch das konnte sie jetzt vergessen.

Zara schob sie einfach in die entgegen gesetzte Richtung.

Viel zu spät war Kate wach geworden und Alessio hatte sich nicht die Mühe gemacht, sie zu wecken, bevor er gegangen war.

Mai kam ihnen entgegen.

„Morgen!“, rief sie fröhlich. „Hast du Dana gesehen? Ich wette, sie drückt sich gemeinsam mit Claire vor ihren Pflichten.“, redete sie drauf los.

„Wir haben sie nicht gesehen.“, antwortete Zara an Kates Stelle.

„Ok.“, meinte Mai und beachtete sie nicht weiter. „Ich komme später mal bei dir vorbei, dann können wir reden.“, sagte sie zu Kate und ging weiter, ohne eine Reaktion abzuwarten.

„Ich muss auch gehen. Viel Erfolg heute.“, verabschiedete Zara sich. Kate spürte, dass sie nicht glaubte, Kate könnte es schaffen etwas zu bewirken. Es interessierte sie nicht weiter. Sie würden eh nicht lange genug bleiben, als dass sie ausreichend Zeit gehabt hätte, das Vertrauen der Mädchen zu gewinnen. Alessio plante bereits, in den nächsten Tagen aufzubrechen. Sie war sich nicht mal sicher, ob sie eine weitere Nacht bleiben würden.

Seufzend drückte Kate die Klinke herunter.

Melina schien sich tatsächlich ein bisschen zu freuen, sie zu sehen. Sie sagte kein Wort, aber sie lächelte. Kate begrüßte die Mädchen und stellte ihnen das Essen hin.

„Draußen schneit es und wenn ihr wollt, können wir nach dem Frühstück rausgehen.“, sagte sie und setzte sich wie am Tag zuvor auf den Sessel. Melina rührte sich zuerst.

Martha sah zu, wie sie die kleinen Hände nach dem Brot ausstreckte. Schon Gestern war Kate aufgefallen, dass sie den Rest nicht beachtete. Vielleicht kannte sie kein Obst, oder es schmeckte ihr nicht. Während Martha sich ebenfalls für die Teller zu interessieren schien, ignorierte Pariy sie völlig. Sie starrte einfach nur Kate an. Diese war nicht sicher, was sie tun konnte. In ihren Augen, war das Mädchen eindeutig zu dünn, für sein Alter. Martha war immer wieder kurz davor, ihre Zweifel zu überwinden, aber am Ende blieb auch ihr Magen leer. Bei Melina lag es sicher am Alter. Sie war noch sehr jung und konnte Schmerz und Enttäuschung vermutlich leichter vergessen.

Sie stand überraschend auf und lief zu einer Kiste hinüber. Ihre Schritte waren leise und etwas unbeholfen. Der Deckel der Kiste ging leicht zu öffnen. Sie holte eine Jacke heraus, die viel zu groß war. Sie kam damit auf Kate zu und legte sie ihr auf den Schoß.

„Das heißt, sie möchte rausgehen.“, übersetzte Martha leise.

„Und was ist mit dir? Möchtest du auch mit?“, fragte Kate. Martha zuckte mit den Schultern.

„Ich würde lieber zu meiner Mutter gehen.“, sprach sie.

„Wo ist sie?“, wollte Kate wissen und half Melina in die Ärmel der Jacke. Martha antwortete nicht. An ihrer Stelle hob Melina die Hand und deutete nach oben.

„Sie ist gestorben.“, erklärte Martha. Sie redete nicht, wie es für ein Kind ihres Alters üblich war. Ihre Stimme klang ganz danach, als hätte sie zu viel Schlechtes in der Welt gesehen.

„Meine Schwester.“, sie deutete auf Melina und erst da erkannte Kate die Ähnlichkeit. „War zum Glück nicht da, an diesem Tag.“, erzählte sie und stand auf. „Melina, halte dir die Ohren zu, das ist ein Spiel.“, lenkte sie die Kleine ab und machte es ihr vor. „Mein Vater hat mit einer Schale nach ihr geworfen. Sie ist einfach umgekippt und war augenblicklich tot.“, flüsterte sie und nahm die Hände runter.

Melina tat es ihr nach. Dann lief sie erneut zu der Kiste und kehrte mit einer weiteren Jacke zurück. Sie reichte sie Martha und sah sie herausfordernd an.

„Was ist mit Pariy?“, fragte Kate, froh darüber endlich etwas zu erfahren. Das würde den Umgang mit den Kindern um einiges erleichtern.

„Wir kennen sie nicht. Sie ist nur am selben Tag wie wir angekommen.“, erinnerte sie sich und streifte sich die Schuhe über die schmutzigen Füße. Viel zu groß waren sie, aber besser als nichts. Melina brachte auch Pariy etwas zum anziehen. Die nahm es zögernd an sich, rührte sich aber nicht.

„Ok, wir werden schon zurechtkommen, solange ich noch hier bin.“, stellte Kate fest.

„Heißt das, du gehst wieder?“, fragte Martha erschrocken.

„Ich habe keine Wahl. Meine Freunde brauchen mich, aber keine Sorge, ihr werdet nicht allein sein. Außerdem hast du immer noch deine Schwester, um die du dich jetzt kümmern musst.“, sagte Kate, um sie abzulenken. Melina verstand nicht genau, was sie sagte, aber offenbar spürte sie, dass die Rede von ihr war. Sie lächelte und griff nach Marthas Hand.

„Na schön, was ist jetzt schauen wir uns den Schnee an?“, fragte Kate in die Runde. Melina zog ihre Schwester zur Antwort auf die Tür zu. Pariy schien zu zögern.

„Du musst nicht nach draußen gehen, wenn du nicht

möchtest.“, sagte Kate leise und streckte einen Arm aus. „Aber ich würde mich freuen, wenn du mitkommst.“

Pariy betrachtete sie abschätzend, doch dann stand sie plötzlich auf. Ihre Anziehsachen waren bei weitem nicht so ordentlich, wie die von Melina oder Martha. Die Hose hatte ein paar Risse und das Oberteil war viel zu weit. Die Ärmel rutschten ihr über die kleinen Hände. Wenigstens hatte sie Schuhe an, auch wenn sie aussahen, als würden sie nicht mehr lange halten. Kate vermutete, dass die Bewohner von Perana Schuhe und Jacken zu Verfügung stellten. Wahrscheinlich lebten sie von Spenden.

Pariy zögerte kaum, bevor sie ihre Finger nach Kate ausstreckte. Ihre Hände waren kalt, genau wie sie es erwartet hatte. Zufrieden über ihren Erfolg, schob Kate die Tür auf. Es schneite noch immer.

„Bleibt in meiner Nähe.“, sagte Kate, als sie das freudige Gesicht der Jüngsten sah, doch es wäre nicht nötig gewesen. Martha hielt Melina fest, als hätte sie Angst ihre Schwester könnte ohne Vorwarnung im Schnee verloren gehen. Melina setzte sich sogleich auf den Boden und griff mit der freien Hand nach dem Schnee. Martha wirkte skeptisch.

„Da wo ich herkomme bauen die Kinder Figuren aus dem Schnee.“, sagte Kate, als Melina anfing, ihn mit der Handfläche platt zu drücken. Kate kniete sich neben sie und ließ Pariys Hand los, um eine Kugel zu formen. Sie erklärte, wie man einen Schneemann daraus baute und sah zu, wie Martha ihre kleine Schwester begeistert dabei unterstützte.

Pariy klammerte sich währenddessen an Kates Arm und beobachtete die Beiden aus der Ferne. Kate hob etwas Schnee auf und ließ ihn in der Hand zerfließen. Mit ein wenig Konzentration brachte sie ihn dazu sich aufzurichten. In kleinen Wellen schlug das Wasser über ihre Handfläche und formte sich zu einem geflügelten Pferd, welches sich aufbäumte und die Schwingen ausstreckte. Überrascht starrte Pariy es an. In einem Wirbel aus winzigen Eiskristallen verschwand es wieder und verwandelte sich in ein Diadem. Sie ließ es zu ewigem Eis erstarren. Liz hatte ihr nicht nur erzählt, dass es dieses Eis gab, welches so stabil war, dass es ausschließlich von Eiswandlern erschaffen und wieder zerstört werden konnte. Sie hatte mit ihr geübt, bis Kate es geschafft hatte. Liz selbst hatte die Dächer ihres Hauses, aus genau diesem Eis geformt. Eine weitere Besonderheit von ewigem Eis war, dass es nicht kalt war. Vielleicht war es deshalb auch so schwer zu bearbeiten.

Pariy strich mit den Fingerspitzen über den Rand des Kopfschmuckes. Das Eis glitzerte leicht, obwohl die Sonne sich hinter den Wolken versteckte.

„Krone.“, flüsterte sie seltsam fremd.

Kate drehte sich zu ihr um und setzte sie ihr auf das graue Haar. Es fiel ihr wesentlich leichter Gegenstände zu erschaffen, als sie zu zerstören. Dennoch hatte sie viele Stunden mit Liz geübt, bis sie es endlich zu Stande gebracht hatte, dass dieses Eis nicht schmolz, wenn man es ins Feuer warf.

„Was ist das Pariy?“, fragte Kate sie und ließ etwas direkt aus dem Schnee wachsen. Es war ein guter Anfang, um nicht nur die Aufmerksamkeit, sondern auch das Vertrauen des Kindes hervorzulocken.

„Drache.“, antwortete sie knapp und streckte ihre Hand nach ihm aus. Verwunderung trat auf Pariys Gesicht, als ihre Finger einfach durch die Figur hindurch griffen. Kate ließ den Drachen aus reinem Wasser nicht erstarren. Schnell, wie er gekommen war, verschwand er auch wieder. Als wenig später Susann auftauchte, starrte Pariy noch immer auf die Stelle am Boden, als erwartete sie, dass der Drache zurückkommen würde, wenn sie nur lange genug wartete. Die Leiterin des Dorfes kam auf

Kate zu, die noch immer im Schnee saß. Beim Klang ihrer Schritte, schreckte Pariy auf und versteckte sich hinter Kates Rücken. Susann warf ihr nur einen kurzen desinteressierten Blick zu.

„Erstaunlich. Ich hatte nicht damit gerechnet, dass es dir gelingt sie alle in so kurzer Zeit vor die Tür zu bekommen.", bemerkte sie. Martha und Melina waren zu sehr in ihre Aufgabe vertieft, um Susann zu bemerken. Kate lächelte.

„Ehrlich gesagt, bin ich genauso überrascht.", gab sie zu.

„Es ist beinahe Schade, dass ich gekommen bin um Zweien von ihnen eine gute Nachricht zu überbringen.", sagte Susann traurig.

„Wir haben eine Verwandte von Martha und ihrer Schwester gefunden. Sie würde die Mädchen gerne bei sich aufnehmen.", erzählte sie.

„Das ist doch gut.", stimmte Kate ihr zu.

„Das Beste kommt erst noch. Sie hat scheinbar schon früher auf die Ältere von den Beiden aufgepasst, dass heißt sie kennt sich aus.", freute sie sich.

„Was passiert, wenn die Zwei gehen?", fragte Kate.

„Du meinst mit ihr." Mit einem Kopfnicken zeigte sie auf Pariy. Kate nickte nur.

„Sie kommt in ein anderes Zimmer, zu Gleichgesinnten. Eines der Betten ist letzte Nacht frei geworden.", sagte sie.

„Wenn ein Kind stirbt, ersetzt ihr es einfach durch ein Anderes?", fragte Kate böse.

„So kannst du das nicht sagen, Kate.", meinte Susann. „Wir geben unser Bestes, aber wir können nicht jedes Kind retten. Die Meisten schaffen es nur, weil es uns gibt.", fügte sie hinzu. Vermutlich hatte sie Recht, doch für Kate klangen ihre Worte dennoch Herzlos.

„Wer kümmert sich dann um sie?"

„Wir werden sehen.“, antwortete Susann. Sie ging ohne ein weiteres Wort zu Martha und Melina hinüber.

Kate sah, wie Martha sich über Susann´s Nachricht freute und ihre Schwester ansteckte, auch wenn die kaum verstanden haben konnte, was es genau bedeutete.

„Wir kommen hier weg. Meine Tante nimmt uns auf.“, berichtete Martha Kate stolz, bevor sie los eilte, um ihre wenigen Sachen zusammenzusuchen. Melina wartete bei Kate.

Mit den Beiden zusammen wurde knapp ein Dutzend Kinder abgeholt. Sie fuhren in einem Wagen davon, der von etwas gezogen wurde, was Kate stark an einen Büffel erinnerte, mit der Ausnahme, dass dieses Wesen größer und breiter war.

Irgendwann merkte Kate, wie Pariy beim Laufen immer öfter die Augen zufielen. Auch wenn es nicht all zu weit bis zu dem Haus war, hob Kate sie auf ihren Arm. Sie wog noch weniger, als Kate angenommen hatte. Es dauerte kaum eine Sekunde, da war sie auch schon eingeschlafen, den Kopf an ihre Schulter gelehnt.

Ein Pfiff ertönte und als Kate sich umdrehte, sah sie Mai auf sich zueilen.

„Hey.“, lächelte sie ihr leise zu.

„Das steht dir gut.“, erwiderte Mai. Kate zog verständnislos die Brauen zusammen.

„Wovon redest du bitte?“, fragte sie flüsternd, worauf Mai leise lachte.

„Na, von dem Kind natürlich. Das passt irgendwie zu dir. Vielleicht solltest du dir ein Eigenes anschaffen. Ich mein ja nur, die Möglichkeit hättest du...“, sagte sie. Kate schubste sie lachend zur Seite.

„Hör schon auf. Hast du nichts Besseres zu tun, als dir wilde

Geschichten auszudenken?", fragte sie und grinste.

„Hey, ich bin nicht diejenige von uns, die ein Kind mit sich herum trägt.", verteidigte Mai sich und betrachtete Pariy genauer.

„Auch wenn ich sagen muss, dass dieses arme Mädchen ganz schön mitgenommen aussieht. Bisher habe ich hier noch kein Kind gesehen, dass so farblos war.", sagte sie ernst. Kate lächelte traurig.

„Ich wünschte, ich könnte mehr für sie machen, jetzt wo die beiden Anderen weg sind.", meinte Kate.

„Weg?", fragte Mai überrascht.

„Oh ja, ihre Tante wird sich jetzt um sie kümmern, aber ihnen ging es bei weitem besser.", erklärte Kate.

„Ich würde sagen, schlechter geht es auch kaum.", bedauerte Mai. Kate strich mit der Hand über das beinah gänzlich graue Haar.

„Vermutlich.", stimmte sie zu.

„Wenn sie mehr Farbe hätte, könnte man wirklich denken, dass sie zu dir gehört. Vielleicht solltest du doch mal drüber nachdenken.", meinte Mai.

„Ich werde kein Kind bekommen, nur weil du Babys liebst.", schimpfte Kate. Sie konnte nicht verhindern, dass sie dabei lachen musste. Egal worum es ging, Mai malte sich die Welt so bunt, wie es ihr gefiel.

„Schon gut, ich sage nichts mehr, aber das Denken kannst du mir nicht verbieten.", strahlte Mai. Kate konnte darüber nur den Kopf schütteln.

„Wieso bist du überhaupt alleine mit ihr. Wo ist die Betreuerin?", fragte Mai.

„Ich bin mir nicht mal sicher, dass sie mittlerweile eine Betreuerin hat.", entgegnete Kate.

„Sei froh! Die Pflegerin, bei der ich bin redet

ununterbrochen.“, stöhnte Mai.

„Aber dann hast du doch sicher etwas Interessantes herausgefunden, oder?“, hakte Kate nach.

„Das wirst du heute Abend erfahren.“, sagte Mai verschwörerisch. Kate verdrehte die Augen.

„Wie du willst.“, sagte sie und blieb stehen. „Ich bringe Pariy auf ihr neues Zimmer, sehen wir uns danach?“, fragte sie.

„Ich wollte sowieso etwas essen gehen. Du kannst ja nachkommen.“, schlug Mai vor. Kate nickte. Leise betrat sie das Haus. Das Mädchen, welches sie bei ihrer Ankunft kurz getroffen hatten, saß gemeinsam mit zwei Kindern auf dem Boden. Sie spielten offenbar eine Art Brettspiel. Als Kate eintrat, stand sie auf.

„Du kannst sie hier ablegen.“, sagte sie und nahm die Decke von einem der Betten. Vorsichtig, um sie nicht zu wecken, legte Kate Pariy ab.

„Hat sie etwas gegessen?“, fragte das Mädchen.

„Bisher noch nicht.“, antwortete Kate ihr.

„Wir versuchen es einfach noch mal, wenn sie wach wird.“, beschloss das Mädchen und wandte sich wieder dem Spiel zu.

„Du kannst ruhig eine Pause machen, wenn du willst.“, fügte sie hinzu.

„Danke.“, meinte Kate und wandte sich zum Gehen.

In Perana merkte man nicht mal tagsüber, dass dieses Dorf bewohnt war. Kaum jemand hielt sich außerhalb der Hütten auf und obwohl es vor Kindern nur so wimmelte, hörte man selten etwas anderes, als das Rauschen des Windes. Vereinzelt sah man eine der Pflegerinnen, die von Haus zu Haus gingen. Das flache, zentral gelegene Gebäude wurde scheinbar nie betreten. Hätte es keine Türe gehabt, hätte man glauben können, es wäre nur eine Plattform.

Sie erschrak heftig, als sich etwas um ihren Unterarm

schloss und sie zur Seite zog.

„Was willst du denn hier?“, fuhr sie Alessio ungewollt an, sobald sie ihn erkannte. Der lachte nur.

„Gib doch einfach zu, dass du dich erschreckt hast.“, sagte er.

„Kein Wunder. Du dürftest gar nicht hier sein.“, erwiderte Kate und schob ihn ein Stück zurück.

„Seit wann interessieren dich Regeln?“, fragte er belustigt.

„Seit du sie missachtest, um mich zu verfolgen.“, sagte Kate.

„Ich missachte sie nicht. Ich passe sie an meine Eigenen an.“, entschied er.

„Irgendwann werde ich dir noch mal versehentlich die Haut verbrennen, wenn du weiter ohne Vorwarnung aus dem Nichts auftauchst.“, warnte sie ihn.

„Das glaube ich kaum. Außerdem kann ich mich schützen.“, meinte er und hob seine Hand. Weiße Schuppen schimmerten auf ihrer Innenfläche. Kate legte ihre eigenen Finger dagegen. Augenblicklich verschwanden die schützenden Schuppen.

„Klappt ja gut.“, kommentierte Kate. Alessio grinste.

„Das ist nicht meine Schuld. Du stellst einfach keine Gefahr da.“, neckte er sie.

„Woher willst du das wissen?“, fragte sie beleidigt und zog ihre Hand zurück. Alessio war schneller. Er hielt sie fest.

„Für mich! Du stellst für mich keine Gefahr da.“, korrigierte er seine Aussage.

„Klingt besser, aber du solltest dich nicht zu sehr darauf verlassen.“, riet sie ihm.

„Damit kann ich leben.“, antwortete er und beugte sich zu ihr hinunter.

„Und kannst du auch mit Sanny leben?“, warf sie ein. Alessio fuhr herum.

„Sieht nicht danach aus.“, bemerkte Kate grinsend.

„Das ist nicht lustig.“, stellte er nüchtern fest.

„Es ist sogar ziemlich lustig.“, erwiderte Kate.

„Na warte.“, knurrte Alessio und hob sie hoch. Bevor sie es schaffte sich zu befreien, fing er an sich auf der Stelle zu drehen. Sie kniff die Augen zusammen, als ihre Umgebung zu einem Bild aus weißen Flecken verschwamm.

„Stopp, Stopp, Stopp.“, rief sie, weiter lachend. Alessio blieb stehen und setzte sie wieder auf die Füße. Hätte er sie nicht festgehalten, wäre sie vermutlich umgekippt. Auch wenn sie festen Boden unter den Füßen spürte, schien die Welt sich noch immer zu drehen.

„Alles klar?“, fragte er und küsste sie. Langsam ließ das Schwindelgefühl nach.

„Ich glaube, ich muss etwas essen.“, überlegte Kate. Ihr Magen fühlte sich schmerzhaft leer an.

„Dann sollten wir gehen. Es ist sowieso schon Zeit, sich mit den Anderen zu treffen.“, sagte er mit einem Blick zum Himmel.

„Ich hatte eigentlich gehofft, wir könnten Hilfe von dieser Drachenprinzessin erhalten, aber nach dem, was mir die Frauen in der Küche erzählt haben, müssen wir wohl ohne sie zurecht kommen.“, sagte Mai.

„Sie scheint eine Hellseherin oder etwas Ähnliches zu sein. Sie wurde aus dem Dorf verbannt, in dem sie geboren wurde, da man sich erzählte, sie sei verflucht worden, weil sie zu vielen Unschuldigen das Unglück vorausgesagt hatte. Da sie ständig neue Geschichten über einen kommenden Krieg erzählte, wurde sie nirgendwo gerne gesehen. Die Drachen, die alle Menschen verachten, haben sie schließlich bei sich aufgenommen und ihr Schutz gewährt." Mai verstummte.

„Nicht sehr hilfreich.", brummte Lee und sie nickte zustimmend.

„Tut mir leid, aber mehr habe ich nicht aus ihnen herausbekommen.", entschuldigte Mai sich.

„Ich glaube, du hast mehr in Erfahrung gebracht, als jeder Einzelne von uns.", gab Claire zu.

„Ich habe nur das Übliche gehört, dass sie die Menschen meiden, weil sie ihnen nicht trauen. Sie leben in diesem Dorf Cairus und sie sind weißer, als eben gefallener Schnee. Fünf von ihnen sind die Wächter, dieser Welt und wissen als Einzige, wo das Drachenherz zu finden ist. Oh und sie sind angeblich groß wie ein Haus.", meinte Lee.

„Ich habe den ganzen Tag über, die Schriften durchsucht. Alles was die Bewohner von Perana, in den Jahren, über die Drachen erfahren haben, haben sie dort gesammelt. Das interessante ist, dass immer wieder die Rede von einer Prophezeiung ist, aber nirgendwo zu finden ist, wie sie lautet oder was sie zu bedeuten hat. Das Einzige, was ich gefunden habe ist, dass es offenbar etwas mit den allerersten Drachen und dem Herzen dieser Welt zu tun haben soll.", berichtete Alessio.

„Und wie soll uns das weiterhelfen?", fragte Lee. Mai tippte sich mit der Hand gegen die Stirn.

„Ich habe eine Idee.", sagte sie langsam. „Ich hatte die ganze Zeit über recht.", murmelte sie vor sich hin.

„Würdest du uns deine Gedanken auch mitteilen, anstatt diese Andeutungen zu machen?", fragte Claire.

„Das Lied.", bemerkte Mai abwesend. Claire sah sie an, als zweifelte sie an Mais Verstand.

„Es, ist die Prophezeiung! Ich bin mir sicher.", sagte Mai.

„Weiß hier irgendwer, wovon sie spricht?" Claire sah durch die Runde.

„Nein.“, antwortete Lee und Sanny schüttelte den Kopf.

„Meinst du, wenn die erste Strophe wirklich die Geschichte, über die Drachen, Sonnen und diese Welt zeigt, könnte die Zweite von der Zukunft berichten?“, wollte Kate wissen.

„Kann schon sein.“, fing Mai an, wurde allerdings von Alessio unterbrochen.

„Davon sprichst du?“ Er klang wenig überzeugt. „Ich denke eher, dieses Lied beruht ausschließlich auf Legenden über Umbrias Entstehung. Außerdem, hast du nicht selbst all die Jahre gesagt, dass du nur diese eine Strophe kennst? Wie kannst du dir da sicher sein, dass es irgendwas mit einer Prophezeiung zu tun hat?“, fragte er.

„Ich hab nicht alles vergessen. Ich weiß noch ein paar Zeilen.“, warf Mai ein.

„Könnte mich mal jemand aufklären?“, fragte Lee.

„Seit ich klein bin, erinnere ich mich immer an ein Lied. Liz hat die Melodie gesummt, erinnerst du dich? Jedenfalls geht es darin um die Entstehungsgeschichte dieser Welt. Es heißt ein Drache namens Maja hat sich dafür geopfert, dieser Welt Licht zu schenken. Da sie zu der Zeit die Wächterin des Herzen war, zerteilte sie es in fünf gleichgroße Teile und gab diese ihren Söhnen.“, erklärte Mai.

„Ok, Drachenherz, Söhne, fünf Wächter. Die Geschichte kennt jeder. Wie geht das Lied weiter?“, wollte Lee wissen.

„Sag mal, hörst du nie zu? Sie weiß es nicht.“, erinnerte Claire ihn.

„Es war irgendetwas über die Menschen und dass sie die Macht übernehmen wollen.“, überlegte Mai.

„Das bedeutet sicher Krieg, also auch nichts Neues.“, entschied Lee.

„Es hilft alles nichts. Wir werden nicht drumherum kommen, die Drachen selbst danach zu fragen.“, stellte Sanny fest.

„Dann sollten wir keine Zeit mehr verlieren und noch heute aufbrechen.“, sagte Alessio und erhob sich. Mai starrte ihn an.

„Du meinst jetzt?“, fragte sie fassungslos.

„Es wird gerade dunkel, was ist mit schlafen?“, wollte auch Claire wissen.

„Ich stimme ihr zu. Wir sollten wenigstens bis zum Sonnenaufgang warten.“, meinte Mai.

„Es geht darum die Menschen in unserem Land zu schützen, was glaubt ihr ist wichtiger?“, konterte Alessio.

„Ich bin müde.“, verharrte Claire auf ihre Meinung.

„Bist du auch müde, Lee?“, fragte Alessio ihn.

„Natürlich nicht.“, antwortete dieser sofort.

„Schön, dann tu mir den gefallen und trag Claire, wenn sie im Laufen einschläft. Das hast du schließlich schon mehrfach getan.“, bat Alessio.

„Alles was ihr wollt, Meister und wenn ich jeden Einzelnen ins Drachenland tragen muss.“, rief er mit gespielt ernsthafter Stimme.

„Geh einfach und hol die Wachen.“, entschied Alessio und Lee verschwand, um Ted und Chris zu suchen.

„Nun dann. Packt eure Sachen und Claire, sieh mich nicht böse an. Wir brechen gleich auf, ob es dir passt oder nicht.“, meinte Alessio. „Würde es dir etwas ausmachen, Dana Bescheid zu geben“, fügte er fragend hinzu.

„Nein.“, murrte Claire und verschwand.

Sobald Kate außerhalb der Sicht der Anderen war, rannte sie los. Ihr Zimmer lag nicht weit entfernt von den bunten Häusern. Achtlos schmiss sie ihre Sachen in den Rucksack und lief eilig zu dem Haus hinüber, indem sie Pariy untergebracht hatten. Sie konnte nicht gehen, ohne sich zu verabschieden. Bevor sie die Tür öffnete, atmete sie ein paar Mal tief ein, um sich zu beruhigen.

Das Mädchen von vorhin war nicht mehr da und die meisten Kinder schliefen. Pariy jedoch saß auf ihrem Bett und starrte aus dem Fenster, als Kates Schritte die Stille beendeten.

„Hey.“, sagte sie, noch immer leicht außer Atem und lächelte. Das Mädchen rutschte auf dem Bauch von der Matratze und kam auf sie zu. Kate ging in die Hocke und nahm die kleinen Hände in ihre. Sie wusste weder genau was sie sagen sollte, noch wie sie am Besten anfangen konnte.

„Ich muss für eine Zeit lang weggehen, aber ich verspreche dir, dass ich dich wieder besuchen komme. Also, tu mir den Gefallen und iss etwas, wenn Zara dir was bringt. Du bist hier sicher und es werden sich alle um dich kümmern, versprochen.“, sagte Kate leise und rückte das kleine Diadem aus Eis gerade, das sie noch immer trug.

„Wir sehen uns bald wieder.“, versicherte sie zum zweiten Mal und drückte Pariy an sich. Es war ein merkwürdiges Gefühl zu gehen und sie hier zu lassen. Es kam ihr vor, als würde sie mit Pariy einen Teil von sich selbst zurücklassen, den sie lieber behalten wollte und das schlechte Gewissen machte sich in ihr breit, als sie das Dorf verließen.

Ein greller Schrei drang durch die Stille der Nacht, panisch und angsterfüllt zugleich. Er ließ Kate das Blut in den Adern gefrieren. So schnell wie Alessio war niemand von ihnen auf den Beinen. Kate spürte den eisigen Wind auf der Haut, als sie das Zelt verließ.

Der Lichtschein des Feuers war hell genug, um den Schrecken zu sehen, der sich ihnen bot. Dana saß zusammengekauert auf dem Boden. Sie war es, die geschrien hatte. Lee stand nicht weit von ihr entfernt, mit bleichem

Gesicht und starrte Chris an, der wie eine Statur aus Stein dastand. Eine Hand hatte er über dem Kopf erhoben und in ihr hielt er eine lange blutige Klinge. Zu seinen Füßen lag eine Gestalt, regungslos, mit dem Gesicht im Schnee. Kate erkannte nicht, wer es war. Ihre Gedanken waren zu sehr damit beschäftigt, einen Sinn in dem zu finden, was ihre Augen sahen.

Niemand rührte sich. Für eine Sekunde schienen sie alle aus Eis zu sein, dann schluchzte Dana auf. Mai war als Erste bei ihr. Mai, die Dana doch so sehr hasste, war die Erste, die eingriff. Sie legte ihr einen Arm um die Schultern und strich ihr beruhigend mit der Hand über die Haare.

Alessio machte einen schnellen Schritt auf Chris zu und riss ihm ohne zu zögern das Messer aus der Hand. Dieser taumelte zurück und fing an unverständliche Worte vor sich hin zu stammeln. Der Ausdruck in seinen Augen war fassungslos, als könnte er selbst nicht glauben, was er getan hatte.

Sanny trat zu der am Boden liegenden Person und drehte sie vorsichtig auf den Rücken. Kate erkannte das Gesicht von Ted.

„Er ist tot.“, stellte Sanny fest, nachdem sie den breiten Schnitt, an seinem Hals untersucht hatte. Noch immer sickerte Blut aus der Wunde und verteilte sich im Schnee.

„Was meinst du damit?“, fragte Claire überflüssiger Weise.

„Er war es, er hat ihn umgebracht.“, stieß Dana hysterisch hervor und zeigte auf Chris.

Der wich weiter zurück.

„Ich musste es tun. Ich wollte nicht. Er...“, stammelte er noch und bevor irgendwer ihn festhalten konnte rannte er los, tief in den Wald hinein. Keiner machte sich die Mühe ihm nachzulaufen. Sie alle waren zu geschockt.

„Was ist hier passiert?“, fragte Alessio an Lee gewandt, da Dana jetzt so heftig weinte, dass kein Wort, von dem was sie sagte, zu verstehen war. Alessios Stimme war ruhig und gefasst. Noch immer hielt er das Messer fest. Die mit Blut überzogene Klinge steckte zwischen seinen Fingern. Die Drachenhaut schütze ihn, doch Kate war sich nicht sicher, wie lange noch. Was wenn er nur eine Sekunde seine Aufmerksamkeit darauf verlor.

„Ich habe keine Ahnung. Wir haben Wache gehalten, wie geplant. Ich habe mit dem Rücken zu den Zelten gesessen. Dana hat sich kurz umgedreht und dann war es auch schon passiert.“, sagte Lee etwas zu schnell, für seine sonst so gelassene Art.

Claire, die sich allmählich zu fangen schien ging ebenfalls zu Dana, wenn auch etwas zögernd. Sie hatte ihr noch immer nicht ganz verziehen, dass sie Jeremie ihren Aufenthaltsort verraten hatte. Doch die Tatsache, dass Chris seinen eigenen Bruder erstochen hatte, schien so viel schrecklicher zu sein.

Mai kroch an Lee vorbei, auf den am Boden liegenden Ted zu und betrachtete sein blasses Gesicht.

„Warum hat er das getan.“, rief Alessio wütend, während Lee ebenso ratlos die Schultern zuckte.

Kate trat auf Alessio zu und nahm ihm vorsichtig das Messer aus der Hand, bevor er sich doch noch an der langen Klinge verletzte. Er schien es kaum zu merken. Erst als Kate mit dem Ärmel das Blut von dem Metall wischte und es auf den Boden legte, sah er auf. Er wollte etwas sagen, doch Dana kam ihm zuvor. Ihre Stimme klang plötzlich ganz fest und nicht die Spur eines Schluchzens drang durch sie.

„Ich glaube, Ted wollte Lee umbringen, aber Chris war schneller.“

„So ein Quatsch.“, unterbrach Claire sie, aber Mai wirkte interessiert. Wortlos schob sie den Mantel weg, der Teds Arme verdeckte.

„Da ist nichts, hab ich doch gesagt.“, meinte Claire. Dana

wirkte enttäuscht.

„Warte, was ist das?“, fragte Sanny, als Mai den Mantel wieder fallen lassen wollte. Sie griff vorsichtig nach etwas, das neben Ted im Schnee lag.

„Was hast du da, Sanny?“, fragte Alessio und beugte sich zu ihr runter. Sie zeigte ihm eine kleine Ampulle, gefüllt mit einer rotbraunen Flüssigkeit.

„Dem Geruch nach zu urteilen, ist das Gift eines Fayalitfalters. Das ist ein Insekt, das normalerweise an den Ufern des Meeres lebt. Ich frage mich wie er daran gekommen ist.“, sagte Sanny nachdenklich und drehte das Fläschchen zwischen den Fingern.

„Und was macht dieses Gift.“, wollte Lee unbehaglich wissen. Die Vorstellung einer Waffe, die er nicht mit seinem Schwert besiegen konnte, gefiel ihm nicht.

„Über kurz oder lang tötet es.“, antwortete Sanny knapp und öffnete das durchsichtige Gefäß. Bevor irgendwer etwas sagen konnte, kippte sie den Inhalt in die Flammen.

„Wenn Danas Vermutung stimmt, dann hat Chris Lee also vor dem Tod bewahrt?“, schlussfolgerte Claire. Kate betrachtete den Toten.

Er hatte nie auch nur ein Wort gesagt, wenn man ihn nicht dazu aufgefordert hatte und niemals wäre sie auf die Idee gekommen, dass er jemanden von ihnen ermorden würde. Ebenso wie sie es nicht für möglich gehalten hatte, dass Chris seinen eigenen Bruder töten würde. Die Angst kroch über ihre Haut.

Lee und Alessio trugen gemeinsam die Leiche in den Wald, um jegliche Spur von ihnen abzuwenden, während Mai das Blut mit sauberem Schnee bedeckte. Sanny gab Dana ein Beruhigungsmittel und Claire führte sie in das Zelt.

„Wieso wollte er das tun? Wieso jetzt?“, fragte Mai. Kate

sah sie an und bemerkte, dass sie stumm weinte. Sie ging zu ihr, um sie zu trösten.

„Ich weiß es wirklich nicht.“, flüsterte Kate.

„Man kann wohl niemandem trauen.“, sagte Mai und wischte sich die Tränen weg.

„Dich ausgenommen natürlich.“, lächelte sie Kate an. „Und vielleicht auch noch Sanny.“, fügte sie eilig hinzu.

„Und dein Bruder?“, fragte Kate, um sie zum lachen zu bringen.

„Der ist der Schlimmste von allen. Er sagt mir nie, was er mit Jill bespricht. Er verbietet mir die Regeln zu brechen und er erzählt mir nicht seine Geheimnisse. Außerdem verschweigt er mir alles Wichtige.“, schimpfte sie.

„Du verlässt dich zu sehr auf deine Ohren.“, sagte Alessio, der soeben mit Lee auf die Lichtung trat, auf der sie ihr Lager errichtet hatten.

„Das kommt davon, dass sie so verdammt gute Ohren hat.“, lachte Lee steif. In seinem Gesicht spiegelte sich noch immer der Schrecken.

„Was passiert jetzt?“, fragte Kate Alessio, der das Messer vom Boden aufhob.

„Irgendein Seelenwächter wird ihn in den nächsten Wochen finden und verschwinden lassen. Wir sollten uns wieder hinlegen und versuchen noch ein wenig zu schlafen.“, sagte er.

„Gerade hat ein angeblicher Freund versucht mich umzubringen. Schlafen ist jetzt das Letzte, an das ich denken kann.“, meinte Lee und hockte sich an das schwächer werdende Feuer.

„Dann übernimmst du eben weiter die Wache.“, entschied Alessio.

„Ich will auch nicht wieder ins Zelt. Ich bleibe mit wach.“, sagte Kate. Ihr Kopf war schwer von all den Dingen, die passiert waren und jetzt, wo sich die Aufregung langsam legte, waren auch die anderen Probleme zurück. Besonders die Gedanken an Pariy, die sie allein gelassen hatte, bohrten sich tiefer in ihren Kopf. Es löste einen Schmerz in Kate aus, den sie nicht beschreiben konnte.

„Nein.", antwortete Alessio. „Ihr geht Beide zurück ins Zelt." Er deutete von ihr zu Mai, die Ausnahmsweise kein Interesse zeigte, das Gegenteil von dem zu tun, was man ihr sagte. In Kate hingegen regte sich etwas. Sie wollte nicht, dass man so mit ihr sprach.

„Das hast du nicht zu entscheiden.", sagte sie ebenso ernst, wie Alessio zuvor. Er betrachtete weiter das Messer und wischte es mit etwas Schnee ab.

„Das sehe ich anders.", meinte er ruhig.

„Kate, lass gut sein.", wisperte Mai mit müder Stimme und zog sie leicht an ihrem Oberteil, um sie zum Gehen zu bewegen. Kate machte einen Schritt auf Alessio zu, weil er sie nicht weiter beachtete und stemmte die Arme in die Seiten.

„Du kannst mich hier nicht herumkommandieren, nur weil du meinst, dass du allein das Sagen hast.", fuhr sie ihn wütend an. Zugleich fragte sie, sich woher dieser plötzliche Zorn kam und wem er tatsächlich galt.

„Aber ich habe das Sagen.", stellte Alessio fest und erhob sich.

„Was ist los?", fragte er, als er ihr Gesicht sah. „Beruhige dich erst mal.", fügte er noch hinzu und legte seine Hände auf ihre Schultern. Kate schob ihn weg und trat zurück.

„Hör auf.", sagte sie nur.

„Imitierst du Claire?", fragte Lee und grinste unsicher. Kate ignorierte ihn. Das Gefühl, welches sich in ihr ausbreitete, nahm ihre ganze Aufmerksamkeit in Anspruch und sie merkte nicht mal, wie Mai weiter an ihrem Oberteil zog, um sie zum

Gehen zu bewegen.

„Du hast entschieden, dass wir Perana verlassen, um die Drachen aufzusuchen, aber du hast nicht das Recht zu entscheiden, wann ich schlafe oder wach bin.“, fuhr sie ihn böse an und langsam wurde ihr bewusst, woher diese Wut stammte.

„Vermutlich, aber trotzdem habe ich die Verantwortung, solange wir unterwegs sind.“, stellte er klar und runzelte die Stirn, als würde auch er überlegen, was sie wütend machte.

„Wenn das so ist, dann werde ich wohl besser gehen.“, beschloss Kate und dachte dabei an Pariy, der sie versprochen hatte wiederzukommen. Sie musste der Grund für ihr Verhalten sein!

„Wirst du nicht!“, warf Mai empört ein. Alessio hielt Kate an den Handgelenken fest, als sie sich wegdrehen wollte.

„Lass mich los.“, verlangte sie.

„Nur wenn du dich beruhigst und mir sagst, was wirklich los ist.“ Alessio sprach ruhig, aber das machte sie nur wütender.

„Lass mich los.“, wiederholte sie drohend und spürte eine unnatürliche Hitze in ihrem Inneren, die sie nur mit Mühe zurückhalten konnte.

„Bitte Kate.“, flehte Mai hinter ihr. Lee hatte offenbar beschlossen sich zurückzuhalten. Er hatte sich an das Feuer gesetzt und warf nur ab und an einen verstohlenen Blick in ihre Richtung.

„Lass los.“, schimpfte Kate lauter.

„Was ist hier eigentlich los?“, fragte Sanny und trat aus dem Zelt.

„Unsere kleine Eishexe ist jetzt unter die Verrückten gegangen.“, grinste Lee. Kate funkelte ihn wütend an.

„Sie meint, sie will gehen.“, fügte Mai erklärend hinzu. Sie schien kurz davor in Tränen auszubrechen.

„Ja, weil ich keine Lust habe, mich wie ein Kind behandeln

zu lassen.“, bestätigte sie und versuchte ein weiteres Mal erfolglos sich aus Alessios Griff zu befreien. E rührte sich keinen Millimeter.

Es erschreckte sie zu sehen, dass er seine Hände schützte. Erwartete er etwa, dass Kate versuchte, ihre Fähigkeit gegen ihn zu verwenden? Sie ließ kurzerhand die Versuche sein, sich loszukämpfen.

„Ist das wirklich nötig?“, fragte Sanny an Alessio gewandt. „Lass sie schon los.“, fügte sie hinzu. Kate spürte, wie er seinen Griff zwar lockerte, aber die Hände nicht runter nahm.

„Halte dich da raus. Es geht dich nichts an. Das ist eine Sache zwischen mir und Kate.“, erwiderte er. Sanny öffnete schon den Mund, um etwas zu sagen.

„Ok, Vorschlag!“, redete Mai dazwischen, um einen weiteren Streit zu verhindern. Sie schien sich wieder gefasst zu haben, vielleicht weil Kate aufgehört hatte sich befreien zu wollen.

„Du gehst schlafen.“ Mai zeigte auf Sanny. „Du hältst mit mir Wache.“ Ihr Finger wanderte weiter zu Lee, der nur mit den Schultern zuckte.

„Und du.“, sagte sie zu Alessio. „Du sorgst dafür, dass Kate zur Vernunft kommt. Ich will euch alle erst wieder sehen, wenn ihr euch beruhigt habt und du sie überzeugt hast zu bleiben.“, entschied Mai mit einem bösen Funkeln in den Augen. Kate war nicht begeistert von dem Plan, aber sie hatte keine andere Wahl, als einzuwilligen und Alessio zu folgen, der sie mittlerweile losgelassen hatte. Für eine winzige Sekunde spielte sie mit dem Gedanken zu rennen, dann verwarf sie ihn wieder.

„Sag schon, was ist los? Was habe ich gemacht?“, fing Alessio an und lief dabei noch ein Stück, tiefer zwischen die Bäume.

Kate war stehen geblieben und ließ sich in den Schnee

sinken, langsam und lautlos, ebenso wie die Tränen, die ihr über das Gesicht liefen. Sie hatte sie selbst nicht bemerkt, bis ihr eine auf die Hand tropfte und gefror.

„Es tut mir leid.“, entschuldigte sie sich gleich und fühlte einen dicken Klos im Hals. Sie hätte ihn nicht anschreien dürfen.

„Du sollst dich nicht entschuldigen. Ich würde lieber wissen wollen, wieso du dich aufgeregt hast.“, sagte Alessio und blieb endlich stehen. Er musste wohl bemerkt haben, dass ihre Stimme von weiter weg kam.

Hastig wischte Kate sich mit dem Ärmel über das Gesicht. Alessio sollte es nicht sehen. Seit wann musste sie überhaupt dauernd heulen, dachte sie wütend. Früher auf der Erde hatte sie beinahe nie geweint und hier tat sie es ständig.

„Es ist jedenfalls nicht deine Schuld. Es sind mehr diese ganzen Dinge, die passiert sind. Besonders nachdem Dana wieder aufgetaucht ist.“, erklärte sie langsam, während Alessio sich durch die Äste zu ihr herüber kämpfte.

„Erst hat Mai meine Nerven auf die Probe gestellt, mit ihrem ganzen Durcheinander.“, sagte Kate.

„Du meinst, weil Jeremie uns gefolgt ist und sie sich mit ihm getroffen hat?“, fragte er.

„Woher weißt du davon?“

„Ich kenne meine Schwester besser, als ihr lieb ist, außerdem habe ich ihn getroffen, weil er mit mir sprechen wollte.“, grinste Alessio und setzte sich ihr gegenüber.

„Worüber wollte er sprechen?“, fragte Kate und vergaß beinahe, weshalb sie hier saßen.

„Später. Erzähl erst einmal weiter.“, bat er sie.

„Das verlassene Dorf hat mir gefallen, auch wenn ich ständig an das denken musste, was Dana erzählt hat.“, fuhr Kate fort. „In Perana hingegen war es einfach nur schrecklich. Mai und Dana hatten unheimlich lustige Kindergruppen und ich musste mich ausgerechnet um drei Mädchen kümmern, die zu Beginn Angst vor mir hatten. Gerade, als sie anfingen mir zu vertrauen, kommt die Leiterin und schickt Zwei von ihnen zu der Tante. Die Letzte macht mir noch immer Sorgen. Ihr Name ist Pariy.

Sie war so grau und viel zu dünn. So dünn, dass ich mir nicht mal sicher sein kann, dass sie noch lange lebt. Es sterben zur Zeit so viele Menschen. Erst Eddy und dann Ted. Was ist, wenn ich sie nie wieder sehe? Ich wäre gerne noch ein wenig dort geblieben. Erst recht, wenn ich an heute Nacht denke.“ Sie konnte nichts dagegen tun. Die Tränen kamen, wie die Schneeflocken, die plötzlich durch die Bäume rieselten.

„Verstehe und du bist wütend auf mich, weil du nicht mehr Zeit hattest.“, vermutete Alessio.

„Kann schon sein.“, flüsterte Kate.

„Ich schätze mal, das ist der Grund dafür, dass du gehen möchtest?“, fragte er, aber sie schüttelte den Kopf.

„Ich will gar nicht fort. Es ist mehr die Sache, dass ich versuche den Erinnerungen zu entfliehen. Seit ich auf Umbria bin ist Vieles besser geworden, doch es gibt immer wieder Dinge, die mich die alten Zeiten nicht vergessen lassen. So wie dieses Dorf, mit all den armen Kindern. Es hat mich zu sehr an das Waisenhaus erinnert.“

Alessio sagte nichts. Er zog sie nur zu sich herüber und nahm sie in den Arm. Leider war er nicht schnell genug und Kate hatte gesehen, dass auch ihn die Gedanken an ihre Geschichte geschmerzt hatten.

„Ich denke, ich werde das Tor zur Erde zumauern müssen.“, flüsterte Alessio.

„Was?“, fragte Kate überrascht. Wie kam er auf den Gedanken?

„Ich will nicht, dass du einfach zurückgehen kannst. Seitdem ich deine Vergangenheit kenne, noch weniger, als zuvor. Es kommt gar nicht erst in Frage, dass du jemals zur Erde zurück darfst. Außerdem geht das auch nicht, weil du ja zu mir gehörst.“, meinte er ernst und brachte Kate fast dazu, zu lächeln.

„Ich verspreche dir, dass wir dieses Mädchen besuchen werden, sobald das alles hier vorbei ist.“, sagte er. „Außerdem will ich auch sehen, wie du mit einem Kind auf dem Arm aussiehst.“, fügte er belustigt hinzu. Kate sah ihn fragend an.

„Mai redet unheimlich viel!“, erklärte er knapp und Kate verdrehte die Augen.

Am frühen Nachmittag erreichten sie den Waldrand. Kate hatte erwartet, etwas Besonderes zu sehen, doch hinter den Bäumen ragten ausschließlich hohen Felsen in den Himmel auf. Sie waren zum größten Teil vereist und es war mühselig, den schmalen Weg hinaufzuklettern. Ständig rutschten sie weg oder stolperten über hervorstehende Steine.

Kate wagte es nicht zurückzublicken, aus Angst vor der Höhe.

Sie hielt sich den ganzen Weg über an Mai fest und konzentrierte sich darauf, sicher einen Fuß vor dem Anderen zu platzieren.

Sie redeten nicht ein Wort, bis sie oben angekommen waren.

Weites Land erstreckte sich vor ihnen, als sie die Spitze des Felsens erreicht hatten. Hinter ihnen reichten die Bäume weit in die Ferne, aber vor ihnen lag ein Tal, eingekesselt von weiteren Bergketten. Sie blickten auf das Drachenland Cairus. Schnee bedeckte Höhlen ragten aus dem Boden.

Im Hintergrund stand eine Art Palast, der im Licht der

untergehenden Sonne glitzerte. Er schien komplett aus Glas zu sein. Die Wände und Fenster, die Dächer und Türen, alles leuchtete und spiegelte die Lichtstrahlen.

Dahinter verbarg sich ein tiefer Spalt zwischen den Bergen. Wie ein magisches Tor versperrte der Palast die Sicht.

„Das Drachendorf.“, flüsterte Mai. „Es liegt hinter unserem Teil dieser Welt und vor Tarsis Land, Zeno, welches so voller Schatten ist, dass selbst die Sonnen sich nicht hineintrauen. Ohne den Schutz der Drachen wäre das Dunkle längst über die Grenzen getreten.“

Die Wächter

Die Mauern kamen näher, aber weder am Eingang des Dorfes, noch dahinter regte sich etwas. Nicht die Spur eines Drachen war zu sehen. So dicht vor den Mauern hatte der Palast eine noch viel imposantere Wirkung. Seine Türme sahen aus, als wollten sie nach den Wolken greifen.

„Das ist sie.“, sagte Mai plötzlich und blieb stehen. Kate wandte ihren Blick von den Dächern des Schlosses ab, um Mai anzusehen, als eine Bewegung zwischen den Höhlen, ihre Aufmerksamkeit auf sich zog. Ein Mädchen in einem gespenstisch weißen Kleid, stand auf einmal zwischen den hohen Mauern, die eine Grenze zwischen ihrem Land und dem der Drachen zogen. Der Stoff des Kleides war so dünn, dass er beim kleinsten Windstoß um ihre Beine wirbelte.

Das Mädchen war jünger noch, als Mai. Ihre Haut war hell, nahezu blass und ihr rotes Haar tanzte mit dem Kleid im Wind. Wenn Kate an Engel glauben würde, hätte sie das Mädchen sicher dafür gehalten. Was nicht nur an ihrem plötzlichen Erscheinen, sondern mehr an der Aura lag, die sie zu umgeben schien.

„Du meinst, sie ist die Drachenprinzessin?“, fragte Sanny flüsternd. Mai nickte.

„Ach was, das ist nur eine Geschichte.“, warf Claire ein.

„Wir könnten sie fragen.“, schlug Lee vor und lief auf den Eingang zu.

„Hi, ich bin Lee. Bist du dieses Mädchen, was bei den Drachen lebt?“, rief er ihr zu. Das Mädchen betrachtete ihn einen Moment schweigend.

„Folgt mir und es wird euch nichts geschehen. Stellt keine Fragen und ihr erhaltet die Antwort. Behaltet eure Waffen bei euch und ihr findet das Ziel.“, sagte sie mit heller Stimme, die ebenfalls wie die eines Engels klang.

Lee machte den Mund auf, um etwas zu erwidern. Ein Blick von Alessio genügte, um ihn davon abzubringen.

„Ihr habt es gehört. Tun wir was sie verlangt, eine andere Möglichkeit haben wir nicht.“, sagte Alessio und ging voraus.

Das Mädchen sagte kein weiteres Wort mehr. Sie führte sie immer Tiefer in das Dorf, bis Kate es aufgab, sich die Wege einzuprägen. Der Palast schien der einzige Punkt zu sein, den man von überall her sah. Vor einer großen Höhle blieb sie stehen und deutete hinein.

„Ihr dürft nicht alle gehen, drei genügen.“, sagte sie.

„Ich nehme Kate und Claire mit. Der Rest wartet hier draußen.“, entschied Alessio, als habe er bereits darauf gewartet, dass sie sich würden aufteilen müssen. Claire schien ebenso überrascht, über diese Entscheidung, wie die Anderen.

„Wieso darf ich mit? Ihr könnt mich alle nicht ausstehen.“, sagte Claire, sobald sie alleine waren.

„Vielleicht hast du Recht, aber du gehörst nun mal dazu. Mai kann sowieso jedes Wort hören, Dana traue ich nicht, Lee ist vernünftiger und macht keinen Aufstand, wenn er warten muss und Sanny ist einfach ungeeignet für diese Aufgabe.“, erklärte Alessio.

„Ja sicher, macht Sinn, aber niemand hat gesagt, wir müssten zu Dritt gehen. Du hättest auch alleine gehen können.“, meinte Claire.

„Drei sind besser, falls etwas dazwischen kommt.“, antwortete er nur und beendete damit das Gespräch.

Der Innenraum der Höhle war so groß, dass ein Haus locker darin Platz gefunden hätte, wäre da nicht der Drache gewesen. Knapp drei Meter hoch und mit strahlend weißen Schuppen stand er in der Mitte des unterirdischen Raumes und wartete schon auf sie. Die Ähnlichkeit mit Alessios Drachenschuppen war nicht zu übersehen.

Er sah den Drachen, die sie bisher gesehen hatte nicht im Geringsten ähnlich und doch waren sie gleich. Flügellose, geschuppte Körper und dasselbe freundliche Gesicht, auch wenn dieser Drache klügere Augen hatte. Sein Blick war weise, misstrauisch und gespannt zu gleich.

Alessio blieb vor ihm stehen und sah hinauf. Claire und Kate blieben hinter ihm.

Der Drache erwiderte seinen Blick.

„Du bist also der Wächterjunge.“, stellte er fest. Seine Stimme war tief und rau. Kate verstand nicht, wovon er sprach und auch Alessio schien es nicht zu wissen.

„Wir haben gehofft dich zu treffen. Meine Geschwister und ich warten schon lange auf diesen einen Moment. Sag, welche Fähigkeit besitzt du?“, fragte er, doch Kate war sicher, dass der Drache es bereits wusste, noch bevor Alessio es ihm vorführte.

„Das habe ich mir gedacht.“, sagte er traurig. „Genau wie deine Vorfahren. Sie waren alle gleich und keiner von ihnen war ganz.“ Der Drache drehte sich zur Seite und sah durch die Felsen hindurch, in die Ferne.

„Wovon sprichst du?“, fragte Alessio.

„Bist du nicht hier, um dich uns anzuschließen? Hast du diese Reise nicht auf dich genommen, um Antworten zu erhalten? Sag nicht, man hat es dir nicht erzählt.“, gab der Drache zurück. Alessio schüttelte verwirrt den Kopf.

„Was erzählt?“

„Vor vielen Jahren entschied einer der Wächterdrachen seinen Teil des Herzens nicht an einen Drachen, sondern an einen Menschen weiterzugeben. Es war ein Mensch, der ihm schon viele Male das Leben gerettet hatte. Sie waren seit ihrer Geburt sehr verbunden. Dieser Mensch hatte genau wie du die

Kraft der Drachenschuppen, doch was ihm fehlte war unsere Macht. Wir Wächterdrachen haben die Aufgabe diese Welt vor dem Untergang zu bewahren. Wir halten sie zusammen. Ohne unsere Kraft würde sie in wenigen Jahren verschwinden." Er machte eine Pause.

„Wieso verschwindet sie?", fragte Claire.

„Das Eis würde schmelzen. Ohne uns wäre es hier zu warm. Die Sonnen sind warm, die Menschen wärmen ihre Häuser und die Drachen, die vom Sonnenlicht Leben erwärmen den Wald. Ohne sie gäbe es den Wald gar nicht und ohne ihn, gäbe es kein Leben, das wir beschützen könnten. Für alles gibt es ein Gleichgewicht." Er wandte sich ihnen zu.

„Du bist also wirklich einer der Wächterdrachen? Dann ist es keine Legende?", wollte Alessio wissen.

„Nein, ist es nicht und es betrübt mich zu erfahren, dass du nicht viel über uns zu wissen scheinst, obwohl du einer von uns bist.", fuhr der Drache traurig fort.

„Mehr noch, du bist anders, als deine Vorfahren. Der Wald spricht davon. Der Wind flüstert es den Bäumen zu und die verstorbenen Seelen singen nachts ihre Lieder darüber. Du schenktest mir Hoffnung.", sagte der Drache. „Deshalb haben wir so sehr gehofft, dass du zu uns kommst."

Der Drache lächelte ihn an, zumindest glaubte Kate es. Konnten Drachen überhaupt lächeln?

„Wie könnt ihr euch sicher sein, dass ich einer der Wächter bin?", fragte Alessio. Er sprach die Worte aus, wie etwas Fremdes.

„Es gibt eine Menge Hinweise. Deine Schuppen zum Beispiel. Sie sind weiß, damit jeder Drache gleich erkennt, wer du bist. Nur Wächter haben das Recht auf Schuppen dieser Art, getränkt von der Kraft der Seelen, die nachts über unseren Köpfen leuchten. Sie geben uns Energie, wie die Sonnen unseren braunschuppigen Geschwistern.“, antwortete der Wächterdrache und betrachtete interessiert Claire und Kate, die sich noch immer im Hintergrund aufhielten.

„Ok, aber selbst wenn es stimmt, was du mir sagst. Bis auf meine Mutter, sind all meine Vorfahren verstorben, also wäre sie die Einzige gewesen, die es mir hätte sagen können. Ich bin sicher, dass sie es ebenso wenig gewusst hat. Bin ich deswegen anders, weil ich es nicht wusste?“, fragte Alessio. Der Drache ließ seine Augen auf Alessio ruhen und schwieg.

„Du bist der erste, mir bekannte Wächtermensch, der es geschafft hat seine zweite Hälfte zu finden. Komm ich stell dich den Anderen vor.“, sagte er, ohne seine Worte zu erklären. Hinter ihm versank die Wand im Boden.

Kate sah zu Claire, die den Drachen musterte, als hätte dieser den Verstand verloren.

Keiner rührte sich, als der weiße Drache in den Tunnel trat.

„Komm schon. Du kannst die Zwei mitnehmen. Ihnen passiert nichts.“, versicherte er. Alessio überlegte.

„Wir bleiben nicht hier.“, sprach Claire Kates Gedanken aus, bevor Alessio etwas sagen konnte. Sie ging entschlossen an dem Drachen vorbei, der sie nicht zu beachten schien. Alessio und Kate folgten ihr.

Die nächste Höhle, war noch tiefer in der Erde und um ein vielfaches riesiger. Ihre Wände hier waren ausschließlich aus grobem Stein geschlagen. Erst bei genauerem Hinsehen, erkannte Kate, dass die Wand keinesfalls unsauber gearbeitet war, sondern eine Geschichte in Form von Bildern erzählte. Doch die Drachen lenkten sie zu sehr ab, als dass Kate die Bilder länger wie einen Atemzug beobachten konnte. Drei weitere, große, weiße Drachen standen still wie Felsen da und nur ihre Augen verrieten, dass sie Lebendig waren.

Der Drache, der sie empfangen hatte wies sie an, sich auf die Felsen zu setzten, die wie Hocker im Halbkreis angeordnet waren. Alessio setzte sich zwischen Kate und Claire.

„Es ist soweit. Der Wächterjunge ist hier.“, sagte der Drache, der sie hineingeführt hatte, zu den Umstehenden. „Allerdings ist er sich nicht bewusst, was es bedeutet.“, fügte er hinzu.

„Das hier sind Chiaray, Chochori und Taran. Sie sind die anderen Wächter. Mein Name ist Kuma. Ich bin der Älteste von uns. Wie lauten eure Namen?“, fragte der Drache.

„Ich bin Alessio und das sind Kate und Claire.“, stellte Alessio sie knapp vor.

„Ich kannte deinen Großvater, Alessio. Er war der letzte menschliche Wächter, der in unser Dorf gekommen ist.“, bemerkte Kuma.

„Er hat uns damals gebeten ihm zu helfen, da ein Mädchen ihm die Zukunft vorausgesagt hatte. Sie warnte ihn vor Krieg und Untergang, aber wir konnten nichts für ihn tun. Er war damals noch jung, viel jünger, als du es bist.“, erzählte der Drache.

„Der besagte Krieg kam, allerdings erst Jahre später. Doch jetzt kehrt er zurück, mit schnellen Schritten, genau wie sie es gesagt hat.“, schloss er traurig.

„Deshalb sind wir hier, wir brauchen die Kraft des Drachenherzens. Unsere Königin wurde gefangen genommen und ohne sie, wird Tarsis das Land bald in Angst und Verzweiflung stürzen.“, sagte Alessio.

„Hmm, das Herz also.“, wiederholte Kuma.

„Ja. Uns wurde berichtet, dass ihr wisst, wo es zu finden ist.“, erzählte Claire. Eine der Drachinnen lachte.

„Hast du das gehört, Bruder? Er weiß nicht, wo es ist und

wir sollen ihm bei der Suche helfen.“, sagte Chiaray. „Sind wir sicher, dass er der Richtige ist.“, fragte sie.

„Ja, ich bin mir sicher! Ich habe es gesehen!“, fuhr Kuma sie an und wandte sich erneut an Alessio, der Chiarays Zweifel offenbar teilte. Der Drache schien es zu bemerken.

„Menschen sind so blind, so blind. Es liegt direkt vor dir und du siehst es nicht.“, flüsterte Kuma. Er schwieg einen Moment.

„Sie.“, sagte er plötzlich so laut, dass die Wände erzitterten und deutete mit seinem Kopf auf Kate, die vor seiner Stimme erschrak. Der Drache beugte sich vor und sah ihr ins Gesicht. Kate spürte, wie Alessio nach ihrer Hand griff, als müsste er sie vor Kuma in Schutz nehmen.

„Ich sehe es in ihren Augen. Sie besitzt unsere Macht.“, flüsterte der Drache jetzt wieder und wandte sich zu den Wächtern.

„Er ist nicht alleine, Chia. Er hat eine Eiswandlerin dabei und nicht irgendeine, sie ist stark. Du weißt selbst, wie wenige echte es noch gibt. Es ist sicher kein Zufall, dass er ausgerechnet sie mitgebracht hat. Meine Zuversicht trübt sich nicht, nur weil er nichts über uns weiß. Er kann es lernen.“, sagte er laut und schlug mit seinem Schwanz auf den Boden, der leicht bebte.

„Er sollte aber wenigstens wissen, wo er das Herz hat, findest du nicht?“, fragte Chiaray böse. Kate mochte sie nicht. Sie schien die Menschen wirklich zu hassen, so wie Mai es gesagt hatte.

„Ich habe es?“, wollte Alessio überrascht wissen.

„Einen Teil davon.“, sagte Kuma nachdenklich. „Jeder von uns trägt seinen Teil bei sich, um ihn vor unseren Feinden zu schützen. Nur wenn alle Teile zusammen sind, kann es seine ganze Macht entfalten.“

„So etwas habe ich aber nicht.“, meinte Alessio.

„Dein Vater ist tot und auch dein Großvater. Du hast es selbst gesagt. Wer sollte es also haben? Es ist wichtig, dass der Teil des Herzens gemeinsam mit der Aufgabe weitergegeben wird.“, sagte der Drache mit dem Namen Taran. Alessio schüttelte langsam den Kopf.

„Ich habe doch gesagt, dass ich es nicht bin.“, flüsterte er. „Ihr müsst euch irren. Ich habe keinen Teil von diesem Herzen. Das wüsste ich sicher.“

„Dann hat es jemand aufbewahrt. Deine Mutter vielleicht?“, überlegte Kuma freundlich.

„Menschen tun so etwas. Sie heben Dinge füreinander auf.“, sagte er leise.

Kate beobachtete die Drachen, als ihr Blick auf eines der Bilder, an der Wand fiel. Es zeigte den Übergang einer Seele in den Himmel. Sie hatte es nicht gleich erkannt. Dieses Bild erinnerte sie an etwas. Doch es war so schwach, dass sie nicht hätte sagen können, was es war. Neben der Zeichnung war das Bild eines Drachen. Er trug das Abbild eines fünfzackigen Sterns auf seiner Brust. Von jeder der Spitzen führten Linien durch den Drachen. Sie endeten in Kopf, Schwanz, Beinen und Flügeln. Es überraschte sie, dass diese Zeichnung Flügel trug, wo doch kein Drache in diesem Dorf welche zu haben schien. Der Stern jedoch war das ungewöhnlichste an dem Bild. Alessio hatte nicht einmal das Wort gekannt. Diese eindeutige Form schärfte die Erinnerung, an etwas Anderes.

„Ich glaube ich hab‘s.“, sagte Kate. Alessio hob den Kopf.

„Du meinst, du weißt, wo es ist?“, fragte er erstaunt und auch Claire warf ihr einen überraschten Blick zu. Kate schüttelte den Kopf. Chiaray schnaubte verächtlich.

„Ja, nein, ich meinte, *ich habe es*! Erinnerst du dich? Du hast es mir gegeben.“, erwiderte sie deutlicher und zog an dem

Band, welches sie um den Hals trug. Der unscheinbare, rautenförmige Anhänger kam unter ihrer Jacke zum Vorschein.

Sie gab ihn Alessio zurück.

Claire hob die Augenbrauen hoch, als konnte sie nicht glauben, dass dies der Gegenstand sein sollte, für den sie so weit gereist waren.

„Klug von dir, ihn nicht selbst zu tragen.“, gab Taran zu.

„Was ist daran klug. Er reicht ihn herum, wie eine verlorene Schuppe.“, meinte Chiaray nur.

„Was denn, wegen diesem kleinen Ding haben wir unser Leben riskiert?“, fragte Claire jetzt.

„Dieses kleine Ding ist viel mehr wert, als dein Leben.“, knurrte Chiaray.

„Es reicht.“, rief Kuma und sie wich ein Stück zurück. „Wichtig ist nur, dass das Herz in Sicherheit ist und wir die Menschen und unsere Welt beschützen.“

„Wie du meinst, aber ist es nicht so, dass er seinen Teil nur dann weiterreichen kann und darf, wenn er seine Aufgabe ablegen will?“, erinnerte sie den Drachen.

„Natürlich, doch in diesem Fall können wir eine Ausnahme machen, denke ich. Wenn es stimmt, was ich vermute, dann hat auch sie das Recht dazu, das Herz unserer Welt zu Tragen.“, sagte Kuma.

„Ich blicke nicht mehr durch, wovon reden die?“, fragte Claire leise, so dass es niemand außer Kate und Alessio hören konnte.

Er zuckte ebenso ratlos mit den Schultern, aber Kate glaubte zu verstehen, was der Drache meinte. Sie schwieg.

„Kuma, wo hast du deine Weisheit verloren? Sei nicht naiv! Sie ist vielleicht eine Eiswandlerin, aber das macht sie nicht gleich zu seiner Verbündeten. Du kannst sie nicht zu dem machen, was du gerne hättest. Er wusste weder, dass er einen

Teil des Herzens besitzt, noch kannte er seine Bestimmung. Wie kommst du darauf, dass er gerade sie zu seiner Seelenverwandten machen könnte?“, wollte Chiaray wissen und bestätigte damit Kates Vermutung. Es wunderte sie ein wenig, dass Claire so lange brauchte, um es zu verstehen. Kuma schien aus irgendeinem Grund zu wissen, dass sie und Alessio nicht einfach nur Freunde waren. Es war ihr ein Rätsel, wie er es getan hatte, aber er hatte es längst durchschaut.

„Ganz einfach. Ich sehe es in seinem Blick, seinem Verhalten, ja, ich höre es sogar an seiner Stimme. Wenn du ganz genau hinhörst, wirst du merken, dass es selbst seine Seele flüstert.“, antwortete Kuma lächelnd.

„Wie bitte?“, fragte Claire aufgebracht. Langsam schien auch ihr bewusst zu werden, wovon Kuma sprach. Die Drachen nahmen keine Notiz von ihr. Sie waren zu sehr mit sich selbst beschäftigt.

„Seine Seele redet mit dir?“, fragte Chiaray ungläubig und sah Kuma an, als habe der endgültig bestätigt, seinen Verstand verloren zu haben.

„Nicht jeder kann hören, was lebende Seelen erzählen.“, bemerkte Chochori freundlich an Kuma gewandt.

„Vielleicht seid ihr noch zu jung, aber glaubt mir. Ich höre es beinahe so deutlich, wie die Seelen, die von uns gegangen sind.“, sagte Kuma und legte sich müde auf den Boden.

„Was sagt meine Seele?“, fragte Taran aufgeregt. Er schien der Jüngste zu sein.

„Dass du schon lange nicht mehr an deiner Fähigkeit geübt hast.“, warf Kuma streng ein. Tarans gute Laune verschwand. Beschämt ließ er den Kopf hängen.

„Was sagst du, Wächter Alessio? Vermute ich zu Recht oder trügt mich mein Verstand?“, wandte Kuma sich ihnen zu. Kate sah, dass Alessio etwas erwidern wollte, doch Claire war schneller.

„Es ist nicht wahr, oder?“, wollte sie von ihnen wissen und stand auf. Kate mied es ganz sie anzusehen, sie betrachtete stattdessen die Zeichnungen an den Wänden, als gäbe es nichts Interessanteres auf der Welt.

„Ich glaub es einfach nicht. Du und Kate!“, brachte Claire hervor und schaffte es nicht ein spöttisches Lachen ganz zu unterdrücken.

„Claire.“, fing Alessio ruhig an und stand ebenfalls auf. Vielleicht glaubte er, sie könnte in ihrer Wut irgendwem schaden. Bisher hatte Mavericks Fluch kein einziges Mal die Überhand gewonnen, was nicht zuletzt an dem Trank lag, den Sanny regelmäßig für Claire herstellte.

„Wie konnte ich nur so dumm sein? Es war doch von Anfang an klar. Vom ersten Tag!“ Sie schlug sich mit der Hand gegen die Stirn und warf Kate einen bösen Blick zu. Diese erhob sich und überlegte angestrengt, was sie sagen konnte.

„Weißt du was. Versuch es erst gar nicht. Es ist mir egal. Ich wollte eh nie mit dir befreundet sein.“, entschied Claire und ließ Kate nicht aus den Augen. „So muss ich wenigstens nicht länger vorgeben, dich zu mögen.“, flüsterte sie abwesend und schüttelte den Kopf.

„Ist es möglich, dass wir unser Gespräch für eine Weile unterbrechen? Ich würde mich gerne mit dem Rest meiner Freunde besprechen.“, sagte Alessio an den Drachen gewandt.

„Wie ihr wollt. Ihr könnt euer Lager in einer der südlichen Höhlen errichten. Haltet euch jedoch von dem Glasschloss fern. Es ist verboten, es zu betreten. Tut mir auch den Gefallen und erzählt niemandem in diesem Dorf, wer ihr seid. Schon gar nicht Cassy. Sie soll es nicht wissen, sonst dreht sie wohl möglich durch. Wenn ihr gefragt werdet, sagt einfach ihr seid gekommen, um Hilfe zu erbitten, weil das Böse zurück ist.“, entschied Kuma. Alessio nickte. Kate fragte sich, wer Cassy war.

„Natürlich. Ich sorge dafür, dass es niemand erfährt.“, versprach Alessio und schob Claire in den Gang vor der Höhle.

„Niemand von euch sagt irgendwas zu den Anderen. Auch du nicht Mai.“, sagte Alessio, als stünde die neben ihm. Kate war sicher, dass sie es hörte.

„Sie sollen es nicht wissen?“, fragte Claire teilnahmslos.

„Nicht alle jedenfalls. Ich werde Lee später die Sache über die Wächter erzählen und dass ich ebenfalls einer bin, aber das mit Kate, braucht auch er nicht zu wissen.“, stellte er klar und griff nach Kates Fingern. Er legte ihr den Anhänger wieder in die Handfläche und ignorierte Claires abfälligen Blick.

„Dana und Sanny sollen nichts erfahren. Ich werde auch mit ihnen reden, aber ich habe kein Interesse daran, ihnen von meiner Aufgabe zu erzählen, noch nicht.“

„Wie du willst, Hauptsache ich weiß jetzt Bescheid.“, meinte Claire gelangweilt.

„Was habt ihr herausgefunden?“, rief Lee ihnen entgegen. „Dieses Mädchen hat nur gesagt, wir sollen hier stehen bleiben und dann ist sie verschwunden.“, erzählte er.

„Ein paar Dinge haben wir schon erfahren, aber das erzähle ich später. Wir sollten zuerst das Lager aufschlagen. Es wird bereits dunkel.“, sagte Alessio und tauschte einen vielsagenden Blick mit Mai aus. Die nickte nur, um ihm zu verstehen zu geben, dass sie jedes Wort gehört hatte.

„Waren sie da drin? Die Drachen?“, fragte Lee weiter und lief neben Alessio her.

„Ja, waren sie.“, meinte er nur knapp. Mai zog Kate von den Anderen weg, so dass niemand merkte, wie die Zwei verschwanden.

„Was gibt's?“, wollte Kate wissen. Mai strahlte.

„Ich weiß es jetzt. Es ist mir wieder eingefallen.“, antwortete sie und lehnte sich an einen Felsen.

„Wovon sprichst du?“

„Das Lied, Kate. Ich kenne die zweite Strophe. Als ihr bei den Drachen wart, ist es mir endlich wieder in den Sinn gekommen.“, freute sie sich.

Ersehnter Friede hielt nicht an,
Menschen übernehmen die Macht.
Ältester Bruder schmied ein Plan,
gab seine Gabe fort bei Nacht.

Menschenkind zum König ernannt,
dabei jedoch die Kraft zerfiel.
Geschützt und vom Zauber gebannt,
zu finden die Liebe das Ziel.

Jahre vergehen die Brüder fort,
zur Rechten Majas leuchten sie.
Noch heute gibt es diesen Ort,
nur Wächter wurden Menschen nie.

„Alles ist genau so gekommen, wie das Lied es sagt.“, meinte sie. Kate überlegte.

„Das mit dem Frieden ist leicht. Dieser Tarsis möchte die Macht an sich reißen und nimmt jedes Opfer in Kauf, aber was bedeutet die Stelle mit dem ältesten Bruder?“, fragte sie.

„Das muss der Drache gewesen sein, der seinen Teil des Herzens an einen Menschen weitergegeben hat. Warum auch immer er sich dazu entschieden hat.“, sagte Mai.

„Es könnte doch sein, dass er damit eine Verbindung zwischen den Menschen und Drachen schaffen wollte.“, überlegte Kate.

„Wenn das stimmt, dann hat es nicht sonderlich gut geklappt, oder?“, stellte Mai fest. Kate nickte und ging das Lied weiter durch.

„Die Kraft zerfiel... Ist damit die Fähigkeit gemeint? Glaubst du, er hat es gewusst? Ich meine, dass man zwei Menschen braucht?“, fragte Kate.

„Ich bin mir ziemlich sicher. Die ersten Wächter sollen sehr schlau gewesen sein. Ich denke, er wollte damit eine Art Prüfung festlegen. Nur wer es schafft, die zweite Hälfte zu finden, sollte die Macht haben, dass Herz zu steuern. Das ist mehr als klug. Die wahre Liebe zu finden ist nicht leicht.“, meinte Mai nachdenklich.

„Trotzdem kann ich mir nicht vorstellen, dass die menschlichen Wächter all die Jahre versagt haben sollen.“, sagte Kate. „Diese Geschichte muss viele hundert Jahre her sein.“

Mai nickte. „Es wundert mich nur, dass nichts über die Zukunft gesagt wird. Ich war mir so sicher, dass es etwas mit dieser Prophezeiung zu tun hat.“

„Vielleicht war es die Prophezeiung und sie ist bereits erfüllt worden.“, rätselte Kate.

„Nein, wenn überhaupt, dann gibt es eine weitere Strophe. Natürlich mit einem guten Ende.“, entschied Mai.

„Sicher.“, sagte Kate wenig überzeugt. Ihr Kopf brummte von dem was sie gehört hatte.

„Was denkst du, werden sie uns helfen?“, fragte sie.

„Die Drachen? Ich weiß nicht, nach welchen Regeln sie leben, aber ist es nicht ihre Pflicht die Welt und die Menschen zu schützen?“, erwiderte Mai.

„Ja, das ist es.“, sprach eine helle Stimme hinter ihnen. Kate erkannte das rothaarige Mädchen wieder.

„Wer seid ihr?“, fragte es.

„Reisende.“, antwortete Mai ihr.

„Normalerweise dulden sie keine Menschen in ihrem Dorf.“, stellte die Rothaarige fest und kam näher. Es sah aus, als würde sie schweben, statt zu gehen.

„Und was bist du, wenn ich fragen darf.“, sagte Mai unfreundlich.

„Ich bin eine Verstoßene, die unter dem Schutz der Wächterdrachen lebt.“, antwortete das Mädchen, als hätte sie den Satz auswendig gelernt.

„Eine Verstoßene? Ich hatte die Geschichten über dich irgendwie anders in Erinnerung.“, gab Mai zu.

„Es gibt Geschichten über mich?“, fragte sie interessiert.

„Das wusstest du nicht? Ich selbst habe sie als Kind unzählige Male gehört. Die Prinzessin der Drachen, ewig jung und wunderschön. Tanzende Flammen erhellen den Schnee. Von weißen Flügeln umgeben, um für immer zu leben.“, sagte Mai es wie ein Gedicht auf. Das Mädchen lachte.

„Ich wünschte, meine Version der Geschichte wäre nur halb so schön.“, seufzte sie.

„Ich würde sie trotzdem gerne hören.“, sagte Kate. Mai stimmte ihr zu.

„Ich erzähle sie euch gerne, aber zuvor, verratet mir eure Namen, wenn ihr mir sonst nichts sagen wollt.“, bat sie.

„Mai und Kate.“, antwortete Mai und setzte sich auf den Boden. Kate und das fremde Mädchen folgten ihrem Beispiel. „Was ist mit dir?“

„Ich habe keinen Namen, aber ihr dürft mich Cassy nennen, nach meiner Mutter Cassandra. Sie ist der einzige Mensch, der mir wirklich gut in Erinnerung geblieben ist, zwischen all den

Gesichtern, die mir über die Jahre hinweg begegnet sind.“, meinte sie und zupfte das dünne Kleid zurecht.

Obwohl sie nicht besonders warm angezogen war, bis auf ihre Stiefel, schien sie nicht zu frieren und Kate vermutete, dass die Drachen der Grund dafür waren.

„Ich habe als Kind in einem kleinen Dorf, im Wald gelebt, zusammen mit meinen Eltern. Es war eine Zeit, in der bestimmte Fähigkeiten als etwas Böses angesehen wurden.

Ich wurde älter und mit der Zeit hatte ich öfter irgendwelche Vorahnungen, dass etwas Bestimmtes passieren würde. Es waren kleine Ereignisse, aber sie wurden jedes Mal wahr. Ich habe es meiner Mutter erzählt und sie hat mir verboten, weiter zu machen. Ihr zur Liebe habe ich es versucht, doch dadurch wurde es nur schlimmer. Ich habe immer größere Geschehnisse gesehen. Nach und nach wurden sie deutlicher und irgendwann konnte ich kaum noch zwischen Gegenwart und Zukunft unterscheiden, weil dass was ich sah so real wirkte. Als ich dreizehn war, hat mein Vater es herausgefunden. Ich weiß nicht mehr, wie ich vorher geschafft habe, es zu verbergen. Er ist wütend geworden und hat mich angeschrien. Nach ein paar Tagen wusste es jeder und ich merkte, dass sie Angst vor mir hatten. An einem Tag war es besonders schlimm. Ich erinnere mich kaum an ihn, aber es muss mein vierzehnter Geburtstag gewesen sein. Ich habe wieder etwas gesehen. Nur habe ich es dieses Mal wohl laut ausgesprochen. Ich weiß nicht, was es war, jedenfalls sind die Menschen zurückgewichen. Sie sagten, ich würde Unglück bringen und das Böse würde in mir wohnen. Meine Mutter hat mich zu einer weisen Frau gebracht, die mich heilen sollte. Sie hat es geschafft meine Fähigkeit, die Zukunft zu sehen, zu blockieren. Erst Stunden später haben wir erfahren, dass sie mich heimlich verflucht hatte. Sie glaubte, ebenso wie die Anderen, dass ich Unglück bringen würde und nur geheilt werden könnte, wenn ich eine Strafe bekommen würde. Der Fluch hat die Macht meine Fähigkeiten zu blockieren, aber er verhindert auch, dass ich älter werde oder sterben kann. Ich bin für immer in diesem Körper gefangen.

Anfangs habe ich noch gedacht, was ist das für ein Fluch, bei dem man ewig jung bleibt und nicht sterben kann. Doch schnell habe ich gemerkt, dass es schrecklich ist, nicht erwachsen werden zu können. Ich konnte nicht länger in dem Dorf bleiben. Ich habe irgendwann bemerkt, dass den Menschen in meiner Nähe schreckliche Dinge passieren. Ich habe mit der Frau gesprochen, die mich verflucht hat und sie gebeten es zurückzunehmen, aber sie hätte es auch dann nicht gekonnt, wenn sie es gewollt hätte. Seit dem Tag, haftet etwas an mir und ich habe beschlossen irgendwo hinzugehen, wo ich niemanden verletzen kann. Bei den Drachen wirkt das Pech nicht, welches an mir haftet und außer mir leben keine Menschen hier.“, erzählte Cassy.

„Wie kannst du den Fluch brechen? Es gibt doch für alles ein Gleichgewicht.“, meinte Mai und wiederholte damit die Worte, die Kuma vorhin zu ihnen gesagt hatte.

„Schon, aber ich habe noch nicht herausgefunden, was es bedeutet. *Weiße Schwingen, weit gereist, umschließen das Feuer der Dunkelheit. Bannen Kummer und Schmerz. Verbunden ist das Herz.*“, sagte Cassy.

„Ist doch klar, irgendwas mit Liebe.“, erwiderte Mai überzeugt.

„Wie hilfreich.“, stellte Cassy fest.

„Wie lange bist schon verflucht?“, fragte Kate.

„Ich weiß nicht, so um die 70 Jahre vielleicht.“, antwortete Cassy nachdenklich.

„Und seit wann lebst du in Cairus, bei den Drachen?“, wollte sie weiter wissen.

„Ungefähr seit dreißig Jahren. Ich kann es nicht genau sagen. Wieso willst du das wissen?“ Cassy stand auf.

„Nur so.“, murmelte Kate. Ihr war gerade eingefallen, dass Liz ihr etwas von einem Mädchen erzählt hatte, mit flammend rotem Haar, dass ihre Mutter im Wald gefunden hatte. Konnte Cassy dieses Mädchen sein?

„Ich bin müde.“, sagte Mai und erhob sich ebenfalls. „Kate?“

„Ich komme gleich nach.“, sagte sie.

Cassy stand mit dem Rücken zu ihr und blickte zu dem Palast, den man selbst im Dunkeln gut erkannte.

„Dieses Schloss ist genau wie ich. Es gibt viele Geschichten darüber. Nach außen wirkt es weiß, unschuldig und wunderschön, doch im Inneren, sollen sich dunkle Ereignisse zugetragen haben.“

„Was meinst du mit dunklen Ereignissen.“ Kate stellte sich neben sie.

„Es heißt, dass Tarsis, der König von Zeno in diesem Palast lebt. Angeblich hat er alle vorherigen Bewohner getötet.“, flüsterte Cassy.

„Wenn er wirklich da drin ist, dann ist dieses Dorf nicht gerade der sicherste Ort.“, sagte Kate unbehaglich.

„Ich weiß, aber die Drachen sind so mächtig, dass er sie niemals angreifen wird.“ Cassy klang überzeugt.

„Wer hat dieses Schloss gebaut und woher kam all das Glas?“, wollte Kate wissen. Cassy lachte leise.

„Kaum jemand weiß es.“, sagte sie. „Es soll nur so aussehen, als sei es aus Glas, doch in Wirklichkeit ist es aus Eis.“

„Aus Eis?“ Kate starrte zu den hohen Türmen hinauf.

„Erstaunlich nicht war? Und das Verrückteste daran ist, dass es scheinbar unzerstörbar ist. Selbst Feuer schadet ihm nicht“

„Ah, da ist er ja.“, bemerkte Chochori die jüngere Drachin freundlich, als Alessio die Höhle betrat.

„Ihr wolltet mich sprechen?“, fragte er. Nur widerwillig war er dieser Aufforderung nachgegangen. Es behagte ihm gar nicht, dass sie alle einzeln im Dorf umherliefen. Er teilte Lees Feststellung, dass seit Eddys Tod einiges anders lief und besonders die letzten Stunden hatten es verstärkt. Das Vertrauen untereinander schien zu zerbrechen. Auf Lee konnte er sich durchaus verlassen. Er war zur Zeit nicht nur der Vertrauenswürdigste, sondern vor allem auch der Ehrlichste unter ihnen. Dana blieb die Verräterin und auch auf Claire konnten sie nicht länger zählen, seit ihre Abneigung gegen Kate noch weiter gewachsen war.

Selbst Mai und Kate waren nicht immer ehrlich zu ihm, aber ihnen merkte er es wenigstens an. Vielmehr machte er sich Sorgen um sie. Seit Jeremie weg war, schien Mai weiter zu versinken und wenn er es gekonnt hätte, hätte er sie wohl zu ihm geschickt. Jeremie schien der Einzige zu sein, der ihre Trauer auf lange Sicht vertrieb. Kate schaffte es ebenfalls, wenn auch nicht für so lange Zeit, doch sie hatte selbst genug Probleme. Es ärgerte ihn, dass er sie nach Perana gebracht hatte. Die Kinder hatten die alten Wunden erneut aufreißen lassen. Wunden die er nicht erkannt hatte. Doch woher hätte er wissen sollen, dass die Menschen auf der Erde fähig waren, Kinder auf diese Weise zu misshandeln. Für einen Augenblick wünschte er sich, er hätte die Narbe nie entdeckt. Bei dem Gedanken füllte sich sein Bauch mit Wut, auf die Menschen, die ihr das angetan hatten.

Es gab noch eine weitere Person, auf die er wütend war. Sanny. Er konnte nicht bestreiten, dass sein Zorn auf sie ungerechtfertigt war, aber es störte ihn, dass sie neuerdings ihre Nase überall reinsteckte. Sie war schon immer aufmerksam gewesen, aber sie hatte die Grenze gekannt.

Seine Gedanken wurden von Kuma unterbrochen, der sich aus den Schatten der Höhle erhob.

„Bitte nimm Platz.“, sagte er schwerfällig, von der Anstrengung aufgestanden zu sein. Er musste viele tausend Jahre alt sein. Die anderen Drei waren beinahe Kinder im Vergleich zu seiner Weisheit.

„Ich bin immer noch dagegen.“, meinte Taran und schlug wütend mit dem Schwanz auf.

„Aber es ist nicht deine Entscheidung. Du bist zu jung, um es zu verstehen.“, erwiderte Chiaray. Sie war selbst höchstens dreihundert Jahre älter, was für einen Drachen nichts war.

„Im Gegensatz zu euch, verstehe ich die Menschen. Ich bin der Einzige von uns, der viele Jahre bei ihnen gelebt hat. Sie sind nicht wie du denkst. Erinnere dich an meine Worte, wenn es so weit ist. Er wird euch verachten für das, was ihr zu sagen habt.“, fuhr Taran sie an.

„Ach was! Du müsstest dich mal reden hören. Gleich fängst du an mir etwas von ihrer Liebe zu erzählen.“, spottete sie.

„Ich dachte, davon verstehen die Menschen nichts. Ihr sagtet doch, sie wollen nur Macht und Reichtum.“, mischte Chochori sich vorsichtig ein.

„Ihr wisst so wenig von ihnen.“, sagte Taran traurig.

„Wie auch immer. Es ist meine Pflicht es ihm zu sagen.“, beendete Kuma den Streit. Alessio setzte sich.

„Worum geht es denn?“, fragte er. Etwas an Tarans Verhalten ließ ihn aufmerksamer werden und er war froh, dass er Kate nicht mitgenommen hatte. Es war besser, wenn sie so weit wie möglich von den Wächtern fort blieb. Er wurde das Gefühl nicht los, dass vor allem Chiaray einen Groll gegen sie alle hegte. Er war vermutlich der Einzige, den sie akzeptierte und das gezwungener Maßen.

„Das Herz dieser Welt wartet seit etlichen Jahren darauf, vereint zu werden. So viele Jahre, dass selbst ich sie nicht zählen kann. Jeder der fünf Wächter trägt einen Teil bei sich, doch es kann seine wahre Macht nur dann entfalten, wenn wir es zusammenfügen.“, sagte Kuma andächtig.

„Also habt ihr mich gerufen, damit wir es vereinen können?“, fragte Alessio. Er bemerkte, wie Taran nervös mit den Ohren zuckte.

„Von was für Mächten reden wir?“, wollte Alessio weiter wissen.

„Wir würden unsere vollkommene Kraft erhalten und könnten endlich unsere Flügel wieder entfalten.“, sagte Chiaray erregt.

„Flügel?“ Alessios Blick fiel auf die Zeichnungen an den Wänden. Die Drachen dort hatten allesamt Flügel.

„Oh ja, Wächterjunge Alessio. Auch du wirst welche erhalten. Für dich jedoch hat es noch viel größere Auswirkungen. Du wirst dieselbe Kraft erhalten, wie wir. Das heißt, du kannst die ganze Welt beeinflussen, sobald das Herz vereint ist.“

„Tatsächlich?“ Er zögerte. Taran machte ihn noch immer unsicher, mit seiner nervösen Art. Er war sich sicher, dass Kuma ihm nicht alles sagte, was er wusste.

„Sieh her.“, sagte der Älteste und legte seinen Teil des Drachenherzens auf den Boden.

Chiaray und Chochori legten ihre Hälften daneben. Alessio sah, wie sie zu einem Ganzen verschmolzen und ihre Farbe änderten. Sie wurden deutlich erkennbar heller, bis auch sie die Farbe der Schuppen auf den Drachenpanzern angenommen hatten.

„Taran.“, forderte Kuma den jüngsten Drachen auf. Der trat zögernd vor, doch auch er legte seinen Teil auf den Boden.

Alessio betrachtete es genauer und erkannte, dass es genau die Form ergab, die Kate vor einiger Zeit in den Schnee gemalt hatte. Damals an dem Bauernhaus, als sie darauf gewartet hatten, dass sein Arm verheilen würde. Es war lange her und er hätte vieles dafür gegeben, jetzt mit ihr dort zu sein.

„Warum sieht es aus wie ein Stern?“, fragte er.

„Das ist die Form einer Seele. Für uns Drachen sind Seele und Herz eins. Ich weiß, ihr Menschen glaubt etwas anderes, aber wir haben unsere eigenen Vorstellungen von dem Leben.“, erklärte Kuma. Er deutete auf eine Zeichnung.

Alessio erkannte, was er meinte. An der Stelle, wo er bei einem Drachen das Herz vermutete, war ein Stern abgebildet. Die Enden seiner Zacken liefen wie Adern durch den gezeichneten Körper.

„Was ist mit deinem Teil?“, fragte Chiaray auffordernd.

„Lass es sein, Chia!“, fuhr Kuma sie an und klang ernsthaft wütend.

„Du kannst ihn nicht dazu bringen, bevor er nicht die Wahrheit kennt.“

Alessio drehte sich gespannt um.

„Welche Wahrheit?“, fragte er und war sich sicher, dass er gleich den Grund erfahren würde, weshalb sie ihn wirklich hatten rufen lassen und weshalb Tarans Nüstern sich angespannt weiteten.

„Wenn wir das Herz verbinden und seine Macht an uns nehmen, wirst du die Fähigkeit der Eiswandlerin erhalten, die mit dir gekommen ist.“, erklärte Kuma. Alessio antwortete nicht.

„Sie wird auf dich übergehen, damit du die Welt schützen kannst.“, fügte Chochori leise hinzu.

„Ich werde Kates Gabe erhalten?“, fragte er ungläubig.

„Sag ihm schon, was noch passieren wird.“, forderte Taran

gereizt und schlug erneut heftig mit dem Schwanz auf. Alessio beobachtete ihn nachdenklich. Der Drache schien sich sichtlich unwohl in seiner Haut zu fühlen und auch Chochori wirkte verunsichert. Alessio sah Kuma an, der ihm den Rücken zugewandt hatte. Unbehagen stieg in ihm auf.

„Was wird mit Kate passieren, wenn ich ihre Fähigkeit bekomme?", fragte er.

„Nun.", seufzte der Drache. „Das ist dein Opfer, welches du erbringen musst.", antwortete Kuma. Taran schnaubte verächtlich und schlug seinen Schwanz so feste gegen die Felswand, dass ein Stück herausbrach.

„Taran, es reicht. Beherrsche dich oder geh.", sagte Kuma streng.

„Das Opfer? Du meinst... ?" Alessio traute sich nicht die Worte auszusprechen, so sehr brannten sie in seiner Brust.

„Ja, sie wird sterben müssen.", bestätigte Kuma.

„Sieh es von der guten Seite. Du wirst der mächtigste Mensch auf Umbria sein. Du kannst gemeinsam mit uns die Welt bewegen und denk nur mal an die Flügel.", schwärmte Chiaray, wie besessen und starrte durch ihn hindurch, als könnte sie so diese glorreiche Zukunft sehen, von der sie träumte.

Alessio machte einen Schritt zurück. Heiße Wut brodelte in seinem Inneren.

„Das ist nicht euer Ernst.", stammelte er fassungslos, über die Gleichgültigkeit, mit der die Wächterdrachen ein Menschenleben betrachteten.

„Glaubt ihr wirklich, das würde ich tun, für ein Paar lächerlicher Flügel?", schrie er Kuma an.

Für einen Moment sah es ganz so aus, als wollte Chiaray sich auf ihn stürzen, um ihn zu zwingen, ihr seinen Teil des Drachenherzens zu geben. Ein Glück hatte er es nicht bei sich.

Es war sicher verwahrt bei Kate. Doch war sie noch sicher? Ohne ein weiteres Wort ließ er die Wächter stehen und stürmte aus der Höhle. Sie würden diesen Ort auf der Stelle verlassen. Das Herz war ihm egal! Sie würden es nicht brauchen, um den Krieg zu gewinnen. Sie konnten Jill auch ohne die Hilfe der Drachen befreien. Er würde nicht zulassen, dass sie ihm Kate nahmen.

Der Glaspalast

Stille lag über dem Drachenland. Kate stapfte allein durch den unberührten Schnee. So viel hatte es bisher noch nie in so kurzer Zeit geschneit. Innerhalb von zwei oder drei Stunden war der Schnee bereits ein halben Meter hoch und es hörte nicht auf. Zu gerne wäre sie mit zu dem Treffen gegangen, doch Alessio hatte gemeint, es würde schon einen Grund geben, weshalb die Drachen ihn allein sehen wollten. Die Drachen faszinierten sie und sie brannte darauf, noch mehr über die Wächter zu erfahren. Sie wollte wissen, in wie fern sie selbst darin verstrickt war und was es für ihre Fähigkeit bedeutete.

Wind kam auf und eine Melodie drang leise an ihr Ohr. Kate erkannte, dass es dieses Lied war, von dem Mai wie besessen schien. Sie ging auf die Stimme zu, doch es war nicht Mai, die sang. Verborgen hinter ein paar Sträuchern, blieb sie stehen und lauschte. Soweit sie es erkennen konnte, war es Cassy, die da sang. Abwesend lief sie zwischen den Höhlen entlang und sammelte irgendwelche Steine vom Boden auf. Die Melodie war eindeutig die Gleiche, aber den Text hörte Kate zum ersten Mal.

Doch hört gut her die Rettung naht,
aus fernem Land ein helles Licht.
Ein Mädchen dass die Kräfte wart.
Die Kette der Zeit endlich bricht.

Zieht los in tiefer Dunkelheit.
Allein die Reise auf sich nimmt.
Zu Kämpfen macht sie sich bereit,
vom Licht ist ihr der Sieg bestimmt.

Mit Macht stürzt sie den Himmel ein,
zu zerstören das Böse...

„Cassy?“, unterbrach eine Stimme das Lied. Das Mädchen verstummte und richtete sich auf.

„Hier bin ich.“, rief sie fröhlich und lief zurück.

Kate blieb wie erstarrt in ihrem Versteck sitzen. Was hatte das zu bedeuten?

Hatte Mai mit ihrer Vermutung richtig gelegen? Gab es eine weitere Strophe? Eine, die von der Zukunft sprach? War es möglich, dass Cassy sie kannte? Immerhin war sie eine Art Hellseherin und lebte lange genug, um die Geschichte zu kennen.

Tausend Fragen schossen Kate durch den Kopf. Plötzlich war ihr egal, was die Drachen mit Alessio besprechen wollten. Dieses Lied war viel mehr, als sie ihr hätten sagen können.

Es drehte mit einem Mal ihre ganze Welt auf den Kopf.

Es gab keinen Zweifel, dass es ihr Schicksal preisgab. Schon in der zweiten Strophe war die Rede von dem Drachenwächter gewesen, der ein Mensch war. Wenn die Wächter nicht gelogen hatten, war Alessio dieser Wächter und sie der fehlende Teil der Geschichte. Das wiederum bedeutete, dass das Lied eindeutig von ihr erzählte.

Bist du dir da sicher? Schallte eine zweite Stimme durch ihren Kopf.

Die Tatsache, dass ein Lied ihre Zukunft bestimmen wollte, war schon verwirrend, doch der Inhalt der Worte beschäftigte Kate mehr.

Ja, es passt genau aufeinander, dachte Kate angestrengt.

Mit dem fernen Land war vermutlich die Erde gemeint. Schließlich konnte ein Ort kaum weiter entfernt sein.

Die Kräfte beschrieben ihre Fähigkeit und auch die

Geschichte der Wächter sagte aus, dass eine Eiswandlerin von Bedeutung war. Liz hatte ihr erzählt, die Eismagie stamme ursprünglich von den Drachen selbst und wenn ihre Vermutung stimmte, war Cassy das Mädchen, welches Liz Mutter getroffen hatte. Daher kannte auch Liz die Melodie.

Wenn du Recht hast, wie geht es weiter?

Kate dachte angestrengt nach. Sie hatte etwas von einem Kampf gehört, aber auch vom Sieg und der Vernichtung des Bösen.

Das Böse also? Fragte ihr Verstand spöttisch.

Damit kann nur einer gemeint sein, gab sie sich in Gedanken selbst die Antwort.

Tarsis, der Herrscher über alles Unglück, welches in den letzten Wochen über das Land gezogen war.

Auch Alessio hatte gesagt, dass es ein entscheidender Schritt wäre den Anführer der feindlichen Truppen auszulöschen. Ohne einen Anführer, der ihnen Befehle erteilte, würden sie viel leichter zu besiegen sein.

Sie könnten Jill befreien und gemeinsam mit den Drachen, würden sie den Frieden wieder herstellen.

„So einfach ist es nicht.“, sprach Kate ihren übermütigen Gedanken Vernunft zu.

Nein, das war es wirklich nicht. Selbst wenn sie wüsste, was zu tun wäre und gegen Tarsis kämpfen würde, wie sollte es ausgehen? Was bedeutete ein Sieg? Sie hatte noch nie im Leben kämpfen müssen. Sie konnte sich nicht vorstellen, jemanden zu verletzen, doch ein Sieg würde viel mehr bedeuten. War es nicht so, dass das Böse erst besiegt war, wenn man es endgültig auslöschte, genauer gesagt, tötete.

Sie wusste genau, dass sie es nie schaffen könnte einen Menschen zu töten, daher schob sie das Wort bei Seite. Wieso sollte sie sich Gedanken darüber machen? Es war ausgeschlossen, dass sie jemals in eine solche Situation kommen würde und falls doch, dann würde sie entweder vorher selbst sterben oder jemand Anderes tat es, bevor sie reagieren würde.

Das Lied war eindeutig, bis auf eine Zeile, die ihr nicht aus dem Kopf ging. Es machte sie wirklich stutzig, aber sie war sich sicher, dass sie es richtig gehört hatte. Sie stürzt den Himmel ein, wiederholte sie in Gedanken. Den Himmel. Das konnte unmöglich wahr sein. Egal, wie viele außergewöhnliche Dinge es auf diesem Planeten gab, der Himmel würde auch in dieser Welt nicht einstürzen. Er war schließlich keine feste Masse, die man zerschlagen konnte, wie Glas.

Ihr Blick viel auf den Palast, am anderen Ende des Dorfes und Cassys Geschichte fiel ihr wieder ein. Ein Schloss aus unzerstörbarem Eis. Man konnte es sicher zum Einsturz bringen, zumindest wenn man eine ganz bestimmte Fähigkeit besaß.

Es würde zersplittern und alle Insassen unter sich begraben. Hatte Cassy nicht sogar behauptet, Tarsis selbst würde in diesem Gebäude leben. Was wenn genau das damit gemeint war? Der Himmel konnte durchaus eine Metapher für eines der Dächer sein, durch die man ihn sehen konnte, bedeckt von Wolken, Sonnen oder den Seelen, in der Nacht. Kate überlegte.

Wenn ihre Schlussfolgerung stimmte, würde es bedeuten, dass sie einfach in das Schloss hineinspazieren müsste und sobald sie Tarsis begegnete, musste sie nur ihre Kräfte einsetzen.

Einfach? Fragte sie sich in Gedanken. Es fing bereits damit an, dass sie Tarsis nicht mal erkennen könnte, selbst wenn er sie umrennen würde. Sie wusste nicht wie er aussah.

Auch wenn sie viele Geschichten kannte, schien es kaum jemanden zu geben, der ihn gesehen hatte. Bisher waren die

Wenigsten derer, die ihm begegnet sind, zurückgekehrt.

Das sie ihn nicht erkennen würde, war ihr kleinstes Problem, immerhin hatte sie noch ihr Bauchgefühl und das sagte ihr, ein Anführer müsste leicht zu erkennen sein, besonders dann, wenn er so mächtig war.

Liz hatte ihr nicht beigebracht zu kämpfen, aber sie hatte genug gelernt, um zu wissen, wie sie sich schützen konnte. Den Palast zum Einsturz zu bringen, wäre eine große Herausforderung, aber keinesfalls unmöglich. Außerdem hatte sie bereits eine Strategie entwickelt, wie sie sich die Aufgabe erleichtern konnte.

Vorher jedoch müsste noch einmal zurückgehen, zu den Anderen und einige Dinge holen. Es gab keinen besser geeigneten Zeitpunkt. Es würde niemand dort sein. Sie alle waren irgendwo bei den Drachen. Es würde die Sache einfacher machen.

Falls sie auf Mai oder Alessio traf, würden die sicher merken, dass etwas passiert war und da ihr das Lügen schwer fiel, wäre es nicht gerade von Vorteil.

Es wird klappen, machte sie sich Mut.

Ach ja? Vergisst du nicht etwas? Was ist mit dem Ende? Du kennst es nicht.

Kate zögerte nicht lang. „Wie Mai gesagt hat, es wird gut ausgehen.“, flüsterte sie.

Sie kippte den Inhalt ihrer Tasche auf dem Boden der Höhle aus. Zu viele Dinge hatten sich seit ihrer Flucht aus dem Waisenhaus angesammelt. Ihre Sachen, die sie täglich benutzte waren in einer anderen Tasche, doch die würde sie nicht brauchen. Kate griff nach den kleinen Fläschchen, die sie von Sanny bekommen hatte. Bei dem Fiebertrank fehlten ein paar

Tropfen, doch die andere Flasche hatte sie nicht angerührt. Jetzt steckte Kate sie in die Tasche ihrer Jacke und stopfte den Fiebertrank zurück zu den Sachen, die sie hier lassen würde. Wenn sie all das Eis in dem Schloss zum Einsturz bringen wollte, konnte sie keine Kälte gebrauchen.

Die Geldscheine, die sie aus der anderen Welt mitgenommen hatte, schob sie achtlos zur Seite. Hier waren sie nicht mehr wert, als ein Blatt, von einem Baum.

Das Buch, welches Jill ihr überlassen hatte, lag darunter. Kate nahm es hoch. Es würde ihr nicht helfen können. Was auch darin stand, es war nicht besonders Hilfreich. Sie wollte es gerade zur Seite legen, als ihr etwas einfiel. Sie wühlte zwischen ihren Sachen nach dem Stift und schlug das Buch auf.

Eilig riss sie die letzte, unbeschriebene Seite heraus und strich sie glatt. Als sie zu schreiben begann, zitterten ihre Finger. Hastig flog ihre Hand über das Blatt. Sie wollte nicht mehr Zeit als nötig verlieren, sonst tauchte wohlmöglich doch noch jemand in der Höhle auf.

Sie faltete den Zettel zusammen und steckte ihn ebenfalls ein. Eine Nachricht an Mai, die sie ohne Claires Hilfe unmöglich würde lesen können. Die Schrift dieser Welt konnte sie weder lesen, noch schreiben. Außerdem würde so kein Fremder erfahren, was in dem Brief stand und weiterhin verschaffte es ihr Zeit. Kate befürchtete Mai könnte nach ihr suchen, aber was würde dann passieren. Das Lied versicherte ihr nur dann einen Sieg, wenn sie allein ging.

Die restlichen Dinge verstaute sie wieder unauffällig dort, wo Kate sie hergenommen hatte. Dabei fiel das Foto ihrer Eltern heraus. Sie hob es vom Boden auf und betrachtete es kurz. Die Zeit, die das Bild gefangen hielt, schien so weit weg zu sein, als stammte sie aus einem anderen Leben, ein Leben, an dass sie sich kaum erinnerte. Ein Leben, welches nicht von

Drachen, Fähigkeiten oder Kriegen beeinflusst worden war. Kate schob es unter ihre Jacke. Es würde ihr nicht helfen, doch sie wollte es auch nicht hier lassen.

Im Eingang blieb sie stehen und blickte sich um. Sie könnte eine Waffe mitnehmen, überlegte sie. Was nützte es ihr, wenn sie nicht damit umgehen konnte. Nein, es wäre besser so wenige Waffen, wie möglich in der Nähe zu haben, denn jede Einzelne würde eine Gefahr für sie selbst darstellen.

Was macht den Unterschied? Du stirbst sowieso, wenn du ihm begegnen solltest, flüsterte es in ihr.

Sie stockte und dachte für eine Sekunde darüber nach. Was wenn es stimmte? War es denn wichtig?

Sie musste zugeben, dass es sie ein wenig bremste, dass sie das Lied nicht bis zum Ende hatte hören können. Vielleicht sollte sie zu Cassy gehen und sie danach fragen. Jeder Hinweis konnte nützlich sein. Entschlossen wandte sie sich zum Gehen und wäre beinahe mit Alessio zusammengestoßen.

„Oh.“, machte sie und fragte sich, weshalb er schon zurück war. Er sah wütend aus und Kate überlegte, ob er wohl wusste, was sie vorhatte. Aber als er sie bemerkte verschwand ein Teil der Wut, aus seinem Gesicht.

„Wo willst du hin?“, fragte er, so wie er es immer tat. Kate überlegte nicht lange.

„Zu Mai.“, sagte sie ruhig und lenkte all ihre Gedanken weg, von ihrem eigentlichen Vorhaben. Es klappte nur deshalb, weil es keine wirkliche Lüge war. Immerhin wollte sie vorher zu Mai, um ihr den Zettel zu geben.

„Na schön, aber sag ihr, sie soll sich von den Wächtern fern halten.“, meinte er. „Du auch.“, fügte er hinzu.

„Wieso?“, fragte Kate überrascht. Es erschien ihr seltsam. Immerhin waren die Drachen doch auf ihrer Seite und würden ihnen kaum etwas tun. Alessios Gesicht verdunkelte sich nur.

„Ich erzähle es dir, wenn du wieder hier bist. Versprich mir nur, dass ihr jeglichen Kontakt mit ihnen vermeidet.“, sagte Alessio.

„Ok.“, antwortete Kate. Die Drachen interessierten sie kaum noch, seit sie Cassy hatte singen hören.

„Dann geh ich jetzt.“, verabschiedete Kate sich. Er nickte nur, nicht wissend, wie viel mehr ihre Worte bedeuteten. Kate konnte es kaum fassen, dass er nichts bemerkt hatte. Anscheinend beschäftigte ihn das, was er mit den Drachen besprochen hatte. Was es wohl war?

„Hallo.“ Cassy stand plötzlich vor ihr und lächelte sie an.

„Cassy.“, bemerkte Kate nur und sah sie einen Moment schweigend an.

„Dich habe ich gesucht.“, sagte sie, doch bevor sie nach dem Lied fragen konnte, verließ sie der Mut. Vielleicht war es besser das Ende nicht zu kennen. Wer wollte schon wissen, ob das Ende gut war?

„Ich wollte fragen, ob...“ Kate überlegte schnell.

„Könntest du das hier Mai bringen?“, fragte sie stattdessen und zog den Brief aus ihrer Jacke hervor.

„Ja, sicher.“ Cassy wirkte verwirrt. Bevor sie etwas sagen konnte, sprach Kate dazwischen.

„Sie wird es nicht verstehen, aber Claire kann ihr helfen.“, redete sie drauf los, damit Cassy keine Fragen stellte.

„Es ist wirklich nett von dir! Vielen Dank.“, sagte sie hastig und ging weiter, bevor sie noch jemanden treffen konnte.

Mauern, Fenster und Türme, wie aus Glas, ragten vor Kate aus dem Boden, als wollten sie nach den Seelen am Himmel greifen und sie zurück zu den Lebenden holen. Es gab nur eines, das sie überragte und das waren die Berge aus spitzen

Felsen, die links und rechts an die eisigen Mauern des Schlosses stießen. Bei ihrer Ankunft hatte das Schloss wie ein Tor zwischen den Felsen gewirkt, jetzt sah es mehr so aus, als würden die gläsernen Mauern ohne die Stützen aus Stein in sich zusammenbrechen.

Bisher hatte Kate die Türme nur aus der Ferne gesehen. Sie war davon ausgegangen, dass man durch die Mauern direkt ins innere des Palastes sehen könnte, doch eine breite Front aus weißem Efeu versperrte ihr die Sicht. Er ragte so hoch, dass nur der oberste Rand der fast vier Meter hohen Tür zu sehen war.

Die Äste, die aus dem Schnee ragten, waren so dick, dass Kate sie nicht mit den Händen umschließen konnte.

Sie könnte versuchen zu klettern, aber wie sollte es dann weitergehen? Wollte sie von oben herab versuchen ins Innere zu sehen?

Kate strich über die Blätterwand und lief an ihr entlang. Sie bemerkte eine Stelle, an der die Pflanzen weniger dicht wuchsen. Kate schaffte es, nach mehreren Versuchen, sie gerade so weit auseinander zu biegen, dass sie hindurchschlüpfen konnte.

Kate stand nun direkt vor einer der Palastwände, die so zerbrechlich wirkten. Selbst wenn man seine Hand auf das Eis legte, spürte man den Unterschied zu Glas nicht. Das war das Schwierige.

Ewiges Eis, geschaffen von Eiswandlern, hatte keine Temperatur. Es war nicht kalt, so dass es jeder berühren konnte. Kate spürte den Unterschied zu Glas nur, weil das Eis unter ihren Fingern reagierte. Es war, als würde es ihre Haut begrüßen und sich trotz seiner Starrheit sanft bewegen.

Ein schwaches Leuchten zog Kates Aufmerksamkeit auf sich. Es sah aus, als würden im Inneren mehrere kleine Lichter herumflattern. Sie legte die Stirn an das Eis, um hindurch sehen zu können, doch es war zu dick. Sie hätte genau so gut versuchen können, unter Wasser ein klares Bild zu erkennen.

Sie ließ die Hand in die Tasche gleiten und stieß mit den Fingerspitzen gegen das winzige Fläschchen, in dem sich Sannys Trank befand. Es war nicht gut, zu viel davon auf einmal zu trinken, aber heute würde sie viel mehr von der Wärme gebrauchen können. Liz hatte ihr andere Möglichkeiten genannt, wie sie es schaffen konnte ihre Fähigkeit zu verstärken, aber sie wollte sicher sein, dass es funktionierte.

Deshalb würde sie den Trank auch erst kurz vorher trinken, aus Angst seine Nebenwirkungen würden zu rasch eintreten.

Sie schloss die Augen und atmete ganz ruhig. Es wurde Zeit hineinzugehen und sie wusste bereits, wie sie es machen konnte. Die Drachen hatten die Technik in ihrer Höhle angewandt. Sie waren viel stärker, aber Kate war sich sicher, dass sie es schaffen konnte. Schließlich würde sie eine viel kleinere Tür brauchen.

Bevor sie ihre Energie bündelte, dachte sie an alles, was Liz ihr beigebracht hatte. Zuerst öffnete sie ihre Augen. Dann spürte sie den Schnee unter ihren Füßen und das Eis auf der Haut ihrer Handinnenflächen.

Sie lauschte. Es wehte kein Wind, dennoch schienen die Pflanzen leise zu rascheln. Schnee fiel lautlos zu Boden und das Einzige, was sie wahrnahm, war ihr eigener Atem, der so ruhig war, als hätte er nichts mit ihrem klopfenden Herzen zu tun. Liz glaubte fest daran, dass alle Sinne ihr helfen würden, wann immer sie ihre Fähigkeit gebrauchte. Kein Geräusch, keine Bewegung, nichts durfte einem entgehen.

Wärme stieg aus ihrem Inneren auf und wanderte in ihre Hände. Da war etwas, in ihrer Hosentasche, kalt und drückend. Sie löste eine Hand und schob sie hinein. Ihre Finger umschlossen etwas rundes, nicht größer, als ein Golfball. Es war der Stein, den Liz ihr geschenkt hatte. Sie ließ ihn achtlos in den Schnee fallen, weil die Kälte schmerzte.

Sie hatte bisher nie gewusst, wie heiß ihre Haut tatsächlich werden konnte. Die Verbrennungen, die sie dem Zirkusjungen zugefügt hatte, waren offensichtlich längst nicht so schlimm gewesen, wie sie angenommen hatte.

Die Wut darüber gab ihr Kraft. Eine weitere Sache, die sie von Liz gelernt hatte. Die Eismauer schmolz schneller als Wachs und Kate hörte erst auf, als ein Spalt ihr Einlass gewährte, der gerade so breit war, dass sie sich seitlich hindurchzwängen konnte.

Ein modriger Geruch stieß Kate in die Nase und noch etwas war anders. Ihre Füße fühlten nicht länger Schnee. Auch das erwartete Eis blieb aus. Kate ging in die Knie, um im Dunkeln danach zu tasten, was ihre Füße nicht glauben wollten. Erde. Der ganze Boden bestand aus Erde. Freude kam in ihr auf, über etwas so vertrautes. Sie strich mit den Fingern darüber. Warme, weiche, bröckelige Erde. Die Wärme sagte ihr, dass sich ihre Haut wieder beruhigt hatte und nicht länger glühte.

Beinahe im selben Augenblick wurde ihr schmerzlich bewusst, dass die Erde sie behindern würde. Sie war fest davon ausgegangen, komplett von Eis umgeben zu sein, aber die Erde konnte ihr unmöglich helfen.

Kate sah auf, als das flackernde Licht wieder auftauchte. Es waren Lichterfeen, die den Raum mit ihrem Tanz zum leuchten brachten. Sie stand auf. Alles in dem Zimmer schien aus Eis zu sein, ausgenommen der Boden. Durchsichtige Tische und Stühle standen an matt, glänzenden Wänden. Die Türen hatten raue Oberflächen, durch die man nur verschwommen erahnen konnte, was sich hinter ihnen verbarg.

Kate vermutete, dass sie in einer Art Empfangshalle stand. Eine breite Treppe führte in die oberen Stockwerke und ein

Tresen war in der Nähe der riesigen Forte errichtet, die sie von außen nur hatte erahnen können.

Zögernd ging sie auf die Stufen zu. Es war vollkommen still in dem Schloss. Was wenn das Lied Unrecht hatte oder Cassys Geschichten, einfach nur Geschichten waren?

Wer wusste schon, ob dieses Gebäude nicht ebenso verlassen war, wie das Dorf Ruvon.

Nun ja, es sieht nicht danach aus, als würde niemand hier leben, dachte Kate. Alles war sauber und heil. Es gab weder Staub noch andere Hinweise darauf, dass der Ort verlassen war.

Kate setzte ihren Fuß auf die erste Stufe.

Sie wollte zuerst hinaufgehen. Sie fühlte sich sicherer, wenn sie das Eis unter ihren nackten Zehen spürte. Es war ihre einzige Waffe.

Auf dem Absatz in der Mitte der Treppe, blieb sie noch einmal stehen und holte das Fläschchen heraus. Der Korken löste sich mit einem leisen Plopp. Kate hob es dicht vor ihre Augen. Trotz der umherschwirrenden Feen war es nicht sehr hell. Sannys Warnung, nur ein paar Tropfen zu nehmen war deutlicher als zuvor, dennoch sah sie keine andere Möglichkeit. Es war besser den Trank zu nehmen, bevor sie keine Zeit mehr hatte. Sie setzte den Rand der Flasche an die Lippen und kippte sie Leicht. Sobald sie die Flüssigkeit im Hals spürte, ließ sie das kleine Glasgefäß fallen. Es fiel klappernd auf den Boden und sprang von Stufe zu Stufe, so laut, dass das Geräusch an den Wänden widerhallte.

„Mist.“, fluchte sie tonlos und eilte die restlichen Stufen hinauf, um sich hinter einer Säule zu verstecken. Ihr Herz pochte heftiger, als je zuvor, doch nichts geschah.

Warum musste sie es auch fallen lassen? Hätte sie es nicht ahnen können?

Sie hatte es nicht fallen gelassen, weil es so schrecklich

schmeckte. Im Gegenteil, es war beinahe süßer noch als Honig. Sie war überrascht gewesen, dass es so kalt schmeckte. Nie in ihrem Leben hatte sie etwas Kälteres zu sich genommen. Die Flüssigkeit veränderte sich gerade von der Kälte in etwas angenehm Warmes.

Es funktionierte also. Langsam schob Kate den Kopf vor und lugte um die Säule. Dass sich nichts regte, machte sie stutzig. Gerade wollte sie vortreten, als etwas pelziges, nicht größer, als eine kleine Katze über die Treppe geflitzt kam. Kate erkannte nicht was es war, aber es hielt die Flasche zwischen der Schnauze und verschwand damit hinter einer der Türen am Ende des Flures. Noch immer war sie wie erstarrt. Was war das für ein Wesen? War es gefährlich und würde es sie wohlmöglich zu dem bringen, den Kate suchte? Sie sah nur eine Möglichkeit das herauszufinden. Sie befreite sich aus ihrer Starre und lief leise über den Korridor. Die Tür ließ sich leichter bewegen, als Kate angenommen hatte. Trotz des harten Eis, aus dem sie bestand, war sie ebenso leicht, wie eine Holztür.

Ein helles Licht begrüßte sie. Kerzen brannten hoch oben an der Decke, in einem prächtigen Kronleuchter.

Gegenüber stand ein ebenso verzierter Sessel. Er war das einzige Möbelstück, doch es reichte, um Kate für ein paar Sekunden den Atem zu rauben, was weniger an dem Sessel selbst lag, als an seinem Besitzer.

Eine Gestalt saß aufrecht und in rote Seide gekleidet in ihm. Das pelzige Tier auf der Schulter und ein Lächeln im Gesicht.

„Hallo Katelyn. Ich habe dich erwartet."

Mai hatte nicht viel übrig, für Drachen die sprechen konnten. In ihren Augen war es nicht richtig und noch weniger gefiel ihr, dass sie sich für etwas Besseres zu halten schienen. Sie machten alle Menschen schlecht und verurteilten sie für Dinge, die Andere getan hatten.

Sie selbst wäre nie auf die Idee gekommen ein Tier zu töten, weil sie dessen Schuppen verkaufen wollte, oder um in dessen Blut zu baden, nur weil es einem angeblich ewige Jugend bescherte.

Nein, sie fühlte sich ungerecht behandelt. Taja, der Drache, der bei ihr lebte war ganz anders und sie hatte ihn nicht gezwungen bei ihr zu bleiben. Es war Tajas freier Wille und es schmerzte Mai zu wissen, dass sie weit weg von ihr war. Wenn sie so wie jetzt, alleine durch das Dorf lief, auf der Suche nach einer Beschäftigung, dann kamen ihr all die Dinge in den Sinn, die sie vermisste und nicht sehen durfte. In letzter Zeit waren es so viele geworden, dass ihre Seele schwer vor Kummer wog und sie sich fragte wo ihr fröhliches, unbeschwertes Ich hin verschwunden war. Es war seltsam zu sehen, wie sie selbst sich veränderte. Ein Mensch wurde nun einmal von dem geprägt, was ihn umgab, auch wenn man sich noch so sehr sträubte.

Was war ihr schon geblieben? Alessio war noch da, auch wenn er wenig Zeit hatte, dank all der Last, die ihm durch Jills Verschwinden auf den Schultern lag. Sanny war ebenso da, doch seit Eddy tot war, verstanden sie sich immer schlechter. Sie waren nie die besten Freunde gewesen, aber immerhin hatte Mai mit ihr lachen können. Früher jedenfalls.

Ein Glück war da noch Kate. Ein bisschen verschlossen, aber immer da, um zu helfen. Sie war Mai zurzeit die Liebste. Selbst Sali war sie nie so nah gewesen, auch wenn sie diese immer als ihre Schwester bezeichnet hatte.

„Mai?“ Cassy, mit den roten Haaren und dem traurigen

Gesicht, kam auf sie zu. Dieses Mädchen hatte sicherlich ebenso viel Leid erlebt, wie Mai selbst. Mit dem Unterschied, dass es sich bei ihr über viele Jahre und nicht nur ein paar Wochen verteilte.

„Was gibt's?", lächelte Mai ihr zu und verdrängte allen Trübsinn. Es viel ihr so leicht, wenn sie von anderen Menschen umgeben war.

„Ich habe eine Nachricht für dich, von dem Mädchen mit den braunen Haaren, ihr Name ist Kate, glaube ich.", erklärte Cassy und reichte ihr einen zusammengefalteten Zettel. Mai runzelte die Stirn. Wieso schrieb Kate ihr einen Brief und vor allem wie? Mai öffnete das Papier.

„Ich kann das nicht lesen. Was soll das?", fragte Mai sich selbst. Cassy antwortete trotzdem.

„Ich denke mal, dass es geheim ist, oder?", meinte sie. Mai hätte sie gerne geschüttelt. Wie sollte ihr das helfen.

„Jedenfalls meinte sie, wenn du es nicht verstehst sollst du zu Claire, oder so, gehen.", berichtete die Kleine.

„Ach und wieso sagst du das nicht gleich?", fragte Mai und drehte sich weg. Claire war sicher mit Dana irgendwo in der Nähe der Drachen. Auch ohne Cassy hätte sie darauf kommen können, dass Claire diese verwunschenen Zeichen lesen konnte, immerhin stammte auch sie von der Erde und Kate hatte es gewusst. Es war klug, eine Nachricht mit Wörtern aufzuschreiben, die kaum einer in ihrer Welt verstand, doch es wunderte Mai umso mehr, dass Kate nicht direkt zu ihr kam. Was konnte so wichtig sein, dass sie ihr einen Zettel schrieb und wo war sie eigentlich? Sie konnte sie nirgendwo hören.

„Claire.", flötete Mai fröhlich, als sie diese zusammen mit Dana erblickte.

„Was?", kam es unfreundlicher denn je zurück. Seit sie diese Wächtergeschichte von Alessio und Kate gehört hatte, war sie beinahe noch unausstehlicher geworden. Die Eifersucht fraß sie auf.

„Ich brauche ganz dringend deine Hilfe.“, sagte Mai und überging die Feindseligkeit. Immerhin wollte sie etwas von Claire.

„Was gibt es bitte, das du nicht ohne mich kannst?“, fragte sie ernst.

„Das hier.“ Mai winkte mit dem Zettel vor ihrer Nase hin und her. Claire stand auf.

„Ich komme gleich wieder.“, meinte sie und schob Mai aus Danas Hörweite.

„Was ist das?“, fragte sie flüsternd.

„Eine Nachricht von Kate.“, erklärte Mai.

„Oh schön. Ein Abschiedsbrief? Ist sie weggelaufen oder hat sie sich umgebracht?“, scherzte Claire. Mai sagte nichts.

„Na gut. Gib schon her. Ich sag auch nichts mehr.“, versprach Claire und schnappte Mai den Zettel weg.

„*Liebe Claire, vielen Dank, dass du diese Nachricht liest.* Wäh, was soll das? Die tut ja so, als würde ich das freiwillig machen.“, kommentierte Claire.

„Lies weiter, was steht da noch?“, fragte Mai.

„Ok, ok. Das hier ist für dich. *Liebe Mai, du hattest Recht mit deiner Vermutung über die Prophezeiung. Ich hoffe, dass du auch weiterhin Recht behältst, was das Ende betrifft. Ich hoffe es wird gut, denn ich hatte keine Zeit es mir anzuhören. Was auch passiert, ich liebe dich und danke für alles.*“, schloss Claire und wendete den Zettel, als erwartete sie auf der Rückseite eine Erklärung zu finden.

„Das war‘s? Es hört sich beinahe so an, als wäre sie für immer weggegangen.“, sagte Mai verzweifelt und riss Claire den Zettel aus den Händen, als könnte sie selbst etwas daran entdecken, was ihr sagte, dass alles nur ein Scherz war.

Sie ließ sich auf die Knie sinken. Jeder, den sie liebte ging. Ihre Eltern hatte sie nie kennen gelernt. Sali war auf der anderen Seite des Waldes. Eddy war gestorben, Jeremie fort, Jill entführt. Und jetzt war es Kate, die gegangen war, ohne sich zu verabschieden, ohne Erklärung. Sie wollte weinen, aber es kamen keine Tränen. Zu oft hatte sie in den vergangenen Tagen geweint. Meistens heimlich, weil sie keine Schwäche zeigen wollte.

„Steh auf Mai.“, sagte Claire streng.

„Nein.“

„Steh auf, es ist nicht zu spät. Du kannst noch etwas tun.“ Entschlossen zog Claire sie auf die Füße. Sie hatte nicht genügend Kraft, um sich zu wehren.

„Was? Was soll ich tun?“, schluchzte Mai.

„Hör mir zu.“ Claire schüttelte sie leicht. „ Du gehst auf der Stelle zu diesem Drachenmädchen. Sie kennt die letzte Strophe von deinem Lied. Ich habe es selbst gehört, allerdings nicht bis zum Ende. Also du gehst zu ihr und lässt sie dir erzählen. Ich will, dass du das Ende herausfindest. Ich gehe in der Zwischenzeit zu den Wächterdrachen und erzähle ihnen was passiert ist. Sie können uns sicher helfen.“

„Aber woher wissen wir was sie vor hat?“, flüsterte Mai.

„Sie sucht nach Tarsis, denke ich. Und wenn wir uns nicht beeilen, wird sie irgendetwas Dummes anstellen, also los. Wenn ich klug wäre, würde ich sie einfach in ihr Unglück laufen lassen. Dann wäre ich sie los. Geh jetzt und such Cassy. Du hast das mit dem Aufspüren doch sonst immer drauf.“, entschied Claire und rannte los.

Dann war Mai alleine. Sie atmete schwer, als würde sie kaum Luft bekommen.

„Cassy?“, rief sie laut. Es war ihr egal, wer sie außerdem hören konnte. Sie konnte nicht klar denken.

„Cassy? Wo bist du?“, sie schrie und rannte blindlings drauf los. Immer wieder rief sie nach Cassy, doch die schien wie vom Eis verschluckt. Niemand war zu sehen. Sie waren alle gegangen. Weg. Fort. Allein. Eddy. Jeremie. Jill. Kate. Sogar Claire.

„Cassy.“, flüsterte Mai nur noch und ließ sich auf den Boden fallen. Es war ihr egal, dass sie fror. Es war ihr gleich, was passierte. Für den Moment wollte sie nichts lieber, als sterben. Sterben, um nicht mehr allein zu sein.

„Mai! Hey, was tust du da?“ Sie kannte die Stimme, aber sie ließ die Augen zusammengekniffen und versuchte weiter zu verschwinden, wie all die Anderen.

Wieder zog sie jemand hoch, aber dieses Mal war es nicht Claire, sondern ihr Bruder. Alessio war noch da. Sie drückte ihn so fest, dass er wahrscheinlich keine Luft mehr bekam.

„Geh nicht weg. Bitte geh du nicht auch noch weg.“, wiederholte sie mehrmals. Er lachte.

„Wie bitte? Wo soll ich denn hingehen? Mai, was ist hier los und wo ist Kate? Sie wollte doch zu dir.“, meinte er.

„Weg. Weg. Alle sind weg.“, hauchte Mai und klammerte sich an seinen Ärmeln fest.

„Wie weg? Was redest du da?“ Alessio klang verwirrt.

„Claire sagt, sie ist weg und Cassy weiß als Einzige, wo sie ist, aber die ist auch weg.“, erklärte Mai stockend und versuchte ihre Worte und Gedanken zu ordnen.

„Wie kommst du darauf? Cassy ist nicht weg. Sie ist bei uns, zusammen mit Sanny und Lee. Komm ich zeige es dir.“

Mai ließ sich von ihm führen. Sie war zu sehr mit ihren Gedanken beschäftigt.

Als sie die Drachenprinzessin sah, wie sie mit Sanny auf dem Felsboden saß, rannte sie los.

„Cassy, Cassy. Wie ist das Ende? Sag mir, wie es ausgeht.

Gut, oder? Bitte sag, dass es gut ausgeht. So ist es doch, oder nicht?“, fragte sie überstürzt und schüttelte sie leicht.

„Von welchem Ende sprichst du?“, fragte sie lieblich und lächelte, als würde Mai ein Spiel mit ihr spielen.

„Das Lied. Die letzte Strophe. Du weißt schon, das mit den Drachen und Sonnen. Du kennst es.“, versuchte Mai sich zu beherrschen. Alessio nahm neben Lee platz und betrachtete sie, als würde er an ihrem Verstand zweifeln.

„Oh ja, ich kenne es. Ist es nicht schön?“, fragte Cassy.

„Ja, aber bitte. Ich muss die letzte Strophe wissen.“, flüsterte Mai. Sie wünschen sich, inständig einen Hoffnungsstrahl. Es musste einen Hinweis auf Kates Vorhaben geben, doch vor allem wollte sie, dass alles gut ausgehen würde.

„Die Letzte mag ich am liebsten.“, bemerkte Cassy unnötiger Weise.

Doch hört gut her die Rettung naht,
aus fernem Land ein helles Licht.
Ein Mädchen dass die Kräfte wart.
Die Kette der Zeit endlich bricht.

Zieht los in tiefer Dunkelheit.
Allein die Reise auf sich nimmt.
Zu Kämpfen macht sie sich bereit,
vom Licht ist ihr der Sieg bestimmt.

Mit Macht stürzt sie den Himmel ein,
zu zerstören das böse Blut.
Er nimmt sich auch ein Herz so rein,
bezahlt mit dem Leben durch Mut.

Der Himmel stürzt ein

„Was ist los, mein Kind. Du sagst ja gar nichts.“, sie scheuchte das unbekannte Wesen von ihrer Schulter und glitt von ihrem Sitz.

„Was machst du hier?“, fragte Kate. Sie war sich nicht sicher, ob sie sich freuen sollte. Etwas in ihr sträubte sich heftig dagegen, als die Frau auf sie zukam und sie in die Arme schloss.

„Wir dachten, du wurdest gefangen genommen.“, redete sie drauf los. „Es ist so viel passiert. Wir wurden angegriffen. Dana hat uns verraten. Eddy ist gestorben. Ted wollte uns angreifen, aber Chris hat ihn zuerst getötet und Alessio ist einer der Wächter.“ Es sprudelte alles aus ihr heraus.

„Ich weiß.“, murmelte Jill und strich ihr über den Rücken. Kate zögerte und trat einen Schritt zurück.

„Du weißt es schon, aber woher? Von wem?“, stotterte sie.

„Setzt dich Katelyn.“, forderte Jill sie auf und deutete auf einen Stuhl neben dem riesigen Sessel. Kate gehorchte, auch wenn sie plötzlich ein unangenehmes Gefühl in ihrer Magengegend spürte. Es musste an dem Trank liegen, von dem sie mehr als die Hälfte getrunken hatte.

„Wie kommst du hier her?“, fragte sie erneut. „Dana sagte du wurdest entführt.“

„Nein, Katelyn. Ich wurde nicht entführt. Es war eine Täuschung.“, erklärte Jill.

„Es tut mir leid, aber das musste sein. Bitte erzähl mir alles, was ist passiert.“, sagte sie und Kate berichte ihr alles, was ihr einfiel. Von Anfang an. Als sie bei Eddys Tod angekommen war stoppte sie abrupt. Etwas sagte ihr, sie sollte lieber nichts von Liz und dem Training erzählen. Es war nicht wie sonst, dass ihr Verstand ihr etwas anderes riet, wie ihr Herz. Dieses Mal war sie sich einig. Kate sah sich um. Vielleicht wurden sie beobachtet und es war besser nichts zu erzählen, wenn sie belauscht wurden.

„Ich bin so froh, dich zu sehen.“, sagte sie stattdessen zu Jill. „Wir haben auch das Drachenherz gefunden, so wie du es wolltest, aber ich weiß nicht wie man es benutzt.“

„Hast du es dabei?“, fragte Jill aufgeregt.

„Nein, wieso?“, log Kate, die jetzt deutlich den Anhänger auf der Haut spürte, den sie zum Glück immer unter ihren Sachen trug. Sie wusste selbst nicht genau, weshalb sie Jill nicht die Wahrheit sagte. Vielleicht, weil es einfach unmöglich war, dass sie sich ausgerechnet an diesem Ort wiedersahen.

„Du hättest es mitbringen müssen, Katelyn. Wie soll es sonst weitergehen. Mein Plan funktioniert nur mit dem Herzen.“, sagte Jill. Kate runzelte nachdenklich die Stirn. Jill nannte sie stets bei vollem Namen, doch sie erinnerte sich plötzlich daran, dass Mai sie nur als Kate vorgestellt hatte. Sie wusste nicht, weshalb es ihr gerade jetzt auffiel, wo Jill es doch schon so oft getan hatte.

„Ich wusste nicht, dass ich dich hier finden würde. Außerdem kenne ich deinen Plan nicht.“, entschuldigte Kate sich zögernd. Irgendetwas schien absolut nicht zu stimmen.

„Ich weiß, Schätzchen. Niemand von Euch, kennt meinen Plan.“, meinte Jill lächelnd.

„Niemand von Uns? Wer dann?“, fragte Kate, der die Wortwahl nicht entgangen war, selbst wenn das Ziehen in ihrem Magen immer stärker wurde.

Jill lächelte nur.

„Es ist so schade, dass du es nicht dabei hast, dass hätte mir viel Ärger erspart“, stellte sie fest. Kate hörte ihr nicht mehr ganz zu. Langsam stieg die Hitze in ihr auf, so stark, wie noch nie.

„Hör zu Jill.“, fing sie an und stand langsam auf. Das Atmen fiel ihr plötzlich schwer.

„Ich habe diesen Trank genommen, weil ich dachte Tarsis sei hier und ich müsste ihn besiegen, aber es sieht aus, als hätte die Prophezeiung Unrecht. Du musst mich zu Sanny bringen, bevor es sich weiter ausbreitet.“, sagte sie mit schwerer Stimme und tastete mit ihrer Hand nach irgendetwas, an dem sie sich festhalten konnte, aber sie fand nichts.

„Die Prophezeiung lügt nicht, nur hast du sie nicht ganz richtig verstanden.“, erwiderte Jill.

„Das kannst du mir auch erklären, wenn ich bei Sanny war.“, murmelte Kate, die den zufriedenen Ausdruck auf Jills Gesicht nicht bemerkte.

„Aber nicht doch, Katelyn. Setz dich wieder hin. Ich bin froh, dass du den Trank genommen hast, so brauche ich dich nicht selber zu töten. Du stirbst ganz von Alleine.“, hörte sie Jill sagen. Ihr Kopf schien ihr einen Streich zu spielen. Sie musste sich eindeutig verhört haben. Jills Worte ergaben einfach keinen Sinn.

„Mich töten? Wieso willst du mich töten?“, flüsterte Kate. Sie konnte nicht länger stehen und ließ sich auf den kalten Boden sinken. Mit einer Hand umklammerte sie die Stuhlkante.

„Das war von Anfang an mein Plan. Seit ich dich gesehen habe, seit siebzehn Jahren, seit deine Eltern mit dir geflohen sind.“, sagte Jill gelassen und erhob sich aus ihrem Thron.

„Meine Eltern? Du kanntest sie?“, fragte Kate. Jills Lachen hallte seltsam fremd in dem großen Saal wieder.

„Alexa, deine Mutter war meine *geliebte* Schwester.“ Die Kühle des Bodens schärfte ihren Verstand, doch es machte Jills Worte nicht logischer.

„Deine Schwester?“, fragte Kate ungläubig. „Aber wie?“

Jill begann auf und ab zu laufen.

„Vor vielen Jahren, als ich noch ein kleines Mädchen war, kamen meine Mutter und mein Vater mit mir in diese Welt. Ein paar Monate später, wurde deine Mutter geboren. Damals ahnte ich noch nicht, wie sehr ich sie eines Tages hassen würde.“ Bei den Worten starrte Jill feindselig aus dem Fenster.

„Wir gingen unterschiedliche Wege. Sie heiratete einen armen Tölpel und ich wurde die Dienerin, der damaligen Königin von Brion.

Eines Tages erfuhr ich, dass meiner Schwester ein Kind geboren würde, dass eine Macht besitzen würde, wie es sie nur selten in dieser Welt gab. Ich verachtete meine eigene Mutter dafür, dass ich nicht in dieser Welt geboren wurde und dass sie meine Schwester mehr liebte als mich. Ich wusste, ich wäre nie im Stande außergewöhnlich zu sein, wenn ich weiter lebte wie bisher. Eine Dienerin, unbedeutend, dazu verdammt immer im Hintergrund zu stehen.

Ich entwickelte einen Plan und das Schicksal war mir gnädig. Es traf sich, dass ich einem Mann begegnete, der das Böse kannte, vielmehr noch, er beherrschte es. Er konnte Dinge erschaffen, von denen ich nicht einmal zu träumen wagte. Ich schaffte es, dass er sich mir anschloss.

Mein Glück schien jedoch noch nicht vorbei zu sein und so kam es, dass ich beinahe zur selben Zeit schwanger wurde, wie die Königin. Das war ein entscheidender Vorteil, für das was ich seit Wochen plante. Der König war ein strenger Mann und er ließ seine Frau beinahe nie vor die Tür, aus Angst ihr könnte etwas zustoßen.“ Jill lachte laut.

„Was er wohl dazu gesagt hätte, wenn er erfahren hätte, dass sie nirgendwo mehr in Gefahr war, als bei ihrer treu ergebenen Dienerin. Ich habe ihm nicht genügend Zeit gelassen, sich darüber klar zu werden, als ich ihn tötete, so schnell, dass er es nicht begriff.“, erzählte Jill. Kate war sich nicht mehr sicher, ob sie sich einbildete, was sie hörte. Hatte Sanny nicht selbst gesagt, im Fieber konnte alles passieren.

„Was redest du da?“, rief sie verzweifelt und legte ihren schmerzenden Kopf auf den Boden. Tränen schossen ihr in die Augen. Jill schien sie nicht wahrzunehmen. Sie war so in ihren Worten gefangen.

„In der Nacht, als meine Tochter zur Welt kam, habe ich sie hinunter ins Dorf gebracht, zusammen mit reichlich viel Geld und einer guten Geschichte. Den neuen Eltern erzählte ich, sie käme von der Erde. Ein Waisenkind, das ihre Eltern hier ausgesetzt hatten. Ich jedenfalls konnte sie nicht gebrauchen.

Ein Mensch ohne Fähigkeit ist es nicht wert, zu leben, doch töten konnte ich sie nicht.

Auch die Königin bekam ihr Kind, einen kleinen Jungen, Alessio, der die Gabe seines Vaters geerbt hatte. Noch am selben Tag tötete ich alle, die in dem Schloss lebten, bis auf das Kind.

Ich brauchte seine Gabe. Ich gebe zu, dass sie mich vom ersten Augenblick an fasziniert hatte.

Ich ließ die Geschichte verbreiten, der König, der mein Mann gewesen sei, hätte mich Jahrelang gemeinsam, mit seiner heimlichen Geliebten, gefangen gehalten, bis er endlich seine gerechte Strafe erhalten hatte. Von da an, zog ich das Baby als mein eigenes auf und lebte als neue Königin von Brion, die ich noch heute bin.“

„Du bist verrückt.“, brachte Kate zittrig hervor. „Aber was hat das alles mit mir zu tun? Wieso willst du mich töten? Du hast doch schon alles.“

„Alles?“, lachte Jill. „Hörst du mir nicht zu? Verstehst du nicht? Ich habe nichts. Alles was ich immer wollte war eine Fähigkeit wie deine. Eine Macht, mit der ich die ganze Welt beeinflussen kann. Endlich habe ich die Chance. Wenn du stirbst, werde ich deine Seele bannen und mit Hilfe des Drachenherzens wird deine Gabe bald die Meine sein.“ Jill kniete sich neben sie und strich ihr mit den Fingern das Haar aus dem Gesicht. Kate stieß ihre Hand weg und richtete sich auf. Ihre Haut schien zu brennen, doch ihr Kopf war wieder klarer.

„Du hast deine eigene Fähigkeit. Wozu brauchst du meine?“, erinnerte Kate sich. Sie hatte es zwar nie ganz verstanden, aber Jill musste eine ähnliche Gabe wie Cassy besitzen. Sie konnte Dinge sehen, die in der Zukunft geschehen würden.

„Das Fieber spielt dir einen Streich, meine liebe Katelyn. Ich habe dir doch erklärt, dass ich auf der Erde geboren wurde, von einer gewöhnlichen Mutter. Wie sollte ich da eine Gabe erhalten. Ich habe es mir ausgedacht. Wenn überhaupt, dann habe ich nur die Macht, die Menschen mit meinen Geschichten einzufangen und Vertrauen zu schaffen, wo es kein Vertrauen geben sollte.“

„Also bist du nichts weiter, als ein einfacher Mensch, ohne Fähigkeit, der es nicht wert ist zu leben.“, wiederholte Kate die Worte von Jill.

„Zurzeit ja, aber ich habe vor das zu ändern.“ Für einen Moment verlor sich Jills Blick.

„Was sollte die ganze Sache mit dem Krieg, den Tarsis angeblich gegen Brion führt. Ist das auch eine Lüge?“, fragte Kate und rückte unauffällig ein Stück weiter von der Frau weg, der sie vertraut hatte.

„Nein. Das ist ein Teil meines genialen Plans. Von Anfang an gehörte er zu mir. Er war es, den ich traf, als ich begann meine eigene Geschichte zu erfinden. Er hat mir geholfen meinen Plan zu verwirklichen. Er ist mein treu ergebener

Diener, meine Waffe und mein Seelenpartner. Er brachte mir bei, die Dunkelheit zu befehlen. Doch das Beste kommt noch.

Er ist auf dem Weg hierher. Er wird noch heute Nacht das Tal der Drachen niederbrennen und alle die sich weigern uns zu folgen werden sterben.“, Jill lachte erneut und zog ein kristallfarbenes Fläschchen hervor, welches sie an einer Kette um den Hals getragen hatte. Zärtlich strich sie mit dem Finger darüber. Sie griff in ihre Tasche und holte etwas hervor, das wie die Spitze eines Pflocks aussah. Sie schraubte es an die Unterseite der Flasche.

„Es ist wunderbar dir dabei zuzusehen, wie du langsam stirbst. Deine Eltern haben dich damals vor mir gerettet, doch du bist ganz von alleine zurückgekehrt. Ein Glück hatte ich Mai. Ohne ihre nervige Hilfsbereitschaft, hätte ich dich sicher nie gefunden. Dieses Mädchen ist naiver, als es ihre Mutter war.“, stellte Jill fest. Kate wischte sich den Schweiß von der Stirn.

„Die habe ich übrigens auch getötet. Ich dachte mir, einen Eistiger in der Familie zu haben kann nicht schaden. Außerdem war Mai ein guter Ersatz für meine eigene Tochter, die leider nicht das Glück hatte eine Fähigkeit zu erhalten. Dennoch habe ich mit Stolz festgestellt, dass sie dich ebenso sehr hasst, wie ich dich hasse, wenn auch aus einem völlig anderen und banalen Grund.“, meinte Jill und stand auf. Sie drehte sich mit dem Rücken zu Kate und blickte zur Tür.

„Komm doch zu uns, Claire.“, rief sie und breitete die Arme aus. Kate presste sich die Hand auf ihren schmerzenden Magen, folgte Jills Blick mit den Augen und sah Claire, die wie erstarrt im Rahmen stand. Kate fragte sich, wie sie hier hergefunden hatte. War auch sie auf Jills Seite?

Der Gedanke verstrich, als sie Claires feindseligen Blick sah, der auf Jill gerichtet war. Langsam kam sie näher, bedacht darauf genug Abstand von Jill zu halten. Diese ließ ihre Arme sinken und setzte sich in den Sessel, der jetzt noch mehr wie ein Thron wirkte.

„Hallo, meine Tochter.“, sagte sie traurig. „Ich verstehe, dass du nicht erfreut bis, zu erfahren, dass ich dich weggegeben habe. Aber ich werde es heute wieder gut machen, indem ich das Mädchen töte, welches dein Leben zerstört.“

„Ich bin nicht deine Tochter.“, schrie Claire sie an.

Jill zog die Augenbrauen hoch.

„Sei nicht so laut mein Kind. Kate geht es nicht gut und immerhin ist sie doch mein Gast. Das sollten wir respektieren. Was ich eigentlich sagen wollte, ist folgendes. Sobald ich im Besitzt des Drachenherzens bin, wirst auch du eine Fähigkeit bekommen und dann leben wir, wie eine glückliche kleine Familie.“, strahlte Jill.

Claire schüttelte langsam den Kopf.

„Du wirst es nie bekommen und du wirst nie meine Mutter sein.“, stellte sie fest und rannte auf Kate zu.

„Alles ok bei dir?“, flüsterte sie und half ihr aufzustehen. Die Kopfschmerzen hatten langsam nachgelassen, dafür war ihr jetzt unglaublich schwindelig. Sie fühlte sich, als würde sie auf dicker Watte stehen. In ihren Ohren rauschte das Blut.

„Claire, du solltest nicht hier sein. Es ist gefährlich. Du musst gehen.“, sagte Kate, aber Claire schüttelte nur den Kopf.

„Gefährlich? Oh ja. Die Prophezeiung muss sich erfüllen.“, freute Jill sich. „Ich wüsste zu gerne, wie du den Himmel auf mich herabfallen lassen willst. Alessio konntest du vielleicht täuschen, aber das war keine Kunst. Ich bin sehr interessiert an deinem Plan. Wie wirst du mich töten?“

„Du weißt es nicht? Ist es dir nicht aufgefallen?“, fragte Kate in dem selben spöttischen Ton, wie Jill zuvor und machte einen Schritt nach vorne. Claire rührte sich nicht.

„Dieser Palast besteht ausschließlich aus Eis. Die Wände.“ Kate ging darauf zu und strich mit der Handfläche über eine der glasigen Mauern. Das Wasser tropfte augenblicklich zu Boden. „Die Fenster, der Boden und das Dach. Alles ist aus Eis.“, sagte sie und wandte sich zu Jill um.

Ihr Lächeln gefror.

„Das ist eine Lüge, ein Trick. Du hast es dir ausgedacht, um mir Angst zu machen.“, meinte sie, doch Kate spürte die Unsicherheit und das gab ihr neue Kraft.

„Nein, tut mir leid. Du bist die Einzige von uns, die ihre Lügen durch diese Welt spinnt, wie ein großes Netz.“, versicherte Kate ihr und plötzlich fühlte sie sich stärker.

„Claire, bitte geh. Ich will nicht, dass du verletzt wirst, wenn ich es tue.“, flüsterte Kate, aber Claire hörte ihr nicht zu. Sie starrte Jill an, die aufgestanden war und einen Schritt nach vorne machte.

„Ich habe versucht, dich von meinem Sohn fernzuhalten. Immer und immer wieder, aber es hat nicht funktioniert. Es war ein kluger Zug von dir, ihn auf deine Seite zu ziehen, wo er doch einer der wenigen Menschen ist, die ich beinahe liebe.

Männer sind so leicht zu beeindrucken. Spiel ihnen vor, du würdest sie lieben und schon würden sie für dich sterben. Ich muss es wissen. Tarsis ist genauso. Ein Wort von mir und er würde halb Umbria, in Stücke reißen. Eine perfekte Marionette.

Es wäre mir lieber, du hättest den Verstand meines Sohnes nicht vergiftet, aber jetzt ist es eh zu spät. Du wirst sterben und bald wird er dich vergessen. Ich sorge schon dafür.

Als ich die Prophezeiung hörte, wusste ich, dass es so kommen musste. Er musste sich in dich verlieben. Ich habe jedoch eine Neuigkeit für dich. In dieser Welt kann man eine Prophezeiung ändern.“, sagte Jill ruhig, während sie näher kam, bis sie direkt vor Kate stand.

„Ich werde jetzt diese hier ändern. Ich lasse nicht zu, dass du mich besiegst.“, flüsterte sie und hob die Flasche über ihren Kopf, die sie die ganze Zeit über umklammert hatte.

Alles geschah so schnell, dass Kates Kopf kaum hinterher kam.

Jill stürzte sich auf sie und stach mit der Spitze der Flasche nach ihr. Sie vielen zu Boden, noch bevor der Dorn ihre Haut berührte. Aus den Augenwinkeln sah Kate eine Gestalt, mit klauenartigen Händen und erst als das Ungetüm sich auf Jills Rücken warf, erkannte Kate was es war. Der Fluch hatte Claire zum ersten Mal verwandelt. Jill schien nicht zu verstehen, was geschah. Sie wusste ja nicht, dass Ilona Claire infiziert hatte. Ein Seitenhieb von Claires Krallen traf versehentlich Kate und schlitzte ihr den Arm auf, wobei sie heftig zur Seite gestoßen wurde. Hinter sich hörte sie, wie Jill plötzlich schrie. Kate drehte sich um und sah Claire, die wie erstarrt vor Jill stand und nach der kleinen Flasche tastete, die mit der spitzen Seite in ihrem Hals zu stecken schien. Kate rappelte sich auf und lief zu ihr hinüber. Im selben Moment knickte Claire ein und blieb auf dem Boden liegen.

Ohne auf Jill zu achten, die immer noch in der Mitte des Raumes stand und schrie, beugte Kate sich über Claire und drehte sie auf den Rücken. Mit den Fingern tastete sie nach dem spitzen Gegenstand, der in Claires Hals steckte und jetzt hell leuchtete. Das Fläschchen hatte sich festgesaugt und ließ sich nur mit Mühe lösen. Der lange Dorn kam zum Vorschein, Blut haftete daran.

„Du hast meine Tochter getötet.“, kreischte Jill schrill, während Kate Tränen über das Gesicht liefen. Sie drückte eine Hand auf den Boden und ohne, dass sie wusste, wie sie es tat, schloss sich eine Kuppel über ihnen. Jill schlug von außen dagegen und schrie, aber Kate hatte nur Augen für Claires leblosen Körper.

„Nein, bitte nicht.“, flüsterte sie heiser und konnte nicht aufhören zu weinen. Schwarzes Blut klebte bereits an ihren Händen, lief über ihre Arme und breitete sich auf dem Boden aus. Kate lies die leuchtende Flasche fallen und presste ihre beiden Hände fest gegen Claires Hals, aber das Blut fand seinen Weg.

Kate flüsterte Claires Namen, aber sie rührte sich nicht mehr. Wieso hatte sie das getan? Claire hatte sie immer gehasst und jetzt starb sie, um Kate das Leben zu retten?

Was Jill auch gesagt hatte, es schien unwichtig. Kate hätte alles dafür getan die Zeit zurückdrehen zu können, an den Punkt, wo sie Cassy hatte singen gehört.

Woher wusste Claire überhaupt, dass Kate hier hergekommen war? Hatte auch sie das Lied gehört? War es ihr Brief? Was wenn auch Mai kommen würde oder Alessio? Sie musste es verhindern. Kate griff nach dem Gegenstand am Boden und betrachtete den langen Stachel. Mit einem Mal wurde ihr bewusst, dass es Claires Seele sein musste, die sich in dem gläsernen Fläschchen bewegte.

„Komm da raus du feiges Miststück.“, schrie Jill jetzt und versuchte mit einem Messer das Eis zu durchstoßen. Ein letztes Mal drückte Kate Claire an sich und stand auf. Die Kuppel war hoch genug. Sie trat an den Rand und öffnete sie ein Stück. Jill stolperte zurück, als Kate auf sie zukam. Den Stachel mit Claires Seele hielt sie weiter fest umschlossen. Das dunkle Blut wischte sie sich achtlos an der Hose ab. Sie hatte keine Angst mehr und endlich schaffte sie es die überschüssige Hitze zu kontrollieren.

„Woher kannst du das?“, schrie Jill sie an, als Kate sich einen Schutz aus Eis über die Haut streifte. Es war leichter, als jemals zuvor und Kate wusste, dass es an ihrer Wut lag. Liz hatte sie gewarnt, nicht aus diesem Gefühl heraus zu handeln, aber es war ihr egal. In diesem Moment gab es nur sie und Jill. Es war ihr gleich, wie dieser Kampf ausging, solange Jill für ihre Taten büßte.

„Ich bringe dich um, wenn du noch einen Schritt näher kommst.“, rief sie weiter.

„So wie du auch dein einziges Kind ermordet hast?“, gab Kate ruhig zurück und verharrte in ihrer Position.

Mit einem Aufschrei, stürmte Jill auf Kate zu. Sie warf sie erneut zu Boden, wobei die Flasche aus Kates Hand fiel und klirrend über das Eis rutschte. Jill stieß ihr das Messer, ohne Vorwarnung, in den bereits verletzten Arm. Der Schutz auf ihrer Haut schützte Kate nicht ganz, aber sie schaffte es sich freizukämpfen. Sie kroch auf das leuchtende Ding zu und griff danach. Sie stopfte die Seele in ihre Jackentasche und hoffte, sie würde allem standhalten.

Kate rappelte sich auf und lief auf die Tür zu. Sie musste es schaffen, den Eingang zu verschließen, bevor noch jemand hereinkam.

Jill war ihr dicht auf den Fersen. Ihre Beine waren viel länger und Kate schaffte es nur ihr zu entkommen, weil sie ungeahnt nach links auswich und in ein weiteres Zimmer rannte, weg von der Treppe. Sie stolperte über etwas, das auf dem Boden lag, fiel aber nicht hin. Jill blieb keuchend stehen. Kate wich rückwärts zurück, bis sie etwas Hartes im Rücken spürte.

„Du kannst nicht ewig wegrennen und wir wissen beide, dass du deine Fähigkeit nicht beherrscht.“, sagte sie. Kates Arm schmerzte, ebenso wie ihr Knie, dass sie sich beim Aufprall aufgeschlagen hatte. Sie spürte etwas Nasses unter ihren Fingern. Die Säule, gegen die sie sich lehnte fing an sich aufzulösen. Sie hielt der Temperatur ihrer Hand nicht länger stand. Kate erinnerte sich an eine Aufgabe von Liz, die sie bisher nicht geschafft hatte. Mit der Hand strich sie durch die Pfütze und schleuderte kleine Eiskristalle auf Jill. Die wich gerade noch rechtzeitig aus, aber es verschaffte Kate genug Zeit, um weiter zu rennen.

„Gib mir ihre Seele.“, hörte sie Jill kreischen. Sie klang längst nicht mehr, wie die Frau, die Kate bei sich aufgenommen hatte und die ihnen so viel beigebracht hatte.

Nein, dachte sie. Du wirst ihre Seele nicht bekommen und wenn ich sterbe.

Sie lief durch weitere Türen, bis sie plötzlich wieder an der Treppe auskam. Ohne über die Folgen nachzudenken stürmte sie hinunter und landete mit einem Satz in der weichen Erde. Jill erschien auf dem oberen Absatz, aber Kate hatte keine Zeit sich darum zu kümmern. Sie hastete weiter auf den schmalen Spalt in der Wand zu und lehnte sich dagegen. Sie glaubte fast, es nicht mehr zu schaffen, doch für einen wunderbaren Moment siegte die Kälte in ihr und verschloss den Weg nach draußen. Das Gefühl der Erleichterung durchfuhr sie, bevor die Hitze wieder aufflammte. Alles drehte sich und ihr Kopf fühlte sich an, als wollte er in tausend Teile zerspringen. Stille presste sich auf ihre Ohren. Als sie Luft holte, spürte sie, wie trocken ihr Mund war. Ihre Finger waren feucht und zittrig. Alles drehte sich. Erschöpft brach sie zusammen und das Letzte was sie sah, war Jill.

„Hä?“, machte Lee, der überhaupt nicht wusste, worum es bei Cassys Lied ging. Mai blieb stumm und suchte den Zusammenhang, zwischen der letzten Strophe und Kates Brief.

„Was bedeutet das?“, fragte Alessio langsam.

„Das ist eine alte Prophezeiung. Sie erzählt die Geschichte Umbrias.“, fing Cassy an.

„Es heißt darin, dass die Drachenwächter angeblich einen Menschen aufgenommen haben und dass dieser die Aufgabe hat, die Liebe zu finden, um seiner Bestimmung nachzugehen.“

„Ja, ich weiß.“, redete Alessio dazwischen. „Ich will nur wissen, was die letzte Strophe bedeutet.“

„Das ist doch offensichtlich.“, flüsterte Mai. Sie sah ganz deutlich, wie Kate die Worte verstanden hatte. „Laut dieser Prophezeiung hat Kate die Kraft dazu, das Böse dieser Welt zu besiegen, vorausgesetzt sie tut es allein.“, übersetzte Mai. Es schien ganz logisch, trotzdem wäre sie an Kates Stelle, nie auf die Idee gekommen, dass die Prophezeiung ihr Leben bestimmt.

„Kate, die mir den Zettel für dich gegeben hat?“, fragte Cassy neugierig. Mai nickte.

„Zettel?“, wollte Alessio wissen. Mai reichte ihm den Brief, in dem Wissen, dass auch er nicht lesen konnte, was dort stand.

„Sie schreibt nur, dass sie das Lied gehört hat, aber das Ende nicht kennt. Jetzt ist sie gegangen.“, erklärte Mai. Cassy sah sie mit großen Augen an.

„Sie ist das Mädchen aus der Prophezeiung? Aber dann stirbt sie doch.“, sagte sie.

„Sie stirbt?“, wiederholte Alessio entsetzt.

„Das Ende des Liedes.“, stimmte Mai zu, obwohl sie wusste, dass es ihm das Herz brach. Es war immerhin die Wahrheit und sie würde es ihm nicht verschweigen.

„*Nimmt sich auch ein Herz so rein bezahlt mit dem...*“ Sie brach ab, als sie dem Blick ihres Bruders begegnete.

„Jetzt verstehe ich überhaupt nichts mehr.“, sagte Lee. Wie sollte er auch? Er wusste nichts von Kate und Alessio, oder davon, dass dieser ein Wächter war.

„Das ist unmöglich. Wer sagt, dass es wahr wird?“, fragte Alessio, ohne Lee oder Sanny zu

beachten, die Beide nur unwissend von ihm zu Mai blickten.

„Alles ist bisher wahr geworden. Jedes verdammte Wort!“, schimpfte Mai und stampfte mit dem Fuß auf. Als ob ihre Wut helfen konnte. Sie stand auf und setzte sich wieder. Was konnte sie tun?

„Wenn alles wahr ist, dann sag du mir mal, wie Kate meint, sie könne den Himmel zum Einsturz bringen.“, forderte Alessio sie auf. Er schien sich an jede noch so kleine Hoffnung zu klammern. So war ihr Bruder nun mal.

„Keine Ahnung. Sie ist die Eiswandlerin, was weiß ich, inwiefern sie den Himmel beeinflussen kann. Vielleicht meint das Lied ja nicht den richtigen Himmel, sondern ein Dach oder so.“, rätselte Mai. Sie wollte ebenso wie er, dass es nicht stimmte. Cassy riss die Augen auf.

„Das ist es. Sie geht in den Glaspalast.“

Mai überzeugten diese Worte nicht im Geringsten.

„Um das Dach mit Steinen zu bewerfen? Komm schon, das kann nicht dein Ernst sein.“, sagte sie. Cassy machte eine unschuldige Miene und ihr Herz verriet, dass sie ein schlechtes Gewissen hatte.

„Es weiß kaum jemand und es könnte durchaus sein, dass ich es aus Versehen vor ihr erwähnt habe.“, druckste sie herum. „Ich konnte ja nicht wissen, wer sie wirklich ist.“

„Was hast du erwähnt?“, drängte Mai.

„Der Palast besteht nicht wirklich aus Glas. Er heißt nur so, weil er im Licht den Anschein macht aus Glas zu sein. Eigentlich ist er komplett aus Eis.“, sagte sie ernst.

„Was?“, fuhr Mai sie an. „Wie kannst du nur etwas dermaßen Dummes tun?“

„Ich dachte, es wäre einfach irgendein Lied, bedeutungslos. Ich hatte doch keine Ahnung, dass es ernst gemeint ist.“, verteidigte sie sich.

„Außerdem hatte ich bis jetzt keine Ahnung davon, dass sie eine Eiswandlerin ist und etwas mit den Wächtern zu tun hat. Das bedeutet also, der fünfte Wächter ist hier und Kuma hat es mir verschwiegen. Wer von euch ist es denn? Er?“, fragte sie neugierig und deutete auf Alessio, der sich nicht rührte.

„Ganz genau.“, flüsterte Mai an seiner Stelle und vergrub den Kopf in den Händen.

„Wäre es zu viel verlangt, wenn ihr uns einweiht?“, wollte Sanny wissen. Alessio stand auf und fing an die Taschen zu durchwühlen. Mai richtete sich im Sitzen auf.

„Lee. Halt ihn fest.“, sagte sie schnell, aus Angst, ihr Bruder würde jeden Moment davonlaufen. Gerade noch rechtzeitig sprang Lee auf und packte Alessio am Arm. Der warf ihr einen wütenden Blick zu. Mai ignorierte es. Er durfte nicht unüberlegt handeln. Es würde weder Kate noch ihn retten.

„Die Schnellfassung. Es gibt fünf Wächter, die Umbria und das Drachenherz schützen. Vier von ihnen sind weiße Drachen und wie wir jetzt erfahren haben ist Alessio der Fünfte. Da er ein Mensch ist, braucht er noch jemanden, der dieselbe Fähigkeit hat, wie die Drachen und das ist Kate. Dieses Lied ist die Prophezeiung, nach der wir gesucht haben. Sie sagt, Kate müsse das Böse besiegen, aber sie selbst wird vermutlich dabei sterben.“, betete Mai herunter. „Claire ist zu den Drachen gegangen, um sie um Hilfe zu bitten.“

„Ich hätte dich gerne gleich getötet, aber sieh nur, was ich gefunden habe.“, hörte Kate Jill sagen. Ihr Blick war verschwommen und sie wusste nicht wo sie war. Sie versuchte sich aufzurichten, doch sie konnte ihre Hände nicht bewegen.

„Ich habe sie dir auf dem Rücken zusammengebunden, damit du deine Kräfte nicht mehr gegen mich einsetzen kannst.“, erklärte Jill und schwang etwas vor Kates Blick hin und her.

Sie blinzelte ein paar Mal, bis sie den unscheinbaren Anhänger erkannte, der an seiner Kette, zwischen Jills Fingern baumelte. Kate versuchte sich zu befreien, aber Jill hatte gute Arbeit geleistet. Es fühlte sich an, als hätte sie Kate Handschuhe übergezogen.

„Es war nicht klug von meinem Sohn es dir zu geben. Dir konnte ich es wegnehmen, ohne Schaden zu nehmen.“, freute Jill sich und schwang den Anhänger weiter hin und her, wie ein Pendel.

„Gib es mir zurück.“, brachte sie hervor. Jill lächelte nur.

„Wieso sollte ich? Du brauchst es nicht mehr, wenn du tot bist. Ich habe dich nur am Leben gelassen, weil ich ohne dich nicht hier herauskomme. Du hast uns Beide in diesem Kasten eingeschlossen. Außerdem möchte ich, dass du mir sagst wo der Rest davon ist.“, sagte sie und lenkte ihren Blick auf den Teil des Drachenherzens, der Alessio gehörte.

„Und weshalb sollte ich dir helfen? Du wirst mich sowieso umbringen.“, erwiderte Kate kraftlos.

„Ja, das stimmt. Vielleicht muss ich dir erst einen richtigen Grund liefern, mir zu helfen“, sprach Jill mehr zu sich selbst und griff nach einem Messer, welches neben ihr auf einem Tisch gelegen hatte. Sie drehte es zwischen ihren Fingern, doch etwas anderes zog Kates Aufmerksamkeit auf sich. Sie hatte die kleine Flasche entdeckt, in der Claires Seele gefangen war.

Kate musste sie verloren haben. Sie überlegte, wie sie Jill die Seele am Besten entwenden konnte, als ein heller Schmerz durch ihren Arm schoss. Jill war, mit der Spitze der silbernen Klinge, über ihren rechten Arm gefahren. Doch einen Atemzug später, tat es kaum noch weh und wenn sie genauer darüber nachdachte, spürte sie weder die Schürfwunden noch die Verletzung, die Claire ihr zugefügt hatte. Langsam machte sich ein dunkler Gedanke in ihrem Kopf breit. Jill, die Kate interessiert beobachtete, schien es zu spüren. Sie lächelte.

„Ich habe vergessen es zu erwähnen. Dein Arm ist ganz dunkel geworden. Ich denke, Claire hat diesen Fluch auf dich übertragen, aber mach dir keine Gedanken, du stirbst ja sowieso.“, grinste Jill. Kate wandte ihren Kopf nach rechts, um ihren Arm besser sehen zu können. Tatsächlich war er beinahe schwarz. Von den Wunden, war nichts mehr zu sehen. Doch was nützten ihr diese Selbstheilungskräfte.

Jill erhob sich.

„Wo willst du hin?“, rief Kate ihr nach.

„Oh, ich verstecke nur, was jetzt mir gehört. Ich will schließlich nicht riskieren, dass es den falschen Leuten in die Finger gerät.“, antwortet Jill, tippt gegen ihre eigene Hand und nahm Claires Seele an sich.

Kate sah sich um. Sie war in einem kleinen Zimmer, wo es nicht viel mehr gab, als das Bett, auf welchem sie lag. Irgendwie schaffte sie es sich aufrecht hinzusetzen. Ihre Hände bekam sie jedoch nicht los. Sie waren so fest verschnürt, dass ihre Handgelenke bereits schmerzten.

Umständlich kletterte Kate aus dem Bett. Mit Freude stellte sie fest, dass sie in einer der oberen Etagen waren. Sie erkannte es am Boden. Das Eis kühlte ihre Füße und gab ihr selbst einen Funken Hoffnung. Langsam lief sie auf die andere Tür zu und hoffte, dass sie offen war. Es würde wenig Sinn machen, dort zu verschwinden, wo auch Jill hingegangen war. Sie stieß mit der Schulter gegen das Eis und bemerkte, wie es sich bewegte.

Sie war noch nicht ganz über die Schwelle getreten, als sie hinter sich Schritte wahrnahm. Jill kam zurück. Hastig zwängte sie sich durch den schmalen Türspalt.

„Hey.“, schrie Jill ihr nach, als sie losstolperte.

„Bleib gefälligst hier.“ Kate hörte sie fluchen, doch sie achtete nicht auf die Worte. Wieder wurde ihr schwindelig und sie wünschte sich nichts mehr, als dass sie den Trank nicht genommen hätte. Es wäre besser gewesen auf Sannys Warnung zu hören.

Jill war ihr dicht auf den Fersen und Kate sah keine weitere Möglichkeit zu fliehen.

Sie wich an die Wand zurück und lehnte sich dagegen. Wenn sie es jetzt nicht tat, würde sie es nie schaffen. Jill kam auf sie zu. Kate versuchte sich vorzustellen, das Gebäude wäre mit ihr verbunden. Ihre Hände waren nutzlos, doch Jill schien vergessen zu haben, dass Kate ihre Fähigkeit nicht ausschließlich darüber kontrollierte.

Jeder Turm, jedes Zimmer, alles hörte auf sie und wartete nur darauf, in sich zusammenzubrechen. Ihre Füße kribbelten. Sie schienen sich auf das zu freuen, was hoffentlich passieren würde.

Kate glaubte, ein Knistern aus den Wänden zu hören und sie erinnerte sich daran, was sie gelernt hatte. Wenn es um die Wärme ging, war die Liebe das stärkste Gefühl, dass sie rufen konnte. Ihre ganze Umgebung schien sich in Zeitlupe zu bewegen und Kate schloss trotz der Warnung von Liz die Augen, um sich das Bild ihrer Eltern in das Gedächtnis zu rufen, das Bild ihrer Freunde. Ein Knacken ertönte, laut genug, dass Jill stehen blieb. Kate brauchte es nicht zu sehen. Sie spürte es.

Das Stärkste Gefühl hatte sie sich für den Schluss aufgehoben. Sie öffnete nun doch die Augen. Sie wollte die Angst auf Jills Gesicht sehen. Dieselbe Angst, die sie selbst vor ein paar Minuten gespürt hatte. Jill blickte zum Himmel. Die Seelen leuchteten durch das Dach auf sie hinab und spiegelten sich in ihren dunklen Augen. Sie waren auf Kates Seite.

Jill war stehen geblieben, unwissend über das, was in Kate vor sich ging. Es war erstaunlich, wie nah der Himmel war, ganz so, als wäre er tatsächlich direkt über ihren Köpfen.

Kate lächelte. Ihre Augenlider senkten sich und sie konzentrierte sich wieder auf ihr Herz. Es war das Gefühl, das sie nur dann spürte, wenn sie bei Alessio war. Geborgenheit, Schutz und Liebe. Es war, als hörte sie ihn ihren Namen flüstern. Der Gedanke an seine Stimme reichte bereits.

Sie riss die Augen auf, als das Eis zersprang.

Sie sah es, als wäre sie selbst nicht dabei. Der Himmel zerbarst in tausend Teile und seine Splitter rasselten zu Boden, wie ein Hagelsturm. Sie schlugen darauf ein, gefolgt von größeren Brocken, die alles zerschlugen, was ihnen in den Weg kam. Kate sah, wie Jill zu Boden ging. Eine Spitze aus dem Eis einer Säule durchbohrte ihren Bauch. Ihr Durchmesser war so breit, dass sie es unmöglich hatte überleben können. Ihr Kopf kippte zur Seite und ein Rinnsal Blut tropfte aus ihrem offenen Mund. Das Eis jedoch steckte wie ein riesiger Pflock in Jills Körper.

Kate machte einen zögernden Schritt nach vorne, dann spürte sie einen starken Schmerz in ihrem Kopf, der nichts mit der Hitze zu tun hatte und alles wurde schwarz.

„Es ist verrückt. Kate kann nicht... Sie ist...", stammelte Sanny, bevor sie unterbrochen wurde. Ein lautes Krachen drang von draußen herein und ließ die Wände erzittern. Das Geräusch von berstendem Glas, messerscharf zerschnitt es ihm das Trommelfell und ihm war, als würde sein Herz auf die selbe Weise in tausend Stücke zerspringen. Bevor er es sah, wusste er, was passiert war. Alessio riss sich von Lee los und rannte aus der Höhle. Die Anderen zögerten nicht und stürmten ihm nach.

Er sah noch, wie die Türme in sich zusammenbrachen, an den Felsen zerschellten und auf die umliegenden Höhlen niederprasselten. Der Lärm war ohrenbetäubend und rief sie alle auf das Feld. Die Drachen stürmten aus ihren Verstecken. Einige blieben wie angewurzelt stehen, Andere flohen in die entgegen gesetzte Richtung.

Da waren die Wächter. Sie kamen auf ihn zu.

„Was hat das zu bedeuten?", rief Kuma ihm entgegen, aber er war nicht im Stande etwas zu erwidern. Er hätte es wohl auch dann nicht getan, wenn er gewusst hätte, wie.

Er spürte Lees festen Griff, der ihn erneut zurückhielt. Ein zweites Mal würde er nicht entwischen können. Aus den Augenwinkeln sah er Mai, die im Schnee kniete und zu den Trümmern hinüber sah. Cassy sprach auf den Drachen ein. Dabei redete sie eindeutig in einer fremden Sprache. Die Geräusche verstummten alle zugleich.

Lee zog sein Schwert. Er schien die gleiche Bedrohung zu spüren, die auch Alessio fühlte. Eines war gewiss, es hatte nichts mit der Kälte zu tun, die ihm in die Brust stach.

Ein rotes Leuchten erschien hinter dem zerstörten Palast und stieg aus dem dunklen Felsspalt auf, der zuvor von dem Gebäude verdeckt gewesen war. Es erhellte das Dorf. Plötzlich sah es aus, als wären die Höhlen und die Berge nicht länger mit

Schnee bedeckt. Wie Blut, schimmerte er und fraß sich in sein Herz. Flammen schossen in den Himmel.

„Was ist das?“, staunte Lee, als ein riesiges, brennendes Wesen zum Vorschein kam. Es war doppelt so groß, wie einer der weißen Drachen und konnte offenbar fliegen.

„Tarsis.“, rief der Drache Taran erschrocken und wich zurück.

Mai war so schnell auf den Beinen, dass niemand sie hätte aufhalten können.

In Gestalt des weißen Tigers stürmte sie auf das zerstörte Schloss zu, Tarsis entgegen, als gäbe es rein gar nichts, auf der Welt, für das es sich mehr lohnte zu sterben. Lee hatte nun endgültig vergessen Alessio festzuhalten. Der zögerte nicht und rannte seiner Schwester nach. Er bemerkte noch, wie die Drachen sich auf das flammende Monster stürzten. Hinter sich hörte er die Rufe der Anderen, die ihn zurückhalten wollten. Sie versuchten ihm zu folgen, doch er dachte nur daran Kate zu finden. Selbst Mai, die mit ihrer Fähigkeit einige Vorteile besaß, holte er beinahe ein, so schnell rannte er. Sie verwandelte sich zurück, in demselben Moment, wie er neben ihr auftauchte. Sie blieb eine Weile stehen und betrachtete den zerstörten Palast, doch Alessio lief sofort weiter. Er fing an die Eisplatten zur Seite zu hieven. Immer wieder rief er Kates Namen, auch wenn es mittlerweile so laut war, dass sie ihn unmöglich hätte hören können.

„So ein Scheiß.“, hörte er Lee fluchen, als eine Horde Manganen über die Berge in das Tal Cairus vordrang. Einst waren auch sie Menschen gewesen, doch ihre entstellten Gesichter, hatten nichts menschliches mehr an sich. Alessio hatte noch nie zuvor so viele von ihnen gesehen, doch er wandte seinen Blick ab.

Ihre Krallen konnten ihm nichts anhaben. Geschützt von der

Kraft der Drachenschuppen, stieß er die bei Seite, die ihm in den Weg traten und kämpfte sich weiter durch die Überreste des Palastes. Mai hatte sich wieder ihrer Fähigkeit hingegeben und riss mindestens genau so viele Gegner mit ihren Pranken nieder wie Lee, der sein Schwert durch die Meute wirbeln ließ, als sei es ein Tanz. Er sah von Weitem wie auch Cassy einige der Monster niederstieß, um ihr und Sanny einen Weg zurück zu den sicheren Höhlen zu bahnen.

Alessio warf unzählige Eisbrocken in die Richtung der Felsen und traf dabei einige der Angreifer, was sie nur wütender zu machen schien. Doch er machte weiter, bis er plötzlich in eine schwarze Flüssigkeit trat. Beinahe wäre er ausgerutscht. Er bückte sich und suchte den Ursprung.

Unter einigen größeren Eisplatten tauchte eine fast unbeschädigte Kuppel auf. Er ging im Kreis um sie herum und entdeckte einen offenen Spalt. Sie wirkte künstlich, als gehöre sie nicht hier her.

„Kate?“, rief er, doch auch dieses Mal kam keine Antwort. Er hockte sich hin und steckte den Kopf hinein. Der Atem stockte ihm, als er Claire entdeckte. Der Spalt war sehr schmal und als er versuchte ihn weiter aufzubrechen, stieß er sich nur die Hände blutig. Er griff soweit hinein, wie nur möglich und schaffte es schließlich Claires Körper unbeschadet herauszuheben. Besser gesagt, ohne ihn weiter zu beschädigen. Er sah die Wunde an ihrem Hals. Sofort war klar, dass es nicht durch den Einsturz des Gebäudes passiert sein konnte. Jemand musste ihr ein Messer oder etwas Vergleichbares hineingestoßen haben, aber wer?

Und wie war sie überhaupt in den Palast gekommen? Hatte Mai nicht gesagt, sie wolle zu den Wächterdrachen gehen und sie informieren?

Dass Claire tot war, ermutigte ihn nicht gerade und wenn er

ehrlich war, machte es ihn sogar ein wenig traurig, obwohl er sie nie gemocht hatte. Er hob den Leichnam hoch und trug ihn in die Höhle, in der Cassy, gemeinsam mit Sanny verschwunden waren.

Sie ließen ihn eintreten.

„Sie ist bereits tot.“, sagte er trocken zu Sanny, als die gleich aufsprang, um zu helfen. Er legte Claires Körper auf den Boden und wandte sich augenblicklich wieder zum Gehen.

„Vielleicht solltest du hier bleiben. Draußen ist es gefährlich.“, überlegte Cassy. Sanny sah aus, als würde sie gerne laut auflachen.

„Was redest du da? Wenn jemand hinausgehen sollte, dann er.“, meinte sie und holte eine Schale die sie mit Wasser füllte, um das Blut von Claires Haut zu waschen.

Alessio antwortete nicht. Er warf ihnen noch einen raschen Blick zu und verschwand erneut in der Schlacht.

In Trümmern

Die Schlacht erstarb langsam und die meisten Anhänger Tarsis hatten sich bereits zurückgezogen, als sie Jill fanden. Tarsis selbst kämpfte unerschütterlich weiter, gegen die vier weißen Drachen. Niemand hätte sagen können, wer gewann.

Mai und Alessio erblickten fast gleichzeitig die Leiche, doch noch bevor sie bei ihr waren, landete das riesige, geflügelte Wesen zwischen ihnen. Die Flammen erloschen und ein Mann tauchte aus ihnen auf. Alessio erkannte sein Gesicht, auch wenn er bisher nur Zeichnungen von Tarsis gesehen hatte. Überrascht sah er Tränen in den Augen ihres Feindes, als dieser sich zu Jill hinunterbeugte. Etwas stimmte hier nicht, er fühlte es. Fast zärtlich strich Tarsis über Jills Gesicht, bevor er sie hochhob und in einem wirbelnden Feuersturm verschwand, als wäre er nichts weiter, als ein böser Traum gewesen. Zurück blieb das geflügelte Monster, dessen Gestalt er sich zu eigen machte. Tarsis flog davon und mit ihm flohen all jene, die durch den dunklen Spalt gekommen waren. Augenblickliches kehrte wieder Ruhe, in das Tal ein.

„Hey, bring sie zurück.“, schrie Mai ihm vergeblich nach.

Alessio hätte vielleicht an einen Traum geglaubt, wenn nicht die Überreste des Palastes und ihre toten Feinde gewesen wären oder das Stechen in seinem Herzen. Dieses grausame kalte Gefühl, welches seine Seele zerstörten wollte, hielt weiter an. Auch nachdem der Kampf vorüber war, löste er sich nicht von den kühlen Schuppen auf seiner Haut, als wären sie auch ein Schutz gegen Angst und Trauer.

Der Wind war besonders kalt in dieser Nacht, doch er war nichts im Vergleich zu der Kälte, die sich in seinem Inneren auszubreiten schien.

Was auch passierte, er wollte den Gedanken nicht zulassen, dass Kate tot war. Ungeduldig trat er einen toten Feind aus dem Weg und machte sich weiter auf die Suche nach ihr.

„Alessio?“, fragte Cassy vorsichtig. Er drehte sich wortlos zu ihr um. Es war ihm ein Rätsel, weshalb sie seine Zeit stahl. Jede Minute zählte.

„Kuma möchte dich kurz sprechen. Er sagt, es sei wichtig.“, sprach sie unsicher, als hätte sie Angst davor, er könnte sie schlagen.

„Nichts ist wichtiger, als das wir Kate finden.“, antwortete er grob und vermied es jemandem ins Gesicht zu sehen.

„Ich suche weiter nach ihr. Ein paar Minuten kannst du opfern. Geh zu ihm, er sieht schlecht aus.“, sagte Mai und berührte sacht seinen Arm.

„Ich suche auch mit.“ Dana stand plötzlich neben Lee.

„Nur ein paar Worte.“, willigte Alessio ein und folgte Cassy in die Höhle. Er war nicht sehr erpicht darauf zu erfahren, was Kuma ihm dieses Mal erzählen wollte. Hatte er nicht genug Schaden angerichtet?

Der Drache lag auf einem Stapel Decken. Er sah wirklich schrecklich mitgenommen aus.

Die Schuppen waren blutig, durch die vielen Schnittwunden und sein Rücken war verbrannt. Alessio hatte noch nie zuvor gesehen, dass Schuppen einfach geschmolzen waren. Eine lederne braune Haut war dort zu erkennen, wo Tarsis Flammen ihn berührt hatten.

„Wächterjunge.“, begrüßte er ihn mit leiser, trauriger Stimme. Es war keine Spur mehr von der Kraft zu hören, die er besessen hatte.

„Du wolltest mich sprechen.“, gab Alessio unfreundlich

zurück. Er nahm es ihm immer noch übel, wie er über Kate gesprochen hatte und dass er sie für so unwichtig gehalten hatte. Er machte Kuma auch dafür verantwortlich, dass er nicht bemerkt hatte, was Kate vorgehabt hatte.

Sicher er hatte mitbekommen, wie sie seinem Blick ausgewichen war, bei ihrer letzten Begegnung. Er versuchte den Gedanken zu vermeiden, dass es vielleicht für alle Zeiten die Letzte gewesen war. Wäre er nur nicht so beschäftigt gewesen, wütend auf die Wächter zu sein, dann hätte er es hinterfragen können. Unter anderen Umständen, wäre sie unmöglich dazu gekommen, alleine zu gehen. Was die Prophezeiung auch gesagt hatte, es wäre ihm egal gewesen und er hätte es nie zugelassen. Rückblickend betrachtet, hatte es viele Hinweise gegeben, die er dank seiner Wut übersehen hatte. Sie war nicht nur seinem Blick ausgewichen. Sie hatte ihn kein einziges Mal angelächelt und kaum auf ihn reagiert. Es hätte ihm spätestens auffallen müssen, als sie nicht auf seine schlechte Laune eingegangen war, denn normaler Weise erkannte sie diese und versuchte es zu verstehen.

„In der Tat, das wollte ich.“, unterbrach Kuma seine Gedanken. „Ich fühle es. Meine Zeit ist gekommen, doch bevor ich gehe, möchte ich dir noch ein paar Dinge erklären.

Zuerst, es tut mir leid, was ich dir bei unserem letzten Gespräch gesagt habe. Es war weder freundlich, noch besonders weise.“ Er senkte den Kopf.

„Ich bin froh, das zu hören.“, antwortete Alessio und verschränkte die Arme.

„Aber du solltest wissen, dass ich dir diesen Vorschlag nie gemacht hätte, wenn ich die Prophezeiung nicht gekannt hätte...“

„Warte mal. Ihr wusstet es? Ihr habt es allen Ernstes gewusst. IHR WUSSTET, SIE WÜRDE STERBEN UND

HABT ES MIR NICHT GESAGT?“, brüllte er den Drachen an. Er wollte auf ihn losgehen, doch Cassy hielt ihn mit unglaublich viel Kraft zurück. Er hatte nicht einmal bemerkt, dass sie noch neben ihm gestanden hatte.

„Ja, wir wussten es.“, antwortete Kuma beschämt und sah ihn nicht an. Alessio machte auf dem Absatz kehrt. Tränen verschleierten seinen Blick. Er wollte die Höhle bereits verlassen, als der Drache ihn zurückrief.

„Bitte, Wächterjunge. Eines noch.“

„Habt ihr etwa noch mehr zu beichten?“, fuhr Alessio ihn wütend an.

„Nein, das nicht, aber ich wollte euch dabei haben, wenn ich Cassy beauftrage, einen neuen Drachenwächter zu ernennen.“ Er streifte sich die Kette vom Hals und legte sie Cassy in die Hände.

„Beschütze es, bis sich ein neuer Wächterdrache findet.“, sagte er und schloss die Augen.

Er war sofort tot.

Dunkelheit. Schmerz. Brennen...

Sie sah nichts, als Schwärze, fühlte nur die Schmerzen und konnte an nichts denken, abgesehen von dem Feuer, auf ihrer Haut…

Atmen tat weh. Etwas Schweres lastete auf ihrem Brustkorb. Sie spürte es deutlich, war aber zu schwach, um nachzusehen. Mit verschlossenen Augen versuchte sie herauszufinden, wo ihre Arme waren. Ein Stechen und Brennen in der rechten Seite verriet es ihr...

Ihre Finger zuckten. Sie versuchte sich irgendwie aufzurichten, doch etwas lag auf ihr und drückte sie nach unten, kalt und schwer. Wo war sie nur? Sie wollte um Hilfe rufen, doch sie hatte vergessen, wie man sprach. Hatte sie es nicht vor langer Zeit gekonnt? Vielleicht würde es ihr wieder einfallen, wenn sie versuchte sich an ihren Namen zu erinnern.

Sie wusste ihn nicht mehr. Alles an das sie sich erinnerte, waren Schmerzen, große Schmerzen und Angst, oder war es Wut? Wie unterschied man diese Gefühle voneinander, wenn sie immer gleichzeitig auftraten...

Sie fühlte sich, als würde ihre Haut verbrennen. Doch nicht nur ihre Haut schien in Flammen zu baden, sondern ihr ganzer Körper. Ein weiteres Gefühl kehrte zurück. Sie erkannte es rasch. Trauer, verbunden mit Schmerzen, die noch schlimmer waren, als die, die sie kurz zuvor empfunden hatte...

Wieso nur, erinnerte sie sich nicht mehr an ihren Namen? Er war in Dunkelheit getaucht, so tief, dass sie ihn nicht erreichen konnte. Ein Anderer schwebte durch ihren Kopf. Alessio. Es klang vertraut, doch sie wusste kein Gesicht dazu. Da war nichts, als ein Gefühl. Es schien die Schmerzen zu vertreiben und zu ihrer Überraschung, schien auch die Last, auf ihrem Körper, mit ihnen zu verschwinden...

Kühles Wasser tropfte plötzlich auf ihre Haut und löschte sacht das lodernde Feuer. Sie erinnerte sich wieder daran, eine Fähigkeit gehabt zu haben. Das was sie zu Boden drückte, waren Scherben aus Eis. Sie wusste, wie sie diese geschmolzen hatte und genau das tat ihr Körper gerade ganz von alleine. Er befreite sie von der Last auf ihrer Lunge...

Kate. Stimmen drangen zu ihr vor, unklar aber wirklicher, als ihre Gedanken. Kate. Sie erinnerte sich daran, etwas zu hören. Kate. Das war ihr Name, oder...

Der Geruch von Rauch und Blut erinnerte sie, eine Nase zu haben. Fast gleichzeitig, konnte sie wieder schmecken. Ein bitterer, saurer Geschmack lag auf ihrer Zunge...

Weißes Licht zwang sie dazu, ihre gerade entdeckten Augen wieder zu schließen...

Weicher Stoff glitt, wie Wasser, über ihre Haut, als sie sich bewegte. Ferne Stimmen weckten ihre Ohren. Eine kühle Brise wehte den Geruch von Tannennadeln herbei und streichelte ihr Gesicht. Leichtigkeit machte sich breit.

Kate öffnete die Augen und erkannte blinzelnd eine der Drachenhöhlen. Sie war hoch gebaut und bemalt mit Geschichten aus längst vergessenen Tagen.

Kate setzte sich auf. Sie war alleine. Sie schob die Decke zurück und bemerkte, dass sie ein weißes Kleid trug, so wie die, mit denen Cassy sich kleidete. Neben dem Bett stand eine Schale Wasser. Sie tauchte die Finger hinein und ließ es ihren Arm hinaufwandern, bis zu der sorgsam gewickelten Binde. Das sah ganz nach Sannys Werk aus. Kate zog an dem Ende. Sofort wickelte sie sich ab.

Der Stich von Jills Messer war gänzlich verheilt. Sie suchte ihren Körper nach weiteren Verbänden und Verletzungen ab, konnte aber nichts Verdächtiges finden. Sie schwang die Beine aus dem Bett, langsamer als sonst, weil ihr leicht schwindelig wurde. Ihre nackten Zehen berührten den kratzigen Steinboden. Sie stand auf und ging einige unsichere Schritte. Sie musste sich an der Felswand abstützen, als die Wärme ohne Vorwarnung bis in ihren Kopf schoss und Übelkeit in ihr aufloderte.

Sie wartete, bis sich ihr Körper wieder beruhigt hatte und wagte weitere Schritte in Richtung Höhlenausgang. Sie hielt inne, bevor sie den Schnee berührte. Sie hatte plötzlich Angst ihre Fähigkeit könnte sich verändert haben, weil sie diese so stark beeinträchtigt hatte. Stimmen wehten durch den Wind, wie leise Melodien, als wollten sie Kate herbeilocken.

Sie legte ihre Ängste ab und folgte ihnen, bis sie sah, woher sie stammten. Sanny, Lee, Mai und Alessio standen, gemeinsam mit Cassy, bei einem der Wächterdrachen.

Sie alle sahen mitgenommen aus, waren aber soweit sie es erkennen konnte unverletzt. Kate fragte sich, wie viel sie bereits wussten, von Claires Tod und Jills Bosheit. Mai bemerkte sie zuerst. Sie wandte den Kopf, als hätte Kate ihren Namen gerufen. Langsam hob sie die Hand und legte sie auf Alessios Arm. Er hatte mit dem Rücken zu Kate, neben seiner Schwester, gestanden. Jetzt sah er auf und folgte ihrem Blick.

Als seine Augen auf ihre trafen, wusste Kate weder was sie tun, noch was sie denken sollte, sie blieb einfach stehen.

Was erwarteten sie und was verlangte sie von den Anderen? Wut oder Freude?

Sie hatte nicht genug Zeit es herauszufinden. Alessio lief auf sie zu. Es waren nur einige, wenige Meter, ein paar große Schritte. Er schlang die Arme um sie und drückte sie so fest an sich, dass sie den Boden unter den Füßen verlor. Kate erwiderte die Umarmung und presste das Gesicht gegen seine Schulter, um nichts mehr sehen zu müssen.

Sie wollte die Fragen und Vorwürfe der Anderen nicht sehen. Es kam ihr wie ein Wunder vor, dass sie überlebt hatte. Sie hatte zuletzt nicht mehr damit gerechnet, Alessio wiederzutreffen und jetzt da es doch geschah, sollte nichts den Moment zerstören.

„Wie konntest du nur einfach so gehen, ohne mir was zu sagen.“, murmelte er und setzte sie wieder auf die Füße. Er nahm ihr Gesicht zwischen seine Hände und küsste sie, auf die Stirn, die Nase, die Lippen. Dann umarmte er sie ein zweites Mal.

„Ich habe mir Sorgen gemacht. Wir dachten, du seist tot.“, flüsterte er und rief damit die Erinnerungen an Jill und Claire hervor.

„Claire. Wo ist Claire?“, fragte Kate. Sie wollte sie sehen, auch wenn sie wusste, dass es sie nicht zurückbrachte und da war noch etwas, um das sie sich sorgte. Jill hatte Claires Seele mitgenommen. Sie wusste nicht, wo sie diese finden konnte. Der Palast war zerstört. Sie wusste es, ohne ihn zu sehen.

„Es tut mir leid. Sie hat es nicht überlebt. Wir wissen nicht...“, fing er an.

„Sie hat sie getötet. Ihr eigenes Kind und sie wollte und...“, Kate fand nicht die Worte, nach denen sie verzweifelt suchte.

„Wie schön, dass du wach bist.“, sagte Mai plötzlich neben ihr. Sie lächelte, wenn auch nicht ganz so unbeschwert, wie sonst.

„Ich bin verdammt böse auf dich.“, fuhr sie Kate an und warf zugleich die Arme um sie.

„Du, du.“, mehr brachte sie nicht hervor, da sie angefangen hatte zu weinen.

Kate biss sich schuldbewusst auf die Unterlippe. Alessio tätschelte seiner Schwester beruhigend den Rücken.

Mai ließ Kate los und schlug ihr gegen den Arm.

„Wirklich ich hasse dich.“, brachte sie hervor.

„Nein, tue ich nicht.“, flüsterte sie und drückte Kate erneut an sich.

„Mai. Das hatten wir doch schon. Beruhige dich.“, sagte Alessio ganz so, als hätte er diesen Satz in letzter Zeit oft sagen müssen.

Mai trat zurück und holte tief Luft.

„Ok, ok. Ich glaube es geht jetzt.“, meinte sie.

Die Anderen kamen ebenfalls zu ihnen und selbst Lee und Cassy schienen sich zu freuen, sie zu sehen. Sanny war die Einzige, die Kate nicht umarmte. Stattdessen blickte sie nur streng drein und verschränkte die Arme vor der Brust. Es war deutlich zu sehen, dass es ihr nicht passte, dass Kate aufgestanden war. Sie mochte es nicht, wenn die Verletzten sich ihr Widersetzten, aber Kate fühlte sich gesund und schließlich hatte Sanny ihr nichts verboten.

„Wer hat wen getötet? Von wessen Kind hast du gesprochen?“, fragte Alessio, als es wieder ruhiger geworden war.

„Ich bin dafür, wir besprechen das drinnen.“, sagte der Drache nachdenklich. Kate fragte sich wo der Rest von ihnen war. Sie hatte keinen der anderen Wächter bisher gesehen.

„Ja, ja, sie kann gerne die ganze Geschichte erzählen, aber zuerst sagt sie mir, was sie angestellt hat.“, sagte Sanny und wandte sich an Kate.

„Deine äußerlichen Verletzungen waren nicht annähernd gefährlich. Du hast auch keine ersichtlichen inneren Schäden und trotzdem habe ich dich grade noch retten können."

„Was meinst du damit? Du sagtest doch...", warf Alessio ein, aber Sanny unterbrach ihn.

„Glaubst du etwa, ich sage gerade dir die Wahrheit?", fragte sie ihn. „Nicht nach dem, was du mir erzählt hast. Außerdem weiß ich nicht mal jetzt, was es war, dass sie beinahe getötet hat."

„Ich kann es dir sagen, aber es wird dir nicht gefallen.", sagte Kate leise zu Sanny. Die blickte sie gespannt an.

„Ich habe wohl etwas zu viel von deinem Trank genommen, der gegen Kälte hilft.", gab sie zu.

„Seit wann ist dir kalt?", fragte Mai dazwischen.

„Oh, mir war nicht kalt. Ich dachte, ich könnte die Wärme verstärken.", erklärte Kate.

„Um unseren Palast zu zerstören.", sagte der Drache traurig. Kate sah ihn entschuldigend an.

„Wie viel mehr hast du denn genommen?", fragte Sanny betont ruhig. Doch Kate sah ihr den Ärger an.

„Naja, ein wenig mehr eben.", versuchte sie sich herauszureden.

„Geht es etwas genauer bitte.", forderte Sanny.

„Eine halbe Flasche oder mehr?", antwortete Kate.

„Ganz tolle Idee. Ein Wunder, dass du noch laufen kannst.", schimpfte Sanny und packte sie grob am Arm. Sie zog Kate hinter sich her, zurück zu der Höhle, aus der sie gekommen war.

„Ich habe dir doch gesagt, dass du nicht mehr als einen Tropfen in zehn Tagen nehmen darfst. Dieses Zeug ist hochgiftig. Es verätzt dir die Organe, wenn es nicht vorher dein

Herz zersetzt. Hattest du vor dich umzubringen?“

„Du hast sicher irgendein Gegenmittel, oder?“, fragte Alessio besorgt und lief ihnen nach. Auch die Anderen folgten ihnen.

„So einfach ist das nicht. Du kannst nicht einen Trank zu dir nehmen und seine Wirkung mit einem Weiteren aufheben.“, erklärte sie.

„Aber es geht mir gut.“, protestierte Kate.

„Das entscheide immer noch ich.“, meinte Sanny, drückte sie auf das Bett und fing an in ihrer Tasche zu wühlen. Alessio setzte sich ebenfalls.

„Eine Frage bleibt noch offen. Woher kamen diese schwarzen Flecken auf deiner Haut? Das gehört nicht zu den Nebenwirkungen dieser Tränke.“, überlegte Sanny. Kate bemerkte erst jetzt, dass ihre Haut wieder ganz normal aussah. Die dunklen Schatten, die Mavericks Fluch auslöste, waren nirgendwo zu finden, dabei war sie sich ganz sicher, dass Claire sie mit ihrem Blut infiziert hatte.

„Welche Farbe haben meine Augen?“, fragte sie Alessio und überging Sannys Fragen. Er sah sie an, als überlegte er, ob sie den Verstand verloren hätte.

„Ähm, sie sehen aus wie immer, wieso? Geht's dir nicht gut?“, wollte er wissen. Kate verspürte einen Anflug von Erleichterung. Claires Augen hatten immer einen Stich lila enthalten, also hatte der Fluch sie vielleicht verschont. Kate konnte sich nur nicht erklären, was der Grund dafür war.

„Warte mal, verstehe ich das richtig?“ Sanny drehte sich langsam zu Kate um.

„Die Flecken kamen von deinem Blut?“, hakte sie nach. Kate zog die Schultern hoch.

„Ich denke schon. Also ich bin mir nicht sicher, ob ich es mir nur eingebildet habe, aber mein Arm war eindeutig verletzt.

Claires Blut war überall und ich...“, stammelte Kate unsicher.

„Wovon sprichst du? Ist Kate verflucht?“, wandte Alessio sich an Sanny.

„Es gibt nur einen Weg das zu testen.“, erwiderte diese und zog ein kurzes Messer aus ihrer Tasche. Die Klinge war nicht größer, als ein Daumennagel, aber es schmerzte dennoch, als Sanny zustach.

„Bist du verrückt?“, fuhr Alessio sie an. Sanny ignorierte ihn. Sie nahm Kates Arm, fing ein paar Tropfen Blut in einer Flasche auf und wandte sich ab.

„Du könntest ruhig etwas vorsichtiger sein oder es wenigstens ankündigen, bevor du jemandem ein Messer in den Arm schlägst.“, wies er sie zurecht, nahm Kates Arm und drückte seinen Ärmel auf den Schnitt, um die Blutung zu stoppen.

„Kate hätte in den letzten Stunden wahrscheinlich um die hundert Mal sterben können, da wird sie ein kleiner Stich kaum belasten.“, meinte Sanny gelassen. Sie hatte wohl eingesehen, dass es keinen Sinn gab, mit Alessio zu streiten. Er schien durcheinander und ziemlich übernächtigt zu sein. So wie sie ihn kannte, vermutete Kate, dass er wieder einmal seit längerem nicht richtig geschlafen hatte. Bevor er jedoch etwas erwidern konnte, drehte Sanny sich um.

„Alles in Ordnung.“ Sie hielt das Fläschchen mit Kates Blut hoch. Es sah ganz normal aus, auch wenn Kate sich nicht ganz sicher war, ob sie sich die dünnen goldenen Schliere, vielleicht nur einbildete.

„Das ist gut, aber wie ist das möglich? Ich dachte, man könnte diesen Fluch nicht aufhalten.“, überlegte Kate.

„Den eigentlichen Fluch kann man auch nicht bekämpfen, aber das Gift schon. Du bist erst infiziert, wenn das Gift dein Herz erreicht. Schafft man es das Blut vorher aufzuhalten, dann ist man auch nicht verflucht. Ich kenne ein paar Heiler, die sich dieses Wissen zum Vorteil gemacht haben, indem sie den Betroffenen einen Fuß oder eine Hand abgenommen haben. Man muss nur schnell genug sein.“, erzählte Sanny.

„Das ist ja widerlich.“, meinte Lee.

„Ich denke nicht. Lieber würde ich mit nur einem Fuß leben, als mein Leben lang verflucht zu sein.“, gab Sanny zurück.

„Das erklärt immer noch nicht, weshalb Kate sich nicht angesteckt hat.“, erwiderte Alessio und betrachtete ihre Hände, als würde er überprüfen, ob sie noch alle Finger hatte.

Sanny überlegte nicht lange.

„Ich kann es nur vermuten. Eiswandler werden seltener Krank, weil sie durch ihre Fähigkeit eine starke Abwehr besitzen. Das erklärt auch, weshalb sie die Überdosis von meinem Trank überlebt hat.“, sagte sie.

„Also geht es mir gut, ja? Wie ich es dir gesagt habe?“, fragte Kate. Sanny antwortete ihr mit einem bösen Blick und wandte sich wieder grummelnd ihrer Tasche zu. Kate fühlte sich gleich besser, so lange, bis ihr wieder einfiel, weshalb sie hier saß. Alessio schien das Selbe zu denken.

„Was hast du vorhin gemeint?“, wollte er von Kate wissen. „Du sagtest irgendwas von einem Kind.“

„Claire ist, ich meine, sie war Jills Tochter.“, antwortete Kate.

„Was? Woher weißt du das?“ Mai starrte sie fassungslos an.

„Das würde ja bedeuten, dass sie meine Schwester war.“, überlegte Alessio. Kate schüttelte den Kopf.

„Nicht ganz.“ Sie schluckte, bevor sie weitersprach. „Claire war sozusagen ihr einziges Kind.“

„Das wird ja immer verrückter.“, bemerkte Lee. Kate fragte sich erneut, wie viel die Anderen wussten.

„Was willst du damit sagen?“ Alessio griff nach ihrer Hand,

als er sah, dass ihre Finger zitterten. Sanny reichte ihr eine kleine Knolle. Kate nahm sie Wortlos entgegen und ließ sie auf ihren Schoß sinken.

„Ich weiß nicht, wie ich es am Besten erklären soll.", sagte sie. Kate verstand es selbst nicht genau. Jede Erinnerung an das Geschehene, klang falsch in ihrem Kopf. Sie wollte nicht wahrhaben, dass Jill sie von Anfang an belogen haben sollte. Doch sie hatte es nicht nur zugegeben, sondern auch bewiesen, indem sie Claire getötet hatte.

„Vielleicht erzählst du erst mal nur mir, was passiert ist.", schlug Alessio vor. Es kamen keine Proteste, auch wenn Kate sah, dass Sanny wenig begeistert war.

„Mai soll auch hier bleiben.", entschied Kate schnell. Sie musste es erfahren. Immerhin war Jill für sie wie eine Mutter gewesen und sie hatte ein Recht auf die Wahrheit.

„Ein Glück, dann brauche ich dich nicht belauschen.", sagte sie mit derselben Fröhlichkeit, wie sonst. Sanny verzog das Gesicht und folgte den Anderen. Sie hatte sich sehr verändert. Seit Eddys Tod benahm sie sich, wie ein komplett anderer Mensch. Sie wollte plötzlich überall dabei sein und war dazu übergegangen Befehle zu erteilen, wie sie sich zu verhalten hatten. Kate steckte die Knolle unter das Kopfkissen, auf dem Bett. Sie wollte im Moment nichts von Sannys Heilerfähigkeiten wissen. Ihr ging es gut, zumindest körperlich.

Mai warf die Haare zurück und setzte sich neben Alessio auf die Decke.

„Dann mal raus damit. Was ist passiert, nachdem du Cassy diesen Brief gegeben hast?", fragte Mai gelassen.

„Ich bin in dieses Schloss rein, um Tarsis zu suchen, aber da war nur Jill.", fing Kate an.

„Sie war da?", unterbrach Mai sie sofort wieder.

„Lass sie doch erst einmal erzählen, Mai.", warf Alessio ein.

„Ja. Sie war dort und es ging ihr gut. Die Sache mit der Entführung war erfunden. Sie sagte, sie hätte dort auf mich gewartet. Ich war so überrascht sie zu treffen, dass ihr alles erzählt habe, was in den letzten Wochen passiert ist. Besser gesagt, vieles. Einiges habe ich nicht mehr geschafft, wegen diesem blöden Trank von Sanny. Ich wollte wieder runter ins Dorf gehen, als sie plötzlich anfing diese Dinge zu sagen.“ Kate brach ab und schüttelte den Kopf.

„Was für Dinge, Kate?“, fragte Alessio und sie berichtete ihnen alles, was Jill ihr verraten hatte, über ihren Plan, den sie gemeinsam mit Tarsis verfolgt hatte und dass er die ganze Zeit über auf ihre Befehle hin gehandelt hatte. Sie erzählte, wie Jill als Dienerin der Königin alle ermordet hatte, um sich dann, mit Alessios Hilfe, selbst zur Herrscherin zu ernennen.

Kate sprach so schnell, als würde sie an den Worten ersticken, wenn sie diese nicht bald aussprechen würde. Weder Mai, noch Alessio sagten etwas, bis sie zu dem Punkt kam, an dem das Drachenherz ins Spiel kam.

„Ok, ok, das alles klingt wirklich kompliziert, aber weshalb hat sie uns auf diese Reise geschickt, wenn sie bereits alles über die Prophezeiung und das Herz wusste?“, fragte Mai.

„Ich weiß es nicht genau. Vielleicht hat sie gehofft, die Drachen würden uns ihren Teil geben, denn so wie ich es verstanden habe, kann man einem Wächter, seinen Teil des Herzens nicht wegnehmen.“, überlegte Kate, die es selbst etwas ungewöhnlich fand.

„Das stimmt, aber was wollte sie mit dem Drachenherz anfangen, wenn Brion niemals in Gefahr war?“, wollte jetzt auch Alessio wissen.

„Sie ist besessen davon, selbst eine Gabe zu erhalten und deshalb brauchte sie das Drachenherz, um mir meine Fähigkeit zu nehmen.“ Mai öffnete schon den Mund, um weiter zu fragen, doch Kate ließ sie nicht zu Wort kommen.

„Jill hatte nie eine Fähigkeit, weil sie auf der Erde geboren wurde, anders wie ihre Schwester, meine Mutter. Sie wurde hier geboren und das ist auch der Grund, weshalb Jill mich töten wollte. Sie hat meine Mutter gehasst."

„Wenn deine Mutter die Schwester von Jill ist und Claire Jills Tochter war, dann war sie sozusagen mit dir verwandt?", stellte Alessio fest.

„Ja und jetzt ist Claire nur meinetwegen gestorben, weil Jill ihr die Seele mit so einem Ding ausgesaugt hat, als die mir helfen wollte."

Alessio schwieg einen Moment.

„Meinst du, dieses Ding?", wollte Mai wissen. Kate warf ihr einen Blick zu und erkannte das kleine Fläschchen, welches an einem dünnen Band um Mais Finger baumelte.

„Wo hast du das gefunden?", fragte Alessio und griff danach. Die Seele im Inneren wand sich um ihre eigene Achse.

„Zwischen den Trümmern des Schlosses. Ich dachte, es könnte etwas wertvolles sein. Ich hätte nie gedacht, dass ihre Seele doch so weiß ist.", meinte Mai und legte sich quer auf das Bett.

„Kann man es irgendwie rückgängig machen?" Kates Stimme war nicht mehr als ein Flüstern.

„Ich fürchte nicht. Wenn eine Seele von ihrem Körper getrennt wird, findet sie nicht wieder zurück.", erwiderte Alessio und drehte vorsichtig die Spitze ab, an der noch immer Claires Blut klebte. Kate befürchtete, die Flasche könnte keinen Boden haben und die Seele würde herausfallen. Nichts dergleichen geschah.

„Wir sollten sie jedenfalls schnell befreien, bevor ihr Körper verschwindet.", warf Mai ein.

„Sie hat mir mal erzählt, dass sie lieber eine Beerdigung

hätte, falls sie sterben sollte.“, fiel Kate ein.

„Richtig, du wolltest mir doch erzählen, was das genau ist.“, erinnerte sich auch Mai.

„Ist es kompliziert?“, fragte Alessio. Kate schüttelte den Kopf.

„Es ist bei Weitem leichter, als eine eurer Zeremonien.“, antwortete Kate und stand auf, um ein paar Schritte im Zimmer zu gehen. Sie war immer noch etwas wackelig auf den Beinen.

„Es ist eigentlich nur so, dass man den Körper tief in der Erde begräbt und einen Stein darauf platziert, auf dem der Name, sowie Geburts- und Todestag des Verstorbenen steht.“, sagte sie knapp.

„Ich spreche mal mit Taran. Der Palast stand auf einem großen Feld aus Erde. Dort ist nichts mehr, dafür hast du schließlich gesorgt.“, fügte Mai hinzu und lief aus der Höhle. Kate sah ihr nach. *Dort ist nichts mehr?* Sie überlegte. Das Schloss war in sich zusammengefallen, wie konnte es jedoch sein, dass es komplett verschwunden war.

„Jill hat uns also alle getäuscht. Es kam mir schon merkwürdig vor, dass Tarsis sich um ihre Leiche geschert hat.“, sagte Alessio in die Stille. Kate sah ihn an.

„Dann ist sie wirklich tot?“, wollte sie wissen und erinnerte sich an das Letzte, was sie von Jill gesehen hatte. Es konnte nicht anders sein.

Sie hatte keine Kraft mehr, um zu stehen und der Weg zurück auf das Bett schien ihr zu weit. Sie setzte sich einfach auf den Boden der Höhle.

„Es tut mir leid, dass ich deinen Teil des Drachenherzens nicht mehr habe. Sie hat es mitgenommen und irgendwo versteckt, als ich bewusstlos war.“, sagte Kate.

„Wen interessiert schon dieser dumme Stein.“, gab Alessio zurück. „Soll Tarsis ihn doch haben. Ich will ihn nicht.“

„Was redest du da? Er könnte, wer weiß was, damit anrichten.“, versuchte Kate ihn zu überzeugen. Alessio schüttelte den Kopf.

„Ohne die anderen Teile ist es nutzlos. Die Drachen haben es mir bestätigt. Das Herz kann seine Kraft nur entfalten, wenn man es zusammenfügt und ich denke nicht, dass Tarsis es schafft weitere Stücke in die Finger zu bekommen. Chiaray ist direkt nach dem Tod von Kuma fortgegangen. Keiner weiß wohin, aber Chochori vermutet, sie ist in die Berge gezogen. Sie und Taran wollen auch bald aufbrechen und sich einen neuen Platz zum Leben suchen.“

„Einer der Wächter ist gestorben, aber wie?“, fragte Kate. Sie hatte das Gefühl, es konnte immer nur schlimmer werden. Was sie auch hörte, es waren nichts als schlechte Nachrichten.

„Er war zu alt, als dass er die Wunden hätte überleben können, die Tarsis ihm zugefügt hat. Cassy übernimmt vorübergehend seinen Platz und damit kommen wir zu einer etwas erfreulicheren Nachricht. Sie wird hierbleiben, zusammen mit einigen Drachen. Ohne sie, gäbe es eine direkte Verbindung zwischen dem Land Zeno und dem Wald.

Bisher haben der Palast und die Drachen alles Böse zurückgehalten, ab jetzt übernimmt sie diese Aufgabe. Das Drachenland ist stark, aber der Krieg ist nicht mehr aufzuhalten. Wir werden bald nach Brion zurückkehren, jetzt wo Jill weg ist.“, schloss Alessio. Kate seufzte leise.

„Der Weg dauert so lang, was wenn wir zu spät kommen?“

„Es gibt kürzere Wege, das wirst du bald sehen.“

Sie beerdigten Claire noch am selben Tag. Der Platz, auf dem zuvor das Glasschloss gestanden hatte, wirkte einsam und dunkel, in der untergehenden Sonne. Der Spalt zwischen den

Felsen, war wie ein tiefes Loch, aus dem Gefahr zu kriechen drohte, sobald man ihm den Rücken zuwandte.

Weder Taran noch Chochori schienen etwas dagegen zu haben, dass sie hier eine Grabstätte für Claire errichten wollten, als Erinnerung an ihren Mut und den Zusammenhalt, der sich trotz all ihrer Streitigkeiten, am Ende durchgesetzt hatte.

Es war beinahe so, wie es auf der Erde gewesen wäre, mit einigen winzigen Ausnahmen, die Claire sicher gefallen hätten. An Stelle eines einfachen Steins, platzierten sie einen Sockel aus Eis auf der weichen Erde. Das Fläschchen mit der Seele schwebte nahezu in seiner Mitte. Die Aufschrift verfassten sie sowohl in den Buchstaben dieser Welt, als auch in den Wörtern der Erde. Zum Abschluss ließen die beiden Drachen zwei hohe Bäume aus der Erde sprießen. Kate erinnerte es daran, dass auch Liz Blumen, direkt auf dem Schnee hatte wachsen lassen. Die Macht der Drachen war um einiges größer, doch sicher war es ähnlich.

Cassy versprach sich darum zu kümmern, dass die Bäume im Sommer Früchte trugen und dass niemand dem Grab zu nahe kam.

Es war ein komisches Gefühl Claire zurückzulassen. Trotz ihrer gegenseitigen Abneigung, hatte sie genauso dazugehört, wie sie alle.

Dana würde ebenfalls ihren eigenen Weg gehen. Sie hatte beschlossen zu Resa zurückzukehren, nachdem sie eine Nachricht erhalten hatte, dass ihre Eltern aus Brion geflohen waren. Sie hatte sich sofort nach Claires Beisetzung verabschiedet und war geradezu davongeflogen.

Chochori hatte ihr beinahe sehnsüchtig hinterher geblickt, als wünschte sie sich Nichts mehr, als ebenfalls ein paar Flügel ausbreiten zu können, um dem Nachthimmel entgegenzufliegen.

Kate war nicht drumherum gekommen Alessio jedes noch so kleine Detail ihrer Begegnung mit Jill zu berichten. Wie sie sich selbst gefühlt hatte, ließ sie jedoch unbemerkt außen vor. Auch von dem Schmerz und dem brennen auf ihrer Haut, erwähnte sie kein Wort. Er sollte sich nicht noch mehr Gedanken machen. Es war schlimm genug zu sehen, dass ihn die Geschichte mit Jill verletzte.

Taran und Chochori brachen noch am selben Abend auf, wie Dana. Sie gingen in die Berge, um eventuell Chiaray wiederzufinden, während Sanny, Lee, Mai, Alessio und Kate noch eine weitere Nacht in dem Drachenland verbrachten. Sie brachen am nächsten Morgen mit dem Versprechen auf, bald von sich hören zu lassen und Cassy zu benachrichtigen, wenn sie Hilfe brauchten.

Dieses Mal waren sie nur zu fünft. Sie brauchten keine Karten, denn Alessio war überzeugt den Weg zu kennen. Sie hatten die meisten ihrer Sachen zurückgelassen. Kate störte das nicht so sehr, wie Mai, doch auch diese wunderte sich darüber, dass er nicht einmal die Zelte einpackte. Ihre Last beschränkte sich ausschließlich auf Kleidung, Decken, ein paar Waffen und persönliche Dinge, die jeder von ihnen besaß. Kate hatte sogar den Stein wiedergefunden, den Liz ihr gegeben hatte.

Der Abstieg zum Wald war mühselig, aber sobald sie die Bäume erreichten, kehrte ein Gefühl der Geborgenheit in Kate ein. Egal wie dunkel die Zukunft auch war, sie lebten noch und sie würden dafür kämpfen, dass es so blieb.

Sie hatten mehr erlebt, als Kate es je erwartet hätte. Es schienen Jahre vergangen, seit sie nach Umbria gekommen war. Alles, was auf der Erde geschehen war, war unwichtig geworden. Es konnte sie nie wieder einholen. Ihr Vorsprung war zu groß und für nichts auf der Welt würde sie zurückkehren. Wie grausam diese Welt auch war. Sie war ihr neues Zuhause, das einzige Zuhause.

„Auf in eine neue Zeit.“, rief Mai ausgelassen.

Auszug aus Buch 2:

Die Rache des schwarzen Königs

Erscheint 2014

Ein grober Fehler

Kaum war die Kutsche des Königs vorübergezogen, folgte zu Kates Enttäuschung ein ganzes Heer an Soldaten in glänzenden Rüstungen und sie alle trugen das Wappen ihres Landes auf der Brust.
„Wie viele kommen denn noch.“, stöhnte sie, wobei man ihre Stimme kaum durch das Tosen der Menge hörte.
Bena stand jedoch dicht genug neben ihr, um jedes einzelne Wort zu verstehen.
„Ich glaube, es ist gleich vorbei, dann können wir an der Seite vorbei, ohne Angst haben zu müssen, dass wir überrannt werden.“, erwiderte sie laut, damit Kate sie ebenfalls hörte. Sie nickte zum Zeichen, dass sie verstanden hatte.
Einerseits hoffte sie schnell aus Jadarit herauszukommen, um möglichst viel Abstand zwischen sich und Alessio zu bringen. Andererseits war da dieses Stechen in ihrer Brust, welches sich nichts mehr wünschte, als dass er ihr nachlief. Sie wollte, dass er sie fand und ihr versicherte, dass er sie trotz allem noch liebte. Sie könnte ihm sagen, wie leid es ihr tat, dass sie mit Mai gegangen war, ohne ihm etwas davon zu erzählen, oder wie sehr sie es bereute, das verfluchte Geld nicht längst verbrannt zu haben. Im Grunde war es ihr sogar egal, ob er glaubte, ihre Eltern könnten noch leben oder nicht, solange er für sie da war. Kate atmete tief ein, um zu verhindern, dass ihr doch noch die Tränen kamen.
Genau das hatte er nicht getan. Er hatte versucht, ihr

einzureden, Bena wäre zu lange alleine gewesen und würde nun darum kämpfen, Kate für sich zu gewinnen.
Sie wusste, wie sehr er sich davor fürchtete, sie könnte ihre Sachen packen und auf die Erde zurück gehen. Er würde ihr nicht folgen können, dessen waren sie sich gleichermaßen bewusst. Der Gedanke, dass er ihr zutraute heimlich zu verschwinden und das für immer, verletzte sie weit mehr, als die Tatsache, dass er sie nicht unterstützte. Es war beinahe so schlimm, wie sein Misstrauen ihr gegenüber.
„Wir können gehen. Bist du bereit?“, fragte Bena. Ohne groß nachzudenken nickte Kate und trat hinter ihr hinaus in die Freiheit. Lebwohl, dachte sie bitter und ignorierte die Verzweiflung, die in ihrem Herzen schrie, laut genug, dass Mai, wo auch immer sie war, es mit Sicherheit deutlich hörte. Vielleicht sollte sie wirklich Abstand zu allem nehmen, bis sie wieder klar denken konnte.

„Alles in Ordnung mit dir?“, fragte Bena irgendwann. „Du bist so still.“ Sie waren schon ein paar Stunden gegangen. Jadarit lag hinter ihnen und der Wald rückte mit jedem Schritt weiter in greifbare Nähe.
„Ich bin bloß müde.“, schwindelte Kate. Müdigkeit war das Letzte, das sie fühlte.
„Sobald wir die Bäume erreicht haben, können wir ein Nachtlager aufschlagen.“, bot Bena ihr an.
„Ich würde lieber weitergehen.“, sagte Kate leicht unbehaglich. Bei dem Gedanken am Rande des Waldes zu schlafen, spürte sie die Kälte um sich herum. Allein das dichte Unterholz, tiefer im Wald, bot ein sicheres Versteck.
„Es ist ein weiter Weg und das Mädchen sieht müde aus.“, stellte Bena fest. Kate hob Pariy von ihren Schultern.
„Bist du müde?“, fragte sie leise.

„Nein.“, behauptete Pariy, als wollte sie unbedingt beweisen, wie stark sie war. Ihre Augen sprachen das genaue Gegenteil. Kate hob sie auf den Arm, so dass sie sich an ihrer Schulter anlehnen konnte.
„Lass uns zuerst ein Stück weit hineingehen und dann ein Lager aufschlagen. Außerdem sollten wir gründlich unsere Spuren verwischen.“, riet Kate.
„Einverstanden.“, meinte Bena und betrachtete sie einen Moment nachdenklich. „Ich habe vorhin schon die Vermutung gehabt, dass du des Öfteren unter freiem Himmel schläfst. Die meisten Bewohner großer Städte fürchten sich vor dem Wald und dem was hinter den Schatten lauert. Du hast keine Angst.“
„Wir waren viel im Wald unterwegs, seit ich auf Umbria bin. Es gibt außerhalb viele Dinge die gefährlicher sind, als ein paar Finsterfürsten.“, sagte Kate gleichgültig.
„Es gibt mehr Schrecken im Wald, als Finsterfürsten, auch wenn ich von dem Glück sprechen kann, nie einen zu Gesicht bekommen zu haben.“, erwiderte Bena. Kate hoffte, dass Bena auch in nächster Zeit keine der schrecklichen Gestalten begegnen würde. Ihr fauliger Geruch stach in der Nase und ihre großen gelben Augen lösten jedes Mal Furcht in Kate aus. Sie war dankbar für jede Nacht, in der sie von dem Anblick der Kreaturen verschont worden waren. Da sie nur auf der sicheren Seite das Waldes bleiben würden, machte sie sich keine weiteren Gedanken über diese Schrecken.
„Kann ich dich etwas fragen?“, holte Bena sie aus ihren Gedanken.
„Sicher.“, antwortete Kate.
„Wie bist du an ein verlassenes Kind gekommen? Ich weiß, dass Prinzessin Sali sie bei sich aufgenommen hat, aber ich glaube, du hast sie schon vorher gekannt.“, äußerte Bena ihre Vermutung. Kate strich abwesend über Pariys schmalen

Rücken.
„Liz hat uns in das Dorf Perana geschickt, wo wir nach Informationen gesucht haben.“, fing Kate an zu erzählen, wobei sie die Drachen und ihren Auftrag das Herz dieser Welt zu finden, außen vor ließ. Sie wollte nicht, dass Bena irgendetwas davon erfuhr.
„Dort haben Mai und ich eine Weile auf ein paar Kinder aufgepasst. Im Grunde war ich nur für Pariy verantwortlich.“ Bei dem klang ihres Namens, hob Pariy müde den Kopf und sah sie an. Ihre Augen waren einen schmalen Spalt weit geöffnet. Kate lächelte ihr zu und strich ihr das dünne, blonde Haar aus dem Gesicht.
„Sie war erst seit kurzer Zeit in dem Dorf und hatte bis dahin zu niemandem Vertrauen gefasst. Aus irgendeinem Grund hat sie beschlossen mir zu vertrauen, aber ich habe nicht die Möglichkeit sie großzuziehen. Deshalb übernimmt Sali diesen Teil und ich kann sie besuchen, wann immer ich will.“, fügte Kate die letzten Worte etwas leiser hinzu. Vielleicht stimmte es nicht mehr, dachte sie bekümmert. Sie war sich nicht einmal sicher, ob sie jemals wieder zurückkehren würden.
Da hast du es, mischte sich plötzlich eine bekannte, fast vergessene Stimme zwischen ihre Gedanken. Kate erschrak vor sich selbst. Sie hatte geglaubt, mit ihren eigenen Zweifeln abgeschlossen zu haben.
Du hättest zurückgehen sollen, als du die Möglichkeit dazu gehabt hast. Was ist dir noch geblieben? Spott und Verachtung klangen aus ihren Gedanken hervor. Es war die Wahrheit, dachte sie bitter. Dann fiel ihr Blick auf Pariy und sie drängte die Zweifel aus ihrem Kopf. Es hatte einen Sinn und wenn es nur der war, ein kleines Mädchen vor der Welt zu schützen. Pariy hatte es damals in Perana entschieden und Kate hatte die Aufgabe angenommen.

„Es ist ein sehr altes Dorf.“, hörte sie Bena sagen. Sie hatte Kates gedankliche Abwesenheit nicht bemerkt. „Vor vielen Jahren, bevor ich deinen Urgroßvater kennen lernte, habe ich selbst in Perana gearbeitet. Ich war damals noch sehr jung, was auch der Grund dafür ist, dass ich bald wieder gegangen bin. Viele der Kinder sind gestorben, weil sie oftmals viel zu spät zu uns kamen. Außerdem waren wir nur eine kleine Gruppe an Frauen. Es war beinahe unmöglich, sich um jedes Kind gleichermaßen zu kümmern. Ich habe gehört, dass viel mehr überleben, seit eine Frau namens Susann die Leitung übernommen hat.“, sagte Bena. „Ich vermute es liegt daran, dass ihre eigene Tochter damals beinahe gestorben wäre.“, fügte sie hinzu.
„Sie hat eine Tochter?“, fragte Kate überrascht.
„Ja, sie heißt Zara. Sie wurde von ihrem eigenen Vater misshandelt, aber eines Tages ist Susann mit ihr geflohen und sie haben Unterschlupf in Perana gefunden.“, erzählte Bena.
„Ich hätte nie gedacht, dass Zara ihre Tochter ist.“, flüsterte Kate. Das Mädchen war ihr immer ein weinig seltsam vorgekommen, als hätte sie Angst vor Susann. Doch vielleicht lag das in Wirklichkeit an ihrer Vergangenheit. Kinder die von einem Elternteil misshandelt wurden, hatten oft Probleme eine Beziehung zu einem Erwachsenen aufzubauen. Das hatte sie damals im Waisenhaus mitbekommen. Diese Kinder hatten sich besonders schwer damit getan, ein neues Elternpaar zu akzeptieren.
Zara tat ihr leid.
„Ich kenne die Beiden nicht persönlich, aber Liz hat mir von ihnen erzählt. Sie hat viel Kontakt zu den Frauen, die in Perana arbeiten. Nun ja, zumindest für ihre Verhältnisse. Liz ist eher eine Einzelkämpferin, wie du sicher weißt.“, sagte Bena. Kate nickte stumm.

„Aber es scheint ihr etwas an dir zu liegen."
„An mir?", fragte Kate überrascht.
„Als ich ihr geschrieben habe, dass du in Jadarit bist, hat sie von sich aus beschlossen herzukommen. Ich musste sie nicht einmal darauf hinweisen, dass ich noch etwas bei ihr gut habe. Sie wollte sich gleich auf den Weg machen, um dich weiter zu unterrichten.", berichtete Bena.
Zum ersten Mal an diesem Tage spürte Kate so etwas, wie Freude in sich aufflammen. Der Gedanke, Liz würde ihretwegen die kleine Waldhütte verlassen, die sie bewohnte und in eine Stadt wie Jadarit kommen, machte sie unglaublich glücklich. Endlich bekam sie die Chance ihre Fähigkeit zu erlernen.
„Das sind gute Nachrichten.", freute Kate sich. Ihre Laune verbesserte sich noch weiter, als sie kurz darauf den Wald erreichten und zwischen die hoch gewachsenen Bäume traten. Die Gerüche und Geräusche begrüßten Kate, wie eine alte Freundin. Schutz und Sicherheit versprechend raschelten die Blätter im sanften Wind.
Pariy war längst eingeschlafen, als sie einen geeigneten Platz fanden, an dem sie ihr Lager aufbauen konnten.
„Kannst du sie kurz halten, dann baue ich uns ein Zelt.", schlug Kate vor und reichte Bena das schlafende Mädchen. Die nahm Pariy vorsichtig entgegen, als befürchtete sie der Kleinen etwas brechen zu können.
„Sie ist um einiges wärmer, als ich selbst.", stellte Bena fest. Kate lächelte. Natürlich, ist sie das, dachte sie. Immerhin hatte sie Pariy die ganze Zeit auf dem Arm gehabt und es war ein Leichtes, einen so kleinen Menschen warm zu halten.
Kate drehte ihnen den Rücken zu, als ihr plötzlich bewusst wurde, dass sie keine Ahnung hatte, wie sie ein Zelt aus Schnee oder Eis bauen sollte. Beim letzten Mal hatte sie es unbewusst

geschafft. Sie hatte Claires Leiche vor Jill verborgen, indem sie eine Kuppel über sich errichtet hatte.
Doch neben diesem Gedanken war noch etwas Anderes. Es irritierte sie. Während sie sich von Bena und Pariy wegdrehte, spürte sie eine plötzliche Kälte um sich herum. Etwas schien nicht zu stimmen und ihr Körper hatte es bemerkt, noch bevor es in ihrem Kopf angelangt war. Sie waren nicht allein.
„KATE!“, hörte sie Benas erschrockene Stimme hinter sich rufen, bevor diese von etwas erstickt wurde. Sie wirbelte herum. Dunkle Gestalten traten aus dem Schatten. Mindestens zwei von ihnen hatten Bena gepackt, ein Dritter hielt ein Messer dicht an Pariys Hals, dass Kate glaubte bereits Blut zu sehen.
Sie waren umzingelt, es gab kein Entrinnen.

2923246R00413

Printed in Germany
by Amazon Distribution
GmbH, Leipzig